霍達文集

卷二
长篇小说卷

补天裂

北京出版集团公司
北京十月文艺出版社

作者简介

霍达，女，回族。国家一级作家，第七、八届全国政协委员，第九届全国人大代表，第十、十一、十二届全国政协常委，中央文史研究馆馆员，国务院授予政府特殊津贴。著有多种体裁的文学作品约800万字，其中，长篇小说《穆斯林的葬礼》获第三届茅盾文学奖；长篇小说《补天裂》获第七届全国五个一工程奖的长篇小说和电视剧两个奖项，并被中宣部、文化部、新闻出版总署、广播电视总局、中国文联、中国作协评为建国50周年全国十部优秀长篇小说之一；中篇小说《红尘》获第四届全国优秀中篇小说奖；报告文学《万家忧乐》获第四届全国优秀报告文学奖，中国消费者协会授予保护消费者杯全国个人最高奖及3·15金质奖章；报告文学《国殇》

获首届中国潮报告文学奖；话剧剧本《红尘》获第二届国家舞台艺术精品工程优秀剧本奖；电视剧《鹊桥仙》获首届全国电视剧飞天奖；电影剧本《我不是猎人》获第二届全国优秀少年儿童读物奖；电影剧本《龙驹》获建国四十周年全国优秀电影剧本奖；散文《义冢丰碑》《烟雨文武庙》获香港回归征文全国一等奖；散文《为了那片苍天圣土》获全国政协庆祝香港回归十周年优秀征文奖，散文《听海》获中华散文学会优秀散文获。此外，代表作尚有电影剧本《秦皇父子》、话剧剧本《海棠胡同》等，并曾多次获全国少数民族文学创作骏马奖，以及建国40周年北京优秀文学创作奖、北京文学奖荣誉奖、火凤凰报告文学奖、炎黄杯当代文学奖、花城文学奖等多种奖项。2009年当选全国民族团结进步模范，在国务院第五次民族团结进步表彰大会上受到表彰，2010年获上海世博会联合国千年发展目标主题活动组委会授予民族文化传承和发展卓越成就奖。1999年北京出版社出版六卷本《霍达文集》，2009年人民文学出版社出版八卷本《中国当代作家·霍达系列》、九卷本《霍达文选》。作品有英、法、阿拉伯、乌尔都等多种文版及港台出版的繁体字中文版行世。曾应邀出任开罗电影节国际评委、第四次世界妇女大会代表、《港澳大百科全书》编委，并赴美、英、法、日、俄、意大利、西班牙、新加坡、马来西亚、芬兰、挪威、埃及等十余国进行访问和学术交流，生平及成就载入《中国当代名人录》和英、美版《世界名人录》。

本卷概要

故事发生在十九世纪末，中华民族灾难深重的年代。大清国甲午战败，列强瓜分中国之势已成，公元1898年，英国殖民主义者乘机胁迫软弱无能的清政府签订了《展拓香港界址专条》，这是继1842年的《南京条约》、1860年的《北京条约》之后，中、英两国在香港问题上签订的第三个不平等条约，从而完成了英占香港、九龙、“新界”的“三部曲”，中国在香港地区完全丧失主权，中华民族蒙受了长达一个半世纪的奇耻大辱。

本书正面展现了“香港拓界”那一页惨痛的历史。通过京师举人易君恕在戊戌变法失败后亡命香港的坎坷人生经历，以及与“新界”爱国志士联合十万乡民奋起抗英保土而惨遭血腥镇压的悲壮义举，谱写了一曲中华民族抵御外侮、宁死不屈的慷慨悲歌。

1984年中、英两国发表关于香港问题的《联合声明》，中国政府向全世界庄严宣布，定于1997年7月1日恢复对香港行使主权，百年国耻，一朝雪洗。作家霍达以“待从头收拾旧山河”的激情投入了本书的创作，并远赴香港深入生活，搜集素材，查阅历史资料数千万字，采访各界人士数百人次，反复实地踏勘历史遗迹，在充分尊重历史真实的基础上，运用多种艺术手段，潜心结构，历时三载，完成了这部呕心沥血之作。

作家以浓烈的爱国激情，真实、生动、形象的笔墨，着力塑造了易君恕、邓伯雄、邓菁士等爱国志士的英雄群像，对英国牧师林若翰、清朝总理衙门大臣李鸿章、两广总督谭钟麟、港督卜力、辅政司骆克、警察司梅轩利等各色人物的刻画亦各有独到之处。全书充盈着苍凉悲壮的史诗感，谋篇恢宏，剪裁缜密，结构紧凑巧妙，情节起伏跌宕，文笔凝重典雅，是近几年来长篇小说创作中的佼佼者。

《补天裂》出版之际，正值香港回归祖国、十二亿人民“炼石补天”之时，国人捧读此书，蓦然回首十九世纪惨不忍睹的历史，更有其震撼人心的现实意义。

谨将此书献给我的祖国和历尽劫难终于回归祖国怀抱的神圣领土香港；

谨将此书献给一个半世纪以来在香港问题上为捍卫国家主权和领土完整而奋斗的一切志士仁人；

谨将此书献给在香港这片血染的土地上为抵御外来侵略、反抗殖民主义统治而英勇牺牲的烈士们，他们永垂不朽！

——作者，1997 年 7 月 1 日

目 录 Contents

目　录　Contents

序　血泪心声

刘白羽

霍达写出了《补天裂》一部大书。我说是“大书”，因为它是不平凡的，我用四句话来概括：大气磅礴，玉洁冰清，慷慨悲壮，撼地震天。

我很感谢霍达，在香港回归祖国的时候，她率先献出这么一部杰出的作品，这是作为一个作家之所以了不起的地方。她这几年很辛苦，但是历尽艰辛，终于完成了。像我们这一辈人，自幼就经受着祖国被列强宰割的痛苦，我活到八十多岁，终于等到了香港回归的这一天，标志着中华民族实现完全统一的开始，我们十二亿人在爱国主义的大旗下团结起来了，凝聚起来了。

霍达是一位天才的女作家，她有撑天之力、动地之心，字句透着灵性，篇篇如闻天籁，形成她无比的艺术魅力。《穆斯林的葬礼》一大手笔也，有喜有怨，旧的在崩溃，崩溃得可爱；新的在诞生，诞生得有情，这是一部家族史；现在《补天裂》则是一部宏伟的民族史，我为作者感到得意之处，是从黑暗的历史深处掘出烁然之光，“新界”抗英之战，标志出中国人宁可站着死，不会跪着亡的巍然神魄。霍达把中华民族精神，提到大宇宙的无垠高度。读到结尾处，我不禁掩卷而泣：那一道血流，流了一百年，才流出飘飘然的香港区旗呀！

霍达是一个中华的好女儿，没有她那深深的爱国主义，怎能写出字字血泪、句句心声的《补天裂》！读完慨然而叹，拍案而起，遥望东方，红日曈曈。梁启超曰：“……天戴其苍，地履其黄。纵有千古，横有八荒。前途似海，来日方长。美哉我少年中国，与天不老！壮哉我中国少年，与国无疆！”由于《补天裂》充满这种精神，它堪称二十世纪文学之绝唱。拿破仑云：中国睡狮一旦醒来，全世界将为之震恐。《补天裂》之所以能有如此力量，盖有霍达之志、之气，才能勃然一呼，天地霹雳。有大人才能写大书，我为《补天裂》祝！

（1997年6月6日，刘白羽先生在长篇小说《补天裂》出版座谈会上做了充满激情的发言。1999年2月21日，老人又抱病根据发言记录稿写成此文，作为新版《补天裂》的序言）

第一章　落花时节

公元1898年，大清国光绪二十四年，岁次戊戌。

暮春时节，古都北京才徐徐露出一些春意，山杏、碧桃、丁香、海棠、榆叶梅次第开放。而来自居庸关外的北风却也挟裹着漫天黄沙，呼啸不止，把好端端的春色葬送了。残萼败蕊，落英缤纷，真正是“寂寞开无主”。当年以奇才名满天下的龚定庵，曾有诗单道这京城落花：“如钱塘潮夜澎湃，如昆阳战晨披靡，如八万四千天女洗脸罢，齐向此地倾胭脂！”一支生花妙笔，绘声绘色，惊心动魄，却也凄凉而又无奈。等到风沙渐歇，不觉过了清明、谷雨，那短暂的春天已匆匆逝去，立夏就在眼前，天气骤然热了起来，礼部依例奏请皇上批准，朝廷官员换去暖帽貂裘，开始戴凉帽、着夏服了。

天色空蒙，太阳从薄云后面透出一轮惨白，慵懒地照射着禁宫内苑三海一山，照射着九门五城纵横街衢两千胡同十万人家芸芸众生。然而在这平静的空气之中，似乎孕育着某种躁动不安，一场惊天动地的大风暴正在步步逼近……

东单牌楼底下，川流不息的人群之中，一位年轻人步履匆匆地往北走去。

此人高挑身材，头戴玄缎便帽，身穿银灰色直罗夹袍，外罩古铜色亮纱暗花马褂，身后垂着一条油黑乌亮的大辫子，脚下双梁布鞋。他年纪在二十七八，肤色白皙，面目清癯，两道长长的剑眉，一双深邃的眼睛，鼻梁挺且直，口阔而唇薄。此刻，他眉头微蹙，嘴唇紧闭，脸颊上便显出两道对称的月牙形细纹，隐隐有悒郁之色。他目不斜视、大步流星地径直向前走去，那副神情，既不像寄情声色犬马的纨绔子弟，也不像流连京都街肆的远方客商。显然，他是一个久居京城的人，对这里的大街小巷了如指掌，现在正有一件紧急的事情去办。

东单牌楼北大街已经走到了尽头，再往前就是东四牌楼南大街了，这两条街首尾相连，中间并没有明显的分界，而北京人却把它们看作两条街，分别隶属于南北相望的两座牌楼。他走到这里，抬眼看了看两侧，左首是西堂子胡同，右首是东堂子胡同。

他向右首拐了个弯儿，走进了东堂子胡同。

远远地，他望见胡同里的一座大门楼，门前停了好儿顶绿呢官轿，旁边守着一些穿着号衣的轿夫。他于是放慢了脚步，缓缓走上前去，端详着官轿后面的那座门楼。

这门楼呈品字形，三开间重檐覆瓦，红柱方础，颇似一座牌楼，虽不甚高大，却也威严。正中门楣之上，悬一块匾额，书“中外禔福”四个大字。匾额下面，牌楼两侧，分开站着两名荷枪实弹的卫兵，头戴红缨伞形帽，身穿号衣，两腿笔直地鹄立，表情木然地望着前方，连眼皮儿也不眨。从牌楼往里再有三尺进深，才是真正的院门，一名蓄着络腮胡子的彪形大汉在悠闲地踱步，不时用眼睛的余光瞟着外面。那是朝廷大员的侍从武弁，满洲话叫“戈什哈”，就是“护卫”的意思。

年轻人朝这座牌楼式的大门走去，离“中外禔福”的匾额还有两丈远，正要拱手相问，门旁持枪鹄立的卫兵已经厉声发出了警告：“站住！”随即，那位蓄着络腮胡子的戈什哈快步走来，警惕地看着他，竖起右手的大拇哥指着后头，问道：“嗨，知道这是什么地方吗？”

年轻人没有回答，他不习惯这种连个称呼也没有的问话。

戈什哈当他是个“雏儿”，鼻子里哼了一声，自个儿回答自个儿的问话：“这儿，总理各国事务衙门，不理民间诉讼，是专跟洋人打交道的地方！”

年轻人正色说：“这，我知道。”

“知道？”戈什哈一愣，沉下了脸，“那还不躲远着点儿？”

“我有要事……”年轻人说。

"噢?"戈什哈听了这句话倒乐了，笑眯眯地打量着他，好似一只吃饱喝足懒懒洋洋的猫碰上了个小耗子，虽然无心吃了它，却倒要拿它逗逗闷子，"请问，您是哪国公使？到此有何贵干哪?"

年轻人没有回答。他当然不是洋人，这一点，对方从他的相貌、穿着、话语便可以判断无误，所以才敢于这样奚落他。大清国的总理各国事务衙门是为洋人开的，本国百姓只有"肃静""回避"的分儿。假如他生就一副高鼻蓝眼，情况就会完全不同了，对方则不知该怎么巴结才好。他当然也知道，如果此时递给对方一份"门包"，自己虽然没有高鼻蓝眼，事情也还有商量的余地，大清国的任何规矩都是可以破的，一物降一物，卤水点豆腐，世上没有银子敲不开的门。然而他不屑于此，自己胸中酝酿的那件大事，本不足与面前这种董超、薛霸式的小人物道。他只用锐利的目光盯了戈什哈一眼，好似要把那颗头颅穿透似的。咳，他在心里说，可怜，可怜！然后，便转过脸，背起双手，缓缓走去。

他并没有走远，只在这条不长的东堂子胡同来回踱步，不时地抬眼看着这座衙门，脸上泛出一丝冷笑，轻声念着匾额上的题字"中外禔福"。

这块匾，这座衙门，历史虽不算悠久，但比他的年龄还要长些，算起来已经有三十七八年了。

早在咸丰十年十二月初三日即公元1861年1月13日，恭亲王奕䜣、大学士桂良和户部左侍郎文祥联名上折："窃惟夷情之强悍，萌于嘉庆年间，迨江宁换约，鸱张弥甚，到本年直入京城，要挟狂悖，夷祸之烈极矣……"这里所说的"江宁换约"，是指当年在鸦片战争中大清国惨败于英吉利，道光二十二年即公元1842年8月29日，英军兵临南京城下，大清国钦差大臣耆英、伊里布战战兢兢地爬上英舰"康沃利斯"号，与英国全权钦使璞鼎查签订《南京条约》，把香港割让给英国，开放五口通商，并赔款二千一百万银元；"本年直入京城"，也就是奕䜣、桂良、文祥上折的咸丰十年刚刚发生的事，英、法联军攻入北京，焚毁圆明园，恭亲王于九月十一、十二日即公元1860年10月24、25日，和英国全权钦使额尔金、法国全权钦使葛罗分别签订《北京条约》，割让九龙司给英国，增设天津为商埠，赔款由《天津条约》中规定的英国四百万两、法国二百万两增加到两国各八百万两，准许英、法在大清国招募华工出口，等等。随后，俄国也自恃调停有“功”，向大清国提出领土要求。恭亲王深感“各路军报络绎，外国事务头绪纷繁”，应接不暇，乃出面联合桂良、文祥，奏请“设立总理各国事务衙门，以专责成也”。咸丰皇帝看了这道折子，当即御笔朱批：“惠亲王、总理行营王大臣、御前大臣、军机大臣妥速议奏。”

惠亲王绵愉领旨遵议，六天之后，于十二月初九复旨上折，“恭亲王奕䜣等筹议各条，按切时势，均是实在情形”。第二天即十二月初十，咸丰皇帝便降旨批准“京师设立总理各国事务衙门，着即派恭亲王奕䜣、大学士桂良、户部左侍郎文祥管理，并着礼部颁给钦命总理各国通商事务关防”。这件大事从提议到批准，只用了短短一个星期的时间，可谓急如星火，刻不容缓。

然而，凭空增设一座衙门，毕竟不是一句话的事儿，临危受命的三位大臣肩膀上担子沉重，不能不详加策划。起初，他们曾打算借礼部的地盘设立公所，办理一切，想想又觉得不妥：礼部乃国家考论典礼之地，本不是办理“夷务”的地方。如果借用礼部大堂接待外国人，让那些红毛洋鬼进进出出，既不成体统，也极不方便。但若是仅仅借用礼部司堂，规格又太低，怕洋人未必心服，说大清国怠慢了他们，那就会没碴儿找碴儿，无事生非。看来，总理各国事务衙门非有个单独办公的地方不可。现有的各衙门，都是很庞大的，少者房屋百余间，多者则达数百间，一个个机构臃肿，冗员充斥。奕䜣、桂良、文祥认为，“此次总理衙门，义取简易”，不打算也不可能照抄以往老套，于是再次上折，奏“总理衙门未尽事宜”，并且附上他们三人草拟的《章程十条》。“查东堂子胡同，旧有铁钱局公所，分设大堂、满汉司堂、科房等处，尽足敷用，无容另构。惟大门尚系住宅旧式，外国人往来接见，若不改成衙门体制，恐不足壮观，且启轻视。拟仅将大门酌加改修，其余则稍加整理，不必全行改修，并拟由臣等自行估修，以期迅速而资节省。”于是在大门之外建起了这座牌楼，以壮观瞻。有关人员的设置，恭亲王等主张，“总理衙门规制较异，毋庸多立名目。拟于司员内择其老成练达者，挑满汉各二员作为总办，再择二员作为帮办，办理折奏照会文移等事”。他们久居官场，深知各衙门都是“额缺既多，候补尤众”，连一些才具平庸、没有办事能力的人也跟着混饭吃，所以特别指出，“总理衙门司员甚少，未可滥竽充数，各衙门保送满员，则于郎中、员外郎、主事、内阁侍读、中书，汉员则择拔贡、举人、进士出身之郎中、员外郎、主事、内阁侍读、中书充补。无论候补、实缺人员均准保送，惟须老成谨饬、公事明白、品行醇正者，出具考语咨送。由臣等考试文理字迹，是否优长，公事是否明白，分别去取。不得以捐纳及未经奏留资格较浅之员充数”。至于经费，他们提出，“经费宜节，以杜浮滥也。查各衙门司书役，均有桌饭公费等项，以资办公。每月所费，悉于衙门解到饭银内开支，并有支领库项者。此次总理衙门，未便援照办理，以致经费浮滥。拟将司员供事仅与值班桌饭，均毋庸另给公费饭银，应用心红纸张，亦毋庸于各库咨取。所有一切心红纸张桌饭，以及苏拉等工食，每月不得逾三百两之数”。那么这笔钱从哪里来呢？他们打算从天津和上海两地的关税中想办法，修理衙门的费用就只好向户部支领了。《章程十条》的最后还不嫌烦琐地赘上一笔，“现查铁钱局除改作衙署外，尚有炉房，稍加修葺，堪作馆舍”，供那些“认识外国文字通晓语言之人并学生等”住宿。堂堂的大清国，连开设总理各国事务衙门这等大事都只好穷凑合，可见已经穷到了何等地步！

咸丰皇帝当天便有廷寄上谕：“所有单开各条，经朕详加披览，尚属妥协。惟内酌拨经费一条，所称‘心红纸张等项银两，拟于天津、上海酌提关税起解部款内，按各口提用数目，均匀酌提银两，由各该将军督抚尹监督解总理衙门，以资办公’等语，此项银两，亟资办公，恐各口酌提，一时未能应手。着即按照所定每月支领银两数目，径由户部关支，将来各口解到酌提关税银两，统交户部，毋庸解交总理衙门，该衙门如有不敷之处，即奏明由户部支领。”

看来，皇帝比他们还着急。等米下锅不是办法，先从国库里拿了银子再说。于是，在圣上隆恩眷顾下，由恭亲王亲自出马张罗，把铁钱局的旧房子改了个门脸儿，里面基本维持原状，只粉刷裱糊了一番，大清国的总理各国事务衙门便草草开张，挂牌营业了。英、俄、法、美、德诸国使臣随即便蜂拥而来，或要割地，或要赔款，或要种种特权和利益，仿佛大清国欠下了他们八辈子也还不清的债。

岁月匆匆，咸丰之后是同治，同治之后是光绪，转眼间三十多年过去，大清国每况愈下，惟总理各国事务衙门只出不进的赔本儿生意却越做越红火，终日顾客盈门。始作俑者“鬼子六”恭亲王奕䜣，经历了协助慈禧发动“祺祥政变”之后的大红大紫，光绪十年却又被慈禧一个闷棍打倒，“开去一切差使，并撤去恩加双俸”，责其“家居养疾”。至甲午中日战争，朝廷用人之际，经李鸿藻、翁同龢合词吁请，光绪皇帝秉承慈禧皇太后懿旨，才重新起用奕䜣，管理总理各国事务衙门，添派海军事务，在内廷行走，又任军机大臣，节制各路统兵大员。奕䜣经过人生的大起大落，权势野心已不复当年之盛，战战兢兢，如履薄冰，如临深渊，小心翼翼仰太后鼻息，只求得一善终。

当年恭亲王奕䜣和桂良、文祥奏请设立总理各国事务衙门之时，曾经有过一番精彩的表白：

> 臣等综计天下大局，是今日之御夷，譬如蜀之待吴。蜀与吴，仇敌也，而诸葛亮秉政，仍遣使通好，约共讨魏。彼其心岂一日而忘吞吴哉？诚以势有顺逆，事有缓急，不忍其忿忿之心而轻于一试，必其祸尚甚于此。今该夷虽非吴、蜀国之比，而为仇敌则事势相同。此次夷情猖獗，凡有血气者，无不同声愤恨。臣等粗知义理，岂忘国家之大计，惟捻炽于北，发炽于南，饷竭兵疲，夷人乘我虚弱而为其所制。如不胜其忿而与之为仇，则有旦夕之变；若忘其为害而全不设备则贻子孙之忧。古人有言：“以和好为权宜，战守为实事。”洵不易之论也。

时至今日，这位以诸葛亮自比、声称无一日不忘“吞吴”的恭亲王已气焰将尽，卧病在床，朝不虑夕。大清国的外交仍然“以和好为权宜”，也不知“权宜”到何时，当年那番豪言，徒留笑柄而已。如今的外交事务，由庆亲王奕劻主持，他自光绪十年奕䜣遭贬之际，便受命主管总理衙门，十多年来，集内政、外交大权于一身，炙手可热。光绪二十二年九月，素有“中国第一外交家”之称的文华殿大学士、原直隶总督兼北洋大臣李鸿章奉旨“在总理各国事务衙门行走”。

现在是光绪二十四年闰三月初四，公元1898年4月24日，总理各国事务衙门刚刚复照日本驻华公使矢野文雄，许诺“不将福建省内之地方让与或租与别国”，以保证日本的“势力范围”，紧接着又在进行一场中英谈判。

大堂门口，两名“苏拉”垂手而立，随时听候召唤。“苏拉”为满洲语，本义指闲杂人等，大清国内廷机构中的勤务，通称为“苏拉”。

大堂之中，并排悬挂着大清帝国的黄龙旗和大英帝国的米字旗，设一张红木长案，宾主分列两旁，犹如纹枰对坐，黑白对弈。不过，中国自古以来的确是这样下棋，而用于两国谈判，还是跟洋人学来的，自鸦片战争以来，也已经习惯了。

中国方面，谈判代表是太子太傅、文华殿大学士、一等肃毅伯李鸿章，经筵讲官、礼部尚书许应骙，尚书衔户部左侍郎兼署吏部右侍郎张荫桓。其中以李鸿章职位最高，他头戴白罗胎凉帽，珊瑚顶，插三眼花翎，身穿四爪九蟒官袍，仙鹤补服，项挂一百零八颗珊瑚朝珠，脚蹬玄缎厚底官靴，腿边斜倚着的一根笔直光洁的西式手杖，系美国前总统克利夫兰的遗物，由克利夫兰的夫人赠予。李鸿章年已七十有六，本来高大的骨架，已经坍塌松懈，肩背有些佝偻；脸上的皮肉软软地下垂，眼睛下面呈现两个鼓鼓的泪囊，稀疏的胡须已经全白了。

英国方面，全权代表是驻华公使窦纳乐爵士(Sir Claude Mac Donald)，他身材修长，着黑色燕尾服，雪白的领口上打着黑色领结。脸庞瘦削，棕红色的头发已经略显谢顶，更加衬托出宽阔的额头。高耸的眉弓下，戴一副金丝眼镜，一双灰蓝色的眼睛熠熠闪光。高挺的鼻子下面，两撇小胡子留得很长，弯弯地朝上翘着。此人1852年出生于苏格兰一个陆军军官家庭，1872年从军，1888年进入外交部工作，1896年任英国驻华公使，现年四十六岁，集军人气质、外交家风度于一身。

窦纳乐正在操着高傲的英语阐述英国的立场，面前放着一沓文件，还有一个包扎整齐的羊皮纸卷。中英两方的通事各自操着紫锋狼毫和鹅管笔紧张地笔录。等他的发言告一段落之后，中方的通事再一字不落地用汉语转述一遍，如若某处用词不够准确，英方的通事还要以嘲弄的口吻加以纠正。而在窦纳乐叽里咕噜地发言的时候，听不懂英语的李鸿章恰好可以喘息片刻，以准备应付下一个回合。

望着强硬的对手，李鸿章鼻腔里发出无声的叹息。想想自己自从同治二年以江苏巡抚兼五口通商大臣之职创办洋务，同治九年继曾国藩之后出任直隶总督兼北洋通商事务大臣，和洋人打了几十年交道，在别人看来，位高权重，名利双收，实则如鱼饮水，冷暖自知！回头看去，光绪二年的中英《烟台条约》、光绪十年的《中法会议简明条款》、光绪十一年的《中日天津会议专条》和中法《会订越南条约》、光绪二十一年的中日《马关条约》、光绪二十二年的《中俄密约》，及至最近的中德《胶澳租界条约》、中俄《旅大租地条约》，都是经他之手签订的，不是割地赔款，就是予人特权。每当朝廷危难之际，总是把他推出来，用热脸贴洋人的凉屁股，一次次在屈辱的条约上签字画押，那滋味儿好受吗？

去年冬天，德国借口巨野教案出兵强占了胶州湾，俄国随之占领旅顺、大连，上个月法国又提出租借广州湾，列强瓜分中国之势已成。李鸿章凭着他多年与洋人打交道的经验，已经预感到英国人绝不肯甘落他国之后，为了保住在华的既得利益，必然也会玩出稀奇古怪的新花样。果然，英国驻华公使窦纳乐提出了租借威海卫的要求。庆亲王奕劻不得已只好应允，但希望英国在租得威海卫之后，不得更索利益。窦纳乐当即回答说："本公使拒绝对此做出保证。大英帝国向贵国租借威海卫，只是为了防御来自北方的威胁；而在南方，如果法兰西占领了广州湾，那么我们也要别索一处以抵。"他所说的"别索一处"指的是哪里，当时并没有明说。

这项谈判从本年阴历三月二十日正式开始。窦纳乐说："大英帝国的香港殖民地不满足于它目前的界限，希望展拓界址，以为保卫香港之计。”仍然没有指出他要拓展到多大范围。

庆亲王答道：“香港拓界一事，当可两国磋商，但希望贵国对敝国的领土要求，到此为止。”

窦纳乐当即拒绝：“很遗憾，亲王殿下！我不能接受您所提出的任何此类条件，因为大英帝国必须充分考虑自己的利益，如果德意志、俄罗斯、法兰西各国有所动作，我们将不得不采取对抗的行动！”

话说得十分强硬，却又一如既往，含含糊糊，使人不知道他葫芦里到底卖的什么药。

就在初次会谈的第二天，窦纳乐单独拜会李鸿章，似乎是解开这个谜团的时候了。

一见面，窦纳乐就说：“关于香港拓界问题，早在去年年底，贵国两广总督谭钟麟阁下就曾对我国驻广州领事璧利南表示，‘不难就略为展拓一事做出安排’。”

窦纳乐在身居宰相之位的李鸿章面前引用两广总督的话，企图以此来说服他，显然是十分不得体的。李鸿章根本不把谭钟麟放在眼里。谭钟麟虽然是四朝元老，官居一品，年已八十有余，但至今没有入阁拜相，仍然是个地方官。北京有总理衙门统领外交事务，两广总督无权就国土的租让向洋人做出任何许诺。即便在未设总理衙门之前，当年英国驻华商务总监义律在穿鼻洋上胁迫两广总督琦善“准许英人在香港地方一处寄居”，琦善也只是答应代为恳奏皇帝，未敢签字画押。纵使如此，道光皇帝已经雷霆震怒，将他革职锁拿，抄没家产。这不过是五十多年前的事，谭钟麟竟然不知教训，擅自向洋人许诺香港“拓界”，看来，两广总督的那把交椅，他恐怕也快坐到头了！不过，话又说回来，这香港的“拓界”之事，既然下有谭钟麟垫背，上有庆亲王点头，他李鸿章身上的责任反而轻得多了。想到这里，就对窦纳乐说：“庆王爷已然发了话，如果展拓范围不大，可以商量。但不知贵国究竟希望把香港的界址展拓到什么范围？”

谁知窦纳乐还是含糊其词，语焉未详，只是说：“大英帝国对于展拓香港界址的要求，不会超过防御所需要的范围。”

李鸿章很恼火。心想：你既然明火执仗地上门来抢，就干脆说清楚要什么，我们也好打发，何必这么忸忸怩怩呢？难道还要我们开个单子，主动奉送不成？“防御所需要的范围”，谁知道你们的“防御”需要多大的范围？中国与英国，远隔重洋，五十多年前你们的兵舰还不是开到中国来了吗？如果说这也算“防御”，那么普天之下的土地都可划入你们“防御”的范围之内了！

心里虽是这么想，嘴里却不敢说。窦纳乐起身告辞，把一个闷葫芦仍然留给了他。

李鸿章心里总不踏实。过了两天，他以回拜为名，来到东江米巷英国驻华公使馆，借着上次窦纳乐的话头，点了他两句：“据上次贵公使所说，贵国之意在于香港港口两边设防，修筑炮台之类，那么，所占不过方寸之地，拓界请不要超过这个限度！”

当时双方约定在闰三月初四，即公历 4 月 24 日——也就是今天，再次谈判，想必窦纳乐已经把他要用于“防御”香港的地盘规划完毕，李鸿章早已等得不耐烦了。

…………

现在，窦纳乐的发言已经告一段落。李鸿章收住纷乱的思绪，集中精力听中方通事把那番叽里咕噜的洋文译成汉语：

“窦公使说，女王陛下治下的大英帝国的利益是神圣不可侵犯的，当它在远东的殖民地香港的安全受到威胁时，理所应当地要采取防御措施。窦公使说，他向大清帝国提出的这一合理要求，十分荣幸地得到庆王爷殿下和李中堂阁下的充分理解。现在，他将正式就拓界的界限问题向中堂和各位大臣阁下做一说明。”

李鸿章听完，点了点头。心说，早该如此，豆儿干饭焖到这会儿，也该揭锅了。

“那么，就请公使明示！”他缓缓地说。

窦纳乐随即示意他的随员打开了身旁的那个羊皮纸卷，摊开在桌面上，原来是一幅地图。

李鸿章戴起老花镜，礼部尚书许应骙、户部左侍郎张荫桓也都微微欠身，伸长了脖子来看。

许应骙平时只接触礼部文牍，不熟悉地图这玩意儿，何况那上面所标的尽是洋文，更如入五里雾中。于是就问李鸿章："李中堂，他这是何方地理图形？"

李鸿章毕竟是洋务领袖，看了一眼，便说："噢，这便是我大清国东南海隅一带。"

坐在旁边的那位张荫桓虽是捐班出身，但自出道以来，官运亨通，曾出使沙俄及欧美多国，见多识广，在朝臣中也是以外交才能著称的，于是指点着地图，一一向许应骙指出，哪里是香港岛，哪里是大屿山，哪里是九龙司，哪里是深圳河，哪里是新安县县衙驻地南头镇，哪里是深圳湾，哪里是大鹏湾，许应骙仿佛学童发蒙，伸出长长的指甲，沿着曲曲折折的图像移动，眯起昏花老眼详加辨认，喃喃道："是吗？是吗？"

李鸿章看他那迂腐之态，很为不悦，叹息道："亏得足下还是个广东人，竟连家乡的地理都不熟悉？"

英方的通事听了，不禁掩口而笑。李鸿章发觉，忙拉了许应骙一把，许应骙脸一红，敛容端坐，不再声张。

窦纳乐此时站起身来，伸出右手，指着地图，从深圳湾一挥而下，一直到大鹏湾，然后说："本公使认为，从这条线以南的全部地区，都应该划归大英帝国，才足以保证香港的安全。"

李鸿章吃了一惊，他实在没有料到窦纳乐的胃口竟然如此之大！这么一片地区，不仅囊括了香港周围的大屿山以及大大小小的离岛，包括了整个九龙半岛，向大陆大大推进，将新安县地界割去三分之二，总面积超过香港本岛的十倍以上！

许应骙也张口结舌："这……这……"

张荫桓忧虑地看着李鸿章："中堂！"

李鸿章面有愠色，松弛的泪囊微微抖动，两眼定定地看着窦纳乐。尽管他事先对英国人有所警惕，仍然估计失误，他感到自己被窦纳乐耍了！

各人心里一本账。窦纳乐的那本账，远非李鸿章所能看透的。

自从英国相继割占香港和九龙之后，几十年来一直没有放弃继续扩张的企图。

早在1863年，港英官员就曾提议在扼守维多利亚港东部入口的鲤鱼门设立炮台，英国有关当局认为这对于巩固军事立足点很有价值。

1884年，萨特金少将曾要求英国战争部攫取整个九龙半岛，扩展到北面的山岭和一些海岛。

1886年，萨特金的继任者甘马伦上将又旧事重提。

1890年，第十任港督德辅向英国殖民地部报告，把中国为修筑广九铁路所做的初步勘察工程说成是中国打算在吐露港修建炮台，俯视英国殖民地，以此作为拓界的借口……

这些提议、要求、报告，都未能实现，当然不是英国和香港政府不想拓界，而只是因为时机还未成熟。

1894年，中国在甲午战争中节节败退，隔岸观火的第十一任香港总督威廉·罗便臣立即敏感地意识到，“调整和扩展本殖民地”的机会来了，他在1894年11月9日致函英国殖民地大臣里彭：

> ……我请阁下注意下列事实：加普礁和横澜岛及其上面的两个有价值的灯塔属于中国。港口的东、西进口鲤鱼门海峡和青洲水道属于中国。鲤鱼门要塞是中国领土。海港北岸方圆二英里之外属于中国。九龙寨城属于中国。距维多利亚港只一英里左右的鲤鱼门水域属于中国。
>
> 中国本身，或是同中国或英国开战的另一个国家可能登陆珠江北岸或鲤鱼门海峡外的大鹏湾，南下九龙半岛，这不仅对我守军不利，而且很容易从中国领土炮轰维多利亚港，截断粮食供应。
>
> 窃以为，香港边界应该推至大鹏湾，从那里延伸到深圳湾，至少也得像威斯特利走向那样，从东北面鲤鱼门海峡伸展到九龙背后的山顶，包括珠江口及汲水门在内，以确保女王这

块有价值的属土的安全。再者，加普礁、横澜岛、大屿山和所有香港三英里以内的海岛均应割让给英国。否则，一旦爆发战争，本殖民地将难以防守。

如果女皇陛下政府有意在适当时候介入中日战争，我冒昧地祈求上述建议受到仔细考虑。这算不上大计，但在中国从失败中恢复过来之前，应当施加压力。

威廉·罗便臣在信中还附了驻军司令柏加的一封信，信中强调中国军队控制港口对香港英国统治的不利因素，甚至连墓地和九龙城的存在也包括在这种因素之内。

数日后，威廉·罗便臣又发出第二份文件，还把香港巨商遮打的一封信转给了里彭。

遮打在信中说：

如果说割取对岸大陆的一角并完全控制邻近水域，对本殖民地安全和应付欧洲敌人是非常必要的话，更不用说对付中国了。

中国的国力现在正处于最低点，但考虑到日本的进步，五十年之后，也许二十年，中国可能成为一处军事强国，具备足够的技术知识开发她的自然资源。到那时候，如果香港边界仍像现在一样，中国的舰队停泊在九龙湾，周围的山头和岛屿都为中国所有，我们往哪里躲？只有靠人家发慈悲……

1860年的争议现在又旧事重提。我们现在的要求正是当年的要求；那就是对殖民地安全所必需的东西。由于武器的改进和战争形式的变化，当年足够的，现在已不够了，我们必须多要些……

目前的大好时机一纵即逝。不管日本今天的成功有多大，不管中国的屈辱有多深，中华帝国资源丰富，潜力巨大，她不会长期安于现状。日本对华战争将激起全面起义；二十年后的中国将和现在不可同日而语。想做就立即去做，时不我待。

遮打的信还要求“赶走九龙城的中国混蛋”，赶走中国海关，包括它的派出所、税收站、收税员、侦探、特务，这样就有地方容纳更多的人士，工业上将获得土地和水源，在家禽、蔬菜方面可以不依赖广州……

威廉·罗便臣对遮打的要求给予极力支持，因为在他接任港督之前，香港作为中国最大的对外贸易站的地位已经被后来居上的上海所取代，香港的经济在威廉·罗便臣的任期内全面衰退，所以这位港督迫不及待地希望扩展他治下的殖民地，以摆脱困境。但英国政府当时仍然对此顾虑重重，外交部仅仅将罗便臣的报告“记录在案”，殖民地部次长爱德华·温菲尔德提醒罗便臣，他的献策超越了他的职责。

1895 年 4 月，战败的中国与日本签订了《马关条约》，俄、德、法随之哄起，“干涉还辽”，并以此为由，向清廷索取种种利益，与老牌的殖民霸主英国争雄，“日不落帝国”在远东的地位受到了严重威胁。5 月，英国海陆军联合会不失时机地提出一份报告，从英国的战略考虑，建议在香港“展拓并调整界址”。报告说，适当地保卫香港的安全，不仅需要完全控制香港与大陆之间的水面，而且有必要控制其南面和北面的海洋。南面的海岸已由英国掌握，而北面的海岸仍由中国管辖，必须夺过来。这份报告得到了英国陆军部和海军部的赞同。

1895 年 8 月 1 日，福建古田发生教案，英国传教士死伤多人，伦敦和香港的英商当然不会错过这个拓界的极好时机，遮打代表香港立法局非官守议员并取得香港总商会的支持，再次致函港督罗便臣，希望借此要求中国开放江西并展拓香港界址。与此同时，英商中华社会香港分会也提出同样要求，该会主席克锡并且在 11 月 6 日具体提出，香港界址应“扩大到包括大鹏湾和九龙半岛”。

1896 年 10 月和 11 月，英国殖民地防务委员会两次提出备忘录，敦促政府采取行动。

1897 年 1 月，新任殖民地大臣张伯伦致函索尔兹伯里首相，指出：

德国似乎决意要占领中国的一些领土，“我们除了照此办理，将别无选择”。

1897年11月，德国果然强占了胶州湾，俄国随后在12月强占了旅顺、大连，更在英国本土和香港殖民地引起轩然大波。12月3日，英商中华社会香港分会致电伦敦总部：“如果德国或其他任何强国取得中国领土，希望英国在香港拓界一事上能有所成就。”12月14日，也就是俄国军舰占领旅大的当天，威廉·罗便臣也催促英国殖民地大臣张伯伦立即采取行动。张伯伦本来就主张在列国竞争中采取坚决态度，坚持帝国的扩张，否则将永远失去机会，对首相索尔兹伯里的瞻前顾后犹豫不决极为不满。在英国和香港军、政、商各界的压力之下，面对德、俄在华步步得逞的严峻现实，索尔兹伯里不得不承认他幻想“在一个竞争的时代保持垄断时代的既得利益”政策的破产，在1898年年初把他兼任的外交大臣职务交给强硬派贝尔福代管。

1898年3月7日，法国在俄国支持下，向清廷提出租借广州湾，并要求总理各国事务衙门保证：将云南、贵州、广西、广东作为法国的势力范围。英国驻华公使窦纳乐于3月17日向伦敦报告了这一最新势态，提醒英国政府：如果法国的这些要求得到满足，那么香港的拓界将成为不可能了！此时，任满回国的威廉·罗便臣也再一次呼吁政府向中国攫取土地。3月28日，英国政府正式指示窦纳乐，要求他从中国朝廷取得保证，如果法国租借广州湾，英国随时可以要求展拓香港界址。

至此，早就按捺不住的窦纳乐总算得到了“尚方宝剑”。他根本不满足于两广总督谭钟麟许诺借给香港一小块地方修筑港口、炮台，而且认为香港政府和军界、商界先前曾提出的拓界理由也过于琐屑，什么墓地啊，靶场啊，练兵场啊，粮食、蔬菜基地啊，鸡零狗碎，根本就不值得一提，要伸手，就应该大捞一把。他之所以一直没有向李鸿章把话说明，只不过是在等待国内的具体指示，而且自己手头也缺乏资料。4月13日，代理港督布莱克把一份标示拓界方案的地图交给窦纳乐。4月16日，窦纳乐又收到英国代理外交事务大臣贝尔福的指示，把拓界的范围规定为：自深圳湾到大鹏湾一线以南，包括两湾水域以及邻近岛屿在内的全部领土。

现在，香港拓界的时机已经成熟，窦纳乐把这张图和这个方案突然展示在了大清国要员的面前，管你们吃惊不吃惊呢！

这层层内幕，当然都是李鸿章所不知道的，但他却必须硬着头皮，面对这张地图。

李鸿章强压着心中的震怒，用尽量平稳的语气说："窦公使，阁下上次已经言明，所谓展拓香港界址，只为防御一事，哪里用得了这么多土地？"

窦纳乐板着脸说："在今天之前，我从未就'防御'一词的范围做出解释，而今天请阁下过目的这幅地图是我唯一的解释。我知道，阁下仅仅打算在九龙半岛的沿岸给我们一小块土地，以作为象征性的'设防'；而我却要提醒阁下，那样如同儿戏的'设防'根本不可能保卫香港的安全。阁下请看，"他伸出汗毛很重的手指，指着面前的地图，"在中国漫长的海岸线上，如今已经布满了危机。北面，俄国控制了渤海湾；东面，德国占据了胶州湾；东南面，日本扼台湾海峡要冲；南面，法国踞广州湾重地。一旦爆发战争，他们的军舰四面包围，小小的海上孤岛香港将何以对付？香港的辖地必须向中国大陆扩展，而且必须包括九龙半岛两侧的海湾，我们别无选择！请阁下为英国想一想，为香港想一想！"

李鸿章心里说：英国也罢，俄国也罢，德国也罢，法国也罢，你们占据的都是中国的领土和领海，瓜分不均，也难免互相厮打起来，到时候遭殃的还是中国！你要我为英国着想，俄、德、法也会要我为他们着想，到底让我听谁的？你们哪一个又肯为中国着想呢？

"阁下身为英国公使，自然要为英国着想。不过……"李鸿章嗫嚅道，"如此大片租借，敝国也有难处……"

窦纳乐微微一笑："是吗？德国租借的胶州湾，俄国租借的旅大，都比英国所要求展拓香港界址的面积要大，为什么贵国答应了他们，而要拒绝我们呢？大英帝国对于贵国已经很客气了，而你们却把我们的忍让看作软弱可欺，这不公平！"

你说你公道，我说我公道，公道不公道，只有天知道！李鸿章心想，而今人为刀俎，我为鱼肉，“软弱可欺”的是你还是我呢？但这种牢骚又不能当面发出来，只好说：“敝国对待各友邦皆一视同仁，不是已经答应将威海卫租与贵国了吗？其大小足以与德、俄租借土地相当！”

“威海卫属于另一个问题……”窦纳乐略一沉吟，狡黠的蓝眼珠转动着，“英国租借威海卫，可以有效地扼制俄国在旅大的势力，这对中国大有好处。威海卫地处与日本对峙的海防前沿，而中国却又没有足够的防备力量，阁下所创建的北洋水师，不就是在那里遭到覆灭的命运吗？”

像一柄利刃戳到李鸿章的心上！北洋水师曾经是他的骄傲，却又是他的耻辱，在这样公开的场合奚落他，只有洋人才敢，而且料定他不敢还口。李鸿章张了张嘴，还是忍了，一阵怒火攻心，额头上渗出一层汗珠。

窦纳乐眨眨眼睛，继续说：“如果阁下能够让俄国人撤出旅大，那么，我们就马上离开威海卫，这一点，我绝对保证！但是，你做得到吗？”

李鸿章默然不语。他当然知道，俄国人如狼似虎，要想把他们从旅大“请”走，莫说他李鸿章，就是庆亲王出面，皇上出面，皇太后出面，也是万万办不到的！那么，以此来换取英国人从威海卫撤退就只是一句空话，所以窦纳乐才敢于做这种毫无意义的“保证”。而在今天的谈判中，本来也不涉及威海卫，这张牌是由他李鸿章打出来的，白白让对方吃掉，说了等于没说，还饱受一通奚落。

窦纳乐又说话了：“所以，我希望阁下正视现实，香港的拓界，才是我们今天的议题。”

绕了一圈儿，还得回到原地。李鸿章费尽唇舌，毫无作用，根本改变不了窦纳乐的一定之规。那么，就这样认可他的索取吗？从深圳湾到大鹏湾一线以南的那么一大片土地，也实在不甘心轻易地丢掉呢！

他从衣袋里掏出一方绢帕，擦了擦汗津津的额头，就势看了看身边的许应骙和张荫桓，心说：你们两位也都是食皇家俸禄的，别只让我一个人为难！

许应骙一脸惶恐，躲开他的目光，望了望张荫桓。

张荫桓却两眼只盯着那幅地图，沉默不语。

他想起了一件往事……

曾名噪一时的同治七年状元洪钧，光绪十三年奉旨出使俄罗斯、德意志、奥地利、荷兰四国，时年五十，携了刚刚续娶的“夫人”名妓赛金花赴任。谁料这趟风光差使，却埋下了祸根！光绪十八年，由于中俄两国帕米尔边界之争，右庶子准良上书皇帝，称帕米尔图说纷纭，宜求精确；御史杨宜治更弹劾洪钧私刻地图，将帕米尔画于大清疆界之外，授俄人以权柄，通敌卖国。洪钧上疏辩解说：“自去年帕事起时，臣衙门当即遍查《内府舆图》《一统志》等图，于帕地山川道里形势险要，皆略焉弗详，不得不借英、俄两国之图，旁参互证。新疆本无精通绘图之员，又以畏惧俄兵，不能前往履勘。该督抚先后寄到两图，皆未精确。迨至去冬，北洋大臣李鸿章译寄英图数种，出使大臣许景澄搜集英、俄、法、德图说十余种，详稽博考，订成一图，益为赅备，亦于十二月寄到，以核臣衙门先后历办情形，似与疆界方舆尚无乖谬……”云云，把自己的责任推了个干干净净。但是，依据洋人的地图，来划我边界，岂不是授权予人吗？我大片国土因此归于俄国界内，洪钧既曾出使俄国在前，又奉旨在总理衙门行走于后，你是干什么吃的？无论如何难脱干系。后来还是李鸿章出面为他说了好话，才免于治罪，仅予开缺处分。洪钧因此悒郁成疾，于光绪十九年八月呜呼哀哉，留下风流寡妇赛金花，重操贱业……

这件往事发生在十几年前，如今想起来仍令人心有余悸。只因为一条边界，洪状元丢了兵部左侍郎的官阶和一条性命，何等可怕！张荫桓也是常常奉旨出洋的人物，去年正月里还到了“日不落帝国”，出席维多利亚女王登基六十周年庆典，亲眼领略了大英皇家的气派，深知这位债主不是好惹的。现在，女王陛下的钦差窦纳乐送来了面前的这幅地图，挥手之间便要从大清国的领土上割去一大片！事关国家利益，张荫桓如缄口不语，有失大清臣子的本分；但若据理力争，又怕惹恼了窦纳乐，一旦酿起纷争，两国交兵，他张荫桓又如何担得起责任？

想到这里，张荫桓便有了主意，不如避开窦纳乐提出的疆界之说，单独点出其中一个细节，做做文章。

于是，他伸出右手食指，指向九龙半岛，从尖沙咀向东北方向移动，找到九龙寨城所在地，说道："请问窦公使，这九龙寨城也在拓界范围之内吗?"

窦纳乐耸耸眉毛："当然。"

张荫桓说："如此，窃以为不妥，这九龙寨城里设有中国衙门啊!"

他这一句话，提醒了绝顶聪明的李鸿章。五十八年前，中英打起鸦片战争，他当时虽然还未入仕，却也是过来人，腥风血雨，记忆犹新。那时，两广总督林则徐和广东水师提督关天培为加强防卫，调大鹏协军队和水师船至九龙驻守，把英国钦差大臣义律率领的英舰打得落花流水。虽然鸦片战争以大清国的惨败而告终，关天培战死，林则徐被革职充军，香港岛割让与英国，但大清国朝廷对于九龙的防务，却远比过去重视了，在战后筑起九龙寨城，隶属于广东新安县九龙巡检司。直到第二次鸦片战争之后，英国又强行割占九龙司，也并未把九龙寨城划在界内，大清国的官兵，至今仍驻守如故。难道此次拓界，要把中国的衙门也占领了不成?

"唔，樵野说得有理，"李鸿章说着，看了一眼张荫桓，樵野是张荫桓的字。"衙门所在，关乎国体，万万不可租让的!"这句话，他说得很坚决，没有丝毫犹豫。

"是这样，"许应骙也附和道，"万万不可!"

窦纳乐眯起灰蓝色的眼睛，饶有兴致地端详着这三位清廷大员。他觉得很奇怪，为什么这三个人都对小小的九龙寨城给予极大的注意，而对于此城以北的大片土地不置一词? 窦纳乐心里一阵兴奋，感到这是一个极好的征兆：中国官员把形式上的"主权"看得过于重要，所以不惜失去大片土地而保住一座衙门；那么，他正好可以抓住这座衙门不放，诱使对方因小而失大!

"本公使不能接受诸位阁下的立场!"窦纳乐故意皱起了眉头，提高声音说，"香港展拓界址之后，边界之内的所有土地理所当然地归于女王陛下的治下，怎么能够容许在这块土地上存在另一个国家的什么'衙门’？这是对国际公法的侵犯，对女王陛下的侮辱！”

张荫桓一愣，眼前闪现出维多利亚女王的威仪。不料由他提起的九龙寨城之议，竟然“侮辱”了英国女王，真是罪莫大焉！

许应骙没见过维多利亚女王，但分明感到刚才的话题很是严重，把窦纳乐惹恼了。他转过脸望望李鸿章，轻声说：“中堂，这国际公法……”

李鸿章倒是比他们沉着，觉得窦纳乐由九龙寨城扯到英国女王，未免有些离题了。至于国际公法，二十多年前，中国倒是印行过一本美国律师惠顿的著作《万国公法》，由来华美国传教士丁韪良翻译。当时朝廷人士对此颇有微词，认为丁氏翻译此书，无非是向中国夸示外夷律例，他本人亦有步意大利传教士利玛窦后尘，博取虚名之嫌。而恰恰就在此书印行的同治三年，发生了一件国际争端，普鲁士在中国领海内截获丹麦商船，引起争执。大清总理衙门援引这本《万国公法》中的有关则例，据理力争，最终使普鲁士将其截获的丹麦商船移交中国处理。有鉴于此，恭亲王奕䜣认为，外夷律例虽不尽符合中国法制，但亦有可取之处，于是命总理衙门刊印三百部，颁发各省督抚备用。进入光绪朝以来，中国涉外事务愈繁，这本《万国公法》已成为各通商口岸地方官员以及一切涉及夷务人员所必备之书。李鸿章身为总理衙门大臣，对此书并不陌生，不过，仓促之间也难以回忆起其中的烦琐律例，而且像今天所遇到的这种事，一国向另一国租借土地是否可以连带衙门，似也无现成条款。尽管如此，总理衙门当年援引《万国公法》处理国际争端的往事仍然给了李鸿章以启发。

“窦公使言重了！”李鸿章说，“敝国办理外交，一向尊重他国元首，遵守国际公法。譬如俄国租借旅大，德国租借胶州湾，所租者，仅土地而已，而不包括衙门，敝国官员照旧在金州、胶州的衙门办公，与俄、德租界，井水不犯河水。既然有此类先例可循，那么，贵国如欲展拓香港界址，亦可照此办理。”

窦纳乐微微一愣，感到李鸿章这番话说得倒不大容易驳倒。他自己也明明知道，像土地割让和租借这种弱肉强食的掠夺方式，根本找不到什么法律依据。而且，“遵循先例”恰恰又是英国所奉行的普通法系的一大特点。也许，中国的洋务领袖李鸿章有意“以子之矛，攻子之盾”？但窦纳乐决不肯承认李鸿章有“理”，而必须以气势压倒李鸿章。于是昂然反问道：“世界各国，一律平等，为什么一定要我们大英帝国仿照俄罗斯和德意志的先例？难道还要我们至高无上的女王陛下屈居于俄国沙皇和德国皇帝之下吗？”

李鸿章暗暗叫苦，心里说：这个家伙实在难缠，竟如此蛮不讲理！他咂了咂嘴，解释道：“窦公使误会了，鸿章并无此意，方才所说，仅指九龙寨城而已。诚如窦公使所说，各国一律平等，所以，关于九龙寨城的归属，似应与金州、胶州同等对待。如若不然，他国则难免指责我厚此薄彼，叫我如何答复？”

许应骙见李鸿章一脸苦相，于心不忍，便接下去对窦纳乐说：“九龙寨城，一向在敝国治下，管理有序，若突然移交贵国，恐怕城中官员和民众会产生疑虑，若是激起民变，伤了两国和气，反而不美，请窦公使三思！”

许应骙本是想帮一帮李鸿章，却不料帮了倒忙，把窦纳乐激怒了！

“本公使不是在征询民意，而是在和贵国政府谈判！”窦纳乐拍案道，“诸位阁下作为全权代表，完全可以做出自己的决断，而不必吞吞吐吐，寻找种种借口！本公使坦率地奉告诸位：大英帝国政府本来是要向贵国索取舟山群岛，本公使本着与华为善的愿望，说服了政府，不然，今天的谈判就不仅仅在原有的香港殖民地展拓界址了！”

许应骙目瞪口呆，不知如何是好。

李鸿章看窦纳乐那副盛气凌人的架势，好像对于中国的任何一块领土都如探囊取物，他不取舟山而只求香港拓界还给了中国莫大的面子！

“这么说，”李鸿章不禁哑然失笑，“我们倒应该感谢窦公使才是！”

“难道不是这样吗？”窦纳乐对于这句明褒暗贬的话却坦然受之，“本公使一贯对华友好，至少应该得到你们的理解，共同妥善解决香港拓界问题，使我们两方面皆大欢喜！”

李鸿章心想：这本来就是一厢情愿的买卖，哪还有“皆大欢喜”可言？于是说："既然窦公使坚持对华友好，就不要强人所难吧？拓界拓到哪里为限，可以商量，但九龙寨城必不可在此之内！烦请窦公使向贵国朝廷奏明，如何？"

窦纳乐眼看老奸巨猾的李鸿章已入他彀中，着眼于局部而不顾整体，拓界似乎已经不成问题，障碍仅仅是一个小小的九龙寨城了。而就他窦纳乐的本意，这个九龙寨城其实可有可无，在必要的时候并不排除舍弃的可能性。如果拓界成功，深圳湾到大鹏湾一线以南的大片土地都划归了英国，其中保留一个中国的衙门又有何妨？他们能够长期驻守吗？到了那一步，英国再想个办法把他们赶走，也是轻而易举的！

窦纳乐做出一副为难的样子，说："看来，本公使有必要把你们的难处电告大英帝国政府，争取相互谅解。"

"如此最好，"李鸿章听到他的口风松动，心里踏实了一些，"那么，拜托了！"

窦纳乐点了点头，眉目之间漾起一丝难得的笑容。几个小时之前，当他带着那幅漫天要价的地图踏进这座总理衙门之时，对于能否旗开得胜并没有太大把握，他只希望竭尽自己的力量去和对手较量，迫使他们妥协；他们不妥协就继续争论下去，打他几个回合。没有想到，对手竟是如此软弱，很快便接受了强加于他们的现实：英国在香港的殖民地将随着这幅地图陡然扩展三百六十多平方英里！这块新领土相当于香港本岛的十倍，而李鸿章、许应骙、张荫桓却似乎并不怎么动心，他们所关心的不过是那座小小的衙门而已，实在可笑，荒唐，不可思议！窦纳乐在心里说：我胜利了！

而有意思的是，被窦纳乐所击败的三位总理衙门大臣的脸上也流露出酣战之后的轻松，似乎他们也是谈判的胜利者。是啊，这场唇枪舌剑，尽管大清国从一开头就处于被动挨打的地位，步步为营，节节败退，但谈至今日，总算多多少少还留有一线希望，如果能够保住九龙寨城，好歹也是大清国主权的一点儿象征，这样，在慈禧皇太后、皇上和庆亲王那里，也有个交代。

双方各自庆幸，谈判到此告一段落，暂时休会。

窦纳乐从谈判桌旁站起身来，恢复了英国绅士的优雅从容，面带微笑，彬彬有礼地向东道主告辞，戴上礼帽，由他的秘书、通事、随员簇拥着向门外走去。李鸿章拄起手杖，谦谦礼让，和许应骙、张荫桓一起送客。夕阳从檐下射进一束金色的斜晖，洒在大红的廊柱上，洒在华服冠带的李鸿章和西装革履的窦纳乐身上，构成一幅色彩斑斓的历史画面。

等候在院子里的戈什哈闻风而动，快步朝衙门外跑去，扯起嗓子喊道："老爷们要起轿了，伺候着！"

衙门外面，"中外禔福"匾额上，困顿慵乏的轿夫们忽地抖擞起精神，准备抄家伙卖力气。

李鸿章和许应骙、张荫桓把窦纳乐一行送到衙门口，行洋礼握手而别。

等洋人的轿子走远了，李鸿章才感到有些累了。抬头看看西边天际，已经斜阳西坠，嘘了口气，伸手捶着自己的后背，说："天不早了，我们……也回去歇着吧！"

这自然也正是许应骙和张荫桓的想法，此时此刻，巴不得早点儿打道回府，躺在烟榻上抽它几个泡子解解乏，让丫头子好好儿地给捶捶腿、烫烫脚。于是互相拱手道别，上轿而去。

李鸿章年纪大了，动作迟钝，由轿夫搀扶着，缓缓地上了轿，坐下来，又是一阵喘息。轿夫前后一个招呼，正待起轿要走，不料胡同里快步走过来一个年轻人，直奔李中堂的轿子。

络腮胡子戈什哈一双威严的眼睛盯住了他。唔？还是一个时辰之前要闯衙门的那个人！他在胡同里徘徊了这么半天，还不肯走，现在又来拦中堂大人的轿子，这是个什么人？莫非是要行刺吗?！说时迟，那时快，络腮胡子戈什哈猛地转过身去，飞步上前，不待那人接近官轿，已经伸出鹰爪般的大手，把他当胸抓住，怒喝一声："干什么？"

年轻人却既不畏惧，也不反抗，只是平静地看了他一眼，说："我要见李中堂大人，烦请通报一声。"

"嗬，口气不小！中堂大人的尊驾，是你想见就见的吗？"戈什哈冷笑道，“小子哎，你活得不耐烦了吧？爷今儿个手正痒痒呢！”

说着，抡起拳头就要打。那些轿杠在肩的轿夫，衙前站岗的卫兵，恭送官轿的苏拉，眼睛都放了光，今儿有好戏瞧了！这年头儿，哪个小民不怕官？无论在大街小巷，只要远远地看见官轿，都像避猫鼠似的急急逃遁，今天这个不知死活的主儿倒是少见！他要干什么？是拦轿喊冤还是图谋不轨？身上带着暗器没有？得瞅清楚，搜利索！

李鸿章听到外面吵嚷，从轿窗望去，看见他的戈什哈当街揪住了一个人，心头也吃了一惊。李鸿章在官场数十年，京官、外官、文官、武官都做过，向来都出人头地，积怨甚多，政敌数不胜数，难保没人重金收买亡命之徒，暗算于他。他如今七十有六，步入风烛残年，若是死于非命，不得善终，岂不让他那些仇人拍手称快？不过，当他定睛一看，见那个被戈什哈扭住的年轻人衣冠整洁，仪态儒雅，又听他说话从容镇定，倒不像个歹人……

李鸿章悬着的心放下了。他断定自己并没有什么危险，是戈什哈小题大做了。李鸿章虽然身居高位，却并不喜欢他的属下耀武扬威，官越是做得高，越是注意维护自己的形象。特别是近年来他的仕途并不顺利，更加需要做出一副勤政爱民、礼贤下士的姿态，以笼络人心。于是，他便掀起轿帘，喊道：“慢着！不要这么咋咋呼呼的，唤那个年轻人过来！”

络腮胡子戈什哈一愣，那些卫兵、苏拉、轿夫也一愣，大人今儿个是怎么了？对这种当街拦轿的莠民不但不下令立即擒获，严加查办，反而特别赏脸，传他到轿前问话，咳，新鲜！

“嗻！”络腮胡子戈什哈虽是心有不满，却不敢有丝毫的违抗，如同看家狗听到主人的呵斥，他立即恭顺地答应了一声，那鹰爪似的大手也就松开了，胳膊软绵绵地垂了下来，极不情愿地对那个年轻人说：“听见没有？中堂大人喊你到跟前儿问话呢！”

年轻人整整衣冠，快步来到轿前，深深一揖：“晚生易君恕拜见中堂大人！”

李鸿章听到这个姓名，顿觉一股书卷气扑面而来，再抬眼细看易君恕其人，面如冠玉，眉清目秀，却又伟岸挺拔，潇洒英俊，一派阳刚之气，不像一些纨绔子弟，忸怩做女儿态。李鸿章不禁在心里赞叹：好一个美男子！他恍惚觉得，这副相貌似乎有些眼熟，却又一时想不起来在哪儿见过，于是问道："你与老夫上次见面，是在几时？"

易君恕答道："回禀中堂大人，晚生今天是初次得瞻大人尊颜。"

嗯，倒是个老实人，李鸿章心想。如果是那些浮华招摇之辈，还不顺着竿子往上爬吗？简单的一个问答，使李鸿章觉得这个年轻人颇有些可爱之处，刚才那一阵疲倦之感竟随着心情的好转而缓解了。

"易君恕……"他喃喃地重复着这三个字，"请问台甫？"

"晚生单名一个'仁'字，字'君恕'，以字行。"

"嗯，仁者，求仁得仁；恕者，犯而不校。好名字，谁给你起的？"

"家父所赐。"

"令尊是……"

"家父易元杰，曾在中堂大人麾下为国效力，是北洋水师丁军门帐前的一名文案。甲午年中日之战……"

"噢，我想起来了！"李鸿章心里一阵悸动，怆然说。

其实，他并不是想起了易君恕的父亲易元杰那个人，一名小小的文案，即使见过面，也未必留下什么深刻的印象，他想起的是那一场险恶的海战！

就在四年前，公元 1894 年，光绪二十年，岁次甲午。那一年的十月初十恰逢圣母慈禧皇太后的六十寿辰，不料春夏之交便有一股狼烟自东方升起，给将要到来的"万寿之期"蒙上了不祥的阴云。四月里，朝鲜爆发东学党起义，声势甚盛，朝鲜国王镇压无术，向大清国求援。五月，直隶总督兼北洋大臣李鸿章命北洋水师提督丁汝昌派海军"济远""扬威"二舰赴仁川、汉城护商，并调直隶总提督叶志超率同太原镇总兵聂士成选淮练旅一千五百名，分坐招商轮先后进发，同时根据中日《天津条约》，通知日本政府。岂料日本却乘机以保护使馆和侨民为名，派兵入朝，冲进王宫，幽禁国王，强令朝鲜与中国断绝关系，成为日本殖民地。六月，日本违背国际公约，在牙山口外的半岛海面不宣而战，将中国雇用运载军队的英国商轮“高升”号击沉，落水溺死千余人众。局势的突变震动了大清朝廷。七月，光绪皇帝被迫向日宣战。八月，日军进攻平壤，记名提督左宝贵血战玄武门，壮烈牺牲，叶志超弃城而逃。八月十八日，丁汝昌所率北洋水师十八艘主力舰在运送淮军回航时在黄海大东沟洋面遭遇日军阻击，双方展开激烈的炮战，北洋水师提督丁汝昌负伤，大清多艘战舰受到重创，“致远”号管带邓世昌在舰伤弹尽之际，下令开足马力，决心撞沉日本主力舰“吉野”，欲与敌舰同归于尽，却不幸被鱼雷射中，全舰官兵二百五十人全部壮烈殉国！就在那一天，光绪皇帝怒责李鸿章“未能迅赴战机，以致日久无功，殊负委任。着拔去三眼花翎，褫去黄马褂”。为阻止日本海军深入内犯，又命李鸿章加强旅顺、威海卫防务。李鸿章以保船制敌之计，不敢轻于一掷。十月，日军长驱直入，在慈禧皇太后的“万寿之期”攻陷大连，随后又占领旅顺，进攻威海。光绪皇帝闻讯大怒，谕令将李鸿章“革职留任，摘去顶戴”，十二月又命他“相机迎击，以免坐困”。李鸿章明知败局已定，又连遭惩处，战志全无，只想尽量保存实力，下令北洋舰队“不许出战，不得轻离威海一步”。翌年乙未正月，日军从后路抄袭，登陆成山角，占领威海卫南北两岸炮台，封锁港口，向刘公岛和北洋余舰发动最后的总攻。丁汝昌誓不降敌，服毒自尽，残部在美国洋员浩威的煽动下向日军投降，北洋水师这支曾经雄居亚洲首位和全球第六位的庞大舰队，终于全军覆没……

甲午之战是李鸿章仕途中最大的败笔。他自咸丰十一年招募淮练劲旅，光绪六年创办海军，苦心孤诣，惨淡经营，多年之功毁于一旦，御赐三眼花翎和黄马褂的殊荣尽行褫夺，革留摘顶。若不是皇太后为他撑腰，称“李鸿章勋绩久著，熟悉中外交涉，为外洋各国所共倾服”，“着赏还翎顶，开复革留处分，并赏还黄马褂，作为头等全权大臣，与日本商议和约”，他李鸿章早已身败名裂，不可能有今日的地位了……

往事不堪回首，“甲午”二字是李鸿章心头的一块伤疤，突然被易君恕触动，当年丧师之痛又陡然泛起。虽然在他的记忆之中，北洋水师文案易元杰只是一个模模糊糊的印象，但毕竟曾经是自己的部下，而今看见了北洋水师的后代，心中不禁沧桑之叹，无限凄凉酸楚！

“足下原来是故人之后！”他望着面前的这个年轻人，喃喃地说，“易公子，当年丁军门杀身成仁，令尊他……”

“家父也随丁军门而去，”易君恕说，“一头撞在大清国龙旗的旗杆上，以身殉国了！”

“噢，令尊死得壮烈，死得壮烈！”李鸿章感叹道，稀松浮肿的两眼不觉泪光闪闪，对于旧部后人顿生怜悯之心，觉得应该多少有点表示，便说，“令尊逝后，老夫一向疏于问候，很为不安。府上若有什么难处，但说不妨，老夫当尽故人之责！”

“多谢大人垂怜，”易君恕躬身说，“舍下虽然清贫，但读书人所需甚少，晚生与老母、拙荆尚可糊口，不敢劳大人分忧。”

李鸿章对这位年轻人的自爱深表嘉许，但又觉得如此自甘清贫，不思进取，也未免可惜：“你……何不在功名上下些功夫，以继令尊遗志，报效国家？”

“回禀中堂大人，”易君恕说，“家父在世时，也是教导君恕努力进取。甲午年顺天府乡试，君恕侥幸中举，但随后便传来家父殉国的噩耗，君恕居丧三年，乙未科会试当然也就错过了。”

“嗯，”李鸿章点了点头。得知易君恕是位举人，他更加另眼相看，“如今三年丧期已满，今年又是戊戌正科，你……”

“唉！”易君恕叹了口气，说，“晚生近来心绪不安，未赴春闱。”

“这又是为什么？”李鸿章很觉困惑。

“大人……”易君恕看看左右，欲言又止。

李鸿章心想：这位年轻的举人，必有什么转圜不开的难处，才来求助于我，却又碍于面皮，羞于启齿。他既是旧部后人，我何不借此帮他一把？如若有所造就，必不会忘本，倒是个可靠的嫡系……正待开口询问，抬眼看看身旁，唉，自己也老糊涂了，在大街上向人家问话，又无法屏退左右，这不是让人家为难吗？

“好吧，老夫暂且不走了，”李鸿章两手扶着轿杆，干脆下了轿，又对易君恕解释说，“老夫进京不久，家居草率，就请在衙门里一叙吧！”

这当然是个托词。李鸿章是三朝元老，在北京根基很深，在出任直隶总督兼北洋大臣时虽久居天津，甲午战后奉旨进京入阁，也已近两年，以他的权势地位，哪里还会“家居草率”？况且他现在并不住在自己的府邸，而是按外官进京的惯例，寓居贤良寺，离总理衙门仅一箭之遥。但面前这位易君恕毕竟刚刚一面之交，他还不打算延揽到寓所去，且在这里谈谈再说。

易君恕自然客随主便：“但凭大人吩咐！”

那些戈什哈、苏拉、轿夫，见已经上了轿的李中堂又决定不走了，还得伺候着，满心的不高兴，但谁又敢说什么？

易君恕从容地随着李鸿章迈进衙门，刚才对他趾高气扬的戈什哈，现在却低眉垂手而立。易君恕心里不禁觉得好笑：自己没有高鼻蓝眼，不是也进了这座衙门吗？

李鸿章当然不可能在刚才与英使谈判的大堂接待易君恕，即使进二堂、花厅也过于隆重。他带着易君恕来到签押房，这是总理大臣平时办理公务、接待下属的地方。

李鸿章说声：“请！”两人分宾主坐下。苏拉迈着急促无声的碎步走进来，奉上两盏盖碗茶，李鸿章一挥手，便又知趣地退了出去。

签押房里只剩下李鸿章和易君恕两个人。

“易公子是世家子弟，家学渊源雄厚，且攻读有成，老夫甚觉欣慰！”李鸿章眯起眼睛，亲切地看着易君恕，“可是，你还没有回答老夫，今年为什么未参加朝廷会试？”

这些事情，本不是易君恕今天要谈的，但既然李中堂一再问他，却也不好不回答。

“大人，恕我直言……”

“你我不是外人，但说不妨！”

“大人，”易君恕说，“晚生受家父熏陶，早已以身许国，平生所愿，当然是为国建功立业。如今西风东渐，新学兴起，而朝廷仍以八股取士，士人不读秦汉以后书，不言秦汉以后事，不识地球各国，不知天下之变，晚生以为实在落后于时代潮流，这个科举，不考也罢！”

“噢？”李鸿章没有料到易君恕竟是个新派人物，把明清两朝的八股取士一言以蔽之“落后于潮流”，完全否定了。李鸿章本身就是靠八股文中的进士，当着他的面说这种话，显然欠妥。但李鸿章毕竟不同于那些“不读秦汉以后书，不言秦汉以后事”的腐儒，几十年来，买铁舰，创水师，铺电线，修铁路，开矿山，办工厂，周游列国，搜求新知，执大清国洋务派之牛耳，易君恕攻击八股取士自然应该把他排除在外，所以他并不介意，甚至还有偶遇知音之感。

“嗯，我大清欲自立于当今世界，必须师夷之长技以制夷，年轻人也应该学些真才实学，”李鸿章略过八股不八股这个话题，朝着他感兴趣的方向问下去，“想必易公子对西学颇有研究？”

“晚生不才，对西学所知甚少，”易君恕有些腼腆，据实答道，“只读过德国人花之安所著《自西徂东》、英国人李提摩太所译《百年一觉》、美国人丁韪良所译《万国公法》等少数几本书，一知半解，仅皮毛而已。”

“易公子过谦了！”李鸿章见惯了官场中的虚伪，并不把这话当真，料定易君恕必然精通西学，心中更觉喜欢，“老夫几十年来，为了国家富强，致力洋务；近年来又奉旨在总理衙门行走，办理各国外交，倒是个用人的地方。易公子学贯中西，若无意于科举……”

说到这里，下半句话却又咽住了，慈祥地看着面前的这位年轻人。对于初次见面的易君恕来说，这是一个十分难得的明显示意。但李鸿章毕竟不肯把话说尽，他要留下一半，让对方自己来表达甘心投靠的意愿，如当年李太白《与韩荆州书》所言：“‘生不用封万户侯，但愿一识韩荆州。’何令人之景慕一至于此！岂不以周公之风，躬吐握之事，使海内豪俊，奔走而归之，一登龙门，则身价十倍！”

这层意思，易君恕自然听得明白。李鸿章把他左盘问、右盘问，原来以为他是来走门子，想进总理衙门谋个差事。

“中堂大人，”易君恕淡淡一笑，却说，“晚生今日求见，并非为了谋职。”

“噢?”李鸿章倒感到意外。他本以为，自己身居高位，那么主动地表示关切，对方一定会感激涕零，趋之若鹜，却不料被这个年轻人轻易地拒绝了，这岂不是太不识抬举了吗？既然如此，就干脆单刀直入，“那么，易公子所为何来呢?”

“中堂大人,”易君恕拱拱手，说道，“晚生确有一事相求……”

“那就请直说吧!”李鸿章已经有些不耐烦，心想此人既然不肯投在他的门下，必是为一些小事儿走走关节。且听听他所求何事，如果顺手，也不妨卖个人情，帮他一把，打发了这个“故人之后”也就是了。“只要老夫力所能及，定尽绵薄!”

“多谢中堂大人!”易君恕听了这话，便如同得到许诺，双目炯炯地望着李鸿章，“请问大人，刚才乘轿子出去的那位洋人，可是英国驻华公使窦纳乐吗?”

“嗯?”李鸿章一愣，“你问这个干什么?”

“晚生听说，近来英国公使频频到总理衙门谈判，谋求展拓香港界址……”

“你……你听哪个讲的?”李鸿章突然失去慢条斯理的常态，一着急，连老家合肥话也出来了。易君恕突然提出的问题，使他颇为震惊。总理衙门和洋人谈判，几乎每天都有，在李鸿章如同家常便饭，但对于平民百姓来说，则是不应该知道也不应该关心的国家机密。可是，易君恕却不但说出了谈判对手的名字，连两国相争尚未定局的议项也点出来了，这是怎么回事？是总理衙门的哪位大臣或是戈什哈、苏拉不慎泄露了秘密，还是易君恕受了什么人的指使，前来刺探情报?

“回禀中堂大人：晚生日前到南横街粤东会馆，听南海康有为先生在保国会演讲，谈到近来时事，据说英使窦纳乐要求展拓香港界址,”易君恕答道，他已经从李鸿章那双警惕的眼睛里证实了这个传闻，“看来，是确有其事了。”

李鸿章不语，倒吸了一口凉气。易君恕的消息来源是康有为！提起那个康有为，李鸿章的内心深处再一次被触动了伤疤!

就在甲午战败之后，慈禧皇太后又要派李鸿章这位败兵统帅赴日议和。李鸿章知道，此去日本，无非是割地赔款，但圣命难违，也不得不去。在日本马关，李鸿章作为战败国的全权代表，受尽日本内阁总理大臣伊藤博文和外务大臣陆奥宗光的奚落和恫吓，而且还被日本浪人开枪打伤，其中委屈，向谁去诉？他忍辱含垢，与日本签订了《马关条约》：割让辽东半岛、台湾全岛以及澎湖列岛，赔偿白银二万万两，添设沙市、重庆、苏州、杭州为通商口岸，并规定日本在中国通商口岸任便从事各项工艺制造，享受与进口货同等优惠待遇。

消息传到北京，举国哗然。朝廷文臣武将，号泣谏言、愿决死战者不乏其人，不肯以寸土与人。当时正赶上乙未科会试，各省举子齐集京师，群情激愤，台湾赴京举子痛写血书，表示誓不从倭！广东举子康有为趁机一呼百应，带领六百余名举子联名上万言书，反对签约，主张变法，一时闹得沸沸扬扬。中国自实行科举以来，举人进京应试，均由公车接送，所以举人又称“公车”，康有为此举，便以“公车上书”之名轰动全国，使得赴日议和的李鸿章骑虎难下。幸而朝中还有一班主和的老臣，对康有为的万言书予以抵制，未能上达天听，而号称“四小枢”的恭亲王奕䜣、庆亲王奕劻、兵部尚书孙毓汶、军机大臣徐用仪则冲破帝师翁同龢和他一帮门徒的重重阻挠，力谏皇上休战言和，光绪皇帝虽顿足流涕，到底也还是在和约上签字用宝，才了结了这场纷争。如若不然，一旦朝廷拒签和约，他李鸿章尚在日本马关，性命危矣！

李鸿章一想起这些，心中就打翻了五味瓶。康氏一举成名，是踩着他的肩膀爬上去的！而向皇上引荐康有为的不是别人，正是在甲午战争中一味主战、与李鸿章尖锐对立的帝师翁同龢！由于翁氏极力怂恿，今年春节，皇上竟然不顾“破五”的成例，在大年初三命翁同龢、李鸿章和兵部尚书、协办大学士荣禄，刑部尚书兼署兵部尚书廖寿恒，尚书衔户部左侍郎张荫桓，共同在总理衙门西花厅召康有为“问话”。康有为不就是在乙未科刚刚中的进士吗？至今也还只是六品的工部主事，让五位顶尖级朝廷大员会见他一个人，可谓郑重其事到了极点。

当时，荣禄开宗明义，对康有为说：“祖宗之法不能变！”

康有为对曰：“祖宗之法以治祖宗之地，今祖宗之地不能守，何有祖宗之法乎？即如此为外交总署，亦非祖制所有，因时制宜，诚非得已。”

竟然以子之矛，攻子之盾，就地取材，回答得可谓机敏狡黠，使荣禄一时语塞。

接着，廖寿恒问：“宜何变法？”

康有为对曰：“宜变法律、官制为先。”

李鸿章问：“然则六部尽撤，则例尽弃乎？”

康有为对曰：“今为列国并立之时，非复一统之世。今之法律、官制，皆一统之法，弱亡中国皆此物也，诚宜尽撤！”

…………

那次“问话”，使李鸿章震惊地感到，三年前横空出世的康有为，如今已成气候。平心而论，康有为高屋建瓴的立论和舌战群儒的辩才，都使他折服。李鸿章为官一世，深知中国积贫积弱，症结在于法治涣漫，官制陈旧，官场腐败，与近百年来崛起于世界的列强各国相比，就像病入膏肓的垂垂老者较之青春焕发的青年，根本不可同日而语。他渴望变更这种现实，渴望做出一番惊天动地的事业，却又不敢触及那个要命的根本，只能在原有的框架之内小改小革，为此耗尽了心血，熬白了须发。而年方不惑的康有为，刚刚步入政坛就显出一股咄咄逼人的锐气，直指大清国的要害，出一鸣惊人之语，收振聋发聩之效。李鸿章不敢说的话，康有为说出来了；李鸿章不敢做的事，康有为要亲手去实现。这真让李鸿章羡慕而又嫉妒，自己办了一辈子的洋务，由于康有为打出了“维新”的旗帜而变得陈旧，突然之间黯淡无光。像一匹不甘伏枥待毙的老马，李鸿章不肯让时代抛弃，不愿让“维新”的浪潮淹没，他本能地要急起直追，甚至不惜屈尊俯就，投在康有为的麾下。早在“公车上书”之后不久，康有为在北京发起强学会，李鸿章不计前嫌，愿捐银二千两，申请入会，不料却未获批准，想做“康党”而不可得！李鸿章的名声已经臭到这种地步了吗？连步“维新”后尘的资格都没有了吗？那一次对他的打击实在太大了，使李鸿章真真切切地体味到了“墙倒众人推”的孤独和尴尬。他厚着老脸挨过了世态炎凉的三年，以明升暗降的总理衙门大臣身份维持着虚弱的体面，静观着时局的变化。而康有为却风头正健，新鲜花样层出不穷，今年三月又发起保国会，慷慨激昂，呼风唤雨。这一次，李鸿章不会再主动上门自找没趣了，他甚至不无幸灾乐祸地觉得，今天的保国会也许仍像当年的强学会一样，风头出得太大了，难免再次落到被朝廷查禁的下场！

只因为易君恕毫无顾忌地说到康有为，使李鸿章浮想联翩。洋务派首领和维新派旗手之间本来应有的声气相通和血脉相连，却又被不可消弭的积怨所纠缠，所间隔，形成积淤于胸中的一团块垒，难以排遣，难以言说。

"嗯，原来易公子是康有为保国会的人？老夫倒是失敬了……"他喃喃说道，语气中流露出某种失望和怨怼。

"不敢当！"易君恕说，"晚生为南海先生的主张和学说所动，不揣浅薄，慕名追随，虽忝列会员之末，却自惭无所作为，"他毫不掩饰对康有为的尊崇爱戴和自己的保国会会员身份，但也隐隐感到对方似乎听得有些逆耳，于是试探地说道，"还望中堂大人指教！"

"哦，哪里，哪里！'雏凤清于老凤声'，康梁诸君与足下之辈，年轻有为，后来居上，老夫早已望尘莫及！"李鸿章尴尬地勉强笑了笑，自谦之词包含着酸酸的无奈，"不过，康氏以保国为名，发起组织，俨然政党，却在朝臣之中招致颇多议论。荣中堂就说：'康有为立保国会，现在许多大臣未死，即使亡国，尚不劳他保也。其僭越妄为，非杀不可。你们如有相识入会者，令其小心首领可也！'……"

说到这里，李鸿章收敛了笑容，眯起那双饱经世故、阅尽沧桑的眼睛，观察着这位年轻人的反应。

易君恕吃了一惊。他知道，李鸿章所说的荣中堂，就是当今慈禧皇太后的内侄、协办大学士、兵部尚书荣禄。但他却不曾想到，康有为发起保国会，何以会招致荣禄如此的仇恨，以至于非杀不可，连入会者也要小心脑袋？而耐人寻味的是，李鸿章只是转述别人的话，却并没有明确表达自己的观点，他到底是什么意思？

"中堂大人，'天下兴亡，匹夫有责'。南海先生正是痛感国土日割，国势日衰，才挺身而出，大声疾呼。保国卫民，一片忠贞之心，苍天可鉴，不知何罪之有？南海先生在保国会上的演说，字字滴血，声声含泪，使听者动容，为之泣下！他说：‘吾中国四万万人，无贵无贱，当今在覆屋之下、漏舟之中、如笼中之鸟、釜底之鱼、牢中之囚，为奴隶、为牛马、为犬羊，听人驱使，听人宰割，此四千年中二十朝未有之奇变……’”

“不必再背了，天津《国闻报》上登了他的讲稿，老夫已经拜读过了！”李鸿章摆摆手，打断了他的话，沉着脸说，“康有为才华横溢，豪情激荡，若以文章而论，的确不失为高手。但他年轻气盛，立论偏激，又难免授人以口实。比如足下刚才所称道的那一段文字，把我大清天下形容为覆屋、漏舟、牢笼、釜镬、牢狱，一团漆黑，一无是处，其腔调和昔日洪、杨、捻匪的恶毒攻击毫无二致，若以犯上作乱论处，他将何以自辩？难怪有人说，康有为的保国会，是‘保中国不保大清’！再如康氏最近所刊布的《春秋董氏学》，更赤裸裸宣称‘爱及四夷’‘无疆界之分’，这是什么话？难道中国人跟洋鬼子亲如一家，连国土疆界也不要了吗？康氏动辄指斥他人‘卖国’，哼，真正卖国的还不知是何人呢！”

李鸿章论康有为，虽然左一个“难免授人以口实”，右一个“难怪有人说”，但也已经清楚地显示自己的倾向，激愤之情溢于言表。易君恕没有读过康有为的《春秋董氏学》，所以并不知道南海先生是否真的说过“爱及四夷”“无疆界之分”，即使确有此论，也还不知道究竟是何含义。但他毕竟读过民间刊布的康有为多次上皇帝书，也当面听过康有为的讲演，无论如何也不相信康有为会是个“卖国贼”。是了，当年南海先生发起“公车上书”，抵制李鸿章的屈节卖国行为，看来，李鸿章至今仍耿耿于怀，不忘这一箭之仇，随时留意南海言论，于字里行间，寻隙报复。唉，俗语谓“宰相肚里能撑船”，中堂大人的心胸何以如此狭窄！不过，他既公然指斥康氏“卖国”，不就是要证明自己“爱国”吗？易君恕倒也不妨将计就计，借此激他一激……

“多谢中堂大人指点！”易君恕说，“晚生阅历短浅，人言纷纷，多以‘爱国’标榜，也不知哪个是真，哪个是假？”

这番话是带刺的。但李鸿章却佯作不察，以长者的口吻，谆谆说道："是啊，明辨真伪，至为重要！当今之世，泰西之学风行中国，维新声浪日高，人人标新立异，争唱'爱国''保国'高调，岂不知也是良莠并陈、鱼龙混杂。易公子应自有主见，切不可随波逐流，为他人所利用！白香山有诗曰：'草萤有耀终非火，荷露虽团岂是珠。'又曰：'试玉要烧三日满，辨才须待七年期。'古往今来，岁月悠悠，世事沧桑，风云变幻，曾有多少明珠蒙尘，又曾有多少鱼目混珠？"说到这里，他满腹愤懑又被勾起，慨然道，"不过，老夫相信历史无情，功乎过乎，真耶伪耶，天下自有公论！"

"大人所言极是，"易君恕不失时机地接下去说，"历史不可欺，民心不可辱，千秋功罪，取决于天下人心！以当今而论，列强窥伺中国，瓜分豆剖，迫在眉睫，四万万同胞莫不忧心忡忡，盼望朝廷忠良之臣，出救国之策，辅佐我皇上，挽狂澜于即倒，扶大厦之将倾，渡过国朝有史以来最大难关，必然众望所归，名垂青史！中堂大人居宰相之位，掌栋梁之职，当不负天子重托、万民仰望！"

本来，李鸿章所说的"历史"啊、"公论"啊，不过发发牢骚而已，却被易君恕移花接木，借题发挥，把面前这位年迈虚弱颤颤巍巍一步三喘的老朽推上一身系天下安危的风口浪尖。如果此时他们的身旁还有第三者在场，听到这种过分的吹捧，也许会掩口而笑；可是在李鸿章听来，却如春风拂面，舒服得很，"君子闻过则喜"，不过是骗人的假话，谁不爱听顺耳之言呢？

"不敢当，易公子过奖了！"李鸿章那张稀松的脸上漾起难得的笑容，"鸿章并非无救国之志，只可惜，如今廉颇老矣，心有余而力不足了！"

把奉承领受了，然后再把责任推掉，不仅是这位久经宦海沉浮的老官僚的圆滑，他其实连自己都不敢相信：大清国已经将近三百岁了，老迈不堪，发落齿摇，百病缠身，周围还有一大群红毛洋鬼张牙舞爪，就凭一个李鸿章便可以祛病降魔、妙手回春？仅仅当作一个吉利的笑话听听罢了。

易君恕却不是在和他说笑话。

“大人年事已高，自然无须去领兵打仗。晚生以为，当今救国之计，最为紧要的是两件事，一是对内，明定国是，变法维新；二是对外，争我国权，守我国土。去冬今春，旅大、胶州湾接连被强占、租借，现在英国人又要展拓香港界址，大人身负外交重任，谈判桌就是两军对垒的战场！”

李鸿章脸上的笑容像被一阵风扫去，突然变得冷若冰霜。易君恕贸然造访，跟他兜了那么大的圈子，直到现在才道出了真正的用意！台湾、旅大、胶州湾，或割或租，都是从李鸿章的手里放出去的，眼见得香港的拓界也拦不住，此外还得搭上一个威海卫，这都是无可奈何的事。其中委曲，绝非你易君恕一个小毛孩子所能明了的，竟然跑到总理衙门来指手画脚，说三道四，似乎比老夫还要高明，未免太不知天高地厚了！

总理大臣的尊严受到了冒犯，这是李鸿章难以容忍的。然而他却并没有发作。易君恕不是对手，对这么一个无职无衔的白衣举人大发雷霆，反倒显得他气量太窄了。何况这位还是“故人”之后，姑且宽容一些，希望他能知趣。

“易公子，”李鸿章忍住心中的不悦，用尽量和缓的语气说，“请问，府上的祖籍是广东新安县吗？”

“不是，”易君恕一愣，不知道他突然问起他的祖籍是什么意思，也只好答道，“晚生祖上，世居北京。”

“如此说来，香港拓界与公子并无利害瓜葛，”李鸿章点了点头，又问道，“那么，又为何如此关切呢？”

“中堂大人！”易君恕又是一愣，他没有想到堂堂总理大臣竟然会说出这种话，“新安虽不是晚生的家乡，但毕竟是大清国土！晚生有一位朋友，从新安来京赴试，得知香港谋求拓界的消息，深为焦虑不安……”

“嗯？你来见我，倒还是受他人之托？”

“是，大人！晚生的这位朋友说……”

“好了，不必说了！与外夷交涉，乃是国家大事，何须私人投门拜帖？”李鸿章一个冷笑，摆了摆手，打断了他的话，“总理衙门自会以大局为重，权衡利弊，妥善办理，公子就不必多虑了！”

“大人！”易君恕吃惊地看着李鸿章，愤然说，“晚生自知人微言轻，然而天下兴亡，匹夫有责，今天贸然求见大人，并非为了身家私利，而是不忍看我大清国土一再任人宰割！大人，前车之覆，后车之鉴，您要为大清国守住每一寸土啊！”

像一记重锤猛击在李鸿章的心上，“前车之覆，后车之鉴”一语等于当面指斥他的误国、卖国，并且警告他不可一误再误、一卖再卖！

李鸿章被激怒了。他提起手中的手杖，重重地戳下去，脚下的方砖地“咚”的一声响。他要教训教训这个毛孩子，让他知道知道总理大臣的厉害！可是，面对这个振振有词的易君恕，仅仅震怒发威是不行的，还必须以理服人。他说什么呢？

“唉！”李鸿章的手杖戳在地上，随之发出来的却不是雷霆暴怒，而是一声深深的叹息，“娃娃，‘为大清国守住每一寸土’，这话说起来容易，可做到太难了。我何尝不愿意在洋人面前昂首挺胸，与列强争一日之短长？可是……你哪里知道我的难处，国家的难处！”

他摆摆手，不再说下去。那意思是告诉对方：国家大事，本不是该对你说的，也不是你该问的，更不是你能管得了的。算了，不必多言了！

易君恕却不知进退，继续慷慨陈词：“大人，晚生知道国家艰难到了极点，危急到了极点，所以，我们已无退路可走，多难兴邦，此其时也！强国当从变法做起，保国当从保土做起！道光、咸丰两朝打了两次败仗，丢了香港、九龙，至今国土未归，国耻未雪，如果光绪朝再允许香港拓界，则耻上加耻，何以向国人交代？何以向子孙后世交代？大人，大人！您即使不为国家着想，也要爱惜自己的名声啊！”

“我的名声？”李鸿章怦然心动，倒吸了一口凉气。他的眼前，猛地闪现出自己所经历的一次一次屈辱情景，议和，签约，议和，签约，那些条约，每一张都代表着一块国土、一份国权的丧失，每一张都签着他的姓氏，现在都白花花地在眼前晃动，一张接一张，排成长长的一排，好像是他几十年来磕磕绊绊走过来的谈判之路，这条路直到现在也没有走完，也许要走一辈子，走到死！那么，待到百年之后，当中国人的子子孙孙回顾这条漫长的、屈辱的路，将怎样评说李鸿章？给他一个怎样的名声？只怕历史真的要对他无情，天下公论将鞭笞这个无以自辩的亡灵！啊，太可怕了！

一阵惊悸攫住了他的心，李鸿章面如死灰，愣愣地望着窗外残阳如血的天空。

“中堂大人，为国家、民族计，为千载声名计，请自珍重！约不可签，地不可让，望大人三思!”易君恕立起身来，深深一揖，突然双膝跪倒，饱含热泪的双眼凝望着李鸿章，“晚生代表为国捐躯的先父亡灵，拜托了!”

李鸿章僵坐在太师椅上，颤颤巍巍伸出枯槁的右手，端起了身旁的茶碗：“送客!”

第二章　报国无门

黄昏时分，怏怏而归的易君恕回到他所居住的南城。

这里是个丁字街口，那上面的一横，往东通虎坊桥，往西通广安门；下面的一竖，往北通宣武门；一横一竖相交的地方，叫作“菜市口”。菜市口当然得名于菜市，但它的出名却不是因为寻常的萝卜青菜，而是另有一番用处：宰杀活人。据说，菜市口在元朝时叫柴市，南宋丞相文天祥被元军俘虏，公元1279年在此就义，菜市口近旁有一条文丞相胡同，便是因此而得名。又有一说，柴市故址在交道口文丞相胡同，与此相连的府学胡同并有文丞相祠，可作确证。尽管其说不一，但元大都刑场名为柴市则无异议。明朝的刑场设在西市，地点是西四牌楼十字路口，1449年明英宗北征瓦剌被俘，兵部尚书于谦拥立景帝，为保卫北京立下赫赫功勋，却又被获释后的英宗以“谋逆”论罪，于1457年杀害于西市；1629年，清朝的前身后金军从古北口进入长城，攻打北京，危难之际，明兵部尚书袁崇焕星夜驰援，而崇祯皇帝却中了敌人的反间之计，以“通敌谋反”罪名将袁崇焕问斩，也是在西市行刑。清朝以菜市口为刑场，这里东望虎坊桥，取驱羊入虎口之意。每年冬至之前，经过秋审定案的死刑犯一律押解到此处行刑。宗室贵族如果犯了死罪，通常在宗人府内“赐尽”，但也有例外，比如1861年咸丰皇帝在热河晏驾之后，皇子载淳继位，载淳的生母叶赫那拉氏和咸丰的六弟奕䜣发动北京政变，将反对垂帘听政的顾命大臣处死，其中之一的肃顺就是在菜市口行刑，那肃顺在人头落地之前还破口大骂“鬼子六”呢！

菜市口这块横尸流血之地，每年也就只用一次，遇有特殊的重大案犯，也有不待秋审，随时拉来处决的，但毕竟不是月月都有、天天都有，所以在平常日子，这个丁字街口依旧热闹繁华，酒旗商幌高挂，五行八作云集，士农工商、男女老幼摩肩接踵，刑场的血雨腥风便不着一丝痕迹了。

老中药铺鹤年堂的门旁，停着一辆独轮小车，那是栓子卖豌豆黄儿的摊子。车子上摆块案子，铺着蓝布，潲了水，湿漉漉、水灵灵，栓子手里操刀，熟练地把豌豆黄儿切成菱角块，嘴里像唱歌似的吆喝：“哎，这两大块儿嘞哎，哎两大块儿嘞哎！小枣儿混糖儿的豌豆黄儿嘞哎！哎这摩登的手绢儿呀，你们兜也兜不下嘞哎！两大块儿嘞哎嗨哎，哎这今年不吃呀，过年见了！这虎不拉打盹儿都掉了架儿嘞哎！”

虎不拉就是胡伯劳，是北京养鸟的人喜爱的玩意儿，它在笼子里要是一犯困，打个盹儿，不就“吧唧”从架儿上掉下来了吗？其实豌豆黄儿跟虎不拉一点儿关系也没有，他是借那个“掉架儿”说这个“掉价儿”：豌豆黄儿是节令小吃，每年开春之后、立夏之前上市，闰三月里已是尾声，贱卖了，再不买就得明年见了。

栓子吆喝着，瞧见易君恕从东边走过来。

哟，那不是大少爷吗？栓子心里正寻思着，易君恕已经走到跟前，却并没看见他，连他的吆喝也像没听见似的，皱着眉头，紧闭着嘴唇，神色沮丧地径直往西走去，从栓子的摊子跟前擦肩而过。

栓子正唱到“虎不拉打盹儿”，忙住了口，喊了一声：“哎，大少爷！”

易君恕一愣，站住了，望着这个五大三粗的汉子：“噢，是栓子！”

栓子放下手里的刀，绕过摊子，上前一步：“大少爷，我这儿跟您请安了！”

说着，弯腰就要打千儿。

易君恕连忙伸手扶住：“哎，何必总是这么客气？”

栓子一脸的虔诚：“这话说的！甭管到什么时候，老规矩不能破！想当年，我爹要不是得着老太爷的恩典，哪有我栓子？”

“算了，算了，老年陈账，还提它干什么？栓子，你这一向还好啊？”

“托您的福，开春儿的小买卖，也还凑合，总不至于赔本儿赚吆喝。哎，大少爷，您尝尝，我这是老家香河县的豌豆，小枣儿混糖，两大的块儿，吃到嘴里，那个腻糊儿，那个滋润，清热败火，吃了还想吃您哪！”

栓子说着，从案子上抄起刀来就切。易君恕一把拦住他，说：“不啦，我还有事儿……”

“有事儿？也不差这么一会儿工夫！要不，”栓子就手从车子上抽出一张荷叶，飞快地把豌豆黄儿包起来，“您给老太太带回家去！您跟她说，栓子惦记她老人家，一半天我就到府上给老人家请安！”

“那就……改日再说吧！我先走一步了，你忙你的生意！”

易君恕把他的一番好意推了个干干净净，一转身，急急忙忙地奔西走了。

栓子愣在那里，望着那远去的背影，琢磨着：瞧大少爷的脸色，不大对头，是不是家里出了什么事儿啊？咳，他怎么不跟我言语一声呢？

栓子的心乱了。想当年，他爹从老家京东香河县进京谋生，大冬天里穿一件单褂儿，光着脚丫子，没着没落，易君恕的父亲易元杰收留了他，管家看门带打杂儿，从此饱暖不愁。那时候易元杰还年轻，是易府的大少爷。后来，易元杰投笔从戎，栓子他爹要跟着去伺候他，易元杰不肯，说：“你也老大不小的了，总不能跟我一辈子，该料理料理自己的事了。”就赠给他一笔银子，搬出易府，娶妻成家。这都是栓子出生之前的事。易元杰效命北洋水师，长年在外，家里的太太、少爷，少不了栓子他爹跑前跑后地照应。到了栓子这一辈，也依然如此，虽然早已没有了主仆的名分，还是像当初一样恭恭敬敬。栓子他爹八年前过世，临咽气对栓子说：“我就把老太太和大少爷交给你了……”甲午年易元杰死难刘公岛，栓子跟着大少爷易君恕，披麻戴孝，一步一个头，从家门口磕到坟地，给老太爷修了个衣冠冢。看出殡的两旁世人还以为老太爷有两个儿子，赞叹说：“瞧瞧，人家前世积了阴德，这两个孝子，难得！”栓子当然不能跟大少爷称兄道弟，可听了这话，心里热乎乎的。人哪，滴水之恩也当涌泉相报，何况易老太爷对他家的再造之恩！大少爷没有三兄二弟，甭管什么事儿，栓子都得上前！

想起这些，栓子就没心思再做生意了。看看天色已晚，便收拾摊子，推上车子回家。

匆匆吃了晚饭，栓子换上一身干净衣裳，精心切了一案子豌豆黄儿，拿荷叶包好，托在手里，直奔易府而去。

易府就在菜市口迤西、广安门迤东的彰义大街路北，紧邻报国寺。报国寺始建于元代，明成化年间改名“大慈仁寺”，民间俗称“报国寺”。此寺本来规模宏敞，殿阁巍然，古松苍郁，因年久失修，已经殿宇摧颓，尘黯无光，古刹荒凉。寺前有一条曲曲折折的报国寺西夹道，易君恕祖祖辈辈就居住在这里。

易府是一座寻常的四合院，临街一排灰色砖墙，院门开在东南“巽”方，清水脊门楼，黑漆大门，石鼓石阶。这座宅子好多年没有翻修了，磨砖对缝的院墙已经斑斑驳驳，门楼上的瓦楞中长着半尺高的杂草，门扇上的黑漆也已黯淡剥落，露出木质本色，上面阴刻着一副对联：“忠厚传家久，诗书继世长。”这也是常见的对联，毫无特色。易君恕少年时曾嫌此联落于陈套，欲取而代之，便自撰一联，用仿纸写了，贴在门上：“家居报国寺，门对断头台。”父亲易元杰看见，怒不可遏，训斥道：“‘断头台’这样不祥的字句，怎么能贴在门上？混账！”一把扯了下来，撕得粉碎。等怒气稍歇，却又对儿子说：“不过，就对子本身而论，此联倒算得上一副佳联。咱家院墙后面就是报国寺，而大门开在东南方向，恰恰对着刑人于市的菜市口，说得十分准确，上下联对仗也属工稳。而且，更难得的是道出了真理大义，报国是要献身的啊！”及至父亲殉国之后，易君恕猛然想起当年那副对子，恍然有一语成谶之悟，惊诧不已……

夜已初更，纤细的上弦月和满天星斗散发着淡淡的光辉，笼罩着易府饱经风霜的门楼。

栓子来到门前，登上石阶，左手托着豌豆黄儿，抬起右手，拍响门钹。

随着一串细碎的脚步声，大门“呀”的一声打开了，丫头杏枝一脸的惊慌：“栓子哥？你来得正好，家里出了事了！”

“噢？”栓子听得心里发紧，“什么事儿？”

说着，一步跨到门里，朝上房跑去。

上房一明两暗，都打着隔断，东间是老太爷和老太太的卧房，西间是老太爷的书房，当中的堂屋供奉着祖先牌位，也是每天少爷、家仆昏定晨省，老人家训令家政的地方，如今老太爷不在了，格局仍然一切依旧。正中摆着一副硬木条案，掸瓶雀尾分列两边，两支白蜡当中一座香炉，供着老太爷的牌位：“先考易公讳元杰灵位。”牌位后面，墙上挂着一轴中堂，一副楹联，都是易元杰的遗墨。联语曰：“仰天长啸出师表，临海浩歌梁父吟。”中堂则是全文抄录蜀汉丞相诸葛亮的《前出师表》。易元杰生前最爱孔明此表，每日吟咏，无数遍地书写，这一幅是他在甲午年出征之前，匆匆回家与妻儿一见，留下的最后纪念，真正是“今当远行，临表涕泣，不知所云”。

现在，堂屋里寂静无声。昏黄的烛光下，易君恕双膝跪在案前，两眼定定地望着前面，像是在默默地祷告。

栓子急急忙忙地跑进来，不知道家里出了什么事，看见易君恕，叫道：“大少爷！”

易君恕知道是栓子来了，却没有言语。

“大少爷，”栓子凑到他跟前，问，“您这是……”

易君恕仍然没有回答他，只是转脸朝着右首的隔扇，轻轻地叹了口气。

栓子莫名其妙，便绕过隔扇，朝东间老太太的卧房走去。

东间里，老太太腿上盖着一条夹被，半躺在那张陈旧的雕花棚架床上，闭着眼睛。据说，老太太年轻的时候极其端庄秀美，肤色细白如象牙色，如今虽然年逾花甲，长年卧病，瘦骨嶙峋，也仍然不失庄严。老太太的床前，跪着易君恕的妻子。她的娘家姓谢，名叫安如，嫁到易府来，这个名字就不常用了，老太太高兴的时候叫她“孩子”，不高兴的时候喊一声“东屋里”就表示要召见她；栓子和杏枝称她“少奶奶”，只有大少爷一个人叫她“安如”。现在，少奶奶也像大少爷似的，直直地跪在老太太床前的砖地上，腹部显出一个微微隆起的拱形。少奶奶正怀着孩子呢，栓子听杏枝说，到秋天老太太就该抱孙子了。今儿是怎么了？连少奶奶挺重的身子也在这儿罚跪？

安如听见外屋的说话声，侧过头来望了一眼，正赶上栓子往东间里走过来，两人打了个照面。栓子看见她那满腮的泪痕。

“少奶奶，这……到底是怎么回事儿？”栓子问。安如没应声，只用那泪汪汪的眼睛看了看婆婆。

栓子左手里还托着他那一包豌豆黄儿，右手往地下一戳，打了个千儿：“老太太，栓子给您请安！”

“噢，是栓子啊？”老太太眼皮微微翻了翻，慢条斯理地说。

“您身子骨儿本来就不硬朗，得爱惜自个儿，遇事往开处想，大少爷跟少奶奶有什么不周到的地方，您多担待。这地下齁硬的，齁凉的，他们都是金枝玉叶，老跪着可不是个事儿，要罚您就罚我得了！”栓子模样长得糙，可是嘴巧，就像天桥说相声的，张口就是一大套。

“咳，你不招不惹，我罚你干什么？”老太太说。

“说得是啊，”栓子等的就是这句话，赶紧接茬儿说，“罚也要罚个明白，您倒是告诉我，大少爷和少奶奶，堂屋跪着一位，里屋跪着一位，倒是因为什么？”

“栓子，”老太太没有回答，却反问他，“你说，人长着两条腿，是干吗使的？”

栓子听得发愣，说：“腿？走路的！”

老太太猛地睁开眼：“不是还能下跪嘛！”

栓子不明白这是什么意思。看看身旁的少奶奶，再探头瞧瞧外间的大少爷，难道说，老太太罚他们两人下跪，就是因为要证明人长着两条腿不光能走路，还能下跪？

老太太这才说：“人生在世，顶天立地，这两条腿，只可跪天地君亲师，除此之外，是不能轻易弯一弯的，‘男儿膝下有黄金’，懂不懂？

可是我这个不争气的儿子，他倒去给李鸿章下跪！李鸿章是什么人？卖国贼！甲午年那一场大仗，咱大清国有二十多艘铁舰，比小鬼子不在以下，本来咱们能打赢，可是他李鸿章畏敌如虎，贻误战机，见死不救，北洋水师毁在他的手里，我的丈夫死在他的手里，他是我们易家不共戴天的仇人！如今家仇未报，易家的子孙反而给仇人下跪，实在是辱没祖先！”

隔扇外面，传来易君恕的声音：“娘，家仇再大，也比不上国仇，我是怕李鸿章再把国土拱手让人……”

“李鸿章肯听你的？当年康有为带头‘公车上书’，一千三百名举子泣血呼号，也没能阻止他把台湾割让给日本，北洋水师全军将士的血都白流了！”老太太说着，动了感情，涌出两行热泪，在那象牙色的脸腮上缓缓地坠落。

栓子这才算弄明白了这娘儿仨今儿唱的这是怎么一出。当年老太爷死就死在爱这个大清国上，现而今易府都这模样儿了，怎么还是张口闭口国家大事啊？咱一个平头百姓，管得了吗？今儿晚半晌儿碰见大少爷，瞧他那一脑门子官司，原来是打李鸿章那儿来！咳，您一不为吃，二不为喝，替国家担忧，给宰相磕头，实在迂腐得可悲可叹！老太太再因为这事儿责罚儿子，还搭上儿媳妇替儿子求情，跟着陪跪，就更不值了！大清国的皇上恐怕连想都想不到，菜市口旁边的小胡同里还有这么一家子满门忠烈！

“就为这事儿？唉！”栓子叹了口气，心里的那番话不敢直说，就顺着老太太的话茬儿往下接，“老太太，您说得在理，大少爷是个明白人，往后一准听您的话。这大清国的事，上有皇太后和皇上，下有各位王爷、九卿、六部、总理衙门，由他们操心去吧，咱们老百姓踏踏实实过自个儿的日子，吃凉不管酸！您哪，还是保重自个儿的身体要紧，老太太，瞧瞧，我给您送豌豆黄儿来了，您尝个鲜儿，消消气儿，也别让大少爷和少奶奶再跪着了！”

“娘，”安如也说，“君恕知道自个儿错了，往后再不惹您生气了，您就饶了他这一回吧，啊？”

“唉，这本来也碍不着你的事儿，倒跟着他受累！”老太太的脸上温和多了，望着儿媳妇，说，“你挺重的身子了，得爱惜自个儿，快起来吧，回东屋歇着去！”

“是！”安如早已跪得支持不住，手扶着钱柜，晃晃悠悠地站了起来，迟疑地望着隔扇外头，“那，君恕他……”

“他呀，”老太太却说，“你甭管，让他跪着去！”

“这……”安如刚要往外走，又站住了，心里忐忑不安。

“老太太，”栓子忙说，“您不给我面子，也不给少奶奶一点儿面子？您就这么一个儿子，还真忍心罚个没完？”

“我要让他长长记性！”老太太似乎还余怒未息。

“唉！”隔扇外边，易君恕无可奈何地一声叹息。

这时，杏枝匆匆忙忙地跑了进来：“老太太，来客人了，一位姓邓的公子要见大少爷！”

“啊？”易君恕一愣，“一定是邓伯雄！”

“邓伯雄是谁啊？”老太太在里间问道，“我怎么没听你说起过？”

“这是我新近结识的朋友，广东新安县进京赴试的举子，”易君恕说，“我跟他约好了，今天晚上在粤东会馆见面……”

“人家走的是正路，那么老远地进京赶考，”老太太一听，心里就来气，“你呢，家住北京城，朝廷的会考你倒不去，不知进取的东西！那还跟人家凑什么热闹？甭见了！杏枝，你去跟客人说，大少爷没在家……”

“娘！”易君恕急了，“这位朋友可不能不见！我去总理衙门就是受他所托，他还等着回话呢！”

“你是朝廷的几品大员？”老太太愤然道，“白丁一个，这样的大事也敢应承，我看你怎么回复人家？”

“我……”易君恕也感到为难。

“唉，”老太太烦躁地摆了摆手，“去吧！”

“是！”易君恕这才敢站起身来，心烦意乱地朝外面走去。

大门旁边，倒座南房的外客厅里，一位客人正在焦急地踱步，等待着和易君恕见面。此人正是邓伯雄，他年约二十四五岁，身材魁梧，虎背熊腰，头戴青缎便帽，脑后垂着一条粗黑的大辫子，身穿元青直罗长衫，外罩青缎马褂，足蹬双梁布鞋。国字形脸盘儿，浓眉大眼，肤色黑里透红，面颊和颧骨如斧凿刀削，棱角分明。

院子里一串脚步声，易君恕迎了过来，疾步跨进外客厅："啊，伯雄，让你久等了！"

"君恕兄！"邓伯雄迫不及待地说，"我在粤东会馆等不见你，心里着急，就冒昧地来到府上，怎么样？李中堂他……"

"唉！"易君恕未曾回答，便先叹了口气，"李鸿章这个人惯于结党营私，因为家父这一层关系，开始对我倒还客气，以为我要投靠于他，谋个一官半职；而谈到公事，他却一口回绝，不许我们干预朝政，甚至还怒而逐客！"

"啊？！"邓伯雄骤然一惊，大失所望。

"伯雄，"易君恕说，"我辜负了你的重托，深感惭愧！"

"不，君恕兄，你已经尽力了，大清的朝政被这种误国奸臣把持，又可奈何！"邓伯雄喟然叹道，快快地拱了拱手，"那么，我就告辞了！"

这时，栓子从院子里匆匆走来，说，"大少爷，老太太请客人到上房叙话……"

"噢？"易君恕一愣。刚才母亲责罚他，没有让邓伯雄撞见，倒也罢了，岂料母亲还要和客人见面，不知老人家要说些什么，心里便发慌，犹犹豫豫地说，"伯雄，这……"

"我初次造访，理应拜望伯母，"邓伯雄却说，"烦请兄长引见！"

易君恕无可奈何，只好带着邓伯雄往里面走去，硬着头皮进了上房。到了隔扇前，又为难地向邓伯雄解释说："家母长年卧病，行动不便，只好请你到卧房里叙话……"

上房东间里，安如和杏枝已经回东厢房去了，老太太强打精神，支撑着在床上坐起来，等着和客人见面。

"娘，"易君恕陪着客人进了里屋，介绍说，"这位就是孩儿的好友邓冠英，表字伯雄。"

“愚侄拜见伯母大人！”邓伯雄朝着老太太深深一揖。

老太太端详着面前的这位年轻人，见他仪表端正，举止庄重，倒不是那种虚华浮浪子弟，便说：“邓公子免礼！我老病缠身，礼貌不周，邓公子不要见怪，请坐吧！”

“伯母太客气了，”邓伯雄道，“我进京已有两月，至今才来看望伯母，还请老人家海涵！”

栓子搬过来两把椅子，请大少爷和客人坐下，又捧上茶来。

老太太望着邓伯雄，问道：“我听君恕说，邓公子是广东人？”

“是，伯母，”邓伯雄答道，“敝乡广东新安县。”

“噢，”老太太说，“过去我家老爷子在世的时候，也有一些广东的朋友来往，他们说话，语音侏㒧，听不明白，不像邓公子的官话说得这么好。”

“伯母过奖，”邓伯雄道，“愚侄祖上本来也是中原人……”

“噢？中原何方人氏？”老太太问道。

“这……说来话长，”邓伯雄尽管忧心忡忡，但既然老人家问他，还是恭敬地答道，“我始祖‘曼’公，乃轩辕黄帝二十七世孙，殷商之际受封于邓城，在今天的湖北、河南交界之处，以南阳为郡，国名曰‘邓’，为天下邓氏之始。后来，邓氏一支迁居江西吉水县白沙村，至北宋年间，‘曼’公八十六世孙‘汉黻’公，官拜承务郎，于开宝六年宦游岭南，到了今天的新安县境内，看到屯门、元朗一带山川秀美，水土肥沃，民风淳朴，不禁乐而忘返。待卸任之后，便举家南迁，定居于岑田，筑室耕读。由此，‘汉黻’公成为新安邓氏始祖，至今已九百余年，子孙遍及新安、东莞各地，愚侄为‘汉黻’公第二十四世孙，仍然居住在先祖最初迁粤之地岑田，现称锦田。而祖籍吉水、南阳也未敢忘怀，说到底，邓氏的根柢在中原，中国百姓千家万户，也都是轩辕子孙！”

“邓公子说得好，”老太太点了点头，对这个年轻人深表赞许，“有道是‘四海之内皆兄弟’，我儿君恕与邓公子天南地北，相隔几千里，素昧平生，如今有缘相识，也是幸事！”

“是，伯母，”邓伯雄道，“愚侄来自边远省份，在京师人地生疏，举目无亲。那天前往府学胡同拜谒文丞相祠，与君恕兄偶然相遇，得到他诸多指点，一见如故，遂成为知己之交，也真是有缘。君恕兄学问优长，待人宽厚，视我如兄弟，愚侄深感三生有幸！”

易君恕听他这样夸赞自己，心中很是不安，白皙的面庞微微地红了，但在母亲面前却又不敢辩白，嘴张了张，惶惶然欲言又止。

“邓公子不必夸他了！”老太太果然没有因此而沾沾自喜，反而不以为然地看了儿子一眼，说，“我这儿子很是不成器，小时候就好读书而不求甚解，志大才疏，好高骛远，如今已经二十八岁，功也未成，名也未就。今年是戊戌正科，他放着朝廷的会试不考，倒一门心思读起了外国书，研究什么‘西学’，又能成得了什么大事？”

“娘，”易君恕终于忍不住，辩解道，“您长年大门不出，二门不迈，不知道外边的情形，如今有识之士都在研究西学，倡言变法，康南海多次上书，说变法先要废科举……”

“我怎么不知道？”老太太见儿子竟然当着客人的面和她顶嘴，脸色便阴沉起来，说，“康有为自个儿就是科举出身，乙未科进士，六品工部主事，他已然功成名就，说话才有分量。依我看，这世界无论如何变化，朝廷开科取士总是正途，废不了的！你看人家邓公子，千里迢迢从广东来到北京，不也是为了博取功名、光宗耀祖吗？”

邓伯雄听到这里，微微皱起了眉头。

“邓公子，”老太太转过脸问他，“这次会试，还顺利吗？”

“前面两场，都已考过，试题倒也不难，”邓伯雄木然答道，“还有最后一场，到本月十五前去贡院应试。”

“嗯，”老太太赞赏地点点头，“三关已然过了两关，看来，邓公子蟾宫折桂是大有希望了！”

“多谢伯母勉励，”邓伯雄说，“愚侄在进京之前，也是作如此之想：乡间农家子弟若要建功立业，唯有发愤读书，走科举之途，若能金榜题名，获取一官半职，一则可遂平生报国之志，二则不辱没祖先，阖族父老、乡亲邻里也觉得光彩。然而进京两月来，耳濡目染京师风气，街谈巷议，皆称变法，于是深感延续千余年的科举取士已落后于潮流。中国积贫积弱已久，如今列强瓜分之势已成，国土、主权朝不保夕，我等即使凭借三篇八股文章中了进士，对于国家又有何用啊？”

老太太本来要借邓伯雄为榜样，教训教训自己的儿子，却不料话不投机，心里很是不悦，对这位邓公子也就不那么客气了！

“我刚才听邓公子说到府上家世，对你这位世家子弟很是敬重。君恕结交你这样的朋友，我也放心。常言道，‘近朱者赤，近墨者黑’，我本想，君恕受你的熏陶，能够收起那些稀奇古怪、标新立异的念头，苦读他三年，等下科再考。不曾想，你倒被他所惑，对朝廷的会试也不能专心致志，只怕要误了你的前程。我还听他说，你们两人私下里谋划干预朝政，由他出面去总理衙门求见李鸿章，劝谏什么香港拓界之事，未免过于鲁莽，我若事先知道，是一定要阻止的！”

易君恕心里暗暗叫苦。刚才母亲命栓子请邓伯雄过来叙话，他就怕谈起这件事，果然，老太太绕了半天弯子，到底绕到这儿来，初次见到邓伯雄就把人家和他一起数落，这太让做儿子的难堪了！

侍立在一旁的栓子看见大少爷那副如坐针毡的样子，再看看这位邓公子皱着眉头听老太太训话，心里觉得挺不落忍，便没话找话地上前打岔，端起邓伯雄面前的茶碗，递上去说：“邓少爷，您……请用茶！”

邓伯雄接过茶碗，又放回原处，抬头望着老太太说，“伯母，此事由我主谋，老人家尽可责怪愚侄，要打、要骂都无妨，万望不要迁怒于君恕兄，他是为我所累……”

“君恕既是你的朋友，急人所难、两肋插刀都是应该的，”老太太说，“但这香港拓界与邓公子又是何等干系呢？”

别看老太太对李鸿章恨之入骨，这句话却又与李鸿章所说如出一辙。易君恕在一旁听得着急，心说：娘啊，您好糊涂！

“伯母有所不知，”邓伯雄道，“在道光二十年之前，敝乡与香港本是一体，同属新安县管辖之下，只因英夷觊觎我领土，挑起鸦片战争，强迫朝廷将香港割让。当时广州附近数县百姓都惨遭涂炭，英军屠杀民众，焚烧房屋，侮辱妇女，抢劫财物，甚至掘墓盗宝，碎尸断骨，滔天暴行令人发指，敝乡前辈父老都曾深受其害，此仇至今犹不能忘，恨不能食肉寝皮！而英夷欲壑难填，得陇望蜀，于咸丰年间再次寻衅开战，割占九龙半岛南端，新安县界步步后退，与敝乡已经近在咫尺。数十年来，香港的英军、洋商经常越界持枪打猎，趁机污辱妇女，为非作歹，以至于当地农妇、村姑上山砍柴割草也要结伴而行，遇到英夷拦截，便仓皇‘走鬼’，逃避不及，难免惨遭秽污，如此民族屈辱，敝乡民众早已难以忍受！”

“噢，”老太太听了此番叙说，心中明白了许多，也不禁为之感慨，“三十八年前，英法联军打到北京城，烧毁圆明园，大火三天三夜不灭，那滚滚狼烟，我是亲眼所见，只道是北京人不幸，遭了那场大难，哪知你们广东人更是不幸，几十年与鬼为邻，不知哪天就要大祸临头，这日子可怎么过？”

“不仅如此，现在英夷又向朝廷蛮横要求展拓香港界址，妄图更进一步侵吞新安县土地！如果让它得逞，现有边界势必还要后退，那么，敝乡就要沦于敌手了！”邓伯雄愤然道，“想我祖上自中原迁居新安，披荆斩棘，食毛践土，九百余年，艰苦创业，实属不易，那一片热土之中，埋葬着列祖列宗的骸骨，浸透了子子孙孙的血汗，岂能容忍被英夷霸占？大清虽然国土辽阔，外夷蜂拥而至，竞相伸手，今天割占一块，明天租借一块，不消几十年，也将折损殆尽，大好河山易帜变色、中华儿女亡国灭种的惨祸就在眼前！”邓伯雄说到动情处，铁塔似的硬汉子也不禁泪花莹莹，“伯母！君恕兄受我之托，也是受新安百姓之托，前往总理衙门苦苦劝谏李鸿章，乃是为民请命、为国分忧啊！”

“你们哪，年轻气盛，一时热血沸腾，天大的事都敢做！可是，这又有什么用？”老太太叹息道，“李鸿章这个人，在洋人面前骨头最软，只要能讨得洋人欢心，赢得一时苟安，大清国丢掉多少国土，赔上多少白银，死伤多少生命，都在所不惜，你们反去求他抵制洋人，岂不是与虎谋皮！结果怎么样？君恕白白地舍了面皮，不但一无所获，还遭受他的冷遇，儿子在外面受了委屈，我这做娘的心里是什么滋味儿？”说着，拿起枕边的手绢，抹着眼泪。

“伯母，”邓伯雄黯然道，“这是愚侄的不是，使君恕兄为难，又让伯母伤心……”

“娘，您不要难过，”易君恕不安地望着母亲说，“孩儿又不是向他谋求私利，虽受些委屈，也心里坦然。李鸿章纵然对我无礼，总也由此知道了民意不可欺，他再与洋人谈判，不至于毫无顾忌！再者，像香港拓界这等大事，谅他也不敢擅自做主，签约要经皇上朱批恩准，那一关，他断难通过！”

“这也难说！”老太太半闭着眼睛，摇了摇那瘦骨嶙峋的手，“你们毕竟年轻，遇事总是一厢情愿，只往好处想，不知道这大清国的事情，办起来实在太难了。你爹虽然官职低微，一辈子也饱经宦海沉浮，几十年我跟着他担惊受怕，世事见得多了……”老太太说起往事，便心潮起伏，胸中泛起无限伤感，“有些话，我本不该当着晚辈说，可你们也该心里有数，自从咸丰爷晏驾，大清国的皇上已然换了两回了……”

说到这里，老太太又迟疑地住了口。

“娘，我知道，”易君恕说，“同治、光绪这两朝，朝廷的权柄都握在皇太后手里，没有皇太后的懿旨，国家大事皇上也难以做主。父亲殉国的那年，北洋水师与日军浴血奋战，皇太后仍然在颐和园天天宴乐……”

“你既然都知道，怎么还这么糊涂啊？”老太太叹了口气，说，“李鸿章是皇太后的人，甲午年丧师辱国，如果放在别人身上，还不是杀头之罪？可是他还是稳稳地保住了相位，乙未和谈，签了《马关条约》，又俨然成了功臣，依旧大权在握。他做什么事情，都是有来头的，连皇上都未必奈何得了他，更不要说你这个平头百姓！”

老太太说出一番肺腑之言，易君恕和邓伯雄听了，都默然不语。

“我这些话早憋在心里，若不是遇到今天的这件事，也不会轻易说起，”老太太又说，“眼看我这身子一天不如一天，说不定哪天眼睛一闭，就撒手走了，怕的是到了那时候，我儿子没有了主心骨，遭灾惹祸，不能不事先交代给你。邓公子呢，”她转过脸，望着邓伯雄，“我看你也是个厚道孩子，没把你当外人，我也希望你珍惜自个儿的前程！”

“多谢伯母教诲，”邓伯雄深为感动，向老太太真诚地道了谢，却又问，“伯母，如此说来，这香港拓界之事，就无人能够阻止了吗?”

“哎呀，”老太太为这个年轻人的固执感到纳罕，“说来说去，你怎么还是这一件事?”

“此事关系愚侄身家性命、邓氏阖族兴衰，关系新安县大片国土存亡，”邓伯雄眼含热泪说，“愚侄时时都挂念心中，怎能忘怀啊?”

“说得也是，爱乡恋土，本是人之常情，贵乡若是划归了异邦，更是一大劫难!”老太太又是一番感叹唏嘘，“不过，事情毕竟还没有定局，求苍天保佑吧，说不定尚有转圜余地，公子也不必过于忧虑，暂且安下心来，读书迎考，完成朝廷的会试要紧……”

“伯母！我心乱如麻，哪里还读得进书去?”邓伯雄那两道浓眉拧成一团，倏地站起身来，“满朝冠带不能抵御外侮、安邦济民，虽金榜题名又有什么值得稀罕!”

“伯雄!”易君恕吃了一惊，“你……”

“我不考了!”邓伯雄的两眼热泪夺眶而出，昂然道，“明天就走，回我的家乡去!”

次日，易君恕命栓子雇了一辆马车，赶往永定门外马家铺火车站，为执意南归的邓伯雄送行。相识两月，兄弟一场，离别之际，依依不舍。

“伯雄，一路珍重!”易君恕紧紧握着他的手，再三叮嘱，“京师有愚兄在，报国寺前的小院便是你的家，待他日重游故地，你我兄弟再度聚首!”

“唉!”邓伯雄仰面叹道，“报国寺前，报国无门，这个伤心的地方，我还来做什么？走了，走了！新安虽在海角边陲，那是生我养我的故乡，两个月来，梦魂萦绕，思念之至！君恕兄，不知将来是否还有机缘，盼你南下广东一游，弟当扫径以待兄长！到那时，请你亲眼看一看，新安真是个好地方啊!”

“我也盼望有那么一天，”易君恕喃喃地说，“只是路途遥远，愚兄一不为官，二不经商，哪有机缘做数千里远游啊？你我兄弟只有在梦中相见了！”

万千话语，一言难尽。火车头拉响了汽笛，烟囱里喷出团团白烟。邓伯雄洒泪而别，登上了南去列车。

车轮滚动，这辆由蒸汽机牵动的庞然大物铿锵作响，呼啸着驶出月台，奔向远方。

月台上久久地伫立着易君恕孤独的身影。

中英两国关于展拓香港界址的谈判，仍然在既定的轨道上继续运行。

距上次谈判四天之后，李鸿章、许应骙、张荫桓再次会见窦纳乐，原则上默认了英方提出的拓界范围，但同时向英方要求：九龙寨城应仍归中国管辖；展拓的界址不是割让，而属租借性质，全部土地须付租金；中国船只可以自由使用九龙码头；希望香港政府承诺在保护中国税收和反对走私方面给以更多的帮助。对此，窦纳乐仅仅同意“拓界属租借性质”一项。双方约定由窦纳乐起草一份条约的初稿，下次再议。

会后，窦纳乐将谈判情况报告英国政府：九龙寨城管辖权如果转归香港政府，中国方面势必要实施一些条例，当地居民未必服从，总理衙门预见可能会引起麻烦。窦纳乐认为，让九龙寨城继续留归中国并无害处，反而可以争取当地中国官员在一切需要帮助的事情上同英国衷心合作，而中国对该城的管辖能够延续多久，其实取决于英国。英国首相索尔兹伯里复电窦纳乐表示同意，授权他与中国朝廷签订一项期限不定的协定，又特别指出：中国保留九龙寨城，不得与保卫香港之武备有所妨碍。

据此，窦纳乐向总理衙门推出了他起草的条约稿本，将拓界范围规定为：北界由沙头角到深圳湾的最短距离划一条直线，此线以南租与英国；东界至东经一百一十四度二十六分；西界至东经一百一十三度四十七分；南界至北纬二十一度四十八分。窦纳乐转告李鸿章等人：英国政府并不反对中国保留九龙寨城等条件。关于香港政府协助中国反对走私、保证税收一事，他表示：英国同意办理，但建议此事不必写入协定。李鸿章相信了窦纳乐的口头许诺，便不再坚持把税收事项诉诸文字。但他提出在条约中加上“九龙城到新安陆路，中国官民照常行走”的内容，窦纳乐虽表示“不便”，也勉强接受了。李鸿章又提出，中国政府考虑从广州修一条铁路直抵九龙寨城，窦纳乐当即予以拒绝：“英国很有可能要修一条铁路从九龙抵达边界，与中国的铁路相接，但是无论如何不能同意在英国管辖的地方修一条由中国控制的铁路。”李鸿章、许应骙、张荫桓见没有商量余地，再争无益，那就等将来真正动手修广九铁路的时候再说吧，有道是“车到山前必有路”，于是退让为写上一句：“将来中国建造铁路到英国管辖之界，临时商办。”窦纳乐对这种没有任何约束力的含糊其词表示同意。李鸿章又要求：中国兵船无论平时或战时均可使用大鹏湾和深圳湾的水域，租借地内不可迫令居民迁移，公用土地须从公给价，窦纳乐也表示认可。至此，李鸿章、许应骙、张荫桓认为他们提出的条件都得到了“满足”，对英方拓界方案再无异议。

窦纳乐将谈判结果电告了英国政府，次日便得到批准。

5 月 19 日，夏历闰三月二十九日，窦纳乐携带着由他一手把持拟就的《展拓香港界址专条》稿本，与总理衙门谈判定稿。到此，李鸿章满以为大局已定了。

然而，仅仅过了一夜，窦纳乐突然接到首相索尔兹伯里的电报，要求他对已经达成的协议再进行修改：北界从联结大鹏湾和深圳湾的最短直线改为天然界线即深圳河；东界由东经一百一十四度二十六分改为东经一百一十四度三十分，向东扩展四分；南界海域因为实用价值不大，稍作收缩；西界因考虑到原定方案“不仅包括了通往广州的唯一深水通道，而且将控制珠江口狭窄水道的伶仃岛包括在内”，“可能引起列强在其他条约口岸采取的行动，有损英国利益”，所以也稍有收缩。而在北、东两面的延展，则扩占了深圳河南岸的大片土地，而且囊括了极具战略价值的大鹏湾和深圳湾全部水域。

5 月 25 日，窦纳乐在总理衙门将这个出尔反尔、背信弃义的新方案和盘托出，他以典型的英国绅士的风度，说原来的稿本有“笔误”之处，因此要做必要的修改。李鸿章大为惊诧：“敝国正计划在建立南洋舰队之后以大鹏湾为基地，贵国此举无异于釜底抽薪，在谈判最后关头迫我做额外让步，窃以为不取！”双方就此引起争执，相持不下。于是许应骙提出一个半推半就的妥协办法：在条约中加上“除中英两国军舰外不让他国使用大鹏、深圳两湾水域”的规定。窦纳乐明白，这就意味着中方已经接受英方的修改方案，大鹏、深圳两湾既然划归英国，那么让中国军舰使用一下又有什么了不起？大局已定，其他枝节迎刃而解，只待正式完成签约手续。窦纳乐问李鸿章：“《专条》何时签字？”李鸿章答道：“皇上在颐和园向皇太后请安驻跸，须待皇上回宫之后，降旨批准《专条》，方可签字。”窦纳乐颇为不悦，咄咄逼人：“我并不认为，因为皇上在颐和园，大清帝国的事就可以搁置起来！”

6月2日，李鸿章再次约见窦纳乐，提出：双方签约之前，英国必须保证不在租借地设防。窦纳乐怒而拍案：“不要多说了！我国之所以要求香港拓界，是因为中国把广州湾让与法国，威胁了香港的安全，如果你能够废除和法国的广州之约，我马上可以撤回香港拓界之议！”李鸿章唯唯，不敢再言。

6月4日，窦纳乐又来到总理衙门，厉声催促：“本公使已经报告我国政府，《专条》将于公历7月1日生效，你们到底打算在什么时候签字？”

6月6日，夏历四月十八日，光绪皇帝在早朝之后，回到了养心殿西暖阁。

这里是皇上日常办理庶政、召见大臣的地方。御座上方，悬挂着当年雍正皇帝御书的“勤政亲贤”横匾，匾的下面是乾隆皇帝的御制诗：“一心奚所托，为君止于仁。二典传家法，敬天及勤民。三无凛然奉，六公何私亲。四序协时月，熙绩在抚辰。五事惟敬用，其要以备身。六府赖修治，其施均养人。七情时省察，惧为私欲沦。八珍有弗甘，念彼饥饿伦。九歌扬政要，郑卫慢亟陈。十联书屏扆，式听师保谆。”御制匾额和御制诗的两旁，则是一副御制楹联：“惟以一人治天下，岂为天下奉一人。”

二十四年前，同治皇帝驾崩养心殿东暖阁，一个时辰之后，慈禧皇太后就在这间西暖阁召集中枢重臣，决定了光绪继承大统的地位。当时，小小的皇帝只有四岁，他的生母醇亲王福晋是慈禧皇太后的胞妹。光绪十八岁那年，皇太后为他举行“大婚”，皇后又是皇太后的胞弟桂祥之女。年轻的皇帝生于深宫之中，长于妇人之手，在皇太后“垂帘听政”的钳制下度过了他的童年、少年，直到他成为一个风度翩翩的青年，还没有跨出紫禁城的高墙一步，没有纵览过他治下的万里江山。只是在皇太后名义上“归政”之后，他的足迹才扩展到颐和园，那是为了向皇太后请安。这时，他透过御轿的小窗，才看到了北京城外黄土路两旁的庄稼地，看到了被禁卫军驱赶而远远回避他的人民。“惟以一人活天下，岂为天下奉一人。”他感到了自己肩上的重任，暗暗自励“勤政亲贤”“敬天勤民”，渴望做一个奋发有为的天子。而在他“亲政”不久，他的国家就在甲午年那场海战中惨败。现在，他已经二十八岁了，国家不仅没有从战后的灾难中恢复生机，反而陷入列强的包围之中，大清皇朝到了最危急的时刻。他忧心忡忡，焦急万分，苦苦寻觅救国之策，甚至从包围中国的列强那里借鉴思想武器，如饥似渴地攻读康有为进献的《日本变政考》《俄国大彼得变政考》《泰西新史揽要》等等应时之书。康有为激烈的变法主张使他看到了重新振兴大清国的一线希望，皇太后口头上表示不反对变法的许诺使他升起了一展治国才华的雄心，不管成功或是失败，他只有奋力一搏，使他的国家免于灭顶之灾。

光绪皇帝有一副英俊的相貌。他身高六尺许，头形极佳，肤色白皙润泽，两道长长的剑眉，一双秀美的眼睛，深褐色的瞳仁明亮而深邃，鼻梁高而挺，口阔而唇薄，脑后浓黑的发辫光洁可鉴，好像刚刚沐浴过似的。他的形象富有近乎女性的美感，而在那不甚魁梧的身躯之中，清癯又略带悒郁的眉宇之间，又透露出男性的威严和英爽之气。纵观整个爱新觉罗家族，大清朝历代帝王，像他这样与万乘之尊的身份十分相称的相貌是少见的。他光洁的面颊没有留胡须，按照中国传统的习俗，男子在四十岁以前是不蓄须的，他只有二十八岁，虽贵为天子，也不能例外。他并没有穿戴龙袍和皇冠，那是只有在国家大典中才装扮起来的帝王形象，平时的光绪朴素简洁，头戴白罗胎凉帽，身穿明黄纱袍，如此而已，此外没有簪珠佩玉的豪华装饰。他的老师翁同龢记得，皇帝六岁那年刚到上书房读书时，就已经表现出朴素高洁的志趣，曾指着书上的“财”字说：“我不爱这个字。”又指着“俭”字说：“我喜欢‘俭’字，它是天下之福啊！”也许，这是天降大任于斯人的征兆，从此把他的命运和苦难的国家、不幸的民族连在一起了。

在今天的早朝上，他收到了两份重要的奏折。

第一份是御史杨深秀上折，请上告天祖，大誓群臣，以定国是而一人心。这个折子是由康有为起草的，激昂慷慨，恳切急迫，犹如变法誓词。皇帝已经决心付诸实施，由他的老师翁同龢起草《明定国是诏》，尽快向全国颁布。

第二份则是与厉行变法的高亢乐章极不调和的噪声，总理衙门大臣李鸿章、许应骙、张荫桓上折，向皇帝报告了和英国公使窦纳乐谈判的结果，并呈上了条约稿本，请求审批。

现在，这份《展拓香港界址专条》就捧在皇帝的手里。皓首银须的帝师翁同龢侍立在御座旁，凝望着他心爱的学生，崇敬的君王。光绪皇帝剑眉微蹙，全神贯注，逐字逐句地审阅那份《展拓香港界址专条》：

> 溯查多年以来，素悉香港一处非拓展界址不足以资保卫。今中、英两国政府议定大略，按照黏附地图，展拓英界，作为新租之地。其所定详细界线，应俟两国派员勘明后，再行划定，以九十九年为限期。又议定：所有现在九龙城内驻扎之中国官员，仍可在城内各司其事，惟不得与保卫香港之武备有所妨碍。其余新租之地，专归英国管辖。至九龙向通新安陆路，中国官民照常行走。又议定：仍留附近九龙城原码头一区，以便中国兵、商务船、渡艇任便往来停泊，且便城内官民任便行走。将来中国建造铁路至九龙英国管辖之界，临时商办。又议定：在所展界内，不可将居民迫令迁移，产业入官，若因修建衙署、筑造炮台等官工需用地段，皆应从公给价。自开办后，

遇有两国交犯之事，仍照中英原约香港章程办理。查按照黏附地图所租与英国之地，内有大鹏湾、深圳湾水面，惟议定：该两湾中国兵船，无论在局内或局外，仍可享用。

此约应于画押后，自中国五月十三日，即西历七月初一号开办施行。其批准文据应在英国京城速行互换。为此，两国大臣将此专条画押盖印，以昭信守。此专条在中国京城缮立汉文四份、英文四份，共八份。

光绪皇帝把《专条》看了两遍，默然无语。又展开附后的地图，仔细察看。西暖阁寂静得可以听到皇帝的呼吸声，窗外隐隐传来四声杜鹃顿挫抑扬的鸣叫，那是知时的鸟儿在天空盘旋，提醒皇天后土的子民们"割麦插禾"……

养心殿外的庑廊下，李鸿章袍褂齐整、顶戴花翎，垂手肃立，惴惴不安地等待着皇上召见。

李鸿章深知皇上年少气盛，心高志大。甲午之战和乙未议和，皇上被翁同龢、李鸿藻、文廷式、志锐之流所鼓动，一意主战。李鸿章前临强敌，后遭严责，吃尽了内外夹攻的苦头。今年春天和俄、德商谈旅大、胶州湾的租借，皇上又派翁同龢从中作梗，使李鸿章处处掣肘，左右为难。现在他呈上的这份《展拓香港界址专条》，必然又是大败皇上兴头的，谁知道万岁爷看过之后说些什么呢？然而无论如何，这一关却是必须过的。如果说，一个月之前那个无名之辈易君恕的贸然造访除了惹得李鸿章不快之外还多少有点儿价值，那就是他告辞之前的提醒："大人即使不为国家着想，也要爱惜自己的名声！"鸟爱羽毛虎爱皮，李鸿章难道不知爱惜自己的名声？他经手和洋人签过数不胜数的条约，遭到国人无穷无尽的诟骂，这使他感到委屈：我李鸿章又不是洋人的买办，我是在为大清国办事！在如此艰难时日，我李鸿章苦心孤诣和洋人周旋，一次次使国家度过危难，倒落下了"卖国"的骂名，这太不公平了！李鸿章要洗刷自己身上的耻辱，把本来不应当由自己承担的罪责推出去！那么，推给谁呢？推给皇上！一国之主的皇上，冤有头，债有主，大清国的一国之主是光绪皇帝，洋人要钱也罢，要地也罢，都向皇上去要吧！不管窦纳乐催得有多紧，我也决不做先斩后奏的蠢事儿，皇上一天不批准，我一天不签约；而只要皇上点了头，发了话，哪怕大清国的地都割光、租完，谁也骂不着我李鸿章了……

七十六岁的总理衙门大臣正在思前想后，猛听得养心殿当值的太监一声高亢嘹亮的呼唤："传李鸿章进见！"

李鸿章一个激灵，收住了信马由缰的思绪，连忙迈着老态龙钟的蹒跚步伐，跨进养心殿，步入西暖阁。当他的目光接触到年轻的皇帝，并且发现皇帝的身边侍立着帝师翁同龢，一颗心骤然缩紧了。李鸿章的政敌可谓多矣，当年甲午主战的人物之中，文廷式、志锐已被革职，李鸿藻已死，但他们的首领翁同龢还在，担任着协办大学士、户部尚书、军机大臣和总理衙门大臣种种要职，再加上曾为帝师，和皇上的亲密关系犹如父子，近来又向皇上举荐康有为，力主变法，正是权势倾天，炙手可热。真是冤家路窄，他怎么在这里？有他在场，今天奏对的难度自然也就更大了。李鸿章心里七上八下，在御座前丈许处站住，"唰唰"撸下马蹄袖，颤巍巍地跪下，伏地叩拜："臣李鸿章恭请圣安！"

光绪皇帝望着这位稀松衰颓的老臣，并没有"平身""赐座"的意思，只是平静地叫了一声："李鸿章！"

"臣在。"李鸿章声音沙哑地应道，抬起头来。

"李鸿章，"光绪皇帝问，"你和英使交涉香港拓界，多久了？"

"启奏皇上，臣李鸿章、许应骙、张荫桓奉命与英使窦纳乐谈判，自三月中旬起，至今已有两月。"李鸿章答。皇上的问话仅指着他一个人，而他却一定要把另外两位参与谈判的大臣也点出来，因为责任所系，他不想独自承担。

"两个月！这两个月来，正是国事最为繁忙之际，朕食不甘味，寝不安席，唯恐思之不周，谋之不细，误了变法救国大计。而你们，这两个月都做了什么？"光绪皇帝指着案上的《专条》和地图，本来平缓的声调变得高亢起来，"李鸿章，你作为首席谈判大臣，竟然拿出这等屈辱的条约，还有脸呈给朕看！"

“皇上圣明！皇上宵衣旰食，勤政爱民，是为臣子的楷模！”李鸿章诚惶诚恐地说，这些称颂圣德的套话对于任何一位皇帝都是适用的，他当然不得不说。但只不过以此作为引子，下面就要为自己开脱了，“臣虽愚钝，也不敢辜负皇恩，玩忽职守。这两个月来，臣等与窦纳乐在谈判桌上，唇枪舌剑，寸土必争……”

“哼！”光绪皇帝从鼻腔里发出一声冷冷的嗤笑，“好一个‘唇枪舌剑，寸土必争’，你争出了什么？”他指着摊开在膝上的那幅地图，手指在微微颤抖，“本来，英国在此所占土地，仅香港一个蕞尔小岛和九龙半岛南端岬角，而现在呢？”他的手指在将要“展拓”的土地上划了一个大大的圆圈，“新安县境内的土地，大部都划归了英国，超过原来十倍以上！这哪里是什么‘拓界’？分明是无端强占我国土！”

“是，皇上圣明，直指英夷要害，”李鸿章说，“英夷所谓‘香港的安全受到威胁，非拓界不得保卫’，纯属借口，以此满足其吞并我新安县境的虎狼之心。这幅地图，便是英夷事先炮制，然后强加于我。”说着，抬眼看了看侍立在光绪皇帝身旁的翁同龢，“翁中堂在总理衙门办理外交事务多起，想必也深知洋人的这种惯技……”

翁同龢猛然被触动。身为四朝元老、两代帝师，翁同龢曾与光绪皇帝在毓庆宫师生相伴达二十年之久，直至汉书房被慈禧皇太后撤销之后，皇上仍然常常召见他，促膝独对，推心置腹，无所不谈，这种特殊地位早就遭人妒忌，翁同龢本人又何尝没有远祸全身之虑？但是，当今国家危急存亡之秋，皇上的信任和依恋又是一位以身许国的老臣所无可推辞的，他只有将自身的安危置之度外，拼将一把老骨头，辅佐皇上成就变法救国大业。面前的这位李鸿章，是和他较量多年的政敌。自甲午之后，李鸿章声望一落千丈，直隶总督兼北洋大臣的职位也被剥夺，靠了皇太后的关照，安排在总理衙门大臣上行走，顾全了他的面子，漫长的仕途已是强弩之末。谁知他在总署任上仍是走当年的“洋务”老路，极尽屈节丧权之能事，令翁同龢所不齿！本来，皇上今天召见李鸿章，翁同龢不必在场，因为皇上在收到《专条》稿本和黏附地图之后，要他一起察看、分析，他才留了下来。且在一旁静观吧，他想，不打算插嘴。现在，李鸿章竟主动地点到了他，也许是要先发制人，堵住他的嘴巴？

“皇上，”翁同龢不得不说话了，向光绪皇帝躬身道：“李中堂所说属实。据臣所知，这地图确系英夷所绘，《专条》稿本也是由英夷起草。”

李鸿章听他这么说，心里暗想：翁常熟果然被我堵住了嘴，说的是实话。

“嗯？”光绪皇帝不悦地转脸望着翁同龢，“两国谈判，本应各自陈述己见，怎么能一切听命于对方？我总理衙门设你们诸位大臣还有何用？”

李鸿章低头不语。看来，他已经成功地将皇帝的不满转移给了包括翁同龢在内的整个总理衙门，自己身上的责任就轻得多了，那就让翁同龢去对付吧！

“皇上，”翁同龢继续说，“此事由李中堂主办，臣不便插手。英夷所提出拓界方案，李中堂仅仅提出保留九龙寨城和城外道路、码头而已，其余各款，一概应允了。”

李鸿章心里“咯噔”一声。这真像洋人玩儿的足球把戏，他刚刚把球踢给翁同龢，对方却飞起一脚，又踢回来了！好你个翁常熟，厉害啊！

“李鸿章！”光绪皇帝的怒气果然又转移过来，“你的骨头怎么如此之软？洋人指到哪里，国土就割到哪里，大鹏湾、深圳湾都是我海防要塞，你竟轻易予人，此线以南的大片国土，也全部割让，仅仅保留小小的九龙寨城和码头、道路，又有何用？”

“皇上，”李鸿章硬着头皮，仰起脸来，“窦纳乐所提要求，臣等并未全部应允，再三予以驳斥，据理力争，才得到这个结果，已属来之不易。臣以为，租借土地，毕竟与永久割让有所不同，允议暂租，尚可操纵自我。况且，我方得以保留九龙寨城及原旧码头，以便文武官员驻扎，兵商务船往来停泊，以及他日建造铁路之根据……”

“胡说！”光绪皇帝怒喝道，“租借与永久割让不同，就可以轻易将国土出租吗？你好大方，租期长达九十九年，人生也不过百年！你老而将死，九十九年之后早已化归尘土，就连你的玄孙也未必能见到租约期满，不怕后人咒骂你卖国吗？”

李鸿章最怕的就是“卖国”二字，惶恐地垂下了头，不敢仰视。

光绪皇帝继续说：“鼠目寸光，因小失大！大鹏、深圳两湾若租与英夷，他们必然构筑炮台，停泊战舰，驻扎重兵，雄踞东南，虎视大陆，为我大清之患！九龙寨城四面被围，如汪洋之中一座孤岛，进不能进，退无可退，纵使‘城中驻扎官员各司其职’，还有何用？朕久欲修筑一条广九铁路，以利东南交通、商贸、民生，而你们却仅以‘临时商办’一语轻轻带过，修路之权，等于自动放弃！如此等等，利权丧尽，你还沾沾自喜‘尚可操纵自我’，朕问你，将如何操纵？还有何可供‘操纵’？纯属痴人说梦，一派胡言！”

“皇上圣明！”李鸿章垂首唯唯，“臣等愚不可及！”

“朕不要这等误国之臣，也不做亡国之君！”光绪皇帝愤然把《专条》约稿和地图掷于脚下，“朕不准此约！拿去，扔在英夷窦纳乐脸上，告诉他：我大清国变法图强，自立于天下，再不容外夷宰割了！”

李鸿章惊呆了。他虽然早就担心《专条》在皇上这里难免受阻，但没有想到皇上会发这么大的脾气，把《专条》彻底推翻！受了洋人的气之后又受皇上的气，还要他回过头再去得罪洋人，这太难了！他的眼前浮现出窦纳乐骄横威严的面孔，那个官阶比他低得多、年纪比他轻得多的红毛洋鬼，只因为背后有个强大的大英帝国撑腰，踏进中国的总理衙门如入无人之境，对总理大臣颐指气使就像吩咐手下的奴隶，李鸿章有多大的胆子敢和他翻脸？

“皇……皇上！”李鸿章膝行几步，战战兢兢地捡起地上的《专条》和地图，却并没有起来，惶恐地望着光绪皇帝，“‘普天之下，莫非王土’，臣不过是给皇上守家护院的一条走狗。皇上不准租地，臣绝不敢租；皇上不准签约，臣绝不敢签……”

“那就无须饶舌了，”光绪皇帝不耐烦地挥了挥手，“下去吧！”

“皇上！”跪在地上的李鸿章却仍然没有走，他手里捧着《专条》和地图，十分为难地说，“皇上命臣拿去扔在英国公使的脸上，这……”

“你不敢？”光绪皇帝鄙夷地扫了他一眼，转过脸去，“那就由翁师傅去办这件事!”

“皇上!”翁同龢一愣，忙躬身道，“臣食皇家俸禄，蒙圣上恩宠，为国排难，万死不辞！不过，与英使谈判香港展拓界址一事，臣却难以从命!”

“怎么?”光绪皇帝恼火地看着一向无比依赖的翁师傅，想不到他也有抗旨违令的时候，“翁师傅也怕洋人吗?”

“皇上,”翁同龢说，“臣身为天朝臣子，公理在手，浩气在身，何惧洋人！可是，臣也有所怕……”

“你怕什么?”光绪皇帝疑惑地问道。

“恕臣直言,”翁同龢说，“臣怕的是自己人不能同舟共济，若要办成一件事，处处掣肘，横生枝节，难以放手去做，往往虎头蛇尾，善始而不得善终。”

“嗯,”光绪皇帝若有所悟，“你不妨讲得详细一些。”

“是!”翁同龢继续说，“即以今年春天德国租借胶州湾为例。德国背后有俄国支持，态度极其强横，志在必得，德皇御弟威廉二世甚至扬言：‘如中国阻挠我事，以老拳挥之!’日本公使矢野文雄也极力怂恿将胶州湾‘暂租与德’以解围。这些洋人来势汹汹，臣并无所惧，在谈判中奋力与争，曾拍案而起，当面大骂德国公使：‘如此则无可商，以后不必找我!’可是，臣的愚忠、臣的奋争，却被恭亲王和李中堂指斥为‘徒劳无益’‘有碍和局’‘贻误时机’，总理衙门诸位大臣一致同意将胶州湾租与德国，而最后恭亲王却又奏请皇上，命臣与李中堂同去与德国公使画押！如果不是皇上诏令，臣宁死也不肯画押，那是臣的耻辱，亲手把山东全省的利权让与腥膻洋鬼，做了民族罪人！皇上，这种违心的事，臣做了一次，已经感到永世不得洗刷耻辱，决不肯再做第二次了!”

翁同龢说起往事，痛苦已极，不禁老泪纵横。

李鸿章跪在那里，听得心惊肉跳。不过转而又想：翁常熟，你炫耀自己，攻讦老夫，竟然把皇上和恭亲王也捎带上了，当心逆了龙麟！他抬眼看看皇上，等待着翁同龢惨遭训斥……

“啪”的一声，光绪皇帝的手重重地拍在身边的小几上，他的脸涨红了，皱起的剑眉下，那双深褐色的眼睛闪射着怒火，“耻辱！确是奇耻大辱！当时，恭亲王一意主张签订此约，朕……太软弱了，朕也是迫不得已啊！如今，恭亲王已经作古，而洋人租借土地之举又接踵而来，这一次，朕决意要自己做主，再不能重蹈覆辙，翁师傅，你放手去办吧！”

李鸿章听到这里，隐藏在心中的希望失落了。不过，既然皇上执意要翁同龢去会窦纳乐，倒也未必不是一件好事，且看他有什么本事能对付那位不好惹的红毛洋鬼？

“皇上，”翁同龢躬身一揖，却又说道，“这件事，若要臣去谈判，自应从开始就由臣去谈，中途他人不得插手，成否，败否，一切责任由臣自负。可是，香港拓界之事，早在今年二月，庆亲王已向英使做出许诺，李中堂与英使谈判也已两月，虽还未签字画押，但条约的框架已成，而且英使与李中堂约定《专条》自西历 7 月 1 日生效，还要到英国京城换约，日程迫在眉睫，臣纵有炼石补天之心，也办不到了！”

李鸿章万万没有想到，在这种时刻，翁同龢能讲出这样几句话，慷慨激昂的豪言壮语最后还是归于垂头丧气，无所作为，无论他真正的动机如何，也多多少少替李鸿章道出了此事的艰难，使他的尴尬处境稍稍得以改善。

“唉！”光绪皇帝失望地叹了口气，“事情怎么办得这样糟，成了一局死棋！难道再无转圜之机了吗？”

“皇上，”李鸿章不失时机，赶紧说，“若有转圜之机，臣岂能放过？两个月来，臣与英使苦苦周旋，才得以保留九龙寨城，以及附近码头、道路，何敢奢望其他？那窦纳乐声言，中国既然准许俄国租借旅大，德国租借胶州湾，法国租借广州湾，就应该准许英国拓展香港界址，不然，则逼我与俄、德、法废约！皇上试想，覆水难收，这哪里能办得到？如果拒绝英国要求，窦纳乐必然指责我言而无信，挑起事端，进而引起列强为维护各自在华利益而争斗，那么，危险的不是列强，而是我大清啊！”

光绪皇帝沉默了。他近来读康有为所荐图书，对寰球各国，有所了解，欧洲列强瓜分非洲完毕，已将矛头转向东方，大清国成为众矢之的，势如累卵。他决意变法，试图使大清死里求生，哪里还有力量对付列强的万炮齐轰？如果世界大战在中国打起来，神州大地必将陷入一片混乱，不要说变法，连国家的主权能否保住都难说了！

“这么说，香港拓界之约，非签不可吗？”皇帝沉吟良久，喃喃地说。

在他的身旁，翁同龢默默无语，只是摇头叹息。

“皇上，臣知道，圣祖传下来的疆土，皇上连一寸也舍不得丢掉，可是今非昔比，国事艰危，又可奈何？既无万全之策，也就只好断一肢而保全身了！否则，乱子闹大了，将不可收拾！”李鸿章边说边眯起那双泪囊稀松的昏花老眼，观察着光绪皇帝的神色，“臣怕的是，一旦烽烟燃起，皇上责怪臣等，而皇太后则难免要责怪皇上……”

光绪皇帝心中一阵惊悸，皇太后冷若冰霜的那张脸猛地闪现在他的眼前！从当年甲午之战、乙未议和，他已看得清清楚楚，在皇太后的心目中，大清国的辽阔国土比之小小的颐和园，浩瀚的海域比之浅浅的昆明湖，都太不重要了，何况弹丸之地香港的“拓界”？这件事情，纵使光绪皇帝毅然否决，也难以通过皇太后那一关。如果真像李鸿章所说的那样，由香港拓界而引起战火，那么，皇太后对皇上就不仅仅是斥责，废黜他的皇帝之位也是轻而易举的！

“李鸿章！”

“臣在。”

“你把《专条》和地图留在这里，”光绪皇帝的语气低沉得多了，“朕……还要恭请皇太后御览。”

李鸿章心里明白，皇上已经默许了《专条》，但又不想承揽这项责任，而是打算推给皇太后，正如当年签订《马关条约》之前的推来推去一样。

“皇上，”李鸿章耐心地等到了这最后的时刻，才说，“前天，臣等与窦纳乐谈判定稿之后，将稿本缮写了两份，一份进呈皇上，一份进呈皇太后。”

“噢？”光绪皇帝没有想到李鸿章早已做了两手准备，吃惊地看着他，“皇太后可有批复？”

“启奏皇上，昨天，颐和园传过话来……”

“说什么?”光绪皇帝屏住呼吸，急切地等待着那个仿佛从天庭传来的声音。

“皇太后说，”李鸿章缓慢而清晰地回答，“我已然归政，让皇上快点儿打发了洋人算了!”

就这么一句话，遣词用字，连语气都绝对是皇太后风格，李鸿章复述得十分传神。这句话，从颐和园飘到总理衙门，再从总理衙门飘到紫禁城，只能用耳朵聆听，并没有白纸黑字可供查询，却至高无上，难以违抗。前半句称自己“已然归政”，后半句却又在向皇上下命令，“让皇上快点儿打发了洋人算了!”至于怎么“打发”，又没有说，只可意会，不可言传，必须照办，又抓不住把柄，光绪皇帝在万不得已的最后一步试图请老佛爷定夺，以摆脱自己的失土责任，而人家早已把这条路在前头堵死，他被皇太后和李鸿章给要了，姜还是老的辣!

光绪皇帝无可奈何地伸出手去，拈起身旁几案上的朱笔，低低地说了声：“拿来……”

“嗻!”李鸿章撑着虚弱的老骨头，从地上爬起来，把手里的《专条》和地图又重新呈上。

光绪皇帝迟疑地望望翁同龢。

翁同龢避开他的目光，垂下头去，发出一声沉闷的叹息。

“列祖列宗，皇天后土!”光绪皇帝执笔在手，仰天长叹，“当年，道光爷在遗诏中说：‘深以弃香港为耻’，至今，朕未能雪此国耻，收复香港，竟然又亲手租让国土，罪莫大焉，朕愧对列祖列宗，愧对天下黎民啊!”

“皇上，皇上……”侍立在一旁的翁同龢望着痛苦已极的皇上，也不禁潸然泪下。

“我大清国已到了生死关头，如不厉行变法，救亡图存，恐怕就要像康有为所说：‘不忍见煤山前事’，‘求为长安布衣而不可得’！翁师傅，你快些起草《明定国是诏》，朕不能再等了!”

“遵旨!”翁同龢泣涕拜道，“皇上放心，臣尽快草就此诏，呈送御览，择吉颁令天下！”

“皇上，”跪在御案前的李鸿章还在眼巴巴地望着光绪皇帝，焦急地等待朱批，“这《专条》……”

光绪皇帝默然不语，那双深褐色的眸子失神地望着养心殿的红柱雕栏、金碧藻井。一声无可奈何的叹息，他垂下头来，久久地注视案上的那份《展拓香港界址专条》，手中的朱笔仿佛有千钧重量，只要这一笔落下去，新安县境大片土地就被割裂了。

两行清泪顺着他那白皙光洁的脸颊缓缓流下来，流入薄薄的嘴唇，那泪水咸咸的，涩涩的。

握笔的手在战栗，笔锋蘸满朱砂，殷红如血。

朱笔终于落了下去，在白纸上留下四个字：“依议，钦此。”

三天之后，6 月 9 日，夏历四月二十一日，中英《展拓香港界址专条》在总理各国事务衙门正式签字生效。代表中方签字的是“大清国太子太傅文华殿大学士一等肃毅伯李”即李鸿章和“经筵讲官礼部尚书许”即许应骙；代表英国签字的是“大英国钦差驻扎中华便宜行事大臣窦”即窦纳乐。

每日出版的黄皮《京报》随即刊布了《专条》全文和皇帝的朱批。

报国寺前的小院里，易君恕手捧《京报》，不禁失声痛哭，为他的挚友邓伯雄，为那片失去的国土，也为那位不幸的皇帝。

第三章　书生论政

戊戌年因为多了一个闰三月，阴历和阳历的差距就拉大了，到了五月中旬，已经进入阳历七月。北京城炎热而沉闷，饱胀的空气仿佛浸透了油，一点火星就可以燃起冲天烈焰。

午后炽烈的阳光把菜市口丁字街照得白花花一片，鹤年堂门前的国槐树枝干低垂，叶子都晒蔫了。药铺廊檐下面新添了一口大缸，盛满清热解暑的酸梅汤，任客饮用，不取分文。这是鹤年堂掌柜的一项医德，也是招徕主顾的一件法宝。“要吃丸散膏丹，请到同仁堂；要吃汤剂饮片，请到鹤年堂。”买卖的信誉一半是自己创出来的，一半是主顾捧出来的，主顾是生意人的衣食父母。鹤年堂的东家深谙此道，所以对主顾格外恭敬，即使不买药的人路过门口，也请你白喝酸梅汤。喝的是鹤年堂的字号，扬的是鹤年堂的名声。

这就挤了栓子的生意。栓子卖的都是节令小吃，秋冬天卖萨其马、艾窝窝，春天卖豌豆黄儿，夏天卖凉粉儿。这会儿就离开鹤年堂门口的老地盘儿，把独轮小车顺丁字街口往西推，在路南房檐下的阴凉里支下摊子，“凉粉儿！酸辣凉粉儿哟！”这吆喝声，在鹤年堂听来，就显得远了。

鹤年堂店堂里，易君恕坐在柜台外边的椅子上，等着伙计抓药，闷闷地想着心事……

近来，朝廷里发生的一桩桩大事，令人目不暇接。就在李鸿章与窦纳乐签订《展拓香港界址专条》的前数日，恭亲王奕䜣寿终正寝。“鬼子六”之死，对于光绪皇帝变法维新未始不是一件好事，走了一位顽固守旧大臣，便减少了一份阻力；然而对于他的皇帝之位，却又增加了一份威胁，爱新觉罗家族这位最年长的王爷撒手西归，皇太后若要废黜皇上，也就更少了顾忌。形势逼人。皇帝在朱批香港拓界《专条》之后，便颁布《明定国是诏》，厉行变法。变法第三天，侍读学士徐致靖向皇帝保荐工部主事康有为、广东举人梁启超、江苏候补知府谭嗣同等通达时务人士。然而，变法刚到第五天，为皇帝起草《明定国是诏》的协办大学士、户部尚书、帝师翁同龢在他六十九岁寿诞之日却突然被开缺回籍，同时宣布：授荣禄署理直隶总督；嗣后凡赏二品以上文武廷臣须具折诣太后前谢恩；皇帝将于今秋恭奉皇太后赴天津阅兵……这一切，意味着什么呢？

鹤年堂老掌柜摇着芭蕉扇，从里边走出来，一眼瞧见易君恕，亲切地打个招呼："哟，易先生来了，老太太的贵恙好些了吗？"

"噢，老掌柜，"易君恕从独自遐想中被惊醒，也只好客气地应酬，"家母是长年老病，需要慢慢调理；自从换了您赐给的方子，倒是见轻了一些，我还要多谢您呢！"

"哪里！哪里！治病救人是本店的宗旨，还提什么'谢'字？"老掌柜笑眯眯地说，"不过，易先生，我倒是早就想敬求您一幅墨宝，挂在店堂里，为这三百年老店增光！"

"哦，老掌柜过奖，"易君恕忙说，"贵店早有镇店之宝，我哪敢献拙？"

他转过脸，望着店堂里左右两根抱柱上的一副金漆楹联，"欲求养性延年物，须向兼收并蓄家。"据说，书写此联的乃是明朝嘉靖年间兵部武选员外郎杨继盛，字仲芳，号椒山，因上书弹劾权相严嵩十大罪状，下狱三年，受酷刑，被杀。

"杨椒山是一位不畏权势、宁折不弯的铁汉子，字也写得极有气势，贵店留有他的遗墨，足可引为自豪！"易君恕感叹道，"可惜，店门口那块'鹤年堂'匾却是严嵩的手笔，这两个死对头，一忠一奸，怎么好共处一堂呢？老掌柜若是把严嵩的字取下，我一定替您重写一块匾！"

"那是本店的金字招牌，可摘不得！"老掌柜笑道，"易先生，您也忒较真儿了，甭管哪朝哪代，朝廷里头也不会一水儿清，总是有忠有奸，就好比我这药铺里，有补药，也有泻药！”

“嗯？”易君恕听他这个比喻，心中一动，沉吟道，“朝廷，药铺……”

“您琢磨琢磨，是不是这么个理儿？”老掌柜说，“咱们眼眉前儿的事儿就是如此，皇上要变法，给大清国开了一服补药，起用康有为、梁启超、谭嗣同；皇太后马上给他下一剂泻药，把皇上的师傅翁同龢打下去了！”

易君恕暗暗吃惊，朝廷里错综复杂的权力争斗，倒被这位中药铺老板一语道破！

两人正在闲谈，店门口进来一位主顾。此人年约三十出头，身材不甚高大，宽脑门，高颧骨，厚嘴唇，高耸的眉弓下，一双黑亮的眼睛炯炯有神；头戴青缎便帽，身穿一件浏阳圆丝细夏布长衫，脚蹬双梁布鞋。进了店门那几步走，呼呼生风，不经意地带出身上的“功夫”。

“来了您哪？”老掌柜暂且中止了闲谈，上前招呼道，虽然是生客，也笑脸相迎，“这位先生，您是抓药啊，还是来歇歇凉儿？”

“抓药。”那人递过来一张方子，一口京腔地说，“劳驾，您给抓快点儿！”

“好嘞，”老掌柜伸手接过方子，“您坐下歇会儿，这就给您抓，说话就得！”

那人却不坐，双手背在身后，抬头浏览着店堂，目光落在了镌刻着杨继盛遗墨的抱柱上，细细地观看。

自从那人一进门，易君恕就在一旁打量着他，依稀觉得似曾相识，却又一时想不起来他是谁。待到那人背手而立，凝视抱柱上的楹联，猛然从那副神情辨认了出来，不觉倏地站起，试探地问道：“这位先生，请问您可是贵姓谭？”

“嗯，”那人蓦然回首，“不错，先生怎么认识我？请问您是……”

“复生兄，”易君恕兴奋地叫道，“您不认识我了？我姓易……”

“姓易？”那人端详着他，“看你的面目，和易元杰老伯十分相似，莫非你是君恕小弟?”

“是啊，是啊!”

“你真是君恕?”那人一阵惊喜，“多年不见，你长大了，一条男子汉了!”

两人四手相握，激动不已。

“复生兄!”易君恕说，“我从《京报》上看到皇上谕令，便知道您要进京了……”

“我刚刚到京，亲朋故旧还没有来得及一一看望,”那人说，“今天得遇贤弟，真是太好了!”

旁边，老掌柜和伙计们听他们左一个“皇上”，右一个“谕令”，惊得张口结舌！老掌柜把手里的药方交给伙计，连忙问易君恕：“易先生，请问这位爷是……”

易君恕说：“这是现任湖北巡抚谭大人的三公子谭嗣同，字复生……”

“哎呀，您就是谭大人?”老掌柜不等他说完，就惊叫起来。其实他对于远在天边的那位湖北巡抚谭大人倒并不在意，而眼前这位年轻的谭大人却令他肃然起敬，此番奉诏进京，眼看就要大红大紫，老掌柜在京城地面混事，对此等新贵敢不巴结?“谭大人，小人不知您大驾光临，有失迎迓，您多多包涵，我这儿给您请安了!”说着，就弯腰打千儿。

谭嗣同忙扶住他：“哦，不敢当!”

“哪里，该当的!”老掌柜不知说什么才好，慌忙掸了掸椅子，请谭嗣同坐下，又朝柜台里头嚷道，“沏茶!”

伙计端出两盏盖碗茶，摆在两张椅子之间的茶几上，连易君恕也叨了光。

“您二位请用茶!”老掌柜恭恭敬敬地伺候在旁边，“谭大人光临小店，我们真是不胜荣幸!”

“老掌柜太客气了,”谭嗣同说，“其实，您和我所做的是一回事，您调和鼎鼐，济世活人，治天下病；我奉诏进京，辅佐皇上，针砭时弊，扶正驱邪，也是治天下病。”

“这真是高抬小店了！”老掌柜谦恭有加，关切地说，“大人身负重任，还望保重贵体。刚才这方子……”

“我来京时旧恙未愈，”谭嗣同道，“照原方再吃它几服药，早些除根儿才好。”

“这事儿，小店责无旁贷，大人要用什么药，只管吩咐！”老掌柜满口应承，忽然心里一动，压低了声音说，“小人斗胆，向大人打听一件事儿……”

“请讲！”谭嗣同说。

“打今年春天起，就不断听说皇上龙体欠安，淋病、腹泻、遗精、咳嗽，其说不一……”老掌柜眯起两眼，专注地望着谭嗣同，“不知皇上到底得的是什么病？”

“您听谁说的？”谭嗣同一愣。

“街头巷尾都在流传，”老掌柜说，“还说康南海给皇上进献了一种红丸……”

“红丸？”谭嗣同听得离奇，问道，“什么红丸？”

“小人只是听说，并没见到，”老掌柜神色肃然说，“谭大人，关乎皇上的龙体，用药可要慎重！您熟读史书，一定知道，明朝泰昌元年，光宗即位之后就得了重病，御药房用了泻药，病情更是加剧。当时鸿胪寺丞李可灼就向光宗进了一种红丸，说是仙方，有回春之效。可是，光宗服下之后，立即驾崩。这件事儿闹得好大，史称‘红丸案’！如今听说康南海也向皇上进献红丸，小人不免担心，万一出了事儿，对皇上不好，对康先生也不好。所以向您打听打听，皇上到底得的是什么病，无论是淋病、腹泻、遗精、咳嗽，只要太医确诊，都并不难治，小店倒愿意为皇上效劳，保证药到病除，我有祖传秘方儿……”

谭嗣同哭笑不得。一个平民百姓，如此关心皇上的健康，当然忠心可嘉；但毕竟在商言商，三句话不离本行，时时不忘揽生意，还想揽到紫禁城里去！

“皇上青春年少，正是精神饱满、奋发有为之时，日理万机，孜孜不倦，哪有什么病啊？”谭嗣同正色说，“康先生也从未进献过什么药物！”

“噢，那就好！”老掌柜赶紧拱拱手说，“我们就巴望着皇上龙体康健，国泰民安！”

“嗯，”谭嗣同点点头，“那些谣言，想必是仇视新政的人放出来的，万万不可听信，也不要再传。老掌柜，您虽是个生意人，倒还是很关心国家大事！”

“那当然！”老掌柜说，“老百姓都想过几年安稳日子，就怕天下大乱！谭大人，您大概还不知道，每逢朝廷出了大事儿，连小店都不得安宁……”

“我知道，”谭嗣同说，“您这门口是个杀头的地方。”

“是啊，”老掌柜说，“每逢这时候，官府头一天就告知小店：‘明日有差事，进备酒菜，日后付款。’我们这就得备酒备菜，第二天行刑之前招待监斩官和刽子手，然后才开斩。嗬，到时候菜市口人山人海，当街鲜血淋漓，十天半月也去不了腥味儿！唉，店里头治病救人，店门口砍头杀人，您说这叫什么事儿？”

“世界就是如此，有救人的，也有杀人的。”谭嗣同目光冷峻地望着鹤年堂门口那片曾经无数次被鲜血染红的地方，喃喃地说，“谁也不愿意流血，可是血总在流，下一个流血的不知是谁？”

易君恕听得心中一动：谭嗣同现在正是新官上任，春风得意，这句话是什么意思？

老掌柜也发觉他的神色有些不大好看，忙赔着笑脸说：“谭大人，我不该在您面前提起这让人堵心的事儿！反正这种事儿一年也就那么一两回，管他砍谁的头呢！”

这时，柜台上的伙计嚷了一声：“谭大人，您的药得了！”

谭嗣同和易君恕同时站了起来。

老掌柜连忙从伙计手里接过那捆扎好的几服中药，恭恭敬敬地递给谭嗣同。易君恕的药早已抓好，伙计也取过来奉上。

谭嗣同和易君恕拿了药，一起向门外走去。老掌柜跟着送出来，殷勤地说：“谭大人，您公务繁忙，日后需要什么，不必亲劳大驾，吩咐一声，给您送到府上就是了！请问您的官邸在……”

“我刚到北京，哪有什么官邸?”谭嗣同说，“就住在北半截胡同浏阳会馆。”

“噢，那和小店真是近邻了,”老掌柜又奉承道，“不胜荣幸，不胜荣幸!”

谭嗣同回头说声：“请留步!”

老掌柜这才站住了，拱拱手说：“谭大人慢走，改日到会馆给您请安!”

谭嗣同和易君恕朝前走去，到了丁字街口，谭嗣同停住了脚，高耸的眉弓下那双深邃的眼睛凝望着面前这片横尸流血之地。此时此刻，在这片土地上当然看不到丝毫血迹，陈年瘀血早已渗入黄土，被千千万万只脚踏平，踩实，在当头烈日的照耀之下，惨白闪亮，不像血，倒像是水——一条流过了许多年总也流不断的丁字形的河流。

两人从丁字街口往西，叙说着别后之情，并肩走去。前面不远，路南一个小小的巷口，便是北半截胡同，谭嗣同所住的浏阳会馆就在这条胡同里。

谭嗣同走到胡同口，就站住了。

“复生兄,”易君恕说，“我们多年不见，请到舍下一叙，我给您接风!”

“改日，我专程到府上给伯母请安,”谭嗣同迟疑地说，“今晚我还有个约会……”

“噢，兄长有事，尽管去忙,”易君恕怅然若失，“我明天再去看您……”

“现在时间还早,”谭嗣同看看西斜的太阳，说，“请到会馆坐坐，如何?”

“也好!”易君恕说着，就跟着他往南拐弯儿。

在路边卖凉粉儿的栓子一眼瞧见了他：“哎，大少爷！您这是上哪儿去啊?”

“栓子?”易君恕回过头看看他，指着谭嗣同说，“这就是前几天我跟你说起的那位谭府三少爷……”

话还没说完，栓子就大呼小叫起来：“哎哟！谭大人？栓子给您请安！”

北京人多礼，动不动就是打千儿。

谭嗣同伸手托住他的胳膊：“别价！这位兄弟，初次见面……”

“您哪儿能认得我？您离开北京那会儿，我还光着屁股呢！”栓子笑着说。

谭嗣同祖籍湖南浏阳，却是出生在北京。那是同治四年，当时他父亲谭继洵在京师任刑部主事，家住在烂面胡同，也在菜市口附近，因此，谭继洵和易君恕的父亲易元杰有文字之交。同治十三年，谭府搬到了浏阳会馆，和易府仍然常有来往。同治十四年，北京白喉肆虐，谭老夫人和女儿、次子都染上时疫，不治而亡。光绪三年，谭老太爷调任甘肃道，谭嗣同随父赴任，那年他十三岁，易君恕比他小五岁，还是个刚刚发蒙的小学童，从此一别多年。后来，谭嗣同虽然也曾几次进京，都是来去匆匆，未及一一寻访故旧，多年隔绝，他也不知道易府的后人现在何处……

“谭大人，”栓子眉开眼笑地望着谭嗣同，“您这回可真是衣锦还乡啊！”

“衣锦还乡?”谭嗣同抚了抚自己的夏布长衫，“‘衣锦’无从谈起，‘还乡’倒是真情！北京是我的出生地，才是真正的故乡！”

一口纯正的京腔，充满了浓浓的乡情。

“谭大人，皇上召您进京的消息已然轰动京城，万民仰望啊！”栓子伶牙俐齿，练就了一张生意口，见什么人说什么话，但他对谭嗣同说的这几句话却是出自内心的，“谭大人，我没什么孝敬您的，敬您一碗凉粉儿！”

“噢，凉粉儿！”谭嗣同脸上绽开了笑容，嘴里馋馋的，“好些年没吃到北京的凉粉儿了！”

栓子得意极了，抄起家伙就去盛凉粉儿，易君恕拦住他说：“复生兄，以您的身份，在大街上托着个碗吃凉粉儿，恐怕不是个样子……”

谭嗣同已经伸出手要接凉粉儿，他这么一说，就不好意思地缩了回去。

“栓子，你给送到会馆去!”易君恕说。

“不必了,”谭嗣同说，“回头我叫家人来端两碗就是了，省得耽误他的生意。”

“也好,”易君恕说，把手里的中药递给栓子，“你回头把这个带家去!”

易君恕和谭嗣同顺着北半截胡同往南走，进了浏阳会馆。

这会馆坐西朝东，有前后两进院子，还带一个跨院，房屋三十多间。前院五间正房，其中的北套间就是谭嗣同现在的住所。

随谭嗣同赴任的两名家人胡理臣和罗升迎了出来，接过谭嗣同手里的药，向易君恕见了礼。

易君恕举步正要进门，迎面先看见门楣上高悬一块匾额，上书四个苍劲的大字“莽苍苍斋”，顿感一股宏阔苍茫之气，不觉赞叹：“这斋名起得好!”

谭嗣同说：“聊以寄情罢了!”

易君恕又看那门两旁的楹联：“家无儋石，气雄万夫。”更觉肃然，说：“这联语也好！复生兄离京二十年，归来已是一条英雄好汉!”

谭嗣同说：“英雄好汉，不敢自诩，不过，这二十年间，我游历直隶、甘肃、新疆、山东、山西、江苏、安徽、浙江，亲见民间疾苦、世上疮痍，更觉得读万卷书不如走万里路，科举仕途于国家、民族毫无意义，中国要自立，要富强，只有走变法之路，大丈夫生逢此时，要担当起天降之大任!”

“说得好!”易君恕深表赞同，这几句话字字打动了他的心，“君恕正愁报国无门，愿以兄长为师!”

“你不要学我，我这个人锋芒太露，说不定会惹麻烦。康先生就不赞成我把这样的对子贴出来，劝我另写一副，文字要含蓄一些。”

“嗯？写什么呢?”

“我已经想好了：‘视尔梦梦，天胡此醉；于时处处，人亦有言。’如何？”

“好，果然含蓄得多了，把万夫不当之勇，化为俯瞰人世之思，有圣哲之风！”

两人高谈阔论，忘乎所以，老家人胡理臣说：“三少爷，请易少爷到里边儿坐下说话吧！”

“噢，”谭嗣同这才意识到客人还站在门外，笑笑说，“君恕，请！”

易君恕随着谭嗣同走进莽苍苍斋，穿过客厅，到了书房。谭嗣同说：“你我兄弟，不拘礼节，随便坐吧！”

易君恕不待落座，见这里满架图书，倍觉亲切，便走上前去，信手翻检。

老家人胡理臣捧上茶来。谭嗣同吩咐道：“你到胡同北口的摊子上去端两碗凉粉儿来！”

“是！”胡理臣应声去了。

此时，易君恕已经被满架图书深深地吸引，站在那里，一一浏览：康有为所著《新学伪经考》《孔子改制考》《日本变政考》《俄大彼得变政考》，梁启超所编《西政丛书》《西学书目表》，英国人傅兰雅所译《各国交涉公法论》《佐治刍言》……一时目不暇给，不由得赞叹道：“您这里真是新学的汪洋大海！”

谭嗣同说：“这些书，你喜欢哪些，尽管拿去看！”

胡理臣回来了，把两碗凉粉儿放在书案上。

谭嗣同说：“君恕，请！”

易君恕手里捧着书，笑笑说：“这东西，在北京并不算新鲜，复生兄请吧！”

谭嗣同早已馋涎欲滴，便不再客气，左手端起碗来，右手拈起羹匙，“呼噜噜”吞下一口，便觉如醍醐灌顶：“啊，又吃到北京的凉粉儿了！”

易君恕却只顾如饥似渴地翻检图书。猛然间看见其中一本，封面印着《甲午战纪》，便立即取过来，打开了，急急地翻阅。此书自甲午战前起，至乙未议和止，把整个战争过程中的中外电报、皇帝诏令、大臣奏折、中日双方军事装备、作战方略、议和历程，尽行收录，洋洋大观。尤其是其中一节，列有北洋水师阵亡将士名单，“易元杰”三字赫然在列，更使易君恕激动不已！那场浩劫早已震动中外，虽然著文评说者不乏其人，但都是择其大端，述其概略，易君恕还是第一次看到这样详尽的记录，第一次看到白纸黑字的行世书刊中提到父亲的名字！父亲既不是提督、管带，也不是枪手、炮手，他只是一介书生，怀着报国之志，卷入了那场战争，最终献出了自己的生命，对这样一个默默无闻的殉国者，也有人记得他，在皇皇巨著之中列上他的名字，传布天下，流传后世，那么，父亲的死也就值得了！

匆匆浏览，易君恕自然不可能通读全书，但心中已经对这位作者升起了敬意。他连忙翻过书来，重新审视封面，才注意到刚才未曾在意的一行小字：“林若翰著。”

“复生兄，”他迫不及待地问谭嗣同，“我孤陋寡闻，不知这位林若翰林先生是……”

“噢，”谭嗣同已经把两碗凉粉儿一口气吃光，把空碗递给胡理臣，朝易君恕手中的那本书看了一眼，说，“你不认识他，并不足怪，林若翰是个英国传教士……”

“英国人？而且还是个传教士？”易君恕很觉意外。

“是啊，”谭嗣同说，“十几年前他就到华北赈灾、传教，还得了个雅号叫‘鬼子大人’。”

“‘鬼子大人’？”易君恕琢磨着这个不伦不类的称呼，“我一向对传教士并无好感，不过，这位‘鬼子大人’倒是颇有学识，一个外国人，能够对甲午之战做如此深入的研究，著书立说，倒是令人刮目相看！”

“这也不足怪。像傅兰雅、李提摩太、林乐知、花之安等人，都是西方的传教士，但他们的著作却远远超出了宗教范围，把西方的科学、文化传到了中国，对中国的许多事情都很关注。林若翰写过不少著作，《甲午战纪》是其中最好的一部，资料翔实，立论公允，对中国战败的原因做了透彻的分析，值得一读……”

“我一定仔细拜读。不知这位林若翰现在哪里?”

“现在北京,”谭嗣同说,“和我约定今晚来访的,便是此人!”

“噢?”易君恕又是出乎意料,“你和他认识?”

“也不过是一面之交。他久居香港,也常到内地走动,去年他到湖南拜会张之洞,我就是那时候和他认识的。这次,我刚到北京,就收到了他的帖子,说有要事和我相商,”谭嗣同说着,看了看窗外,院墙已经被夕照染红,“现在,他也该动身了。”

易君恕听谭嗣同说到“香港”二字,心中便不禁一阵刺痛。抬头看看外面,见天色不早,便合上手中的书,说:“兄长还要会客,我就告辞了。”

“不妨,不妨,”谭嗣同忙说,“我的朋友,也就是你的朋友,你完全不必回避,和他认识认识又有何不可?”

“嗯……”易君恕便犹犹豫豫地坐了下来,心中泛起一股复杂的情感,难以言表。手中这本《甲午战纪》的作者即将来访,不能不说对他具有相当的吸引力,但林若翰那来自香港的英国传教士身份又使他本能地产生抵触情绪,见与不见都无关紧要了。他本想走开,无须勉强留在这里奉陪那位“鬼子大人”,但和谭嗣同刚刚见面,满腹的话还没有来得及说,却又舍不得离去。几个月来,他在孤独之中苦闷、彷徨,听说谭嗣同在湖南与梁启超等人办时务学堂,创《时务报》,倡导维新,鼓吹变法,开全国风气之先,令他十分向往,只恨山重水复,无缘相见;今天,谭嗣同突然出现在他的面前,犹如黑夜中看到了亮光,焦渴中遇见了甘泉,他有多少话急于倾诉啊!

“好吧,在客人到来之前,我们还可以说说话儿……”

“君恕,”谭嗣同望着他那异样的神色,说,“我看你好像有什么心事……”

“唉!”易君恕叹息道,积闷已久的胸中块垒又被搅起,两个月前在总理衙门被李鸿章斥退、马家铺挥泪送别邓伯雄的情景浮现在眼前,“复生兄,见到你,我心里千言万语,不知从何说起……”

残阳西照，酷热已经渐渐消退，路旁的槐荫下吹来一丝凉风。清静的东江米巷，一辆轻快的骡车驶出了巷口。北京城里大街小巷川流不息的车辆之中，最为常见的就是这种小鞍车，它比大鞍车规制小巧，进深仅三尺六寸，行驶便捷。讲究的是山西造轱辘，钉十字瓦，槟榔木鞭杆儿，称之为“山西较子槟榔杆儿”。车厢上为穹顶，下置栏板，又有内帏、外帏，一年四季用料都有不同的讲究。如今时值盛夏，这辆车的内帏已经撤去，只挂熟罗帘子，外罩蓝布外帏，左右的玻璃也换了纱窗。像所有有身份的人出门一样，车后尾上站着一名仆人，车夫则跨坐在车前盘上，熟练地甩着那光滑柔韧的槟榔木杆儿鞭子，发出一声声脆响。驾辕的骡子，毛色乌黑油高“一锭墨”，俏耳，长颈，宽胸，细腰，四条长腿矫健敏捷，碎步小跑，蹄声嘚嘚。车轴上装着车箭，这是北京能工巧匠的绝活儿，车跑起来，便传出一串大珠小珠落玉盘的响声，连绵不断，犹如京戏场面上的鼓点儿“放丝鞭”。

这辆地地道道的北京骡车，车厢里坐着的却是一位外国人。他已经年近花甲，白皙的皮肤布满细密的皱纹，高挺的鼻梁，深陷的眼窝，一双微微眯起的灰蓝色的眼睛，上唇和下颚蓄着一部蓬松的大胡子，洁白如银。而他的装束则又是彻底的中国式：头戴瓜皮帽，身穿长袍马褂，虽在盛夏季节也一丝不苟。美中不足的是脑后没有辫子，瓜皮帽的边缘只露出鬈曲的白发。此人便是英国牧师 John Ling，和那身中式装束一样，他还有一个中国化的汉文名字：林若翰。

公元 1839 年，林若翰出生在英格兰中部美丽的小镇斯特拉特福，那里有葱郁的森林，铺满绿茵的平缓山丘，碧水潺潺的艾冯河蜿蜒流过，两岸星罗棋布木结构的乡间民居，还有诺曼时代的老式教堂，青青草地上点缀着雪白的绵羊，牛群缓缓地走过古老的贵族庄园。与繁华喧嚣的伦敦相比，英格兰中部是一片宁静安详的世外桃源，但这才是英格兰的本来面目，被称为“真正英吉利的英格兰”。林若翰的祖上是当地的豪门望族，父亲是一位著名的牧师，他对遥远的东方怀有浓厚的兴趣，曾经打算横渡沧海，到古老的中国传播基督的福音。然而在中国，自康熙末年起，雍正、乾隆、嘉庆、道光四朝长达百余年间，西方宗教一直被视为异端邪说、洪水猛兽，被严厉禁止。鸦片战争的炮声轰开了闭关锁国的大清国门，也冲垮了朝廷禁教的法规，天主教和基督教的传教士们迫不及待地越过浩瀚的大西洋和印度洋，从欧洲和北美涌入中国，教会势力在一夜之间迅速壮大，超过了以往的几个世纪。

父亲生前没有完成的夙愿，由儿子实现了，1860 年，二十一岁的林若翰在神学院毕业，由伦敦圣公会派往香港，在圣保罗书院任教。一到香港，他就爱上了这座四面环水的海岛，只是不太习惯炎热的气候，每天大量饮水，以补充消耗。他努力使自己适应这方水土，并且像拼命喝水那样，孜孜不倦地汲取中国的文化。每天六点钟起床之后，就去图书馆，教一名管理员学习英文，作为交换条件，对方教他汉文。八点钟才吃早饭，祈祷之后去圣保罗书院给学生上课。数年之后，他的学生以熟练的英文完成了学业，一批一批走出校门，他本人也读完了厚厚的一摞中国典籍，而且从不同籍贯的学生那里学会了广东话、潮州话、福建话、客家话和“官话”，成为一名“汉学家”。

1872 年，他被教会按立为牧师，奉命到圣约翰大教堂任职。圣约翰大教堂是圣公会在香港最大的教堂，共有五位牧师，林若翰是其中之一，除了管理教堂内部事务和联络本牧区的教友，他还有充裕的时间研究学问和外出传教，从香港到内地，足迹遍及华南、华中和华北，并且几次进出京城，和帝师翁同龢、直隶总督李鸿章、湖广总督张之洞都有过交往。1876 年到 1879 年，直隶、山东、山西一带连续三年大旱不雨，颗粒无收，饿殍塞道，哀鸿遍野。干裂的华北大地上，林若翰匆匆奔走呼号，把募集而来的十余万两白银撒向人间，嗷嗷待哺、濒临倒毙的饥民望着这位黄发碧眼的救命恩人，感激涕零，尊称他为“鬼子大人”！中国人历来以“鬼子”一词表达对外国人的蔑视和仇恨，即便是大清帝国全面衰落、西方教会在中国蓬勃发展的全盛时期，各地也仍然不断发生捣毁教堂，杀死神甫和牧师的“教案”。在许多中国人的心目中，传教士是以妖术邪法拐骗儿童、诱奸妇女、食人心肝、挖眼炼药、无恶不作的“鬼子”，何曾被称作“大人”？林若翰以其放赈救灾、济世活人的善行冲击了人们的传统观念，朴实憨厚的北方农民难以表达对他的感激和尊敬，笨拙地创造了“鬼子大人”这个尴尬称呼。黄土地上刮起一股林若翰旋风，身受其惠的灾民们纷纷归附于他的麾下，受洗入教，皈依基督。那是林若翰创造的一项奇迹。1880年，直隶总督兼北洋大臣李鸿章接见了他，也可以称得上一项殊荣。

李鸿章对他的功德甚表嘉许，然后问他：“牧师此番赈灾，发展了多少人入教?”

林若翰答：“约三五万人。”

李鸿章又问：“其中有多少读书人?”

林若翰愣了。他的教民，都是脸朝黄土背朝天的农夫、村妇，衣衫褴褛，形容枯槁，把他看作救苦救难的“活神仙”，却弄不清楚东方的神和西方的神其实并不是一回事。林若翰手里有一份长长的教友名单，而他们当中却很少有人认识自己的名字……

见他无言以对，李鸿章说道：“牧师来华时日不浅，却并不真正了解中国人。中国人当中，有信佛的，有信道的，而真正穷究其教义者却凤毛麟角。那些无知愚民，更谈不上什么信仰，无非是伸手要好处，佛祖保佑我如何，老天爷保佑我如何。香火最盛的，莫若财神，那便是赵公元帅保佑我发财了。牧师发展的那些教民，无非吃教而已，一旦无钱可散，便立即散伙。以本部堂所闻，在中国信奉基督教的，并没有几个真正的读书人，那么教徒虽多，又有何用?”

说罢，哈哈大笑。

李鸿章的这番话，只不过是即兴闲谈，但却深深地刺痛了林若翰的心。经过审慎的观察和思索，他终于明白了，中国本来并没有宗教可言。伏羲、女娲、三皇五帝，都不是神，而是中国人的远古祖先。老子和孔子也不是神，而是中国人之中杰出的圣哲。他们的学说不是宗教，而是“道”。“道”便是学问，而学问只掌握在读书人手里，和种田做工经商的人不相干。种田做工经商的人所信奉的“玉皇大帝”“西天王母”“赵公元帅”在读书人心目中也没有什么地位。读书人孜孜以求的是“道”，“道”是他们认识世界的途径，是他们灵魂的栖息之所。外来的宗教要想在中国立足，就必须征服中国的读书人，而征服他们的途径又恰恰不是宗教信仰和宗教仪式，而是“道”。“道”在中国简直是一个无法解释的词汇，既可以清静无为地坐而论道谈玄说偈，似乎只是智者的哲学游戏；又可以经世致用地“申管晏之谈，谋帝王之术”，那就已经走进政治了。中国的读书人对政治的狂热可以说是天下少有，从孔子、屈原、司马迁、李太白、王安石……一直延续下来，他们总是百折不挠地力图把自己所掌握的“道”作用于政治，哪怕碰得头破血流。当中国失去了往日天朝帝国的地位，神州大地上西风劲吹之时，他们为了影响国家和民族的命运，急切地寻找着解惑释疑的“道”。

明白了这个道理，林若翰不再云游传教，改弦易辙，返回香港，潜心著述。他的著作不仅有宣传宗教的普及读本，更大量的则广泛涉及国际历史、政治、军事、文化、科学，通过这些洋洋洒洒的论述，和中国的读书人寻求共鸣。他仍然不时地深入内地，与以往不同的是，他脱下西服革履，换上长袍马褂，高鼻蓝眼的洋夫子，“谈笑有鸿儒，往来无白丁”，用心地和读书人交朋友。近年来，甲午之战使中国跌入了前所未有的深渊，而读书人的思想却被这场惨败刺激得空前活跃，林若翰预感到一场巨大的变革即将到来，康有为、梁启超、谭嗣同等一批激进人士脱颖而出，即将取代洋务派领袖李鸿章、张之洞之流的位置，左右中国这艘古老帆船的航向。他为此而激动不已，因为康、梁、谭都是他的朋友。现在，正如他所预期的那样，一场轰轰烈烈的维新变法运动已经在中国展开，施行新政的诏令少则一日一诏，多则一日十余诏，雪片似的从紫禁城发往全国，在这适宜的气候，林若翰像北飞的候鸟，又来到了北京……

车子驶出了崇文门，顺着护城河沿往西，在正阳门下绕过瓮城，奔上前门大街，到珠市口又转弯往西，朝着菜市口方向驶去……

莽苍苍斋。

易君恕说起两个月前的往事，仍然耿耿于怀，心潮难平。

谭嗣同专注地听完了他的叙说，感叹道：“香港拓界之议，我在湖南也听到了消息，早就预感到会是这个结果！我与李鸿章虽无交往，倒是深知其人。他作为曾国藩的高足，不能说没有才学；办了一辈子洋务，也不能说没有阅历。但是此人私心太重！他对下徇私枉法，对上以利结主，堂堂元老重臣竟然低三下四地巴结太监总管李连英，重金行贿，借以在皇太后面前邀欢固宠，为士大夫所不齿。本朝官场腐败之风，李鸿章实为始作俑者！在对外交往之中，他则一味趋承逢迎，委曲求全，以国土、利权与洋人做交易，前年在莫斯科与俄国签订《中俄密约》，将黑龙江、吉林路权让与俄国，置东北于俄国控制之下，并允许俄国军舰在战时驶入中国所有口岸，因此，俄国财政大臣维特以三百万卢布赠李鸿章作为酬谢……凡此种种，不一而足。大清国的外交大权掌握在这种人的手里，列强图谋中国，何患不成啊？”

“您既然早有预见，当时为什么保持沉默，而不挺身而出？”易君恕问道。

“我算得了什么？”谭嗣同苦笑一笑，“一名候补知府，官职低微，无权面奏皇上，上书言事要由都察院代转，那都是一些顽固守旧的昏谬老臣，层层阻挡，外官和民间的呼声根本不可能上达圣听！”

“现在的情形不同了！皇上厉行变法，起用维新人士，兄长也在首选之列，英雄有了用武之地！”易君恕说，双眼闪射着希望，“请兄长恳奏皇上，将那些误国的老朽尽行罢黜！”

“你真是书生意气！要将那些人尽行罢黜，谈何容易？”谭嗣同叹了口气，说，“现在皇上对他们还一个都没有触动，那边就已经先下手了：突然罢免翁同龢，而皇太后的内侄荣禄被授为大学士、直隶总督兼北洋大臣，统领三军，皇太后的亲信王文韶出任户部尚书，入军机处、总理衙门，军、政、财权都已控制在皇太后的手里，今年秋天她还要带皇上到天津阅兵！这些都是什么征兆？”谭嗣同高耸的眉弓下，那双深邃的眼睛幽幽地盯着易君恕，令人不寒而栗，“‘项庄舞剑，意在沛公’！君恕，你难道看不出吗？”

“啊?!”易君恕目瞪口呆，连日来苦苦思索而不得其解的疑团，由谭嗣同点破，透过层层迷雾，他仿佛看到了九重深帏之中的大清国最高中枢，两股力量正在激烈较量，一个不祥的预感在他脑际闪现，“她……

她难道敢废黜皇上吗?”

“难说啊！当年同治帝驾崩，身后无嗣，由皇太后做主立当今皇上继位，垂帘听政十余年，如今皇上已经成年，亲政，不再听从她的摆布，她既然敢立，也就敢废！其实，早在皇上颁诏变法之前，皇太后就试图废黜皇上，只是因为恭亲王力持不可，才只好暂且作罢。恭亲王死后，皇太后便又和庆亲王、荣禄、刚毅策划废立阴谋。皇上曾对庆亲王说：‘太后若仍不给我事权，我愿退让此位，不甘做亡国之君！’皇太后得知，大发雷霆：‘他不愿坐此位，我早已不愿他坐了！’”

“啊!”仿佛晴天霹雳在头顶炸响，使易君恕惊心动魄，当今大清国的君主已处于随时都可能被废黜的危险境地，这是他连想都不敢想的！“原来，皇上是迎着灭顶之灾，厉行变法!”

“是啊！皇上明知前途凶险，但他宁忍坏祖宗之法，不忍弃祖宗之民、失祖宗之地，不愿做亡国之君，被天下后世所耻笑!”谭嗣同动情地说，“皇上蹈厉发愤，力排众议，厉行变法，推行新政，即使皇冠落地、身陷鼎镬也在所不惜，我们的皇上不愧为以身许国的圣明天子!”

“复生兄,”易君恕悚然望着谭嗣同，胸腔里那颗心在怦怦地狂跳，“您和康先生、梁先生追随皇上变法，也是在铤而走险啊!”

“当然,”谭嗣同慨然道，“我们心里都明白，中国被列强逼到了绝境，皇上被太后逼到了绝境，变法乃是破釜沉舟，背水一战，成则可以救中国，败则必然流血横尸、肝脑涂地！我此番奉诏进京，这在世人看来，正是青云直上的大好时机，而我知道自己的前面将有多少艰难险阻，在国家生死存亡的关头，皇上的信任、皇上的托付，重如千钧啊!”他缓缓立起，满怀崇敬地朝着紫禁城的方向拱起双手，“皇上一声召唤，臣谭嗣同来了！为了皇上，为了大清国，我愿洒尽这一腔热血!”

易君恕感到一种从来没有体味过的灵魂震撼，处于政治旋涡之外的这位布衣书生简直难以想象，风起云涌的维新变法原来如此艰难，大清国的前途如此险恶！猛然之间，他想起谭嗣同在菜市口凝视着那片浸透鲜血的土地的肃穆神情，想起谭嗣同的那句喃喃自语：“下一个流血的不知是谁?”啊，复生兄，您风尘仆仆进京辅佐皇上，已经抱定了必死的决心，与您相比，我所遭受的那点屈辱又算得了什么呢？

两个人都沉默了，千言万语，尽在不言中。

窗外的天空夕照如血，沉沉暮色充盈了莽苍苍斋。

随着轻快的嘚嘚蹄声，“山西较子槟榔杆儿”的骡车沿着北半截胡同，来到了浏阳会馆门前。车把式一声“吁……”车就稳稳当当地停住了，站在车尾的仆人跳下来，搀着林若翰下车。

胡理臣和罗升早已在门前迎候，连忙上前，打了招呼，罗升便飞跑进去，通报主人。

谭嗣同迎了出来，朝林若翰拱手道：“欢迎翰翁大驾光临！”

“谭大人，别来无恙？”林若翰满面春风地拱手问候，娴熟的官场礼仪，一口流利的汉语，把“别来无恙？”说得和“How are you？”一样得心应口。他称谭嗣同“大人”，是出于对谭嗣同的官衔的尊重，而且可以预见，这位奉诏进京的新贵很快还要高升。谭嗣同则称他“翰翁”。西方人最忌讳被视为老人，但林若翰是个“中国通”，他知道这个“翁”字的分量，这是对他的年龄和学问的尊重。

“别来无恙，托翰翁的福！”谭嗣同随口说，其实院子里的炉子上正熬着中药，“翰翁请！”

两人并肩跨进院子，穿过甬路，步入莽苍苍斋的客厅。

易君恕见客人到了，礼貌地站起身来。谭嗣同连忙介绍说：“翰翁，这位是我久别重逢的挚友……”

易君恕拱手道：“晚生易君恕。”

林若翰立即拱手还礼：“敝人林若翰，久仰，久仰！”

易君恕看见他那副西洋相貌和中国装束，已是觉得古怪，再听到这一口汉语，更是暗暗称奇。林若翰和他素不相识，所谓“久仰”只不过客套而已，但礼貌周全却也无可挑剔。这位“鬼子大人”，果然不简单！

三人分宾主落座，罗升奉上茶来，退了出去。

罗升走到院子里，和胡理臣商议道：“这个时候会客，肯定得吃饭，这位‘鬼子大人’还是个洋和尚，该怎么招待才好？”

胡理臣说："洋和尚和中国和尚不一样，基督教的传教士照样娶妻生子，也不吃素，再说，这位'鬼子大人'一身中国打扮，看来也好伺候。我这儿焖上米饭，你到馆子里去叫几个菜，一壶酒，也就行了。"

两人商议妥当，罗升匆匆走了。

莽苍苍斋客厅里，宾主三人从容交谈。林若翰除了高鼻蓝眼无法改变之外，尽量入乡随俗，这使易君恕并不觉得拘束。

林若翰看见他手里的那本《甲午战纪》，眼睛一亮："噢，易先生在读我的书?"

易君恕说："刚刚向复生兄借到翰翁的大作……"

"翰翁，您和君恕有缘哪，"谭嗣同说，"他家老太爷生前是北洋水师的一等文案，大作中载有名字……"

"噢?"林若翰很为兴奋，眨着蓝眼珠想了想，说，"对的，北洋水师只有一位姓易的——易元杰先生，原来是你的父亲!"他激动地上前握住易君恕的手，"见到你，我感到十分荣幸!"

"幸会，幸会!"易君恕被这位洋夫子的热情深深感动，"家父是一个普通的中国人，为国捐躯，尽了自己的本分；翰翁作为外邦人士，对中国的那场灾难如此关注，晚生不胜感谢!"

"不必感谢，这也是我的本分!"林若翰脸上漾起慈祥的笑容，"公理、正义、和平、仁爱，并不是哪一国的私利，它属于全人类，为解除人类的苦难，我愿献出自己的全部力量和心血!"

易君恕心中油然而生敬意，华洋之间的界限不知不觉地消融了。

"翰翁的博大胸怀，真正是天下为公!"谭嗣同赞叹道。

"谭大人过奖，"林若翰转过脸，那双灰蓝的眼睛望着谭嗣同，"我是中国的朋友，帮助朋友是令人愉快的！我在香港的报纸上看到中国已经开始维新变法，这是一件非常了不起的事情，我希望中国能够摆脱经济的贫困和科学技术的落后，早日富强起来，衷心地祈祷上帝赐给你们幸福!"

"谢谢，"谭嗣同感动地说，"在中国，守旧大臣对变法一片反对之声，翰翁的支持尤为可贵，嗣同向您致谢！如果皇上得知您的美意，也将感到欣慰！”

“愿上帝赐福于皇帝！”林若翰神情庄重地说，“最近，我写了一个奏事折子，也许对中国的维新变法有所帮助。而我自知才疏学浅，唯恐立论不妥，措辞不当，所以，想请谭大人批阅指正；谭大人看过之后，再请康大人过目，并请他转呈皇上。不知这是否妥当？”

“噢？翰翁真是一位有心人，”谭嗣同兴奋地说，“不知那折子……”

“我带在身边呢，”林若翰说着，从衣袋里取出一本厚厚的折子，双手递给他，“请谭大人不吝赐教！”

谭嗣同接在手里，便迫不及待地打开折子，先睹为快，见那满篇小楷，虽然字体略显稚拙，书写得倒是十分工整：

> 大英国侨民林若翰敬呈
>
> 大清国大皇帝陛下：
>
> 当兹人间纷扰，国势危迫，皇上赫然发愤，排众议，冒疑难，明定国是，维新变法，实英明果敢之举，天佑神州之望。然中国积弊既久，如病弱之人，若方药杂投，不独事倍功半，尤恐促其笃危。而辨症施治之术，纲举目张之策，何也？侨民不揣冒昧，愿为皇上进言……

谭嗣同刚刚读了这开头一段，已经被深深吸引，便说：“翰翁稍坐，这份折子，我现在就急于拜读，请恕我慢待了……”

“哪里！大人接卷即阅，这是对我的最高礼遇，”林若翰欣慰地说，“大人只管安心披览，我这里不用照顾。我和这位易先生谈谈，不是很好吗？”

“晚生正要向翰翁请教！”易君恕说。这倒不是客套，而是出于真心诚意。这位来自异国的老先生儒雅的谈吐和对中国时局的关切，都已经博得他的好感，他的面前像突然打开了一扇门，迫不及待地要走进去，探寻他渴望了解的一切。

谭嗣同捧着折子站起身来，朝他们点点头，走进了书房。

客厅里只剩下这国籍不同、年龄悬殊的两位客人。林若翰笑眯眯地端详着易君恕，这位被谭嗣同称为“挚友”的年轻人，文质彬彬，清秀英俊，也引起了他浓厚的兴趣。要和中国的读书人交朋友，年轻的一代尤其不可忽视，他们生气勃勃，思想活跃，易于接受新鲜事物，在新旧世纪的交替之际，这一代人无疑将对中国的前途产生重大影响……

林若翰胸有成竹，正要与易君恕“坐而论道”，易君恕却先开了口：“听复生兄说，翰翁久居香港？”

“是的，我从二十一岁到香港，至今已经三十八年了。”林若翰答道。初次相遇，互不了解，这些自然是攀谈的话题。便也向他问道：“易先生到过香港吗？”

“哦，没有。”易君恕说。

“若有机会，易先生不妨到香港一游，那是个好地方！”林若翰道。说起香港，他充满了感情，就像远游的人谈到自己的故乡，他在香港居住将近四十年之久，事实上也已经把香港看作自己的第二故乡了。“香港在大洋环抱之中，碧海蓝天，山清水秀，地理环境优越，气候温暖宜人。即使在北方万木凋零、冰天雪地的隆冬季节，太平山麓仍然是一片葱绿，鲜花盛开，西式洋房，倚山而筑，参差错落，那景象与中国内地大不相同。我坐在自己的书房里，窗外便是一幅天然的海景图画！康有为先生十多年前就曾游历香港，对香港的建筑精美、街市繁华、法度井然，都很为称道。他开阔眼界，接触西学，便是从香港开始。现在，中国有识之士莫不致力于西学研究，香港正是一个观察西方的窗口！”

这一番诱人的描述，易君恕听了，却未置一词。想到那座海岛已被英国割占五十多年，心中唤起的是痛惜之情，那里再好，也难以令他向往，更何谈“称道”！但是，香港仍然牵动着他的心：两个月前挥泪南归的挚友邓伯雄，如今怕也已经算是“香港人”了吧？他自从走后就没有音信，使易君恕一直放心不下！于是向林若翰问道：“上个月，香港拓界的《专条》在北京签字，定于西历7月1日生效，如今此期已过，不知新安县那边的情形如何？”

林若翰微微一愣。他本来以为，这位年轻人既然谈起香港，兴趣必然在于香港的政治体制、城市建设、金融贸易、新闻出版，这是中国的“洋务派”和“维新派”都深感兴趣的，各有可资借鉴之处，却不曾料到易君恕关心的倒是维多利亚海峡对岸的新安县——那片尚待开发的新租借地。

“易先生对时局很为关注啊，”林若翰说，他并不打算回避对方提出的问题，一面琢磨着这位尚难以看透的青年，一面侃侃而谈，“拓界确实是香港的一件大事，按照中英两国的协定，《专条》现在已经生效。不过，迄今为止，英国还没有进入新展拓的界址，而把接管的日期推迟了。”

“噢?”易君恕听到这个难得的消息，不禁怦然心动，更急于了解详情，“为什么?”

“原因很复杂，不止一端，”林若翰说，“首先，香港第十一任总督威廉·罗便臣爵士在今年二月已经任满回国，而他的继任者还没有到职，辅政司骆克先生也正在国内休假，接管工作自然不便进行。就英国政府来说，无论索尔兹伯里首相，还是殖民地大臣张伯伦，对于将要接管的那片土地的情况所知甚少，他们需要时间做必要的准备。……”

易君恕专注地听着，无论出于什么原因，英国推迟接管新租借地都是一个好消息!

“这还不是重要的原因，”林若翰继续说，“先生知道，今年4月，美国和西班牙之间爆发了战争，美国海军杜威上将率领六艘军舰曾停泊于香港，以此作为美军对驻扎在菲律宾的西班牙军队的作战基地。而这样做，显然不符合各国都应遵守的中立法，所以英国政府要求美舰离开香港海域，杜威上将在4月25日率领他的舰队开进了新安县东面的大鹏湾。在中英签订《展拓香港界址专条》之后，大鹏湾划归香港，如果英国在7月1日准时接管新租借地，则必须按照中立法再次要求美国军舰离开大鹏湾。而英国如果这样做，必将影响和美国的关系，使自己在远东陷于孤立处境。所以，推迟接管新租借地，既为美国舰队提供了一个泊舟之地，英国又不至于受到破坏中立法的谴责……”

易君恕被他所描述的这一番国际政治交易所震动，在信息闭塞的中国，恐怕连总理衙门里的那些“外交家”都未必知道得这么清楚。

“所以，”林若翰继续说，“英国要在美西战争结束之后，才会正式接管新租借地。除了以上的原因之外，中英两国政府在某些细节上还存在分歧，尚未达成一致意见，租借地的北部边界还有待具体划定，这些问题的解决都需要时日。”

“翰翁果然广闻博识，天下事了如指掌，”易君恕说，“多谢翰翁告诉了我这些真相！”

“易先生过奖了，”林若翰微微一笑，“这些都是公开的秘密，国际上许多观察家都看得清清楚楚，只不过中国人不容易获得这些信息而已。在偌大的京城，除了登载皇上诏令和官方文件的黄皮《京报》之外，竟然没有一份真正意义上的报纸，是大清国朝廷封闭了人民的眼睛和耳朵！”

“是啊，租借国土这等大事，谈判、签约，从头至尾都秘密进行，四万万民众难以窥其内幕，国人深以为耻！”易君恕感叹道。他略一迟疑，又试探地说，“我还有一疑问，要请教翰翁……”

“嗯？易先生请讲！”

“听翰翁论说天下之事，高屋建瓴，公允、平正，不为己国利益所囿，实为难得，”易君恕说，先予对方以充分褒扬，然后再向他发问，“此次香港拓界，贵国政府强人所难，无端侵吞中国领土，翰翁作为英国人士，不知如何看待此事？”

林若翰心中一震。面前的这位年轻人竟然会向他提出如此尖锐的问题，这是在他过去和中国读书人的交往之中所从未遇到过的。中国的读书人讲礼貌，善忍让，即使见解不同，也往往转弯抹角，并不直抒胸臆。但这位易君恕显然是个例外，坦率得已经近乎不顾礼貌了。

林若翰却并没有因此而恼怒，更不会因此而尴尬。作为一位走遍天下的传教士，一位学贯中西的鸿儒，他有足够的学识和修养应酬各种各样的人物。

“易先生，我很欣赏你的坦率，”他说，语气平和，神态安详，“人间充满罪恶，尔虞我诈，烧杀抢掠，弱肉强食，我为这一切而痛苦，祈求主宽恕所有的罪人，昭示他们弃恶从善，给这个世界以公正和和平。一些遭受英国侵略的国家的人民，难免对英国怀有敌意，把大不列颠看作是罪恶的渊薮。岂不知，在两千年的历史中，英国人也曾经多次遭受外来的侵略，罗马帝国、日耳曼人、丹麦人、诺曼底的威廉公爵都曾占领那片土地，屠杀那里的人民，而且内战在许多世纪之中也连绵不断，血流成河。直到当今维多利亚女王即位以来，才进入黄金时代。蒸汽机、火车、轮船给英国插上了翅膀，使她迅速成为世界上先进的工业国。经济的发展需要更多的原料，更大的市场，更廉价的劳动力，她向海外扩张，在欧、亚、美、澳各洲都建立了殖民地，号称‘日不落帝国’。往日的强国变成了弱国，弱国变成了强国，世界就是在不断的较量和争斗之中走过来了，发展到了今天……”

“翰翁为英国的强大而自豪，我为中国的衰落而悲哀。”易君恕摇摇头，“中国从来没有侵略过英国，而英国却先后割占了香港、九龙，现在又强行拓界，英国有什么理由这样对待中国？难道强国就可以奴役弱国吗？”

“我并没有为英国辩解。我是一个英国人，当然爱自己的祖国。但是我又是上帝的仆人，我爱天下所有的人。我在故乡英格兰只生活到二十一岁，就离开了她，在香港和中国内地度过了大半生，经历了英法联军战争、中法战争和甲午中日战争。一次又一次的战争，我看到的都是中国的失败。尤其是甲午战争，中国不是败给英、法、德、俄等西方强国，而是败给了她的近邻日本，那个弹丸岛国不仅面积小，人口少，资源贫乏，而且和中国同文同种，算是中国的晚辈和学生。老师败给了学生，天朝帝国败给了小小的日本，这是历次战争所不能比拟的。中国的失败不仅仅是一场战争的胜负，而是败给了整个世界，是她在近百年来全面落伍的标志，中国不仅是败在强国手里，也败在自己手里。一个文明古国竟然落到如此地步，这到底是为什么？中国人除了谴责列强之外，难道不应该从自己身上找一找原因吗？”

“嗯……”易君恕无言以对，林若翰的这番话虽然极不入耳，却也发人深思，“以翰翁之见，原因何在？”

“请原谅我直言不讳。”林若翰说，“我在青年时代启程东渡，对东方文明充满了向往。在香港居住久了，又经常往来内地，对中国的了解也就更深了一层。我发现中国人与西方人有许多不同，也许正是这些不同，影响了中国的发展。比如，西方人把古代看作童年，把现代看作成人，而中国人则把古代视为完美无缺，总是认为今不如昔；中国人好静不好动，崇尚中庸之道，而西方人好动不好静，喜欢标新立异；西方人万事争先，不甘落后，中国人墨守成规，不知善变。也许，这种民族性格差异正是西方迅速发展，中国由盛而衰的内在原因吧？”

“嗯？”易君恕从来没有接触过洋人，自然也无从比较，他生平第一次听到这样奇异的论述，感到十分新鲜，“翰翁能否再讲得详细一些？”

“在我看来，使中国滞后的弊病有三。其一，骄傲自大，迷信愚昧。在历史上，中国确曾创造了灿烂的文明，在天文、地理、数学、哲学和新器物制造诸多方面居于世界领先地位，但也由此造成了尊己轻人之弊。对于域外的事物，或者以‘戎狄何知’而盲目鄙薄，或者以‘中华不尚’而拒之门外，由此故步自封，不思进取，而不知世界的变化却日新月异。康熙年间，朝廷钦天监监正杨光先用旧法旧器观测天象，尽管屡屡失误，仍然坚决拒绝使用西洋历法和观测仪器，他说：‘宁可使中夏无好历法，不可使中夏有西洋人。’如此顽固守旧，简直不可理喻！乾隆五十八年，公元1793年，英国特使马戛尔尼率领浩浩荡荡的庞大船队来到中国，向大清乾隆皇帝祝贺八十三岁寿辰，这是西方第一强国首次叩响东方文明古国的大门。他献给皇帝的寿礼是经过精心选择的，天体运行仪和地球仪，表明天下之大，中国只不过是其中一国；还有新式步枪、火炮等等先进武器，以展示英国的实力。中国朝廷完全没有理会这番用意，在礼品清单上把‘礼物’改为‘贡物’，在他们看来，英吉利尚属未开化的‘番邦’，是来向‘天朝’‘纳贡’的，要求英使向皇帝行‘三跪九叩’之大礼。马戛尔尼坚决拒绝，因为他只对上帝才双膝下跪，在英国女王面前也只行单膝下跪吻手礼。双方为礼仪争论不休，而将两个大国之间实质性的接触和合作置之度外。中国历来有外交而无邦交，叠床架屋的官僚机构当中，唯独没有专门办理外交的部门，因为天朝只接受‘四夷’的‘朝贡’，而不可能与他们平等往来。马戛尔尼提出两项要求：与中国互通贸易，派公使常驻北京。乾隆皇帝断然拒绝：你们外国使臣常驻中国，与天朝体制不合，断不可行。天朝种种贵重之物，无所不有，从不稀罕你们那些奇技淫巧，也不需要从你们那里置办什么物件！就这样，远道而来的使者在遭受一番羞辱之后怏怏而归，从而使处于鼎盛时期的大清帝国失去了了解世界、和西方平等接触的机会。一位西方哲学家痛惜地感叹，地球上最强大的‘聋子’之间的对话，使历史赋予的这个机会付之东流！闭目塞听，闭关锁国，使东方帝国与世隔绝，落伍于时代。几十年之后，一般士大夫和军事将领仍然对外部世界几乎一无所知，他们相信种种奇谈怪论：西洋人的眼睛是蓝色的，畏惧日光；西洋人的腿极长，直立不能超越腾跑，一击便倒；西洋人以茶叶、大黄为性命，茶叶、大黄是‘中华之所以能制外夷’的法宝，如果中国禁止这两样东西出口，西洋人便无以生存。时至今日，迷信天圆地方，不知地球有五大洲者，仍大有人在，当今大学士徐桐就认为葡萄牙、西班牙等等国家根本不存在，是英、法捏造出来故意吓唬人的。当今被认为‘中国第一外交家’的李鸿章，其实对国际事务懵懵懂懂，常常贻人笑柄。据说他在访问英国时，曾经到已故戈登将军纪念碑前致意，将军家属为了表示感谢，把一只曾经在赛犬会上荣获一等奖的爱犬相赠。李鸿章接受厚赠，数日后向将军家属复函致谢，信中说：‘厚意投下，感激之至。惟是老夫耄矣，于饮食不能多进。所赐珍味，欣感得沾奇珍，朵颐有幸。’将军家属得知爱犬竟被他吃掉了，大为惊诧，英国各大报纸，一时为之喧腾。大名鼎鼎的李中堂尚且如此，遑论他人！中国四万万人当中，农民占了绝大多数，读书人少，通西文的人更少，漫游天下的人尤其少，即使受过教育的儒生，也往往只知写八股文，而不懂天文、地产、物理，不明世界大势，中国何能不落后？

“其二，官场腐败，损公肥私。我不敢说中国的官员没有一个廉洁的，但廉洁的实在太少，所谓‘三年清知府，十万雪花银’，就是生动的写照。上也贪，下也贪，不贪甚至难以为官。他们虚报政绩，欺上瞒下，事事经手先欲自肥。官吏盘剥百姓，将校克扣军饷，早已司空见惯，自不必说，甚至战事当前，从军火中也要榨出油来，以煤炭假冒火药，以豆粒充当枪弹，也屡见不鲜！既然海军军费可以挪用修颐和园，甲午战争最激烈时皇太后还在天天听戏取乐，那么还有什么事不可以做呢？国家腐败到这等地步，又何能自强？

“其三，专制体制，不合潮流。中国自秦始皇统一六国，建立中央集权，至今两千年制度不变，举国事无大小，一切政令都出于皇帝的个人意志。到了本朝，慈禧皇太后又创造了一个‘垂帘听政’，太后指挥皇帝，皇帝指挥全国。各地官衙，无不集政、法于一身，遇民间诉讼，击鼓升堂，小民跪地申诉，动辄酷刑相加，政府官员既担任审讯，又负责宣判，全不知法院为何物。而政府事务，貌似中央统治全国，实则各省自成风气，号令不一。如陆军、海军，本是国家武装力量，却分而治之，中央政府鞭长莫及；而铁路、电报、矿务、机械制造，原是可由民间筹款去办的事，却又非官办不可，以至于困难重重，却又何苦！中国的专制体制早已不合时代潮流，外洋各国，或民主共和，或君主立宪，都因走出了封建专制，国家才发展起来。以英国为例，也曾经历专制的时代，君主残暴，法律野蛮，贵族争权夺利，人民全无自由。随着议会选举改革法案的通过，阳光投射到大不列颠，酷刑峻法被废除，贵族的优待权被剥夺，仁慈、公正降临了人间。而中国对这些都视而不见，仍然驾着一辆残破不堪的车子，走在时过境迁的路上，她又怎么能与强国竞争？”

林若翰口若悬河，滔滔不绝，操着熟练的中国语，纵论中国事，句句讲的是中国的弊端，字字刺在中国的痛处。直到他把中国糟践够了，接连抛出三个问号，这才喘了口气，以中国士大夫的优雅姿态，伸出右手端起身旁的盖碗茶，递到左手里，再以右手的三个指头拈起碗盖，抿了抿浮在水面上的茶叶，呷上一口茉莉花茶，以那双蓝眼睛望着易君恕，期待着他的反应。

易君恕听得呆了。这就是一个英国传教士眼中的中国。这就是易君恕生于斯、长于斯的祖国。他也曾多少次慷慨陈词，历数中国的种种弊端，恨铁不成钢，而这些由一个外国人口中说出来，又显得那么刺耳。如果人家是在攻击中国古代的文化典籍，否认华夏先民的卓越创造，贬损炎黄子孙的种族和血统，易君恕将拍案而起，针锋相对地与之争辩；然而人家却不是说这些，只揭你们的短处。你们的确曾经十分优秀，而现在不行了。逆水行舟，不进则退，你们被列强超越了，被世界抛在后面了。不要埋怨世界对你们不公正，落后就会挨打，这是你们自作自受。孟子曰："国必自伐然后人伐之。"康有为在保国会上说："割地失权之事，非洋人之来割胁也，亦不敢责在上者之为也，实吾辈甘为之卖地，甘为之输权。若四万万人皆发愤，洋人岂敢正视乎？"说的就是这个道理啊！

"翰翁剀切指陈，鞭辟入里，晚生深受教益！"易君恕那双忧郁的眼睛望着林若翰，"请问，中国要革除积弊，奋发图强，翰翁有何良策？"

林若翰微微点了点头，他的这番演说已经成功了。如果说，易君恕刚刚见面时对他的尊重多半出于礼貌，其中还掺杂着可以感觉到的猜疑和敌意，向他"请教"的那些问题颇似某些独出心裁的新闻记者的故意发难，那么，现在他已经使易君恕心悦诚服，甘心拜他为师了。

他轻轻放下茶碗，向着空中拱了拱手，表示对大清国皇帝的尊重，说道："皇上已经诏令变法，废八股，裁冗兵，办学堂，讲西学，兴实业，这些都是强国之策，"说到这里，却又话锋一转，"不过，依敝人看来，西方的学说，西方的火轮机器，传到中国也并非自今日始，早已试验过了，而中国却至今没有富强起来，因为那些东西只是西方的皮毛，模仿抄袭往往徒具形式，而难奏实效。我以为，当今中国迫切要做的，就是我在折子里所写的三件事。……"

"请问是哪三件事？"易君恕已经对他紧追不放。

"第一，"林若翰伸开两手，右手扳着左手的食指，这是他跟中国人学来的说话习惯，可以吸引对方的注意力，又显示了自己对所谈论的问题"了如指掌"，把一、二、三表述得明明白白，"当今国际局势动荡不安，不利于维新变法。中国应当与西方强国订立同盟，平时互助，战时互保，以稳定大局。第二，"他又扳下中指，说，"应当派遣精干的官员和年轻学子出国考察工业、商业、交通、教育，聘请西方专家来华主持铁路、矿业、机械制造，训练军队，推行西法，增强国力。”三条已经说了两条，还剩下最后一条，他郑重地扳倒了无名指，“第三，改革政治与官制。而改革的最大障碍，在于皇太后名曰归政休养，实则恋栈揽权，皇上不能放手行事。我以为，以中国国情而论，皇上如果公开与皇太后争权，必将闹得不可收拾，不如仿照英国制度，奉皇太后如维多利亚女王，而由皇上组内阁，开议会，实行民主政治。选聘外籍精英人士担任皇帝顾问和内阁官员，随时入见皇帝，详细奏陈西国各事，全面整饬政治、军事、经济、外交，将国家建设纳入正轨。中国的事情虽然千头万绪，而这三件事是根本。敝人考察了西洋各国的成功经验，针对中国积贫积弱的现状，深思熟虑之后，才得此三策。我相信，只要皇上肯于采纳，中国少则三年五年，多则十年八年，必将富强起来。不知易先生以为如何？还请不吝赐教！”

又是一个问号，连同那只屈着三个指头的左手，送到了易君恕面前。说“不吝赐教”是客气的，林若翰等待的是对方的折服和赞扬。

而易君恕却陷于沉默，迟迟没有回答。他不能不承认，林若翰对中国残败疲弱的现状和中国人浮躁惶乱的心态具有相当的了解，进而为这个正处于忧患的旋涡之中的国家描绘了一幅大刀阔斧的变革蓝图。这令人心动，也令人不安。谁也不能保证这幅蓝图就一定会实现，而试图实现它却必须借助于外洋的力量。中国确实要改革，要变法，除旧布新，奋发图强，但左也要靠洋人，右也要靠洋人，那么中国人自己将处于什么样的位置？林若翰虽然是一个中国通，但他毕竟是个“鬼子大人”，他以外国人的眼睛很难洞察中国人的内心世界，那里有一道时而脆弱时而强硬的防线，若隐若现地存在着……

“翰翁的折子是呈给皇上的，晚生怎好妄加评论？”易君恕对他的询问，只给了这么一句未置可否的回答。

“这么说，先生其实是不赞成了？”林若翰那双蓝眼睛中期待的光芒黯淡了，“我写的折子，既是呈给皇上的，也是献给大清国人民的，先生无论赞成与否，完全可以直抒己见！”

“那么……”易君恕犹豫再三，但还是说了，“晚生冒昧了，以我看来……”

他在思索着如何才能把自己的意见表达清楚，而又不至于伤了这位“鬼子大人”的自尊，而在这时，谭嗣同手里拿着林若翰所写的那份厚厚的折子，走出了书房，来到客厅。

林若翰的目光立即转向了谭嗣同，易君恕尚未出口的话只好咽下了。

“谭大人，”林若翰的蓝眼睛重新闪烁起期望的光芒，急切地询问谭嗣同，“披阅拙稿，未知尊意如何？”

“翰翁颇多高见，”谭嗣同双眉微蹙，思索着说，“不过……”

“嗯？”林若翰又一次感到这种中国式的支支吾吾背后的意蕴，“大人如果认为有什么不妥，还请明示！”

“不敢当，嗣同是要向翰翁请教的，”性情刚烈的谭嗣同在他所尊重的洋儒面前表现了难得的克制，并不打算把自己的看法强加于对方，而是采取和他商量的方式，“翰翁所拟三策：稳定大局、推行西法、改革制度，都极有见地，但未必切实可行……”

“为什么？”林若翰问。

“比如，中国与列强结盟，就难以实现，”谭嗣同说，“列强来华，都是为了各自的利益，而且各国之间，利害纠葛，错综复杂，以中国目前的实力，难以和任何一国平等结盟。”

“谭大人，”林若翰却充满信心，自告奋勇，“英国方面，我可以代为联络，窦纳乐先生是我的朋友……”

易君恕听得心里一动：窦纳乐？那个一手操纵香港拓界的英国公使，难道会维护中国的利益吗？如果寄希望于他，真不啻“与虎谋皮”了！

“翰翁愿为此奔走……”谭嗣同沉吟道，望着这位不辞辛苦的洋人，不禁心中暗想，他如此热衷于中国事务，目的何在？莫非是要以此为晋身之阶，博取皇上的外国“顾问”之职吗？谭嗣同自然不能当面询问林若翰，迟疑片刻，说道，“两国结盟必须保证不占中国之地，不侵中国主权，这恐怕就不是您所能够承诺的了。而且，还要看到，中国如果与英、美结盟，则势必与日、俄交恶，后果难以预料，做此决策，须慎之又慎。皇上诏令变法，意在振兴中国，自立于天下，而翰翁所提三项建议，几乎处处都要依靠外国力量，难免有外国干涉中国内政之嫌，皇上对此当有所顾忌，朝廷缙绅和一般中国民众也难以接受，何况，对翰翁也有所不利……”

“对我不利？”林若翰惊讶地摊开两手，“我并没有打算从中取利，这话从何说起？”

“翰翁！”易君恕脱口叫道，如果说他在谭嗣同说出这番话之前，对于林若翰的建议尚觉不便明言，现在终于忍不住了，“我不知道您的居心……”

“居心？我有什么居心？”林若翰那白皙的面颊涨红了，“我这样做，是因为我爱中国！易先生，我们虽然初次相识，但一见如故，推心置腹，你难道没有感到我对中国的感情吗？”

“当然，对此我深有感触，”易君恕说，“翰翁作为一位外邦人士，穿戴大清衣冠，娴熟中国语言文字，研究中国历史，关注中国时局，都令我感佩。”他向林若翰拱了拱手，然而这已经仅仅是出于礼貌了，清癯的面庞神情肃穆，紧蹙的剑眉下，两眼闪着冷光，“但是，我也不难看出，翰翁更爱英国，更爱香港，您希望由英国人来管理中国的路、矿、工业、军队，甚至入朝做官，操纵国权，果真如此，整个中国岂不要沦为英国的殖民地、保护国吗？翰翁的主张，中国四万万人中凡有良知者，都不会赞同！中国人比您更爱中国！”

林若翰愣住了。片刻之前，他和易君恕还谈得颇为投机，年近花甲的老牧师不惜屈尊俯就，耐心地向这个后生小子阐述自己的心得和主张，却不料完全白费唇舌，突然之间易君恕和他翻脸了，疾颜厉色地当面指斥他居心不良，简直把他看作英国政府的说客了！

两位客人之间发生争执，莽苍苍斋的气氛骤然紧张起来，使谭嗣同深为不安。毕竟林若翰是远道而来的外邦人士，又是一位长者，他只能劝阻易君恕：“君恕……”

“谭大人！”林若翰满脸的皱纹在扭动，蓬松的大胡子在颤抖，声音沙哑地说，“我虽然是一个英国人，可是，离开家乡已经很久了，在华之日远远超过居英之年。三十八年以来，在香港，在中国内地，我和许许多多的中国人成为朋友，我学到了你们优秀的文化，也看到了中国的痼疾顽症，而中国士大夫对此或者视而不见，或者知之而不敢言。近地之人不言而远方之人言之，东方之人不言而西方之人言之，我披肝沥胆，上书坦言，爱之深不觉言之切，不料反而遭怨！啊，上帝，我为四万万中国人祈福，愿东方文明古国中兴复苏，何曾谋求一己私利？这一切，上帝可以做证！”

老牧师一腔激愤，双眼闪烁着莹莹泪花……

“翰翁！”谭嗣同上前扶住了他，“翰翁且请息怒，此事还须和康先生、梁先生详细商议……”

“我并没有发怒，而是为中国感到悲哀！”林若翰热泪盈眶，仰天长叹，“上天要救中国，若违背天意，错过良机，将追悔莫及！”

莽苍苍斋暮色苍茫，已是掌灯时分。胡理臣和罗升一个手持灯盏，一个端着托盘，把待客的菜肴送上来，一进门，竟然看到这幅景象，不知如何是好……

深夜，报国寺前易府小院的书房里还亮着灯光。

书案前，易君恕凝神独坐，陷入深深的思索。在莽苍苍斋和谭嗣同的促膝交谈，和林若翰的相遇以至不欢而散，使他受到了强烈的震动：当今的北京城犹如紧锣密鼓之中的一座大戏台，各种人物都纷纷登场，要在危急的时局中扮演重要角色，而这台大戏却没有一个现成的唱本，生旦净末各自按照自己的意志和主张，顽强地表现自己，谁也难以预料将是怎样的一个结局。和谭嗣同分别二十年之后的重逢，使易君恕在孤独中找到了同伴，在苦闷中找到了精神依托，他信任谭嗣同，相信只有康、梁、谭这些浊世独醒的人物指出的方向才是中国的出路，无论这条路如何艰难，也非走下去不可了。那么，还有那位长袍马褂、蓝眼高鼻的林若翰呢？信誓旦旦要救中国脱离苦难、为四万万民众祈福的那位

“鬼子大人”，到底是个什么人物？

易君恕苦思而不得其解。不过，今天与那位“鬼子大人”的邂逅也使易君恕意外地得到了一个千金难买的信息：英国人迫使中国签订的香港拓界《专条》，至今仍是一纸空文，新租借地尚未落入港英之手，邓伯雄的家乡仍然是大清国土！那么，在香港拓界未成事实之前，如果朝廷据理力争，能否使局势发生逆转呢？当初《专条》的签订出于李鸿章之手，迫于皇太后的压力皇上朱批“依议”，而今皇上诏令变法，尽废弊政，那一纸屈辱的条约难道不可以废吗？一贯媚洋卖国、割地赔款的李鸿章所把持的外交大权难道不可以罢免吗？皇上广开言路，准许士民上书言事，连林若翰那样的外国人都不远数千里从香港匆匆赶来，向皇上上折，我易君恕就不可以上它一折吗？

一股冲动从心中腾起，易君恕突然发现了一条通往紫禁城之路，一条与当今皇帝对话之路，一条报国之路！心血来潮使他激动不已，他迫不及待地拈起案上的紫铜水注，往砚台里注入一汪清水，然后握住那锭松烟徽墨，用力地研磨起来，一圈一圈，他觉得自己和紫禁城越来越近了。

静静的夜，窗外传来巡更人敲着木梆不紧不慢的报时声：梆，梆，梆……

第四章　无力回天

炎热的夏季在轰轰烈烈的维新变法之中匆匆过去了，西山峰岭浓密的丛林被秋风染红，京郊大地上的谷子黄了，收获的季节到了。辛苦了一年的农夫佝偻着腰，托起谷穗掂掂分量，掐下几粒谷子放在嘴里嚼嚼，瘪瘪的。便发出一声无奈的叹息：唉，老天不怜惜庄稼人，半年不见雨滴儿，哪来的好收成啊！回首当年，天子脚下的这片土地，曾经有过多少风调雨顺、五谷丰登的好年景？不要说遥远的康乾盛世，就是当今皇上登基以来的头二十年，大清国也还是海晏河清，天下太平，京师二十里以内，地亩永不干旱，庄稼连年丰收，有民谣唱道："光绪坐龙楼，五谷田丰收，四海民安乐，福如长水流。"自甲午战败，国家伤了元气，老天也雨露不施，光景一年不如一年了。

京西官道上，浩浩荡荡的皇家仪仗簇拥着天子銮驾，正朝着颐和园方向疾行。自从光绪十四年，皇帝十八岁大婚，皇太后"归政"之后，一年十二个月之中，她在紫禁城宁寿宫住两个月，在中南海住三个月，其余大半年时间，从立夏开始便到颐和园避暑，待十月初十过了她的生辰，才起驾回宫。然而，"归政"的皇太后并没有放弃大清国的权柄，皇帝每十天就要到颐和园请安，把国策政务一一奏禀皇太后，获准懿旨之后才可以执行。现在是农历七月末，公历已是9月中旬，这是光绪自颁布《明定国是诏》以来，第十一次赴颐和园请安。

立秋一个多月了，迎面吹来的秋风已有些凉意袭人。光绪皇帝坐在銮驾之中，尊贵的龙体随着轿夫那有节奏的颠簸而颤动，他双眉微蹙，深褐色的眸子蕴含着悒郁之色。维新变法已将近百日，这九十多天来，他经历了太多的艰辛。他的朝廷设置着那么多衙门，养着那么多官员，却大半是尸位素餐、坐享富贵的颟顸庸碌之辈，正如他曾经拥有庞大的舰队而国难当头之际却经不起一战，现在他开创的维新变法正需要群臣尽力辅佐，那些银样镴枪头哪一个用得上？枢臣耆老或者装聋作哑，袖手旁观，或者仇视新政，百般抵制。两江总督刘坤一在长达两个月的时间里，对皇帝谕令筹办之事无一字奏复，皇帝以电报催促，才借口“部文未到”，一电塞责。两广总督谭钟麟则连电报也不复，置若罔闻。皇帝怒责他们“因循玩懈”，“该督臣等皆受恩深重、久膺疆寄之人，泄沓如此，朕何复望？倘再借词宕延，定必予以惩处！”然而比起京官来，刘坤一、谭钟麟这两名外官还算好的，京官的胆子更大。礼部的满、汉尚书怀塔布和许应骙，当部下司员上书言事时，不仅拒绝代递，挟制阻挠，甚而至于许应骙恶人先告状，诬其“咆哮署堂”。别看许应骙在与英使窦纳乐谈判时纯属废物点心，阻挠新政倒成了一马当先的好汉。皇帝拍案大怒，谕令将怀塔布、许应骙连同礼部侍郎堃岫、徐会沣、溥颋、曾广汉一体罢免，终于吐了一口恶气！皇帝严辞谕令：此后各衙门司员上书言事，即由该各部堂官将原件封呈，毋庸拆看，“诚以是非得失，朕心自有权衡，无烦该堂官等鳃鳃过虑也！”

罢免礼部六堂官的惊人之举，震动了全国，士民争相上书，言路大开。都察院和各部衙门每天各有数十折进呈，某些奏折长达数十页。言路壅塞得太久了，民怨积压得太多了，士绅百姓有万语千言，要向皇帝诉说！中国历朝历代，对奏章的格式限制最严，若不慎有一笔之误，便获“欺君之罪”，而今那些下僚寒士，哪里懂得这些规矩？只顾随意写来，格式杂沓不一，更有山野农夫渔民，寄来二尺长条，称“皇上”不知抬头，遇避讳不知缺笔，皇帝也只是笑笑而已，并不动怒。外省有一腐儒，竟斗胆上书责难皇帝“变乱祖宗之法”，枢臣主张严惩，皇帝却说：“方开言路之时，不宜谴责，恐塞言路，亦容宽之。”皇帝每天闻鸡而起，日暮不息，成千上万份奏折尚不能尽览，由新任军机处四章京谭嗣同、刘光第、杨锐、林旭代为披阅。年轻的皇帝思贤若渴，把焦灼的目光投向他的臣民，孜孜以求良谋善策，挽救危难中的国家。

在浩如烟海的奏折之中，有两份引起了他特别的注意。

一份来自顺天府举人易君恕。对大清天子来说，易君恕是个名不见经传的小人物，但他的奏折却讲的是国政大端。目睹那连篇俊逸挺秀的小楷，咀嚼那满怀悲愤、激荡肺腑的话语，皇帝被深深地触动了，今年夏天挥泪朱批《展拓香港界址专条》的情景又浮现在眼前。香港是光绪皇帝的一块心病。当年道光爷“深以弃香港为耻”的遗诏至今言犹在耳，那么他呢？他这个不肖子孙比祖先走得更远，不但割让了比香港大得多的台湾，而且租让了旅大、胶州湾、威海卫、广州湾，还有广东新安县那片土地，也被英国以“展拓界址”为名划归了香港，租约一签就是九十九年，是租让期最久的一块租借地！九十九年是个多么漫长的期限，二十八岁的光绪皇帝穷其天年也不可能看到将国土收回的那一天，那么，当他告别人世之时，将给子孙后代留下怎样的遗诏呢？大清开国圣祖留下的是广阔的疆土和国家的尊严，而他留下的却是破碎的江山和民族的耻辱，仅仅“深以为耻”一句话能够洗刷他深重的罪孽吗？不，他死后也不得瞑目，将长久地被后世子孙和臣民怨恨、诅咒！剧烈的痛楚使皇帝震颤，仿佛躯体四肢被割裂，五脏六腑被撕碎！

皇帝反复将易君恕的奏折看了两遍，英国推迟接管新租借地的信息使他怦然心动，和上书的那个同龄人一样，年轻的皇帝心中升腾起一个强烈的愿望：借此时机，与英夷重开谈判，推翻屈辱的条约，收回新安县！他拈起朱笔，在奏折的上端批道：“着总理衙门照会英使……”

刚刚写了这几个字，手腕猛地一抖，又停住了。他突然想到，今年西历 8 月 6 日，中国公使罗丰禄已经在伦敦和英国首相兼外交大臣索尔兹伯里互换《展拓香港界址专条》，并且申明此《专条》已从 7 月 1 日生效，再也没有谈判的余地，要想推翻成约已经根本不可能了！英国政府和驻华公使窦纳乐是好惹的吗？如果中国就此再和英国交涉，只能被人家无情地嘲弄：你们早干吗呢？是啊，李鸿章、许应骙、张荫桓与窦纳乐谈判长达两个月之久，步步退让，何曾向英夷力争国权？满朝文武又何曾挺身而出、捍卫国土？你们都早干吗呢?！如果在签约之前皇帝能听到这个布衣书生易君恕的声音，也许还来得及……不，李鸿章背后有皇太后做主，早已抱定了以和戎求苟安的宗旨，连大清国的天子也没有回天之力，割让台湾和租让旅大、胶州湾、威海卫、广州湾的条约不都是皇帝朱批御准的吗？李鸿章酿成的苦酒逼迫着他喝下去，已经多少次了！

一盆冷水当头泼下，一腔怒火从心头升起！大清国的外交大权掌握在这种人手里，外侮接连不断，国家何谈自强、自立？自甲午丧师、乙未议和，皇帝已经对李鸿章忍耐了多年，现在忍无可忍了！他既然可以罢免礼部六名堂官，难道就不能罢免一个李鸿章吗？

屈辱、悲愤凝聚于笔端，皇帝把刚才所写的半句话勾去，重新写下御批："着李鸿章毋庸在总理各国事务衙门行走。钦此！"

做出了这项决定，皇帝长长地舒了一口气，他觉得自己这才像个皇帝了。

另一份奏折来自英国牧师林若翰。皇帝虽不曾见过此人，但对这个名字并不算陌生，曾经听到过关于这位"鬼子大人"的传闻，也曾经读过他的专著《甲午战纪》，印象之中留有相当的好感。皇帝痛恨列强对中国的巧取豪夺，却并非仇视所有的洋人。英、法、德、俄、日东西各强国都曾给中国带来灾难和耻辱，但"知己知彼，百战不殆"，列强何以能够强大？英国的"工业革命"、俄国的"大彼得变政"、日本的"明治维新"……这些成功的经验都值得中国借鉴，正如林若翰在这份奏折中所说：学问无论中西，以实用者为取。何况林若翰这个洋人又有特别之处，他既不是英国政府官员，又不是军事将领，只是一位以宗教为职业的牧师，一位对中国有着浓厚兴趣的学者，有道是"远来的和尚会念经"，若这位"洋和尚"念得好则听，念得不好，不听也就罢了。

林若翰的奏折，是由康有为做了精心修改，然后才代为递呈给皇帝的。尽管修改后的折子已经削弱了林若翰的某些锋芒，加进了康有为自己的主张，仍然涉及了太多的禁忌。光绪皇帝阅过之后，没有批复，仅仅"留中"，把其中有用的东西化为自己的主张，予以推行。他颁布了一系列诏令：开办学堂、报馆、译书局；京师设矿务铁路总局、农工商总局，沿江沿海开办商会、商务局，提倡实业，振兴商务，奖励新著作、新发明；裁减绿营，实行征兵，筹造兵轮，兴建枪炮厂，以洋操、洋枪练兵，出洋采办军火，选派宗室王公和学生出国“游学”，令驻外使臣博考各国律例……这已经是尽最大努力在各行各业全面推广西法。

使他犹豫不能决断的，是林若翰关于聘用洋人的建议。皇帝认为，工、矿、企业聘用洋人技师是完全可以的，正可以“师夷之长技”，但洋人不可入朝做官。虽然大清国也有“客卿”，像总税务司赫德就是英国人，把持中国海关至今已经三十七年，今年正月英使窦纳乐又以“英国在华贸易既已超过他国”，“英商纳税几达外国所纳全数十分之八”为由，迫使中国继续聘用赫德为总税务司，欲罢不能。赫德之例不可循，如果搞得朝廷枢臣华洋参半，后患无穷，国将不国。因此，他悄悄地采用了林若翰建议的切实可行之处，却把其中的关键之笔抹掉了。至于在皇帝身旁可不可以设外国顾问，他打算看一看再说。现在，来华访问的日本前首相伊藤博文已到天津，这位卸任的东洋政治家此行的目的，据说一为考察中国的维新变法，二为自己寻求再显身手的机会，意欲改换门庭，投靠大清皇帝，建功立业。光绪皇帝不敢轻信，但准备见一见伊藤博文，听听他对维新变法的见解。还有那位执着上折的英国传教士林若翰，也不妨一见，或许他本人正是想谋求顾问之职？

林若翰奏折原稿中关于“尊奉皇太后如英国女王，而由皇上组内阁、开议会”的建议被康有为删除了。康有为认为：皇太后猜忌阴鸷，为万不可造就之物，即使用翰翁之策，也难保她安于虚位而不乱政。康有为把这一条改为设制度局、开懋勤殿以议制度，这实际上是西方议会在中国的一个变相尝试。皇帝采纳了这一建议，为此他特命军机章京谭嗣同从康熙、乾隆、咸丰三朝档案中查找有关开“懋勤殿”的先例，以作为说服皇太后的依据。如果能获得皇太后首肯，便可以“特开专司，妙选通才，商鸿业而定巨典”，中国就有了一个类似议会的参政议政机构，皇太后独擅专权的局面将大为改观了。但是，这一意在从皇太后手中夺权的举措，却又必须经皇太后批准，其难度可想而知。现在，皇帝正忍耐着几十里路的颠簸，怀着一颗惴惴不安的心，前往颐和园叩请懿旨，至于皇太后将会如何答复，则难以预测了……

浩浩荡荡的仪仗向西疾行，颐和园越来越近了，巍巍万寿山已经清晰地出现在眼前，颤颤悠悠的銮驾之中，光绪皇帝的那颗心悬在半空，慌慌地跳个不止。每次前来颐和园请安都是如此，越是靠近他的那位“皇额娘”，就越觉得自己不像个皇帝，天子威仪消失殆尽……

颐和园里的乐寿堂，南望昆明湖，北倚万寿山，东临德和大戏楼，西接彩画长廊，这是皇太后居住的地方。时令将近中秋，殿堂楼阁，廊榭亭台，金桂飘香。

乐寿堂的御座上，端坐着大清国当今圣母皇太后。她身穿明黄软缎夹袍，绣紫色牡丹，密缀明珠无数，以碧玉为纽；肩披领巾，绣“寿”字纹，嵌以明珠碧玉；一头黑发左右中分，梳成“两把头”，左戴玉蝴蝶，右簪鲜花，垂明珠八串，长及肩头，摇曳生辉，光彩夺目。皇太后已是年逾花甲的老人，然而由于保养得当，却并不见老态，广额丰颐，明眸隆准，眉目如画，柔软的双手戴着玉钏和玉护指，从容抚膝，神态平和而安详。长期以来，民间盛传皇太后是个残暴不可理喻的老妇人，抱定这种成见者如果有机会得瞻皇太后的慈颜，一定会惊叹不已，不是怀疑自己的眼睛出了毛病，便要怀疑那外界的谣传了。

此刻，御座前跪倒了一片老臣：罢了官的礼部尚书怀塔布、许应骙和礼部侍郎堃岫、徐会沣、溥颋、曾广汉，被赶出总理衙门的李鸿章。还有一位官职不高也未被罢免的御史杨崇伊，也跟着凑热闹，他是李鸿章的儿女亲家。这些人跪在皇太后脚下，一个个神情沮丧，泪水涟涟，这个说：“请老佛爷给奴才做主！”那个说：“臣冤枉！”乐寿堂里哭声一片。这些人都是大清老臣，为什么却称呼不一？按大清规定，凡受皇家豢养者必须自称“奴才”，上自皇族世袭王公，下至太监，莫不如此，满员建树卓越者始可称“臣”，而汉员则必须称“臣”，非有大功封为侯爵才有资格称“奴才”，所以有“汉官盼称奴才，旗官盼称臣”之说。

“老佛爷！”怀塔布哭诉道，“变法先拿咱们叶赫那拉氏开刀，奴才实在咽不下这口气……”

“怀塔布，你这话说得差点儿，”皇太后慢条斯理地说，“这大清天下是爱新觉罗家族的，我的娘家人儿也得乖乖儿地守规矩！”

“皇太后，怀大人他没错，臣也没错！”许应骙说，“臣等从未阻挠皇上的新政……”

“这么说，是皇上冤枉你了？”皇太后微微一笑，“你拥护新政，真是皇上的好臣子，皇上倒是应该有赏啊！”

“哦，臣不是这个意思……”许应骙突然意识到这话落了空，表白自己没有阻挠新政就等于拥护新政，犯了皇太后的忌讳，连忙改口说，“臣等循规蹈矩，奉公守法，是皇上坏了祖宗之法，如今连芝麻大的官儿、芥子儿小民，都可以上折奏本，成何体统？”

“许应骙，话可别这么说，”皇太后又说，阴阳怪气使人摸不着底，“芝麻大的官儿能办大事，皇上新提拔的那四位军机章京：谭嗣同、刘光第、杨锐、林旭，为皇上披阅奏章，草拟诏令，已然在行宰相之职了，你们可别不服气！”她微微眯着眼，望望跪着的这群人当中资格最老的李鸿章说，“李鸿章，你这位四朝元老，嘎噔给撤了，是不是也觉着挺委屈啊？”

“启奏皇太后，”李鸿章抬起头，鼓着松松的泪囊，仰望着皇太后，“臣不敢！臣何德何能？一辈子不过办了几件事，练兵也，海军也，洋务也，外交也，岂能尽如人意，但求无愧我心。如今臣老矣，甘愿辞位让贤，唯愿皇太后万寿无疆，教导皇上，治国安邦，臣沦为布衣也无所怨！”

“嗯，疾风知劲草，世乱见忠臣。”皇太后对他的回答相当满意，这才点点头，说出几句心里话，“皇上撤了你的总理衙门大臣，可是他撤不了你的太子太傅、文华殿大学士，摘不了你的三眼花翎，扒不了你的黄马褂，你还是你！皇上不让你干，你就先歇着吧，保养保养自个儿的身子！”

“谢皇太后隆恩眷顾！”李鸿章自然听得出其中深意，无限感激地伏地叩拜，稀疏的白须被涕泪打湿了。

他的亲家杨崇伊就跪在身后，得了皇太后这样的许诺还不解气：“皇太后！朝廷里已然乱得不成样子，您得做主！臣冒死恳请皇太后以国事为重，临朝训政！”

“恳请皇太后临朝训政！”前礼部六堂官立即附和。他们这才明白，各诉自个儿的委屈管不了多大用，杨崇伊说到了根本上，一损俱损，一荣俱荣，皇太后回宫重新执政比什么都要紧。

这时，太监总管李连英匆匆从乐寿堂外走进来，“嚓、嚓”撸下马蹄袖，一哈腰，单膝下跪：“老佛爷，皇上来了！”

“啊？！”跪在地上的这一群革职的老臣顿时黄了脸！

“瞧你们，听说皇上来了，都吓得跟避猫鼠似的！”皇太后依然是那么平和而安详，“放心吧，皇上还没说要剪辫子、改国号呢，这天塌不了，跪安吧！”

“嗻！”这群老臣磕了头，忙不迭地退去了，害怕被皇上撞见，那就说不清道不明了。

光绪皇帝站在乐寿堂前的那块名叫“青芝岫”的巨石前，等待着皇太后召见。那巨石本是明朝米万钟的心爱之物，从房山开采而得，雇用大批人夫、器械，从房山运至良乡，已经把资财耗尽，因此落下个“败家石”的俗称。皇帝倒背着手，抬头凝视着“败家石”，耳畔传来喊喊嚓嚓的说话声，虽然没有看见里面都是些什么人，心里也明白了七八分。

“皇上，”李连英笑眯眯地出来了，“老佛爷正等着您呢！”

光绪皇帝整整衣冠，俯首低眉走了进去，一步步接近了皇太后的御座，心跳得更厉害了。

“儿臣恭请皇额娘圣安，皇额娘万岁万岁万万岁……”他跪在御座前，机械地背诵着每次来到颐和园必说的话，声音微微颤抖。

皇太后没有回答，“母子”两人相对无言，乐寿堂鸦雀无声。

光绪皇帝定了定神，把要请示的事情说了一遍，强制着慌慌的心跳，等待皇太后定夺。她说“成”，此事就可行；她要是说“不成”，一切准备就算白费了。

“设制度局、开懋勤殿，这个主意好啊，”皇太后说话了，神态还是那么安详，语气还是那么平和，“把康有为、谭嗣同那些人都弄进来，天大的事儿，捏咕捏咕就定了，也省得你老是颠儿颠儿地往我这儿跑！”

"皇额娘,"光绪皇帝一听这话音儿，心里就凉了，赶紧说，"儿臣没有这个意思……"

"我明白你的意思,"皇太后说，"你四岁进宫，是我把你拉扯大的，知子莫若母，你一举一动都在我的眼里。小时候，你胆儿小，下雨天儿一听到打雷就害怕，吓得扑到娘的怀里，我就紧紧地抱着你，说：儿啊，别怕，娘在这儿呢……"老太后说起二十多年前的往事，恍若昨日，两眼不觉湿润了。

"皇额娘,"光绪皇帝低着头说，"儿臣永远记着您的恩典!"

"是啊，你是个孝顺儿子！如今长大了，胆儿也大了，用不着娘再护着你了，祖宗的家法也敢破，我的那些老臣也敢撤，这就是你对我的报答!"皇太后的声音高了起来，"天地良心！你就不怕天打五雷轰?"

"皇额娘!"光绪皇帝如雷殛顶，惶然抬起头来，"儿臣不敢……"

"你不敢？你什么不敢?"皇太后伸手指着他，那长长的玉护指好似利刃迎面刺过来，"我听说，你还要请洋人进宫当顾问？那好哇，有洋人'顾'着你，我就什么都别'问'了!"

"儿臣没有这个意思，那都是外界的谣传。"光绪皇帝赶紧说，"皇额娘圣明，儿臣一切请皇额娘做主……"

"哼!"皇太后连看也不再看他，转过脸去，伸出那尖尖五指。在旁侍奉的宫女连忙搀着她，皇太后缓缓地站起身，轻移花盆鞋，下了御座，回寝宫去了。

光绪皇帝愣愣地跪在那里，茫然望着皇太后的背影消失在帷幔深处，一颗心凉到了底，不知如何是好……

他怏怏地退出乐寿堂，来到玉澜堂，这是他每次请安之后的驻跸之处。颓然坐在专为皇帝而设的御座上，他觉得这庄严的摆设也实在是"摆设"了！变法之初，皇太后曾经传话给他："让皇上放手去做，我不管他的事。"那句话不管是真心还是假意，总算是一个许诺，而今天，连那句空话也被皇太后收回了，不算数了。现在维新变法尚不满百日，擢用军机四章京还不到十天，而皇太后早已宣布的九月天津阅兵之期却已经逼近了！一股不祥之兆从光绪皇帝的心头掠过，他意识到也许将有剧变发生……

心重如铅的皇帝提起笔来，给军机四章京之一的杨锐写下一封密诏：

> 近来朕仰窥皇太后圣意，不愿将法尽变，并不欲将此辈老谬昏庸大臣罢黜，而登用英勇通达之人，令其议政，以为恐失人心。虽然朕屡降旨整饬，而并且有随时几谏之事，但圣意坚定，终恐无济于事。即如十九日之朱谕，皇太后已以为过重，故不得不徐图之，此近来实在为难之情形也。朕亦岂不知中国积弱不振，至于阽危，皆由此辈所误，但必欲朕一旦痛切降旨，将旧法尽变，而尽黜此辈昏庸之人，则朕之权力，实有未足。果使如此，则朕位且不能保，何况其他？今朕问汝，可有何良策，俾旧法可以渐变，将老谬昏庸之大臣尽行罢黜，而登用英勇通达之人，令其议政。使中国转危为安，化弱为强，而又不致有拂圣意。尔其与林旭、谭嗣同、刘光第及诸同志等妥速筹商，密缮封奏，由军机大臣代递，候朕熟思审处，再行办理。朕实不胜十分焦急翘盼之至！特谕。

密诏由他的亲信太监悄悄地送出去了，光绪皇帝“紧急翘盼”地等待着回音。

与此同时，直隶总督兼北洋大臣荣禄在紧急行动，把北洋三军之一的聂士成手中的武毅军由芦台调到天津，驻扎在陈家沟一带，截断北京和小站之间的交通；调董福祥的甘军移驻北京长辛店，专供皇差弹压之用！京津一带车辚辚，马萧萧，箭在弦，刀出鞘，一触即发！

八月初六日凌晨，蒙蒙雾霭笼罩着千年古都，天子脚下的子民们还沉睡在梦中，紫禁城里却已经天翻地覆。迅雷不及掩耳，沸沸扬扬的戊戌变法在第一百零三天戛然而止……

天亮了，雾散了，太阳出来了，北京城又一个喧嚣的早晨开始了。和往常一样，大街上奔跑着骡车、马车，拥挤着南来北往的人群，早点铺子生意兴隆，豆汁儿、焦圈儿、面茶、油炸鬼，热气腾腾，老百姓还不知道禁苑深宫里所发生的一切。

疲惫不堪的易君恕穿过熙熙攘攘的大街，快步走进胡同，回到自己的家门口，伸手拍响门钹。

门开了，杏枝一眼看见他，惊叫了一声："啊，大少爷！您怎么这个样子？吓死我了！"

"我……"易君恕不知道自己现在是什么样子，他身子一闪，跨进了大门，又赶快把门扇关上，把整个身体靠在上面，长长地嘘了一口气。

"大少爷，您这是怎么了？"杏枝一脸的惊骇，满眼的疑惑，"您上哪儿去了？还是打哪儿来？"

"别……别问我，老太太怎么样？"

"您好几天不见影儿，老太太和少奶奶都快急死了！"

"噢……"易君恕倏地挺起身子，"我去见老太太！"

杏枝赶紧闩好了门，抢在他前头朝里跑，一面喊着："老太太，大少爷回来了！"

易君恕匆匆穿过垂花门，往上房快步走去。当他踏上上房廊下的台阶，老太太已经拄着拐杖，由安如搀扶着，颤颤巍巍地迎出来了，娘儿俩，一个瘦骨嶙峋，弱不禁风；一个大腹便便，步履蹒跚。猛地看见易君恕回来了，骤然一惊，差点儿摔倒！

易君恕快步向前，扶住了老太太："娘！"

"儿啊，"老太太深陷的眼睛饱含着惊恐和焦虑，"你……"

"君恕！"安如急切地问，"你上哪儿去了？好几天不回来，家里都快急死了！"

"我……"易君恕不知道该怎么回答才好，支支吾吾，扶着老太太，进了上房里屋。

老太太坐在床沿上，没等喘过气来，就一把抓住儿子的胳膊："我看你这个样子，怕是出了什么事儿吧？快告诉娘！”

“娘，没出什么事儿，”易君恕说，“您看，我这不是好好的吗？”

“你甭瞒我，娘的这双眼睛能看到你的心里去，”老太太眼望着儿子，把瘦骨嶙峋的手抚在儿子的胸膛上，“娘知道，你这心里头，一定藏着什么事儿呢！”

让老太太给说中了。易君恕胸膛里，那颗心跳得疾如奔马，乱似鼓槌，那里面藏着一个巨大的秘密……

“说！”老太太在催促他，“甭管出了天大的事儿，也对娘说！”

易君恕知道，要想瞒住娘是不成了。但是，那件惊天动地的大事，怎么能对娘说啊？不，不能说！要说，也只能说刚刚发生的事，反正很快就会传遍北京城，瞒也瞒不住。

“娘，刚才九门提督带着官兵，抄了南海会馆……”

“啊？”老太太吃了一惊！

侍立在一旁的安如和杏枝脸上“唰”地变了色儿！

“南海会馆……”老太太神色肃然，“那不是康有为住的地方吗？”

“是啊，”易君恕说，“那是康先生的住处。”

“康有为是天子近臣，官兵怎么会去抄他的家？一定是朝廷里出了大事！”老太太立即做出了判断，“康有为被抓走了吗？”

“没有，幸亏康先生先走了一步，只抓走了他的兄弟康广仁……”

“那是因为哥哥犯案，兄弟连坐！”老太太感叹道，又急着问儿子，“康广仁被抓走的时候，你在南海会馆吗？”

易君恕心里“咯噔”一声。他本来以为，老太太听说南海会馆的事儿，注意力就被转移了，不再追问儿子的行踪，却不料完全失算，老太太最关心的就是她的儿子，事事都要首先想到是不是牵连到儿子！

旁边的安如和杏枝都是没有什么主见的人，紧随着老太太的情绪变化而变化，听到这里，紧张地盯着易君恕，生怕他也被牵连进去！

“没有，”易君恕说，“我不在那儿，这事儿是听别人说的。”

“你当时在哪儿？”老太太紧追着问。

“我在浏阳会馆。”易君恕说。

"嗯?"老太太十分警觉,"你在谭三公子那儿?"

"是。"

"谭嗣同和康有为都是维新党,官兵既然抄了南海会馆,就不会抄浏阳会馆吗?"

"我想……不会吧?"易君恕故作镇静,"谭复生是朝廷命官,四品军机章京……"

"算了,别说四品章京,就是一品大员,罢官也只在顷刻之间,宦海沉浮,翻云覆雨,这样的事儿多了去了,翁同龢不就是一个例子吗?"老太太一脸的严峻,这位已故北洋水师文案的遗孀虽然长年大门不出、二门不迈,却俨然饱经沧桑的官场过来人。

"娘说得是,"易君恕说,"政界的争斗,实在凶险莫测!"老太太的分析,其实正打在他的心上。

"既然明白,那你还去浏阳会馆干吗?"

"谭复生学识渊博,藏书丰富,我去向他借书。"

"借书?"老太太的声音高了起来,"借书还用天天往那儿跑吗?借书还非得住在那儿不成吗?几个月来,你越跑越野,家里都挂不住脚了!这一回更不得了,竟然三天三夜都不见影儿,你到底上哪儿去了?干什么去了?"

"我……我就在浏阳会馆读书。"易君恕仍然一口咬定。

"不对!"老太太威严地说,"我打发杏枝去找过你,你没在那儿,谭嗣同也没在家,他的家人说,你们一起出去了,好几天都没回来。"

易君恕张口结舌!

"到底上哪儿了?"老太太怒喝道。

易君恕垂下了头。再找任何借口都已经无法搪塞,他只有一言不发。

"说呀!"老太太把手里的拐杖在地上猛地一顿,"你给我跪下!"

"娘……"易君恕"扑通"跪倒在母亲面前,"您别问了,儿子不能说!"

"什么?不能说?"老太太怒不可遏,"我是生你养你的娘!什么话不能对娘说？杏枝，给我用家法！”

“当啷”一声，拐杖扔在了地上。这就是老太太的“家法”，儿子小的时候，背书打了磕巴，写字出了错笔，都要受到“家法”的惩罚。现如今，儿子长大了，老太太也没有力气打了，再用“家法”，就只有由用人执行了。

杏枝猛地一哆嗦，捡起那根拐杖，畏畏葸葸不敢上前。安如眼看丈夫要受皮肉之苦，惊得嘴唇发白，却也不敢阻拦。

易君恕跪在地上，挺直了腰，准备承受挞伐。打吧！他在心里说，如果这顿痛打能消消母亲的怒气，能弥补我对母亲的愧意，我也心甘情愿，只是什么都别再问我了！

“杏枝！”老太太怒喝道，“给我打！”

“老太太，”杏枝为难地哭了，“您让我打大少爷，这不是折我的寿吗？我不敢……我不敢……”

“少啰唆，给我狠狠地打！”

“大少爷，您别恨我，我……我这也是没法子！”杏枝满脸是泪，两手瑟瑟发抖，举起了那根拐杖……

“别打！”安如突然惊叫一声，踉踉跄跄扑了过去，两手抓住杏枝举在空中的拐杖，“娘啊，我求您了，别打他！您瞧他，这几天人也瘦了，俩眼都是红的，兴许在外头遇到了什么难处，好容易回来了，您还舍得打他呀？他这文弱的身子，禁不住啊……”

拐杖在易君恕的头顶摇晃，泪珠吧嗒吧嗒落下来，打在他的脸上，那是妻子的眼泪。宁折不弯的汉子心软了，他可以忍受母亲的痛打，却不能忍受妻子的哀哀乞怜！

“娘！”易君恕昂然说，“不用难为她们了，我说！”

安如和杏枝的手松开了，拐杖“当啷”摔在地上。

“你说吧，”老太太威严地说，“我听着呢！”

“三天前，谭复生给我看了一封皇上的密诏……”

他刚刚说了这一句，老太太已经大惊失色！

“皇上的密诏？”老太太急着问，“是……什么密诏？”

“娘，”易君恕先不回答她，却问道，“您知道李鸿章被罢了官吗？”

“听说了，善恶到头终有报，李鸿章罪有应得！”

“娘，那是我告的……”

“什么？”老太太不敢相信儿子能办这么大的事，“你？”

“我上书皇上，参了李鸿章一本！”易君恕说，“皇上决心革除弊政，把那些老谬昏庸大臣统统罢黜！”

“噢，”老太太激动地说，“当今皇上真是圣明天子！”

“可是，皇太后发怒了，不许尽变旧法，罢黜老臣！现在皇上手中无权，皇位难保，传密诏给军机四章京，要他们速速谋划良策，皇上说，‘朕实不胜十分焦急翘盼之至’！”

“啊？我的天哪！”老太太骇然，“皇上……皇上他遭了大难！那么，军机四章京有什么办法？”

“他们和康先生商量，康先生说，如今情势紧急，别无良策，只有举兵勤王，解救皇上！”

“举兵勤王？”老太太听了一愣，“他们这些读书人，手里哪有兵权？”

“是啊，”易君恕道，“康先生说，现在只有借用袁世凯的兵力，袁世凯正在北京，刚刚蒙皇帝召见，加官晋职，必定感恩图报！八月初三那天晚上，我陪谭复生一起去法华寺见袁世凯……”

“你……你们要袁世凯怎么办？”

“要他杀荣禄，包围颐和园，兵谏皇太后，请皇太后不再干预朝政，如果她不肯，就杀了她！”

“天哪！”老太太听到这里，魂飞魄散！

安如和杏枝已经吓傻了……

“你们……”老太太一把抓住儿子的胳膊，浑身颤抖，“你们真是胆大包天！皇太后是大清国的国母，怎么能……”

“娘！”易君恕满怀悲愤，慨然说，“皇太后重用奸臣，干政误国，要借九月天津阅兵之机废黜皇上，兵谏皇太后实属迫不得已！只要能保住了皇上，皇太后答应不再干政，臣子们绝不会伤害她！”

“噢?”老太太紧张得喘不过气来，急切地问，“那……袁世凯怎么说?”

“袁世凯说，他为报皇恩，赴汤蹈火，在所不辞！可是，军械粮草都在天津营中，他手下所存甚少，需要十天半月，运筹充足，才可用兵……”

“哎呀!”老太太跌足道，“他这是缓兵之计！你爹在世的时候就说过，袁世凯是李鸿章的门徒，这个人阴鸷险恶，居心叵测，将来必是乱世奸雄！康有为、谭嗣同不知深浅，竟然把他视为同道？现在……勤王之师还没有影子，南海会馆倒先被查抄了！看起来，事情肯定已经败露……”极度的惊恐震撼着这位病弱的老人，她伸出颤抖的双手，把儿子紧紧地抱在怀里，“儿啊，你……你惹下滔天大祸了!”

“啊?”安如早已被吓得软瘫在地，听得老太太这么说，不禁大哭起来，“娘啊，这可怎么办啊……”

杏枝慌得不知如何是好：“老太太，您得想办法啊，大少爷要是有个闪失，咱这个家……”

“没有办法了……”老太太紧抱着儿子，瑟瑟发抖，“惹下了这样的大事，谁也救不了我的儿子了!”

安如和杏枝匍匐在他们母子身边，一家人哭成一团！

“君恕!”老太太在绝望之中突然心里一动，抬起了头。她抽出两手，托着儿子的脸，问道，“和谭嗣同一起去见袁世凯的，除了你，还有谁?”

“只有我们俩，再没别人。”易君恕说。

“你和他一起进去见袁世凯了吗?”老太太急切地追问。

“没有，他一个人进去，我在大门外边等着。”

“袁世凯没看见你?”

“没有，天很黑，又没有月亮，我在法华寺外边的树林子里等他，没有人看见我。”

“啊，这就好了!”一直极度紧张的老太太这才哭出声来，“我的儿子保住了！谢天谢地，这是苍天有眼，不灭我易门之后啊!”

转眼之间绝处逢生，安如和杏枝倒惊呆了……

“娘，”易君恕仍然忧心忡忡，“可是皇上……”

“皇上和皇太后娘儿俩的恩怨，由他们自个儿撕巴去吧，我们平头百姓，管不了帝王家的事，就不管了！”老太太紧紧地抱着自己的儿子，满脸是泪，蛛网似的皱纹在抖动，“为了这个大清国，我们易家已然搭进去你爹一条命，不能再搭上我的儿子了，给我留住这条根儿吧！娘给你立下规矩，从今儿起，在娘身边儿好好儿地待着，哪儿也不许你去了！”

易君恕伏在母亲的肩上，默然无语。全家人都为他的侥幸脱险而如释重负，而他的心上仍然压着千钧磐石。

他的耳畔，回响着皇上的召唤：

朕位且不能保……

朕今问汝：有何良策……

朕实不胜十分焦急翘盼之至……

啊，皇上啊，皇上！

紫禁城里天翻地覆，而与它相距仅一箭之遥的东江米巷依然像往日一样宁静安详。这里是外国使馆区，俨然城中之城，国中之国。

“鬼子大人”林若翰正朝着英国公使馆的大门走来。他今天不再是那一身长袍马褂的中式装束，而换上了全副西服革履，头戴英国特有的那种硬胎圆顶“波乐帽”，手里拿着一把兼作手杖的黑色布伞，一位标准的英国绅士。

“早安，林牧师！”全副英国皇家军队装束的卫兵向他敬礼。

“早安，我的孩子！”他把礼帽略略提起，又重新戴好，向卫兵欠了欠身，走进了大门。他是这里的常客，卫兵都认得他。即便不认识，那一身笔挺的西服和一张白种人的面孔也已经是通行无阻的护照。

院子的旗杆上悬挂着英国国旗，在初秋的和风中徐徐飘扬。宽阔的草坪刚刚修剪过，苍翠碧绿，一群鸽子在啄食草籽。这是一座中西杂糅的院落，亭台楼阁之间增建了一些典型的英国建筑，红色砖墙和白色垩粉相间的两层楼上覆盖着哥特式的屋顶，券门、廊柱呈现出浓浓的异国情调。一道院墙内外是两个世界，这里完全没有大街小巷的市尘喧嚣，感受不到紫禁城里那场剧变带来的风声鹤唳。

侍者把林若翰带进办公楼客厅，接过他的帽子和布伞，请他在这里等一等，然后去通报公使。林若翰在雕刻着缠枝花卉的高脚靠背椅上坐下来，轻轻嘘了口气，默默地望着面前那英国式的壁炉，还有墙上高悬着的维多利亚女王画像。每次林若翰到来，公使都是在这里接待他，到了这里就好像回到了阔别的祖国。然而今天他却没有这份兴致，内心的焦躁不安使额头上渗出了涔涔汗珠，而在这个已经秋凉的季节，本来是不至于再感到燥热的。

他等了足足半个小时，才听到楼梯上响起脚步声，随后，窦纳乐扶着光洁锃亮的铜质栏杆扶手走下楼梯。

“早安，林牧师，”窦纳乐的神色似乎有些疲惫，但仍然做出礼貌的笑容，“对不起，让你久等了！”

“早安，公使阁下，”林若翰站起身来，向窦纳乐迎上去，握住他伸过来的手，“你不必抱歉，能见到你，我就很高兴了！”

“请坐，林牧师！”窦纳乐亲手把椅子向前挪动了一下，直到林若翰坐下，自己才在旁边落座。

侍者托着托盘走上来，毕恭毕敬地站在两人的肩后。

“你喝点什么？”窦纳乐回头望着林若翰，“威士忌，还是白兰地？”

“谢谢，我什么都不要，”林若翰咂咂干渴的嘴唇，“我只想占用阁下一点宝贵的时间，谈一谈……”

“噢，是这样……我要威士忌，”窦纳乐从侍者手里接过高脚玻璃杯，看了一眼那闪着琥珀光泽的液体，这才问道，“对不起，你要谈什么事，牧师先生？”

“中国的事，紫禁城里发生的事，天塌下来了，一切都颠倒了！”林若翰急切地说，“公使阁下知道了吗？”

“当然知道，这种事情我应该知道，甚至知道得可能比你还要早些，”窦纳乐平静地说，抬起捏着高脚杯的右手，指了指头顶的雕花玻璃枝形吊灯，“可是天并没有塌下来，一切都还和过去一样！”

“怎么能说一样？这里发生了政变，皇帝被软禁了，皇太后又重新掌权了，一场本来很有希望的变法失败了！”林若翰情绪激动起来，那双蓝眼睛闪闪发光，“这个国家刚刚前进了一步，却又要倒退两步、三步，甚至更多！”

“在这个世界上，政变每天都可能发生，一些人把权力夺过来，另一些人把权力夺过去，这有什么值得大惊小怪？紫禁城里的政变是中国人自己的事！”

“是啊，是他们自己把事情弄坏了！康有为他们年轻气盛，操之过急，恨不能一夜之间把旧法全部废弃，而不知道调和新旧之间的关系，我曾经建议他们不要激怒皇太后，可是康有为不但不听，反而对她采取极端措施，结果是欲速不达，激成剧变！”

“你说得一点不错，牧师先生。康有为的理想是在中国建立像西方那样文明、民主的社会，如果真的能够实现，我们两国关系也许会有新的发展。但事实是，他没有做到，他的激进主义失败了，变法完蛋了。对这位冒险政治家的不幸，我们除了表示无可奈何的一丝同情，还能做些什么？”

“应该发照会，提出抗议！”林若翰有些失态地挥动着两手，“英国使馆是代表英国政府和大清帝国打交道的，现在这个国家已经没有了元首，英国应该进行干涉，要求他们恢复皇帝的权力和自由！”

“不，不，牧师先生，”窦纳乐呷了一口威士忌，仍然不紧不慢地说，“从他们发布的诏令来看，皇帝并没有倒台，他还是国家元首，只不过‘自愿’地接受皇太后的‘慈恩训政’罢了。作为英国的驻华公使，我考虑所有问题的出发点都只能是英国的利益。威海卫的租借条约已经签字，香港拓界的《专条》已经在伦敦换约生效，这些，无论中国的政局如何变幻，都不可能推翻，英国的在华利益仍然有切实的保证。所以，我们对于中国的局势，不必急于做出干涉的举动，而需要冷静地观察……”

“可是，光绪皇帝目前的处境非常危险！”林若翰急切地说，“皇太后本来就准备在天津阅兵时废黜他，现在这个日程提前了，说不定会把他杀掉！可是他刚满二十八岁啊，一位奋发有为的青年，一条年轻的生命，太可惜了！”

“我理解你的怜悯之心，牧师先生，”窦纳乐点了点头，却又反问他，“但你相信皇太后会做这种蠢事吗？”

“为什么不会呢？”林若翰愤然说，“她的专横、残暴、喜怒无常、为所欲为，使得所有的中国人只要一提到她就不寒而栗。当年她为了篡夺政权而杀害顾命大臣，为了独揽‘垂帘听政’之权又毒死了慈安太后，这个人心狠手辣，什么事情都做得出来的！”

“是的，要废黜甚至杀掉一个本来就是由她指定的皇帝，那是很容易的，”窦纳乐说，“但这件事在紫禁城里就可以做到，而根本用不着借天津阅兵的机会大动干戈，她只需要控制皇帝，而不需要杀掉他。任何一个统治者都不希望自己的国家陷入混乱，何况她也不敢做得太过分，害怕引起国际干涉。当然，如果那个老女人真的发了疯，杀了皇帝，另立新君，并且和英国对抗，我们绝不会坐视不顾！但是她不会这样做，至少目前还没有这种迹象。所以我们无须对中国的局势担心，刚刚我给伦敦发了电报，建议对中国的政策不变。你是我国的侨民，又是我所尊重的前辈，我已经把底牌交给你了，牧师先生！你还有什么吩咐？”

“没有了，”林若翰失望地深深叹息，“完了，全完了！”

“‘全完了’是什么意思？”窦纳乐疲倦的脸上忽然泛起了些许光彩，在谈话即将结束之际又对这位沮丧的老人产生了兴趣，“哦，我想起来了，你是不是一直在等待皇帝的接见？可惜这已经不可能了。”

林若翰微微一愣，避开了他询问的目光，垂下了眼睑。

“我也为你感到遗憾，”窦纳乐笑了笑，继续说，“皇帝在失去自由之前最后一次接见的外国人是伊藤博文。早些时候有消息说，皇帝可能聘请一至两名外籍人士做他的顾问，所以伊藤动身来中国之前是有所准备的，如果这位退休的日本首相能在中国担任皇帝顾问，将为他的政治生涯增添光彩的一笔。但来到中国之后，他似乎又犹豫了，乱哄哄的现实使他对这个顾问之职望而生畏。他是个颇有远见的人，试想，如果他在政变前夕就任了皇帝顾问，现在正是尴尬的时候！我不知道牧师先生是否也有意竞选这个职位？那么，应该感谢上帝的保佑，使你避免了这样的尴尬！”

“我……”林若翰悲哀地望着窦纳乐，猜不透这是同情呢，还是幸灾乐祸，“我个人是无关紧要的，遗憾的是辜负了主的启示，没有能够帮助这位年轻的皇帝渡过难关，甚至连见他一面的机会都没有！既然公使阁下也不能帮助他，我就告辞了！”

林若翰站起身来，朝窦纳乐礼貌地欠了欠身，伸手从侍者手里接过他的帽子和布伞。

“再见，林牧师！”窦纳乐放下手里的杯子，也站了起来，“我希望你保重自己的身体，当我们下次见面的时候，谈些令人愉快的事情。”

“也许不会有那样的时候了，”林若翰怅然说，“我继续留在北京已经毫无意义，该走了！”

“噢，回英国去吗？”窦纳乐倒来了兴致，“我也很想家啊，只是现在太忙了，抽不开身，要到明年春天才能回国休假，我很羡慕你，牧师先生！”

“不，故乡已经离我很远了，我要回香港去，那里有我的教堂、我的家，还有我的女儿在等着我，”林若翰喃喃地说，蓝色的眼睛湿润了，“我该回家了……”

“回香港？香港也是我们的地方。你回去的时候，新任港督卜力爵士差不多也该到任了。他好运气，新官上任就将接管一大片新的领土！你见到他，替我问候！”

窦纳乐把客人送到客厅门口，就站住了，朝他挥了挥手。

林若翰撑着做手杖用的布伞，缓缓地迈下台阶，穿过草坪之间的甬路，往大门走去。草坪上的那群鸽子扑棱棱飞起来，从他的身旁盘旋着，升上蓝天。

林若翰抬起头来，仰望着天空。秋天是北京最好的季节，天空蓝得纯净，蓝得深邃。

一天又一天，易君恕只能对着庭院上方的这片天空发愣。一群鸽子从头顶飞过，带着悠长的哨音，消失在远方。而他却像笼中的鸟儿，被囚禁在这小小的院子里，失去了自由。老太太几乎日夜都不合眼，守护着她三世单传的儿子，唯恐有个闪失。杏枝尽责尽职，把大门闩得严严的，甚至不许大少爷迈出垂花门半步。安如终于如愿以偿，把丈夫牢牢地拴在自己身边了，形影不离。她的身子虽然已经极其笨重，仍然恪尽妇道，亲手调制了冰糖莲子羹，迈着蹒跚鹅步，端到丈夫的面前。然而，易君恕却未因此感到丝毫的温暖，现在是什么时候啊，他的心思全然不在这个家里！

三天前，易君恕从浏阳会馆匆匆回家，本来是想看看老母亲，安顿安顿家里的事情，还要去和谭嗣同一起奔走，却不料就此被困，外界的消息完全隔绝了。他曾几次想逃出去。这个家里只有他一个男人，要对付一位病弱的老太太、一名孕妇和一个十几岁的小丫头，自然是容易的，夺门而出也易如反掌。但他却不忍那么做，怕伤了这老老少少的心。母亲已是风烛残年，身体病弱得那个样子，唯一支撑着她活下去的就是她的儿子，也正是这一颗慈母之心捆住了儿子。安如虽然平平庸庸，但毕竟是易君恕的结发之妻，如今又怀着身孕，对丈夫更加依恋，使易君恕不忍弃她而去。杏枝是个使唤丫头，自不足论，但若是大少爷逃了出去，老太太必然迁怒于她，大加责罚，让她代己受过，非大丈夫所为。老弱病残的三个女性拦住了一条男子汉，区区小院竟是不可逾越的樊篱。

他只有对着头顶的天空发愣。秋天是北京最好的季节，夏历八月是秋季最好的月份，碧空澄澈如洗，清风拂弄白云。层层云海从天际向头顶涌来，如怒潮滚滚，如奇峰突起，如万马狂奔，如怪兽狰狞……转眼间却又如冰化雪消，悄然四散，化作一片薄薄的轻纱，随风而去……

“啪、啪、啪、啪……”突然一阵打门声惊断了他无边无际的遐想，上房里立即传出老太太急切的声音：“杏枝！快着，快着！”

杏枝已经跑过来。听见外面有人打门，她不是跑去开门，而是先往里跑：“大少爷，您快进屋去！”

这是老太太立的规矩，甭管任何人来，都不许见大少爷。

安如也闻声从东厢房里走出来，扶着廊下的柱子，低声叫着："君恕，君恕……"

易君恕被推推搡搡地进了东厢房，杏枝带上了门，才往外面跑去："来了，来了！这是谁呀？"

易君恕躲在东厢房里，听得"哐啷、哐啷"的开门声、关门声，又听见一串脚步声越来越近。安如挨在丈夫的身边，紧紧地抓住他的手，手心里汗津津的，心跳得"咚咚"响。

进来的原来是栓子！栓子手里提着大捆的青菜，还有几盒子点心。他把青菜递给了杏枝，提着点心进了上房。

东厢房里一场虚惊。安如这才舒了一口气，热气嘘在了丈夫的脸上。

栓子在上房待了不大会儿就出来了，正往东厢房走，一边走，嘴里一边喊着："大少爷呢？好些天没见着大少爷了……"

上房里又传出老太太的声音："杏枝，快着，快着……"

不等老太太吩咐，杏枝已经一步跨到栓子的前头，拦住他说："栓子哥，大少爷不大舒服，这会儿刚睡着……"

东厢房里，易君恕听得发急，他想大喊一声：我没病，也没睡着，我在这儿呢！栓子，你过来，我有话跟你说……

安如赶紧把那汗津津的手捂在他嘴上，一声儿也不让他出！

院子里，栓子就站住了："哟，那我就不打扰他了。"转身往外走，一边走，一边对杏枝说："这些菜够你们吃几天的，外边儿不大安静，你就甭上街了，有事儿跟我言语声儿……"

栓子走了。易君恕眼睁睁地让他走了，唯一能够给他传递信息的人，就这样放过去了。

"哐啷！"一声，杏枝闩好了大门，这才解除了东厢房里的禁令。

易君恕一把推开房门，往上房走去，他要从老太太那儿曲折地探听探听外面的信息。

老太太并没有躺在里间的床上。她穿戴齐整，手拄着拐杖，正襟危坐在堂屋里条案前的太师椅上。老太太早就有所准备，如果不速之客突然光临，她先在这里抵挡一阵，谁要找她儿子的麻烦，就跟谁舌战一番。刚才就是这么紧张而隆重地接待了栓子——她哪知道来的是栓子！

“娘，”易君恕进了上房，问道，“栓子刚才说了些什么？”

“没说什么。”老太太一副无可奉告的架势，把他的问题挡住了，“一个芥籽儿小民，心里装的无非是柴米油盐，管不了天下大事。你也甭打听，踏踏实实地在家待着吧！”

易君恕便不再多说，怏怏地退了出来。他当然不相信栓子跟老太太真的“没说什么”，栓子一定多多少少知道一些外头的情况，只可惜从老太太那儿问不出来。不过，老太太的神情和语气又似乎隐约传递了一些信息，外边好像表面上还算平静，至少还没到干戈四起、大动刀兵的地步，不然，老太太自己也不会这么踏实了。

天渐渐地暗了下来，西南天际朦胧地显出半轮秋月。八月上旬只剩下两天了，眼看就要进入中旬，上弦月不知不觉地胀满，再过几天，等到月亮变成一轮浑圆，就是中国人最看重的中秋佳节，那是普天同庆、家家团圆的节日。可是，赶上戊戌多事之秋，国事汹汹，人心惶惶，这个即将到来的节日已经不为人们关心，变得黯淡了。

天黑定了。一家人默默地吃了晚饭，各自回房去。易君恕无事可做，顺手拿起一本书来，却又全然看不进去，满篇白纸黑字不知道写的是什么。便将书放下，和安如对坐良久，竟又无话可说。

夜里，杏枝伺候老太太睡下了，又到东厢房来，替他们铺好了床，说声：“大少爷、少奶奶，早些歇着吧！”就退了出去。

安如已经枯坐得哈欠连天。等杏枝走了，便宽衣解带，脱鞋上床。

她躺下了，拉起被子蒙在身上，那胀鼓鼓的腹部耸起一座小山。抬起两手，搁在肚子上，轻轻地抚摸着，心里升起万千情感，却又不困了。想想自己自从进了易家的门，所受的种种辛苦、样样委屈，如今重孕在身，也难得丈夫的呵护，不觉悲从中来，两眼涌出了莹莹泪花。

“安如，”易君恕看见她那个样子，更加烦闷，问道，“这又是怎么了？你哭什么？”

“我啊……”安如也不看他，只瞅着自己的两只浮肿的手和那隆起的肚子，哀哀地说，“我是感叹这孩子命苦，在娘肚子里还没出世，就跟着大人担惊受怕，也没人心疼……”

说着，眼眶里噙着的泪珠就扑簌簌坠落下来。

易君恕心里一动。他当然听得出，安如是借话说话，借腹中的孩子，诉自己的委屈。一个女人，十月怀胎，一朝分娩，要承受多少艰难困苦？在这种时候，她最需要的是别人“心疼”，而做丈夫的却实在没有给予她什么关心抚慰。想到这里，易君恕便感到一阵不安。

“怎么没人心疼啊？娘不是一直在盼着早日抱孙子吗？”易君恕说。这也是借话说话，借老太太的盼孙心切，把自己的一份情感也捎带上了，以此给妻子一点儿安慰。要是让他“心肝宝贝儿”地哄妻子欢心，他也说不出，做不到。

“你呢？你不盼着吗？”安如抬起眼，望着丈夫。

“当然，我也盼着……”易君恕说，“这孩子出世，大概要在什么时候？”

“快了，我掐算着日子呢，八月十五前后也就差不多了，”安如说，朝他伸出手，“过来，你摸摸，小东西在里面动换呢！”

“哦，”易君恕把手伸过去，安如握住了，伸到被子底下，按在那座高耸的小山上。

易君恕的手在妻子的腹部滑动，那像一团凝脂，一池春水，里面的确有一个小东西在跳动，好像池中的鱼，迫不及待地要跃出水面。一种从未体验的美妙感觉从他的掌心传遍全身，一个将要做父亲的男人和一个将要做母亲的女人，他们两人一起抚摸着共同缔造的生命，这是幸福，是自豪，是责任。可惜呀，易君恕在心里叹息，这孩子生不逢时，做父亲的尚且“苟全性命于乱世”，下一代却又要来到这个险恶莫测的人间……

人的情绪变化只在一念之差，转瞬之间，那美好的情感无影无踪了，只留下莫名的惆怅。

安如并没有觉察到丈夫的心境不安，仍然憧憬着一个母亲心中的未来。

“君恕，你快当爹了，”她甜甜地说，“给孩子起个名儿吧！”

“哦，”易君恕心绪茫然，哪里想得出什么好名字？却又不忍心败了她的兴头，便说，“还不知道是男是女，怎么起名儿呢？”

“那就各起一个吧，添个儿子叫什么，添个闺女叫什么，你都得先有个准备！”

“噢，让我想想，得好好儿地想想……”

安如不再说话，闭上眼睛，紧紧拉着丈夫的手，静静地等着他为即将出世的孩子命名。

她就这样，渐渐地沉入了梦乡，脸上挂着满足的笑容。也许，那是一个五彩斑斓的梦，美好得无以复加的梦。

易君恕等她睡着了，就吹熄了灯，和衣躺在她的身旁，心里仍然像一团乱麻，剪不断，理还乱，无头无绪……

不知什么时候，易君恕突然被一阵呻吟声惊醒。猛地睁开眼，窗纸上已泛出鱼肚白色，朦胧的光亮下，他看见安如在床上不停地翻滚，嘴里发出痛苦的呻吟：“啊，啊……”

“安如，安如！你是在做噩梦吧？你醒醒，醒醒！”他忙伸手去扶妻子，手上触到一摊热乎乎黏糊糊的东西，抬手一看，啊，是血！

易君恕突然明白了，他跳下床，冲出门去，急切地喊道：“娘！安如要添了！”

一声惊叫震动了整个院子，上房里立即传出老太太的声音：“啊？天哪！怎么不到日子就添了？快着，叫杏枝，扶我过去！”

杏枝听见大少爷那一嗓子，没顾穿鞋就跑了出来，直奔东厢房而去。听见老太太叫她，在里边喊道：“少奶奶这儿离不了人！大少爷，您把老太太搀过来！”

易君恕连忙朝上房跑去！

上房里，老太太已经慌作一团，腿软得直不起来。易君恕急得没有办法，背起老母亲往东厢房跑去！

东厢房里，床上已经满是鲜血。杏枝跪在床上，拦腰抱着安如，安如像鲤鱼打挺似的翻滚挣扎，呻吟已变成凄厉的惨叫：“啊！啊……”令人毛骨悚然！

“老太太，老太太！这可怎么办啊？”杏枝惊叫着，嗓音都变了！

老太太瘫坐在太师椅上，浑身哆嗦，束手无策。想当年，她做媳妇的时候，也曾经历过分娩的劫难，她的婆婆亲手给她接生，一剪子铰断了脐带，把肉滚滚的孙儿抱在怀里，大功就告成了。如今，等她盼到了这一天，却又力不从心，办不到了！

“快，快着！”老太太情急之中想起了一位救星，“快去请冯家五奶奶，多少孩子都是她接生的，神仙一把抓！”

“好，我去！”易君恕拔腿就往外跑，跑到门边又回过头来问，“冯家五奶奶住哪儿啊？”

“就在小栓子家后身儿，你一问就知道了，那儿的人都认得她！你快……快去啊！”

易君恕连一秒钟也不敢耽误，奔出东厢房，奔出大门，奔出报国寺前的这条小胡同，沿大街朝菜市口方向跑去！此刻，老太太不许儿子迈出家门的禁令，已经被全家人忘到了九霄云外……

为了省时间，易君恕先奔栓子家。

天已经大亮了，栓子收拾好了独轮小车，正准备出门上街，猛然看见易君恕跑进来，大吃一惊：“大少爷！出了什么事儿？”

“栓子！”易君恕气喘吁吁地说，“安如要添孩子了，你快……帮我请冯家五奶奶！”

“噢！”栓子扔下车子，就往外跑，“我这就去！”

易君恕跟着他跑出院子，栓子说：“大少爷，这事儿交给我了！您赶快回去照看少奶奶吧！”

“哎，也好，”易君恕这才舒了一口气，正待往家走，却突然想起心里的那件大事！啊，如果现在不办，怕没有机会了！就说，“栓子，你接了冯家五奶奶赶紧过去，我到浏阳会馆跟谭复生见个面儿就回家！这事儿，你……就别跟老太太提了！”

“嗯？”栓子微微一愣，却又赶紧说，“那是，那是！”

也不管栓子明白不明白，两人来不及多说，在栓子家门口分头跑去了。

浏阳会馆莽苍苍斋里，谭嗣同正襟危坐于书案前，在一页八行信笺上凝神书写。

易君恕随着胡理臣匆匆走进来，一眼看见谭嗣同这副安详的神色，好像什么事也没发生，倒愣住了。他站在谭嗣同身后，看那信笺上所写的，是一首七言律诗：

无端过去生中事，兜上朦胧业眼来。
灯下髑髅谁一剑，尊前尸冢梦三槐。
金裘喷血和天斗，云竹闻歌匝地哀。
徐甲傥容心忏悔，愿身成骨骨成灰。

这诗沉郁冷寂，如空谷足音，凛凛一股肃然之气，却又含义晦涩，令人费解。

"三少爷，"胡理臣不得不打破了他的这片宁静，轻声说道，"易先生来了。"

"噢？"谭嗣同猛然抬起头，这才发觉易君恕正在他的面前，便倏地站起来，用力握住易君恕的两手，"君恕！你怎么来了？"

"复生兄！"易君恕不知从何说起，劈头问道，"皇上……皇上怎么样了？"

"皇太后已经临朝训政，"谭嗣同叹息道，"我们的皇上，已经被……软禁在南海瀛台了！"

"啊？！"易君恕如闻晴天霹雳，两手战栗着抓住谭嗣同的胳膊，"复生兄！快，快想办法救皇上啊！"

"能想的办法我都试过了，"谭嗣同说，"我和翰翁分头去找了各国公使，他们有的躲开了，在京的也不肯出面干涉，我们自己又没有军队，瀛台四面环水，戒备森严，我们救不了皇上了！"

易君恕心如死灰。这就是他连日来焦急地等待的结果，完了，一切都完了！

莽苍苍斋寂静无声，仿佛空气凝固了，时间静止了。

良久，易君恕突然从无望的死寂中醒来："复生兄，您赶快走吧！他们既然已经抓走了康广仁，也不会放过您！"

"当然，'康党'一个都不会放过。好在，康先生走了，梁任公也离开北京，到日本去了。"

"那么，您呢？"

"我不走，留在这儿。"

"什么？"易君恕直愣愣地望着这个不可思议的人，"他们抓住您，是要砍头的！既然康先生、梁先生都走了，您为什么不走？现在要走，还来得及！"

"不有行者无以图将来，不有死者无以酬圣主。"谭嗣同平静地说，"该走的走了，该留的留下，我和康、梁，分头去做自己该做的事吧！"

"您也应该活下去，活着才可以酬圣主，图将来，为什么一定要去死啊？"

"我早就对你说过，在中国要变法，难于上青天，这件事本来就是知其不可为而为之。现在变法已经失败，我何惧一死？世界各国变法，无不从流血而成，中国至今还没有人为变法而流血，如果要有，那就请从我谭嗣同开始！我愿把四万万同胞的苦难都背在自己身上，用我的死换来中国的新生！"

谭嗣同的神色是那样坦然，语气是那样从容，仿佛他面临的不是血肉横飞的惨死，而是霞光万道之中的凤凰涅槃；不是暗无天日的沉沉地狱，而是托起灿烂旭日的海阔天空。

"复生兄！我佩服您为国捐躯的勇气，可是现在并没有到非死不可的时候，您总不能自己去送死啊！"易君恕两手在剧烈地颤抖，抓着谭嗣同的腕子，"您今年才三十三岁，家里还有年迈的父亲、年轻的妻子……"

"对于老父弱妻，我自有交代，不让他们因为我而受连累，这样，我就死得无牵无挂了。梁任公和翰翁临走之前都来劝过我，我这个人，决定了的事，是不会更改的，你也不必再劝我了！”谭嗣同抽出手来，抚着易君恕的肩膀，“君恕，你倒是应该出去躲一躲，不要为我而受了连累！”

“我？我只是一个普普通通的老百姓，他们抓我干什么？”

“康广仁也是一介布衣，并没能幸免！这几个月来，你和我来往密切，官府耳目众多，难免会注意到你，为防万一，你还是小心为好。我这里已经很不安全，你以后不必再来了，今天，就算是告别吧！”

“复生兄……”两行热泪从易君恕的眼眶中涌流出来，他知道，任何言语也难以打动这个铁石心肠的人了。

谭嗣同凝望着易君恕，缓缓地伸过手来，握住他的手，默默无语。

易君恕握着这位视死如归的维新志士之手，头顶“嗡嗡”作响，全身热血涌流。

他不记得自己是怎样离开了莽苍苍斋，不记得是怎样走出了北半截胡同，只觉得头脑空空，两眼茫然，像一个无依的游魂，不知道该往何处去。

他当然更没有料到，就在他离去不久，浏阳会馆就被九门提督率领的官兵包围了。

此刻，他正下意识地往自己的家走去，远远地已经看见民房后面报国寺那高大却残破不堪的庙堂。

迎面疯也似的跑过来一个人，把这个恍恍惚惚的游魂撞醒了！

“大……大少爷，大少爷！”栓子气喘吁吁地奔过来，一把抱住了他。

“栓子？”易君恕突然记起了家里还有事，“冯家五奶奶来了吗？安如她……”

“大少爷！”栓子面无人色，竟然所答非所问，“官兵……官兵到家里去抓您了！您快跑，快跑！”

“啊？！”易君恕惊叫一声，“跑？往哪儿跑？”

“赶快出城，越远越好！”

“可是，家里老太太怎么办？还有安如……”

“您什么都别管了，家里有我呢，快走！”

栓子不由分说，拉着他往前飞跑……

跑过菜市口，跑到骡马市，路南就是“车口儿”，栓子拉着易君恕，纵身跳上一辆骡车！

车把式被这两个像要跟他拼命的人吓了一跳：“哎……怎么个意思？”

栓子大喝一声：“掌柜的，快，送我们一趟，永定门外马家铺！”

骡车飞奔……

马家铺火车站，月台上，开往天津的火车升火待发。

栓子在票房买好了车票，递给大少爷，搀着他，随着拥挤的人群，走向检票口。上车的人一个挨着一个，把手里的车票递上去，由穿着铁路制服的“路差”验过，一一放行。可是，奇怪，那旁边还站着一排穿着号衣的官兵，眼睛紧盯着每一个人，发现形迹可疑的就随时拦住，仔细盘查，易君恕和栓子眼睁睁地看着前面有一个人被官兵架着胳膊带走了。

这是怎么回事？易君恕暗暗吃了一惊，莫非……

他不知道等待自己的命运是什么，只能硬着头皮往前走。如果那些官兵是在盘查“康党”，他也就在劫难逃。回首平生，易君恕一介书生，空怀报国之志，却报国无门，一事无成，落得个仓皇出逃。谭嗣同说，“不有死者无以酬圣主”，如果易君恕面前的这一关不能通过，那就是他本不该逃，应该和复生兄一样，从容地走向自己的归宿。为国而死，死不足惜，只可惜身后还留下病弱的老母和孤苦无依的妻子；刚才在飞驰的骡车上栓子又告诉他，少奶奶添了个小姐，唉，生不逢时的可怜的女儿……

他已经走到了面前的关口。“路差”验了他的票，正要放行，旁边的官兵却一把拦住了他：“等等！你——姓什么？叫什么？”

易君恕没有回答，只是默默地看着对方。他知道，自己的姓名一定入了官府的另册，只要他自报家门，立即就会锒铛入狱。那一排官兵呼啦啦都朝他围过来，尖利的目光像猛兽发现了猎物。

完了，这回真的完了。此地既然重兵把守，戒备森严，他插翅难飞，只有束手就擒了！

站在他身后的栓子，心跳到了嗓子眼儿，懊悔自己倒把大少爷送到火坑里了！

“怎么回事？为什么不许这位先生通行？”突然，旁边响起一个威严的声音。

易君恕猛然抬起头，一位西服革履、高鼻蓝眼的老者正从月台方向朝这里走过来。那人虽然换了装束，他也一眼就认了出来：林若翰！

“我的朋友，你怎么到现在才来？我等了你很久了！”林若翰说着，向他伸过手来。

易君恕一愣！一个多月前，他和林若翰在莽苍苍斋不欢而散，此后再也没有见面，根本不可能有什么约会，为什么林若翰却在这里“等”他？刹那间，他突然明白了：今天的重逢完全是不期而遇，林若翰发现了他正处于危险之中，便急中生智，用这种办法出面来救他了！啊，易君恕万万没有想到，这位“鬼子大人”竟然不计前嫌，在他濒临绝境之时伸出救援之手！他激动地走上前去，握住那双皮肤松软的老人的手：“翰翁！……”

正在盘查的官兵愣住了。他们并不认得林若翰，弄不清楚这位高鼻蓝眼、西服革履、气宇轩昂的老者到底是哪国人、什么官职，正因为如此，他们才更不敢得罪。这年头儿，大清国的老百姓怕当兵的，当兵的怕当官儿的，当官儿的无论大小则都怕洋人！

“这是我的朋友！”林若翰拉着易君恕的手，威严地对他们说，“你们连我的朋友也不信任吗？要不要检查我的护照？”

他抬起手，慢慢地伸进西服上衣的口袋，那双蓝色的眼睛仍然逼视着面前的官兵。

“哦，不必，不必！”为首的官兵立即低头哈腰，“洋大人，误会了，您请！这位先生也请！”

林若翰连睬也不再睬他，和易君恕一起朝月台方向走去。

望着他们远去的背影，栓子那颗心才从嗓子眼儿落到肚子里。这时，他才发现，自己的夹袄已经被冷汗湿透了。

月台上，蒸汽机车发出巨大的轰鸣，吐着团团白烟，“哐啷、哐啷”开动了。

在林若翰的包厢里，易君恕望着车窗外渐渐后退的古都北京，心里百感交集。

“翰翁，谢谢您救了我！”

“不必感谢，解救不幸的人脱离苦难，是我的本分。”林若翰说，他神情悒郁地望着窗外，“我遗憾的是，没有能够救出更多的人！”

9 月 28 日，夏历八月十三，离中秋节只有两天了，浓重的阴云笼罩着北京城，仍然看不到节日的气息。

鹤年堂的老掌柜已经奉命在店堂门口搭起了席棚，摆上了桌案。今天有官差，监斩官和刽子手正在里面吃喝呢，回头就要开斩了。唉，老掌柜一边小心伺候着，一边在心里感叹：唉，造孽啊，店里边儿卖药救人，店外头砍头杀人！他记得，三个月之前他还和谭大人说过这个话，不曾想，谭大人今天就要在这儿被砍头！

菜市口一带的老街坊们都走出了家门，京城的老百姓从四面八方朝这儿拥来，把丁字街围得水泄不通，连街两旁的房顶上都爬满了人。

下午三点半钟，宣武门那边开过来九门提督的大队人马，押着六辆囚车。街两旁的人群轰动了！六名钦犯被押进刑场。他们是：康有为胞弟康广仁，军机四章京杨锐、林旭、谭嗣同、刘光第，还有一位御史杨深秀，他在皇太后临朝训政之后竟然还顶风上书请皇太后归政，自然是必杀无疑。

监斩官军机大臣刚毅出来了，他披着大红缎子斗篷，威风凛凛地坐在桌案后面。刽子手把六名钦犯押了上来，刚毅一一验明正身，以朱笔勾销，准备行刑。

谭嗣同突然要和监斩官说话，他朝着刚毅叫道：“你过来！”

刚毅惊呆了。天下竟然真有视死如归的人，谭嗣同到了这个时候还是那么镇定，他要对刚毅说什么呢？无非是要当众宣讲大逆不道的言论，或者把监斩官侮辱、奚落一番？刚毅当然不会给他这个机会，甚至连听也不敢听，他惊恐地侧过脸去，双手捂住自己的耳朵！

谭嗣同哈哈大笑，他以诗人的豪爽潇洒，放声朗诵：

有心杀贼，无力回天；
死得其所，快哉快哉！

监斩官在犯人面前发抖了，刚毅声嘶力竭地喊道："斩！"

刽子手手起刀落，一腔热血从谭嗣同不屈的躯体中喷涌而出，洒在这片早已浸透了鲜血的土地上。

北京菜市口，是谭嗣同的出生之地，也是他的捐躯之地。

他从这里走出去，最后又回到这里。

两天之后，正是戊戌年中秋佳节。天昏昏，地沉沉，天涯共此时，竟然没有月亮。

这个无月中秋，易君恕正痛苦地幽居在海河之畔的一座基督教堂里。

京、津近在咫尺，六君子就义的消息很快就传遍津门，惊闻噩耗，易君恕痛不欲生！

林若翰到了天津之后，本来是要立即转乘轮船前往香港，但危难之中的易君恕怎么办？他要为易君恕做出妥善安置，为此而耽搁了。他们一起暂住在圣公会同道的教堂里，焦急地探听着外面的消息。

风声一天紧似一天，林若翰又从街上回来了。

"外面到处张贴着通缉'康党'的告示，你的名字也在上面！"林若翰忧心忡忡地说。

易君恕默然无应，这本是他预料到的，北京抓不到他，就会在外埠撒开天罗地网。

“易先生，我们不能在这里停留得太久，你有什么打算？”

“我仓皇出逃，连老母都没有来得及告辞，能有什么打算？”易君恕愁肠百转，“只好暂避一时，等风头过后，再伺机返回北京……”

“不，你不能再回去了！现在，全国到处都在通缉‘康党’，你必须立即离开中国大陆！”

“离开大陆？”这是易君恕从来也没有想到过的。他生在北京，长在大陆，在这片热土上生活了二十八年，现在，他难道要离开这里？他的眼前，清晰地浮现出古都北京西南一隅报国寺前的那座小院，他那瘦骨嶙峋、弱不禁风的老娘，在分娩的痛苦中挣扎呻吟的妻子，还有那没有来得及见上一面的初生幼女，他怎么能丢下她们，远走海外？

“易先生，你们的国家颓败如此，政局混乱如此，还有什么值得留恋？”林若翰望着滚滚东去的海河浊流，怆然说，“你们的先哲孔夫子说过：‘道不行，乘桴浮于海。’你在大陆已经没有立锥之地，为什么还不走？难道等着被他们杀头吗？”

“‘道不行，乘桴浮于海。’”易君恕默诵着这苍凉的古训，西装洋服的洋夫子以中国圣人之语奉劝他离开自己的祖国，把他的心击碎了。他开始考虑林若翰的建议，却又去路渺茫，“翰翁，我……无处可去啊！”

“日本和中国近在咫尺，你不妨到日本去……”

“不！倭寇杀父之仇，此生难忘，我怎么能去国投敌！”

“那么，或者去台湾……”

“不！正是甲午惨败，台湾落入敌手，我不忍见那片伤心之地！”

“啊，既然如此，你是否愿意和我一起走？”

“去哪里？”

“香港。”林若翰这才说出了真正的打算，这个念头在他心中已经酝酿成熟了。

香港？仿佛又一记重锤击在易君恕的心上！香港，祖国东南海隅的那片遥远的土地，那片沦丧于英国人之手的土地，曾经长久地令他痛心疾首，今年的“拓界”风波又使他耿耿于怀，而现在，面前的这位英国人却建议他投奔那个地方！这，即使是出于善意的邀请，不也是一个讽刺吗？

“易先生，香港是你最后的选择了。”林若翰在催促他做出决断，“有我同行，路上会安全些，请不要错过这唯一的机会！”

易君恕沉默了。

三天之后，易君恕和林若翰一起在大沽港登上了南下的英国海轮“王子”号。

第五章 天涯孤旅

“王子”号是香港英商怡和洋行铁行轮船公司的远航货轮。这家公司的轮船，烟囱一律涂成红色，成为一望而知的醒目标志，以区别于太古洋行的“黑烟囱”和由太古代理的“蓝烟囱”，在香港被称为“红烟囱”轮船。货轮并非仅仅载货，而且开有一定数量的舱间，售票载客，乘客多是和洋行有业务往来的熟客，票银优惠，服务周全。林若翰是香港的知名人士，他和怡和洋行的大班、经理、买办都很熟悉，自然受到殷勤的接待。更为重要的是，和他同行的易君恕正在被大清国通缉，沿途口岸都张贴着悬赏捉拿的告示，盘查甚严，林若翰必须乘坐熟悉的轮船，以保证易君恕的安全。

“王子”号从天津大沽港拔锚起航，横穿辽东半岛和胶东半岛环抱的渤海湾，进入黄海。这一带海域，正是当年中日甲午之战的战场，北洋水师全军覆没之地。而今，旅顺、大连租给了俄国，胶州湾和湾内各岛租给了德国，威海卫租给了英国，易君恕怆然举目，尽是伤心之地。由此往南，在黄海、东海漫长的海岸线上，租界林立的十里洋场上海和沿海口岸杭州、宁波、温州、福州、厦门，已经无一不是外轮云集，享有种种特权的洋商不仅来自英、法、德、美等列强，还包括瑞典、挪威、奥地利、意大利，都来谋求“利益均沾”，天朝帝国如今已经虚弱到了对海外“狄夷”的勒索讹诈来者不拒、有求必应的地步。台湾海峡东岸的台湾和澎湖列岛已在当年割让给了日本，西岸的福建全省如今也已成为日本的势力范围。一路南行，神州大地遍体鳞伤，使易君恕目不忍睹。而他本人，却正在被自己的祖国追捕，不得不栖身于洋船之上，靠着“鬼子大人”的保护，仓皇出逃！

“王子”号沿途贸易，各大口岸都要停靠，历时十余日，终于进入南海水域。

戊戌九月初六，公历10月20日，“王子”号绕过东龙洲，跨过将军澳，穿过鲤鱼门，驶进一道狭长的海峡。广袤的神州大陆已到了东南尽头，曲曲折折的海岸线在此伸出一个尖角半岛，与对面的海岛近在咫尺，鸡犬相闻。岛与半岛之间，碧水盈盈，大海无波，舟楫如林。

这便是香港。自古以来，这里就是中国领土，秦砖汉瓦，唐风宋韵，媚珠吐露，莞木飘香，几曾识干戈？然而，随着遥远的大西洋上一个海岛国家的迅速崛起和急剧扩张，尖沙咀洋面便不得平静了……

早在17世纪之初，英国东印度公司就已经梦想着在中国沿海岛屿的“某个地方进行殖民”。1636年4月，英国海军上校约翰·威德尔率领四艘武装商船来华贸易，行前，英王查理一世向他面授机宜：“凡属新发现的土地，若据有该地能为朕带来好处与荣誉，即代朕加以占领。”船队于1637年6月抵达澳门，明朝官员要求英船在大屿山停泊，威德尔置之不理，悍然驶入珠江口，强行占领亚娘鞋炮台，升起英国国旗，这是英国商船第一次进入香港海域，并且以武力侵犯中国主权。

1683年，英国东印度公司的商船“卡罗莱娜”号来华，泊舟大屿山两个月之久。

1683年，东印度公司又派遣商船“保卫”号来华，停泊在“澳门以东十五海里”处，已经逼近香港。

1787年，英国政府派遣卡思卡特中校出使中国，英国国务大臣西德尼勋爵训令卡思卡特：英国久已对广州的通商条件感到不满，“我们希望在比广州方便的地方获得一小片土地，或一个与大陆分开的岛屿”，如果中国同意割让，即以国王的名义予以接受，同时设法获得“最有利的条件”：英国应在该地享有设警权，并按照英国法律对居留在那里的英国臣民行使裁判权。是年12月，卡思卡特乘快速战舰“威斯塔”号起航来华，翌年6月却在途中病死，他所肩负的使命也随之夭折。

1791年，英国国务大臣邓达斯任命马戛尔尼勋爵为全权大使，正式访华。马戛尔尼于1792年9月起航，1793年8月抵达中国。这支八十余人的庞大使团不远万里而来，目的当然不在于名义上的祝贺乾隆皇帝八十三岁寿辰，也不仅仅为了开展贸易和派遣常驻使臣，在马戛尔尼向大清朝廷所提出的多项要求之中，就包括：将舟山附近一个不设防的岛屿让给英国，将广州附近“一块类似的地方”让给英国，觊觎香港的意图已经十分明确。大英帝国和大清帝国都不是“地球上最大的聋子”，那场“对话”有问有答，乾隆皇帝对马戛尔尼的割土要求断然拒绝：“天朝尺土俱归版籍，疆址森然，即沙州岛屿，亦必划界分疆，各有所属。”马戛尔尼怏怏而归。

自1806年起，英国东印度公司的水文地理学家霍斯伯格对包括香港洋面的华南海域连续多年进行勘察，搜集了港岛周围的汲水门、鲤鱼门、东薄寮海峡和大潭港的大量水文情报，他在给英国外交部的报告中说：鲤鱼门是“一个可容各种大小船只的优良海港，船只在战时停泊港内，把它们的舷炮对着海峡，可以抵御优势兵力，击退进犯的敌人……”这种充满火药味的语言已经远远超出科学考察的范畴。

1816年，阿美士德率使团来华，船队曾经在香港南丫岛泊舟三日，他们看到无数欧洲商船聚集在港岛海湾，夜来万盏灯火，犹如伦敦闹市的街景，不免想入非非。此后，香港海域成为东印度公司在珠江口外的主要泊舟之地。

1834年，英国驻华商务监督律劳卑致函外交大臣格雷，要求从东印度公司调遣英舰来华，“占领珠江东部入口处的香港岛，它令人赞叹地适合于各种用途”。

1836年1月，英国驻华商务监督罗宾逊从零丁洋致函外交大臣巴麦尊：“摧毁一两座炮台，并占领附近的一个天然极适合各种用途的岛屿，可能产生我们希望收到的效果。”他一心向往并且要以武力夺占的海岛，便是香港。

1836年4月，一份由英商所办的报纸《广东纪事》公开声言：“如果狮子的脚爪准备攫取中国南方一块土地，那就选择香港吧。只要狮子宣布保证香港为自由港，它十年之内就会成为好望角以东最大的商业中心。”

……

英国人寤寐思服的“殖民中国”之梦，断断续续做了两个世纪，越来越清晰，越来越迫切。19 世纪 20 年代到 30 年代，成群结队的鸦片快船乘着大西洋强劲的海风驶向太平洋，开进南中国海，游弋于尖沙咀洋面，大不列颠的毒枭们对这座占尽地利的天然深水良港垂涎不已，把它从大清帝国的版图上攫为己有、建立一个永久的毒品基地和远东市场的梦想终于变成了行动。1840 年，英国悍然发动鸦片战争，开创了人类历史上一个国家以保护毒品贩卖为由向另一个主权国发动侵略战争并索取领土和利益的恶例。林则徐虎门销烟的壮举导致了他本人被革职流放，大英皇家远征舰队征服了大清帝国，道光皇帝惊得魂飞魄散，派钦差大臣耆英、伊里布在 1842 年 8 月 29 日与英国全权公使璞鼎查签订《南京条约》，惶然允诺：“因大英商船远路涉洋，往往有损坏须修补者，自应给予沿海一处，以便修船及存守所用物料。今大皇帝准将香港一岛给予大英国君主暨嗣后世袭主位者常远据守主掌，任便立法治理。”

而早在《南京条约》签订之前，英军测量舰“硫黄”号就已经在舰长卑路乍的率领下于 1841 年 1 月 25 日登上了香港岛西北部的大笪地，并把这个登陆地点命名为“占领角”。次日，英国远东舰队支队司令伯麦率领他的部下大规模登陆，在海军陆战队的枪炮齐鸣声中升起了“米”字旗。1 月 29 日，璞鼎查的前任、驻华全权公使兼商务总监查尔斯·义律和司令官伯麦乘坐“复仇女神”号战舰巡视香港岛一周，炫示这一武力占领。1 月 30 日，伯麦照会中国当地驻军大鹏协副将赖恩爵，把大清国钦差大臣琦善在义律的压力下答应“代为奏恳”、既未签字画押也未经两国政府批准的谈判内容说成既成事实，“照得本国公使大臣义，与钦差大臣爵阁部堂琦，说定诸事，议将香港等处全岛地方，让给英国主掌，已有文据在案。是该岛现已归属大英国主治下地方，应请贵官速将该岛各处所有贵国官兵撤回；四向洋面，不准兵役稍行阻止，难为往来商渔人民”。2 月 1 日，义律和伯麦联名向香港居民发布告示，“是尔等香港等处居民，现系归属大英国主之子民，故自应恭顺乐服国主派来之官”。

代表英国签订《南京条约》正式攫取香港的有功之臣璞鼎查被女王授予巴斯高级爵士勋位，并出任香港第一任总督。“每当我在这块优美之地多留一小时，就越发感到获得这样一块殖民地实为必要，也为一件快事。”他曾这样说道。

英国占领香港十七年后，又一支远征军在额尔金勋爵的率领下到达中国，发动了第二次鸦片战争，其借口是中国水师在广州海珠炮台附近搜查了一艘走私船“亚罗”号，英国驻广州代理领事巴夏礼指责中国水师登上英国船捕人，并且扯下了英国国旗。而实际上“亚罗”号是一艘在香港注册的中国船，注册已经过期，而且在船头上所悬挂的只不过是一面普通信号旗而已。莫须有的借口竟然引发了一场大战，英国人的真实目的在于从中国夺取更多的土地和利益。这场战争从广东一直打到北京，大清国皇家园林圆明园被英法联军抢劫一空并付之一炬，大火三日三夜不熄，滚滚浓烟遮天蔽日。咸丰皇帝仓皇避难热河，由他的六弟恭亲王奕䜣于 1860 年 10 月 24 日和额尔金签订中英《北京条约》，除了八百万两白银的赔款等等之外，一个重要的条款是把两广总督劳崇光已经租给英国的九龙半岛南部改为割让：“兹大清大皇帝定即将该地界付与大英大君主并历后嗣，并归英属香港界内，以期该港埠面管辖所及庶保无事。”

事后，奕䜣向咸丰皇帝报告说：“查九龙司地方，据该夷声称：已经两广总督劳崇光批准允租，则与给予无异。但事实无据，何可尽信？惟其地与香港毗连，系海口余地，非内地要隘可比……”就这样，又一块国土被作为“海口余地”轻易予人了。

1861 年 1 月 19 日，英国驻华全权特使额尔金、驻广州代理领事巴夏礼、香港总督罗便臣夫妇和驻港英军两千人在九龙举行了隆重的授土仪式，大清国由新安县令、大鹏协副将、九龙巡检司和九龙城的一名低级军官出席仪式。中国通巴夏礼把事先准备好的一个装满九龙泥土的纸袋交给大清国代表，然后再命令他交给额尔金，象征着这片土地已经归英国所有。巴夏礼代表额尔金宣布了两国在京议定的割让条款，并晓谕“大清文武大小官员以及差役人等，均不能在该地界内管理庶民。所有地界内一切政务，惟应归大英大君主所派官宪，遵照大英大君主会同内廷建议大臣商定律例管辖办理”。

巴夏礼宣读完毕，九龙半岛、昂船洲和停泊在港湾中的英国战舰礼炮齐鸣，隆隆的炮声中，一面米字旗在授土仪式的会场上冉冉升起。巴夏礼招呼大清国代表们观看升旗，这四名亲自把国土拱手让人的官员抬起头来，神色木然地注视英国国旗在微风中飘扬。额尔金踌躇满志，即席发表演说：“女士们、先生们，现在我为我们取得中国大陆的这块新的土地，向你们表示祝贺，而我们能够做的最愉快的事情，就是为古老的英格兰三呼万岁！”

至此，被英国割占的香港已经扩展到尖沙咀洋面的两岸，这座天然深水良港也被命名为“维多利亚港”。

从那时起，又过了三十七年，在戊戌年这个多事之秋，香港的界址又要大大“展拓”了……

“王子”号拉响汽笛，缓缓驶进维多利亚港。港客们兴奋地拥上甲板，欢呼远航的顺利结束。

“易先生，走，到甲板上去看看香港，我们到家了！”林若翰说，他的脸上泛出欣喜的神色，长途旅行的疲劳被回“家”的兴奋冲淡了。

易君恕一脸憔悴，两眼茫然。家？他的家在哪里？已经被远远地抛在数千里之外了！他默默无语，随着林若翰走出船舱，登上甲板。漫漫四千里的逃亡之路已经走到了尽头，面前的山山水水却仍然是举目无亲的漂泊之所。

一道宽不过二里的海峡隔开了大陆和港岛，大海风平浪静，青山夹岸对望。右岸，狮子山、飞鹅山郁郁葱葱；左岸，太平山云雾缭绕，峰峦叠翠，一幢幢洋楼星罗棋布，沿着山麓迤逦而下，直达海岸，形成鳞次栉比的洋房街区，棋盘格似的玻璃窗在夕阳的映照下闪闪发光。洋面上，形形色色的各国轮船穿梭来往，如过江之鲫，码头上货物堆积如山，装卸吞吐，一派繁忙景象。

“易先生，这就是香港！五十多年前的荒岛渔村，现在已经成为一座繁华的远东都市，不容易啊！”林若翰说，话语中洋溢着浓浓的自豪。

他伸展着双臂，深深地呼吸，香港湿润的空气使他感到无比舒畅。“你看,”他抬起手臂，向远处指点着说，“那里是开埠之初最早修建的荷里活道和皇后大道，从荒山乱石当中开辟出来的，当时首任港督璞鼎查勋爵还未到任，由查尔斯·义律主持了最初的工程。皇后大道当时是维多利亚城的海滨大道，后来被填海造地推到里面去了，在新造的土地上筑成了德辅道，是以第十任港督德辅爵士的名字命名的。现在，海滨又往前推进了，你看到的这条干诺道，是因为英国干诺王子曾在1890年莅临香港，为这项宏大的工程投下了第一块石料，新的海滨大道便以他的名字命名。你再看那些高大建筑，怡和洋行、太古洋行、渣打银行、汇丰银行，都是香港最具实力的富商，操纵着这座海港城市的经济命脉。汇丰银行的前面是皇后像广场，去年是维多利亚女王登基六十周年，港府为此建立了她的铜像，以资纪念。你看，那里是香港大会堂，那里是毕打街大钟楼。噢，请你注意远处的那座山丘，它被人们称为‘政府山’，是香港的心脏，总督府和驻军司令部都设在那里；旁边那座尖顶的塔楼，就是我任职的圣约翰大教堂，我的家也在它的附近……”

林若翰如数家珍，滔滔不绝，迫不及待地似乎要一口气把香港说尽。这位自青年时代离开家乡的英格兰人在香港居住了三十八年之久，已经把香港看作自己的家，喜怒哀乐都和香港联系在一起了。

易君恕手扶着船舷，望着这片曾经使他牵心动腑的土地，一见之下却又觉得极其陌生。易君恕没有到过香港，父亲在世时曾带他游历过渤海的长山岛和黄海的芝罘岛、刘公岛，他便按照那些海岛的面貌来想象香港，而面前的香港却完全是另一番景象。这片土地脱离母体已经将近六十年了，她变了，变成一副恍若西洋的怪异面貌，连自己的同胞都不敢相认。听着林若翰充满感情的介绍，易君恕心中唤起的却是深深的伤感。这里不是他的家，一个有家难归的游子，流落到了一片被祖国抛弃的“海口余地”，有什么值得他激动呢？

“王子”号缓缓靠岸，向红烟囱轮船公司的专用码头靠拢，香港已经近在眼前，近在脚下。乘客们迫不及待地站在前甲板上，议论着香港的天气，举目眺望着码头。码头上，早已挤满了接船的人群，轿夫和苦力伸长了脖子，眼巴巴地等待着雇主。身穿绿衣、头裹红巾的印度锡克族警察手持警棍，迈着方步，虎视眈眈地巡视着人群。

“啊，”易君恕本能地紧张起来，“那是警察吧？”

“不要怕，”林若翰笑笑说，“只要你不违犯英国法律，香港警察对你没有任何威胁！”

船长亲自来向林若翰道别，吩咐侍应生帮林牧师提着行李，送他下船。

轮船已经稳稳地傍靠码头，跳板铺好了。接船的人群沸腾了，他们拥挤着，兴奋地叫喊着，和下船的乘客们彼此呼应。

“易先生，我们下船了，回家去了！”林若翰招呼着易君恕，踏上了跳板，年近六旬的老者兴奋得像个年轻人，步履匆匆，急于踏上那片朝思暮想的土地。他一边走着，一边急切地巡视着码头上接船的人群，突然激动地扬起了右手，大声喊着：“Ella！我在这儿呢！”

易君恕随着他的目光向前看去，服色驳杂的人群中，闪动着一个白色的身影，那是一位妙龄少女，正在和身旁的一个中年人朝着这边张望。听到林若翰的喊声，那少女扬起了光洁的手臂，兴奋地挥动着：“Dad，dad！”

“Ella！”林若翰叫喊着，甩开了侍应生的搀扶，跌跌撞撞地走下跳板，踏上码头，伸开双臂，抱住了迎上来的少女。

“Ella，让我好好看看你！”林若翰吻着少女的额头，蓬松的大胡子颤抖着，深陷的眼窝流出了泪水，“在船上，我还在担心：电报会不会送迟了？如果在码头上看不到你来接我，我会难过的……”

“Dad，怎么会呢？我要让您回到香港第一眼就看到我！”少女一边急切地说着，一边亲吻林若翰那苍老的脸，吻了左脸，再吻右脸，“Dad，您这次离开家太久了，我可真想您啊！”

易君恕愣在了一边，他不通英语，听不懂他们之间的称呼，吃惊地看着正在拥抱亲吻的老牧师和这位少女……

少女的年龄不过十七八岁，头戴白色的帽子，扇形的帽檐向前展开，像一片轻盈的贝壳，纤细的身姿着一袭白纱长裙，裙裾下露出一双天足，穿着白色高跟皮鞋，全副西洋装束，和易君恕在红烟囱轮船上所见的洋商女眷无异。然而，她却又有一头浓黑的长发，一双乌亮的眼睛，尽管皮肤细腻白皙，仍然是一副中国人的面孔。她是中国人吗？易君恕平生第一次看到如此装束的中国少女，白纱裙的领口开得很低，露出象牙色的颈项、双肩和一截酥胸，两条玉臂几乎完全裸露，而一双天足则丝毫没有缠裹的痕迹，步履轻捷，舒展自如。这副装束，如果出现在北京的大街上，一定会被指责为“伤风败俗”，群起而攻之，而易君恕却分明感到面前这位裸臂天足的少女自有一种“清水出芙蓉，天然去雕饰”之美！他想起妻子安如那完全淹没了体态曲线的肥大衣裙，那步履维艰摇摇晃晃的三寸金莲，真正如康有为先生《请禁妇女裹足折》中所说“恶俗苦体”，早就该革除了，还中国女性天然之美，面前这位少女不正是美的化身吗？……易君恕收住纵逸的思绪，愣愣地想，这位惊世骇俗的美貌少女，她是谁？易君恕在漫长的旅途中曾听林若翰谈到他的家庭，说他的夫人早已亡故，家里有一个可爱的女儿，难道这就是他的女儿吗？不，不可能！高鼻蓝眼的“鬼子大人”怎么会有一个中国女儿呢？

林若翰激动不已，竟然忘记了身边还有一位和他同行的客人。

随着少女一起来的那个中年人把行李从侍应生手里接过来，连连道谢。他显然是个仆人，四五十岁的样子，青衣小帽，肤色黧黑，面庞精瘦，脊背有些佝偻。他提着行李，正准备招呼主人回家，看见旁边呆立着的易君恕，迟疑了一下，向林若翰问道：“牧师，这位先生是……”

“哦……”林若翰猛然转过脸来，这才发现了被冷落在一边的客人，不禁为自己的失礼而感到歉意，“对不起，我忘了介绍，这是我的中国朋友易君恕先生！”又指着少女和旁边的中年人对易君恕说，“易先生，这就是小女 Ella，这是我的管家阿宽……”

易君恕愣住了，心里暗暗吃惊：这位少女果然是他的女儿！这……这是怎么回事？

“易先生好！”阿宽脸上绽开谦卑的笑容，朝易君恕鞠了一躬。

“噢？”那被称作“Ella”的少女这才转过脸来，缓缓地抬起低垂的眼睑，向易君恕投过来若有若无的一瞥，显然这位客人并没有引起她足够的重视，只是出于礼貌，微微颔首，伸出了光洁的右臂，轻轻地说了声，“易先生，你好！”

易君恕的心慌了，暗想，这大概是要和我握手？自幼生长在京师的易君恕，虽然自以为是个鼓吹西学的激进分子，却活到二十八岁还不曾和任何一位女性行握手礼，不禁脸一红，觉得十分为难。迟迟疑疑地刚要伸手去握，却看着那少女伸过来的玉臂手腕微曲，五指并拢下垂，不像是要握手的样子，便呆住了。

少女的手举在那里，脸上那一丝纯属礼貌性的微笑消失了。

“易先生，”林若翰连忙提醒他，“这是西方的吻手礼，男士握住女士的手，在手背上轻轻一吻……”

易君恕猛然想起，他在船上确曾看见洋人的男男女女这样行礼，人家习以为常，而在他看来却不可思议，不料现在自己也要照样去做了，事到如今，也无可奈何！他的心脏狂跳不止，鼓足勇气向前伸出手去，但是，那少女已经等得不耐烦，把手怏怏地收了回去。显然，他的迟疑畏葸已经引起了对方的不快，这……这该怎么办？

易君恕更加不知所措，只好用传统的方法补救，红着脸拱起双手，说：“哦，久仰久仰……”

揖作了一半，话说了一半，却又记不得这位小姐的芳名，只好再向林若翰请教：“翰翁，刚才您称呼令爱是……”

女儿的傲慢，易君恕的尴尬，林若翰都看在眼里，但他不忍埋怨久别重逢的女儿，更不便对客人过多地指手画脚，那样会把这僵局弄得更僵。于是极力做出若无其事的轻松神态，对易君恕说：“她的英文名叫Ella，E-l-l-a，用汉文书写时，我为她选了‘倚阑’二字，倚靠的‘倚’，阑干的‘阑’，呃，李太白诗云：‘解释春风无限恨，沉香亭北倚阑干。’……”

“哦，”易君恕总算听明白了这个由英文翻成汉文的名字，连忙把行了一半搁置起来的礼继续完成，“倚阑小姐，你好！”

倚阑瞥了他一眼，淡淡地说了声：“再见，易先生！”便转过了脸去，挽着林若翰的胳膊，“Dad，我们回家吧！”

易君恕愣了：怎么刚见面就“再见”呢？

“不，倚阑，你弄错了，”林若翰没有想到女儿再次令客人尴尬，忙说，“易先生是我请来的客人，和我们一起回家……”

“哦，”倚阑有些意外，双眉微蹙，“您在电报里没有告诉我……”

“我的孩子！我要对你说的话有千言万语，电报里怎么能容纳得了？”林若翰唯恐女儿的话会引起易君恕的不安，又特意说道，“易先生是从北京来的贵客，就住在我们家里，我想，你一定很欢迎，是吧？”

这哪里是父亲对女儿的交代？简直像在为易君恕的寄居而求情了，老牧师的一番苦心使尴尬地站立一旁的易君恕更加不安。初次见面，他分明已经感到了倚阑小姐在这个家庭里具有不可动摇的女主人地位，连林若翰所做的决定也必须得到她的首肯，为此还要哄着她，求着她。易君恕还没有迈进林若翰的家门，就已经有了寄人篱下之感！他想对林若翰说：谢谢翰翁的盛情，我不再到府上打扰了。但是，想到林若翰在危难之际对他的救助和一路上的同舟共济，甚至连旅费食宿全部依靠林若翰承担，如今大恩未报，怎好在码头上就和人家分手？何况在这人地生疏的香港，他除了投靠林若翰，还能有什么别的门路？思前想后，话到舌尖却又只好忍住了。

“哦……”倚阑抬起长长的睫毛，看了易君恕一眼，白皙的面庞微微地红了。尽管不大情愿，她也毕竟没有违背父亲的意志，轻声说，“欢迎你，易先生……”

得到她允诺，易君恕上岸伊始所面临的窘境已经悄悄地化解，林若翰脸上的纹路舒展了：“好吧，我们一起回家！”他转过脸去叫着管家，“阿宽，轿子准备好了吗？”

“准备好了，在前面等着呢！”阿宽说着，提着行李朝前面快步走去。

对于易先生的到来，他当然不可能事先有所准备。来接船的时候，倚阑小姐坐的是林若翰的私家轿，阿宽又雇了一顶“路轿”，父女两人就够用了。现在又多了一位客人，阿宽得赶在前头，重做安排。好在码头上待雇的路轿有的是，阿宽一招手，立时便围过来好几名轿夫，阿宽点了一顶，把手里的行李递给了轿夫，这时，林若翰和倚阑、易君恕已经来到了轿前。

私家轿的轿夫过来向主人见了礼，路轿轿夫也谦卑地向雇主问候，他们之间的些微差别，易君恕是难以分辨的。阿宽安排停当，便招呼着主人和客人上轿。

林若翰先请客人上轿：“易先生，请!”

易君恕看那轿子，形制略似京城里的二人肩舆，但比官轿简略，用竹竿、竹篾扎制而成，没有轿帘，座位上面支着凉棚，显然是为了适应香港的炎热气候。前后两名轿夫，头戴竹编凉帽，身穿黑衣黑裤，肥裤管下赤脚穿着草鞋，此时向他伸过手来，殷勤地扶雇主上轿。

易君恕略一迟疑，待倚阑上了旁边的那顶轿子之后，说声：“翰翁，请!”自己这才上轿。

轿夫等客人坐稳，一前一后蹲下身去，双肩扛住轿竿，轻轻发一声喊，颤悠悠抬了起来。

林若翰的私家轿在前面引路，倚阑和易君恕随后，三顶轿子鱼贯而行。轿夫赤脚草鞋，走起来快步如飞，轿竿微微颤动着，发出“咯吱咯吱”的声响。

临海的干诺道还没有最后完工，大道两旁，苦力们赤背裸足，正在搬石运土，黑压压一片，如同蝼蚁。已经铺平的道路上，来来往往尽是这种二人小轿，间或驶过四轮的西洋马车、两轮的东洋人力车，穿梭不息，真正是车如流水马如龙。车、轿的乘客之中，既有高鼻蓝眼、西装洋服的先生、太太、少爷、小姐，也有长袍马褂的华人士绅和簪发莲足的女眷，而拉车抬轿的却都是清一色的黄皮肤，褴褛的衣衫印着汗渍，脑后飘着一条天朝子民的长辫子。

轿子从干诺道往南转弯，进了雪厂街，穿过遮打道，转入“二马路”德辅道，复又东行。德辅道走到了尽头，在和“大马路”皇后大道交叉的地方，又朝东南方向转弯，上了花园道。这里已是太平山山脚，花园道是一条倾斜的山路，迤逦攀上“政府山”，连接着太平山北麓。山道两侧，坡岭苍翠，生长着盘根错节的榕树，缀满紫花的“洋紫荆”和高大挺拔的棕榈树，枝叶的缝隙中透出远处的一座座西洋建筑，右侧是圣约翰大教堂，左侧是驻港英军司令部，前方隐约可见统治这块土地的最高长官香港总督的府邸。

上山的坡路比平地难走得多了。前面的轿夫佝偻着身体前行，为的是不让轿子倾斜，以免乘客向后跌倒；后面的轿夫则极力把轿竿往上抬，把轿子端平。这样艰难的架势，每走一步都极其吃力。轿夫背部的衣衫已经被汗水湿透，肥裤管下的两条腿上，瘦硬的肌肉紧绷着，穿草鞋的赤足在打颤。他们一边走着，一边急促地喘息，两人同时发出一个低低的、含混不清的声音。这声音低得像一声嘘气，又像是为了步伐一致而同时喊出的号子。轿夫和搬运货物的苦力、拉船的纤夫不同，他们不敢大声呼喊号子，以免引起乘客的反感。易君恕努力想听清楚他们喊的是什么，那似乎只是反反复复的一个字："上……"不管道路多么崎岖，多么陡峭，他们只有上，拼上全身的力气，硬撑着筋骨，上，上……

易君恕自幼生长在京城，轿子当然屡见不鲜。但他却不曾见过抬轿上山的这般艰难，尤其在香港这个地方，看着这些为洋人抬轿的同胞，衣衫褴褛，胼手胝足，为一口活命的饭食而奔波于山道，他无论如何也不能安然受之，只觉得如坐针毡。

"这路太难走了，"他不禁对轿夫说，"你们行吗？"

他说的是香港不常用的官话，轿夫听不大懂，但从他那关切的语气，已经理解了这位先生的好意。

"不要紧，先生，"前面的轿夫向他回过头来，汗水淋淋的脸上挂着谦卑的笑容，"我们走惯了！"

轿夫说的是广东方言，易君恕更听不懂，但那副唯恐失去挣钱养家机会而讨好雇主的神情却不难看懂，不觉叹了口气。

轿夫转过脸去，轿子又继续颤颤悠悠地前行，轿竿发出"咯吱咯吱"的响声，轿夫急促地喘着气，两人前后步调一致地低声喊着："上，上……"

轿子在半山的一座花园别墅前停了下来。透花铁栅围成的庭院里，矗立着一座哥特式尖顶的二层小楼，赭红色的砖墙，拱形的券门，二楼向前伸出的半圆形窗户上挂着百叶窗帘，浓密的青藤从地面攀缘而上，占满了大半墙面，一直爬上屋顶，在红墙红瓦上覆盖了一层浓绿的绒毯。楼前绿草如茵，一条鹅卵石铺成的甬路通向铸铁镂花院门。铁门右首，花岗石门墙上镶着一块铜牌，用英汉两种文字镌刻着：

NO. 29，PINE PATH ，GARDEN ROAD

JOHN'S　GARDEN

花园道松林径二十九号

翰　　园

这里就是林若翰的家，远离市尘的喧嚣，坐落在半山欧人居住区之中，而又与左邻右舍截然分开，互不干扰，自成一统，幽雅而宁静，俨然"绿色英格兰"的乡村别墅。住宅的周围，绿荫环抱，山风拂过茂密的松林，发出飒飒的声响。

一个十六七岁的姑娘打开铁门，迎了出来，她梳一条粗大的长辫子，身穿白布大襟衫和肥大的黑色长裤，这是女用人的固定服式。

"牧师回来了，牧师一路辛苦了!"她朝林若翰迎上来，脸上挂着欣喜而谦恭的笑容。

"阿惠，你好，我的孩子!"林若翰慈祥地招呼着他的仆人，为她引见，"这位是北京来的贵客易先生，你要用心服侍，就像对我和小姐一样!"

"是，牧师!"阿惠答应着，朝易君恕鞠了一躬，"易先生，您好!"

"哦，你好……"易君恕点了点头，心想，对女仆大概不需要行什么吻手礼了。

"易先生不必客气，"林若翰说，"以后有事，尽管吩咐阿宽和阿惠!"

"是，易先生尽管吩咐!"阿宽和阿惠恭敬地把主人的话再说一遍，便忙着去收拾轿上的行李。

阿宽从身上掏出几个叮当作响的港币，打发那两顶“路轿”的轿夫。四名轿夫每人得了一毫，千恩万谢，作揖打躬，抬起空轿下山去了。阿宽和阿惠拿着行李，陪着牧师、小姐和客人进了院门，沿着那条鹅卵石甬路走向小楼，进了客厅。

客厅高大而宽敞。四根立柱上雕刻着细密的洛可可式花饰，顶棚上垂下枝蔓繁复的磨花玻璃吊灯，地板上铺满古典式地毯，摆列着维多利亚式雕花扶手沙发、高脚靠背椅和大理石镶面茶几。正面墙上甚至还装着在香港毫无实用价值的英国老式壁炉，显示着房子的主人虽然远离故土却仍然根深蒂固的乡情。壁炉的上方悬挂着一幅年代久远的油画，描绘的是圣母马利亚怀抱着圣子耶稣。对面墙壁上挂着大大小小的古典式画框，一幅画面展示着薄雾朦胧中的伦敦塔桥和威斯敏斯特教堂，绿草如茵牛羊遍地的英格兰乡间原野，还有香港人引以自豪的太平山下那舟楫如林的维多利亚港湾。这些油画中间，一幅黑白照片特别显眼，那是十多年前的留影，林若翰抱着年仅三四岁的女儿倚阑，父女俩甜甜地微笑着，注视着镜头，背后是英国的王宫白金汉宫，广场上无数鸽子在飞翔。靠墙的雕花硬木架上竖立着几尊斑斑驳驳的大理石雕刻，显然是不远万里从欧洲运来的古董。一架黑色的三角大钢琴摆在窗前，从那里向外望去，可以从太平山麓浓郁的丛林一直看到开阔的海港和对岸缥缈迷蒙的远山。此刻，百叶窗帘低垂，夕阳的斜晖从窗叶的缝隙中洒进来，常青藤的枝叶映得临窗的墙壁一片嫩绿。

整个客厅浑然一体，古色古香的英格兰传统风格，唯一的例外是挂在墙壁上的“德律风”，这种新兴不久的现代通信设备还没有传到中国大陆，在香港，除了政府机关和官员之外，也只有为数不多的私人用户。

“啊，我又回到自己家了，”林若翰动情地巡视着家里的一切，那副神情简直如鱼得水，“在这里，连呼吸都觉得特别舒畅！”他亲切地招呼着易君恕，“请坐，易先生！两千多公里的奔波，我们总算平安到达了终点，现在可以放松一下了，这里就是你的家！”

易君恕却完全是另一番感受，他茫然地望着这个陌生的地方，好像来到了另一个世界，眼前的一切都举手可及，却觉得相隔十分遥远，一切都不属于他，和他没有任何关系。这里怎么能是他的家呢？心似孤鸿身是客，不过随遇而安罢了。

宾主在沙发上落座，面前的茶几上，插在玻璃花瓶中的一束红玫瑰正开得灿烂。

“Dad，您一定很累了，喝杯咖啡好吗？”倚阑问她的父亲。

“噢，好极了！”林若翰仰靠在沙发背上，心满意足地说，“来一杯浓浓的咖啡！”忽然又意识到还有客人在，便欠起身来，问易君恕，“易先生可以喝咖啡吗？”

“哦，谢谢！”易君恕说。其实，他此刻真正需要的是沏在盖碗里的茉莉花茶。可是现在不是在自己的家，一个万里漂泊者，还有什么可以，什么不可以呢？

“阿惠，”林若翰向侍立在一旁的女仆吩咐道，“三杯咖啡！”

“是，牧师！”阿惠答应一声，轻轻离去了。

管家阿宽已经把主人的行李送上楼去，此时从楼梯上走了下来。

“阿宽，”林若翰问他，“我不在家的这些日子，家里有什么重要的事吗？”

“没有什么大事，牧师，”阿宽恭敬地回答说，“家里有小姐当家，一切都还顺利……”

话还没有说完，墙上的“德律风”响了起来，阿宽连忙快步走过去，摘下话筒，贴在耳边：“哈啰！是，这里是林牧师家。请问，您是哪一位？……噢，请等一等。”

他把话筒拿在手里，转过脸来：“小姐，你的‘德律风’……”

“是谁找我？”倚阑一边问，一边理理裙裾，站起身来。

“是最近老给小姐送花的那位先生，”阿宽用手捂着话筒，朝倚阑说，“约你去参加一个 party……”

“噢，我来接，”倚阑向“德律风”走去，走了两步却又停了下来，皱了皱眉头，说，“算了，宽叔，你替我回了他吧！”

“是，小姐。”阿宽爽快地答应着，待要替她回话，却又有些为难地望着她，“我该怎么说呢？”

“你告诉他……”倚阑想了想，说，“他每次派人送来的花，我都收到了，谢谢他。我的 dad 今天回来了，我要在家里陪 dad，不能去参加他的 party 了。”

“是，小姐。”

阿宽于是鹦鹉学舌般地替她回话，倚阑重新回到林若翰身边，坐了下来。

“倚阑，”林若翰不解地望着女儿，问道，“你为什么要拒绝人家的邀请？我的孩子，你已经十七岁了，一些社交活动还是应该参加的！”

“不，dad，我不想去！”

“为什么？”

“不为什么，”倚阑固执地说，却又不愿意做出解释，“不想去就是不想去！”

“可是，我的孩子，”林若翰说，“你已经在皇仁书院毕业了，以后难道就这样无所事事地待在家里吗？”

“我就愿意待在家里！”倚阑一双大眼睛含着隐隐的哀愁，望望她的父亲，“我不待在家里还能做什么？香港上流社会的女孩子可没有出去工作的！”

“你想到哪里去了？我怎么忍心让你出去工作？Dad 虽然不是百万富翁，总还能养得起我的女儿！”林若翰笑了笑，怜爱地抚着倚阑的肩头，“我是说，你已经长大了，要步入社会，不能与世隔绝……”

“谁说我与世隔绝？”倚阑不等父亲说完，就反驳道，“我们皇仁书院的老同学经常聚会，前几天还在皮特家里开了个 party 呢！”

“皮特……你经常提起的那个小伙子？”林若翰笑道，“你的那些‘老’同学其实都还是孩子，社交圈子还可以扩大一些嘛！刚才打‘德律风’来的那位先生……是谁啊？”

“迟孟桓。”倚阑皱了皱眉头说。

“迟孟桓……”林若翰念叨着这个名字，却依然想不起这个人是谁。

“他就是迟氏万利商行的总经理，”阿宽在一旁说，“太平绅士迟天任老先生的公子……”

“噢，迟天任的儿子？”林若翰一愣，右手下意识地举起来，好像要对迟氏父子发表什么评论，但犹豫了一下，却又作罢，举起的手松松地垂了下来，只说了句，“这个 party，不去就不去吧！”

易君恕在旁边枯坐，听着他们说些与自己毫无关系的事，还时时夹杂着英文，也听不明白，更觉得自己在这里是个多余的人。

女仆阿惠端着托盘，从餐厅那边来到客厅：“牧师，咖啡煮好了。”

她在每个人的面前摆上一杯咖啡，一把小小的银勺，还有一只大家共用的盛着方糖的银盒。

“易先生，请用咖啡！”林若翰招呼易君恕，拿起糖盒问他，“你要不要加糖？”

“哦，谢谢！”易君恕本来就弄不清楚咖啡加糖与不加糖有什么区别，只好来者不拒，用小镊子取了一块方糖放在自己的杯子里，然后模仿着林若翰和倚阑的样子，用小勺轻轻地搅动着。等搅得差不多了，舀起一勺尝了尝，满口苦涩，不知洋人酷爱此物，有何趣味？心里作如此想，却又不好拂了主人的盛意，便忍着苦味儿，一勺一勺地喝下去。

突然，他感到有一道目光在注视自己。猛地抬起头，恰恰接触到了倚阑的视线，那双眼睛正莫名其妙地盯着他。易君恕觉得奇怪，不知道这是什么意思？

他心里不禁一阵慌乱，转过脸去，避开倚阑的目光。而这时，他又意外地发现，侍立在旁边的女仆阿惠也在盯着他，确切地说，是盯着他手中的咖啡杯。易君恕忽地想起在码头上刚刚见到倚阑小姐时由于自己不谙洋礼而造成的尴尬，也许现在又有什么不妥之处而令人侧目？慌忙之中用眼睛的余光看看林若翰和倚阑，这才发现他们手中和咖啡杯中都已经不见了小勺，那勺子放在盘子里。噢，毛病原来出在这里，洋人自有洋人的规矩，连喝咖啡这样的小事一桩都有讲究！既然到了洋人家里，也就只好入乡随俗，他赶紧把小勺从杯子里拿出来，也放在盘子上。幸亏林若翰正在闭目养神般地品味咖啡，并没有注意，也就免除了老先生替他的客人尴尬。

易君恕心里正在这么想着，却又看到阿惠默默地伸过手来，好似不经意地把他放在盘子上面的那把小勺翻了个身，重新摆在盘口上。这又是什么意思？易君恕被弄糊涂了。唉，他在心里暗暗感叹，自己在京城也是出身于书香门第的贵公子，怎么流落到香港倒像刘姥姥进了大观园呢？香港，香港，这算个什么地方？

一杯咖啡喝得苦涩不堪，惹出了满腹惆怅。

宾主都喝完了咖啡，阿惠收起杯盘，端着托盘离去。

“阿惠，”林若翰叫住她，问道，“易先生住的房间，收拾好了吗？”

“还没有，牧师。”阿惠站住说。

“你赶快去收拾，”林若翰交代道，“收拾好了之后，请易先生先去休息休息，他一路上已经很累了……”

“翰翁，我不累，”易君恕忙说，“来到府上，实在是太打扰了。”

“易先生不必客气，能为远道而来的朋友效劳，我和我的家人都感到很愉快，”林若翰说，“阿惠，你快去吧！”

“是，牧师。”阿惠端着托盘，匆匆走了。

“倚阑，”林若翰又对女儿说，“我离开家三个月了，这个小小的翰园由你主持，刚才听阿宽说，你管理得还不错？”天伦之乐冲淡了他旅途的劳累，他迫不及待地要知道家里的一切。

“我管理得……还可以吧！”倚阑自信地微微一笑，父亲终于从左一个“易先生”、右一个“易先生”的啰唆之中腾出注意力向她询问家里的情况，这使她的自尊心得到了满足，刚才由那个迟孟桓打来的“德律风”而引起的不快也暂时忘却了，一本正经地对父亲说，“仆人们都很听话，我们生活得很平静。你从北京寄来的文章，我转给了《晚邮报》《孖剌西报》和《士蔑西报》，都发表了，也寄来了稿酬……”

“好的，等一会儿你把那些报纸拿给我看，”林若翰说，“还有什么重要的事情？”

“重要的事情……”倚阑扳着手指，回忆着说，“8月初，骆克先生来拜访过，可惜你不在……”

“骆克先生？”林若翰对此很为重视，因为这位骆克先生并非寻常人物，而是香港政府的现任辅政司，其地位仅次于港督。十几年前，年轻的骆克初到香港，师从林若翰的老朋友欧阳辉学习汉语，也时常向林若翰切磋、请教，对他敬重如师长，后来骆克做了高官，两人仍然保持着友好往来。听到辅政司先生曾经来访，林若翰很觉欣慰，便问倚阑："他找我有什么事？"

"他当时刚从伦敦休假回来，好像只是礼节性拜访。"

"那么，我明天应该去回访他。"

"不，他已经走了，8 月底又回伦敦去了。"

"嗯？"林若翰感到奇怪，"刚刚休假回来，怎么又走了？"

"我记得骆克先生说，他接受了英国政府殖民地部的一项任务，"倚阑回忆着说，"好像是要他对新租借地的情况做什么调查，他回去大概就是向伦敦报告这件事吧？"

"噢，对新租借地做调查……"林若翰思索着说，"张伯伦大臣很有眼力，骆克先生是港府官员当中少有的干才，而且精通汉文，由他来执行这项任务，倒是非常合适……"

父女两人的谈话，易君恕只是一个旁听者，而且因为无可回避，也不得不听。但当他听到"新租借地"这四个字，心猛地被触动了。他们所说的"新租借地"，就是被划入"拓界"范围的新安县！英国派人去做调查，是不是要着手接管了？这个消息使易君恕感到一阵刺痛，他注意地听着，想知道关于新安县的一切……

"骆克先生调查的结果怎么样？"林若翰又问倚阑。

"不知道，"倚阑漫不经心地说，"我从来也不关心政治，打听那些事情做什么？听也听不懂，没兴趣！"

"咳，你呀，"林若翰无可奈何地笑笑，"我看你，除了自己房间里的梳妆台，对什么都不会感兴趣的！"

他们的旁听者易君恕也在心里叹息，这位高傲的倚阑小姐，她怎会关心新安县的事情啊！

"你还有什么事要向我汇报吗？"林若翰不无揶揄地问倚阑，心里已经对她这种一问三不知不再抱什么希望，打了个哈欠，准备结束这场谈话了。

“还有……”倚阑倒是在极力回忆这三个月当中凡是能记得起的一些事情的影子，“哎，我想起来了，”她突然说，好像发现了新大陆，“9月下旬，何东先生打过‘德律风’……”

“噢?”林若翰觉得有些奇怪，何东这位香港华人首富他倒是认识的，但来往不多，不知道打“德律风”来有何贵干……便问，“何东先生说些什么?”

“他说，有一位从中国大陆来的康先生住在他家里，问你回来没有，想和你见面……”

“哪一位康先生?”林若翰注意地问。

“康……”倚阑忽闪着长长的睫毛，“康什么呀？想不起来了……”

“我真不知道你能记住什么!”林若翰埋怨道，他突然心里一动，“是不是康有为先生?”

“嗯？对，”倚阑眼睛一亮，“就是这个名字!”

“康先生到香港来了?”易君恕不禁脱口说道，对他来说，这是最激动人心的消息！一股他乡遇故知的情感油然而生，仿佛那颗漂泊的心有了依托！如果能在这里见到康先生，他要和康先生抱头痛哭一场!

“太好了!”林若翰也兴奋异常，“想不到他也在香港，我要马上和他见面，现在就给何东先生打‘德律风’……”说着，迫不及待地站起身来。

“牧师，您看，”管家阿宽手里拿着一沓报纸，向他递过来，“你说的这位康先生，今天的报纸上就有他的消息!”

“是吗？快给我看!”

林若翰一把抓过来报纸，急速地翻着放在最上面的《华字日报》。易君恕也倏然站起身来，挨在林若翰身边，凝神注视着那密密麻麻的铅字，搜寻着康有为的踪迹。

“好像是在……”阿宽帮他们翻着报纸，仔细查找，“看，在这里!”

报纸上，一行大字标题：“康有为昨离港赴日”。

“啊?！康先生已经走了?”林若翰大失所望，颓然跌坐在沙发上。

“唉!”易君恕心中刚刚升起的希望又在瞬间破灭，他那颗飘萍般的心倏然下沉，“如果我们早到一天就好了！”

“太遗憾了，太遗憾了！”林若翰连声说，“我们来晚了，只差一天，命运让我们擦肩而过，失去了和他见面的机会，也许这是上帝的安排？”

须发苍苍的老牧师激动不已。神的使者毕竟也是肉眼凡胎，人间的阴错阳差每每难以逆料，他只有归之于不可知的天意了。

“Dad，”倚阑看着父亲和易君恕那懊丧的样子，觉得莫名其妙，“那个姓康的是个什么人？这么重要？”

“小姐，你不知道北京城出了大事？”阿宽神色悚然地对她说，“皇上被老佛爷抓起来了，谭嗣同他们六个人被砍了头，康有为是死里逃生啊！”

“还有我们的客人易先生，”林若翰喃喃地说，“他也是‘康党’，也是死里逃生！”

“如果不是翰翁救了我，我也早被砍了头了！”易君恕感叹道。

“啊，太可怕了！”倚阑听得骇然，大睁着眼睛，“为什么？你们犯了什么罪？”

“什么罪？就是因为太爱这个大清国，想让她富强起来！”易君恕抑制不住满腔的悲愤。

“爱国也有罪？”倚阑似懂不懂，她难以理解发生在两千公里以外的那场惊心动魄的悲剧，向易君恕投过来怜悯的一瞥，“唉，你们中国人真可怜！”

易君恕的心被刺痛了，他默默地注视着这位黑头发、黑眼睛的小姐，我们中国人“可怜”，不知道你是哪国人？

“Dad 也卷进了中国的这些事情，真让人后怕！”倚阑坐在父亲的身旁，半是埋怨，半是安慰，“Dad，中国的那些事情和我们有什么关系？你是一位牧师，有你的教堂、你的教友，有你神圣的事业，你在香港、在英国都受到人们的尊重，我不明白你为什么这样热衷于政治？皇帝也罢，康有为也罢，他们能给你带来什么好处？不要管他们了，我们在自己家里好好地生活吧！”

说得多么轻松啊，易君恕在心里说，大清帝国危机四伏，神州大陆动荡不安，四万万同胞在为国家的前途而焦虑，维新志士为此付出了鲜血和生命，而你却仿佛生活在世外桃源，那么超然怡然，对这一切都无动于衷！可是，他不可能这样去和倚阑小姐争辩，在这里，人家是主人，而他只是一个寄人篱下的客人，一个有家难归的逃犯；在暂避风雨的他人屋檐之下，屈辱也罢，痛苦也罢，都只有深深地埋藏在心底……

“倚阑，”林若翰拉着女儿的手，喃喃地说，“你说的这些话，过去朋友们也曾经不止一次地这么劝过我。可是，救助天下人脱离苦难是基督的事业，我不忍心放弃那些受难的中国人！我试图帮助他们走出泥淖，走上自由、平等、繁荣、幸福之路，而大清帝国的当权者比中世纪罗马教廷还要愚昧、顽固，他们拒绝光明，宁愿在黑暗中走向深渊！我无法改变他们，在大清帝国这块政治顽石上，我已经碰得头破血流！唉，我太不自量力了，一个人毕竟改变不了世界，也许你说得对，孩子，我不应该再自寻烦恼了，在这块自由的土地上安度风烛残年吧！感谢上帝赐给我这个女儿，陪伴着我这孤独的灵魂……”

老牧师那灰蓝的眼睛含着莹莹泪花，轻轻地诉说着，当初在京城里四处奔走、八方游说、慷慨激昂、叱咤风云的气概消弭殆尽，归于他一向所鄙视的“清静无为”。这是他久居东土潜移默化的结果，还是空想政治家失意之时的自我沉沦？只有天知道了。

一串轻轻的脚步声，女仆阿惠走下了楼梯。

“牧师，易先生的房间收拾好了。”

“噢，”林若翰蓦然抬头，这才从自怜自叹的伤感之中醒来，连忙擦擦眼睛，对易君恕说，“易先生，请暂且到楼上休息，晚间聊备菲酌，为先生接风洗尘。”

“翰翁，”易君恕忧心忡忡地站起身来，举杯消愁愁更愁，接风洗尘洗不去他心灵的伤痛！便怅然道，“您，不必客气了……”

阿惠带着易君恕来到楼上客房，打开房门，侍立一旁：“易先生，请进！”

易君恕抬头看了看，迈进这陌生的房门。小巧的客房布置得很精致，色调淡雅的丝质织花壁纸，磨花玻璃吊灯和台灯，松软的弹簧床，宽大的写字台和高背软面座椅。一个人生活的空间，已经足够宽敞、舒适。

“先生，您还满意吗?”阿惠小心翼翼地问。

“哦，谢谢，”易君恕说，“我只是匆匆的过客，有一个安身之所就很感谢了!”

“先生，”阿惠打开墙边的衣柜，说，“您替换的衣服，都在这里。”

“嗯?”易君恕看见衣柜里整齐地挂成一排的袍、褂、衫、裤，不觉一愣，“这是……”

“我见先生没带行李，就对宽叔说了，他让我把牧师还没有穿过的新衣服，给先生拿了几件来，”阿惠说，“也不知道合适不合适?”

“啊，”这小小的一件事，倒让易君恕很为感动，“你们为我想得这么周到!”

“香港这个地方，先敬罗衣后敬人。”阿惠说，“先生出门，总要穿得干净体面一些才好。”

“嗯……”易君恕听了这善意的提醒，不禁看看自己身上这件已经多日没有换洗的长衫，想想在码头上倚阑小姐第一眼看见他时那高傲的目光，心里暗暗地叹息。“谢谢你，阿惠!”易君恕望着这个善解人意的小丫头，恍若看见了侍奉他多年的杏枝，心里一阵感动，“可惜我离京十分仓促，两手空空，也没有什么礼物送给你，真是不好意思……”

“先生不必客气，”阿惠说，“先生是从京城来的贵客，照顾好先生是我们做下人的本分。”

“阿惠，你是哪里人?”

“我是土生土长的本地人，先生，家在新安县大埔乡下。”

“新安县?”易君恕心里一动，“香港拓界，拓到你们那里了吗?”

“是的，先生，”阿惠答道，“我家在吐露港旁边，听说拓界还要往北面拓过去好远呢!”

“锦田也包括在内吗?”易君恕问，他心里一直惦记着那个地方，那是邓伯雄的家乡。

“是的，先生，”阿惠说，“锦田在我们西边不远，有十几里路程。”

“噢……”易君恕点了点头，又问，“香港拓界，新安县就要被英国人占领了，你们那里的老百姓知道吗？”

“哪会不知道？风言风语一直不断。上个月我回家一次，听说港府派了官员去查田亩户口呢，老百姓人心惶惶。”

“你们家，是做什么的？”

“乡下人，当然是种田的，给东家种田。要是东家的田充了公……”

“那，你们怎么办呢？”

“唉，谁知道？听天由命吧……”阿惠说着，两眼不觉涌出了泪水，连忙抬起衣袖擦了擦，欲言又止，“先生，在这里，不要议论这些事才好……”

“为什么？”

“香港是英国人的天下啊，牧师和小姐都是英国人……”

“嗯，”易君恕心里的疑问又被她触动，“小姐也是……”

这时，楼下传来倚阑的声音：“阿惠，阿惠！你在哪里？”

“哎！”阿惠连忙朝门外转过脸去，高声答应着，“小姐，我就来！”

“你把过节用的烛台找出来，晚饭的时候要用的！”

“是，小姐！”阿惠擦擦眼泪，对易君恕说，“先生，小姐在叫我，我先走了。”匆匆出了房门，却又犹豫地转回来，“先生，我……刚才说的话，请您千万不要对牧师和小姐提起……”

“不会，你放心吧，阿惠，”易君恕说，“我和你一样，都是中国人啊！”

“谢谢先生，”阿惠迟疑地望着他，“我有一句话，不知道该不该对先生讲……”

“什么事？”易君恕一愣，“阿惠，你有话尽管说！”

“我想提醒先生，”阿惠低声说，“牧师家里有许多洋规矩，等一会儿吃晚饭的时候，你多留意些才好，免得小姐又要不高兴……”

“噢，谢谢你的提醒，阿惠！”易君恕猛然想起刚才在客厅喝咖啡时候倚阑小姐那异样的目光，此时若有所悟，“可我还是不明白，那勺子……”

“先生，按照洋人的规矩，咖啡是不能用勺喝的，只能用它搅一搅糖，就放在盘子上，还得注意一定要把勺子的背面朝上。吃西餐的时候，叉子也要这样，哪怕是吃豌豆那样的小东西，也不能让叉齿朝上，要么压扁了再叉，要么用叉子的背面托起来……”

“为什么?”易君恕觉得这种烦琐的洋规矩简直莫名其妙。

“因为勺子、叉子的背面有他们家族的标记，英国人是很在乎家庭出身的，”阿惠郑重地交代说，“倚阑小姐更是特别看重她的家族!”

“她的家族？什么样的家族?”

“就是林牧师的家族啊，在英格兰是个名门望族!”

“噢?”易君恕脱口说，“我看倚阑小姐并不像是英国人……”

“嘘!”阿惠把一个指头挡在嘴唇上，尽量压低声音说，“小姐最不爱听别人这样说她，先生，您可千万注意啊!”

“为什么?”易君恕看她那神秘的样子，更加疑窦丛生。倚阑小姐真是一个不可思议的人物，明明生就一副中国人的面孔，为什么却又刻意强调出身于“英格兰名门望族”？好似唯恐人家不相信！如果说，易君恕在码头上第一眼看到她时，情不自禁地为她那惊人的美貌和优雅的仪态所震动，而现在，那种震动已经被反感和怀疑所取代，翰园女主人的高傲激起了京师举人的探究欲，这到底是怎么回事?

“我……我不知道，我到这里刚刚三年，不清楚他们家里的事……”阿惠有些慌乱，不愿多说了，就此打住，“先生，小姐在等我找烛台，我走了!”

阿惠匆匆下楼去了，留给了易君恕一个谜。

晚上 7 点钟，阿惠上楼来请易君恕去吃晚饭。

他们下了楼，林若翰和倚阑已经在客厅里等候客人。仅仅相隔两个小时，这一对父女已经焕然一新。林若翰修剪了胡须，换了晚礼服，挺括的白衬衣领口上打着黑色的蝴蝶领结，显得分外精神，年近六旬的老人仿佛年轻了十岁。倚阑换了一袭黑纱长裙，胸口、袖口和裙裾打着蓬松的皱褶，脖子上的钻石项链闪闪发光。

易君恕暗暗感叹：人家的心境毕竟和中国人不同啊！幸亏自己刚才洗了个澡，换上了阿惠送来的衣服，否则，就更加和这盛装的父女不相协调，又要使得倚阑小姐侧目而视了。

“晚上好，易先生！”林若翰站起身来，亲切地招呼他的客人。

“晚上好，翰翁！”易君恕照抄对方的问候，他猜想，这样对等的问候大约是不会错的。

“晚上好，易先生！”倚阑小姐的心境比下午好得多了，也彬彬有礼地向易君恕打招呼，化了晚妆的粉面红唇漾着灿烂的微笑。她仍然坐在沙发上，并没有站起来——按照西洋礼节，女士是不必起立的。

“晚上好，倚阑小姐！”易君恕格外小心地向她问候，生怕由于自己的疏忽招致女主人的不快。

宾主在沙发上落座，阿惠端过来早已准备好的托盘，在茶几上摆好三只玻璃酒杯和一瓶洋酒。易君恕心里纳闷儿：怎么在客厅里就空腹喝起酒来？英国人的晚饭是这样吃吗？

阿惠看在眼里，一边斟酒，一边轻声说：“晚餐就要开始了，先喝一杯开胃酒吧！”

她好像只是在自言自语，而易君恕心里已经明白了。

金黄色的酒斟在透明的杯子里，闪烁着琥珀光泽。

“请吧，易先生！”林若翰端起酒杯，兴致勃勃地邀请他，“这是英国的芳醇雪利酒，味道蛮不错的。”

“翰翁请，”易君恕随着他举起杯来，并且看看那不可捉摸的女主人，“倚阑小姐请！”

三只杯子碰在一起，发出一声脆响。

等到这杯酒慢慢地喝完，倚阑放下杯子，理理裙裾，站起身来。

“现在我们到餐厅去吧！”她说，标志着晚餐这才开始。

易君恕和林若翰也一起站起身来。

“易先生，请！”林若翰伸出右臂，请易君恕先走。

“请！”易君恕刚要迈步，隐隐感到站在他旁边的阿惠轻轻碰了碰他的胳膊，便停住了，等到那高傲的公主般的倚阑带头走进餐厅的门，这才随后跟了上去。

餐厅里，餐桌上铺着雪白的桌布，摆着四座银制的烛台，荧荧烛光与明亮的枝形吊灯交相辉映。餐桌旁边摆好了三把座椅，每副餐盘旁边摆好了一只汤勺和三副刀叉。大餐盘旁边有一小碟面包和专抹黄油用的小刀。大大小小的酒杯依次排列，折成花样的餐巾插在最大的杯子里。餐桌的一侧是一排酒瓶：白葡萄酒、红葡萄酒、香槟酒。这不是一顿普通的晚餐，已经是相当正式的宴会了。

和大清帝国京城里的请客吃饭完全不同，并没有开场的寒暄和礼让，林若翰和倚阑敛容闭目做了一番念念有词的祷告，说声“请!”宴会便开始了。尽管易君恕也曾在红烟囱轮船上跟着林若翰吃过许多次西餐，但并没有着意去记住那些洋规矩，何况船上的便餐也不像今天的宴会这么正规。他心里记着阿惠的提醒，有意把动作放慢，时时注意着林若翰和倚阑，看人家怎么做，便随着怎么做。他取过餐巾，展开了铺在腿上，右手拿起餐盘最右边的那把勺子，特意看了一眼，那上面果然镌刻着一个奇形怪状的花纹，显然这就是倚阑小姐特别看重的家族标记了。

阿惠快步从厨房里端上菜来，第一道菜竟然是一盘汤。易君恕只好见怪不怪，模仿着主人的样子，用汤勺慢慢地喝，餐桌上听不到任何声音，仿佛三个人喝的不是汤，而是空气。

默默地喝完了这盘汤，阿惠撤去汤盘，送上了炸鱼，同时，为主人和客人斟上吃鱼的时候喝的白葡萄酒。易君恕看看林若翰和倚阑，也像他们一样拿起放在最外边的刀叉。那刀很钝，需要用些力气，才能把鱼切开，然后用左手使叉，叉起来慢慢地享用。

林若翰吃得津津有味，一边吃，还一边说道：“又吃到家乡的风味了！倚阑，你还记得吗？你小时候，跟我回英格兰度假……”

“当然记得，在英格兰，街上到处都可以买到炸鱼，用一张报纸托着，一边走路一边吃，别有一番风味!”倚阑充满深情地回忆着，在她的心目中，遥远的英格兰是她的故乡，她终生难忘的地方。

听着父女两人水乳交融的交谈，易君恕心中却在深深地怀念自己的家乡北京，无论吃什么都食之无味了。

鱼终于吃完了，阿惠撤走鱼盘，又送上了烤牛肉，同时斟上和肉食相配的红葡萄酒。

“请，易先生，”林若翰兴致勃勃地对客人说，“烤牛肉加约克郡布丁，可以说是我们英格兰的‘国菜’了，今天，我们用最美的美味招待尊贵的朋友！”

“谢谢。”易君恕一听到“英格兰”三字便如芒刺在背，但面对这位热情好客的“鬼子大人”，还有旁边那位对英格兰情有独钟的倚阑小姐，时时用眼睛的余光挑剔地扫射着客人，使他无论多么违心，也必须知趣地迎合东道主。

烤牛肉只是豌豆黄儿似的那么一块，不管味道如何，也可以把它吃光，以免得主人不快。阿惠撤走空盘，又送上一盘烤得金黄的面食，里面混杂着切成碎块的牛肉和马铃薯，这就是英国人待客的佳肴“约克郡布丁”了。

“约克郡布丁来了，”林若翰兴奋地说，“阿惠，打开香槟吧！”

阿惠拿起螺旋形的起子，打开香槟酒瓶的软木塞，“砰”的一声，白色的泡沫喷涌而出，林若翰和倚阑同时欢呼起来：“噢！”父女俩沉浸在节日般的欢乐之中。

浮着泡沫的香槟斟在杯子里，倚阑端起酒杯，举到父亲的面前：“Dad，欢迎你的归来，cheers！”

“也祝你健康，我的孩子！”林若翰满面红光，举起杯子说，“我们应该一起祝尊贵的客人健康！”

易君恕突然意识到，倚阑精心操办的这次宴会，完全是为了她的父亲，他这位客人只不过叨光作陪而已，本来就沉闷的心情更增添了几分凄凉。但是，他却不能扫了主人的兴致，又必须得体地维护自己的面子，连忙也端起杯子，“谢谢，祝你们健康！”

“易先生，我想，你一定感受到了我们全家对你的欢迎，”林若翰一边吃着他醉心的约克郡布丁，一边笑眯眯地对易君恕说，“香港是全世界最好的避风港，你来到了最安全的地方，过去的噩梦都结束了，把所有的烦恼都忘掉吧！让我们为明天干杯！”

深夜，易君恕回到房间，已经十分疲倦。到达香港的第一天，实际上只有半天，他已经觉得太长，有度日如年之感。

他走到窗前。上弦月已经转到西边天际，洒下银光如水。打开落地长窗，走出房间，跨上阳台，月光披了满身，黛色丛林踩在脚下，一时觉得自己陡然升空，不知身在何处，今夕何夕。

恍然忆起，自己这是在香港。从脚下的丛林向远处望去，山间灯火盏盏，愈往远处愈渐稠密，迤逦蔓延到海岸。维多利亚港上，艨艟巨舰幢幢，轻舟快楫如林，闪闪灯光千盏万盏，与满天繁星交相辉映，好似银河降落到人间。

这便是香港，林若翰心目中的世外桃源，全世界最好的避风港。易君恕数千里漂泊，终于来到了这个落脚之地，摆脱了大清国朝廷的追捕，却并没有感到死里逃生的侥幸，随遇而安的欣慰，一颗心仍然在漂泊，像茫茫沧海之中的一只孤舟，无依无着，不知彼岸在何方。

翰园已经恬然睡去，小楼悄无声息，天涯倦客独自无眠，这颗心飞出窗外，飞过海港，飞越万水千山，飞向了北京……

北京，在横尸流血的菜市口旁，破败颓圮的报国寺前，有一座小小的庭院，那才是他的家。那里有他久病缠身的母亲，有他辛劳持家的妻子，还有生于忧患之中尚未和父亲见上一面的幼女，如今，她们怎么样了？不敢想象，当九门提督手下的官兵如狼似虎地冲进那座小院之时，给老母、弱妻和幼女带来的是何等的惊恐！官兵会对她们怎么样？会杀害她们吗？她们还在人间吗？

不，家里还有栓子在。栓子在分手的时候对他说：“家里有我呢，您什么都别管了！”栓子是这个家的忠臣义仆，他说过的话从来没有食言，哪怕拼上性命也一定做到，他一定会救老太太、少奶奶和刚刚降生的小姐！可是，栓子只是一个普普通通的芥籽小民，引车卖浆的贩夫走卒，他的能力太有限了，给大少爷许下的诺言，靠什么去兑现呢？

啊，栓子，栓子，我的好兄弟！家里的一切，都拜托你了。

他退回房间里，打开台灯，在写字台前坐下，酝酿着一封家书。千言万语，字字含着戊戌浩劫的腥风血雨，含着天涯游子的离愁别恨，岂是一笺尺素所能够容纳的？他将如何落笔？

第六章　烟雨楼台

一封长长的家书寄出去了。从香港到北京，山重水复四千多里，那封信将像北归的大雁，飞越关山万千重，抵达不知需要几多时日？报国寺前的那条小胡同，生他养他的那座小院，日日萦心，夜夜梦回，而在家书上，他却不敢写上那个地址。他担心，如果一封赫然写着“易君恕家书”的信件寄达北京，必然会引起官方的注意，予以扣压、检查，家里人恐怕也就无缘得见了。不仅如此，而且还会给家里带来麻烦。为慎重起见，他在信封上写的是鹤年堂的地址，拜托老掌柜把信转交给家里。鹤年堂中药铺的老字号名扬中外，连远在南洋的华侨都慕名求购药品，这封从香港寄去的信当然也不致被官方留意。鹤年堂老掌柜以救死扶伤、济世活人为开店宗旨，又是几辈子的老街坊，这个忙绝不会不帮的。他设想，当老掌柜捧着这封家书匆匆地踏进易府的小院，将带给病榻上的老母亲、怀抱幼女的安如怎样的惊喜！易君恕仿佛看到了，她们眼含热泪、颤抖着双手，捧读着天外飞来的家书，喜极而泣，还有栓子和杏枝，也热切地挤在旁边，倾听着安如读出的每一个字。这封信让家里等得太久了！而自从寄出了信，易君恕也在焦急地等待，盼望着北归的大雁早日南回，向他报告阖家平安的消息。回信又将跨越漫长的征程，沿着他亡命天涯之路，从京城送往遥远的香港，又不知何时才能到达？

等待之中，易君恕在翰园日复一日地住了下来。香港的报纸上不断传来内地的信息：曾上书举荐康有为、梁启超、谭嗣同等通达时务人才的翰林院侍读学士徐致靖被革职下狱；在湖南力行新政、开全国风气之先的湖南巡抚陈宝箴被革职，永不叙用；与康有为一起受皇上召见的刑部主事张元济被革职，永不叙用；与谭嗣同一起受皇上召见的新擢三品卿黄遵宪被免官逮捕；连户部左侍郎张荫桓也被革职，查抄家产，发配新疆，罪名是皇上曾向他询问西法新政，并且他还是康有为的广东老乡，两人有书信交往……与此同时，朝廷宣布恢复“百日维新”中被裁撤的衙门，禁止士民上书，撤销新成立的农工商总局，科举考试恢复八股文……

报纸上登载的都是重大新闻，易君恕不可能从中找到自己家里的信息，不知道母亲和妻子、幼女是惨遭横祸呢，还是安然无恙？然而，正因为吉信、凶信都不可得，心中的希望便也不致破灭，他执着地等待着。人把希望寄托于不可知的命运，吸引着自己一步一步向前走去，每一个黄昏都盼望着黎明。

焦急而又耐心地等待，渺茫而又执着地等待。

太平山麓的浓雾渐渐消散，繁星似的街灯、船灯熄灭了，港岛又是一个淡蓝色的黎明。铜锣湾避风港中密密麻麻的渔船扬帆出海了，上环、中环、湾仔和尖沙咀沿岸的码头，汽笛声此起彼伏，悬挂着万国旗的远洋轮船进进出出，维多利亚港每天都是这么繁忙。

翰园的管家阿宽正在清扫庭院，鹅卵石甬路一尘不染，青青草坪挂着莹莹露珠。早起出门采买的阿惠已经提着篮子回来了，从专门承接欧籍人士伙食的“办馆”买回了早餐。

像每天一样，易君恕七点钟准时来到餐厅，和林若翰、倚阑互道了“早安”，然后三人对坐，开始吃早餐。离开故乡三十八年的林若翰至今保持着英格兰人的传统，早餐照例是麦片粥加牛奶和糖，吃几片烤面包片抹黄油，再加一只煎鸡蛋或煮鸡蛋，有时也吃一点咸肉或冷鱼，喝一杯咖啡，这个食谱几十年不变，并且传给了他的女儿倚阑。香港的华人居住区自然也卖豆浆、油条，茶寮里的“早茶”供应虾饺、肠粉、马蹄糕、萝卜糕等等，品种花样都远胜于西式早餐，但那些东西却进不了翰园。香港的华、洋社会泾渭分明，即便像林若翰这样的“汉学家”也不肯打破这一界限。易君恕自从来到翰园，当然也只有入乡随俗了。

林若翰耐心地往面包片上抹着黄油，看看身旁神色悒郁的易君恕，说：“易先生，你来到香港一个多星期了，还习惯吗？”

“还好，”易君恕尽管忧心忡忡，也不愿给人家添烦，便说，“多谢翰翁的照顾。”

“哪里！”林若翰说，“我离开香港三个月，刚刚回来，教堂里有很多事情要做，也没有时间陪你出去走一走、看一看，我对阿宽说了，让他陪你去……”

“他已经带我看了几个地方，”易君恕说，“荷里活道的文武庙、铜锣湾的天后庙……”

“那些地方有什么可看？”林若翰鄙夷地一笑置之，基督教反对偶像崇拜，在他眼里，那些供奉文昌帝君、关圣帝君、海神娘娘的华人庙宇都是十分荒唐愚昧的，根本不值一提，“圣约翰大教堂近在咫尺，改日我陪你去参观参观。你现在虽然还不是基督的信徒，但那座雄伟的建筑还是值得瞻仰的，走进大门，就会有一种心灵与宇宙相通的强烈感受，世俗的烦恼统统都被抛到九霄云外了！”

这种极具感染力的语言，易君恕却没有做出回应。他迟疑片刻，说：“翰翁，我想到新安县去看一看……”

“什么？新安县？”林若翰一愣，甚至有些恼火。老牧师盛情邀请他参观圣约翰大教堂，他却连听都没听进去，要去看什么新安县！“你到那里去做什么？”

“我有一位朋友是新安人，在北京一别，已经半年多了，很想见他一面，”易君恕说，“我听说，从香港到新安并不太远，就在对面……”

“那个地方，你怎么能去呢？”林若翰皱起了眉头，“不，不可以！”

“翰翁，”易君恕说，“您是不是担心……”

“当然，我不能不为你担心！新安县虽然已经是英国租借地，但是毕竟还没有接管，现在仍然在广东省的控制之下！”林若翰神色严峻地说，“易先生，我们从天津到香港，一路经过的港口都张贴着通缉‘康党’的告示，你因为乘坐的是英国船，才避免了他们的搜捕。现在，好容易在香港安定下来，为什么又要去冒险？一个被悬赏捉拿的人，越界到中国去，岂不是自投罗网吗？”

易君恕不禁打了个冷战，沉默了。林若翰说的这些，他心里都明白，也曾经反复思量，却遏制不住对邓伯雄的思念。他向阿宽和阿惠打听了去新安锦田的路程，一天之内便可以打个来回，就更加想去了。现在经林若翰这么一说，自己也觉得过于冒险，一颗跃跃欲试的心又沉下去了。

“易先生，你在香港是完全自由的，可是，跨过边界就会有危险！”林若翰言犹未尽，又强调说，“你是我的朋友，是我请来的客人，我要对你的安全负责！”

“是，翰翁，您说得对，”易君恕说，“那么，我能不能写封信去，请他到府上来一见？”

“嗯？”林若翰微微一愣，没想到他竟然又提出新的花样！英国人的住宅被视为不可侵犯的“私人城堡”，未经预约的不速之客绝对不受欢迎，像易君恕这样住在林若翰家里，已属十分少见，更不要说在此寄居的客人又邀请客人到主人家来聚会，这在英国人看来是不可思议的。但林若翰不会以这种理由拒绝易君恕，英国人认为天经地义的理由，在中国人看来也是不可思议。林若翰另有充分的理由阻止易君恕的这种不适当的念头，他说，“易先生，那样做，对你的朋友有什么好处？要知道，广东是康、梁的老家，所以对‘康党’的搜捕最为严厉，康、梁的家都被查抄，连族人、亲戚、朋友、邻居都受到牵连，全乡的人纷纷奔走避难！你难道不怕牵连自己的朋友吗？”

“啊……”易君恕彻底被说服了。自己被朝廷视为洪水猛兽，全国追杀，又怎么忍心把邓伯雄再牵连进来呢？唉，罢了，罢了，想不到如今和伯雄近在咫尺也不能一见了！

“易先生，我知道，你在香港也没有什么人可以交往，非常孤独，对于一位文人、学者来说，这是很痛苦的。”林若翰深表理解地望着他，迟疑了一下，又说，“我想……安排一些你有兴趣的事情做做，也许可以为你排遣寂寞……”

“翰翁，什么事？”

“易先生可不可以教我的女儿学习汉语？”

啊？易君恕大为意外！他不禁朝坐在对面的倚阑看了一眼，这位高傲的小姐，在码头上第一次见面就使他尴尬，来到翰园之后，易君恕又更多地领略了她的任性和虚荣，这些天来总是小心翼翼地和她保持着相当距离，以避免发生冲突，而现在翰翁竟然要他教她读书，这……这怎么行？

“Dad！”倚阑也吃惊地叫起来，“你真是想得出来，要我学汉文？不，汉文太难了，我对那些方块字一向很头疼！”她皱着眉头，两手捂着太阳穴，一副痛苦的样子。

易君恕听得刺耳，但心里也得到了解脱，既然这个“学生”不愿意学，他就可以免受折磨了。

“嗯？汉文这么可怕吗？”林若翰望着女儿，笑道，“看你这个样子，倒让我想起一件有趣的事：在牛津大学，希腊文是必修课，而又一向被认为是最难学的。二百多年前，牛津王后学院有个学生，他在山上赶路，受到了野猪的袭击，那野猪巨嘴獠牙，异常凶猛，学生哪里是它的对手？绝望之际，他突然急中生智，把手里的一本亚里士多德的作品塞进野猪的嘴里，大喊着：‘这是希腊文！’那野猪嚼了嚼，受不了希腊文的折磨，‘扑通’倒下，死了！”

倚阑听得哈哈大笑：“真好玩啊，希腊文有这么大的威力！”

“这个故事是牛津人编造的，以此说明学习希腊文之难，”林若翰说，“但是，伟大的荷马、欧里庇德斯、柏拉图、亚里士多德……他们都是以希腊文的著作名垂千古，为全世界的学者所景仰，并且不畏艰难，刻苦攻读那古奥的文字！而对西方人来说，学习汉文比希腊文还要难，对此，我是深有体会的！”

“啊？”倚阑不料父亲绕了个弯子，又回到了汉文上，便收敛了笑容，“那你为什么还要我学汉文？”

“你已经在皇仁书院接受了很好的英文教育，而汉文还是一片空白，这对你来说，是一个很大的缺憾，尤其在香港这个与中国毗连的地方，汉文的用处是非常广泛的。多掌握一种语言文字，远胜于多了一笔财富。我希望你不但英文好，汉文也要学好，那么，你将成为香港最出色的女性！”

“噢……”倚阑忽闪着眼睛，琢磨着父亲的话。这位在翰园娇生惯养的小姐听不得批评，却也同样禁不住鼓励，少女的好胜心被煽动起来，“易先生，你说我能学好吗？”

易君恕一时不知该怎么回答她才好。想了想，说：“在我们中国人看来，汉语、汉文，如同我们立足的这方水土，自从呱呱坠地，便须臾不离，耳濡目染，习以为常，初学起来并不觉其难。当然，要登堂入室，学而有成，则还要靠刻苦努力和聪明颖悟，就不是一朝一夕可以奏效的了。”

易君恕既没有许诺，也没有拒绝，只不过讲了自己的真实想法和看法，让这位以出身于英格兰名门望族而自豪的小姐自己去判断。

“Dad，你说呢？”倚阑犹豫不决地望着她的父亲。

“你很聪明，当然能学好，”林若翰那双慈父的眼睛闪烁着柔和的光辉，对女儿充满了希望，“而且我相信，你一旦跨进门，就会对这种奇妙的文字产生浓厚的兴趣，知道吗？它是上帝创造的！”

易君恕听得莫名其妙！在中国，人人皆知“仓颉造字”，和高鼻蓝眼的“上帝”有什么瓜葛？

“上帝？”倚阑惊奇地睁大了眼睛，“上帝创造了中国的汉字？”

“你不相信？”林若翰微微一笑，从餐桌上拈起一根牙签，蘸了蘸杯中的咖啡，在餐巾上写下一个“船”字，问倚阑，“认识吧？”

倚阑看了一眼，笑笑说：“是‘船’嘛，这么常见的字，我还能不认识？”

“可是，‘船’字为什么这样写，你就不一定知道了。”林若翰说，“‘船’字的左边一半是个‘舟’字，舟也就是船，可是右边又加上了‘八’和‘口’，为什么呢？”

“为什么？”倚阑答不出，把这个问号又还给了他。

“这里面有个故事，”林若翰娓娓道来，“在那遥远的年代，亚当和夏娃违背了上帝的诫令，偷食禁果，被上帝逐出了伊甸园，来到大地上，躬耕谋生，传宗接代，成为人类的始祖。他们的子孙越来越多，打着原罪烙印的人类充满了仇恨和恶念，无休止地彼此争斗，互相残杀。上帝后悔造了人，他决定用洪水消灭大地上的一切生灵，结束这个罪恶的人世。但是，有一个好人诺亚引起了上帝的怜悯，上帝便指示诺亚和他的儿子用歌斐木造了一艘方舟。七天之后，暴雨滂沱，接连下了四十个昼夜，洪水淹没了高山、平原，吞噬了人类和所有的生物，而只有诺亚按照上帝的旨意，带着他的妻子、三个儿子和儿媳，各种飞禽、走兽、昆虫各一雄一雌，乘坐方舟逃脱了灭顶之灾，洪水退后，继续传宗接代，诺亚的后代遍布世界各地。于是，人间就有了这个'船'字，一叶方舟，载着诺亚一家八口，它读作'传'，人类就是靠它传下来的啊！"

易君恕目瞪口呆：这位洋儒的想象力实在丰富，另有一套"说文解字"的功夫，竟然让中国的汉字和基督教攀上了亲戚，在《圣经》里找到了依据，简直匪夷所思！

"噢，太有意思了！"倚阑却听得入了迷，牧师的女儿对上帝怀有本能的崇敬，上帝的权威使她不再因为自己的"血统高贵"而鄙视汉文，甚至产生了浓厚的兴趣，"易先生，我们今天就开始，好吗？"

这真让易君恕无话可说了。

"小姐，我们……试试看吧！"

"谢谢易先生，我的女儿有了你这位学富五车的老师，实在是三生有幸！"林若翰的脸上绽开了欣慰的笑容。他今天提出的这项计划绝不是在餐桌上突发奇想，心血来潮，而已经酝酿了一个星期，他既不能勉强易君恕，又需要说服倚阑，现在终于得以圆满解决，顺利实施了。

戊戌十月进入中旬，已是公历 11 月下旬，易君恕来到香港已经一个多月，为倚阑小姐授课也进行了三个星期。这二十多天来，易君恕简直是哄着她读书，倚阑的情绪忽高忽低，听课时心不在焉，交代她背诵的文章背不下来，这都是常有的事。在易君恕充满情感地讲解李太白的《静夜思》之时，她会突然惊叫一声："哎呀，我的项链不见了！"说声

“对不起”，就急急地奔回房间去寻找，几分钟后又笑嘻嘻地拎着项链来到书房，兴奋地向易君恕报告：“易先生，你看，我找到了！”每到这时，易君恕就怒不可遏，简直想拂袖而去！然而他却每次都是极力抑制住自己，没有发作。碍于林若翰的情面，他不得不投鼠忌器。翰翁于他有恩，自己欠了人家太多的人情，除了以此来报答，也别无所能了。

今天早餐过后，易君恕照例来到书房，准备授课，而倚阑小姐还没有来。

楼下的客厅里，林若翰身穿燕尾大礼服，头戴“波乐帽”，手持出门必挂在右臂的黑色雨伞，庄重地走下楼梯。

“Dad，你……”倚阑望着父亲的这身装束，有些奇怪，“你去教堂，怎么没穿圣袍？”

“我今天不去教堂，孩子，”林若翰抚着女儿的头，“今天有一件重要的事情，我要到码头去接一个人……”

他本来想说出那个人的名字，犹豫了一下，却又停住了。

“又有客人来了？”倚阑问，她猜想，可能又是父亲的朋友从中国大陆来了，也像易先生那样。可是，她已经有了一位汉文老师，不需要再请一位了，父亲没完没了地请客人来，家里都快成旅馆了！心里就不大高兴，问道，“这位客人也住在我们家吗？”

“不，”林若翰笑笑，“他怎么能住在我们这里？他有比翰园强得多的房子！”

“这个人是谁啊？”倚阑的眉头皱了起来，她从来还没听过父亲称赞别人家的房子，这让她听了很不舒服。

“是总督，”林若翰庄重地答道，“香港新任总督卜力爵士。”

“噢，是总督啊？”倚阑却淡淡地说，她对于将在明天刊登在香港所有报纸头版头条的这一重大新闻竟然毫无兴趣，“总督和我们有什么关系？Dad还是这么热衷于政治活动！”

“也不是我自己要去嘛，”林若翰的脸微微地红了，解释说，“港府给我发来了请柬，这么大的事情，不去也不合适。”

阿宽走过来说：“牧师，轿子已经备好了。”

"嗯，我就走。"林若翰应了一声，往外面走去。

他的私家轿等在翰园门口。阿宽扶着林若翰上了轿，轿夫前后一声号子，抬起来，端平了，顺着石板铺成的松林径一步一步地往山下挪动，轿杠颤颤悠悠，发出"咯吱咯吱"的声响。邻近的山丘间，山道上穿行的轿子不断，都是下山往海港方向而去。金钟道那边正在行进着列队的士兵，橐橐的脚步声传得很远。

今天是一个重要的日子，自从第十一任港督威廉·罗便臣在今年2月任满回国，香港已经九个月没有总督，本港事务由护督布莱克暂时署理，直到今天，第十二任港督卜力才姗姗来迟。这自然和他赴任之前在国内的准备有关，索尔兹伯里首相和张伯伦大臣有许多事情要对他交代，但却让太平山麓上亚厘毕道的总督府等得太久了。总督履新是香港的一件大事，总督府下属的行政局、立法局、辅政司、按察司、律政司、警察司等等部门的官员和驻港英军司令官，以及本港商贸、金融、宗教等等各方面的头面人物都要到码头迎接，老牧师林若翰自然也是必不可少的一位。

花园道走到了尽头，轿子转入美梨道，颤颤悠悠地朝着海岸方向走去。

阿宽送走了林若翰，关上镂花铁门，从门房里拿出一把大剪刀，修院子里的那些花木。怀恋"绿色英格兰"情调的林若翰把翰园打扮成一个绿色世界，草坪周围，沿着围墙种满了花木，从英国人最喜欢的玫瑰，到本地常见的白玉兰、凤尾球、米仔兰、鸡冠花、老来娇，一年四季鲜花不断。老牧师没有那么多闲工夫，莳花弄草自然都是阿宽的事。阿宽还特地从深山里挖来了几棵莞香树苗，栽在院子里，精心地培植，如今已经有两三尺高，长得枝叶婆娑，生机勃勃。其实，二百多年前，这莞香树在香港遍地都是，因为在明朝万历年之前香港这块地方属东莞县界，所以本地产的香木也就叫"莞香"，当年东莞的香市每年收入白银数十万两，与合浦的珠市、罗浮山的药市、广州的花市齐名，并称"四市"。港岛对岸的尖沙咀，古称"香埗头"，九龙一带的莞香都是从那里装上船，绕过青洲，运到港岛西南角鸭脷洲旁边的石排湾，再从那里换乘“大眼鸡”船，经零丁洋，进珠江口，运到广州，送往内地，一直远销江浙一带。当年运香出港的石排湾旁边有个村庄，因此就叫香港村。大清顺治十八年，朝廷下了一道诏书，命令沿海居民一律内迁五十里，为的是断绝拥兵台湾的郑成功的后援。当时，香港属新安县境，西起新田，东到沙头角，共有二十四乡都得内迁，百姓流离失所，苦不堪言。香农砍了香树，带走香料，充作盘缠，养家活命，大片的莞香林就此毁坏殆尽。广东巡抚王来任不忍看黎民疾苦，向朝廷痛陈迁海之害，请求复界。朝廷派出钦差，会同两广总督周有德，勘展边界，设防守海。周有德上书皇帝，请求先复界，后设防。康熙八年，皇帝准奏，沿海居民才陆续回乡，而这时田园荒芜已经八年了，等到康熙二十二年完全复界，前后总共抛荒二十多年。当年迁海到内地的香农，或贫病而死，或不知下落，返回到原籍的寥寥无几，栽培香树的手艺失传，漫山遍野的莞香林不复再现，只留下“香埗头”“香港村”这古老的名称。道光年间，英国的鸦片船开到了这里，在石排湾靠岸，打听此地叫什么名字，老百姓说：“香港。”指的是香港村，英国人却以为整个海岛叫“香港”，用洋文记下来，传播出去，“香港”成了本地的正式名字。如今香港的名声是大了，可是石排湾却早就没有运香的船了。阿宽费尽心思找来这几棵树苗，自然成不了什么气候，不过是寄托他这么一点儿念旧的意思罢了……

阿宽一边感叹着陈年往事，一边修剪着莞香树苗，忙了一阵，有些累了，便直起腰来，喘了口气。这时，却看见脚下的山坡上，一顶轿子正沿着松林径颤颤悠悠地抬上来。

“嗯？牧师怎么这么快就回来了？”阿宽心里疑惑，连忙丢下剪刀，跑去打开镂花的铁门，准备迎接主人。

轿子走近了，他才看清，这是一顶四人抬的轿子，轿篷的装饰也比林牧师的那顶私家轿更讲究。轿子在翰园门口停稳了，下来了一个三十岁左右的男人。那人头戴太阳盔，身穿一套笔挺的乳白色西装，打着黑色领结，虽然是一副华人面孔，却俨然洋人派头，气宇轩昂，红润的脸上架一副金丝眼镜，上唇蓄着翘翘的西式八字胡，手里捧着一束鲜红的玫瑰。

阿宽认得，这个人就是三天两头打发下人来给倚阑小姐送花的迟孟桓，不禁纳闷：他今天怎么亲自上门了？心里寻思着，迎上前去，恭敬地鞠了一躬："迟先生……"

"阿宽，牧师今天好像不在家吧？"迟孟桓似乎有所准备地问他。

"是的，先生，"阿宽答道，"牧师今天有重要的事情，到码头迎接新总督去了。"他有些疑惑地望着迟孟桓，"像迟先生这样的头面人物，怎么没去呢？"

"呃……"迟孟桓有些尴尬，眉毛微微皱了皱，说，"当然，那件大事，我本来也要参加的，因为我 dad 已经去了，我就可以免了。阿宽，我……是来见你们小姐的！"说着，他把手里的花束举了举。

"噢，迟先生亲自来给小姐送花？"阿宽这才慢吞吞地说，其实他早就看见了那束花，"你事先跟小姐约好了吗？"

"送花还用预约吗？全世界都没有这样的事！"迟孟桓斜睨了他一眼，觉得这个佣人管得太多了，不悦地抬起头来，望着庭院深处的小楼，"你们小姐在吗？"

"迟先生请进，"阿宽知道这个人不可得罪，赶紧低眉顺眼，把他让进来，却没有回答他的问话，既没说"在"，也没说"不在"，只说，"我到楼上看看小姐在不在家。"

楼上书房里，易君恕正在给倚阑小姐授课。上次讲的李太白的《静夜思》，今天让她背诵，寥寥二十个字，她竟然背不全，把"疑是地上霜"背成了"疑是地上雪"。

"错了，"易君恕说，"这首诗的'光''霜''乡'三字，都在'七阳'韵部，如果换成'雪'字，就不押韵了。而且，雪和霜是不同的，月光洒在床前，像是薄薄的一层霜，大雪怎么能下到床前呢？"

"先生，这不怪我，"倚阑分辩道，"香港这地方，没有霜，也没有雪，我连见都没见过，这两个字的样子又像是孪生姐妹，哪里分得清楚噢？"

易君恕耐着性子，待要给她详细解释“霜”“雪”之分，阿宽上楼来了，站在书房门口，说：“小姐，有客人……”

“谁?”倚阑转过脸问，眼睛里闪过一丝兴奋，这正是借故逃学的好时机。

“是迟先生，”阿宽说，“他来给小姐送花……”

“噢，迟孟桓啊?”倚阑那一丝兴奋又消失了，她对那个没完没了地送花的迟孟桓并没有多大兴趣。

“小姐的意思是……”阿宽观察着她的表情，试探地说，“要是不想见他，我就替小姐回了算了……”

“不，你告诉他，我马上下楼。”倚阑却又改变了主意，站起身来，朝易君恕歉意地说，“对不起，易先生，我去去就来。”说完，匆匆走了。

易君恕不禁心头火起：这位李太白也实在太倒楣了，随便一点儿什么事情就可以把他拦腰斩断，这样授课，还不如停了它！

倚阑匆匆回到自己的房间，换了出门穿的衣服，打开她那“叮叮咚咚”的八音盒，选了一条去年流行款式的项链，对着镜子重新涂了口红，描了眉毛，自我端详了一阵，觉得满意了，这才去见客人。这一切并不是为了客人，而是为了自己，翰园的小姐抛头露面，必须保持与她的身份相称的仪表、风度。

倚阑小姐迈着沉稳的步伐，一手提着裙裾，缓缓地走下楼梯，脸上挂着浅浅的微笑，长长的睫毛微微低垂，眼神中流露出五分高傲、三分庄重、两分礼貌。

迟孟桓已经站在客厅里等她，太阳盔摘下来捧在左手里，右手握着那一束鲜红的玫瑰。

“林小姐，你好!”迟孟桓眼睛一亮，向她迎了过来。

“你好，迟先生!”倚阑停住了脚步，静静地立在地毯上，等他走近了，才伸出右臂。

迟孟桓向她鞠了深深的一躬，把花束放在太阳盔上，腾出右手，握起倚阑小姐那纤纤玉手，送到唇边，轻轻地一吻。然后再举起花束，恭恭敬敬地献给她。

“噢，thank you！”倚阑接过花束，轻轻叫了声，“阿惠！”

阿惠应声走进客厅，接过了小姐手里的花束，放在茶几上，顺手把花瓶端起来，那里边的花是前几天迟孟桓派人送来的，已经有些败了，便把它拿走，准备更换。

“请坐，迟先生！”倚阑说，“喝杯咖啡，还是威士忌？”

“噢，谢谢，”迟孟桓坐下来，答道，“咖啡。”虽然他酷爱威士忌，仍然选择了咖啡，似乎这更能给人造成文雅的印象。

“阿惠，两杯咖啡！”倚阑吩咐道。

“是，小姐！”阿惠端着花瓶走进了通往餐厅的侧门。

客厅里只剩下他们两个人。

“林小姐从皇仁书院毕业，是哪一年？”迟孟桓问。

“去年。”倚阑答。

“噢，我也是那里毕业的，不过已经是十年前的事了，我们也算是校友嘛！”

这样的开场白，显然是没话找话。两人保持着一英尺的距离，并排坐在长沙发上，互相彬彬有礼地审视着对方，考虑着下面该说些什么。迟孟桓连续一两个月孜孜不倦地往这里送花，今天又亲自登门，当然有他十分明确的目标，而倚阑小姐也不可能猜不到对方的来意，但进攻的一方并不打算早早地把自己的意图挑明，防守的一方更不会在朦胧状态就去点破，双方每说一句话都要经过深思熟虑，力求含蓄，无棱无角，虚与委蛇，顾左右而言他。因此，谈话便无味而缓慢，很像是生意场上那种根本不可能成交而又不得不应酬的商业谈判。

阿惠送上来两杯咖啡。

“请，迟先生！”倚阑说。

“谢谢！”迟孟桓说。

迟孟桓用小镊子取了两块糖，丢进杯子里，拿起小勺轻轻地搅动着，一边凝神思索着下面该说些什么。咖啡已经搅匀了，他把小勺抽出来，没有任何响声地放在盘子的边缘，还没忘了把背面朝上，露出人家的家族标记。

倚阑好似漫不经心地往那儿瞟了一眼，看到了她所珍视的族徽，才把视线收了回来。这位客人虽然引不起她的太大兴趣，但看来还是个有教养的人，不至于让她反感。

阿惠把腾空了的玻璃花瓶端来了，里面盛注着半瓶清水。她把花瓶放下，然后解开迟孟桓送来的那束鲜花，一朵一朵地插进瓶里。她有意把动作放得很慢，这样就可以不露痕迹地留在客厅里，守着小姐。她知道小姐不喜欢这位迟先生，“德律风”打过来好多次，小姐都没亲自去接，迟先生请她去跳舞啊，参加 party 啊，也都让佣人替她回绝了。可是，小姐为什么还有耐心陪着他在这儿闲扯呢？干脆告诉他，自己有别的事情，或者说有点儿不大舒服，把他打发走了，不就完了嘛！

可是小姐并没有这么做，这就是阿惠弄不明白的了。

“林小姐，”迟孟桓指着瓶里的花，即兴想出来一个话题，“我送给你的花，你喜欢吗？”

“谢谢，”倚阑说，“玫瑰是英国的国花，我当然喜欢。”

“可是，英国的国花不仅是玫瑰呀，”迟孟桓微笑着说，“还有月季和蔷薇，而你最喜欢的却是玫瑰——我送给你的玫瑰，敝人不胜荣幸之至！”

“迟先生，”倚阑却平静地说，“你知道吗？在我们英国，每个地区都有自己的‘国花’，英格兰是五瓣玫瑰，苏格兰是三叶苜蓿，爱尔兰是酢浆草，威尔士是黄水仙。我的家乡在英格兰，所以最喜欢玫瑰，这是理所当然的！”

“噢，”迟孟桓好似恍然大悟，做出夸张的表情，“原来如此！这和送花的人并没有关系，我岂不是自作多情了？”

他侧眼看着倚阑，“自作多情”这四个字，是一个试探，且看对方将如何反应？

“不，不，迟先生误会了，”倚阑歉意地笑笑，本来有意和对方保持距离，却又怕得罪人家，只好再作修补，“我刚才说过了，谢谢迟先生！”

“不客气了，”迟孟桓笑了，“能为林小姐效劳，迟某求之不得，心甘情愿!"

楼梯上响起一串脚步声，易君恕下楼来了，两道剑眉紧锁，脸色一片阴沉。他的学生一去不回，他在书房里等得不耐烦，便索性不等了，想到院子里去走走，舒一舒胸中的闷气。他踏上楼梯，便一眼看见倚阑小姐正在这里接待客人，立即意识到不妥，自己此时在这里露面是极不得体的。但是，倚阑小姐和客人已经看见了他，如果再退回去，就更不妥了！想了想，只好硬着头皮走完了那十几级楼梯，朝客厅的大门走去。他的眼睛余光看见，那位客人朝他望了一眼，这时他想，如果倚阑小姐向客人介绍他，是不是应该打个招呼？然而倚阑小姐并没有介绍他和那位客人认识的意思,竟然停止了谈话,看着他从面前走过去了。直到他走出客厅的大门,才听见身后的对话又在继续：

"林小姐还有别的客人要接待?"这是那位客人的声音。

"不，那是我的汉文老师。"倚阑小姐的声音。

"噢，家庭教师啊……"又是客人的声音。

易君恕快步向前走去，突然觉得自己在翰园和阿宽、阿惠也没有多少差别了！一股失意的凄凉袭上心头，他不禁打了个寒战，天空阴云密布，院子里有些冷了。

"易先生……"阿宽手里提着那把大剪刀，佝偻着腰向他踱过来，那副闷闷不乐的样子，像是有话要跟他说。

易君恕就站住了，无声地望望阿宽。

"易先生，您看，翰园里什么花没有？还稀罕他送?"阿宽声音虽然不高，却是一股愤愤不平之气，举着手里的大剪刀朝客厅一指，"小姐在那里一本正经地接待他，同这种人有什么好谈的?"

易君恕还是第一次看见阿宽发火。他本来以为阿宽只会低头哈腰地说："是，牧师!""是，小姐!"没想到他也有发火的时候，虽然只是背后发发牢骚，倚阑小姐也听不见，但毕竟让易君恕看到他也是个有血有肉的人，而不是任人操纵的木偶了。

"阿宽，那是个什么人?"易君恕问。

"迟氏万利商行的少东家，他爹是董事长，他是总经理。"

“他们是干什么的?”

“香港的生意，没有他们不做的：地产、股票、船运、布匹、五金、百货，腰缠百万资产!”

“噢，”易君恕冷笑道，“只不过是个阔商罢了!”

“易先生，您这读书人，一说话就外行了!”阿宽摇摇头说，“香港这地方和内地不同，内地还是老脑筋，‘万般皆下品，唯有读书高’。士、农、工、商，把商人排在老幺的地位。香港可不是那样，这里别的不认，就是认钱，有钱能使鬼推磨！迟孟桓父子两人仗着财力雄厚，从百万家产里舍出九牛一毛，修缮庙宇，办慈善事业，在华人当中买了个‘积善人家’的名声，大出风头。这还不算，人家又用大把的金条结交官府，买通英国人，他爹当上了太平绅士!”

“太平绅士?”易君恕没听明白，“绅士就绅士嘛，怎么还叫个‘太平绅士’?”

“就是英国的治安委员，在香港叫‘太平绅士’，”阿宽解释道，“是由总督任命的，本身在港府有官职的叫‘官守太平绅士’，那些没有官职的富商名流进了这里面，就叫‘非官守太平绅士’。早年的太平绅士都是英国人，后来才有了少数华人富商。”

“这种太平绅士管什么?”

“管治安。这个权力也是不得了的!”

“噢?”易君恕倒觉得奇怪，“香港是英国人的天下，华人怎么还能占上这个位置?”

“能当上太平绅士的华人没有几个啊，先生！都得是顶尖的富豪，而且是英国人信得过的人。”阿宽朝客厅那边瞥了一眼，压低声音说，“迟孟桓的老爹迟天任，其实当年只是个在水上漂流的疍户，在大清国算是下九流的贱民，疍户的子孙不准参加科举考功名，在岸上没有立锥之地，全部家当就是一条小船。五十八年前，英国人攻打虎门，香港这一带炮火连天，迟天任冒着枪林弹雨，驾着他的小船，两岸穿梭，从大陆贩运粮食，卖给英军。那可是雪中送炭啊，英国人给了他大价钱！迟家就是从那时候掘得了第一桶金，发家致富。鸦片战争结束之后，就不做疍户了，港府便宜卖给他一块地皮，就上岸定居，在洋行里当买办，自己还做着地产生意、鸦片生意，往美国的金矿贩卖中国苦力，很快就暴发起来，几十年光景，成了今天的气候！”

“靠发国难财起家的暴发户！帮助洋人攻打自己的国家，坑害自己的同胞，想不到世间竟然还有如此无耻的人！”易君恕那两道剑眉锁紧了，愤然道，“他到这里来干什么？”

“唉！”阿宽摇摇头，叹息道，“俗话说，‘无事献殷勤，非奸即盗’！迟孟桓坐拥金山，花天酒地，家里一妻二妾，还养着不知几个外家，这两个月又三天两头往这里献花，不知道打的是什么主意！”

易君恕心中猛地一震：“倚阑小姐她……”

“小姐太年轻了，不知道这世间的险恶啊！”阿宽抬起头，忧心忡忡地望着草坪尽头的客厅大门。

客厅里，宾主的谈话正进行到中途。

“迟先生，”倚阑说，“你做着那么大的生意，事情一定很多，今天百忙之中到我家来做客，还亲自给我送来了鲜花，谢谢了。”说着，把手里的咖啡杯放在茶几上，“我看，以后就不必这么费心了！”

阿惠听得出，小姐这是在婉转地提醒客人该走了，像送花这种事儿以后也就可以免了。

“哎，林小姐太客气！”迟孟桓却完全没有告辞的意思，坐在那里不动，脸上热情不减，“这有什么？一束鲜花，虽然花费不多，它却表达了我真诚的友谊、美好的祝愿！舍下就住在云咸街，离府上又不远，我会经常来看望林小姐的……”

倚阑心里一阵踌躇：这个人怎么不知进退？连这么明显的意思都听不出，以后还要“经常”来？未免有些讨人嫌了……

迟孟桓观察着她的神色，却又不为她的情绪所左右，继续说：“林小姐方便的时候，也不妨走动走动，上次我请林小姐参加 party，你就没有赏光，也太难请了嘛！”

“哦……”倚阑想起父亲和易先生一起回来的那天晚上，她让阿宽替她回了迟孟桓的邀请，自己连“德律风”都没接，现在人家当面提起，心里多多少少有些不好意思。但她并不想向迟孟桓表达一丝歉意，完全用不着，就让对方觉得她高不可攀好了。于是淡淡地一笑，说：“迟先生太不了解我了，我这个人不擅交际，也不喜欢参加社交活动，那么多人也不管认识不认识，乱哄哄地聚在一起，说些言不及义的客套，还有那些烦琐的礼仪应酬，也实在俗不可耐！”

“林小姐这话只说对了一半，”迟孟桓微微一笑，“我也是常常被俗人、俗事缠绕，一些小本经营的商人请客、送礼，无非是要我给他们在生意上一点照顾，还有一些连想都想不起来的远房亲戚也找上门来，攀亲叙旧，告借求援，这都得花费时间去应酬，确实烦不胜烦！不过话又说回来，人在俗世上生活，谁也不能免俗，就连出家的和尚、尼姑都要联络一些家道殷实的施主，不然，庙里无隔夜之粮，就得托钵化缘了。迟氏的生意兴隆，从香港做到中国大陆和亚、欧、美三洲，也要靠商界同仁的支持，社交是免不了的。上次我在香港大酒店举行的那个 party，本港的洋行大班、商界名流，凡是数得着的都来了，还有法国服装大师斯卡隆小姐、美国钻石大王罗伯逊先生和夫人、瑞士钟表巨擘诺曼先生和夫人，也应邀赏光，大家聚会一堂，玩得好开心，我赠送女宾每人一条钻石项链，男宾每人一块金表，交朋友嘛！可惜美中不足的是林小姐没有光临，好像王冠上缺少了一颗明珠，真是令人遗憾！”

迟孟桓是商场的健将、社交的高手，说起这些，口若悬河。他那么毫无掩饰地炫耀迟氏的富有和出手阔绰，倚阑不免有些反感，想到自己闺房里的服装没有几套可登大雅之堂，首饰没有几件是足金实钻，还都是精心计算了之后才置办的，香港上流社会的女士、小姐出入社交场合，最忌讳“撞裳”——一套服装在不同的场合重复出现，倚阑哪里有那个实力一天一换、一天三换？心里被隐隐刺痛！而当迟孟桓摆阔斗富到了淋漓尽致，却又话锋一转，把她捧到“王冠明珠”的宝塔之尖，却又怦然心动，暗暗地自怜自叹，以小小的翰园和父亲两百英镑的年薪，她这颗明珠又待何日才会有令世人瞩目的机会？

“唉”，倚阑不觉轻轻地叹了口气，嘴张了张，却又停住了，自己心里的那些苦闷，在客人面前怎么能够流露？要让人家尊重自己，首先得自尊！于是话到舌尖转了个方向，说：“其实，我也并不是完全拒绝社交，只不过范围有限，和知识界的朋友来往较多。前几天我们在皮特家聚会，他父亲邀请来不少名流，剑桥、牛津的几位博士都出席了，大家轮番朗诵莎士比亚的十四行诗，玩得好开心噢！”

迟孟桓吃了一惊。他听得出，倚阑小姐这是在向他“示威”，以“知识界名流”来压他的“商界名流”，开口“剑桥、牛津”，闭口“莎士比亚”，这气势也非同小可！何况又扯出来一个令人妒忌的皮特……

“皮特是谁？”他不禁问道，心里酸酸的。

“皮特·史密斯，比我早两届的同学，你恐怕不认识他，”倚阑说，“不过，你可能听说过他父亲吧？威廉·史密斯先生，著名的建筑大师，英国皇家艺术学会会员，香港的许多宏伟建筑都是他设计的，他自己的房子建在太平山顶……”

“噢，对，对，史密斯先生，大名鼎鼎嘛，”迟孟桓生怕在倚阑面前显得自己孤陋寡闻，赶紧说，“我们迟氏万利商行的大楼就是他设计的，以后我在房产上的生意还会和他继续合作！”

倚阑听了，心中暗笑。她可以肯定，皮特的父亲绝不可能为迟孟桓设计过大楼，今后也不会和他“合作”，迟孟桓这样说，无非是附庸风雅而已。但她不愿点破，便接过这个话题，说：“你看，你们商人，在商言商，一开口就是生意。所以，你举办的那个 party，我不去还是对的，你们谈生意，我连听都听不懂，凑什么热闹啊？”

“林小姐，太过自谦了！”迟孟桓笑笑说。他当然听得出来，倚阑这是主动地把话题拉回那次错过了的 party 上来，似有懊悔之意，虽故作谦逊之语，但自谦的不是“王冠明珠”，而是“在商言商”，下面的话便好说了，“其实生意人人会做，最重要的一条是广泛交友、和气生财。比如说，我最近就从朋友那里得到了一个非常重要的信息——香港现在要拓界了，林小姐知道吗？”

“哦，早就听说了，”倚阑随口答道，“这已经不算什么新闻了。”

阿惠在旁边心里一动，小姐漠不关心的这件事，倒扯着这个女佣的心。

“迟先生，”倚阑有些奇怪地问迟孟桓，“香港拓界和你的生意有什么关系？”

“怎么能说没有关系呢？”迟孟桓大不以为然，“香港这个弹丸之地，什么资源也没有，只有靠着港口，吃转口贸易这碗饭，以后怎么发展？香港最缺少的是什么？是土地。现在突然拓过去这么一大片，天大的好事噢！”话说了半截，他却又突然打住，向倚阑提出一个新的问题，“林小姐，英国还要和中国一起修广九铁路，你知道吗？”

“修铁路？”倚阑茫然地说，“不知道，我怎么会关心这些事？”

“应该关心嘛！你想，拓了界，再铺上铁路，以后香港和广州之间的货运、客运就不光靠水运了，那真是如虎添翼啊！”迟孟桓两眼放光，兴致勃勃，“中国穷得叮当响，修铁路当然是没有钱，只能依靠英国。现在，怡和洋行正在和中国的铁路大臣盛宣怀谈判，等到签了合同，港府接管了新租借地，广九铁路也就快动工了！”

“迟先生是要承接这项工程吗？”倚阑问。

“不，铁路工程已经由怡和、汇丰包揽了，我不能抢人家的生意，只能借此发一笔小财。”迟孟桓说，“广九铁路要从九龙通往广州，依我看，新安县的沙田、大埔、粉岭、上水这一带是必经之地。现在，港府还没有接管新租借地，老百姓已经人心惶惶，害怕土地充公，一些地主急于把土地廉价抛售，这正是做地产生意的最佳时机。现在低价买进，等到港府为修建铁路征用土地，地价必然上涨，那时候再出手，赚他个十倍、百倍也不止！”说到这里，迟孟桓目光炯炯，伸出右手，张开五指，好似猎鹰的利爪正朝着无可逃遁的小鸟扑过去，“我已经抢先买下了一块十五英亩的地皮，眼看就是寸土寸金，这笔小财也相当可观哪！”

阿惠在旁边一直注意地听着。她已经把鲜花插满了花瓶，捧在手里，往沙发前的茶几送过来。

“迟先生真是有眼光，”倚阑望着踌躇满志的迟孟桓，不得不佩服他精明的头脑、经商的奇才，“新总督今天才到，你已经走在他的前头了！”

“喔，这算不得什么，”迟孟桓受到赞扬，得点颜色就上大红，笑道，“做生意就是这样啦，抢先一步，财源滚滚嘛！”

“祝贺你呀，迟先生。”倚阑说，这句话酸酸的，眼看着人家发财，和自己毫无关系，心中不免怅然，苦笑了笑，像是开玩笑地说，“我可没有你这样的本事！”

“林小姐，这不要紧哪，”迟孟桓马上接过去，“我做生意，你发财，好不好？”

“这话怎么讲？”倚阑一愣。

“林小姐，这块寸土寸金的地皮，就是我送给你的礼物啦！”迟孟桓站起身来，恭恭敬敬地朝她鞠了一躬，“我想，你不会拒绝吧？”

“什么？送给我？”倚阑倏地站起来，一笔意想不到的财富突然从天而降，使她惶然不知所措，“迟先生，这么贵重的礼物，我怎么好接受呢？”

“哎呀，朋友嘛！我的就是你的，不分彼此！”迟孟桓说，“林小姐不要客气，这块地皮就归你所有了！”

“这……”倚阑的头顶嗡嗡作响，片刻之间自己竟然成了地产主，这简直不可思议！“这块地皮，在哪里啊？”

“在大埔，”迟孟桓说，“卖主是泮涌的聋耳陈。”

“啊！”阿惠如同被雷电殛中，脱口惊叫了一声，手中的花瓶滑落下来，随着一声脆响，玻璃碎片、玫瑰枝叶伴着水花，四散迸射……

“你……你怎么搞的？”迟孟桓满脸怒气地转过脸来，他那洁白的西装溅上了斑斑水迹，一副好兴致被煞了风景，“乡下人，真没教养！”

“对不起，先生……”阿惠被吓傻了，脸色煞白，手足无措，“我……我不是故意的……”

“不要多嘴了，还不赶快把地上收拾干净？”倚阑冷冷地看了她一眼，低声命令道。又歉意地望着迟孟桓，“迟先生，真不好意思，我以后一定管好仆人……”

“不，我不会介意这些小事的，”迟孟桓极力克制住心头的怒气，重新做出彬彬有礼的绅士风度，“迟某告辞了，林小姐！关于泮涌的那块地皮……"

他用手指轻轻捋着翘翘的小胡子，再次点到此行的主题。

"哦，那地皮……"倚阑的头脑里乱哄哄的，一时不知该怎么答复。

"不着急，我并没要求你马上做出答复，"迟孟桓转身向外走去，心里已经稳操胜券，什么"知识界名流"？还是斗不过我这"商界名流"，只用十五英亩地皮就把你那位"皮特"打败了，看起来，钱真是个好东西啊！他心里这样想着，胸膛挺了起来，朝身后丢过去一句话，"林小姐可以再考虑考虑，如果觉得那块地皮还满意，就请打'德律风'给我，再办过户手续也不迟。"

迟孟桓说完，迈出客厅，再回过身来向倚阑轻轻地点点头，就跨下台阶，沿着草坪中间的鹅卵石甬路，大踏步向院门走去。

倚阑随着送出来。按照英国的习惯，这本来是完全不必要的，送客只需到客厅门口为止，甚至女主人在客人告辞的时候并不起身相送，也不算失礼。但是今天不同了，迟孟桓慷慨地上门送上偌大一份厚礼，而没有教养的阿惠又惹得客人不快，倚阑小姐无论如何也要破例送送客人了。

心怀忐忑的阿惠也随在主人的身后，垂着头跟了出来。

阿宽看见迟孟桓要走了，赶紧跑过去打开大门，巴不得赶快送走这个瘟神，却又不得不做出一副恭恭敬敬的姿态，垂手站在一旁。

迟孟桓的私家轿等在门外，四名就地休息等候的轿夫连忙收起旱烟袋，从地上站起来，操起轿杠，等着主人上轿。

倚阑一直把迟孟桓送到轿前。

"Good-bye，迟先生！"她向前伸出右手。

"See you again，林小姐！"迟孟桓俯下身去，握住那只软绵绵的小手，送到唇边，发出一个响亮的吻声。

院子里的草坪上，远远地伫立着神色冷峻的易君恕。

迟孟桓坐上轿子，颤悠悠地下山去了。

倚阑站在门前，望着越走越远的轿子出神。这个腰缠万贯的华商，给她不知送了多少次鲜花，都被置之不理，却不但没有埋怨，反而慷慨出手大馈赠，今天竟然拱手送上十五英亩寸土寸金的地皮，这是什么意思？答案自然是有的，倚阑小姐自然也是猜得出的，只是她不愿或者不敢正视那个答案，而迟孟桓也不去点明，这叫她心里如何能够平静呢？

山路转了个弯，轿子被路边的松林挡住，看不见了。

“小姐，别站在这里了，回去吧，”阿宽在她身后低声说，“你看这天，恐怕要下雨了……”

倚阑缓缓地抬起头，看了看天。阴沉沉的天空好像浸透了水，大片乌云正从天边涌上来。她转过身，朝院子里走去。

“宽叔，”倚阑一边走着，一边问跟在身后的管家，“阿惠这个月的工钱，给她了吗？”

“还没有，小姐，”阿宽说，“今天是 11 月 25 号，照规矩是月底出粮，还没到呢。”

“不用等到月底了，今天就结账吧，多给她一个月的工钱……”

“小姐，”阿宽听得一愣，“您这是……”

“小姐，小姐！”阿惠慌了，“我做错了事，您怎么还多给我工钱呢？”

“这儿没有你的事可做了，”倚阑脚步停了停，垂着眼睑，连看也不看她，“你被解雇了！”

“啊？”阿惠被惊呆了！

头顶上的乌云忽地炸开一道闪电，随之响起滚滚雷鸣！

“小姐，这……这是为什么？”阿宽惊讶地问，“阿惠这几年做事一直勤勤恳恳，为什么您突然要辞退她？”

“她自己清楚。”倚阑冷冷地说，“当着客人的面，她给我丢了脸，损害了我们家族的荣誉，不能再留在我家，这半山别墅本来就不是她住的地方！结了账，她就可以走了！”

“小姐！”阿惠“扑通”跪倒在地，“小姐，您听我说……”

倚阑无意再听她那哀哀的诉说，头也不回地向小楼走去，白色的纱裙轻盈地摆动。一名华人女佣的去留，这件事太小了，不值得让高贵的小姐为此而伤脑筋，由阿宽打发她走就是了。

远处的草坪上，易君恕侧转身来，注视着翩然而去的倚阑。

翰园的上空，乌云汹涌翻卷，沉雷滚滚轰鸣……

“宽叔，宽叔……”阿惠泪流满面，两手瑟瑟发抖地拉住阿宽，“您替我说句话，求求小姐，别赶我走！刚才迟先生说……说他在泮涌买了一块地皮，那个卖主聋耳陈就是我们东家！东家把地卖了，种田人连当牛做马的路都没有了！我再丢了这份工，全家可怎么活啊？”

“啊？”阿宽吃了一惊，“这个迟孟桓……”

“宽叔，可怜可怜我吧，您不能见死不救啊！”

“阿惠！”阿宽伸手扶住她，满脸的皱纹挤成一团，泪水止不住涌流出来，“孩子，小姐已经发了话，你叫我怎么办呢？”

他们的头顶，电闪雷鸣……

草坪上，易君恕迈动着急促的脚步，昂然向小楼走去。

“易先生，易先生！”阿宽踉踉跄跄地奔过去，拦住了他，“您……”

“我去问问倚阑小姐，”易君恕回过头来，一双眼睛闪射着怒火，“她怎么能这样对待阿惠？”

“不，易先生，您可不能去！”阿惠慌忙上前拦住他，“先生是贵客，为一个下人去向小姐求情，失了先生的身份，往后还怎么教她读书啊？先生，这件事您就别管了！阿惠天生是受苦的命，阿惠认命了……”说着，泪水哽咽了她的喉咙。

“阿惠……”易君恕望着这个无助的弱女，眼睛也湿润了。

“易先生！”阿宽瘦瘦的两腮抖动着，抬起袖子抹了抹泪，鼓起了勇气，“由我去跟小姐说，舍着我这奴才的老脸，去求她赏给阿惠一碗饭吃！”

“宽叔，”阿惠泪汪汪的两眼似乎闪烁着希望，“多谢您呀，宽叔！”

阿宽佝偻着腰，步履踉跄地朝小楼走去。

客厅里，倚阑小姐烦躁地在地毯上走来走去，不知道该怎么对待那块地皮。走到钢琴旁边，望着墙上那幅十多年前的照片，她停住了。那时父亲还不老，才四十来岁，怀抱着幼小的倚阑，父女两人脸上都洋溢着无忧无虑的笑容，背后耸立着辉煌灿烂的白金汉宫，无数只鸽子在身边飞翔。现在，十几年过去了，倚阑长大了，父亲却已经老了，那无忧无虑的岁月也一去不复返，步入青春年华的倚阑不能不为自己的前途忧虑了……

阿宽跌跌撞撞地来到客厅门前，望着小姐，迟疑了片刻，横了横心走进客厅。

“小姐!”他走到倚阑身后，佝偻着腰，连头也不敢抬，“我阿宽来到翰园，伺候牧师和小姐已经十四年了，从来也没有为自己要求过什么，只要牧师和小姐都好好的，我也就心满意足了。今天，阿宽斗胆向小姐开口……”

倚阑正在心烦意乱，没有耐心听他这一番啰唆，恼火地打断了他：“今天是怎么了？阿惠刚惹了事，你又来找麻烦，总共两个佣人，都不给我安宁！说吧，你有什么事？是要求增加工钱，还是想请假？”

“小姐，阿宽什么都不要！只求小姐饶了阿惠这一回，让她留下吧！阿惠八岁就死了爹，这些年，她的寡母带着阿惠姐弟俩，活得艰难哪！如今东家把地卖了，种田人没有了饭碗，她阿妈，还有那个没成年的兄弟，往后就全靠阿惠一个人养活了！小姐辞了阿惠，叫他们孤儿寡母怎么办？”阿宽说着，止不住涕泪涌流，“扑通”跪倒在倚阑的脚下，“小姐！阿宽这辈子头一回求您，念我十四年在翰园当牛做马的分上，就开开恩吧……”

“宽叔，你别这样……”倚阑转过脸来，望着这个脊背佝偻、瘦骨嶙峋的老奴，叹了口气，说，“不是我跟阿惠过不去，是她太不给我争气了！在香港这个社会，翰园的脸面得尽力支撑着，不能让人家看不起呀!”

门外传来一声沉雷，石阶上响起“啪啪”的雨点声，转眼间，空中抛下了万道雨丝。

倚阑抬起头来，痛苦地一声呻吟。

她突然看见易先生走进了客厅，神色阴沉而冷峻。

“哦，先生……”倚阑有些慌乱地叫了一声，“我们的课还没上完……”

“今天的课，不上了!”易君恕冷冷地看了她一眼，转身往楼梯走去，“小姐倒是给我上了一课!”

倚阑愣住了。她第一次意识到，这位老师的“师道尊严”是凛然不可犯的!

雨幕笼罩了港岛，乌云吞没了太平山顶，蒙蒙水雾在浓黑如黛的山腰游动。维多利亚海峡白茫茫一片，匆匆归来的渔船如飞鸟回巢，铜锣湾、筲箕湾避风塘帆樯如林。山与海之间鳞次栉比的街市，都融入一幅水墨淋漓的天然图画，多少楼台烟雨中……

半山花园道上，林若翰的私家轿颤悠悠地回来了。轿夫单薄的衣衫早已湿透，贴在筋肉隆起的肩背和双腿上，穿着草鞋的赤脚在湿漉漉的山道上攀登，时时都要提防失足滑倒。自己磕破皮肉倒无所谓，千万不能摔着了牧师。两名轿夫一前一后低低地喊着号子：“上，上……”

这轿子本无轿帘，仅在轿顶覆盖布篷，四周漏空，难以遮挡较大的风雨，林若翰撑起他那随身携带的雨伞，伸在前面，但裤子和皮鞋也已经被打湿了。这个鬼天气！他在心里说。英国人对天气有着特殊的敏感，几乎在一生中的每一天都要变换着不同的语言议论天气，埋怨多于赞扬。尤其是今天，今天是什么日子？由维多利亚女王委任的第十二任港督卜力爵士莅临了，这是香港的一件大事。码头上，米字旗高高飘扬，本港军政要员和社会精英齐集恭候，头戴高高的黑熊皮帽、身穿鲜红制服、腰挎战刀的仪仗队笔直地分列两边。为总督准备的专轿精致华美，八名华人轿夫头戴伞形红缨帽，身穿大清国官差的号衣。当总督踏上香港土地的那一刻，停泊在港内的所有轮船都拉响了汽笛，皇家舰队鸣礼炮十七响，在场的华人代表还“噼噼啪啪”放起了鞭炮，乐队高奏大英帝国的国歌《神佑女王》，那是何等威武煊赫的时刻！可惜天不作美，偏偏在这个时候风起云涌，电闪雷鸣，下起了倾盆大雨，顿减了这一盛事的热烈。幸亏英国人历来有未雨绸缪的悠久传统，雨伞几乎成为身体的一部分，数百把清一色的黑伞在同一瞬间撑开了，码头光洁的石板上突然冒出了一片黑色的蘑菇。其间也夹杂着少数女士们的花伞、华人士绅的红色油纸伞和轿夫们那土黄色的竹编斗笠，一起在白浪滔滔的维多利亚港湾旁边涌动。那些必须保持军容的军人和没有带雨具的各色人等，当然只有任凭大雨的冲刷。在浓密的雨幕中，新任总督卜力爵士舍舟登岸，他经过两个月的长途跋涉到达这块领土，竟然无法清晰地看上最初的一眼，自然也是憾事。仪式不得不简化了，总督没有发表即席演说，匆匆向人群招了招手，便在前呼后拥之中一闪而过，匆匆钻进了八抬大轿，这不免使久候在此欲一睹总督风采的人们颇为扫兴。林若翰只在匆忙中和辅政司骆克握了握手，却连总督的面目都没有看清，只看见跟在总督身后的一条狼狗，那是他不远万里从伦敦带来的。年近花甲的老牧师感到一阵悲凉，雨丝打在脸上，海风吹在身上，时届深秋的香港也真是有些冷了。

总督的八抬大轿在一群四抬官轿的簇拥下进入繁华的市区，穿过维多利亚城前往上亚厘毕道总督府，恶劣的天气使得街上绝少行人，以致没有形成万人空巷争看总督的景观，这一特殊的日子便也少了许多光彩。

林若翰的私家轿尾随在官轿大队人马之后，在花园道与上亚厘毕道相交的路口各走各路了。总督府里有一顿丰盛的午餐，林若翰家里也有一顿虽然不一定丰盛但却温暖的午餐，他的女儿和仆人在等着他。在轿子的颠簸和风雨的侵袭之中，他渴望快一些回到自己的“私人城堡”，在那里，他是“总督”。

阿宽远远看见牧师的轿子来了，撑着一把油纸伞赶快跑去打开大门，迎候着主人。这使林若翰一阵感动。轿子没有在大门外停下，一直抬进了院子，抬到小楼的台阶前。阿宽撑着伞，小心地搀着他跨上了台阶。

易君恕从楼上自己房间的窗口注视着这一切。他为冒雨归来的翰翁不安，却并没有下楼去迎接。因为在这个家庭，他的位置太特殊了，既不能像仆人阿宽、阿惠那样殷勤主动，又不能像倚阑那样随心所欲，他是一个不得已闯入了别人家庭的局外人，时时要提醒自己的一言一行都必须得体适度。而要做到这一点又是很不容易的，如果刚才在一怒之下和倚阑小姐发生冲突，后果将不堪设想……

楼下的客厅里，等候在门旁的倚阑和阿惠朝林若翰迎上来。

“Dad，您可回来了，”倚阑一脸的焦急，“雨这么大，我真为您担心！”

“这没什么，孩子，”林若翰把雨伞和帽子递给阿惠，朝倚阑慈祥地笑笑，眉毛、胡子上都在滴水，“人生的路总是充满风风雨雨，我已经是过来人了。”

“总督为什么挑选这么一个日子到达香港？这天气真糟糕，让迎接的人也很辛苦！”倚阑心疼地望着父亲，拿手绢替他擦着脸上的水迹。

“这不是任何人挑选的，总督恰恰在这个时候到了，我们当然在这个时候去迎接他，一切都是上帝的安排，我们应该顺从天意！”林若翰并没有说出任何埋怨之词，只是那笑容有些凄苦，突然打了一个冷战，“阿嚏！”

“噢，上帝保佑您！”倚阑赶快说，这句英国人挂在嘴边的祝福词犹如中国人在紧随喷嚏之后所说的“长命百岁”。

“牧师，”阿惠上前扶着他，关切地说，“赶快洗个热水澡，换换衣服吧！您休息一下，我们就开午饭。”

“好的，孩子，”善解人意的女仆使主人感到温暖，林若翰把阿惠当作手杖，由她搀扶着，走上楼去，喃喃地说，“今天的午餐一定会吃得很香，我已经很饿了！”

半个小时之后，易君恕走下楼去，林若翰和倚阑已经在餐厅里等他。林若翰换过了衣服，头发、胡子也经过了梳理，又恢复了平时的端庄安详，坐在他身边的倚阑也神态平和，怒责阿惠时的电闪雷鸣不见了，也没有显出对易君恕的怨恨，老师的发火，倒使学生对他多了一分尊重。

“下午好，易先生！”

“下午好，翰翁！”

“下午好，易先生！”

“下午好，倚阑小姐！”

他们互相问候，像每一餐饭前见面时一样。

餐桌上早已布好了餐具，阿惠等人到齐了，便开始上菜。她步履轻快，神色稳重，也没有显示出痛苦和慌乱，只是比平时更加小心了。易君恕默默地看着这一切，他暗暗吃惊倚阑小姐和阿惠的自我掩饰能力，上午的那一场风波竟然不着痕迹，这个家庭又恢复了正常的秩序，至少表面上是这样。这顿午餐并不丰盛，仅一汤一菜而已，但林若翰却吃得津津有味。从头至尾，他除了称赞阿惠的手艺，和易君恕、倚阑说一些闲话，只字未提今天去码头迎接总督的那件大事。老牧师在自己的家里是发号施令的家长；在教堂里是登坛讲道的基督代言人；走在香港的大街上也常常被教友们认出来，亲切地向他问候，热情地向他祝福，甚至包围着他请求签名以作珍贵纪念；而今天，他却和那些俗尘浊世中的官僚绅商一起，站在风雨之中的码头上，伸长了脖子仰望那匆匆而过的总督，成了可有可无的陪衬，就像在剧场门外等待一睹名优风采的观众，这难道还值得向家人炫耀吗？神的使者也有人的自尊，情感在外界受了伤害，悄悄地忍在心底，借家庭的温暖给以弥补和修复，一顿寻常的午饭使他非常满足，脸上挂着笑容，洋溢着幸福的光彩。

倚阑也没有向父亲报告阿惠的失职闯祸，似乎把心思都用在了吃饭上，慢慢地喝光了牛尾浓汤，仔细地吃完了牛排，好像在琢磨着那里边的学问。谁知道她在想什么呢？

一直到林若翰放下刀叉，拿起餐巾满足地擦擦嘴角，倚阑也没有向他“告状”的意思。一直在为阿惠担心的易君恕直到这顿饭结束才略略放松，他看见侍立在旁边的阿惠轻轻地嘘了口气。

主人和客人互相颔首致意，从餐桌旁站起身来。林若翰弯起右臂，让女儿挎着他，慢慢地向楼梯走去。

“Dad，”倚阑轻声说，“请到我房间来一下，我想和您单独谈谈……”

父女之间平平常常的这么一句话，在此刻听来却非同一般，使易君恕心里一动：刚才倚阑本来是有话要说的，只因为餐桌上有他易君恕在，才留待更合适的时候。他蓦然回首，阿惠那张强自镇定的脸顿时变得煞白，失神的眼睛望着主人迈上楼梯的背影。

外边的雨还没有停，雨丝抽打着百叶窗外的青藤，沙沙沙沙……

倚阑小姐的闺房洁净而素雅。白色的百叶窗里面垂着白纱窗帘，老式铸铜镂花的床上蒙着白色暗花床罩，她喜欢白色的纯洁和高贵。窗前有一张小小的书桌，桌面上一盏装着乳白玻璃灯罩的台灯。墙上挂着大大小小的镜框，镶着房间的女主人在不同时期留下的照片。她最早的几张照片都是在三岁那年跟随父亲回英国时拍的，和客厅里的那张属同一时期。她自己的房间里挂着两张，一张是在父亲的故乡——艾冯河畔的斯特拉特福，父亲带着她参观伟大的同乡莎士比亚的故居；另一张是在伦敦泰晤士河畔，河面上游动着无数的天鹅，她穿着白色的小裙子，正俯在河堤上向天鹅招手，远处还可以看到插着“王室天鹅”旗帜的小船，盛装的天鹅师在清点泰晤士河上的天鹅，英国王室每年从7月的最后一个星期一开始都要进行这童话般的盛典，以昭示女王陛下的慈爱之心。其余的照片都是在香港拍的了，倚阑小姐五岁那年在圣约翰大教堂，八岁那年在七姊妹沙滩，十岁那年在太平山顶，十五岁那年在香港大会堂门前的喷水池旁，父亲都慈祥地守在她的身旁，那神态非常像精心抚育圣子耶稣的木匠约瑟。最近的一幅照片上没有父亲，是去年倚阑在皇仁书院毕业典礼上和老师、同学们的合影。照片的下面有一座精巧的梳妆台，椭圆形的镜子对着房门，倚阑小姐在对镜梳妆的时候如果有人敲门，不用回头就可以看清来者是谁。一扇落地长窗通向阳台，从那里可以看到楼下花园里的每一个角落，并且俯瞰港岛北部最繁华的地带和维多利亚港湾，以及横卧海面的昂船洲，遥遥在望的对岸九龙半岛，在晴朗的天气目力所及可达那延绵天际深入新安县腹地的层层远山。一道四扇屏风把不大的房间隔出了另一片天地，屏风上描绘着倚阑小姐所喜欢的人物故事：白雪公主和七个小矮人、海的女儿和她的白马王子、罗密欧和朱丽叶……那还是在倚阑的童年，父亲特地请一位从伦敦来的画家绘制的，一直陪伴着她长大成人。屏风前有一架藤编的茶几，还有两把和茶几同样质地的藤椅，是倚阑小姐和关系亲密、不拘礼节的来访者闲谈的地方。现在，她和父亲的谈话也就在这里进行了。

林若翰走进女儿的房间，望着那充满童稚情趣的屏风，那一幅幅印留在照片上的历史瞬间影像，往日的岁月在心头一掠而过，不禁一阵沧桑之感。他已经很久没有到女儿的房间里来了，昔日的“小精灵”一天天变成少女，她需要一个独立的天地，做父亲的也不愿意打扰她。现在林若翰一步踏进来，才突然觉得，和那些发黄的照片形成强烈对比，女儿已经长大了。

“你要和我谈什么，孩子？”他在藤椅上坐下来，问道。

“Dad，”倚阑站在父亲的身旁，扶着他的肩膀，“今天，迟先生来看我了。”

“迟先生？”林若翰一愣，不知他说的是谁，想了想，才说，“就是太平绅士迟天任的儿子吗？我记得他曾经给你打过‘德律风’……”

“是的，就是那位迟孟桓先生。”

“他来了？来做什么？是给你献花，还是邀你去参加 party？”

“不，都不是，”倚阑的脸微微地红了，“他到我们家来，是要……”

“要做什么？”林若翰警惕地问。

“要送我一件礼物……”

“噢？”林若翰看着她那腼腆的样子，已经不像孩童时期收到客人赠送的一块巧克力、一个布娃娃那样毫无遮掩地兴奋了，女儿真是长大了。所以做父亲的更要小心翼翼地维护女儿的自尊，而绝不能嘲弄戏谑。他脸上仍然挂着慈祥的笑容，好似随口问道：“什么礼物啊？拿给我欣赏欣赏！”

“什么，拿给你？那是没有办法拿的，Dad！迟先生送给我的是一块新租借地的地皮，有十五英亩呢……”

“啊？”林若翰大吃一惊，“迟孟桓的手伸得真快，港府还没有接收新租借地，他已经在做那里的地产生意！可是，他把十五英亩的地皮送给你，这是什么意思？”

“好像……好像没有什么特别的意思，”倚阑有些吞吞吐吐，“迟先生只是表示友谊，他很有钱，一块地皮对他来说不算什么……”

“不，孩子，”林若翰的脸色阴沉起来，高高的眉弓下那双深陷的眼睛充满忧郁，“他无论多么富有，所有的财产都记在他自己的名下，绝不会轻易地白送给别人一文钱，更何况是十多英亩的一块地皮！倚阑，你不应该接受这份礼物！”

“为什么？”倚阑看着父亲的神色突然变得十分严肃，心里紧张起来，“您不是对我说，应该在社会上有所交往吗？”

“正常的社交，我当然不反对，而且还鼓励你走出家门，你对外界了解得太少了，应该开阔视野；我也希望人们认识我的女儿，给他们留下一个美好的印象。可是，”林若翰咂了咂嘴，语重心长地说，“社交是有限度的，那就是，绝不能损害我们家族的荣誉和你本人的尊严！”

“我……”倚阑对父亲那严厉的目光感到恐惧，却又本能地要为自己辩解，“我损害了家族荣誉和自己的尊严了吗？没有，我没有向任何人伸手去要什么，迟先生完全是主动赠送的！”

“你当然不会向别人伸手去要什么，这，我完全相信。但问题是，迟孟桓向你伸手要什么？提出了什么条件？”

“没有，他对我没有任何要求……”

“这不可能，根本不可能！商人的任何投资都以获取利润为目的，他们向社会慈善机构捐款，是为了得到名誉和地位；向一些政府官员行贿，是为了打开权力和金钱之门；在他们眼里，一切都是交易，没有单方面的友谊，没有只出不进的赠予，世界上没有不要钱的午餐！迟孟桓为什么要对你这么慷慨？你能给他带来名誉、地位、权力、金钱吗？不，从你这里都不可能得到，他为什么要把一块十多英亩的地皮白白送给你？是他的神经出了毛病，还是另有所图？”

林若翰那双阅历丰富的灰蓝色眼睛审视着倚阑。真遗憾，已经十七岁的女儿仍然是这么单纯，单纯到了对世事人情一无所知的地步，以至还需要老父亲苦口婆心地进行人生 ABC 的启蒙，这也太让他悲哀了！

“Dad，您把世界看得这么污浊吗？”倚阑垂下了她那长长的睫毛，以掩饰内心的慌乱，“迟先生这样做，也许是出于对您的景仰，能为您这样一位德高望重的牧师效劳，他感到荣幸！我想，一个人如果有这么一点虚荣心，也不算罪过吧？”

“你说什么，孩子？”林若翰感到吃惊，他没有想到女儿竟然能为迟孟桓想出这么冠冕堂皇的理由，“他这是为了我？荒唐！我又不是中世纪教会的那些败类，谁花钱都能从他们手里买到死后进入天堂的‘赎罪券’！我能给迟孟桓什么好处？是让他升官，还是让他发财？不，我不能，我对他没有什么吸引力，我们之间不可能有任何交易！事实也正是如此，他送来鲜花不是给我，打来‘德律风’也不是找我，今天又送上这一份重礼还专门挑选了我不在家的时候，这一切都说明，他的目标是你，我的孩子！”

“可是，”倚阑嗫嚅道，“他也并没有要求我为他做什么……”

“那是因为还不到时候！就像在鱼还没有咬住饵料之前，钓鱼的人是不会提竿收线的，他在等待最佳时机；而等到鱼上了钩，再想摆脱他就已经晚了！这个道理，你难道真的不明白吗？还要我这个做父亲的讲给你听吗？”

“Dad，您的意思是……”

“你已经十七岁了，孩子！十七岁，这是个什么年龄？人生的春天，鲜花含苞待放的季节！你生在一个英格兰高贵的家族，你长得很美，这些，都会使许多小伙子羡慕你，会用各种各样的方式来表达他们的情感，来试探你的意愿；在你来说，这正是你一生当中最富有、最骄傲的时期，你有充分的权利，慎重地做出自己的选择……”

倚阑低着头，垂着长长的睫毛，心在怦怦地跳，血涌到脸上来，两腮像粉红色的玫瑰。她一向认为，父亲是一位古板的牧师和学者，他的内心世界除了至高无上的耶稣、不厌其烦无数遍宣讲的福音和书房里那些排列得密密麻麻、几乎无所不包的书籍，再也没有空隙容纳凡间的花花世界，根本不可能理解一个花季少女的心里在想些什么。而实际上，她错了，六旬老翁也曾经有过青春岁月，照料人的灵魂的老牧师早已参透了人生的七情六欲，苦读笔耕的老学者聪明睿智上穷碧落下黄泉，何况他还是一位视女儿为掌上明珠的父亲，一个十七岁孩子的那点小小心思能瞒得过他吗？只不过出于对晚辈个人隐私的尊重，他不愿意轻易地触动这一领域罢了。

“如果有一天，迟孟桓跪在你的面前向你求爱，你怎么办？”他突然问女儿。

“哦……”倚阑的两颊滚烫，对这个直截了当的问题不知该怎么回答，“他……他会那样冒失吗？”

“为什么不会？每一个男人都会向他所喜欢的女人表示爱慕，这是一个老生常谈的故事，从亚当和夏娃开始，千百年来都是这样，区别只在于他被接受还是拒绝。迟孟桓肯定会走到这一步，关键是你怎么回答他？”

“我……我还没有考虑这个问题……”

“可是，你已经在考虑接受他的礼物！在这之前，他曾经送过许多次鲜花，在我印象当中，你好像并不喜欢这个人。现在，他献出了一块地皮，一块寸土寸金的地皮，你动心了，不再觉得他讨厌了，或者说即使讨厌也可以容忍了，是不是？”

“Dad，您何必这样挖苦我？其实我自己也很矛盾……”

“做父亲的会挖苦自己的女儿吗？我说的正是你矛盾的心情：你喜欢他的礼物，却又不喜欢他这个人。因为他不具备英格兰血统，他是个华人，而且是个出身贫寒卑微的华人。香港开埠的历史不过五十多年，迟氏的发家史也不长，到现在还可以听到他们从疍户到富商的传闻。所以，你很犹豫，是吗？”

“是的，Dad，”倚阑不得不承认了，垂着头说，“我想到过他可能会向我求婚，我……我很犹豫，因为在香港，哪怕是最富有的华人，也是二等公民，直到现在也没有一个华人成为半山别墅区的居民，没有一个华人乘坐缆车登上太平山顶，英国人和所有欧洲血统的人都看不起他们！我……我想到我自己……”

“你自己？”林若翰突然一愣，“你自己怎么了？你在说什么？”

“Dad，我已经痛苦很久了！”倚阑长长地叹了一口气，睫毛抖动着，眼睛里闪耀着泪光，“在学校里，同学们总爱问我为什么长得像个华人；走在街上，华人躲着我，小声骂我‘鬼婆’，白人却说我是

'Chinese'，我又不能向他们解释自己是个混血儿，在他们看来，混血儿就是'杂种'，那是最难听、最狠毒的骂人的话，可是我已经听了十几年了！无论英国人，还是华人，都不认为我是他们的同胞，我自己也不愿意挤到他们当中遭受白眼，我把自己封闭起来，无数次地对着镜子流泪：dad，mum，你们为什么给我生下这样一副华人的面孔？"

"啊，倚阑！"林若翰惊得心脏颤抖起来，女儿竟然触动了他最忌讳的话题！他抖抖索索地抓住倚阑的手，"孩子，我……我不知道你十几年来一直这么痛苦，其实，你何必折磨自己啊？你的周围不是有很多朋友吗？比如皮特，你和他来往似乎很密切，他总不至于也歧视你吧？"

"唉，皮特……"倚阑叹息道，"正是皮特首先提醒了我：你为什么是黑头发、黑眼睛？"

"黑头发、黑眼睛有什么不好？"林若翰不以为然地摇摇头，"你的父亲是英国人，母亲是中国人，这有什么不好？全世界所有的人类都是耶和华的儿女，在上帝的面前一律平等，根本没有种族之分！中国是个非常富于智慧的民族，他们有那么悠久的文化，你正在学习的汉文、汉语，多么奇妙啊，那难道不是上帝最杰出的创造吗？如果你因为自己有一副中国人的面孔而痛苦，那就是侮辱了你的母亲！你愿意吗？"

"不，dad，"倚阑扑在父亲的怀里，眼泪簌簌坠落下来，"我爱 dad，也爱 mum，真可惜，她去世太早了，我连她的样子都不记得了！"

"你的母亲，她很美，很聪明，可惜，刚刚生下你，她就被瘟疫夺去了生命！"林若翰说，深情地注视着女儿，"你很像你的母亲，也像她那样聪明、美丽！不要自卑，孩子，你会生活得很幸福，会有一个光明的前途！你长大了，自然要恋爱，要结婚，那是人生的必经之途，至于你所选择的是英国人，还是华人，这并不重要，最重要的是，他应该是一个胸怀磊落的人，富于同情心的人，真心爱你的人，敢于承担起男子汉的责任的人，那样，我也就放心了！"

为了安慰女儿，林若翰用最美好的词汇去歌颂她的生身母亲，歌颂那个黑头发、黑眼睛的民族，和今年夏天在莽苍苍斋里他那一番专揭中国人伤疤的宏论大相径庭了。上天赐给了人类奇妙的语言，也赐给了人类丰富的想象力。老父亲的一番宽慰，消弭了女儿长久以来深埋在心底的自卑，既然洋人和华人在上帝面前无所谓尊卑高下，倚阑小姐的心猿意马也就摆脱了枷锁的羁绊，按照自己的想象驰骋了……

“这么说……”倚阑擦了擦眼泪，问父亲，“您也并不反对迟先生……”

“不，”林若翰吃惊地看着女儿，“你是怎么回事？倚阑，我对着你的左耳说的话，你却用右耳在听！我已经老了，在我离开这个世界之前，要把你托付给一个值得我信任的人，配得上你的人，而迟孟桓不堪我的信任和托付，我决不赞成！”

老牧师回答得斩钉截铁。

“为什么？你刚才还在为华人辩护……”

“但我从来也没有说过我喜欢迟孟桓这个人，更没有说过他可以成为我的女婿！且不去论说他的人品和家世，只凭他结过婚这一条，就没有资格娶我的女儿！”

“啊？”倚阑吃了一惊，“他结过婚？”

“而且结过不止一次，他的家里有妻子，还有小妾！”

“这……我不知道，根本不知道！”

“你应该知道！他和那些华人富商一样，每人都有不止一个正式的和非正式的配偶。基督对我们说：神创造了男人和女人，让夫妻结为一体。男子当各有自己的妻子，女子当各有自己的丈夫。丈夫当用合宜之分待妻子，妻子待丈夫也要如此。可是在华人当中，一夫多妻却被认为是合法的，连港府都予以默认。穷人娶不到妻子，而富人则有许多妻子，这种陈规陋习，令人不能容忍，这简直是犯罪！试想，如果迟孟桓的阴谋得逞，你将处于什么地位？绝不会是他的正式妻子，只能做他的小妾，而在华人的家庭里，小妾就是玩物和奴仆！倚阑，我的女儿，难道你会甘心去做这样的人吗？难道我，你的父亲，会容许吗？不，绝不！”

林若翰由激动而愤慨，手掌握成了拳头，重重地打在藤椅的扶手上，这在一向宽厚仁慈的老牧师是少见的！

“Dad！您何必发这么大的火？我听您的，不再和他来往就是了！”

倚阑神情沮丧地垂下头，“可是，我怎么对他说呢？他会打‘德律风’给我的，也许过几天又找上门来……”

“由我来答复他！”林若翰毫不犹豫地说，“按照我们英格兰的传统，求婚的男方必须事先征得女方家长的同意，这也是中国的传统，所谓‘父母之命，媒妁之言’，是绝不能违背的。如果迟孟桓有这个胆量，就来找我吧，我有责任保护自己的女儿，有足够的理由拒绝他！”

“随便你对他说什么吧，那块地皮我反正不要了！”倚阑从藤椅上站起身来，怏怏地绕过屏风，颓然扑在床上，长长地叹了口气。

“孩子，你这句话说得好像不大情愿？”林若翰靠在藤椅上，隔着屏风对倚阑说。

“Dad，您还要我怎么样啊？”屏风后面，倚阑抬起头来，两眼含着泪花。屏风挡住了视线，父亲看不到她，她也看不到坐在藤椅上的父亲，满腔的委屈便朝着那道屏风发泄，“我已经说过了：不要了，不要了！哪怕那块地皮全是用金子铺成的，我也不要了！这还不行吗？我不再羡慕别人的财产，不再幻想发展的机会，安安分分地和你一起留在这座仅有的老房子里，仍然像过去一样生活，家里只有两个仆人，出门坐两人抬的轿子！在周围的白人当中我们算穷人，和那些华人富商相比我们也算穷人，而在香港，贫穷就是耻辱，就是罪恶！唉，这有什么办法？随便别人怎么看吧，我也不在乎了……”

屏风的前面，林若翰倏地站起来！

“倚阑！你……你是在埋怨这个家庭贫穷，嫌弃你的老爸爸无能？”林若翰突然感到一阵钻心的刺痛，颤抖着抬起那筋骨凸出、皮肤松弛的手，抚住自己的胸膛，“噢，上帝啊……”

“Dad，您怎么了？”倚阑听到那异样的声音，慌忙跑了过来，啊，她吓坏了！老牧师紧闭着双眼，苍白的脸上冒出一层汗珠，一手抚着胸膛，一手强撑着身后的藤椅，摇摇晃晃就要跌倒！

倚阑赶快扶住他，惊慌失措地大叫：“不好了，快来人啊！”

突然的惊叫震动了整座小楼，一阵慌乱的脚步声，阿宽、阿惠和易君恕匆匆地跑来……

第七章　灵肉鬼神

医生接到“德律风”就立即赶来了，紧张地抢救这位德高望重的老牧师……

林若翰在天堂门外徘徊，却没有叩开那扇门，医生把他又拉回了人间。

他的嘴唇嚅动着，眼睛慢慢地睁开了一条缝，他看见了这些熟悉的面孔：他的女儿倚阑，忠实的仆人阿宽和阿惠，尊贵的朋友易先生，啊，还有那打素医院的医生和护士……

他们的眼睛闪耀着惊喜，轻轻地呼叫着：

“Dad！感谢上帝，dad醒过来了！”

“牧师，牧师……”

“翰翁，您现在感觉怎么样？”

“I am sorry to trouble you……”林若翰嚅动着嘴唇，艰难地发出了声音，那声音沙哑而轻微，几不可辨，一双灰蓝色的眼睛半睁着，疲惫中流露出谦和的歉意，“惊动你们了，实在对不起……”

“Dad……”倚阑俯下身来，把脸贴着父亲的脸，涟涟泪水打湿了他的胡须，“原谅我，dad……”

“Ella, my daughter……”热泪涌出了慈父的眼眶，他伸手抚摸着倚阑的头，喃喃地说，“爸爸的后半生，似乎都是为了你，我对你还有什么不能原谅呢？你的任性、虚荣，都是爸爸娇惯出来的！其实，你的虚荣背后掩藏着自卑，任性的外表里面是一颗脆弱的心灵，这十几年来，爸爸对此竟然没有真正体察，是你自己提醒了我。我倒要请你原谅，你的老爸爸没有为女儿创造足够的幸福，提供强大的庇护，使你小小的年纪便为自己的前途惶惶不安，一旦主召唤我离去，把你留在这个险恶的人世，又怎么能放心啊……”

“Dad……”

医生再一次听了林若翰的心脏，认为已经没有危险了，便向病人家属仔细交代了按时服用的药物，嘱咐林若翰停止工作，卧床休息，如果有什么异常的情况，请立即打“德律风”给医院。

医生走后，翰园里的一切事情都停下来，所有人的心思都被老牧师的卧病所牵动，精心地照料他，盼望他早日康复。倚阑也没有再提起要辞退阿惠的事。迟孟桓的来访已经给她带来了太多麻烦，易先生的不快、阿宽的哀求、父亲的愤怒，都是由此而引起的，她怎么能再赶走阿惠呢？何况现在正是用人之际！

第二天是新总督卜力爵士宣誓就职的日子，总督府派人送来了请柬，敬请林若翰牧师出席，宣誓仪式之后还要举行盛大的鸡尾酒会。这份请柬，似乎是对林若翰昨天冒雨站在码头苦苦迎候总督的一个补偿，给了他极大的安慰，表明了他在香港的地位，无论换了什么人做总督，都不可忽视他。这个宣誓仪式和庆祝酒会是香港难得的盛典，自从开埠以来，到现在一共才有十二位总督，这样的庆典也只有十二次。仅有的一次例外是在1872年第七任总督坚尼地上任之时，由于患有癫痫症的代理大法官巴尔的疏忽，他事先拟定的誓词有一句出了差错，以致坚尼地总督后来不得不请求立法局为此临时立法，允许他重新宣誓一次，以示郑重。即使算上补加的宣誓，迄今也不过十三次，轮到卜力爵士了。届时，卜力总督将身穿绣花描金的总督服，胸佩绶带和英国女王所颁发的圣迈可及圣乔治大十字爵士勋章，腰挎镶嵌着黄金和宝石的指挥刀，手抚《圣经》，由头戴假发的大法官监誓，庄严宣誓效忠于女王陛下，就任大英帝国远东殖民地香港的总督兼驻港英军总司令。有幸参加这一盛典的都是港府和驻军最重要的官员，社会上最杰出的名流，比在码头迎接总督的人员范围还要小，能够接到这份请柬的人无不受宠若惊，甚至还有一些资格稍逊一筹的人士挖空心思削尖脑袋，千方百计疏通关节想弄一张请柬而不可得。

林若翰牧师收到了请柬，却又不能去参加盛典。港府要求每位客人，如不能出席，请复，在请柬上特地注明“Regrets only”。那么，林牧师虽然可以不去，却不能失礼。他亲自打了“德律风”，感谢这一邀请，并且以“健康的原因”解释了自己的不能出席，否则就太不识抬举了。

林若翰躺在病床上，度过了今年以来香港最重要的时刻。

总督宣誓就职的次日是个星期日，林若翰再也躺不住了。上帝在创世纪的时候，第一天创造了光，第二天创造了空气和水，第三天创造了陆地、海和各类植物，第四天创造了日月星辰，确定了昼夜、节令、日子和年岁，第五天创造了各类动物，第六天按照上帝自己的形象创造了人。第七天，上帝的创造工作完毕，安息了。上帝之子耶稣为了拯救世人，在星期五被钉死在十字架上，第三天又复活了，那一天也正是星期日。星期日是一周之始，是上帝安息的圣日，耶稣复活的主日。每到星期日，全世界的基督徒都走进教堂，唱诗祈祷，歌颂上帝，赞美耶稣。林若翰作为上帝的仆人、耶稣的信徒，在这一天难道可以待在家里，躺在床上吗？

早晨，他挣扎着从床上起来，要到教堂去做“主日崇拜”。

“Dad，您的病还没有完全好，怎么能出门呢？”倚阑说。

“牧师，天还在下着雨，您这么走，我不放心！”阿宽说。

“牧师，您侍奉了基督一辈子，少做一次礼拜，基督也不会怪罪吧？”阿惠说。

“你们这不是爱我，是在罪我呢！”林若翰苦笑笑，他感谢他们对他的爱护，却拒不接受他们的劝告。

阿惠把早餐端到房间里来，林若翰用过早餐，把手洗净，穿上庄严的圣袍，拿上雨伞，吩咐阿宽备轿，要和倚阑一起出发了。牧师的女儿当然也是虔诚的基督徒，每个星期日的“主日崇拜”是必定要参加的。

身体虚弱的老牧师由女儿搀扶着，颤颤巍巍走下楼，在客厅里碰到了易君恕。

"翰翁……"

"易先生也是要拦我吗?"林若翰苍白的面颊泛起微笑，心里在想着，对这位客人的劝阻该如何回答，才能不拂人家的好意。

"您有您的信仰，我怎么好阻拦呢?"易君恕说，"也许您走在通往教堂的路上，心情最为舒畅，最为有益您的健康。只是，贵恙初愈，出门请多保重才是!"

"谢谢易先生!"林若翰深为感动，易君恕的这一句话胜过了家里人所有的那些琐言碎语，这才是一位学者的风范。想到这里，他倒萌生了一个念头，"易先生，我早就想邀请您前往圣约翰大教堂参观，今天岂不正是一个机会?"

邀请是真诚的，林若翰那双灰蓝色的眼睛里，流露着自豪和对对方的尊重。

"多谢翰翁的盛情，不过……"易君恕显然没有这个准备，略一迟疑，说道，"我以为，凡进入那神圣殿堂的，应该是具有坚定的信仰的人，而我是个教外的凡夫俗子，恐怕并不适宜……"

婉言谢绝也是得体的，既没有亵渎人家的神圣，又不愿随波逐流附庸风雅。林若翰明白无误地听懂了对方这番话的真正含义，自己心目中至高无上的圣父、圣子、圣灵，至今并没有为易君恕所信仰。但他却又相信，像易君恕这样的人，一旦接受洗礼，皈依基督，必是最坚定的信徒，绝对不会像当年他在华北赈灾中所发展的教徒那样"吃教"。而在易君恕真正建立起信仰之前，又坚决不肯"滥竽充数"，这也正显示了他的正直和严肃。林若翰知道，自己对易君恕的感染至今还没有达到出神入化的程度，要吸引这样一位有思想、有见识、有追求的中国学者自觉地拜倒在基督的脚下，还需要花费长久的努力，也不可操之过急。

他也不再勉强，道声"再见"，出了客厅，朝大门走去，轿子已经等在翰园门口。

翰园离圣约翰大教堂其实很近，不过半英里的路程。林若翰之所以每天乘坐轿子来往，多半是为了维护牧师的尊严，再加以年纪大了，徒步行走山路也已经感到吃力。倚阑扶着父亲上了轿子，自己则徒步沿着松林径走下去，到圣约翰大教堂也只需要十几分钟。

林木蓊郁的“政府山”徐缓地起伏延绵，一派浓绿中矗立着香港最重要的三座建筑：上亚厘毕道旁的总督府、红棉道旁的英军司令部，炮台里的圣约翰大教堂，这片不大的三角形区域，却是香港的政治、军事、宗教的中心，堪称香港的心脏。三座建筑之中，总督府规模最大，而最为雄伟壮观的则是圣约翰大教堂，那高耸的钟楼，在今日之香港尚无出其右者，远在维多利亚港便可以眺望它的雄姿。

圣约翰大教堂的历史几乎和香港开埠的岁月一样长。

早在1838年，英国人史丹顿只身远渡重洋，来华传道，1840年秋在鸦片战争中被驻守广东的清军俘虏，四个月后获释返英，仍念念不忘俟机东来。1840年，随着大英皇家舰队对香港的武装占领，基督的福音传到了这座海岛，英舰牧师菲利浦在九十八师舰长爱德华的支持下，建成了以木板为壁、洋布为窗的第一间简易礼拜堂。1842年，鸦片战争停息，香港正式割让英国，伦敦圣公会封史丹顿为圣品，派遣他来港开办教会。是年，圣公会信徒在花园道口的美梨操场建起一座临时性木棚，以供在此驻扎的军人、港府的官员以及各种身份的欧籍侨民祈祷，这座木棚便是圣约翰大教堂的前身。

1844年，史丹顿牧师倡议建立一座永久性的礼拜堂，得到刚刚上任的第二任港督戴维斯的支持，1847年3月11日奠基动工，整整两年后即1849年3月11日落成，仅仅稍晚于1843年落成的天主教圣母原罪堂，但又比1865年落成的巴色西人愉宁堂、1866年落成的圣公会圣士提反堂、1867年落成的巴色会客家礼拜堂、1872年落成的圣约瑟教堂都要早得多。最初它曾经被设计成当时英国本土流行的“哥特式”，像大多数教堂那样。但后来却由于种种原因，不得不因陋就简，吸收了11世纪至12世纪期间从法国传入英国的“诺曼式”，注重它的实用价值、深厚凝重的气势，而不像后期的“哥特式”那样精工巧作、玲珑剔透。因为在圣约翰大教堂设计和兴建之初，第一次鸦片战争结束不久，刚刚踏上香港土地的英国人喘息未定，首先兴建的官方建筑是红棉道旁边的英军司令官邸，当时连港督的住处还没有一个固定的着落，如今人们看到的总督府是迟至1855年才落成的。远隔重洋的殖民地自然也不可能指望从本土运来精于西方建筑的技术工人和笨重的砖、石、木料，一切只能就地取材，采太平山石，挖港岛土，招募当地和来自中国内地的苦力，材料和技术均未能得心应手，再加以财力所限，圣约翰大教堂的兴建也就不可能大肆铺张，极尽豪华。经费是由英国圣公会募集的，一半来自英国，一半取自香港，一共花了八千七百三十六英镑，而这样一座建筑在英国本土大约只需要三千英镑的成本，相比之下，这里贵得多了。由于经费拮据，1849年落成的仅仅是中座礼拜堂，直至1853年才完成了钟楼。1869年至1872年又增建了圣坛所，耗资港币八万四千元。而那时，最早建成的中座已被白蚁严重侵损，于是重修中座，改装了玻璃镶嵌彩窗。1890年，增建了洗礼堂，翌年又增建一座礼堂，以供集会之用。香港不是一天建成的，圣约翰大教堂具备今天的规模，也非一朝一夕之功。

尽管如此，圣约翰大教堂仍然颇具特色，它那乳白色的墙壁和黑色的瓦顶，在绿树青山的映衬下分外引人注目。修长的尖顶门窗造型和檐下的犬牙连续图案削弱了“诺曼式”建筑的笨重，增加了几分纤美，屋顶边缘的雉堞形装饰又平添了些许庄严。四层高的钟楼高耸着四个尖顶，在港岛早期的建筑物中已是鹤立鸡群，称得上“巍峨”二字，每当黎明的曙光剪出它的背影，黄昏的夕照染红它的玉体，依山面海的西洋美人自有一番迷人的神韵。

林若翰牧师来港三十八年，有三十三年在圣约翰大教堂任职，除了回英国度假和到中国内地旅行期间，大部分时间都在这里度过，而星期天的主日崇拜则几乎从无缺席。光阴荏苒，岁月匆匆，当年一头金发的英格兰青年如今已是白发苍苍的老翁，圣约翰大教堂伴随他度过了一生中最美好的青春年华。这里是他灵魂的住所、精神的家园，他熟悉这里的一砖一瓦、一草一木如同熟悉自己的宅院，他热爱这里的每一位同事、每一位教友如同热爱自己的家庭成员。现在，当他的轿子沿着花园道一步步走近那耸立蓝天的钟楼，当他看到山间小路上络绎前来的兄弟姐妹，卧病两天来的郁闷心情为之一爽，老迈身躯的不适之感似乎也减轻了。

轿子在钟楼前的草坪上停下来，林若翰立即被教友们所包围。

“早安，林牧师！”他们向他问候。

“早安，我的兄弟姐妹，愿主赐福给你们！”他向他们表达最美好的祝愿。老牧师神态安详，满面笑容，如沐春风，谁也想不到他刚刚从病床上挣扎着起来。再过一会儿，他将和这些教友一起做主日崇拜，并且登坛讲道，这是他最幸福的时刻。

阿宽送走了林牧师和倚阑小姐，关上了沉重的镂花铁门，转过身来，发出一声叹息，脸上那恭顺谦卑的笑容便消失了。

四十八岁的阿宽来到翰园已经十四年，十四年如一日，在主人眼里，那笑容永远挂在脸上。不管在任何时候，只要主人一声呼唤，阿宽马上就出现在面前。无论吩咐他去做任何事情，总是立即回答：“是，牧师！”“是，小姐！”从来没有说过半个“不”字。倚阑小时候，阿宽把她驮在背上，在翰园的草坪上手脚并用地爬来爬去，只要小姐玩得开心，阿宽虽汗流浃背，仍然是满面笑容。有一次牧师带着小姐在海边玩，倚阑一不小心把布娃娃失落在海里，转眼间就被汹涌的浪涛卷走好远，阿宽纵身跳进大海，在浪花里几番出没，终于抓住了那即将被海水吞没的布娃娃，当他气喘吁吁地爬上岸来，林牧师狠狠地训斥他：“为了一个小小的玩具，你怎么能拿生命去冒险！”阿宽笑笑说：“没关系，只要小姐开心，我也开心！”倚阑进了幼稚园，每天的接送自然都是阿宽的事，每当他在门旁等到下午四点钟，听到奔跑过来的倚阑叫一声：“宽叔！”阿宽就赶紧迎过去，一把把她抱起来，那是他心里最欣慰的时候。阿宽接送小姐一直到她念完小学，进了皇仁书院为止。不是阿宽懈怠了，而是小姐一天天大了，不好意思再让他接送了，而且这么一个脊背佝偻、肤色黧黑的老仆人等在皇仁书院的门前，在金发碧眼的老师、同学眼里，也有碍观瞻。十四年过去，阿宽一天天老了，如今已经是将近五十岁的人，仍然兢兢业业地管理着翰园，脸上挂着恭顺谦卑的笑容。在小主人眼里，他仿佛是天性如此，这个老仆人似乎不知道什么叫烦恼，什么叫痛苦和悲哀，他以低贱的华人仆役身份能够长住在半山欧人区的翰园，已经十分知足了，此外还有什么所求呢？

阿宽佝偻着腰，往门房走去。他的下颚在咀嚼似的轻轻嚅动，好像一头老牛在反刍草料，脸腮上的那些纵横纹路随着上下左右地扭曲。世上没有天生的笑面人，阿宽那恭顺谦卑的笑容都是做出来的，而当他不在主人的视线以内，只身独处之时，则换了另一副神情，那才是真实的阿宽。就像粉墨登场的“丑”角，台前伶牙俐齿，插科打诨，台后卸了戏装，牵肠挂肚的是一家老小、柴米油盐，便再也笑不出了。

然而阿宽却不是为这些发愁，他没有家，没有妻室儿女，“王老五”当到四十八岁，翰园也就是他的归宿了，在这座镂花铁门之外再没有什么人、什么事扯着他的心。

阿宽是在为主人忧虑。迟孟桓的来访使他感到一种不祥之兆，令人不解的是，小姐对这样一个人不但没有拒之门外，反而还以贵宾相待，甚至不惜委屈她的忠实仆人阿惠以讨好迟孟桓。从阿惠听到的情况看来，小姐对迟孟桓奉送的那一块地皮是动了心了，虽然她没有当即欣然接受，但她的优柔寡断、含糊其词、半推半就也已经埋下了祸根，像迟孟桓那种见缝插针的生意精，得到这样的信息必然会穷追不舍，小姐再想摆脱恐怕就难了。阿宽不知道林牧师那天和小姐谈了些什么，但他凭直觉感到，林牧师的突然发病和这件事有关。医生背着牧师交代说，牧师的心脏非常脆弱，过分的劳累或者强烈的情绪波动随时可能造成心力衰竭，这又使阿宽的忧虑加重了十倍、百倍，他不能不想到，牧师已经是将近六十岁的人，一旦他撒手去见上帝，身后又不会给倚阑留下什么遗产，年轻的小姐失去了父亲的庇护和经济来源，便会濒临绝境，她怎么能抵挡得住迟孟桓的利诱和进攻？到那时，林牧师苦心经营三十八年的这座翰园就垮了，他爱如掌上明珠的女儿不知道将会落到什么地步！

深重的危机感挤压着翰园的老管家阿宽，他的心里翻腾起一团无头无绪的乱麻。而这些，他却又不能对主人流露，刚刚从病床上站起来的老牧师经不起刺激，年轻的小姐又不谙世事，阿宽以一个仆人的身份根本不可能和她推心置腹地交谈，满腔的苦闷、深深的焦虑无处倾吐，他只能偷偷地流泪，暗暗地叹息，而在主人面前还得装着笑脸。

今天，牧师和小姐都到教堂去了，翰园里一片寂静。这会儿，阿惠肯定在忙碌，她要把小楼的主人房和客人房都整理一遍，把客厅、楼道、楼梯都清扫、擦洗干净，还要准备午饭。易先生今天不授课，恐怕一个人正在书房里用功，读书人可以一天不吃饭，却不肯一天不读书。没有人打扰阿宽，今天上午他属于他自己。全身的筋肉从随时听候呼唤的状态松弛下来，而那颗被乱麻缠绕的心却慌慌地不能平静。空空荡荡的院子里，他感到异常孤独，哽在喉咙里的千言万语，他要发泄，他要倾吐。说给谁听呢？心里“扑通”一声，他的眼前突然浮现出一个人，那么清晰，那么真切，铁塔似的站在他面前，头顶盘着一条大辫子，被烈日晒得紫黑的脸上闪着亮光，两眼吧嗒吧嗒地望着他，好像要和他说话……

“天哪！你来了？”阿宽一把伸过手去，要扳住他的肩膀，手却抓了个空，脚下一个踉跄，差点跌倒。他扶住门房的墙垛，回过头来，睁眼再看那人，却忽然不见了。院子里空空荡荡，除了他阿宽，再没有第二个人。镂花铁门关得严严的，门闩闩得好好的，绝不会进来任何人。但是，阿宽刚才却清清楚楚地看见了！

“我知道，是你来了，你来了……”阿宽对着空空荡荡的院子说，佝偻的脊背一阵发凉，一股冷气直冲头顶，胳膊上的毛孔猛然收缩，耸起一个个火柴头大的疙瘩。

他直愣愣地望着前面，确信那既不挡眼又不隔音的空气之中站着一个人，一个他所熟悉的人，一个牵动他一生的人，一个他日夜想念却不敢向任何人提起的人……

他用后背推开了门房的门，两腿后退着，退到门房里去，把门敞着，眼望着前方，轻轻地说：“来，来吧，到我屋里来……”

上午十点半钟，圣约翰大教堂钟楼的钟声敲响了，那钟声深厚而悠扬：当！当！当！……

管风琴奏起徐缓的序乐，唱诗班和林若翰牧师及主礼人保罗·布勒牧师，由十字架前导，迈着沉稳的步伐，依次入堂。礼拜堂里灯烛辉煌，两排乳白色的廊柱连接着一座座尖顶券门，托起“人”字形的天顶，强烈的透视使有限的空间显得幽远而深邃，一排排座椅之间的通道通往祭坛，仿佛是一条通往天堂之路。祭坛坐落在太阳升起的方向，“人”字山墙上巨大的尖顶券窗，彩色玻璃镶嵌出一幅撼人心魄的画面，殷红的十字架上钉着耶稣基督，他的头顶缭绕着七彩祥云，脚下是苍茫大地，圣母马利亚和耶稣的养父约瑟仰望着上帝之子。两侧的一扇扇尖顶券窗镶嵌着一幅幅圣迹图。早晨的阳光照射着七彩玻璃，庄严肃穆弥漫神圣的殿堂。唱诗班、讲道人、主礼人沿着正中的通道，走向圣坛，主礼人将十字架安放在圣坛，和讲道人、唱诗班一起向着十字架深深地鞠躬，然后各自就位。

全体会众肃然起立，注目圣坛，与唱诗班一起歌唱：

万国啊，你们都当赞美耶和华！
万民哪，你们都当赞颂他！
因为他向我们大施慈爱，耶和华的诚实直到永远。
你们要赞美耶和华！

主礼人宣布主日崇拜开始，向会众宣召：“主在圣殿中，普天下的人，在主的面前都应当肃静。”

唱诗班唱起了《肃静歌》，歌词正是主礼人宣召的始礼经文：“主在圣殿中……”

歌声中，全体会众就座，神圣的殿堂一片肃穆。

面对会众，主礼人诵读《劝众文》：

亲爱的弟兄姊妹们，《圣经》上屡次劝我们当承认一切的罪恶，不可在全能的主天父面前隐瞒，应当存着谦恭痛悔顺从的心，承认自己的罪，才可以靠主的恩惠慈悲得着赦免。现在大家聚集，要感谢主的大恩典，颂扬主的荣耀，敬听主的《圣经》，并祈求主赐给我们身体灵魂不可少的恩典。所以我劝你们坦然无惧地来到主施天恩的宝座前，谦卑认罪。

我们应当在无所不能的天父面前，谦恭认罪。

林若翰牧师身穿圣袍，手捧《圣经》，肃立在圣坛左侧，和普通会众一起聆听着这劝众认罪的经文。这经文他诵读过多少遍？聆听过多少遍？早已无法计算了，他诞生在牧师之家，自襁褓之中耳濡目染的便是诵经、祈祷和认罪，几乎伴随了他有生以来的全部岁月。每个人都带着人类的始祖亚当和夏娃的原罪烙印来到人间，在漫长的一生中又被邪恶所诱惑，犯下新的罪行，只有谦卑地向主坦陈自己的一切罪恶，才能得到赦免。所以，人要不停地自省，不停地认罪，永远怀着惶惶恐惧之心，面对无所不知、无所不能的主……

他这样默默地聆听着，思索着，两眼望着坐满礼拜堂的会众，他的教友，主内弟兄姊妹们。

这些人几乎是清一色的白种人。上帝爱他的子民不分种族、国度和贫富贵贱，而地球上的人群却又按照人间的规律分布组合。圣约翰大教堂在兴建之初，便是为了满足远征香港的大英皇家军队的需要，甚至在动工之前不得不先搭个木棚以解燃眉之急，否则，那么多的士兵到哪里去祈祷呢？他们一边在木棚里崇拜着上帝，一边焦急地等待着这座大教堂落成，所以，自落成之日起，圣约翰大教堂的礼拜堂里总共六百四十个座位之中，便留出二百五十六个供英军专用。圣约翰大教堂的四周环绕着总督府、辅政司署、英军司令官邸和美梨兵房、金钟兵房，而且地处半山欧人居住区，这无与伦比的优越位置决定了来此参加崇拜的会众不是政府官员便是军职人员以及他们的家属，大小总有个一官半职，或者具有某种特殊身份，纯粹的白丁少之又少，而华人的比例则几乎是零。教堂并没有明文禁止华人入内，但港府曾明令规定：欧人区只许建造欧式房屋，华人不准在半山和山顶居住；华人不得与欧人同时进入香港大会堂的图书馆和博物馆；华人技工和劳工不准在公园内穿行，轿子和轿夫不得进入公园，狗若无人牵着亦不得进入公园……所以，一般华人对于圣约翰大教堂也就望而却步了，在这个等级森严的社会，他们知道自己的位置。

教堂里六百四十个座位，第一排照例是留给港府高官的。如果他们因为公务繁忙，星期日无暇前来侍奉上帝，其他会众自然也可以在前排就座，但是，只要他们来了，则必坐在前排无疑。

林若翰的目光从远处缓缓前移，落在第一排座位上，那里也已经坐满了。就在右首座位靠近通道的一侧，他看到了老朋友骆克先生，年仅四十岁的辅政司有一副圆圆的面孔，八字眉下微微眯起的眼睛含着和蔼的笑意。与骆克先生隔开一个座位上坐着全副军装的英军司令加士居少将，苍白的面孔永远是那么严肃，高高的鼻梁上戴着一副金丝夹鼻眼镜。在这两位举足轻重的高官中间的座位上，则是一位面目生疏的男士，那人年约六十岁左右，一副瘦长的身材；面庞上宽下窄如一个倒置的三角形，棕色的头发剪得很短，整齐地偏分在两旁，鹰钩鼻子下面，两撇小胡子遮住上唇，微微翘向两腮。这是一个没有太多特点的人，令人一见之下不易忘却的是那两只过于肥大而且向两边扇风的耳朵，以及一双大而有神的蓝眼睛，闪射着凌厉的光彩。林若翰想不起曾经在哪里见过这张脸，此人也没有穿官服，因此并不为教友们所注意。但是，此人既然坐在第一排最靠中间的位置，而且由骆克辅政司、加士居少将和其他高级官员分列两旁如众星捧月，已经充分说明他绝非寻常之辈，通常只有总督才能处于这样的地位——当“总督”这个词在林若翰的脑际闪现，他突然想起了昨天刊登在香港所有的报纸头版头条的一幅照片，正是现在看到的这副面孔，林若翰立即明白了：这位先生不是别人，正是新任港督卜力爵士！

就在前天，林若翰在维多利亚港迎接了这位新总督，在雨幕和拥挤的人群中却没有看清这张脸，现在，卜力总督就坐在他面前，相距不过三英尺。

林若翰有些惊奇地注视着总督，卜力的目光和他相遇了。总督的神色平静自若，那目光也没有什么特殊的表情，却又似乎具有无穷的威力，仅仅是那么一闪，便如电光石火，使林若翰不敢逼视，匆忙之中闪开了。这始料不及的邂逅使他心里一阵慌乱：昨天，就在昨天，总督宣誓就职，开始统治香港的政治生涯，第一次公开显示权力和威仪。总督并没有忽视他，给他送来了请柬，却被他婉言谢绝了。谢绝的理由是完全正当的、合乎礼仪的、无懈可击的，因为他确确实实是病了，那打素医院出诊的医生可以证明。但是，他却忽略了，“由于健康的原因”，这是政治家们在不便露面的时候最常用的措辞，因此，人们对这样的说法往往一笑置之，去猜测“健康”之外的其他“原因”。而林若翰从昨天称病婉拒总督府的邀请，到现在还不满二十四小时，却已经在大庭广众之中公开露面了，是“健康的原因”突然之间不存在了，还是不屑于参加昨天的盛典？如果总督或者总督身旁的任何一位官员发出这样的疑问，都在情理之中！但是，又有谁会愚蠢到当面向他提出这样的问题？又有谁会不厌其烦地去调查、了解他昨天是否真的在生病？他连做出解释的机会也没有了！

林若翰平静的心情被突如其来的烦恼打乱了。他哪里能够想到，新总督刚刚上任三天，就被他得罪了呢？

望着近在咫尺的总督，林若翰惶惶然不知所措，而这时，主礼人已经按照预定的程序，和全体会众一起诵读《认罪文》了。他连忙收住纵逸的思绪，跟随上去：

> 最慈悲的天父，我们常随自己的意思，放纵自己的私欲，违犯了天父的旨意。当做的不做，不当做的反去做，性情软弱，无力自救。现在我们承认自己所犯的罪，求主怜悯、赦免。又求慈悲的父，叫我们从今以后，尊奉天父，奉公守法，爱人如己，将荣耀归于天父的圣名。这都是靠着我主耶稣基督的功劳而求。阿门。

白发苍苍的老牧师怀着谦卑之心，向上帝忏悔自己的罪过，祈求主的赦免。这《认罪文》也是他诵读过千万遍的，今天读来，感触尤深。准确地说，他不是痛恨自己犯了什么“罪”，而是深深地懊恼自己不应有的失误。今年以来，他已经有两次重大失误了！一是夏秋之交的北京之行，他卷入了那场短命的“百日维新”，损失惨重。林若翰来华三十八年，频繁往返于香港和中国大陆之间，倾注心血对中国的历史和现状进行了持久的研究、考察，写下一部部专著，成为一位知名的“汉学家”和“中国问题专家”，绝非仅仅出于“学术研究”的兴趣，而是要借助于皇家的力量，实现自己的理想和抱负。在这个东方专制帝国，知识分子要想有所作为，唯一的出路就是“学成文武艺，卖与帝王家”，即便来自西方的洋儒也是如此，英国传教士傅兰雅、美国传教士林乐知都是和林若翰差不多同时来华的，他们因为译书、办报有功，早在十多年前就已经分别被授予三品和五品官衔，林若翰至今仍然是一名布衣白丁，在他们面前相形见绌。他急于建功立业，却又在残酷的政治斗争中“押”错了“宝”，变法失败，翻云覆雨，他不但一无所获，还交恶于皇太后及其“后党”，成为在北京不受欢迎的人，从此结束了在中国的政治生涯，多年的心血付之东流，“中国问题专家”痛失用武之地！这一惨败使他对政治心灰意冷，返回香港，退隐翰园，不求闻达，只愿主赐给他平安，在爱女的陪伴下度过余生。然而他又怎能料到，向来毫无瓜葛的迟孟桓却在这时把手伸进翰园，打破了这世外桃源般的宁静，平地骤起波澜，使他在一怒之下大病突发，险些提前去见上帝！就在他头脑昏昏、心烦意乱地卧病在床之际，魔鬼让他犯了又一个错误：谢绝出席总督宣誓就职典礼。为什么轻率地做出这样的决定？试想，如果在北京的时候接到光绪皇帝召见的谕令，即使重病在身，卧床不起，他会谢绝吗？当然不会，哪怕是他所不喜欢的皇太后，假若某一天突然心血来潮，传下懿旨让他到颐和园陛见，他也会受宠若惊，抱病驰驱，三跪九叩，谢主隆恩。那么，为什么对卜力总督却没有这样做？要知道，你毕竟不是大清国的臣民，北京之行成也罢，败也罢，可留则留，当去则去，哪怕一辈子不再涉足中国大陆，总还是另有天地；可是，你是一名英国公民啊，居住香港三十八年之久，应该比谁都明白，总督是奉大英女王陛下之命统治香港的最高行政长官，在这块远东殖民地拥有至高无上的权威，人们甚至说“总督仅次于上帝”，而你是居住在香港的大英臣民，对你来说，难道总督不比中国皇帝、皇太后更重要吗？新总督宣誓就职是香港的头等大事，许多人眼巴巴地盼望着能够亲身恭临盛典，而你接到了请柬却自动放弃了。这在别人看来，简直是狂妄之极！你以为自己多么了不起？圣约翰大教堂的牧师，在宗教崇拜典礼中你是主角，充当上帝的代言人，为信徒所仰望，而在香港的政治舞台上，总督才是主角，你连个小小的配角都不是，只不过和千千万万的人一样，是总督治下的一个老百姓而已，有什么可狂妄啊？不，上帝可以做证，林若翰虽然有些孤傲自负，但并不是一个目无尊长的人，更不可能连总督都不放在眼里，居住香港三十八年来，他先后经历了赫科莱斯·罗便臣、麦当奴、坚尼地、轩尼诗、宝云、德辅、威廉·罗便臣时代，已经是“七朝元老”，七位总督照例都是到圣约翰大教堂参加各种崇拜仪式，林若翰历来对他们都是恭而敬之，怎么可能唯独对新官上任的卜力总督大不敬呢？实在是因为重病之中心力交瘁而疏忽了！他以为只要据实禀报自己正在生病，便可以得到谅解，岂不知，怀疑和猜忌是人的天性，你所说的话别人就都相信吗？那么重要的场合你不出席，就给了别人任意猜测的权利，人家说什么是什么，“人言可畏”啊！而总督刚刚到任，人地生疏，必然先入为主，对这个谢绝出席他的就职庆典的人还能有什么好印象？在总督的五年任期之内，圣约翰大教堂是他参加主日崇拜必到的地方，今天刚刚是第一次，就已经让林若翰领受了这份尴尬，未来漫长的五年又该怎么度过？

想到这些，老牧师懊悔不已，口中诵读的《认罪文》字字句句打在他的心上，“当做的不做，不当做的反倒去做”，是啊，自己为什么犯下了这样的过错，得罪了总督呢？“现在我们承认自己所犯的罪，求主怜悯、赦免”，也许在上帝眼中，这样的疏忽并不算犯罪，可以赦免，但谁知道总督肯不肯赦免他？现在，“仅次于上帝”的总督就在他的面前，那副毫无表情的面孔，那双凌厉的眼睛，高深莫测，令人望而生畏！

涔涔冷汗渗出林若翰的额头，一颗心像悬浮在空中的气球，飘飘忽忽没有着落……

翰园的客房里，易君恕正在伏案命笔，书写教材。他为倚阑小姐授课并没有一部现成的教材，而是从翰翁的大量藏书中找几本唐诗、宋词的选本，根据倚阑的接受能力，从中选出一些篇幅短小、文字浅易而又内容与文采俱佳、在中国家喻户晓的名篇，向她进行最为基本的汉文教育。易君恕每天晚上把预定的篇目书写出来，次日教她诵读，详细讲解，课后再让她抄写、背诵，下次上课之前，还要先把上一课“回讲”，以考察她领悟的程度。

前天，倚阑小姐为了接待迟孟桓而停课，使易君恕非常恼火，他打算向翰翁提出：中止这项授课计划，不教了！但是，翰翁的突然发病打乱了翰园的一切，他不忍在这个时候再刺激老人了。翰翁病愈之后，翰园恢复了往日的秩序，倚阑小姐的汉语课还得继续上。此刻，易君恕正在书房里写明天的教材，这是文天祥的那首著名的七言律诗《过零丁洋》，连标题不过六十个字，却是字字重若千钧，令人觉得笔端沉甸甸的。易君恕以工整秀挺的小楷书写完毕，仔细校阅一遍，并无脱漏错讹，便放在一边，拿过放在旁边的当日报纸，逐页翻阅。

香港不像北京那样只有一份黄皮《京报》，这里的报纸每天一大摞，英文报纸《德臣西报》《士蔑西报》《孖剌西报》，易君恕看不懂，但翰园也订了几份汉文报纸《中外新报》《华字日报》《循环日报》《维新日报》，就成了他了解外部世界的重要媒介，每日必读，从中搜寻来自中国大陆的信息。近几天来，新任港督卜力爵士当然是令人瞩目的新闻人物，大幅照片连日占据各报的头版头条，还有连篇累牍的文章，详细报道总督的种种活动，一些消息灵通人士甚至迅速地了解到卜力昔日在英国殖民地巴哈马、纽芬兰、牙买加担任总督期间的大量“政绩”，及时地奉告于香港市民，此举当然也将博得新总督对报馆的青睐。更有专写“花边新闻”的无聊文人，深谙英国人“爱我便爱我的狗”的独特心理，对卜力上任时带来的那只狼狗也跟踪报道，将总督爱犬“盖瑞”的玉照刊登于报端，并且大肆吹捧，恰恰戊戌年是狗年，还没过去，便借题发挥，称“灵犬自西方来，为本港犬年增瑞”云云，读之令人作呕。

“文人堕落到这等地步，真是斯文扫地！”易君恕嗤之以鼻，无心再看了，便丢开报纸，从写字台前站起身来，想去门房问一问阿宽，今天有没有他的信。其实，每天早晨邮差一到，阿宽立即把报纸和信件送上楼来，从不耽误。林若翰在英国、在香港都有许多朋友，倚阑小姐也有一些昔日的同学，还有一些教友慕名向林牧师请教，翰园几乎每天都有信来，那些英文信件，阿宽一望而知与易先生没有关系，便呈送牧师和小姐，还从来没有一封信是寄给易先生的。每天阿宽托着报纸和信件一上楼，易君恕迎头便问："阿宽，有我的信吗？"阿宽总是遗憾地说："没有，先生。"看着他那怅然若失的样子，就再宽慰他几句："先生，不要着急，北京到香港这么远，信到得不及时也是难免的，再耐心地等一等。只要您的信一到，我马上给您送来！"易君恕完全相信，只要阿宽见到北京来信，一定会兴奋地跑上楼，急切地喊着："易先生，你的信！"今天，阿宽已经来过了，只送来报纸，没有信。但是，易君恕仍然忍不住再去问一问，让阿宽仔细查一查，万一他刚才看得不仔细，遗落在门房呢？疏忽人人会有的，这也说不定！

易君恕步出房间，下了楼，往院子里走去。

院子里空无一人，比往日更安静。易君恕有些奇怪，平时只要从窗口往外看一眼，就会看见阿宽在莳花弄草，忙个不停，今天怎不见阿宽的身影呢？

他沿着鹅卵石甬路走到院子的尽头，来到门房跟前，见那扇门关着，阿宽肯定是在屋里。便抬起手来，正要推门，喊一声："阿宽！"却突然想到今天是星期日，牧师和小姐都去了教堂，阿宽难得休息一天，也许现在正在睡觉，便不忍心打扰他，缩回了手，即将出口的那一声喊也咽住了。

此时却听见屋里传出阿宽说话的声音：

"你早该来，十四年了，我可真想你啊！天天盼望能梦见你，可总是见不着，今天总算把你盼来了！……"

那声音不高，却极其真挚，极其恳切，好像是久别的故人重逢，在促膝叙旧。易君恕心中一动：不知阿宽在和什么人说话？平日只觉得他无家无室，年近五十仍孤身一人，以翰园为家，栖身于这间小小的门房，也令人同情，可是阿宽毕竟还有人来往，比起我这举目无亲，倒还要强些呢！

他心中感叹着，转过身，正要原路返回，又听阿宽在屋里说道：

“你可别走啊！坐下，就坐在这里，我有话要跟你说！兄弟，我现在遇到了难处，前面横着一道关，怕是过不去了，你可得帮帮我啊！……”

易君恕虽然站在门外，看不见屋里的情形，但从那悲悲切切的声音听得出，此刻的阿宽已是声泪俱下，正在哀哀地向人求助！易君恕不禁吃了一惊：阿宽遇到了难处？他出了什么事？为什么不跟翰翁讲，倒求外面的人帮助？我自从来到翰园，事无巨细都得到阿宽的照应，如今他有难处，也不能袖手旁观啊！

这么一想，心里着急，便伸手去推门，叫声：“阿宽！”

门“呀”的一声被推开了，易君恕倒愣住了！这间小小的门房，一览无余，除了阿宽之外再也没有第二个人，阿宽正跪在地上，面前摆着一把空空的木椅，椅子前面的砖地上有一堆纸灰，里面还有一两片还没有燃尽的纸钱……

“啊？易先生！”阿宽突然看见他进来，大惊失色，两眼直愣愣地望着他，嘴唇哆哆嗦嗦，一时手足无措……

“噢，对不起，阿宽！”易君恕一脚门里，一脚门外，进也不是，退也不是，“我刚才听见你在说话……”

“啊！您听见了？”阿宽慌乱地从地上站起来，一把把他拉进来，关上了门，插上了闩，急切地问他，“易先生，您听见我说什么了？”

“我……我是来问问有没有我的信，无意中听见的，”易君恕很觉尴尬，解释说，“也没有听清楚，好像你是在求什么人帮助，我怕你出了事，所以就……唉，我哪知道你是在自言自语！你这是在祭奠亡人吧？”

“哦，是啊，是啊……”阿宽这才稍稍放下心来，抬起衣袖擦了一把泪，说，“是祭奠我的兄弟，他死了十四年了！往年每到阴历十月初一，我都要出去给他烧些纸钱，‘十月一，鬼穿衣’嘛，他死的时候光着脊梁，得给他送点钱，添件衣裳。这些天翰园的事情忙，十月初一都过了，我还没给他送钱去，对不起亡人哪！我刚才恍恍惚惚地觉得他找我来了，这不，赶紧给他补上……”

“噢……”易君恕点点头，他也知道，像亡人托梦之类的说法固然不足为信，无非是活人对亡人思念之深，心有所感罢了，但阿宽的这种手足之情却令人感动，便问道，“你的那位兄弟是怎么死的？”

“唉！”阿宽长叹一声，声音哽咽了，泪珠滴滴答答地往下掉，“我的阿炜兄弟，他可死得惨啊！……”

圣约翰大教堂里，庄严的主日崇拜正进行到中途，主礼人保罗·布勒牧师手捧《圣经·新约》，诵读《约翰一书》第四章第七至十节：

> 亲爱的弟兄啊，我们应当彼此相爱，因为爱是从上帝来的。凡有爱心的，都是由上帝而生，并且认识上帝。没有爱心的，就不认识上帝，因为上帝就是爱。上帝差他独生子到世间来，使我们借着他得生，上帝爱我们的心在此就显明了。不是我们爱上帝，而是上帝爱我们，差他的儿子为我们的罪作了挽回祭，这就是爱了。……

在后排外侧的座位上，安安静静地坐着林若翰的爱女倚阑。每次参加主日崇拜都是这样，她到得很早，却坐在后排外侧的座位上，从不往前挤，也不占中间靠近通道的地方。平时孤傲自负的倚阑小姐，此时却异常地谦恭自卑。这是因为，那些大大小小的官员，身着军服的军官和士兵，她要回避；那些金发碧眼的女士、小姐，她也要回避，不愿意让自己的黑头发、黑眼睛引起人家的注目，所以，只要进入这个白人大聚会的教堂，她总是自动地选择一个角落，手捧《圣经》，俯首低眉，目不斜视，默默地祈祷上苍……

突然，她感到一股温热的气息靠近了她的脸腮，邻座的人的呼吸拂动了她的头发，脖颈上痒痒的。她本能地侧过头去，这才惊奇地发现，坐在她旁边的竟然是迟孟桓，也不知是什么时候挤过来的！他那一头梳得油光水亮的黑发，那张保养得很好的红润的脸，上唇两撇翘翘的洋式小胡子，嘴角挂着亲切的微笑，一双晶亮的眼睛正在注视着她……

倚阑的脸腾地红了，心想：这……这位迟先生怎么这样？这里不是翰园的客厅，也不是什么 party，而是神圣的教堂！即使在任何一个地方，一位男士也不能这么悄悄地接近一位小姐，连起码的礼貌都不顾，像个什么样子？在这大庭广众之中，让人家怎样看待我和你？更何况，因为你的上次来访，我已经受到 dad 的严厉批评，发誓再也不和你见面，你那块地皮我也不要了——其实我也没有明确说过接受你的礼物，那件事就算了，你……你追到这里来缠着我，做什么？倚阑突然想起了易先生。同样是处于青春年华的男人，易先生是那么沉稳、端庄，每天和倚阑在一起，除了诲人不倦地授课，目不斜视，不苟言笑，从来也没有过轻薄的举动。只有自爱的人才能赢得别人的尊重，这个道理，满身铜臭的迟孟桓哪里懂得？唉，人和人相比，差得太远了！

"林小姐……"迟孟桓却并没有丝毫的尴尬，他仍然那么微笑着，用极其低微、极其轻柔、近乎耳语的声音说，"对不起，我没带《圣经》，只好借你的光了，可以吗？"

倚阑再一次出乎意料，倒被他问住了。《圣经》是上天的启示，是宇宙间的真知，是人类至高无上的经典，当有人出于求知的愿望，希望和她共用一本《圣经》，不管这个人是谁，倚阑作为一名基督徒，难道能够拒绝吗？

愣了片刻，她无可奈何地垂下了眼睑，尽管如芒刺在背，如坐针毡，她还是默默地答应了迟孟桓的这个要求，把手里的《圣经》稍稍向旁边送过去，让他能够看得清楚。迟孟桓便依然保持着原来的架势，倾斜着肩膀，侧着脸腮，温热的鼻息吹拂着她耳旁的秀发，炯炯目光越过她那袒露的修肩，投向捧在一双玉臂之中的那本神圣经典。倚阑的心脏慌慌地狂跳，仿佛自己是在遭受酷刑，上帝啊，她在心里说，幸亏我坐在最后一排，不然，让教友们从背后看见，我和他算什么呀？

林若翰牧师离他的女儿很远，年近六十岁的人，昏花老眼看不清坐在后排的人们的面目，他没有留意倚阑坐在什么位置，也没有发现这六百多名会众之中还有一个未曾入教的迟孟桓。

其实，林若翰此刻已经把整个世界都忘了，注意力只在对面的卜力总督身上，总督的一举一动，一个眼神，都使他惴惴不安。他不知道，昨天总督在宣誓就职典礼上是不是和每一位嘉宾都握手寒暄？新任总督突然之间接触那么多人，一个个都是生面孔，他认得谁是谁吗？弄得清楚哪一个到会哪一个缺席吗？但愿总督当时只顾着自己宣誓的礼仪别出差错，而把客人都忽略了，他林若翰的缺席也就不显眼了。人的念头真是奇怪，三天之内能够一百八十度大转弯，前天从码头上回来时他懊恼没有和总督真正见上一面，现在又希望总督心里根本就没有他林若翰，不求博得总督的青睐，只要不招致总督厌恶，他就满足了。

这么想着，心里觉得踏实了一些。但是，当总督看着他时，那凌厉的目光又使他疑惑：自己和这位新总督从未有过接触，不知道他是否总是这么目光咄咄逼人，还是只对我林若翰才这么严厉？这就无从了解，实在说不准了。他又想到：今天总督来教堂之前，骆克先生有没有对他特别提到我林若翰？总督知道我是谁吗？这是最关键的，可是，这又怎么能向骆克先生询问？虽然是老朋友，这样的问题也是难以启齿的，这会让骆克先生产生误解，以为他想巴结总督，得到点什么。唉，人哪，在世上做个人，实在是太难了……

老牧师的茫然思绪无边无岸，耳畔却听得主礼人宣布说："现在，请林若翰牧师讲道！"

林若翰一愣，这才知道自己该上场了，主日崇拜的节目单早已事先拟好，他自己正是因此而抱病前来，会众一进教堂也已经看到，当然是无可更改。可是，林若翰担任牧师三十多年之久，曾经无数次外出布道、登坛讲道，却是第一次在听到主礼人读出他的名字时感到恐慌，就像是经验不足的演员临近上台突然"怯场"了，对他来说这简直是不可思议的！

但是，现在已经不容他再迟疑，他定了定神，走上圣坛侧旁的讲道坛，眼睛望着前方。木结构的"人"字形屋顶和两排托着尖顶券门的廊柱在他面前展开，两侧墙壁上玻璃镶嵌彩窗闪耀着璀璨的阳光，他非常熟悉的这座礼拜堂今天显得格外高大壮阔，肃穆庄严，所有的座位都坐满了人，鸦雀无声，众目睽睽地注视着他，其中包括坐在最前排的总督和港府的其他高官。林若翰今天是第一次面对新总督登坛讲道，他突然觉得，这不像普通意义的讲道，而有些发表"竞选演说"的味道了。

"信奉基督的人们，上帝的儿女们，亲爱的兄弟姐妹们！……"

他用多种称呼来呼唤着这些人，作为讲道的开始。他看见台下所有的人都在期待着，侧耳恭听，总督的那两只扇风耳朵又特别显眼。总督似乎对他所讲的每一个字都特别注意，或者说他的每一字都是讲给总督听的，那么，他该怎么讲，又讲些什么呢？

"在那遥远的地方，古老的时代，在约旦河流入死海口的附近的一片浅滩，缓缓地移动着从摩阿布山上下来的商队。贝特巴喇河谷是世界上唯一低于海平面一千一百多英尺的地方，奇特的地势使它弥漫着一种难以形容的凄迷。峡谷底下没有任何建筑，只在山腰上才可以看到白色的城堡和供人憩息的棕榈树荫。从这里到耶路撒冷还有半日的路程，它就在那高高的山上。以色列十二支派的土地分布在约旦河的两岸，他们选择下游的浅滩涉水而过。很多人在贝特巴喇浅滩驻足，他们中间有纯血统的希伯来人，约旦河对岸的阿拉伯人，鼻子上戴着金属环饰的巴比伦人，棕色的阿比西尼亚人和苏丹的黑人……"

他的讲道就这样开头了，声调深沉而徐缓，向人们讲述着那年代久远的故事。下面，故事中的主人公就要出场了。

"一个大约三十岁的男人出现在贝特巴喇浅滩。他瘦骨嶙峋，穿着骆驼皮的衣服，用皮带束着腰，约旦河谷的烈日把他的皮肤晒成茶褐色，严守斋戒使他的身体虚弱，走起路来摇摇晃晃。他一边走着，一边不断地喊着：'赎罪吧，赎罪吧！'他毫无顾忌地向人们警告着可怖的灾祸：'谁揭示给你们逃避将来的义怒呢？斧子已经加到树根上，凡不结好果子的树，都要被砍，扔到火里去！'在约旦河谷讲道的这个人是谁？你们知道他是谁？"

林若翰向他的听众发问，不是要他们回答，而是要借此加强演讲的效果。他看到，坐在前排的卜力总督的嘴唇轻轻地嚅动了一下，好像是在说："约翰……"

"啊，是约翰，施洗者约翰！"林若翰说，得到总督的回应，他的情绪明显地好转了，讲道渐入佳境，"约翰是真正的先知，他是为上帝做证的先知中的一个，而且是最后的一个。消息传到了耶路撒冷，民族的首领派出了祭司和利未人来到约旦河谷，他们把约翰当成了基督，而只要基督到来，以色列的苦难就完结了。

"他们问约翰：'你是不是基督？'

"约翰老老实实地回答：'不，我不是。'

"他们想，这个人至少应该是基督派来的先驱以利亚，'你是不是以利亚？'

"约翰仍然坦白地回答说：'不，我不是。'他有以利亚的能力和精神，但并不是那位古代的先知重新来到人间，所以他不能说谎。

"他们问：'那么，你是谁？'

"约翰说：'你们听到先知以赛亚说过吗？旷野里有一个呼声：修直主的路吧！——我就是那个人。'"

林若翰动情地讲述着圣约翰的故事。是啊，圣约翰是真正的先知，而且是最后一位先知，林若翰正是沿用了先知的名字"John"，他以先知为榜样，为此而深感自豪！

"祭司和利未人问约翰：'你既不是基督，也不是以利亚，为什么要给人们施洗呢？'

"约翰说：'我用水洗你们，可是不久要来一位比我能力更大的，他要用圣神和火来洗你们！与他相比，我连为他解开鞋带都不配。'你们看，约翰是多么谦卑啊！……"

牧师讲到这里，特地向总督看了一眼，因为他之所以要讲圣约翰的故事，而且挑选了这一段故事，着力颂扬圣约翰的谦卑，实在是讲给总督听的。他要让总督相信，讲故事的林若翰正是以圣约翰为榜样，他并不是一个狂妄自负的人，而是一个恭顺谦卑的人。可是，正当他讲得最动情的时候，讲到了"我连为他解开鞋带都不配"这句话，他突然看到总督卜力爵士的两撇小胡子耸动了一下，脸上漾起一丝笑容！那笑容轻微到几乎难以觉察，而且在眨眼之间便消失了，但林若翰却真真切切地看到了，因为他站在讲道坛上，面对着总督，而且离得那么近，看得清清楚楚！

“施洗者约翰是上帝的传报者……”林若翰继续讲下去，心里却在想：总督为什么要发笑呢？圣约翰的故事记载在《圣经》上，又不是我杜撰的，这有什么好笑？也许，总督是在嘲笑我？为什么？是在怀疑我的诚实吗？不，不，这是不应该的，总督误解了我！林若翰的心乱了……

“圣约翰无比诚实，无比谦虚！”他激动地喊道，“面对祭司和利未人的询问，他不冒基督之名，不冒先知以利亚之名，他老老实实地承认自己只是那个在旷野里呼唤的人：‘修直主的路吧！’他没有撒谎，没有说一句假话！任何人都不应该怀疑圣约翰谦虚诚实的品格！”

老牧师几乎已经声嘶力竭，他的脸涨红了，两眼闪烁着泪光。讲道人这样动情是罕见的，全场的会众为之动容，只是那些注视着他的目光有些奇怪。坐在最后一排的倚阑吃惊地望着她的父亲，dad 今天是怎么了？为什么要在这里为圣约翰辩解？难道有谁会怀疑过圣约翰的品格吗？

讲道坛上，林若翰自己也愣在了那里。啊，失态了，为什么要这么冲动？为什么要说这些？一个恭顺谦卑的人，本来是不需要为自己辩解的！

台下一片寂静，满堂的会众都在注视着他，等待他继续讲下去，或者宣布结束，这样静场和会众对视的情景是从来没有过的，这是怎么回事啊？

林若翰的额头上冒出一层大颗的汗珠，他感到喉咙发干，心慌气短，已经无法再讲下去了，必须尽快地离开这讲坛，而又要让自己保留体面，唯一的办法就是赶快结束！想到这里，也不管接得上接不上，他念起了结束讲道的启应文：

“但愿荣耀归于圣父、圣子、圣灵！”

会众们微微一愣，知道这是要结束了，赶快应答：

“始初如此，现今如此，后来亦如此，永无穷尽。阿门。”

管风琴奏响了，唱诗班和会众一起唱起收集奉献的圣诗《献礼颂》。林若翰如释重负地嘘了一口气，手扶着护栏走下了讲道坛，他那厚重的圣袍已经被汗水浸湿。

翰园的门房，紧闩着房门，阿宽那黧黑精瘦的面颊神色肃然，目不转睛地注视着面前的那把空空的木椅，而他却坚信椅子上坐着一个人，那是他死去了十四年的兄弟阿炜，刚才亲眼看见他来了，把他请到这间小屋里来了。

“阿炜是我的结义兄弟。我们磕过头，盟过誓：不能同年同月同日生，但愿同年同月同日死！易先生是读书人，你知道，这跟刘、关、张桃园三结义是一样的，对天盟过誓就是亲兄弟了，无论刀山火海，也要共患难！……”

阿宽怀着深深的怀恋和崇敬，说起十四年前的往事和他那难忘的兄弟……

公元1884年9月3日，大清光绪十年七月十四日，一艘法国军舰“加利桑尼尔”号缓缓驶进维多利亚港。当时，刘永福的黑旗军和越南军民一起，正在与法军浴血奋战，法国军舰已经打到了台湾，并且在福建马尾港发动突然袭击，击沉了十一艘中国兵船和十九艘商船，摧毁了整个造船厂，左宗棠苦心经营了将近二十年的福建水师毁于一旦。慈禧皇太后唯恐战争失利，重蹈英法联军攻陷北京、火烧圆明园的覆辙，派李鸿章与法国交涉，以牺牲越南、剿灭黑旗军为交换条件，息战议和。就在法军炮轰马尾港的三天之后，光绪皇帝力排众议，下诏对法宣战，授刘永福为记名提督，赏戴花翎，派遣重兵与黑旗军协力作战，抗击侵略者，重创法军……

这艘“加利桑尼尔”号，便是来自中法战争的前线，因为被中国军队打伤，就近到香港修理。当时在任的第九任香港总督宝云，对外声称在中法战争中保持“中立”，而实际上，香港却成了法国海军的后勤基地，明目张胆地从香港向前线输送军火补给。法舰遇有损伤，也到香港来修理。“加利桑尼尔”号的来港，犹如巨石投进大海，击起了冲天浪涛，船厂的中国工人一呼百应，拒绝为敌舰效劳，他们举起沾满油污的拳头，喊出了惊天动地的两个字：“罢工!”一时间，罢工浪潮迅速蔓延，艇夫、船户、码头工人、航运工人、运煤工人群起响应，拒绝为法国军舰、船只加煤、装货和提供其他服务。

9 月 29 日，罢工已经坚持了将近一个月，给港英当局造成了巨大的经济损失，英法两国关系也将受到影响。港督宝云心急如火，洋行买办、太平绅士迟天任等人也周旋于港府和工人之间，进行“调停”，又终归无效。宝云悍然派出军警镇压，拘捕罢工工人多名。但他哪里想到，此举不但没有扑灭工潮，却又在火上浇油，激起了更猛烈的反抗，全港各行各业的工人、苦力一体罢工，停止装卸、搬运一切华、洋货物，维多利亚港瘫痪了!

10 月 3 日，阴历八月十五日，正是法舰“加利桑尼尔”号进港一个月，罢工也整整坚持了一个月，达到了高潮，成千上万名码头工人、各行各业的苦力拥上街头，举行声势浩大的游行示威……

码头搬运苦力阿宽和他的结义兄弟阿炜也行进在队伍当中。

他们都是极其平常的人，成年累月在露天码头经受风吹日晒，皮肤已经变成了古铜色，黑黝黝闪着紫光。每天，他们以铁打的肩膀，扛着一两百斤的麻袋和货箱，踏着颤悠悠的跳板往返于码头与船舷，刚刚三十出头的阿宽已经被压弯了腰。阿炜却比他壮实，高高的个子，宽宽的肩膀，头顶上盘着一条蟒蛇似的大辫子，站在那里像一座铁塔。装货、卸货的时候，阿炜总是让阿宽走在前面，一只手向前伸着，扶着阿宽肩上的货物，这样可以给他减轻一些重量，两人一前一后地喊着号子，“咳哟，咳哟，咳哟，咳哟……”一步一步地走着艰难的人生之路，每个月才挣来五块港币的血汗钱、活命钱。而现在，他们竟然连饭碗也不顾了，扔下肩膀上的垫布，罢工了!

“阿炜呀，”行进的队伍中，阿宽忧心忡忡地对他的兄弟说，“这罢工能撑到几时呢?”

“撑到几时算几时，”阿炜说，“法国人只要不撤走，我们就不复工。我们是中国人，不能帮着鬼佬打中国呀，那就丧尽了天良，天地不容！”

“这道理是没错的，可是，”阿宽咂咂嘴说，“我们已经一个月不做工了，人活一口气，这饭总得吃，要是三五个月不复工，吃什么？”

“天塌下来，有众人顶着！”阿炜说，他那条大辫子从头顶上滑落下来，抬起手，一把甩到脑后去，“我们有好几万工友呢，众人齐心，黄土成金，怕什么？”

“我是怕……唉！”阿宽心烦意乱，叹了口气，“兄弟，我比你年长几岁，这种事也经历过几回了。当年，英法联军攻打北京，香港的老百姓也闹过罢工罢市，可又能怎么样？芥籽小民到底抗不过官府！我怕的是，这一回又是……”

“大不了是一个死！”阿炜的眉头拧成了疙瘩，闷闷地说。

“死？”阿宽听得骇然，“阿炜，你胡说什么？今天是中秋节，这个‘死’字可出不得口！”

“是吗？今天是八月十五啊？”阿炜好像忘了这个日子，抬起头，望着昏黄的天空，港岛的东方，鲤鱼门上空已经升起一轮圆圆的月亮，“唉，辛苦一年，到了八月十五，连一块月饼也买不起，还过什么节！宽哥，我们活着也是当牛做马，离死只差一步，还有什么可怕的呢？死了，倒要做个挺起腰来的鬼！”

阿炜的话音未落，队伍的前方乱了起来。这时，游行的人群已经沿着德辅道从上环走到中环，正打算转弯向南，到港督府去请愿，突然之间，像是洪水撞上了堤岸，哗地往回涌过来！阿宽抬头一看，啊，是警察来了，有英国警察，也有印度警察“红头阿三”，呼啦啦开过来一大群，挥舞着警棍和手铐在抓人，走在游行队伍前头的，已经被他们铐上十几个了！

“阿炜，快跑！”阿宽赶紧拉着他的兄弟，掉头就往回跑。可是，成千上万人都拥在一条马路上，突然之间要往回跑，根本来不及疏散，人群挤成一团，道路堵塞了。警察趁机冲进人群，挥起警棍劈头盖脸地乱打，一些人被打得头破血流……

阿宽和阿炜挤在纷乱的人群中，眼看警察就要冲到他们跟前了，阿炜突然说：“宽哥，快，往海边跑，跳海吧！”

阿宽一听，对呀，跳海！两人不再往前挤，立即掉转方向，从斜刺里冲了出去！那时候，维多利亚港填海还没有填到干诺道，德辅道北面不远就是海岸，码头苦力成年累月在海上做工，都是好水性，只要跳到海里，便如鱼得水，一个猛子扎得无影无踪，警察便奈何不得了！

两人拼命奔跑，一个英警发现了他们，在后面紧紧地追赶……

他们终于踏上了海堤的石岸，警察从后面追上来了，大叫着：“Halt，or I fire！”

阿宽回头一看，警察正在举枪瞄准！而他们脚下的石岸离海边只差几步了，只要警察扣动扳机再晚两三秒钟，就可以脱险了……

“阿炜，快……”阿宽大喊一声，“跑”字还没有喊出口，忽然，他被阿炜猛推了一把，没想到阿炜有那么大的力气，竟然把他甩出了石岸，他借着那股力量，跃入大海……

而几乎就在同时，他听到身后“砰”的一声枪响！

…………

小小的门房里弥漫着一股肃穆森然之气，阿宽沉浸在悲痛之中，他那双枯树老根似的手掩着面孔，泪水从指缝中流出来，佝偻的肩背痛苦地痉挛。

易君恕被那遥远的往事深深地打动，望着面前这个弯腰驼背、身材瘦弱的阿宽，没有想到他竟然经历过在码头上如牛负重的苦力生涯，并且还参加了抵制法国侵华的罢工壮举，使易君恕不禁刮目相看。他那位以死殉国的阿炜兄弟更加令人敬佩，眼前似乎可以清晰地看到一位铁塔似的汉子巍然挺立，坚实的双脚踏着粗硬的麻石堤岸，赤裸着的上身如铜铸铁浇，幽幽地闪光，头顶盘着一条蟒蛇似的大辫子，悲愤的目光注视着苦难的人间。

“易先生，我和阿炜是换命的交情啊，当时他要是抢先一步，就挨不了那一枪，死到临头，他把生路给了我！”阿宽松开两手，抬起泪汪汪的双眼，“要不是阿炜兄弟，也就没有我阿宽的今天了！”

“是啊，难怪你这么多年都不能忘记他！”易君恕感叹道，迟疑了片刻，又说，“可是……你刚才怎么还求助于他？一个在码头上卖苦力的人，死后都衣不蔽体，他还有什么能力来保佑你啊？你就多烧点纸钱，让他安息吧，不要再惊扰那惨死的亡灵了！”

“我……”阿宽一时语塞，支支吾吾，好像有什么难言之隐。

“阿宽，你到底遇到了什么难处？”易君恕问道，“我们相处了一个多月，也算是朋友了，心里有话，就跟我说，要是有什么难处不便开口，由我去跟翰翁说，请他帮帮你嘛！”

“唉！”阿宽叹息道，“易先生，这些话怎么能对牧师讲？我就是为牧师发愁啊！依我看，他这次的病准是让迟孟桓那个冤孽气出来的，医生背后跟我说，牧师的心脏虚弱得很，经不起精神刺激，说不定什么时候就……唉，牧师已经是快六十岁的人了，又得了这种病，我实在是担心！要是有个三长两短，小姐年岁还小，挑不起这个家，迟孟桓早晚是个祸害，怕的是翰园要完啊！这些天，我眼也跳，心也慌，一夜一夜地睡不着，总觉得翰园要出事！当年我走投无路，牧师收留了我，他对我有恩哪，我一心要报答他，可是，这么大的事，哪是我阿宽管得了的？实在是没有办法，才向我那知己的阿炜兄弟说说心里的话……这件事，你可千万别让牧师和小姐知道啊！”

易君恕沉默了。连日来，种种迹象表明，由于迟孟桓的搅扰，林氏父女已不像昔日那样和谐，翰园的确面临着危机，易君恕也在为此暗暗地忧虑，这与阿宽的担心是一致的。忠心耿耿的老管家和远道而来的客人同出于知恩图报之心，要帮助翰园主人渡过难关，可是，以他们的身份和能力，又怎能扶大厦之将倾啊？

圣约翰大教堂庄严的殿堂里，主日崇拜仪式进入了最为神圣的议程：领受圣餐。两名身穿白色圣袍的襄礼人郑重地从圣桌上捧过圣餐盘，那里面盛着饼干和殷红的葡萄酒，象征着耶稣基督的身体和宝血。参加崇拜的会众分批依次来到圣坛前，庄严地跪下，由保罗·布勒牧师和林若翰牧师将蘸了葡萄酒的饼干分赐他们：

> 我主耶稣基督，为你舍的身体，保全你的身体灵魂，直到永生。你拿这个吃，纪念基督为你受死，应当用信心领受，心里感谢。
>
> 我主耶稣基督，为你流的宝血，保全你的身体灵魂，直到永生。你拿这个喝，纪念基督为你流血，也当心里感谢。

也许正是主的安排，当坐在第一排的会众首先来到圣坛前跪下领受圣餐时，跪在保罗·布勒牧师面前的是辅政司骆克，而卜力总督恰恰跪在了林若翰牧师的面前。总督当然不是向他林若翰下跪，而是因为他此刻手持的圣餐，代表着耶稣基督的身体和宝血。尽管如此，林若翰仍然激动不已，“感谢主，给了我这样一个光荣的机会！”他在心里说。

卜力总督庄重地跪在圣坛前的拜垫上，抬起他那高贵的头颅，张开了那翘翘的小胡子下面两片薄薄的嘴唇。当林若翰手持圣餐，送向这“香港第一嘴”之时，他的手微微地发抖，上帝啊，保佑我，此时此刻，千万让我不要再出现任何差错，如果这圣餐在喂进总督嘴里之前失手落在地上，或是不小心弄脏了总督那洁白的领子，我将永远也无法洗刷自己的罪过了。

然而，他所设想的意外都没有发生，手中的圣餐准确地投进了总督的嘴里，总督便闭上嘴，轻轻咀嚼了两下，咽了下去。林若翰心里的一块石头落了地，这一关平安通过，后面依次前来领受圣餐的会众便都顺利进行，毫无滞碍了。

领受圣餐的队伍已经接近队尾。又一个人跪在他的面前，虔诚地张开了嘴，准备接受他手中的圣餐。林若翰照例把手伸过去，当圣餐即将投入那张嘴的一刹那间，他才突然发现，跪在面前的这个人原来是迟孟桓！

“啊！是你？”林若翰惊讶地叫了一声。

“是我，尊敬的林牧师，”迟孟桓说，他那双眼睛激动得闪闪发光，

"能够领受由您亲手赐予的圣餐，我感到十分荣幸，谢谢!"

他们两人的这番对话，是宗教仪式里所根本没有的，尽管两人的声音都很轻微，仍然引起了旁边和后面会众的注意。这种例外是他们见所未见、闻所未闻的，林牧师和那个人是什么关系？在这种时候还窃窃私语，不可理喻!

"不，"林若翰的那只手像被烙铁灼伤了似的，迅速地缩了回去，"迟先生，你应该知道，教会历来规定：只有接受过洗礼的弟兄姐妹，才可以领受圣餐。而你，还没有入教，是个异教徒，当然没有领受圣餐的资格，请你出去!"

"啊？"迟孟桓一愣，脸腾地红了，"我……不知道，真的不知道!林牧师，我虔诚地信仰耶稣基督，愿意归顺主，做主的信徒和奴仆，我请求你现在就为我施洗入教，让我分享这领受圣餐的光荣!"

"什么？"林若翰愠怒了，这个家伙连基督教的基本常识都不懂，外行得简直离了谱！"我们现在举行领受圣餐仪式，怎么可能为你施洗？我已经说过了，请你出去！不要玷污了这神圣的殿堂!"

"噢……"迟孟桓的脸涨成了紫红色，只好怏怏地站起来，在众目睽睽之下，灰溜溜地退了出去。

异教徒闯进教堂，冒领圣餐而被驱逐，这种事大概可以说百年不遇，偏偏让林若翰赶上了，而那个企图浑水摸鱼的家伙正是他所厌恶的迟孟桓，真可谓不是冤家不对头，老牧师的心情刚刚由于成功地向总督赐了圣餐而有所好转，这一来又被搅得一团糟!

礼拜堂里引起了一阵不大不小的骚乱，已经领受和等待领受圣餐的人们，多数都怒视着迟孟桓，愤愤地喊道："出去，出去！简直不像话!"也有少数人私下里议论说，此人虽然还没有入教，但既然主动前来领受圣餐，必是出于敬仰基督之心，虽然出了差错，也总是善意的，可以原谅。

在队尾等待领受圣餐的倚阑懊丧地低下了头，上帝啊，今天怎么这样不顺啊!

等到倚阑也跪在父亲面前领受了圣餐，林若翰长长地舒了一口气，灾难总算过去了，下面不至于再出什么事了吧？

最后的唱诗、祝福和会众同诵《阿门颂》都依次进行完毕，林若翰和主礼人、襄礼人退堂了。他们在散众之前退堂，本是教会的仪轨所规定，在崇拜仪式结束之时，牧师要在教堂门口为会众送别。而在今天，这一项尤其重要，林若翰想，自己在布道时的情绪反常，迟孟桓扰乱圣餐仪式，这些不良影响都应该在送别会众时予以消除。特别是——他又想到，自己应该利用送别的机会极其自然地和卜力总督握一握手，说几句话，当面表达对他的尊重与爱戴，这样，即使总督原来对自己有什么误解，也可以淡化了。

在他把一切都思索停当之后，会众已经开始散场了。首先出来的是总督和港府的其他高官，他们地位显要，公务繁忙，自然应该处处优先。林若翰做好了准备，脸上漾起微微的笑容，向前伸出手去，准备迎送总督。可是，他万万也没有想到，此时，身旁突然挤过来一个人，一把握住了他的手，而这个人不是别人，正是他最不愿意看见的迟孟桓！

"怎么，你……"林若翰简直不知对这个人该怎么办才好，谁能料到他到现在还没走，在关键时刻又出来捣乱！

"林牧师，"迟孟桓那双黑亮的眼睛热切地望着他，"我今天有幸当面聆听了您的讲道，深深地被上帝的福音所感动，只可惜我……我没有福分领受圣餐！林牧师，我诚心诚意要皈依基督，并且请求您亲自为我施洗！"

林若翰的一腔怒火在冲腾。如果换了另一个时间、另一个地点，他面前站着另一个人，向他提出这样的要求，对一位牧师来说，那将是最幸福、最自豪的时刻。传播基督的福音，为申请入教的人施洗，乃是他的神圣职责，义不容辞。但是，此时此地，他的面前站着的却是迟孟桓，迟氏父子的家世早已为他所厌恶，而迟孟桓现在又设下诱饵，居心叵测地要抢走他的女儿，他怎么能信任这样一个人的表白？又怎能接纳他进入教会？他不配！

"迟先生，"林若翰极力耐着性子，不愿发作，"我刚才已经对你说过，申请入教要经过严格的程序……"

“明白，明白！”迟孟桓唯唯诺诺，并且还把他的意思予以阐发，“加入高尔夫球俱乐部还得办一番手续呢，入教肯定比那更严格！不要紧，我不怕麻烦，请您告诉我，要经过哪些手续呢？”

“这个……”林若翰简直要抬起手来给他一个耳光！但还是强忍着怒火，打算敷衍他几句，打发他走，以免误了正事。可是，他猛然抬头，却发现了一个非常不幸的情况，就在迟孟桓跟他纠缠个没完的时候，卜力总督已经从他旁边绕过去，和保罗·布勒牧师握过了手，道过了别，在那些官员的簇拥下走去了。

望着总督的背影，林若翰的一颗心沉沉地坠落下去。

第八章　海隅落日

迟孟桓乘着他的那顶私家轿打道回府，一路上心烦意乱，很不是滋味儿。

今天，林牧师太让他难堪了，在大庭广众之中一点情面也不留："请你出去！"堂堂的太平绅士之子、迟氏万利商行的董事总经理何曾受过这种羞辱？当他灰溜溜地退出教堂时，愤愤地下了决心：罢了！从此不再理睬这个鬼佬，不再登他的门，大埔泮涌的那块地皮，老子也不给了！可是，他在教堂外头转了一圈儿，却又改变了主意。那个娇小妩媚的倚阑小姐使他不忍离去，回味着自己紧挨在她的身边，轻轻地嗅着她那醉人的芳香，聆听着"我们应当彼此相爱"的福音，激动之情不能自已。不，不能放弃她！刚才也不怪林牧师，只怪自己太莽撞了，没有受过洗礼就要吃人家的圣餐，自讨没趣。小不忍则乱大谋，他忍受了那份羞辱和尴尬，等在教堂门口，恭而敬之地向林牧师提出受洗入教的申请，而林牧师却支支吾吾、吞吞吐吐，也没有给他一个明确答复。迟孟桓不禁感叹：你们这些洋人，一出娘胎便是上帝的宠儿，而我要入教却为什么这样麻烦？可是，无论如何麻烦，迟孟桓也不愿放弃这个努力，因为这对他太重要了，关系到迟氏家族未来的命运……

半个世纪之前，迟孟桓的父亲迟天任冒着零丁洋上的枪林弹雨，摇着自家的小船为攻打广州的英军运送给养，那是拿性命赌博啊，炮弹、枪子儿可不长眼睛，不管是林则徐打的，还是义律打的，只要一块弹片、一粒枪子儿崩到他身上，也就没有了后来的一切。那场赌博，他赌赢了，英军打败了大清国，割占了香港岛，他也发了财，舍舟登岸，在太平山街成家立业。那时候，会说汉语的洋人和会说英语的华人都太少了，迟天任凭着在战争期间学会的几句洋泾浜英语，居然当上了英商洋行的买办，从此背靠大树，广开财源。当时他的薪水并不高，年薪不过三十七英镑十先令，合时价一百八十元，每月仅十五元而已，但他为洋行代理对华贸易业务的佣金却相当丰厚，高达成交额的百分之二至百分之三，同时还可以从中国客户手里拿到一笔可观的回扣，每年的收入数十倍于薪金。与此同时，他还另辟蹊径，横向发展，投资于鸦片、地产、苦力贩运、保险、金融生意，并且兼营糖业、花纱、煤炭等等业务，数十年间，成为巨富，全港数得着的几家大公司都有他的股份，十几家公司董事会里有他的一席之地，势力范围遍及省港和华南、华东地区以及澳门和东南亚。他的六个女儿和一个儿子嫁娶的都是大洋行的买办子女，形成了一张姻亲财阀网络，流动的金钱只要被他盯上，就插翅难飞。迟天任有一句名言："不会赚钱的人是傻瓜，不会花钱的人是傻瓜中的傻瓜。"迟天任赚钱的技巧炉火纯青，花钱的技巧也出神入化，一个疍户出身的暴发户竟然能成为"社会贤达"，荣获太平绅士桂冠，这简直是难以想象的，但是他都做到了，用钱买到了无价之宝，钱，真是个好东西！

迟孟桓比他的父亲幸运多了，他口含着银匙出生，没有尝过创业的艰难，从不知道什么叫贫穷。他在皇仁书院接受了正规的英文教育，毕业后接手打理家族生意，成为迟氏万利商行年轻的董事总经理。在迟天任的七个子女中，他是唯一的儿子，所以不需等老爹咽气，他已经事实上继承了数百万家资，在今日香港，不算怡和、汇丰等等那几家洋商巨头，华人当中像迟氏这样的富商还没有几个。但是，迟孟桓在继承了父亲巨额财富的同时，也继承了一个难以弥补的缺憾：疍户出身的家世。

疍户是香港的"吉卜赛人"，他们在岸上没有立锥之地，世世代代在水上漂流，或以采珠、捕蚝为生，或做海上贩运，在三百六十行之中总也算个行当，但岸上的居民却对他们倍加歧视，看见他们的乌篷小船，就立即联想到"乞丐""小偷""流氓""海盗"这些侮辱性的字眼儿。如果迟孟桓一家至今仍操此业，远离岸上的人群，躲进小船在海上游荡，倒也罢了，但既已成为港岛富豪，无论如何再也不愿意与水上“吉卜赛人”认同，那卑微的出身便成为耻辱，好似一块洗不去、挖不掉的胎记。在太平山街老宅的祖堂里供奉着的迟家祖先遗像，其实都是迟天任凭着口述的相貌特征请人画的，他的父母生前根本不可能留下什么照片。他给了画像的人优厚的酬金，把他的先考、先妣画上顶戴朝服、凤冠霞帔，造成官宦世家的假象，给自己壮壮门面，唬唬那些不知底细的人罢了。

迟孟桓对此很不甘心。十年前，他搬出了太平山街的老宅，住进了云咸街的一座花园洋房。那里原是一位英国商人的住宅，从事鸦片生意。当时，中国已经开始在九龙一带设立税关，征收过往货物的厘金，鸦片税高达每篓十六两白银；缉私船日夜在海上巡视，查处那些避开通商口岸利用帆船向中国走私的外商。这一“海关封锁”政策使洋商吃尽苦头，很快便周转不灵，一些洋行和外资公司接连停业、关门，频频破产。经济衰退使香港地价暴跌，破产的英商廉价抛售房产、地皮，异军突起的华商乘机冲破港英政府设置的华洋界限，向维多利亚城中部蚕食，越过鸭巴甸街，挤进威灵顿街、云咸街一带。迟府新宅的原主就是在那个时候卷铺盖走人的。当时只有二十出头的迟孟桓已极具商业眼光，不失时机地买下了那处房产。按说，迟氏在太平山街的老宅并非不豪华，那座唐楼飞檐斗拱，画栋雕梁，也已经住得了；但周围的环境实在糟糕，市井小民的住所肮脏、拥挤、空气污浊，《循环日报》主笔王韬曾著文形容：“华民所居者率多小如蜗舍，密若蜂房。计一椽之赁，月必费十余金，故一屋中多者常至七八家，少亦二三家，同居异爨。寻丈之地，而一家之男妇老稚，眠食盥浴，咸聚处其中，有若蚕之在茧，蠖之蛰穴，非人类所居。”倒是一点儿也不夸张。当年驻港英军司令盖乃尔·唐诺万将军则鄙夷地指责道：“华人在视觉、听觉和嗅觉上的表现，都不适宜与欧人为邻。”那样一种屈辱，实在令人难以忍受，使迟孟桓决计搬出太平山区，挤进“高尚住宅区”，与洋人为邻，这在当时只有极少数华人富商可以做到。迁居云咸街是他的一大举措，这里已经逼近半山洋人别墅区，从楼上的窗户就可以看到总督府，连呼吸都觉得舒畅了。

云咸街的迟氏“新居”其实也是老宅——洋人的老宅，建造年代可以追溯到香港开埠之初，看上去很旧了。迟孟桓搬来的时候，并未加以任何装修和改造，不但房子的外观丝毫未动，壁炉、老式烟囱等等都统统保留，连原有的家具陈设以及挂在客厅里的那些油画都一概作价买了下来，原封不动。暴发户最怕人家说他根底浅，迟孟桓要的就是这个“老”、这个“旧”，这才显得世泽绵长，底气十足。原房主正急于用钱，乐得把这些带不走的破烂甩卖给他。但有一幅祖上的画像，肩披金红绶带，胸挂大十字勋章，那代表了家族的荣誉，自然不肯相让，执意要带走。迟孟桓没法儿，只好请一位西洋画师照原样复制了一幅，配上锈迹斑斑的旧框，仍然挂在原处。就为了这点儿事，房子的交接推迟了半个月。原房主和受雇复制的画师都颇为不解：这是人家的祖宗，你挂在这儿顶礼膜拜，算哪门子的孝子贤孙？迟孟桓也不解释。管他是谁的祖宗？就凭那画像上的碧眼红发、绶带勋章，就可以做镇宅之宝，以后有人来访，只要看见这幅画像，毫无疑问就认为是迟家的先人，起码也得沾亲带故，他老人家的作用就起到了。

十年过去了，迟府的花园洋房虽然几经维修，但原貌仍然不改，那幅赝品祖宗画像也仍然挂在客厅里。然而迟孟桓渐渐觉得，这一徒有虚表的装饰品帮不了他太大的忙，因为他毕竟无法具体地指出与画像上的“祖先”是什么血缘关系，只能含糊其词，改变不了自己的华人身份。而港府即使对于华人的“精英”也时时怀有戒心，犹如“庶出”永远也无法与“嫡系”的地位相提并论。自从 1881 年港府首次立例批准华人加入英国国籍，迟孟桓就有意“归化”入籍，以在香港分享英国臣民享有的一切权利。今年 9 月港府公布的第二十一号法例又明确规定，入籍的手续费每人二百五十元港币，更激起迟孟桓脱胎换骨的强烈愿望。这点手续费当然是小意思，全家人加起来也没有几个钱，他毫不在意。以迟氏父子的经济实力和社会地位，获得批准也不成任何问题。真正使迟孟桓感到为难的是，他即使入了籍也无法续上英国家谱，而只能做“英籍华人”，这在真正的英国人眼里仍然是“二等公民”。他怨恨自己诞生在这个黄脸低鼻的种族，并且懊悔没有未雨绸缪，早些攀上一个洋人亲戚。迟孟桓结过三次婚，元配妻子和二姨太都出身于买办世家，在生意上帮了迟氏大忙，但毕竟没有一点儿洋人血缘。三姨太是他从西环妓寮中赎出来的一名烟花女子，人虽然生得靓，却只能养在家里充当花瓶，上不得社交台盘，入籍大事当然就更指望不上她了。

在烦恼之际，迟孟桓想到了林若翰和他的女儿倚阑。林牧师出身于英格兰名门望族，在香港又是受人尊敬的社会贤达，而上帝偏偏让他缺了两样东西：一个是儿子，一个是钱。如果迟孟桓做了他的女婿，为他填补了这两样不足，从而接过他家族的光荣历史和高贵血统，岂不两全其美？更何况倚阑小姐正值豆蔻年华，相貌俊美，气质高雅，又是皇仁书院的毕业生，正经受过教育的知识分子，这是迟孟桓的元配和两房姨太太都无法相比的。如果能够成为林牧师的乘龙快婿，迟孟桓入主翰园就顺理成章，德高望重的老岳父和年轻貌美的如夫人将为他打入香港的洋人社会铺平道路，那该是何等春风得意！

正是为了实现这一美妙的构想，迟孟桓像以往在生意上捕捉到战机决不放手一样，展开了有计划、有步骤的进攻：先是趁林牧师出外未归之机，三天两头派人给倚阑小姐送上一束鲜花，每次都附上自己的一张名片，持续月余，给她造成强烈的印象之后，再献上一份厚礼，就不致显得突兀，易于被她接受了。然后以请求入教为手段，与林牧师套近乎，从感情上征服老头子，排除最后一个障碍。而现在，事情却恰恰卡在了这里……

迟孟桓一路思前想后，烦躁不安，轿子已经颤颤悠悠地进了云咸街，来到自己的家门。

等候在院子里的迟府管家老莫，看见主人回来了，赶紧跑过来，打开镂花铁门，把轿子迎进院子里。四名轿夫前后一声："落！"轿子稳稳地落了地，老莫上前搀着主人下了轿，笑眯眯地问道："少爷，怎么样啊？这洋教堂……"

迟孟桓连理都没理他，阴沉着脸往里走。老莫一看少爷的神色不对，也就住了口，默默地跟在他身后。

老莫其实并不算老，年纪不过四十出头，瘦长身材，白净面皮，穿一件藏青洋布长衫，头戴瓜皮小帽，脑后垂着一条长辫子，干净利索。这副相貌、打扮，生人乍一看，并不像个守宅护院的家奴，倒像是一位账房先生或者家塾的教师。他十二岁从新安乡下到香港谋生，当过餐馆的跑堂、药铺的学徒、办馆的外卖、轮船公司检票的、鸦片馆把门的、赌场的“托儿”，哪一行都没干长，但因此结交了三教九流，把香港混得透熟。后来他被“西多瑞”洋行的买办“两头蛇”看中，收作跟班，为主子出了不知多少深见功力的主意，赢得一个绰号“扭计祖宗”——点子大王。五年前，“两头蛇”巴结着迟天任两家联姻，要把他嫁不出去的妹子给迟府大少爷迟孟桓做二姨太，也是老莫出的主意。迟孟桓看不上“两头蛇”的妹子，却看上了老莫，要挟说：别的陪嫁我不要，就要老莫。就这样，把“扭计祖宗”挖到了手，老莫随着二姨太进了云咸街的迟府洋宅，尽心尽意地伺候新主子，成为无话不谈的心腹智囊。

迟府的这座花园洋房，虽然地势不如翰园，规模、气势却比翰园大得多，主楼之外，又有前后花园、游泳池、网球场，园内四季鲜花盛开，园丁、轿夫、男女仆人、厨子不下十数人，还专门养着两头奶牛，每天由仆妇挤了鲜奶，供迟府一家饮用。

迟孟桓绕过楼前的喷水池，踏着台阶，进了客厅。

他疲惫地跌坐在沙发上，抬头就看见墙上那幅冒牌祖宗的画像，刺得他两眼发胀，忧郁地嘘了口气。

“少爷，”老莫恭敬地站在一旁，见他这副神色，便知道事情不顺，轻声问道，“是不是等一等再开午餐？”

“去，去，还吃什么饭！”迟孟桓不耐烦地挥了挥手，眼望着画像上那碧眼金发的洋人，说，“唉！我在皇仁书院读书的时候，怎么就没想到入他们的洋教呢？现在‘急来抱佛脚’，才知道这么麻烦，那些经文啰唆得不得了，还有乱七八糟的手续，烦死人了！老莫！”

“少爷，我在呢。”

“你明天给我买一本《圣经》，还有……凡是和基督教有关的书，都给我买来！”

“是，少爷，这个不难，只要跑一趟，就能办到。”老莫答应道，抬起那双饱经世故的眼睛，望着主人，“不过，我倒要提醒少爷：这可不是做学问，埋头读书，研究《圣经》，也不见得就能解决问题。好比大清国的科举，那些熟读四书五经的穷酸腐儒，有多少人直到老死也没考上个功名，而金榜题名的状元公却不见得有什么真才实学，人家是‘功夫在诗外’，有道是‘猜准题不如跟准人，投门拜帖还要送金银’，这世界上大大小小的事，猫有猫道，鼠有鼠道，都是事在人为……”

“嗯?”迟孟桓心里一动，倏地站了起来，拍着这位“扭计祖宗”的肩膀，说，“好，说得好！你跟我来，到我房间里好好地商量商量!”

翰园的餐厅里，已经结束了沉闷的午餐，主客三人各怀心事，却都不能摆到餐桌上来。

林若翰放下刀叉，拿起餐巾擦了擦嘴唇，向易君恕点点头，三个人一起站起身来。步出餐厅，进了客厅，林若翰轻轻地叫了声：“倚阑!”

倚阑停住了，她心里也有话要对父亲说。

等易君恕上了楼梯，林若翰背着手走出了客厅，来到楼前的草坪上，闷闷地一声叹息。

“Dad,”倚阑走到他的跟前，迟疑地说，“您今天……”

“爸爸今天的心情很不好,”林若翰说，“那个迟孟桓……”

“那个人讨厌死了,”倚阑心里一阵委屈，眼睛就湿润了，“他简直……简直是欺负人!”

“嗯,”林若翰心情沉重地点了点头，他并不知道女儿另有苦衷，但仅凭迟孟桓在他面前的表现，也就足够得出这个结论了，“这个人居心险恶，他哪里是要做上帝的仆人？不，他的目标是要做翰园的主人!”老牧师深情地看着自己的庭院，“翰园虽小，但凝聚着我三十八年的心血，也是日后我留给你的唯一遗产，我……我不能让它落到别人的手里!”

“Dad……”倚阑听到“遗产”二字，心中的隐痛又被触动，两眼泪光闪闪，“不要说什么‘遗产’，我和 dad 永远在一起，谁也别想把我们的家抢走!”

“孩子，我已经是将近六十岁的人了，有些事情，不能不想到，”林若翰喃喃地说，“要保住翰园，保护我的女儿，我肩上的责任还很重啊!”他想对倚阑说：过去，你嘲笑爸爸“热衷政治”，却不知道政治的厉害，迟孟桓只不过是个太平绅士的儿子，我都不得不有所顾忌，如果我……不，这些都不是和女儿谈论的内容，他想了想，说，“你也要懂得世道艰难，刻苦自励，易先生是一位难得的老师，要认真地跟他读书，学好汉文，将来对你是大有用处的。”

“是，dad，”倚阑郑重地点点头，“我记住了!”

夜晚，易君恕的房门被敲响了：“笃，笃，笃……”

“谁?”易君恕问道。

“易先生，是我呀。”门外传来阿宽的声音。

“哦，请进!”

阿宽推门进来，手里恭恭敬敬地拿着一个信封。

易君恕一眼看见那信封，心突突地跳了起来：“噢，是我的家信来了吗?”说着，迫不及待地伸过手去，这封信让他等得太久、太苦了!

“不，先生，”阿宽道，“这是牧师要我送给你的……”

“嗯?”易君恕大失所望，这不是他所等待的家信！但又觉得奇怪，“翰翁天天和我见面，还用得着写信吗?”

他从阿宽手里接过那个信封，上面果然是林若翰的手迹，以工整但不够老到的楷书写着：“敬呈易君恕先生。”易君恕打开封口，伸进两个指头，抽出看时，却并不是信笺，而是一沓硬刷刷的港币，使他十分诧异：“这……是什么意思?”

“一点小意思，”阿宽谦恭地说，“牧师说，是送给先生的零用钱，不成敬意，请先生笑纳。”

“翰翁太多礼了，”易君恕把信封和钞票放在写字台上，说，“我从北京到香港，一路费用不菲，全靠翰翁慷慨解囊，来到这里，又多有打扰，已经深感过意不去，怎么能再接受他的赠予？何况我也没有什么用钱之处，请替我奉还翰翁！”

“这是牧师交代的事，我只有照办，先生如果不收……”阿宽面有难色，嗫嚅道，“那就让我阿宽为难了。”

“这有何难？”易君恕不以为然，“你若有不便，我去当面奉还翰翁……”

“不，先生，”阿宽急忙拦阻，却又吞吞吐吐，“那就更不合适了……”

“为什么？”易君恕见他那欲言又止的样子，不禁疑窦丛生，“阿宽，你虽然是翰翁的管家，奉命行事，但你我毕竟是自己同胞，相处月余，已是无话不谈。这钱，到底是怎么回事儿？请给我讲清楚，否则，来得不明不白，我绝不能收！”

“唉，先生！”阿宽无可奈何地摇摇头，说，“这事情本来就明明白白，你还一定要我点破吗？阳历 11 月到月底了，该‘出粮’了，先生给小姐讲课也讲了一个月了，牧师当然要付报酬，这钱是你应该拿的！”

“什么？”易君恕顿时脸涨得通红，想起了那天迟孟桓在他背后说的话：“噢，家庭教师啊？”如今阿宽送来了工钱，果然让他说中了，便觉得受了侮辱，“难道我成了这里的佣工吗？”

“先生可别这么说，”阿宽解释道，“牧师对先生并没有丝毫的恶意，在香港，请人做事，就要付钱，天经地义，牧师本人为教会工作，也是按月领取薪水。先生辛辛苦苦地讲课，牧师如果不付报酬，他心里不安，可是，他又知道我们中国人讲义气、顾情面，怕先生不收，所以派我送来，说是给先生的零用钱，先生还是收下为好。”

易君恕这才知道误解了翰翁，心中又顿生歉意。暗想，如果执意退回这钱，反倒伤了情面，既然如此，只好入乡随俗，暂且收下。只是这样一来，为倚阑小姐授课的责任也就更觉沉重了，务必兢兢业业，收到实效，否则便辜负了翰翁一片苦心。

阿宽完成了使命，这才放下心来。

“阿宽，”易君恕说，“我还要问你一件事，倚阑小姐要辞退阿惠……她跟翰翁说了没有？”

“没有，”阿宽说，“牧师这场大病，多亏了阿惠伺候，人心都是肉长的，她还忍心辞了阿惠？再说，为了迟孟桓那个恶少，伤了自己的人，也不值啊！这回月底‘出粮’，阿惠的工钱照发，那件事就不提了。”

“噢！”易君恕嘘了口气，这桩不大不小的心事也就了结了。

阿宽正要告辞，看见写字台上放着一页八行信笺，已经写满了字。阿宽虽然识不得几个字，对读书人却是十分敬重，便说：“先生这是为讲课写的？”

“是啊，”易君恕随口说，“明天给小姐讲这首《过零丁洋》……”

“好哇，”阿宽不禁肃然起敬，“这是大宋文丞相的诗！”

“嗯？这……你也知道？”易君恕一愣，这个苦力出身的阿宽，竟然知道大宋丞相文天祥和他的《过零丁洋》，倒是京城来的举人没有想到的。

“先生，”阿宽谦卑地笑笑，说，“我阿宽没读过书，只是听人家讲古，知道文丞相的大名。在香港的华人里面，大宋文丞相无人不知，无人不晓，他这首《过零丁洋》，就是在我们家门口作的嘛，我年轻的时候，装货、送船，零丁洋不知道过了多少次！”

“什么？”易君恕吃了一惊，他自幼把这首诗倒背如流，却只是纸上谈兵，并不知道这零丁洋的具体方位，而今在阿宽说来却如叙家常，使他仿佛见了大宋遗老，“你快告诉我，零丁洋在哪里啊？”

“先生，您请看，”阿宽走到窗前，朝西北方向指着说，“假如我们坐一条小船，从维多利亚港出去，过了右边的昂船洲、青衣岛，前面的那座比香港还大的岛是大屿山，它旁边的小岛是灯笼洲，大屿山和灯笼洲中间的那道窄窄的海峡，是大名鼎鼎的汲水门，船从香港去广州、出外洋的必经之途，出了汲水门，前面就是零丁洋了！”

易君恕站在窗前，随着他的指点，举目看去：港岛上空，夜气弥天，月色朦胧；维多利亚港灯光万盏，像是繁星点点的银河，迤逦向西北伸展，灯光渐渐稀落，大大小小的岛屿像怪兽浮出海面，莽莽苍苍的大屿山如巨鲸卧波；大屿山外，一片汪洋浑然连着天际，闪烁着两点三点渔火……

啊，那就是千载不朽的零丁洋！六百多年前，元军攻陷南宋京城临安，席卷江南，张世杰、陆秀夫、文天祥辅佐死里逃生的两位皇子赵昰、赵昺，转战闽、粤，矢志抗元复国，不幸，文天祥因被叛将出卖，为元军所俘，被押解前往广东厓山。那里有沦落海隅地角的南宋流亡政权，有文天祥誓死效忠的少帝，有和他同仇敌忾的将士，而此番前去，却不能和他们相见，他所乘坐的元军战船正是要“征剿”自己的军队！船过零丁洋，文天祥一腔悲愤喷涌而出，化作惊天地、泣鬼神的英雄诗篇：

辛苦遭逢起一经，干戈寥落四周星。
山河破碎风飘絮，身世浮沉雨打萍。
惶恐滩头说惶恐，零丁洋里叹零丁。
人生自古谁无死，留取丹心照汗青。

“厓山之役是宋、元最后一战，大宋从此灭亡了。文天祥没有能挽救他的国家，可是他的诗篇却比获胜的元朝还要长久，一直流传到今天！”易君恕遥望零丁洋，激动不已，“在厓山兵败、国家危亡之际，陆秀夫郑重地穿起朝服，背着年仅九岁的少帝赵昺，蹈海而死，也是名垂千古的壮举！阿宽，这些想必也是你所熟知的吧？”

“是啊，本地故老相传，有许多宋朝的故事，”阿宽说，“宋王台就是宋朝小皇帝住过的地方……”

“宋王台？”易君恕眼睛一亮，“在什么地方？”

“在九龙，”阿宽指着夜幕下的维多利亚港的北岸，说，“当时，宋朝的人马往这边撤退，元军在后边紧紧追赶，眼看小皇帝就要被敌军捉住，好危险！忽然，他面前的一块巨石‘哗啦’裂开了，小皇帝急忙躲了进去，等元军走远了，才从裂缝里走出来，躲过了一场大难。他们君臣就在这里住了下来。”阿宽说起从别人“讲古”听来的故事，绘声绘色，好像他亲眼见过似的，“有一天，小皇帝又登上那块巨石，朝远处望去，看着周围群山环抱，很有气势，飞鹅山、东山、大老山、慈云山、鸡胸山、狮子山、烟墩山、鹰巢山，数了数，一共八座山峰，云遮雾绕，有龙蛇气象，就说：‘这八座山，每山一龙！’他身边的一位大臣——大概就是陆秀夫，连忙说：‘陛下贵为天子，也是一龙！’小皇帝听他说得有理，就把这个地方赐名‘九龙’了。”

“嗯……”易君恕听得似信非信，这种民间传说往往穿凿附会，添枝加叶，也不足怪，“你说的那个小皇帝，是景炎帝赵昰呢，还是祥兴帝赵昺?”

“这……我就说不清楚了，”阿宽毕竟受他的知识所限，语焉不详，“不过，宋朝小皇帝是没有错的，那块大石头上还刻着字呢！”

“噢?”易君恕顿时升腾起探究的欲望，南宋末年那少帝孤臣的悲壮历史一向为他所景仰，如今来到了故实旧地，又岂能放过！“宋王台离这儿远吗?”

“不远，过海到了尖沙咀，也只有七八里路了，”阿宽说，“哪天先生要去看，我陪您去！”

次日，用过早餐，易君恕和倚阑照例到书房去上课，林若翰乘了他的私家轿，到教堂去，处理一些日常事务。

一走进教堂，他就不由得想起上个星期日在这里遇到的种种不快，难以言表的惶惶不安又在搅扰他，连接待教友的来访都不能集中精力了。这位教友坐在他的办公桌前，充满感情地述说她在身患绝症、家庭又遭受不幸之时，如何受到了主的启示……林若翰正襟危坐，身体微微前倾，眯起眼睛望着这位虔诚的女教徒，好似在凝神倾听她那动人的倾诉，而脑际却分明浮现出总督的面孔，那令人不敢逼视的凌厉目光，鹰钩鼻子，微微翘起的小胡子和那转瞬即逝的冷笑，把老牧师的心境打乱了……

他想到，在下个星期天，如果总督没有什么特殊事情，必然还会到这里来参加主日崇拜，那时见了总督，将难免尴尬。他觉得自己应该在本周之内去拜见总督一次，不是去做什么解释，只是一次礼节性的拜见，让总督当面感到他的真诚，消除误解。但是，这又是难以做到的，因为在香港，总督至高无上，只有辅政司、律政司、财务司这三位最重要的官员可以直接觐见总督，而他林若翰却什么官都不是，充其量算一位“社会贤达”，仍然是老百姓一个，离总督太远了，严格的等级制度使他不可能得到这个机会。当然，迫不得已也可以请骆克先生帮忙，但他不愿意那样做，因为，骆克先生虽然在官职上是他的上司，而在学术上却又是他的晚辈，老牧师不好意思屈尊以求，那样，即使骆克先生在总督面前引见了他，自己也觉得脸上无光。可是，如果连骆克的这层关系也不利用，还能有什么办法呢？

面前的女教友声泪俱下地把她的故事讲完了，上帝把她和她的全家从危难中拯救了出来，这是圣迹的真实显示，如果牧师允许，她愿意在下一次的主日崇拜把自己的亲身体验向广大教友宣讲……

这么生动的范例真是求之不得！可是很遗憾，尽管林若翰从头到尾都在极力倾听，却没有听明白，直到故事的结尾也没有留下什么印象。他突然想到，应该给总督写一封信！这封信可以越过那一层层官阶的楼梯，直接送到总督的手中，这比觐见总督要容易得多，快捷得多，却也能收到当面觐见之效。对，这是唯一可行的办法，他必须赶快做，在下一个主日崇拜之前，一定要把这封信送到总督的手里。

那位女教友眼含着热泪，等待林牧师对她的要求做出答复。

“是的，是的，上帝是无所不知、无所不能、无处不在的，我们每个人应当对此深信不疑……”他用三言两语就结束了谈话，那位女教友悲哀地望着他，惶惑不已。

办公室里的自鸣钟敲响了十二点，他向那位女教友道了“再见”，便出了教堂，乘上轿子，匆匆地赶回翰园。不是急于吃午餐，而是酝酿中的那封信必须赶快写。

回到翰园，从楼里跑过来给他开门的是阿惠。

“阿宽呢？”他问。

“宽叔陪易先生去宋王台了，小姐也一起去了，”阿惠说，“他们没有等牧师回来，先吃了午饭，就走了。”

“嗯？宋王台？”林若翰一愣，“他们去宋王台做什么？”

“小姐要我告诉牧师，易先生给她讲的一首什么诗……”阿惠说得含含糊糊，她毕竟不像阿宽，记不清楚那些陈年古代的故事，“反正是跟宋王台有关系的……”

“没有关系也不要紧，易先生在这里待得闷了，出去走走也好，”林若翰说着，往院子里走去，突然，心里一阵不安，“哎呀，他不该往那边去，要是遇到什么麻烦……”

“牧师，不要紧的，”阿惠一听就明白牧师担心的什么，却笑笑说，“我回家经常从那里走，宋王台在界限街里面，新安县的官兵过不来，不会遇到麻烦。”

“噢，那就好。”林若翰这才放下心来。

维多利亚港岸边的天星渡轮码头，进进出出的人群川流不息。今年刚刚开通的小轮渡海服务，使维多利亚港两岸的交通大为便利了，以往客商往来，都是以木船摆渡，如今乘坐小轮船，轻便、快捷，由中环到尖沙咀一点六公里的水路，只在须臾之间。

阿宽陪着易君恕和倚阑小姐，随着上船的人流，走进码头。从对岸过来的渡轮刚好靠岸，下了船的乘客鱼贯而出。这种渡轮不比定期航班的远线客轮，航班与航班之间留有较大间隔，客人上落井然有序，小轮渡海路程近，间隔短，客流量大，又是草创时期，码头简陋，客人还不熟悉章程，上落时候便拥挤不堪，进出码头的客人熙熙攘攘，摩肩接踵。

从对岸过来刚刚下船的人群之中，匆匆走来一主一仆。主人是一位高大魁梧的青年，头戴青缎便帽，身穿古铜色暗花宁绸夹袍，外罩青缎马褂，足蹬双梁布鞋。一副方正的脸盘，颧骨和面颊如斧凿刀削，棱角分明，肤色略黑而红润，两道浓眉，一双大眼，炯炯有神。此人便是今年春天赴京会试而中途愤然退场南归的广州府举人，家住在对岸新安县锦田村的那位邓伯雄。紧随在旁边的是他的仆僮龙仔，一个十五六岁的少年，那模样还稚气未脱，脸上透着乡下人进城的新鲜好奇，身穿青布夹袄夹裤，赤脚穿着草鞋，肩上挎着一个蓝布包袱。

他们随着人群走出码头，与忙着进港上船的人群擦肩而过。猛然间，邓伯雄看见身旁走过一个身穿长袍马褂的人，很觉面熟，便站住了脚，回头看去，只望见那人一个背影，那修长挺拔的身材，步履匆匆但不失沉稳持重的走路姿态，觉得十分熟悉，心中不禁疑惑起来。

“少爷，快走啊，”龙仔在前边叫他，“您在看什么？”

“龙仔，好奇怪啊，”邓伯雄说，“那边走过去的好像是我的一个熟人……”

“少爷，是什么人啊？”

“就是我常跟你提起的那位易先生，”邓伯雄抬手指着说，“你看，你看，就是那个人！”

“嗯？”龙仔并不认识易先生，但听少爷说过多次，对少爷的那位朋友早已十分景仰，便伸长了脖子，随着他的手势往后面眺望，“少爷，不对吧？易先生家在几千里外的北京，怎么会在这里呢？您看，那个人旁边还有个穿长裙的鬼婆，两人在说话呢！这怎么能是易先生？”

邓伯雄也含糊了。今年初夏，他从北京回来的时候，曾经相约易君恕南下新安一游，至今还记得，当时易君恕无限伤感地说：“我也盼望有那么一天，只是路途遥远，愚兄一不为官，二不经商，哪有机缘作数千里远游啊？你我兄弟只有在梦中相见了！”

“是啊，无缘无故，他怎么会到这里来呢？更不会跟什么鬼婆在一起，恐怕是我看错了！”邓伯雄怅然若失，心中升起对远方的朋友的深深思念。

后面的人群拥挤过来，对站在当路的这两人不耐烦地推搡着，还嘁嘁嚓嚓地埋怨。邓伯雄只好转过身来，说：“龙仔，算了，我们走吧！”

两人出了码头，匆匆上了干诺道，往闹市区走去。他们从乡下进城来，是有事情要办的。

“哎呀，不好！”邓伯雄又突然失声叫道，停住了脚步。

“少爷，”龙仔吃了一惊，“什么事？”

“一件大事！”邓伯雄说，“我听人说，在新安县城里张贴着悬赏缉拿‘康党’的告示，上面有易君恕的名字，天下人重名重姓在所难免，倒也不一定是他。不过，我这位兄长是个热血汉子，我在北京就和他一起听过康先生的演讲，说不定……说不定出事之后，他从北京逃到这里来了，龙仔呀，刚才那个人是他，肯定是他，我不会认错的！”

“刚才要是叫住他就好了，”龙仔说，“谁叫我们错过了呢？他现在恐怕已经上船了！”

“我们不进香港了，回去！”邓伯雄断然说，“到船上去找他！”

两人原路返回，匆匆赶到天星码头，渡轮已经鸣响汽笛，缓缓离岸。

邓伯雄望洋兴叹：“君恕兄，我们怎么就无缘一见啊！”

跟着他跑得气喘吁吁的龙仔问：“少爷，这怎么办？”

“等下一班渡轮，过海去找他，”邓伯雄说，“一定要追上他！”

易君恕和倚阑、阿宽一行三人，乘渡轮过了海峡，在尖沙咀登岸。回头望，虽然与港岛只有盈盈一水之隔，脚下却已经是九龙半岛，神州大陆东南海隅的一个小小的岬角。易君恕自从在天津上船，两个多月来还是第一次渡海踏上大陆的土地，心中激动不已。

午后的斜阳照射着九龙半岛，巍峨的狮子山莽莽苍苍，紫烟蒸腾。周围群山苍翠，原野葱绿，点缀着三三两两的农家村舍。倚阑在港岛生活了十七年，也是第一次过海来到九龙半岛，看到这郊野风光，觉得十分新鲜：“宽叔，九龙的山，我只认得这座狮子山，听说宋王台的那座山叫 Sacred Hill——圣山，它在哪里啊？”

“噢，宋王台名气很大，那座圣山倒并不高，在这里看不到，”阿宽说，“还有一段路哩！”

阿宽在码头轿站叫了两顶“路轿”，请易先生和小姐坐了，他像识途老马，带领他们，沿着山间土路，往东北方向走去。

过了红磡、土瓜湾，到了马头围一带，便看见前方一座金字塔式的山峰，灰白色的城墙从峰顶迤逦而下，形成一个巨大的“人”字，一撇一捺垂向两面山坡，连接着地面上的一座小城。

“宽叔，这就是圣山了吧？”倚阑又急着问。

“不，小姐，圣山比它还要小得多，”阿宽指点着说，“前面的这座山叫白鹤山，从山顶围下来的那两道城墙，就是九龙寨城的城墙。你看，那是寨城的南门，从龙津桥出来，正对着九龙湾。”

“哦，这就是九龙寨城！”易君恕脱口说道。他虽然是第一次见到这座寨城，却闻名已久了。

早在道光十九年八月，英国驻华商务监督查尔斯·义律率领三艘英国快船赴九龙山强购食物，受到大清水师的拦阻，义律下令英船开火，大清水师奋勇还击，岸上的九龙炮台也发炮猛轰，把英军打得落花流水，狼狈而逃，义律险些丧命。九龙湾海战是英国第一次对华诉诸武力，成为鸦片战争的开端。香港被迫割让给英国之后，朝廷为加强九龙的防卫，正式设立了九龙司，并且兴建了这座寨城。咸丰十年，朝廷把九龙司割让给了英国，但九龙寨城却幸而被划在界外，得以保留至今。今年夏天，李鸿章与窦纳乐签订《展拓香港界址专条》，又把香港的界址向北大大推进，但即便如此，这座寨城也仍然没有划归香港，《专条》中明文规定，“九龙城内驻扎之中国官员，仍可在城内各司其事”。在今后的九十九年之中，九龙寨城就是在香港境内仅有的一点中国主权了。

远望着白鹤山上的“人”字形城墙，易君恕不禁想起北京的八达岭，感到非常亲切。几千年来，历代中国人不断地在边塞筑城，都是为了抵御外来侵略，白鹤山虽然比八达岭小得多，九龙寨城更无法和万里长城相比，用途却是一样的，小小的寨城依山面海，也颇具气势。九龙半岛是中国大陆的东南尽头，九龙寨城是此处边关第一座城池，虽然和北京相距数千里，山山水水却是连在一起的。现在，他只要沿着九龙湾向前走去，踏上龙津桥，就可以直入城门。那里不属于香港，不在英国的管辖内，仍然飘扬着大清国的龙旗，迈进城门就回到梦魂萦绕的祖国了……

“先生，这寨城不大，里面的古迹倒也不少，”阿宽说，“有道光年间兴建的‘龙津义学’，还有咸丰年间翰墨将军张玉堂写的拳书大字，在本地很有名气……”

“噢？”易君恕被引起了兴趣，“我们进去看看！”

“哦，”阿宽猛然一个激灵，后悔自己说多了，“不行，先生……”

“为什么？”倚阑奇怪地问，“那里不许参观？你不是去过的吗？”

“是……是这样，”阿宽为难地说，“我和你都可以去，只是易先生不大方便，因为那里还是大清国的地盘，我怕的是……”话说了一半，又迟疑地咽住了，神色不安地望着易君恕。

易君恕心里一阵刺痛，明白了：九龙寨城里驻扎着大清国的军队和官员，他这名逃犯是绝不能涉足的！那座城门犹如国门，远远地望去，是那么亲切，那么让他依恋，可是，国门之内又铺设着悬赏捉拿他的天罗地网，令他望而生畏，纵使梦魂萦绕也不敢亲近！

易君恕黯然神伤，不忍再看，转过脸去。

难得的一次访古寻迹的郊游，勃勃兴致因此而蒙上了阴影，倚阑小姐这才真切地感到了易先生的危难处境。

“这个地方，我们不去就是了！”倚阑不禁愤愤然。她转过脸来，望着易君恕，柔声说，“先生，您不要难过，我 dad 不是说了吗：您在香港是绝对自由的，翰园就是你的家，我们有责任保护您！”

“倚阑小姐……”易君恕神色悒郁地看了她一眼，心中无限感慨：自己已经沦落到这等地步，栖身于英占香港以求苟安的“自由”，七尺男儿反倒要受一位柔弱女子的“保护”！

在他们身边，阿宽凄然地一声叹息。

“先生，我们往这边走吧，”阿宽佝偻着肩背，眺望着九龙湾的西岸，抬手指点着说，“从这里过去，离宋王台已经不远了。”

轿子随着阿宽向前走去。穿过一段田间小路，平畴之中凸起一座坡度平缓的山丘。

“先生，这就是圣山！”阿宽说。

“嗯？”易君恕下了轿子，抬眼望去，这“圣山”看来太平常了，只不过一座小小的荒丘而已，没有亭台楼阁，茂林嘉树，但见野草塞道，乱石横陈，一片破败，满目凄凉。

“圣山怎么是这个样子啊？”倚阑很是失望，“一点也没有神圣感！”

“小姐，”易君恕凝望着那座荒丘，喃喃地说，“当年，元军的铁蹄踏遍神州，大宋王朝只余留这一角残山剩水，也是这副凄凉破败景象！而南宋君臣在山穷水尽之际，仍然誓不降元，矢志抗敌，被后人尊为神圣的正是这一股浩然正气啊！”

“嗯……”倚阑点了点头，不禁对这座荒丘肃然起敬，走下轿来，准备和易先生一起攀登。

“易先生、小姐，”阿宽指点着山顶说，“请看，那里就是宋王台！”

他们举目仰望，缓缓的山坡伸向坟茔似的山顶，最高处巍巍雄踞着一块庞然巨石。

林若翰一个人默默地吃过午餐，便立即到书房里，给卜力总督写信。

这封信很难写。要写得礼貌得体，绝不可再出现什么礼仪上的纰漏。要写得情感真挚，如果充满了“外交辞令”，倒显得虚伪，会招致总督的反感。要写得文辞典雅，体现自己的学者风范，才不至于被当作一封普通的“公民来信”而不予重视。还要写得简洁凝练，总督日理万机，没有时间看长篇累牍的私人信件，如果写得啰里啰唆，可能不等看完就被扔进字纸篓里去了，那就前功尽弃，还不如不写。但要达到这几项标准，却又绝非易事。开了一个头，看看不行，被否定了，重新写起。写了一半，再次被扯掉。要么严肃得过了头，像哪位外国驻港总领事发来的“照会”，这当然不行，一名老百姓没有资格跟总督来这一套；要么谦卑得过了分，像信徒跪在上帝面前的祈祷词，这更不行，总督毕竟是人而不是神，在神的面前自己和总督是平等的，何必这样低三下四？一封信扯了又写，写了又扯，如此反复数遍，面前仍然是一张白纸。

林若翰突然觉得自己很可怜！二十多年前，他几乎是以受宠若惊的心情去觐见直隶总督李鸿章，得到的却是一番漫不经心的嘲讽；今年夏天，他毛遂自荐上书光绪皇帝，替岌岌可危的大清国指出一条出路，翘首以望等待了许久，竟没有等到一字批复，直到政变发生，希望彻底破灭；政变之后，他心急如焚地去觐见驻华公使窦纳乐，为大英帝国谋划远东政策，受到的却是不冷不热的应酬，窦纳乐并不需要他这位高参。人的尊严一次次遭受打击，中国官僚、英国官僚都没有给他任何面子，如今又要委屈自己去巴结一位刚刚上任的总督吗？如果说，他曾经在政治上有所“抱负”，那么政治已经让他尝够了苦头，自己年将六十，既没有得到中国朝廷的顶戴花翎，也没有得到英国王室的勋章爵位，甚至连香港的太平绅士都不是，还不如迟孟桓的老爹，那个疍户出身的华商！

一想到迟孟桓那双贪婪的眼睛，老牧师的心脏就一阵绞痛。香港开埠以来，华、洋界限壁垒分明，等级森严，但是，十九世纪七十年代中期的经济萧条却给华商提供了一个异军突起之机，他们善于理财，熟悉中国内地商情，又与海外华侨声气相通，充分利用香港的自由港这一优越条件，与中国大陆和海外开展贸易，甚至以低于欧洲竞争者的价格将大批中国货物投放英国市场，又以低于洋商的价格向香港居民提供英国商品，打破了洋商独霸香港的一统天下。而今，香港最大的地产主是华人，香港外国银行发行的通货极大部分掌握在华人手中，香港政府税收的百分之九十来自华人，少数华商巨头迅速崛起，成为左右香港经济命脉的不可忽视的势力。在取得经济上的优越地位之后，他们又觊觎政治权力，中环欧人居住区的界限被突破，港府的《华人归化英籍条例》使一些华人也可以堂而皇之地当起了英国人，少数华人领袖相继出任立法局非官守议员、太平绅士，已经使欧人社会深感不安。往日，林若翰对这些并没有给予特别注意，如今，当太平绅士迟天任之子向他发起了猛烈进攻，他才突然感到自己竟然难以招架了！迟孟桓有恃无恐，凭借的是什么？一是雄厚的财力，二是政治资本，而这两样都是他林若翰所不具备的，老牧师纵使想在坎坷的“仕途”上急流勇退，老守翰园这一“私人城堡”，怕也守不住了，他必须为自己的余生，为爱女倚阑的前途殚精竭虑，谋求一条生路……

给总督的这封信还是要写。总督是女王陛下在香港的唯一代表，统治二十五万居民的独裁者，他不依附于总督，还能依附于谁呢？

林若翰极力使自己浮躁的心情安静下来，俯下身去，从字纸篓里把那些作废了的信稿再捡起来，揉皱的理平了，撕破的再拼起来，从中寻找尚可利用的字句。可惜没有，那些废稿没有什么利用价值，只配扔掉，必须另起炉灶，继续苦思冥想每一句话应该怎样措辞。

突然之间，灵感袭来了，一个全新的构思涌上心头：一切对总督的赞颂之词和自己的效忠表白都是多余的，这封信只需要对新总督的就任表示祝贺就可以了，然后附上自己的著作，作为赠送总督的礼物，也是最含蓄、最得体的自我介绍，哪怕总督只是随手翻一翻那些皇皇巨著，就会对他这位资深的牧师学者留下一个深刻而良好的印象，那么在下次主日崇拜时再见面就有了交谈的内容……

这个主意实在是太好了。他马上付诸实施，只用几分钟就写完了这封信，反复推敲了几遍，没有发现任何纰漏。便郑重地签上了自己的名字，装进信封，在信封上写上“敬呈亨利·亚瑟·卜力总督阁下”。

然后便是准备赠给总督的书。林若翰几十年来出过不少书，被谭嗣同称为“著作等身”，如果把那些书全部拿出来，可以装满一辆人力车。他当然不会那样做，只需挑选其中的几本代表作，象征性地献给总督就可以了。他站起身来，在书架前检阅着自己的作品，经过慎重的筛选，确定了其中的三本：英文版《一个英国人眼中的中华帝国》和《香港——我的第二故乡》，这两本书记述了他在香港和中国内地的丰富阅历，相信对刚刚踏上这块土地的总督具有参考价值；还有汉文版《甲午战纪》，不但对亚洲最重要的两个国家中国和日本做了深入细致的考察、分析，而且是直接用汉文写成的，体现了作者的“汉学”造诣，总督要统治华人占百分之九十八以上的这块土地，必然会特别重视这方面的人才。当然，汉文版的书，总督看不懂，但正因为看不懂，才更增加了一层神秘感。林若翰这样想着，又觉得这似乎有些向总督自荐的意思了，是不是欠妥？但反过来想想，他在信里毕竟没有明说“三千宾中有毛遂，使白得脱颖而出”之类的话，送几本书有什么不可以？如果总督慧眼识英才，岂不更好吗？主意已定，他在三本书的扉页上都签上名字，然后用礼品纸包扎在一起，就一切都准备停当了。

“阿宽，你来一下！”他朝书房门外喊着。

一阵细碎的脚步声，阿惠跑上楼来。

“牧师，宽叔不在，他跟小姐和易先生出门去了。”

“噢，我忘记了，”林若翰哑然一笑，“那么，这件事就由你去办吧！”

“什么事，牧师？”

“你把这封信和这一包书，替我送到总督府去。”

“总督府？”阿惠吃惊地睁大了眼睛，“我怎么进得了总督府？门口有卫兵站岗的！”

“你不用进去，交给卫兵就可以了，请他们转给总督。”

“要是他们不肯呢？”阿惠还是不敢去，“他们会赶我走开的，也许把我当作小偷抓起来！牧师，我怕……”

“会有这么严重吗？不，你拿上我的名片，对他们说你是林牧师家里的仆人，他们不会对你怎么样的……”林若翰说着，自己也有些犹豫，但是现在阿宽不在，他自己亲自送去又不合适，那么只有让阿惠去冒险了，“这样吧，我给你带上一些钱，如果遇到麻烦，就送他们‘贴士’……”

“总督府的卫兵也会收‘贴士’吗？”

“我想会的，”林若翰这一回说得很肯定，“去年的那件大案子你忘了？连高级警官都受贿，何况小小的卫兵？你们中国人说：‘有钱能使鬼推磨’，这句话，我现在不得不信了！”

阿惠只有从命了，尽管这件事使她从心眼里感到害怕，但主人交代她去做却又不能不做。她郑重地接过那封信和那一包书，林若翰又拿出一把港币，一枚一枚地放在她的手心里，一共十枚，都是一元面值，这比阿惠辛辛苦苦一个月的工钱还要多了。

阿惠把钱收好，捧着信和书下楼去了，那十枚港币在她的衣袋里叮当作响。

林若翰站在书房的窗前，看着阿惠一步步走出院门，沿着山路朝下走去。

屹立在上亚厘毕道旁的总督府，是这块殖民地最高统治者的住宅和办公处所，背靠太平山，面向维多利亚港，与圣约翰大教堂、英军司令官邸相毗邻，占据了港岛中区的最佳位置。而在“政府山”的这三座建筑物之中，最后落成的却是总督府。

早在英国占领香港之初，相继两任外交大臣巴麦尊和阿伯丁都没有充分估计到这座岛屿所具有的商业潜力，阿伯丁曾在 1842 年 1 月指示驻华全权钦使兼商务监督璞鼎查：“香港应当考虑的只是军事地位问题，非军事需要的一切建筑物应即停建。”8 月，璞鼎查视察香港，刚刚开辟的交通干线皇后大道正在施工，监狱和总巡理府尚未建成，“维多利亚城”还没有一座永久性的建筑，连钦使璞鼎查本人也是住在帐篷里。8 月 29 日，由璞鼎查一手策划并亲自签订的《中英南京条约》使香港正式为英国所割占，此后优先修建的也是军港、海军仓库、炮台、弹药库、兵营等等军事设施。“政府山”最早出现的大型建筑是 1844 年开始修建的英军司令官邸，即民间所称的“旗杆屋”，1846 年落成。随后又建起了主要供军政人员祈祷的圣约翰大教堂，而当时总督府还没有影子。从首任总督璞鼎查、第二任总督戴维斯、第三任总督般含，一直到第四任总督包令，都先后住过租赁的房舍，皇后大道、美梨练兵场旁边、“兵头花园”、坚道和春园街都曾经是临时的“总督府”所在地。上亚厘毕道的总督府在 1851 年才开始兴建，历时四年，至 1855 年竣工，正在任上的第四任总督包令从春园街搬过来，成为入主新总督府的第一人。

新总督府的成本估价为一万四千英镑，而英国殖民地加尔各答总督府的造价却高达十六万七千英镑，印度总督府仅保镖就多达一百三十人，还养着一百四十六头大象，可见占地之广；相比之下，香港总督府就小得多了，因为当时英国政府还没有料到香港日后的经济飞速发展，它在殖民地排行榜中的地位仍然相当低微。但尽管如此，新总督府比起以往租赁的临时住所，还是宽敞、宏伟得多了。这座具有浓郁的殖民地色彩的建筑，外形和“旗杆屋”非常相像，蓝本都是英国 17 世纪著名建筑师琼斯设计的皇后别墅，砖墙瓦顶，楼高两层，三面都有深洞阳台，正面中间部分设计了颇具气派的爱奥尼亚式柱廊，为了适应香港的亚热带气候，在柱廊的上部和左右两翼所有的窗户都增加了木制百叶窗，通风、透光而又遮阳。与“旗杆屋”不同的是，总督府的两层楼下又依据山势增加了一层地库，用坚固的花岗岩砌成一排连续的券门，支撑住整座建筑，从外面看上去则像是三层楼了。楼前绿草如茵，草坪的两侧有马房和工人房，北向的入口设有专门的停轿处。穿过草坪便进入大楼的一层，这里有总督的办公室、客厅、饭厅、图书室，还设置了供总督休息游乐的桌球房。两条楼梯通往楼上，一条是工人和佣人走的，另一条供主人专用，楼上便是总督的私人住宅了。花园在大楼的后面，一条双环扭结式的楼梯通往半圆形的守卫室，全副武装的哨兵从高处监视着地面，大楼庭院门口笔直地站着荷枪实弹的门卫，日夜守护着总督和他的一家。

在香港开埠之初，这样一座总督府已是十分威武煊赫。

包令退休之后，它又相继传给了第五任总督赫科莱斯·罗便臣、第六任总督麦当奴、第七任总督坚尼地和第八任总督轩尼诗。在轩尼诗任职期间，香港作为国际重要商埠的地位已非当年可比，外国政要和使节的来访日渐频繁，英国的威尔斯王子和维多王子也到港访问，送走迎来应接不暇，还有每年的女王寿辰都要大肆庆祝，授勋仪式也是在总督府举行，一楼的大厅已不敷使用，连楼上的总督私邸和楼下的花园也要用来招待宾客。轩尼诗感到总督府太小了，由行政局批准拨款四万元港币，准备修建附属设施。这一计划跨越了第九任总督宝云的任期，直到1887年第十任总督德辅执政时才付诸实施，在现有大楼的右侧增建了一座新楼作为副翼，于1891年落成。

新楼的风格与旧楼基本一致，也是楼高两层加一层地库，但由于地基较低，看上去比旧楼矮了一截，补救的办法是在楼上加了隆起的中国式屋顶，使这座西洋式建筑多少涂上了一些东方色彩。另一个与旧楼不同之处是在前后两面的正中各增加了一个希腊式的三角形山墙，从而带有一些文艺复兴式的味道，整座建筑将古今中外杂糅，也就说不清是什么风格了。新楼与旧楼之间由宽阔的楼梯相连，一楼不仅有大饭厅和客厅，而且还设有大舞厅，总督阁下所举行的重大活动都有足够的场所了。政府山前面再没有高大的建筑物遮挡视线，从面北的柱廊和窗户纵目远望，港岛北部的海滨景色尽入眼底，居高临下的总督府占尽风光。

现在，海空夕阳斜照，给耸立在政府山的大楼镶上了一圈金边，楼顶前沿笔直的旗杆上，红白蓝三色相间的米字旗迎风招展。正是喝下午茶的时间，在总督的办公室里，第十二任总督卜力和他最重要的助手辅政司骆克一边品味着浓得发苦的非洲咖啡，一边切磋着忙得放不下的政务。曾经担任第十任港督的德辅在卸任后所写的回忆录中说过："总督需要亲自过问的事情很少，各项工作自有辅政司去处理，图清闲的港督只需在别人起草的文件上签签名，即可舒舒服服地把总督做到任满。"但实际上，德辅自己并没有享受到这份清闲，他上任之初便亲自起草了旨在扼制华人业主势力扩张的《欧人住宅区保留法例》，在五年任期之中，开始了维多利亚港中区的填海工程，建成了山顶缆车，成立了两家大型股份公司置地公司和电灯公司，并且还扩建了总督府，忙得不亦乐乎。他的继任者第十一任总督威廉·罗便臣更没有闲情逸致，不仅被财政赤字、经济衰退搞得头昏脑涨，而且在五年内竟然遭遇了两次大瘟疫，三千五百多名香港居民丧生，连罗便臣夫人也未能幸免。焦头烂额的威廉·罗便臣为了摆脱困境，极力谋求扩张香港的地盘，经过不懈的努力，终于促成了《展拓香港界址专条》的签订。对于英国来说，能够胁迫大清帝国做出如此巨大的妥协，不仅归"功"于驻华公使窦纳乐那外交官加武夫的谈判技巧，为此出谋划策的港督威廉·罗便臣也"功"不可没，而他却又没有来得及享受这一成果，在今年二月便任满离职，把新租借地这颗成熟的桃子留给继任者第十二任总督卜力去摘取了。

卜力的办公室悬挂着一幅巨大的地图，这幅地图正是窦纳乐与李鸿章谈判时所使用的地图的蓝本，它的区域包括了香港岛、九龙半岛和广东新安县的大部以及附近的岛屿和海域，也就是新任港督治下的全部领土和领水。此刻，卜力总督瘦长的背影几乎贴在地图上，他的手里拿着一只长柄的放大镜，仔细地观赏着新租借地纵横交错的山脉，山间谷地的一片片原野和密密麻麻的村庄。这片展拓的界址，使香港的土地扩大了十一倍，水域扩大了四五十倍，人口增加了十万以上。

“感谢我的前任为我留下了这笔‘遗产’，使我在扮演新的角色之时不至于感到舞台过于狭小。”卜力转过脸来，耸动着小胡子，鹰钩鼻上方那双淡蓝色的眼睛流露出不加掩饰的自负。

这位新总督的全名叫 Henry Arthur Blake，自从他抵港履新的那一天起，香港的华文报纸便以笔画极简省的两个汉字称呼他为“卜力”总督。卜力出生于鸦片战争爆发的 1840 年，英国发动那场战争的最重要收获便是攫取了中国的领土香港，五十八年后由鸦片战争的同龄人出任这块土地的总督，也许是卜力欢度五十八岁生日所得到的最有意义的礼物。而在此之前，他已经先后担任过巴哈马、纽芬兰和牙买加总督，积累了丰富的殖民地工作经验，对接手治理号称“东方直布罗陀”的香港也并不感到受宠若惊，自认为这份殊荣非他莫属，当之无愧，雄心勃勃地要做出一番成就。

辅政司骆克坐在他的对面，手里端着咖啡杯却停止了啜饮，倒挂的八字眉下的那双充满智慧的眼睛微微眯起，两撇小胡子并不像卜力那样翘起，而是服服帖帖地分梳两旁，“一人之下，万人之上”的辅政司以恭顺谦卑之态注视着总督阁下，倾听着他所说的每一个字。

历史在他们两人之间制造了一个耐人寻味的巧合：卜力是第一次鸦片战争的同龄人，而骆克则是第二次鸦片战争的同龄人。

公元 1858 年 5 月，正当英法联军攻陷中国的大沽口时，这位 James Stewart Rockhart 出生于苏格兰北部阿吉尔的阿德希尔。他的祖父是一位成功的银行家，父亲迈尔斯·骆克哈特则是个无所事事、悠闲度日的绅士，因为富足的家境无须他再去工作。但是，充足的金钱毕竟不能满足人的全部欲望，骆克哈特家族还缺少一样东西。而在迈尔斯娶了阿德希尔的大地主查尔斯·斯图尔特的侄女和继承人安娜·斯图尔特小姐为妻之后，这一愿望得以满足，便把标志着苏格兰古代王室高贵血统的“斯图尔特”纳入自己的姓氏。多年之后，他的第四个儿子“司图尔特·骆克先生”的大名在香港妇孺皆知，却很少有人知道他那高贵的姓氏其实是沾了姥姥家的光。

骆克自幼具有出色的语言天赋，大学期间，希腊文、英文和修辞学的成绩优异，几经努力，他在1878年秋天考取了由英国政府派驻香港工作的“官学生”，经过九个月的汉语强化训练，通过了初级考试，于1879年10月2日从南安普敦启程东渡，一个半月之后到达香港，从此在漫长的仕途中，地处远东的香港成了他的“家”。

在初到香港的三年里，他在广州师从欧阳辉先生，刻苦学习汉语，由此得以广泛涉猎中国的历史、文学、民俗、礼仪，并且对中国的古董、字画产生了浓厚的兴趣，对此孜孜以求，以“收藏家”自居。使他感触最深的是孔夫子的思想，一部薄薄的《论语》使他找到了治理这个东方民族的钥匙。在汉语人员奇缺的港府，骆克先后在殖民地秘书办公室、注册总局、鸦片税务署等等部门任职，迅速地步步高升，自1895年起成为港府中仅次于总督的行政长官辅政司。今年2月，罗便臣总督卸任之后，香港人士普遍认为，辅政司骆克将是代理总督的最佳人选。但是，结果却出人意料，伦敦任命了当时的驻港英军司令布莱克为代理总督的“护督”，之后，正式任命卜力为第十二任总督，骆克落空了。作为对骆克的一种“补偿”，女王授予了他一枚圣迈可及圣乔治三级勋章“C. M. G.”，仍然低于卜力的一级勋章。骆克尽管心有不快，但这位精通中国儒学的苏格兰人时时牢记着孔夫子“克己复礼”的教导，在与同僚的相处之中，尤其在总督面前，格外谦虚谨慎。现在正是用心博取新主子卜力总督赏识的时候，绝不敢有丝毫的大意。

“窦纳乐公使为我们打开了通往中国大陆的大门，”卜力继续说，“但同时也给我们制造了一些麻烦，在我看来，《展拓香港界址专条》是一份不够成熟的文件，它还有不少明显的漏洞和欠缺。比如九龙寨城问题，简直不可思议！既然香港的界址已经展拓到深圳湾和大鹏湾，为什么近在九龙湾旁边的这座寨城却可以除外？我们又怎么可以允许在女王陛下治下的英国领土之内保留中国的驻军？”他用手里的长柄放大镜敲击着地图，“这是主权问题！窦纳乐公使在主权上向中国让步，太软弱了！”

“总督一语击中要害！”骆克点点头说。其实他心里在想，若论

"主权"，不要说新租借地，就连香港、九龙的主权本来也都属于中国，那是我们的前辈以武力加智谋夺过来的，如果中国再出个像林则徐那样的强硬派，和我们针锋相对地讲起"主权"来，理屈的将是我们。即使是面对李鸿章这样的软骨头，在谈判桌上也很难把道理讲得冠冕堂皇。窦纳乐公使能够为我们争取到这个地步已经很不容易了，在大踏步挺进的同时做一些小小的让步，实属迫不得已，你还要谴责他？外交上从来没有笔直的大道，要想达到目的，常常要绕几个弯子，中国有一个著名的策略，叫作"若欲取之，必先予之"，这番道理，窦纳乐懂得，你却不懂得！

但骆克绝不会愚蠢到用这番道理去开导总督，而要以窦纳乐的"失误"来证明卜力的"英明"，于是接下去说："九龙寨城的存在是我们的心腹之患，卧榻之旁，岂容他人酣睡？我相信总督会亲自把它夺过来！"

"当然，"卜力胸有成竹地笑笑，"其实要夺取九龙寨城也并不难！骆克先生，不知道你有没有注意到，《专条》虽然允许中国官员继续驻扎在九龙寨城内，但下面还有一句话：'惟不得与保卫香港之武备有所妨碍！'对此，李鸿章竟然没有表示反对，真是一个十足的傻瓜！现在我们可以利用这句话，把他们赶出去，理由就是：九龙寨城内的中国驻军妨碍了香港的安全！"

好一位自作聪明的总督！骆克在心里说，你不要忘了，《展拓香港界址专条》是窦纳乐公使起草的，"惟不得与保卫香港之武备有所妨碍"那句话难道是无意中写上去的吗？不，那正是窦纳乐的苦心所在，为我们日后夺取九龙寨城预先设置了"伏笔"，文章做到这种地步，已经可圈可点。以这句话作为夺取九龙寨城的理由，无须你来"发现"，其实早已成为英国朝野各方人士的共识，自从《专条》签订以来，海军联合会香港支会、伦敦商会、香港总商会、英商中华社会都在谈论这同一议题。在你受命出任香港总督之前，署理港府事务的护督布莱克少将也已经给殖民地大臣张伯伦写了信。大家共同烧好了这份牛排，等着你来享用呢，你这个幸运儿！

骆克并不想一味地吹捧卜力，那样会使总督飘飘然，而忽视了他人包括辅政司骆克先生的重要作用，因此他有必要提醒总督，夺取九龙寨城并非那么轻而易举。

“可是……”他不失时机地来了一笔“但书”，“如果中国方面声称他们在九龙的驻军并没有对香港的安全造成威胁，而我们也找不出这方面的证据，又该怎么办？因为事实上就是如此，中国政府目前正处在内外交困之中，根本没有能力也没有胆量向我们进行哪怕一点点挑衅行动……”

“无须什么证据！”卜力不假思索地打断了他的话，“我们有强大的陆军和海军，还有六百多人的皇家警察部队，对付一个小小的九龙寨城简直易如反掌！骆克先生，我想你一定给你的孩子讲过《狼和小羊》那个著名的故事吧？……”

这时，办公室门外响起了一声：“报告！”把卜力的话打断了。

“进来！”卜力头也不回地命令道。

他的秘书走了进来，手里捧着文件夹，笔直地站在他的身旁，把文件夹打开来。

“总督阁下，这是警察司梅轩利上尉送来的报告，请总督签字！”

“好的，”卜力连看也不看那份报告，就向秘书伸过手去。秘书把已经准备在手中的笔递给他，他却突然收回了手，说，“不，你把这份报告留下，我看过之后再签字。告诉梅轩利上尉，请他明天上午九点钟到我这里来，我要听他谈一谈警察部队的情况。”

“是，阁下！”秘书把文件夹放在总督的办公桌上，转身走出去了。

“对不起，骆克先生，”卜力重新面对骆克，要继续意犹未尽的谈话，“我刚才讲到哪里了？”

“《狼和小羊》。”骆克耸耸眉毛说。

“对，《狼和小羊》，”卜力想起来了，“那个著名的故事最生动地阐明了一个真理：物竞天择，适者生存，弱肉强食，天经地义。在没有抵抗能力的敌人面前，其实什么理由都不必去讲，吃掉它就是了。”

“《狼和小羊》，很精彩的一个比喻，”骆克会心一笑，“可是很遗憾，中国人对这个西方寓言似乎缺乏应有的理解能力，他们保守而且固执，把不宣而战、弱肉强食看作可耻的行为。在中国的历史上，许多诸侯国之间、地方割据势力之间虽然也曾经发生过无数次战争，但谁也不肯承认自己是在侵略和掠夺对方，总是打出‘吊民伐罪’‘除暴安良’等等正义的旗号，非常忌讳‘师出无名’。在中国的军事家看来，最高明的战略是不采取军事行动、不造成流血冲突而使对方屈服，所谓‘不战而屈人之兵，善之善者也’。”

“这简直是天方夜谭！”卜力不以为然地摇摇手，从地图前踱过来，回到自己的座椅上，从茶几上的食盘里拈起一颗开心果，“请你告诉我，如果不诉诸武力，你有什么办法能说服那些野蛮人从九龙寨城撤走？”

“有的，阁下，”骆克说，“以总督的智慧，可以想出充分的理由。您已经敏锐地指出《专条》在文字上的漏洞，而这些漏洞正好可以为我们所利用。我提醒阁下注意‘所有现在九龙城驻扎之中国官员’这一句话，在英汉两种文本当中是有所不同的……”

“噢？”卜力若有所悟，手里捏着的开心果停在嘴边，也忘了吃，饶有兴致地琢磨着骆克的意思，“Chinese official——中国文官……”

“是的，英文本使用的是‘中国文官’这个词，这就意味着中国无权在城内驻军！英、汉两种文本都是由双方大臣签字画押，经两国政府批准，具有同等法律效力，我们以此为理由，要求中国驻军撤出九龙寨城，他们还有什么话可说？”骆克那双眯缝眼闪烁着狡黠的光芒，望着总督，“而据我所知，中国在九龙寨城内一直实行的是军事管制，并不是文官管辖，他们的最高长官是大鹏协副将，城内的二百个平民都是军人家属和仆役之类，一旦撤军，必然随之一走而空。而且，‘Kowloon Walled City’这个词毫无疑问指的是九龙寨城，也就是城墙以内的地方，他们撤出城去便没有立足之地，只能退到展拓界址的界线以外，九龙寨城不就自然而然地归属香港了吗？”

“好，好极了！骆克先生，你的这一番文字游戏足以‘不战而屈人之兵’，比皇家炮舰还要厉害！”卜力把手里的开心果又丢回盘子里，兴奋地站了起来，重新走到地图前，“那么，中国的九龙税务司设在汲水门、长洲、佛头洲和九龙寨城外的这四个税关，是不是也可以用同样的办法把他们赶走？”

“不必。”骆克笑了笑，说。

“什么？”卜力对这一回答感到吃惊，“我们难道可以允许中国的税关继续保留在香港的土地上？难道可以容忍中国的缉私船在香港的水域游弋？难道可以眼睁睁地看着潮水一般的白银从香港流向中国？要知道，他们的这四个税关，每年仅仅征收鸦片税就是三十万两，还有其他税收高达七十万两！不，如果允许他们在新租借地保留税关，我们的经济利益将受到极大损害，香港将变成广州的财政附庸，而且香港作为自由港的国际形象也将被破坏！这是绝不能允许的，骆克先生！”

“总督的意见完全正确，中国的税关必须从新租借地赶走！可是总督似乎不必为此而伤脑筋，因为在《展拓香港界址专条》中对这件事只字未提！”

“是这样吗？”卜力一愣，“我对这些条文记不大清楚了，真的只字未提吗？”

“是的，阁下，”骆克肯定地说，“我曾经仔细地把《专条》反复研究过许多遍，都没有找到有关关税的一个字。据我所知，当初在两国谈判的时候，窦纳乐公使的确曾经向李鸿章保证：在英国接管新租借地之后，将尽可能采取一切措施防止这一地区被利用来向中国走私，尽力保护中国关税；然而有意思的是，李鸿章竟然没有要求把这一保证写进《专条》……”

“口头保证根本不具法律效力，我们完全可以不予承认！”卜力放心地笑了，他的右臂在地图上有力地一挥，“把他们赶走，统统赶走！这样，在这片土地上再也没有麻烦了！”

“不，阁下，麻烦还会有的，”骆克却并不像总督那样乐观，“我们从李鸿章手里拿到了一份《专条》，还不等于占领了新租借地三百七十六平方英里的土地，更不等于驯服了那里的十万人口。我说过，中国人是非常保守而且固执的，尤其是农民，他们世世代代在一块土地上生活，很少迁移，乡土观念极为浓厚，以家族纽带构成了稳定而封闭的社会，不容许任何外界的力量来打破它。‘日出而作，日入而息；凿井而饮，耕田而食。帝力于我何有哉！’这是一首非常古老的中国民歌，代表了典型的农民意识，他们满足于这种原始的生产方式和生活方式，连他们的帝王也无法改变它，直到今天还是这样。他们非常排外，对两次鸦片战争记忆犹新，仇视外国人，尤其是英国人，根本不相信白人会带给他们幸福。而现在，我们正是要他们离开原来的祖国，归顺于女王陛下，这不是一件容易的事，征服十万人要比征服一个李鸿章困难得多！根据我在新租借地一个多月的调查中所观察到的情形，估计在正式接收时会遇到反抗的……”

“反抗？一群农民会反抗政府？你估计得太严重了，”卜力轻蔑地笑了笑，“英国当年占领香港时遇到反抗了吗？”

“不，五十七年前的情况和今天大不相同，新租借地和香港也大不相同。”骆克说，“义律钦使和伯麦司令占领香港时，岛上只有十六个村庄，七千四百五十个居民，当然容易治理。可以说，港府是先在这里建立了英国式的政法体制，然后才发展这个商埠，以后大量的移民从中国内地来港定居，就不得不服从已有的社会制度。今天的新租借地则不然，那里的居民至少从宋、元时代就定居在此，早已形成了锦田邓氏、新田文氏、上水廖氏、河上乡侯氏和粉岭彭氏这五大家族势力，他们自行组织社团，订立规约，建立团练公局，各自都有地方武装，不可轻视！如果我们强制他们改变这一切，势必会引起他们的反感，武力反抗也是可能发生的。所以，我认为，我们今后统治、管理这块地方，应该尽可能地维持现状，保留现有的乡村机构，保持原居民的生活方式、风俗习惯和价值观念……”

卜力皱起了眉头，骆克的这番话调子越来越低，使他听得极不舒服。曾在巴哈马、纽芬兰和牙买加担任总督的卜力对于殖民地土著居民的民族情绪早有亲身体会，他并不感到奇怪，而奇怪的是将要和他在香港长期合作的辅政司骆克竟然极力渲染这种情绪。这使他不能不想到，即使在称霸世界的大英帝国内部，民族情绪也是照样存在的，大不列颠岛北部的苏格兰人、西南部的威尔士人和爱尔兰岛上的爱尔兰人至今仍对居于统治地位的英格兰人有一种本能的戒备甚至仇视心理。而面前的这位骆克先生就是苏格兰人，在他的家乡，苏格兰人唱自己的歌，跳自己的舞，男人穿裙子，不肯和英格兰人做民族认同。如果你无意中和一个苏格兰人谈论“我们英国”如何如何，说不定会遭到白眼：“不，我是苏格兰人!”那么，这位骆克先生……

“骆克先生!”卜力中途打断了骆克的喋喋不休，以凌厉的目光扫了他一眼，“我想提醒你，不要因为在中国人当中生活得太久，或者由于别的什么原因，而对弱小民族产生什么怜悯之心，我们的使命不是和他们交朋友，而是统治他们！一个月之前，女王陛下会同枢密院发布的命令已经明确指示了新租借地的施政方针：香港总督和立法局有权为和平、治安和该殖民地有良好的政府而制定法律，在香港施行的所有法律，对新租借地同样有效。这是我们行动的唯一准则，你大概不至于对此持有异议吧?”

其实，卜力的话不必说这么多，在他那狐疑的眼神瞥来的一瞬间，骆克就已经透彻地领会到其中的含义了。骆克吃了一惊！总督怎么能怀疑他对女王的忠诚？如果没有骆克，你还能再找出第二人来，在你赴任之前就已对新租借地做了那么详尽的调查吗？那份调查报告，连殖民地大臣张伯伦都称赞它“极有价值，极有意思”，殖民地部甚至认为，新租借地需要什么，骆克是最好的裁判，这些，难道你都视而不见？洋洋万言的报告书，你大概并没有仔细阅读吧？要不然，你怎么会不被骆克的忠诚和尽职而感动?

“总督阁下!”骆克放下手里的咖啡杯，倏地站起来，“为了捍卫祖国的利益，捍卫女王陛下的光荣和尊严，我不惜献出自己的一切！过去如此，现在如此，将来仍然如此!”

“你何必这么紧张呢?”卜力微微一笑，“骆克先生，我只不过要提醒你，不要在那些中国人面前失去了大英帝国的尊严！听说，你和新安县知县卢焕的关系很密切，还送给了他很贵重的礼物?”

“报告总督……”骆克连忙解释说，“我那样做，是为了从他手里拿到新租借地的田土登记档案，那对我们是极其有用的!”

“啊，贿赂?”卜力明白了，伸手拍拍他的肩膀，“对，这个由魔鬼发明的把戏在全世界都适用，当年异教徒只用三十个银币就诱使犹大出卖了耶稣！那么，你送给了新安县知县什么？是西洋自鸣钟，还是中国字画？我听说，你在香港还是一位颇有名气的收藏家，为了我们的事业，忍痛割爱了吧?”

“不，阁下，”骆克说，“卢焕是一个土官僚，根本不懂得古董的价值，只认得钱！我用银子敲开了他的门，借出了新安县的田土登记簿册，整整抄录了三天，其代价比异教徒收买犹大的三十个银币还要高些呢!”

“哈哈！妙极了，简直妙不可言!”卜力放声大笑，他似乎应该对骆克先生放心了，这个苏格兰人不但忠诚可靠，而且足智多谋，还有一点不露声色的幽默感，这将为他们以后的合作增添一些趣味，“骆克先生，看来你的银弹外交是成功的，不战而屈人之兵……那句话怎么讲?”

骆克接下去说：“善之善者也!”

“报告!”门外又响起秘书的声音。

“进来!”卜力说。

他的秘书走了进来，手里托着一个礼品纸包，上面放着一个信封。

“总督阁下，您的信，还有一份礼物。”

“噢?”卜力回过头来，看了一眼那个礼品纸包，朝骆克笑道，“你看，我们刚刚说到贿赂，就收到了贿赂，有意思!”

秘书在咖啡桌上放下礼品纸包，然后把那个信封双手递给总督。

卜力接过信封，扫了一眼正面，便翻过来看背面寄信人的签名。

“John Ling，”他读出这个名字，有些奇怪地自言自语，“这是什么人?”

“John Ling?”骆克心里一动，他的这位老朋友颇有一些中国文人式的清高，而卜力总督刚刚上任，他便急于写信来，倒是出人意料。但是，老朋友毕竟是老朋友，他在总督面前有义务做一番介绍，便对卜力说，“就是圣约翰大教堂的那位牧师，汉文名字叫林若翰。昨天的主日崇拜，我们刚刚听过他讲道……”

“啊，是那位老牧师，”卜力想起来了，嘴角泛起了一丝微笑，他伸开双臂，模仿着林若翰讲道时的神情和语气，“‘约翰是诚实的！约翰没有撒谎！’一个神经质的老头儿！是他来的信？有什么公干？”

骆克也莫名其妙地望着卜力手里的那个信封，猜不透林若翰给总督写信是要做什么。

卜力打开信封，用两个指头抽出信纸，匆匆扫了一眼，就看完了那简短的几行字，顺手递给了骆克。

“这封信……”骆克小心翼翼地问，“我可以看吗？”

“当然，这里没有任何私人秘密，甚至可以在报纸上公开发表，可惜晚了一些！”卜力冷笑着说，“到今天才想起来祝贺我就任香港总督，哈哈，神经病！”

骆克默默地看完了这封信，不安地抬起头来。

“阁下，林牧师在香港是一位知名人士，他的贺信虽然晚了一些，总也是一番好意……”

“知名人士？”卜力转过脸来，看看秘书，“就职典礼为什么没有请他参加？”

“报告阁下，”秘书说，“我们给他发了请柬，可是他并没有出席，打来了‘德律风’，说因病请假。”

“因病……请假？”卜力皱起了眉头，“他被邀请，应该感到光荣；如果没有兴趣参加，悉听尊便，无须请什么假！”

骆克暗暗替林若翰叫苦，如果他不写这信来，倒还不至于在总督心里留下这样印象！现在，如果不替他说句好话，以后再想扭转总督对他的看法，恐怕就难了。

“总督阁下！”骆克说，“林牧师年纪大了，也许他当时确实身体不好，我看这封信还是很真诚的，他还赠送给总督三本书……”

“打开来！”卜力命令道。

秘书把那个礼品纸包打开，取出林若翰精心挑选的三本著作，递给总督。

卜力只是随手翻了翻，就放在了一边，满脸的不屑。

“一个不务正业的牧师！对他来说，只要会背诵《圣经》，会讲‘约翰是诚实的’，就足够混饭吃了，写这些东西做什么？”

“阁下，”骆克迟疑了片刻，本不想再多嘴讨嫌，但还是忍不住说，“林若翰不仅是一位资深的牧师，而且还是一位学识渊博的汉学家，他在香港和中国内地居住、游历了三十多年，对华人社会有很细致的观察和了解，这些对总督治理香港还是有一定参考价值的，不妨抽暇读一读他的著作……”

“现在是什么时候？当务之急是准备接管新租借地，我哪里有时间去读这些东西？何况他还把一本汉文的书也送给我，对不起，我不认识那些天书一般的方块字！”

“那么，”骆克试探地说，“或许总督可以接见他一次，听他谈一谈？”

“什么，接见他？莫名其妙！”卜力奇怪地盯着他，“我有什么必要接见这样一个人？”

“为了阁下的事业，”骆克说，“总督刚刚上任，如果把一些知名人士笼络在周围，将如虎添翼；林牧师在教徒当中很有威望，这个人对我们是有用的，阁下！”

“嗯，”卜力很不情愿地应了一声，“你这个人，总是在这些方面动脑筋！好吧，在我有空的时候，可以考虑拿出二十分钟的时间见他一面……”

“安排在什么时候呢？”骆克却十分认真，紧跟着问，“总督决定了，由我来通知他。”

“我看……”卜力想了想说，“就在明天吧，喝下午茶的时候，你还是像今天一样，到我这里来，一起和他谈谈。”

“好的。”骆克答应着，朝总督办公桌前走去。

“还有，你告诉他……”卜力望着骆克，又交代道。

“阁下，让他事先做好哪些准备？”骆克摇动着“德律风”的摇把，说。

“从那封信看来，他有些怕我，”卜力笑笑，“你告诉他，见了总督不要太紧张。”

“好的，阁下，”骆克拿起了话筒，总机已经通了，“接线生，请给我接……”

“等一等!”卜力突然说，“我改变主意了，明天我不能接见他，那样似乎太隆重了，拖一拖吧，以后再说!”

骆克愣在那里，举在手里的话筒中传出接线生的声音：“先生，先生！请讲话，你要哪里?”

圣山顶上，易君恕神情肃穆地仰望着那块巨石。

此石高约丈许，宽约三丈左右，上部呈平坦的漫圆，好似巨龟的甲壳，四周圭角嶙峋，鬼斧神工，浑然天成。在这徐缓的山坡之上，不知何年何月，从天外飞来这块巨石，阅尽人间沧桑、世事兴亡，如今遍体苔痕雨迹，苍黑如铁。

“先生，这样一块石头，怎么能证明就是宋朝皇帝的遗迹呢?”倚阑在旁边问道。

“是啊，我也在想，”易君恕说，“这巨石上怎么不见前人的题咏?”

“有啊，”阿宽说，“这是背面，正面刻着字呢!”

“噢?”易君恕听了，便绕着巨石，转到北向的一面，举目看时，果然在醒目处刻着三个大字“宋王台”，每字约三尺见方，书体在行、楷之间。右上方一行题款：“清嘉庆丁卯重修。”“宋王台”三字下面，又有一片密密麻麻的小字，可惜水蚀风化，已漫漶不清，难以辨认。

“嘉庆丁卯当是嘉庆十二年，至今已有九十一年……”易君恕想了想，算出了这题款的年代，“不过，南宋沦亡是六百年前的事了，这题款却晚得多，不知有何依据?”

“先生是做学问的人，凡事都刨根问底，”阿宽苦笑笑说，“这些事情，我们哪里说得清楚?”

三人正面面相觑，忽然听得身后传来一声呼唤：“君恕兄!”

易君恕一愣，猛地回过头向山下看去，一条彪形大汉，正朝山上大步跑来，见他回过头，那人扬起了手，兴奋地大叫：“君恕兄!”

“啊？伯雄！”

易君恕惊喜万分，不顾脚下的荒草乱石，踉踉跄跄迎了过去，邓伯雄飞步跑过来，一把抱住了他，不禁喜极而泣，涕泪涌流：“兄长，我们终于又见面了！你怎么从北京千里迢迢……”

“唉！伯雄，一言难尽！”易君恕望着久别重逢的挚友，两眼也涌出了热泪，“你不知道京城里出了大事吗？现在全国都在……”

“明白了，新安县也张贴着告示！”邓伯雄悲愤地说，“兄长既然南下，为什么不来投奔小弟？我早就对你说过：无论何时来，锦田就是你的家！”

“伯雄，”易君恕说，“我是担心……”

“兄长不必担心，”邓伯雄昂然道，“我那里天高皇帝远，朝廷鞭长莫及，锦田邓氏也不把那小小的新安县令放在眼里！”

“我担心的是，怕我牵连了你！”易君恕道，“新安县令上面还有广东巡抚、两广总督，贵乡在他们管辖之下，府上的身家性命当紧，不可为我而冒险啊！”

“兄长说哪里话？”邓伯雄慨然道，“你我情同手足，患难之时就当共患难！走，快些跟我回家！”

这时龙仔从后面跟了上来，听少爷这么说，就慌着要搀易先生下山。

“不要这么性急，”易君恕忙说，“我现住在香港一位朋友的府上，纵使要走，总也要打个招呼，怎能不辞而别啊？”

“嗯？”邓伯雄一愣，看看巨石旁边的倚阑和阿宽，“兄长在香港还有朋友？我从来也没有听你说起过……”

“噢，我还没有来得及告诉你，”易君恕说，“林若翰老先生和康先生、梁先生、谭复生都是挚友，我是在北京和他相识的……”说到这里，易君恕犹豫了一下，觉得一两句话也难以说清自己和“鬼子大人”交往的来龙去脉，于是略过林若翰的国籍、身份不提，接着把倚阑和阿宽向他一一介绍，“这位小姐便是翰翁的女公子，这位是林府的管家阿宽。”

“噢，”邓伯雄这才看清，原来在码头上和易君恕一起上船的女子并不是“鬼婆”，虽然一身洋装，却明明白白是华人模样，便拱了拱手，说，“久仰，久仰！承蒙府上款待君恕兄，邓某多谢了！”

阿宽向邓伯雄见了礼，倚阑也不知该行什么礼，便朝邓伯雄点了点头，说：“邓先生太客气了！我常听易先生说起你，没想到今天在这里遇到了，真是巧得很！”

“哪是碰巧啊？我和龙仔是一路追过来的，幸亏问了尖沙咀轿站，他们说，那位北京口音的先生雇了轿子，到宋王台去了，不然我哪里找得到你们？”邓伯雄说着，看看易君恕，“兄长今天是专程到此？”

“是啊，”倚阑替易先生答道，“先生给我讲文天祥的《过零丁洋》，说起南宋抗元的故事，所以慕名来寻访宋王台遗迹。”她跟随易先生读书月余，如今已不像当初那样对华人世界一无所知了。

“嗯，君恕兄积习如此，”邓伯雄感叹道，“每到一处，总是要访古抒怀！”

“伯雄，我倒要请教你，”易君恕不禁问道，“这宋王台果真是南宋遗迹吗？”

“当然，绝对没有错的！”邓伯雄说起宋王台，如数家珍，“南宋经德佑之难，临安陷落，恭帝被俘，度宗遗孤二王由陆秀夫、张世杰护驾南下，景炎帝昰在福州登基之后，和卫王昺一起辗转来到广东，曾在此驻跸。至今山下还有一个村庄名叫‘二王殿村’，便是当年的行宫遗址。宋《填海录》《二王本末》、明《厓山集》以及本朝嘉庆年间编纂的《新安县志》都有景炎帝驻跸官富场的记载，宋朝时，本地称‘官富场’……”

易君恕信服地点点头。

“元军追杀而来，他们又被迫一路转战，景炎帝在碙州崩逝之后，祥兴帝昺继位，厓山战败，他们君臣守尽最后一寸宋土，蹈海而死，壮烈殉国，十余万具尸体使大海为之壅塞！”仿佛当年那悲壮的一幕在眼前重现，邓伯雄说到这里，激动不已，“其实，宋末二王在此驻跸不过数月之久，而在本地百姓心中却留下了长久的纪念。当年二王初到之时，土瓜湾百姓划船列队，箪食壶浆，以迎王师，景炎帝赐百姓黄缎御伞一把，那把御伞一直流传至今，每年端午龙舟竞渡，总是先对御伞隆重祭拜！宋王台这座巨石，六百年屹立不倒，也是历史的一个见证！”

易君恕和倚阑、阿宽凝神屏息，静听他这一番凿凿有据、声情并茂的讲解，不禁为之动容。

“邓先生也是有学问的人，六百年间的事都装在心里，讲得清清楚楚！”阿宽感叹道，“我们祖祖辈辈生活在宋王台旁边，要好生珍惜这份荣耀哩！”

倚阑默默地注视着那苍黑粗砺的巨石，一种从未体验过的感觉在她血管中涌动，她有生十七年来，还是第一次如此真切地感受这方天空下漫长而悲壮的历史，对于生她养她的这片土地，她所知道的实在太少了！

“南宋沦亡，自然是大不幸，而末代少帝身边有那样忠勇节烈的乱世孤臣，国虽亡而永驻民心、长留青史，倒也是大幸！”易君恕伸手抚摩着巨石，无限感慨，“如今大清国风雨飘摇，危在旦夕，却无处寻觅当代的文天祥、陆秀夫了！”他转过脸来，望着邓伯雄，说，“伯雄，现在香港的新总督已经到任，接管新安县恐怕迫在眉睫……”

“知道了，”邓伯雄神色沉郁地点点头，“人为刀俎，我为鱼肉，那一刀早晚是要砍下来的，新安十万百姓正拭目以待，如若英夷动手，那就较量一番！”

“啊？”倚阑诧异地看着他，“邓先生，香港的拓界，两国政府早就达成了协议，老百姓抵制又有什么作用啊？”

“林小姐，岂不闻‘三军可夺帅也，匹夫不可夺志’！”邓伯雄浓眉倒竖，双目炯炯，“大清朝廷怕番鬼，我新安百姓却不怕，祖宗基业，寸土不让，哪怕像南宋君臣那样，血战到底，以死殉国，也决不做洋人统治之下的贱民！”

倚阑听得骇然！很显然，邓伯雄并不知道面前的这位小姐是英格兰名门闺秀，而把她当作了自己的同胞，毫无顾忌地抒发对“英夷”“番鬼”的仇视和愤恨，这使得倚阑的一颗心怦怦地狂跳不止！她看到，阿宽在一旁也已经神色不安，一定是在担心小姐和这位邓先生争吵起来……可是，倚阑却抑制住心中的激动，并没有发作。她自童年记事之初便从父亲口中得知，她有一位华人母亲，自然拥有一半中国血统，只不过长期以来自己不愿意正视罢了。今天，易先生教她诵读的文天祥慷慨悲壮的诗篇《过零丁洋》和这位邓先生讲述的宋王台史迹，使她对这片土地和华夏先民产生了亲近之感，那么，在华人和“英夷”不可避免的冲突之中，她的双脚应该站在哪一方呢？

“伯雄，我知道你早有此心，”易君恕不无忧虑地望着邓伯雄说，“可是，如今的局势已经和签约之前大不相同了……”

“李鸿章签订的一纸卖国条约，不必理睬它！”邓伯雄冷笑道，伸出他那双粗壮的大手，握住易君恕的手，说，“君恕兄，早在谈判之初，你为此奔走呼号，新安百姓感谢你！现在，兄长从天而降，这是苍天助我，你和新安有缘啊！请兄长随我到舍下，我有大事相商……”

“伯雄啊……”易君恕被他的一片激情深深地感染，“你我兄弟早就有约，夏天在北京临别时，你对我说，新安是个好地方，约我来亲眼看一看！如今我既已到此，又岂能辜负你的一片盛情？不过，还请稍宽时日，待我与翰翁讲明此情，改日一定到府上拜望！”

“好！”邓伯雄紧紧地握着他的手，“一言为定！”

晚霞烧红了海空。西边天际，残阳如血，宋王台上，暮色苍茫。

港岛半山翰园的草坪上，林若翰焦躁不安地缓缓踱步，望着总督府的方向出神。眼看着夕阳一寸一寸地下沉，天就要黑了，门前的山径上还是不见阿惠的身影，倚阑和易先生也没有回来，林若翰有些着急了。他并不担心倚阑和易先生，他们从九龙回港，路程较远，中间还要乘坐渡轮，难免耽搁，何况还有阿宽陪着，不至于出现什么问题，他担心的是阿惠：那十个港币的“贴士”能不能使门卫动心？那封信和三本书有没有顺利地递交给总督？总督看到以后会是什么反应？这一切都是难以预料的！林若翰从楼前走到大门，又从大门走到楼前，如此反复走了不知多少个来回，越想心里越不踏实，到底会出现什么情况呢？……

正当他再一次从大门返身走回小楼，突然听到身后传来一声呼唤：

“牧师!”

他猛地转过身去，啊？是阿惠回来了!

“阿惠!”林若翰快步朝阿惠迎上去，迫不及待地问，“你怎么到现在才回来？那封信……”

“信和书都交给卫兵了，”阿惠气喘吁吁地说，“他们收了‘贴士’，很高兴呢，叫我等在那里，说总督可能有回信……”

“噢?”林若翰不禁两眼放光，“你拿来了总督的回信？快给我看!”

“没有，牧师，”阿惠说，“我一直等到里面的人都下班了，也没有信送出来……”

“那就算了，”林若翰怅然若失，喃喃地说，像是安慰阿惠，实则安慰自己，“没有关系，总督很忙，不一定当天就回信，也许……”

正在这时，客厅里响起了清脆的铃声……

“德律风!”阿惠说着，快步向客厅跑去!

林若翰几乎和阿惠同时跑进了客厅，他猜想，“德律风”一定是从总督府打来的！阿惠拿起话筒还没有说话，就被他抢了过来。

“我是林若翰牧师……”他握着话筒，自报家门，心脏在“咚咚”地狂跳。

“下午好，林牧师!”话筒里传来一个极其恭敬谦和的声音，“我是迟孟桓……”

迟孟桓?!林若翰一听到这个名字就心头火起，在这个时候，他哪里有心思听那个油头粉面、居心叵测的家伙啰唆？简直要把“德律风”砸碎！但是，却又不能那样做，不管对方是一个什么样的人，作为一位德高望重的牧师，一位来自英格兰名门望族的绅士，一位饱读诗书的“汉学家”，他不能在一怒之下失去控制，损害了自己的形象和威望……

“下午好，迟先生。”他勉强忍住心中的厌恶和恼怒，向对方回敬一个问候，尽管语气低沉而冷淡，也仍然保持着起码的礼仪。但寒暄也就只是到此为止，他不打算和迟孟桓多费唇舌，想尽快结束这令人不愉快的谈话，便直截了当、开门见山，“请问，你找我有什么事吗?”

“啊？是他……”阿惠在旁边不禁脱口而出。

“阿惠，”林若翰用手掩住话筒，斜睨了她一眼，“你去忙吧！”

“是……”阿惠垂下了眼睑，知趣地走开了。

“对不起，林牧师，打扰了，”话筒里，迟孟桓的声音震动着林若翰的耳膜，“昨天上午在圣约翰教堂，你答应为我入教施行洗礼，为此我感到非常荣幸……”

“什么？”林若翰头脑“嗡”的一声，太阳穴在霍霍地跳动，眼前浮现出昨天上午被迟孟桓反复纠缠的情景，当时自己的心思全在总督身上，究竟对这个家伙说了些什么，已经记不清了，于是反问道，“我……答应过你吗？”

“是的，我们在教堂门口道别的时候，你当面答应为我施洗，谢谢你，林牧师，衷心地感谢你！”迟孟桓说，“我想请问你，洗礼在什么时候举行？我期望着这一天早日到来！”

“呃……”林若翰懊恼之极，自己当时心不在焉，既恼怒又不便发作，只好敷衍他，但敷衍毕竟有个限度，难道真的答应了为这个家伙施洗吗？荒唐，他怎么配做基督徒？如果让那样的人混入教会，简直是对基督的亵渎！但是，如果昨天自己确曾在慌乱中说过那样的话，也不能翻脸不认账，只能寻找理由来拖延这件事，让迟孟桓在拖延之中失去信心和耐心；而要找到拖延的理由，对一位老牧师来说也是不难的，于是说，“迟先生，如果你真心向往基督，愿意归顺主，那么应该明白：洗礼是一个神圣的仪式，它所要除掉的不是人身上的污秽，而是灵魂上的罪恶；它表明原来的那个人已经死了，归入了主的死，和主一同埋葬，又和基督一同复活而成为新人；它表明受洗的人甘愿当众宣布自己立誓做主的门徒，弃离罪恶，归顺基督，为主而活……”

“我愿意，林牧师！”迟孟桓在“德律风”的另一端痛痛快快地答道，“我愿意当众宣布立誓做主的门徒，弃离罪恶，归顺基督，为主而活！请你指定一个时间，什么时候可以为我施洗？”

“不，你太性急了，”林若翰说，他不能不吃惊迟孟桓的厚颜无耻和迫不及待，满腹邪念却丝毫不忌讳什么“罪恶”，完全不惧怕主的惩罚，“你应该知道，归顺基督并不能只凭口头的信誓旦旦，受洗的人必须真正认识自己的罪恶，诚心诚意地悔改，要经过长时间的慕道学习，领会教义，并且要在自己的生活中有切实的表现，经过教会的考察，被认为是合格的教徒，才可以接受洗礼……”

“林牧师！”迟孟桓果然不耐烦了，打断了牧师的教导，说道，“这个……这个考察要多久？是不是可以通融通融，快一些为我做洗礼？”

“对不起，迟先生！”林若翰冷冷地答道，“宗教是神圣的信仰，是主的事业，没有任何通融的余地，一个具有虔诚信仰的人绝不会提出这样的要求！”

“啊，话是这么说，”迟孟桓说，“可是在这个世界上，任何原则都没有一成不变的，事在人为，而人是有感情的，我想倚阑小姐已经告诉了你，我把一块十五英亩的地皮无偿地赠送给了她……”

“请你不要侮辱我和我的女儿！”林若翰心中的怒火已经难以按捺，脸涨得通红，全身在颤抖，“迟先生，我和你之间不可能有任何交易，如果你想通过赠送地皮和入教而达到什么其他目的，那么，你错了！我的女儿并没有接受你的地皮，我现在正式告诉你，她不要，不要！林氏家族不可能接受任何不明不白的馈赠！”

他终于无所顾忌地喊出了这番话，吐出了郁闷心中已久的怒气，不愿意再让迟孟桓的声音玷污自己的耳朵，“啪”地挂上了话筒，愤然转身朝楼梯走去。

他用力太猛了，话筒没有挂稳，又从“德律风”机身上弹跳下来，螺旋形的电线吊着话筒在墙边晃荡，像一只钟摆……

第九章　月照无眠

“林牧师，林牧师！你听我解释……”

迟孟桓穿着睡袍站在客厅里那台挂在墙上的“德律风”前，毕恭毕敬地手持着话筒，还在竭力请求，而对方已经把“德律风”挂断了。没有解释的余地了，他无论再说什么人家也听不见了，就这样不客气地把他拒绝了！

迟孟桓悻悻地挂上了话筒，全身没有了一点力气，踉踉跄跄往后退了几步，颓然跌坐在沙发里，两眼冒着金星，耳畔回响着林若翰最后的那句话：“我们林氏家族不可能接受任何不明不白的馈赠……”多么高傲，多么自负！这就是说，你姓迟的算什么东西？不配跟我套近乎，连向我赠送礼物都没有资格！

这句话，太刺伤迟孟桓的自尊心了！你林氏家族有什么了不起？我迟氏有数百万家产，万利商行的生意做到全世界，在香港的地产商当中不挂头牌也挂二牌，你有什么？只有一座小小的翰园和两百英镑的年薪，还不够我养一个“外家”的花费；我父亲是总督委任的太平绅士，你算什么？一个只会念《圣经》的洋和尚罢了，也就是在教堂里装模作样地唬唬人，出了教堂的门谁还理你？林若翰，你除了身上的那张白皮，什么也没有，我哪一样都比你强！

迟孟桓实在咽不下这口气，他突然从沙发上弹跳起来，重新奔到“德律风”前，狠狠地摇着摇把，拿起话筒，喊道：“接线生，给我接林若翰牧师家！”

“好的，先生！”接线生说，对这位气势汹汹的用户也极有涵养地保持着一团和气。但马上又说，“对不起，先生，对方占线，请等一等再打！”

占线？迟孟桓一腔怒气正无处发泄，林若翰家却偏偏在这个时候占线！哼，也许对方正在打“德律风”巴结什么人，也许根本不是占线，而是故意摘下话筒，让迟孟桓打不进去，用这种方式拒绝和他通话！你拒绝吧，老家伙！迟孟桓怒不可遏，举起话筒，向挂在墙上的“德律风”砸去，好像那架英国造的机器就是林若翰！

客厅里“当”的一声响，把正要进门的老莫吓了一跳！老莫两手抱着一大捆书，吃力地跨上台阶，走进客厅，迎面看见主人：“少爷，《圣经》给您买来了，还有使徒传记、教会历史、入教须知……”

“《圣经》？”迟孟桓一腔怒火正没处发泄，横眉竖目地朝他怒吼，“你念去吧，我不要了！”

“少爷，这是怎么回事？”老莫愣住了。回头看看墙上，“德律风”的话筒正在那里荡秋千，这才明白刚才“当”的一声响，原来出在这里。

老莫一声不响地把怀里的那一大捆书放在茶几上，然后走过去，把话筒重新挂好，转过身来，俯首低眉地问：“少爷，这是跟什么人生气？发这么大的火，何必呢？老太爷一再嘱咐：‘和气生财’，无论什么生意，都不可强求，‘牛不饮水，怎能揿得牛头低’？”

如果此时说话的不是老莫，而是另外任何一个用人，迟孟桓都会抢过他手里的话筒，砸他的脑壳！但老莫与寻常仆人不同，他在迟孟桓大发雷霆的时候也敢出面劝谏，而且是用这种略带教训意味的口气，有如一位老谋深算的师爷。

“林若翰那个老家伙实在可恨！”迟孟桓愤愤地说，“入教的事他推三阻四，横竖不肯答应，那块地皮他干脆不要了！”

“噢？”老莫很觉意外，没想到事情突然发生了这么大的变化，咂了咂嘴，问道，“少爷，这‘德律风’是他打过来的，还是您打过去的？”

“当然是我打过去的，”迟孟桓说，“他才不会主动给我打‘德律风’呢！”

“嗯，”老莫点了点头，又问，“‘地皮不要了’这句话，是林小姐说的，还是林牧师说的？”

“老头子说的，我又没和他女儿通话！”

“那么，少爷又是怎么回答的呢？”

“还没等我回答他就挂上了！不然，我非骂他个狗血喷头不可！”迟孟桓仍然余怒未息，为失去这个报复的机会而遗憾，“可惜，让他逃过去了……”

“好，好，好！”老莫在向他提出了三个问题并且得到答案之后，一连说了三个“好”。

“好什么？”迟孟桓瞪着眼说，“你这个吃里爬外的东西，看我受人家欺负，还幸灾乐祸！”

“少爷，我看这件事一点都不怪人家……”老莫并不怕他发火，却给他火上浇油。

“不怪人家？全怪我？”迟孟桓怒吼道。

“是的，少爷操之过急了！”老莫不慌不忙地说，“少爷昨天刚刚和林牧师说了入教的事，今天就打‘德律风’催问人家，未免追得太紧！少爷在生意上是高手，从来都是放长线、钓大鱼，什么时候这样心急火燎地巴结过客户？越是沉不住气，急于抛售，就越没有市场，这个道理，少爷不比我更明白吗？”

“嗯？”迟孟桓胸中的熊熊怒火，被他这一番话扑灭了，心想：是呀，和林若翰的这场交涉，与其说是一桩婚姻，不如说是一笔“生意”，而做生意切忌强买强卖，那是要讲究技巧的！迟孟桓经手的生意数不胜数，没有一桩是这么做的。远的不讲，就说大埔泮涌的那块地皮，他也没有紧催慢赶地追着聋耳陈去抢购，只是以漫不经心的姿态向聋耳陈吹风：港府要接管租借地，到那时地契就得交给政府，想卖也卖不成了……吹得聋耳陈脊背发凉，祖传的田产急于出手，迟孟桓轻而易举地以五千港元的低价把十五英亩地皮买到了手，聋耳陈还感激不尽，好似帮了他多大的忙。那么，这一次怎么糊涂了呢？久经商战的一员骁将竟然蠢得像那个土地主聋耳陈了，实在大跌迟氏万利商行董事总经理的份！

想到这些，迟孟桓懊恼不已。但是，他又不愿意在“扭计祖宗”面前承认自己的失误，反而把责任推给老莫：“哼，事后诸葛亮！你现在摇鹅毛扇还有什么用？”

“少爷，事后诸葛亮也不是人人会做啊，”老莫微微一笑，“诸葛亮误用马谡，失了街亭，是他一生中的败笔。可是，他在失误之后巧施空城计，吓退司马懿，于败局中取胜，却又成了千古绝唱，这就是‘事后诸葛亮’的厉害！……”

“不要跟我啰唆了，”迟孟桓听得不耐烦，打断他的话，说，“你说这些是什么意思？”

“少爷，”老莫这才说到正题，“今天的这件事，依我看来，并不像失街亭那么严重，胜败还没有成为定局……”

“嗯？”迟孟桓一愣，“怎么讲？”

“第一，今天的‘德律风’并不是林牧师主动打过来的，他也许还在犹豫，还没有把大门关死……”

“嗯。”迟孟桓点了点头。

“第二，”老莫继续说，“那块地皮，是少爷当面许给林小姐的，林小姐并没有拒绝，林牧师所说的话未必代表了林小姐的意思。归根结底，少爷要娶的不是老头子！”

“说得对！”迟孟桓重重地点了点头。

“第三，虽然林牧师一时冲动，出言不逊，但是少爷并没有和他争吵，所以，也就没有造成僵局，还有挽救的余地。”

“好！好你个‘事后诸葛亮’！”迟孟桓已经落下去的心潮又被他鼓荡起来，不能自已，“老莫，你说，我现在该怎么办？”

“少爷，”老莫神色庄重地说，“林牧师是个有学问的人，林小姐也是皇仁书院毕业的洋学生，和他们交往，你得摆出一副绅士风度，该花钱的地方要舍得花，但又不能让他们感到财大气粗，以势压人。”说到这里，他的眼角泛起一丝微笑，“少爷，当年你把三太从西营盘娶过来的那套办法，用在翰园恐怕就不合适了……”

“老莫！”迟孟桓听他说起自己的艳史，心里不悦，脸微微地红了，

“已经是过去的事了，你扯这些做什么？”他伸出一个指头指指楼上，“当心让阿三听见，她不饶你！”

“是！”老莫敛容道，“老奴不敢对三太不敬，虽然太太们在少爷面前有大有小，可对我们下人来说，都是主子，我把三太看得跟大太、二太一样尊贵。我说起当年往事，只是想提醒少爷，凡事因人而异，对待不同的对手，要用不同的策略。以后见了林牧师和林小姐，不可急功近利，最重要的是联络感情，增进了解，取得他们的尊重和信任，功夫下到了，自然瓜熟蒂落，少爷想得到的，就都得到了！”说到这里，老莫警惕地往旁边看了一眼，低声说，“少爷，我是跟着二太过来的人，这件事，您可不能让二太知道是我的主意……”

“这当然了！”迟孟桓朝他摆摆手，心想，这个“扭计祖宗”讲得蛮有道理，幸亏刚才“德律风”占线，要不然，我一怒之下和林若翰吵起来，把关系弄僵，两个月来所做的一切努力都白费了，到那时再后悔就来不及了。现在，既然局势还可以挽回，就千万不要坐失良机！心里这么想着，就迫不及待地从沙发上站起来，“刚才那次通话，谈了一半就中断了，应该弥补弥补才是……”

“怎么，少爷又要打‘德律风’？”

“不，还打什么‘德律风’啊，我现在就去翰园登门拜访！”

“现在？”老莫看看门外黯淡的天色，有些犹豫，“天太晚了吧？你事先又没有跟人家约好，未免有些冒昧，特别是对英国人……”

“他连‘德律风’都不肯接，我怎么预约？”迟孟桓说，“只好做不速之客了！放心吧，你的那一套策略，我记在心里了，绝不会意气用事，再给自己惹麻烦的，你赶快去备轿吧！”

“是，少爷！”老莫心有疑虑，却不得不照办。

迟孟桓快步上了楼，直奔三姨太的房里。

“阿三！”他嚷道，“快点，快点，给我把礼服拿出来！”

三姨太就是从妓寮里挖来的那位，人生得十分妖艳，娘家姓焦，花名“美人蕉”。跟了迟孟桓之后，正式的名字叫作“迟焦美容”。不过这个名字实际上没有多大用处，用人们尊称她“三太”，迟孟桓叫她

"阿三"。现在，她正闲得无聊，对着镜子涂脂抹粉，把一张脸画得狐仙一般。听见夫君进了门，也不回头，只从镜子里往旁边瞟了一眼，酸酸地说："又要出门，去哪里饮花酒啊？"

"饮什么'花酒'？不要胡说八道！"迟孟桓正色说，"我去拜访林牧师，和他商量受洗入教的大事！"

"哼，"三姨太笑道，"你这个人，不信佛，不信道，平生只拜财神爷，如今倒去巴结洋牧师，你当我不知你的用心？'无事献殷勤，非奸即盗'，哪里是诚心入洋教，恐怕是看上了人家的林小姐吧？"

"看上了又怎么样？"迟孟桓被她点破，也就不再回避，瞪了她一眼，说，"大太、二太都不敢管我，这事轮不到你呷醋！"

"呷醋？你家的醋有什么好味道？"三姨太太讪讪地叹了口气，"嫁鸡随鸡，嫁狗随狗，我这一生打发在你的手里了！哪怕你再讨上十个八个，反正我是排在第三，林小姐就是进了你家门，也得乖乖地跟在我后面做'阿四'！"

"你倒想得美！"迟孟桓一个冷笑，"你是什么身份？人家是什么身份？堂堂洋牧师的千金小姐，我怎么能让人家做'小'？恐怕是要同大太'姊妹平肩'，才能摆得平哩！"

"什么？"三姨太"噌"地从镜子前站起来，"你可真是见高就拜，见低就踹，打完斋不要和尚，我还没到人老珠黄，就被你冇眼睇，让一个黄毛丫头骑在我的脖子上屙尿？我可不干！"

"咳，老子还怕你？不干，你现在就可以走！"迟孟桓冷冷地一挥手，"请吧！像你这种人，我闭着眼睛到西环都能抓来一群！"

三姨太愣了，垂下了头，眼里含着泪，强忍着不敢哭，低声问道："你要穿哪一套礼服？"

"从英国买来的那套黑色礼服！"迟孟桓连看也不看她，一边脱着睡袍，一边命令道，"快点，快点！"

三姨太服服帖帖地给他找出了礼服，伺候他穿上，替他打上领带，给他穿上皮鞋，送他下楼。看着他春风得意地跑出了客厅，这才回到自己房里，用肩膀顶上房门，号啕大哭！

老莫和轿子已经等在院子里。

四名轿夫见主人出来了，赶紧上前搀扶主人上轿，准备出发。

“少爷，”侍立在一旁的老莫这时又犹犹豫豫地说，“我还是劝您明天再去……”

“为什么?”迟孟桓正在兴头上，却不料临到上轿，他又给泼冷水，很不高兴。

“天晚了，我不放心，”老莫说，“刚才，我的右眼跳了三跳，怕是要出什么事……”

“哎呀，不要跟我装神弄鬼，我不信这一套!”迟孟桓扶着轿夫的胳膊，钻进了轿子，命令道，“走!”

四名轿夫两前两后，弯腰把轿杠搭在肩上，低低地发声喊，那轿子就颤颤悠悠地抬了起来，往院子门口走去。

老莫把轿子送出了门，仍然没有站住，跟在旁边朝前走。

“老莫，你回去吧!”迟孟桓说。

“少爷，让我跟您去，好不好?”老莫却说，“要是遇上什么事，有我在……”

“去去去，少啰唆! 宵禁解除已经一年多了，太平世界，能出什么事?”迟孟桓不耐烦了，在轿子里训斥道，“不要给我败兴，你回去吧!”

老莫只好站住了。

轿子“咯吱咯吱”地上了路，老莫这才转过身来，慢慢地往回走，心里说：你嫌我啰唆，我不得不啰唆。这个钟点去拜访人家，本身就不大合适，我要是不劝你，是我的失职；劝你你不听，也没有办法。万一出了什么差错，不要再怪我是“事后诸葛亮”!

前面的轿子里，迟孟桓早把老莫的啰唆忘到爪哇国去了，心里紧张地酝酿着，见了林牧师和林小姐该说什么，不该说什么，谈话一定要得体，要显示自己的“绅士风度”。这倒也不是吹牛，太平绅士之子，腰缠数百万家资，这样的绅士，在香港也没有几个哩!

他坐在轿子里运筹帷幄，给自己鼓气，四名轿夫脚不连地，急急地奔走，轿子出了云咸街，转上了下亚厘毕道，朝“政府山”方向走去。

天上的最后一抹晚霞消失了，东方天际一轮浑圆的月亮渐渐显出了光辉，煤气路灯也已经点亮了。马路两旁，左边是连翩街区，万家灯火；右边是幽幽丛林，虫鸣啾啾，伴随着轿子的“咯吱咯吱”声，也别有情趣。初冬的傍晚颇有些凉意，迟孟桓那因为兴奋而燥热的脸被冷风一吹，倒觉得十分惬意。

轿子绕过总督府，沿着下亚厘毕道往东走去，这条路走到尽头，转入花园道，再攀上松林径，离翰园就不远了。上山的路坡度越来越大，虽是四名轿夫抬他一个人，也已经有些吃力，前后一起低声喊着号子：“上，上……”

正在攀登的中途，轿夫却叽叽咕咕商量了几句，轿子随之偏到了山路的一边，停了下来。

“哎，怎么回事?”迟孟桓在轿子里嚷道，“你们这些懒鬼，走这么几步路就累了？快走，到了地方再休息!”

“少爷，”前面的轿夫抬起衣袖擦着汗，说，“不是我们要休息，是后面又有轿子上来了，这里的路窄，我们要让一让……”

“荒唐!”迟孟桓十分恼火，“我们走在前面，哪有让后面轿子的道理？快走，快走，我迟某从来不肯让人!”

“少爷，这里已经是半山区，恐怕后面来的是洋人的轿子。”轿夫惶然道，“如果我们不让，也许会有麻烦，洋人砸轿子、打轿夫都是家常便饭，我们做下人的吃点亏倒是小事，只怕少爷面子上不大好看……”

这句话，把迟孟桓镇住了。香港是中国的土地，却又是洋人的天下，这半山别墅区住的全是“鬼佬”，迟孟桓当然明白：自己虽然是“高等华人”，但到了这个地盘，也就逞不得威风了，难道敢于和洋人争道吗？他突然想起刚才临出门的时候老莫的告诫，不禁倒吸了一口凉气，可别真的在这里惹下什么麻烦!

“那……你们就在这里歇一歇好了。”迟孟桓无可奈何地做出了妥协，一身傲气顿时减了大半。他从轿子里探出半个身子，伸长了脖子往后面看了看，却又不见有轿子上来，不免心里生疑，也许是这帮轿夫为了喘口气，有意哄骗他？

“胡说！后面哪有轿子？”他又发起威来，向轿夫吼道。

“少爷，”轿夫说，“做我们这一行的，前后有没有轿子，不用眼睛看，脚板都能感觉到，您听，后面的轿子上来了！”

迟孟桓半信半疑，侧耳细听，果然从远处传来轻微的“咯吱咯吱”声，渐渐地越来越近了，甚至都听到了轿夫的喘息声和爬山的号子：“上，上……”

迟孟桓不敢造次，敛容屏息，静等着后面的轿子上来。片刻，从花园道转弯处那棵老榕树的后面，便闪出了两顶轿子，旁边还跟着一名仆人，也正在往上山的方向走来。虽然还有几十英尺的距离，看不清轿上的人的面目，但借着月光还是分辨得出，那两顶轿子都是二人抬的小轿，气魄还比不上迟孟桓的私家轿。咳，迟孟桓心里感叹道，洋人不管穷富，毕竟是洋人，我照样也得给人家让路，这个世界实在是不公平！突然却又寻思，或许来的根本不是洋人，自己的让路之举不但多余，反而还自跌了身价……

迟孟桓心里正在七上八下，那两顶轿子已经来到跟前。在轿前带路的仆人看见路旁停着一顶轿子，知道是有意相让，便拱拱手道：“各位辛苦，多谢了！”

迟孟桓听着这声音好熟悉，借着月光朝他看去，那人佝偻着腰，黧黑的脸庞精瘦。迟孟桓认出来了，不觉脱口说：“哎，这不是翰园的管家阿宽吗？”

那人一愣，站住了，果然是阿宽。

阿宽抬眼仔细一看，路旁轿子里探着头和他说话的人竟然是迟孟桓，不禁暗暗叫苦：这个家伙，躲都躲不及，怎么偏偏在这里碰上了他呢？真是冤家路窄！唉，也怪自己多事，刚才要是不向他的轿夫道“辛苦”，一闪就过去了，他也认不出是谁，不就省得废话了嘛！但事已至此，他又怎么敢当面得罪迟孟桓？便强作笑脸，上前鞠了一躬，说：“啊，迟先生！”

“阿宽，”迟孟桓伸着脖子望着后面的轿子，问道，“这轿子里……是谁啊？不会是林牧师吧？我刚刚和他通了‘德律风’……”

“哦……”阿宽不得不说了，“我这是陪小姐回家，还有……”说到这里，后半句话却又咽住了，心想，他又不认识易先生，用不着跟他说。

“噢，是林小姐？”迟孟桓一听，立刻两眼放光，心想：在这里和林小姐单独见面，老牧师想拦也没法拦，真是太好了！幸亏刚才没听老莫的劝阻，不然就错过这个机会了……

迟孟桓心里一阵兴奋，也不用轿夫搀扶，迅速钻出轿来，站在山路中间，等着后面的轿子上来。

转眼间，轿子已经来到跟前。迟孟桓迎着轿子，深深地鞠了一躬：“林小姐，晚上好！”

坐在轿子里的倚阑一愣：怎么是他？昨天在教堂里迟孟桓的那番表现就够令人厌恶的了，再也不想见他！现在他又在这里拦路挡轿，要做什么？倚阑突然想到，迟孟桓上次来访时许下了重礼，她至今还没给对方一个答复，如果迟孟桓问起，在易先生面前未免太难堪了！想到这里，心里惴惴不安，一时不知如何是好……

时间已经不容许她再思索，迟孟桓毕恭毕敬地站在轿前，向她问候，她无论如何也不能不予理睬，一走了之。于是，只好拍拍轿栏，说：“停一下！”

雇主一声吩咐，“路轿”轿夫便站住脚步，放下轿杠，把轿子停在山路中间。窄窄的松林径并排走不了两顶轿，后面载着易君恕的那顶轿子也就只好随着停了下来。

易君恕坐在轿子里，听见迟孟桓在跟倚阑说话，不禁皱起了眉头……

前面的轿子里，倚阑无可奈何地走了下来。

“晚上好，迟先生！”她向迟孟桓伸出了右手，尽管心里厌恶，仍然不得不保持起码的礼仪。

迟孟桓像鹰隼遇见了猎物，立即凑上前去，一把握住她那纤纤素手，送到自己的嘴唇边，发出一个响亮的吻声。然后抬头看着倚阑，朦胧的月光下，那副白皙细腻的面庞玉琢粉雕，犹如水中观月，雾里赏花，更增添了撼人的魅力，真是“月下美人灯下玉”，迟孟桓心旌摇荡，看得呆了，握着倚阑的那只手竟舍不得松开，把老莫告诫的保持什么“绅士风度”忘到了九霄云外！

“迟先生……”倚阑眼睛一闪，避开他那痴痴的逼视，抽回了自己的手，一时心慌意乱，不知该怎么摆脱他，喃喃地说，“我们怎么在这里碰上了？真是意外……”

“不意外，不意外！”迟孟桓忙说，满脸绽开热烈的笑容，“我正要到府上去拜望，小姐出门回来，这里是必经之途，我们殊途同归，这是缘分啊！”

倚阑当然听得出言外之意、弦外之音，脸不觉红了。

站在旁边的阿宽，眼睁睁地看着迟孟桓那放肆的样子，心里像针扎一般。但限于自己的身份，却又不好干涉，灵机一动，说道：“小姐，天不早了，牧师在家里恐怕等得着急了……”

倚阑巴不得找到这个借口，赶紧说：“哦，我也有些冷了，快回去吧！再见，迟先生！”

“哦……”迟孟桓见她打个招呼就走，哪里肯就此罢休？忙说，“不，林小姐，现在还不到说‘再见’的时候，我到府上去看望林牧师，就一起走好了，我送小姐回家！”

倚阑伸手扶着阿宽，正要上轿，听迟孟桓这么说，脚步又停了下来。

“迟先生……”她犹豫了片刻，说，“天这么晚了，也许……你在这个时候去见我 dad，有什么急事？”

“一件非常重要的事情！”迟孟桓说，脸上做出一副虔诚的神色，“我已经发誓要皈依基督，当然要多多向他老人家请教了，入教的时候还要请他为我施洗呢！”

倚阑见他那副造作的样子，十分反感，便说：“噢，这些事你可以到教堂去谈，圣约翰大教堂有好几位牧师，也不是非找我 dad 不可！”

“呃，当然……”迟孟桓讪讪地说，他已经明显地感到，倚阑对他的态度，比起那次在翰园的长谈和昨天在教堂的相遇，都要冷淡得多了，使他感到难堪。但这是为什么呢？数日之内她怎么会发生这么大的变化？是受了她父亲的影响，还是另有别的什么原因？迟孟桓不得而知。倚阑把话说到了这个份儿上，不但谢绝他到翰园拜访，甚至连申请入教也让他另请高明，把一切推得干干净净，谈话已经无法再继续下去了。迟孟桓是什么样的人物？在迟氏万利商行从来对一切人颐指气使，在生意场上、社交圈里也从来都是被人仰望，何曾受过这种冷遇？一股难以忍耐的怒气从心头升起，现在要么拂袖而去，要么就给这个不知天高地厚的小丫头一点颜色看看！

片刻的犹豫之后，他选择了后者，这才符合他迟孟桓的身份。根据他驰骋商场十多年的经验，对待傲慢的客户不可一味迁就，适当地给一点刺激，打掉对方的气焰，反而会促使生意迅速成交——他毕竟不打算放弃这位小姐！

“林小姐说得不错，上帝是全世界的上帝，教堂的大门朝所有的人敞开，我无论向哪一位牧师提出入教的要求，相信都不会被拒绝，倒也不是非要麻烦林牧师不可。而且你也知道，迟氏曾经不惜巨资，赞助多项公众福利事业，这在香港有目共睹，现在，如果我把大埔的那块地皮无偿地捐献给教堂，不但受洗入教绝对不成问题，还可以落下一个‘慈善家’的美名，我何乐而不为呢？……”

说到这里，他故意停顿下来，双眼映着月光，咄咄逼人地注视着倚阑，观察着她的反应。

倚阑听他说到“地皮”，心中猛地一震！三天前，就因为迟孟桓的这块地皮，她在父亲面前丢了脸，差点送了父亲的命，也使她遭受了痛苦的折磨，再也不愿意提起了，尤其是当着易先生和阿宽的面触及她心中的伤疤，太让她难为情了！但是，她却没有想到，迟孟桓竟然改变了策略，以冷漠对冷漠地敲打她，那意思是说：你父亲没有什么了不起，不用他，我照样受洗入教；那块地皮我也不是非要赖着送给你不可，你还别不识抬举……

倚阑被激怒了，她的两手发冷，白皙的面颊已经全无血色，嘴唇在微微发抖。她要脱口而出：要入教，你爱找谁找谁，地皮愿意送给谁就送给谁，这和我有什么关系！但是，想到易先生就坐在后面的轿子里，她不愿意在老师面前失态，极力控制着心中的愤懑，不让自己发作。

“迟先生，为公众做慈善事业，这很好啊，”倚阑淡淡地说，好像这件事和她没有任何关系，“那就祝你顺利吧！……”

这句话说出口，她轻轻地嘘了一口气，缠绕她许久的苦闷终于解脱了！

“不，林小姐！”迟孟桓微微一笑，却说，“可是我并不打算那样做。香港有二十五万人，一块十五英亩的地皮，分成二十五万份，只不过是一小撮泥土，还有什么意义？但是，如果它归于一个人所有，就是一笔可观的财富，在香港，地皮可比黄金还要值钱啊，更何况转眼之间它还要大幅度升值！所以，我仍然不改初衷，坚持原来的选择，把它赠给我尊贵的朋友，美丽的林小姐！上次到府上拜访，我已经向你表达了这个意愿，你不是也已经默许了吗？”

倚阑觉得自己的血液都凝固了！迟孟桓到底把这句话说了出来，这个魔鬼怎么摆脱不了呢？

此刻，后面轿子里的易君恕坐不住了。对于迟孟桓这个人，他虽然只在那天见过一面，但凭着他的冷眼旁观，还有阿宽寥寥数语的介绍，就已经看透了这个人。如果说当年迟孟桓的老爹摇着小船帮助英军攻打自己的祖国是迟氏家族永远无法洗刷的耻辱，那么，今天迟孟桓本人的表演则淋漓尽致地勾画出了他卑鄙的面目！

易君恕默默地下了轿子，背着双手，向前踱过去，站在倚阑的身旁，冷冷地注视着迟孟桓。

而此时的迟孟桓全副心思都在倚阑小姐身上，却并没有留意，不知道除了阿宽、轿夫之外，还有另一个男人。阿宽和轿夫算什么？在他眼里，仆人根本就不算人！他完全可以无所顾忌地想说什么就说什么，也许，林牧师不在场的这次路遇是他攻克倚阑小姐的最佳时机！

“林小姐，我的意思，你不会不明白了吧？”他贪婪地望着倚阑，那双眼睛在月光下幽幽地闪光。

倚阑一个冷战，她已经无可忍耐，无可退让，必须做出明确的回答了。但是，面对迟孟桓这样一只贪婪的恶狼，仅仅说一声“不”就能把他斥退吗？

“迟先生，你的意思，我早就明白了！”倚阑冷冷地说，“在你来说，无论是申请入教，还是赠送地皮，也无论是捐赠教会还是赠送私人，都是一样的，你是在做一笔生意！”

“呃……”迟孟桓有些尴尬，心里奇怪，我私下里和老莫谈的话，她怎么知道？“林小姐，你真聪明，和聪明人打交道就是痛快，一句话说到了根本上！”迟孟桓索性不遮不拦，讪笑着说，“其实，迟某在商言商，也毋庸讳言，人生在世，不都是在为各自的利益奔忙吗？”

“迟先生说得真坦率！”倚阑说，“那么，你的那块十五英亩的地皮，也就绝不会无偿地赠送给任何人，你用它又是要换取什么呢？”

“这……”迟孟桓一时语塞，被自己抛出去的绳索套住了，“送给你就是送给你嘛，我景仰林牧师和林小姐，愿意和你们建立真诚的友谊，友谊是不能讲什么代价的，要说代价，那也只能说，这……这是我情感的需要！”

“像你这样唯利是图的人，还谈得上什么情感？”倚阑一个冷笑，“我 dad 一再提醒我：世界上没有不要钱的午餐，千万不要吃嗟来之食，那都是有代价的！你把什么‘尊贵’‘景仰’之类的桂冠都加到我的头上，连我自己都觉得可笑，小小的倚阑用不着你这般‘景仰’！我心里很清楚，如果倚阑生在别的家庭，也许就根本不会引起你这么大的兴趣，吸引你的并不是我，而是翰园。你愿意付出高昂的代价，不只是要收买一个倚阑，还要收买我的 dad，最终要收买的是林氏家族这块招牌。我和 dad 非常珍视自己的家族姓氏，但是从来没有把它看作金钱和财富，而在你眼里，它不仅是金钱、财富，而且还是一件可以买卖的商品，它一旦到了你手，就是一块金字招牌，会为你赢得一本万利的收获！”

像一记重槌猛击鼓面，迟孟桓的心里“咚”的一声，被打个正着！

“就算你说得没错，那又怎么样?”迟孟桓涨红了脸，悻悻地说，“我并没有去偷，去抢！而是以礼相待，客客气气地和你们协商！你们翰园缺少的，正是我迟孟桓富有的，两全其美，有什么不好？难道我迟孟桓还配不上你吗?”

“那只是你的一厢情愿，而我却不愿意出卖自己!”倚阑斩钉截铁地说，“我并不羡慕你的富有，不属于自己的，我决不去奢求；属于自己的，我加倍珍惜。即使我不能为林氏家族增添荣誉，至少也不能损害它，拿它作为商品去出卖!”

迟孟桓脸色变了！一盆冷水当头浇下来，把他心中熊熊燃烧的火焰猝然浇灭，酝酿已久的一笔生意在顷刻之间彻底破产，全完了，林氏家族的金字招牌、半山别墅的乘龙快婿、倚阑小姐的花容月貌，这一切都和他迟孟桓无缘了，刚才兴致勃勃地出门，哪里会料到等待他的是这样一个结果!

“林小姐……”迟孟桓呆呆地看着倚阑，“林小姐，你听我说……”

“迟先生，你已经得到了我的答复，不必再说了!”倚阑打断了他的话，转过脸去，背对着他，傲然说，“希望你以后再也不要打扰我!”

迟孟桓的面色铁青，两眼在冒火！堂堂的迟氏家族大少爷，竟然败在一个小丫头的手里，简直是奇耻大辱！这口气，要是就这样忍了，不仅在翰园的人面前大丢面子，连自己的轿夫都会看不起大少爷了!

“不!”迟孟桓突然声音沙哑地喊道，“等一等!”

倚阑一手扶着轿杠，向迟孟桓转过脸来。

“迟先生,”倚阑垂下眼睑，向迟孟桓投过来冷冷的一瞥，“我们之间还有什么话可说吗?”

“有，当然有！我要告诉你，你刚才说的一点都不错，我要买的就是老头子的那块金字招牌，而不是你!”迟孟桓横眉立目，怒气冲天，“你算什么东西？开口闭口林氏家族，英格兰是你的故乡，当我不知道你的底细？英格兰和你有什么关系？林氏家族和你有什么关系?”

倚阑一愣，皱起了双眉：“你说什么?!”

气氛突变，旁边的人们顿时紧张起来!

易君恕吃惊地望着迟孟桓，他穷凶极恶地说出这种话来，是什么意思？难道……

“迟先生！”阿宽急忙大叫一声，从倚阑的身后冲出来，伸手抓住迟孟桓的胳膊，“迟先生，求求你，口下留点阴德，不要再说了！”

“去！”迟孟桓一把推开他，“我本来一直把面子给她，可她偏偏不识抬举！好哇，你做初一，我做十五，那就不必客气了！”他伸手指着倚阑，骂道，“呸！你充什么英格兰小姐？在华人里头你都是最低贱的，一个臭码头苦力的女儿！”

倚阑如雷殛顶，被惊呆了！

在她的身后，轿夫们诧异地面面相觑：怎么回事？这位尊贵的小姐，难道会是苦力的女儿？

“你……”倚阑脸色煞白，浑身发抖，“你……你胡说！”

“我胡说？”迟孟桓冷笑一声，两手叉在腰间，往前逼近了一步，双目炯炯地盯着倚阑，“十四年前的那场工潮，我可是亲眼见的！……”

啊?！易君恕猛地一震，“十四年前的工潮”这几个字如同在他的头顶炸响一声惊雷！他一个箭步冲上前去，用身体挡住倚阑，怒视着迟孟桓，厉声说：“你……住口！”

迟孟桓冷不防眼前突然出现了一个高大的身躯，不禁愕然，向后退了半步：“你……你是什么人？”

“我是翰翁的朋友！”易君恕昂然说。

“噢，”迟孟桓端详着他，说，“我想起来了，上次在她家里看见过你，不就是那个家庭教师嘛！你……你要做什么？”

“我请你自重！”易君恕威严地说，“一个男人，怎么能当众辱骂一位小姐？”

“小姐？她算什么‘小姐’？”迟孟桓嚷道，“她是个臭苦力的女儿！她爹是因为闹工潮被警察开枪打死的！林牧师收养了她这个没人要的孽种，给她改名换姓，充起英国人来了！……”

“住口！”易君恕喝道，攥紧了拳头，朝他举起来。

“你……”迟孟桓一个趔趄，向后退了几步，“你敢打人？”

“易先生!”阿宽慌忙上前拦住易君恕，“易先生，有话好说，可不能动武……”

“哼，谅他也不敢!”迟孟桓见有人阻拦，嘴又硬起来，报复的快意使他的脸涨得紫红，闪着油光，一张嘴滔滔不绝，指着倚阑说，“不要以为当年的那件事神不知鬼不觉，‘鸡春咁密都会抱出仔’，我 dad 当时替政府出面调停工潮，处理善后问题，底细清清楚楚，只不过碍着林牧师的情面，不愿意张扬就是了。嘿，你现在倒‘水鬼升城隍’，在老子面前逞起威风来了！……”

倚阑极度惊恐地听着他那骇人的叙说，“啊!”她突然惨叫一声，身体一个摇晃，仰面跌倒……

“小姐，小姐!”阿宽慌忙猛扑过去，把倚阑揽在怀里，他们的轿夫也慌作一团……

“迟孟桓!”易君恕怒喝一声，一把抓住他的衣领，他抡起手臂，“啪!”一记响亮的耳光打在迟孟桓的脸上!

“啊……”迟孟桓伸手捂住自己火辣辣的脸，气急败坏地喊着他的轿夫，“你们……你们都是死人啊？快给我上!”

他的轿夫们早已吓得发抖，瑟瑟缩缩不敢上前：“少爷，这里是洋人的地盘啊，少爷，我们可不敢……”

迟孟桓猛然回头，看见阿宽和轿夫乱哄哄地围着昏倒的倚阑，不禁慌了手脚：“啊?!”朝他的轿夫一挥手，“走!”

迟孟桓匆匆钻进轿子，轿夫们手忙脚乱地操起轿杠，把他抬起来，踉踉跄跄地奔下山去。

易君恕怒视着那顶轿子消失在夜幕之中，愤然垂下了紧握着的拳头。文质彬彬的一介书生，有生以来第一次动武，就连他自己都没有想到。

倚阑无力地瘫倒在阿宽的臂弯里，低垂着长长的睫毛，苍白的脸上满是泪痕。

阿宽的手臂哆哆嗦嗦，脸上泪水滴滴答答，喃喃地呼唤着她：“小姐，小姐……”

易君恕俯下身来，轻轻地叫着她：“倚阑小姐，你醒一醒……”

倚阑的睫毛闪动着，睁开了眼睛，失神地望着他们：“易先生、宽叔！这不是真的，他在胡说，绝不是真的……”

阿宽泪眼望着她，嘴唇颤抖着，却说不出话来。

“宽叔，你是翰园的老管家了，我们家里的事，你肯定都知道……”倚阑的双眼充满了信任和期待，“你给我做证，他说的全是假话，你说呀……”

“小姐……”阿宽吃力地说出这两个字，喉咙便被泪水哽咽了。

“宽叔，你怎么不回答我？”倚阑紧紧地盯着他，更加急迫，更加惶恐不安，“你说呀，这能是真的吗？”

“小姐！”阿宽颓然垂下头，伏在倚阑的肩膀上，“你叫我怎么给你说呀？……”

“啊……”倚阑一个惊悸，双眼中那期望的火花骤然爆裂了，熄灭了，“这么说，这……全是真的了？我……我是苦力的女儿？”她突然抬起两手，死死地捂住自己的双眼，“上帝啊……”

沉沉夜空，月亮隐进了云层，半山丛林一片苍黑，山风拂动松涛，飒飒如晚潮澎湃……

天这么晚了，倚阑和易君恕迟迟未归使林若翰心神不宁。他站在翰园的门前，眼看着血红的夕阳沉入零丁洋，又眼看着一轮明月浮出鲤鱼门，天色越来越暗，夜幕笼罩了港岛，松林径上仍然悄无声息。倚阑是和易先生一起出门的，又有阿宽陪着，会出什么事呢？他设想了种种可能发生的意外：遭遇劫匪、失足落水、登山摔伤……样样都让他心惊肉跳！

“牧师，我们不能再这样等下去了，”阿惠焦躁不安地说，“我去找他们！”

“走，”林若翰说，“我和你一起去！”

阿惠匆匆点上一盏马灯，搀着林若翰，步履踉跄地沿着松林径往山下跑去。老牧师走得太急，竟然打破了几十年的习惯，出门忘了戴上他那顶英国绅士波乐帽，苍苍白发在晚风中飘荡……

夜幕笼罩的半山，曲径通幽处闪烁着一点光亮，好似一颗飘忽不定的星星。随着那颗星星的游动，远远地传来时而交错、时而重叠的呼唤声，一个苍老而颤抖，一个年轻而尖厉，却又同样地急切，同样地慌乱：

“倚阑……”

“小姐……”

松林径上，倚阑小姐从噩梦中惊醒了，她从阿宽的臂弯里抬起了头：“Dad……”

“啊，牧师和阿惠在找我们!”阿宽惊慌地说，“小姐，快起来……”

倚阑被阿宽搀扶着，支撑起无力的身躯，激动地望着那飘忽闪烁的灯光。

闪烁的灯光越来越近了，伴随着急切的呼唤：

“小姐……”

“倚阑……”

“Dad!”倚阑情不自禁地喊道，回应那急切的呼唤。而当她的喊声刚刚出口，却又愣住了，啊，那是她的dad吗？望着跳动的灯光，她心里突然一片茫然，命运之神残酷地在她面前打开了两扇门，顷刻之间，她从这扇门被推进了那扇门，又从那扇门被拉进这扇门，到底哪里是她的归宿啊？

跳动的马灯清晰地出现在前方，阿惠一手提着灯，一手搀扶着林若翰，一老一小踉踉跄跄地朝着停在山径中间的轿子奔过来。

“宽叔，我怕……”倚阑突然恐惧地抓住阿宽的手，“我不敢见dad……”

“小姐，你别这样……”阿宽急得手足无措，“牧师就要到了，这怎么行啊？”

“倚阑小姐，你现在必须听我的!”易君恕望着一步步迫近的白发苍苍的老牧师，果断地说，“今天的事，谁也不许告诉翰翁!”

“小姐，”阿宽哆哆嗦嗦地说，“老人家对你恩重如山，你可不能伤了他的心啊！”

林若翰和阿惠已经来到面前，阿惠惊喜地叫喊着：“小姐！”

“倚阑！”林若翰动情地呼唤着，女儿的迟迟未归险些扯碎了老父的心，现在可以放心了，什么事也没有发生，他已经看见女儿了……

老牧师激动得浑身发抖，突然甩开阿惠的搀扶，张开双臂向前跑去！刹那间，他好似跑过了十四年的漫漫路程，就像当初上帝赐给他这个女儿的时候一样，他展开双臂把倚阑紧紧地抱住了……

“噢，倚阑！”他紧紧地抱着好似失而复得的女儿，那蓬松的胡须摩挲着倚阑的脸，喃喃地呼唤着，“孩子，我真怕你出了什么事……现在好了，感谢上帝啊！”

“Dad！……”倚阑的嘴唇抖动着，那双黑眼睛在月光下泪花闪闪。

迟府的私家轿匆匆地抬进了云咸街洋宅的院子。

老莫一看轿夫那慌乱的架势，便知道事情不妙，赶紧迎上去：“少爷，怎么样？”

迟孟桓铁青着脸，一言不发，惶惶如漏网之鱼的轿夫却忍不住说：“莫先生！我们刚才在路上……”

迟孟桓威严地瞪了轿夫一眼，轿夫便噤若寒蝉，迟孟桓扶着老莫的胳膊下了轿，气昂昂地朝楼里走去。

客厅和餐厅都灯火通明，厨子和佣人做好了一切准备，等待主人回来用餐。迟孟桓进了客厅，却径直往楼梯走去。老莫一直跟到楼梯口，也没听见他发话，只好试探地问：“少爷的晚餐……”

“不忙，”迟孟桓在楼梯口站住了，说，“你让那四个家伙吃顿饱饭，好好地打发了，再来见我！”

“是，少爷！”老莫答应着，心里的疑团已经明白了几分。

迟孟桓气呼呼地上了楼，三姨太听见他的脚步声，立即大开房门，迎了出来。她精心地化了晚妆，满头珠翠，嫣然含笑：“你回来了？到我屋里饮茶呀！”

迟孟桓却连眼睛都没朝她瞥一瞥，过门不入，径直朝自己的房间走去。三姨太自讨没趣，愣了片刻，怏怏地退了回去。

老莫先到了厨房，吩咐厨子把给主人烧菜剩下的下脚料多盛一些，送到轿棚里，一边看着那四个轿夫狼吞虎咽，一边从他们嘴里问清了在外面出的事，然后才突然宣布把他们炒鱿鱼，并且警告说："今天的事，谁要是在外面漏出半个字，这辈子无论走到哪里，就再也别想摸轿杠了！"

四个倒霉的轿夫顿时傻了眼，最后的晚餐吃了半截，噎在喉咙里连咽都咽不下去了！

老莫把下面的事情处理利索，上了楼，来到了少爷的密室。

迟孟桓仰靠在沙发上，手里举着一支雪茄，正在发泄愤恨似的猛吸。

老莫关严了门，走上前来，轻声说："少爷，今天的事……"

"你这个'扭计祖宗'失算了！"迟孟桓烦躁地挥了挥手，"我们只想到她的老爹不好对付，谁知道她的背后还有那个摇鹅毛扇的家庭教师！"

"噢……"老莫只需听他这没头没尾的两句话，便跟上了少爷的思路，眉头一皱，失声叹道，"哎呀，我大意了！前些天，我偶然听说，林牧师从大陆回来的时候，和一位年轻的先生同行，想必就是此人了。少爷你想，林牧师如果只是雇人教小姐读书，难道香港就没有一个识字的吗？又何必舍近求远，从大陆聘请？如果他只是个家庭教师，敢于在少爷面前自称是'翰翁的朋友'吗？这口气也不像家庭教师！况且，林小姐正是豆蔻年华，和那个人出双入对，招摇过市，也毫不避讳，事情不是明摆着的嘛……"

"是啊，就是他毁了我的大事！"迟孟桓猛地坐了起来，把手里冒着烟的雪茄捻得粉碎，"我们怎么就没有想到？现在硬撞上去，倒败在他的手里！一着不慎，满盘皆输啊！"

"少爷，"老莫说，"事已至此，还是那句老话：'牛不饮水，怎能揿得牛头低？'翰园的那个小妞不识抬举，也就算了！我请江湖上的朋友再给您物色个更靓的……”

“你是真糊涂，还是假糊涂？”迟孟桓拧着眉头，瞪了他一眼，“我要是只为了物色一个‘外家’，世间靓女有的是，何必费这个力气？我要的是林氏家族的那块金字招牌，眼睁睁地看着让别人抢去，实在可惜！”

“少爷，依我看……”

“你不要再啰嗦了，烦死人！”迟孟桓焦躁地挥了挥手，“去吧去吧，让我一个人清静清静！”

“是，少爷！”老莫唯唯听命，退了出去。

“嗯？”迟孟桓眉毛一拧，心中突然冒出一个念头，厉声叫道，“回来！”

老莫刚要出门，赶紧折身回来，俯首站在他跟前：“少爷，请吩咐！”

“老莫！”迟孟桓抬起手来，抿着上唇的小胡子说，那声音像是从牙缝里挤出来的，“明天，你去找找你那些江湖上的朋友，查一查翰园的那个家庭教师的来路……”

“是，少爷，”老莫一听就明白了少爷的意思，干干脆脆地答道，“这件事包在我身上！明天天一亮，我就去走动走动，数日之内一定把此人的底细查个水落石出！”

翰园的餐厅里，磨花玻璃枝形吊灯亮了，雪白的桌布上摆好了刻有林氏家族标记的银制餐具，林若翰父女和易君恕分宾主入座，像往常一样。翰园的晚餐第一次开得这样迟，阿惠特地把晚餐准备得比平时还要丰盛些，因为小姐和易先生出门走了很多路，回来得又晚，一定是很饿了。

与往常不同的是，这顿丰盛的晚餐，三个人都吃得很少，而且几乎默默无语，餐桌上笼罩着一种不可名状的沉闷。

林若翰望着失而复得的女儿，恍惚如在梦中，心里不仅仅是庆幸，还有深深的后怕。试想，如果今天女儿真的出了什么事，他还能像现在这样父女对坐共进晚餐？此时还不知陷入怎样的痛苦之中，以后的风烛残年更不知将怎样度过，也许已经没有勇气走完人生之路了。一场虚惊使他越想越后怕，脊背发凉，额头渗出了一层冷汗。他想起过去多次离家远游，都是把女儿留在家里，让她和阿宽、阿惠掌管翰园，太大意了！这一次，也正是因为他的大意，才给那个魔鬼提供了可乘之机。短短的时间，迟孟桓搅得翰园不得安宁，险些要了他的命！真不堪设想，如果涉世不深的倚阑接受了那个魔鬼的礼物，翰园的厄运就难以摆脱了，林氏家族将面临覆灭的危险！想到这里，林若翰的心情又激动起来，他想对女儿说：倚阑，今天迟孟桓打来了“德律风”，我把他彻底拒绝了，那个魔鬼已经被驱走了，翰园的厄运结束了！孩子，爸爸珍惜你犹如自己的生命，你也要珍惜自己啊！

老牧师的嘴唇嚅动着，动情地凝望着女儿，然而，这番话终究没有说出来。倚阑的面容是那么疲惫，看来是非常劳累了，让她安安心心地吃完这顿晚餐吧，做父亲的不忍心在这个时候再刺激女儿了。

倚阑局促不安地坐在自己的位子上，低着头，不敢接触父亲那关切怜爱的目光。当她在半山途中骄傲地对迟孟桓宣布“决不出卖自己，也决不出卖林氏家族的金字招牌”的时候，她是多么自豪，心里想着，回到家见到父亲，第一句话就要告诉他：Dad，我把迟孟桓拒绝了，我没有辱没林氏家族的荣誉，我是 dad 的好女儿！可是，转瞬之间，她的自豪便被迟孟桓的咒语击得粉碎，林氏家族和她有什么关系？回到这座翰园，这间餐厅，这个生活了十四年的地方，倚阑第一次感到如坐针毡。十四年前的往事，她已经毫无记忆了，但今天一经点破，她既然知道了这里并不是她的家，就再也难以像过去那样如鱼得水，坦然自如，当拿起那刻着林氏家族标记的刀叉时，她的手不由自主地微微颤抖，仅仅为了安慰坐在她旁边的“dad”，才不得不勉强自己在心乱如麻毫无食欲的时候艰难地咽下餐盘里的食物。

英国人历来有一条不成文的规矩：忌讳在嘴里咀嚼着食物的时候絮絮叨叨，那是被认为极不文明的。今天，这一条规矩被父女两人模范地遵守，到了相对无言的地步，反而过犹不及，寂寞得令人难耐了。

“易先生，”林若翰终于打破了沉默，纯粹出于礼貌，对他的客人说，“你今天很辛苦，请多吃一些……”

“谢谢……”易君恕只是轻轻地说出这两个字。此刻，他的心情远比林若翰还要沉重，老牧师所忧虑的只是女儿的未来，牵动易君恕的则是倚阑将怎样正视她那段不堪回首的历史，又怎样面对严峻的现实……

沉默的晚餐终于结束了。三个人默默地站起身来，离开了餐厅，穿过客厅，向楼梯走去。

像上次那样，林若翰停住了脚，望着女儿，似乎有话要说。

“Dad……”倚阑慌乱地垂下了眼睑，她害怕父亲在这个时候再和她单独谈什么话。

“孩子，到我房间里来，”林若翰果然是这个意思，“陪爸爸坐一会儿，好吗？”

“哦……”倚阑心怦怦地跳，不知道父亲要和她谈什么，她也没有足够的勇气单独面对父亲，像个负罪的人，期望能够得到赦免，“Dad，我……有些不舒服……”

“噢，是的，看得出来，你脸色不大好，”林若翰怜爱地抬起手，抚着女儿的脸，“恐怕是今天走得太累了，那就早些去睡吧！晚安，孩子！”

“晚安，dad……”倚阑低下头，像逃走似的躲开了父亲，心里又在自责：我对不起 dad……

夜深了，翰园小楼所有的窗口都已经熄灭了灯光。

易君恕却仍然毫无睡意，独自坐在写字台前，头脑中思绪纷杂，无法使自己安静下来。他来到翰园已经将近两个月了。这些天来，他没有等到来自自己家里的任何消息，却在无意之中介入了别人的家庭，耳闻目睹了翰园的许多私事，这对一个客居在此的局外人来说，是很不适宜的。过去，他曾经想离开这里，但艰难的处境又使他无处可去；今天与邓伯雄久别重逢使他有了一条退路，而翰园处于这种状况，他却又不能一走了之。一个多月来，高鼻蓝眼的英国牧师和他那黑头发、黑眼睛的女儿到底是一种什么样的关系，在易君恕一直是个谜团，当翰园的这个最大的隐秘突然暴露在他的面前，使易君恕感到的不仅仅是震惊，而且是深深的忧虑。倚阑的不幸身世令人扼腕喟叹，而翰翁更可怜，他苦心经营三十八年的翰园，随时都面临分崩离析的危机，如今秘密已经揭穿，他还蒙在鼓里，他所信任的人都在小心翼翼地瞒着他，天知道能够瞒到几时？而今天所发生的事情一旦被翰翁得知，又将在翰园激起怎样的波澜？

窗外月光如水，翰园悄无声息。突然，他听到一个轻微的响声，好像是隔壁倚阑小姐房间的门打开了。易君恕倏地站起身来！今夜，最让他不放心的倒还不是翰翁，而是倚阑。松林径上与迟孟桓的遭遇，翰翁一无所知，此刻也许正在安稳的睡梦中感谢上帝保佑着他的女儿。可是，刚刚经历了那场剧烈风暴的倚阑，怎么能安眠啊？

易君恕轻轻地走向房门，站住了，侧耳倾听着门外的动静。一阵极其轻微的窸窸窣窣，那是脚步踏在地毯上的声音，从门外走过，渐渐地远去了。他静听了一阵，再无声息，便轻轻地打开了房门，来到走廊里。借着从窗口洒进来的月光，朦胧中可以看见倚阑小姐的房门敞开着，显然，她走出去了。在这深夜里，她要去哪里？去干什么？易君恕的一颗心骤然悬了起来……

他一步一步迈下楼梯，极力不发出任何声响。宽敞的客厅里，月光从门窗投射进来，仿佛是一束束淡蓝色的灯光。就在壁炉前的长沙发上，分明有一个坐着的身影，斜倚在沙发上，一只手臂靠着扶手，久久地一动不动。易君恕看不见那人的脸，但心里清清楚楚地知道，那是倚阑。

易君恕停在楼梯上，屏住呼吸，静静地注视着她，不知道倚阑小姐一个人深夜来到客厅，要做什么？

"唉！皮特……"倚阑喃喃自语，呼唤着这个经常挂在她嘴边的名字，"你的怀疑和猜测，看来并没有错，我的黑头发、黑眼睛证明了我不是翰园的人，那么，我是谁？我到底是谁？"她抬起头，茫然地望着那清冷的月光，"皮特，我心里有好多好多话要跟你说，你在哪里？你到底在哪里啊？"

易君恕心里一动：又是“皮特”！倚阑小姐经常念叨的那个人，在她的人生道路上扮演的到底是个什么角色？

这时，倚阑从沙发上站起身来，她的身影在月光下缓缓地移动，一面走着，一边顾盼着身旁的一切，像是一个陌生人在浏览着从未到过的地方，又像是一个从远方归来的人在寻访自己的故居，徘徊许久，她走到客厅的门前，抬头望着银色的夜空，月光在她身后投下一条长长的影子。

片刻，她拖着那条影子朝院子里走去。似乎是为了避免发出响声，她没有走院子正中的鹅卵石甬路，踏上了柔软的草坪……

易君恕迈下最后一级楼梯，站在客厅里，望着她远去的背影。

院子里皓月当空，星斗满天。婆娑树影旁，萋萋草坪上，一条长长的影子随着倚阑的脚步向前移动，不知要去向何方，是要找那个“皮特”吗？半夜三更的，她一个人出门怎么行？不好！易君恕急忙走出客厅，步履轻轻地向前跟上去。

倚阑停在草坪中央，迟疑了一阵，又突然迈动脚步，径直向亮着灯光的门房走去。

她站在门房外面，轻轻地叫了一声：“宽叔！”

那扇门应声打开了，阿宽佝偻着腰，不安地看着她：“小姐！天这么晚了，你怎么还没睡？”

“宽叔，”倚阑望着阿宽那双憔悴的眼睛，说，“你不是也没睡吗？”

阿宽垂下头，无言地一声叹息。

“宽叔，我要问你……”倚阑迈步进了门房，两眼定定地望着阿宽，“迟孟桓说的那些话，都是真的吗？”

“唉！”阿宽关上了房门，痛苦地转过脸去，“小姐，你就别问了！”

“不，宽叔！”倚阑伸手扳着他的肩膀，急切地摇晃着，“告诉我，那到底是怎么回事？”

“小姐，我不能说啊！”阿宽被她摇晃得踉踉跄跄，瘦瘦的脸上纵横交错的皱纹在扭动，仍然狠下心来，一口咬定，“我答应过牧师，这件事烂在心里，一辈子都不能说，我不能对不起牧师！”

"什么？你答应过 dad？"倚阑惊讶地大睁着眼睛，她失望了！刚才她那样疯狂地逼问阿宽，仍然怀着朦胧的希望，是要从阿宽嘴里得到否定的答案：不，不是真的，迟孟桓那个魔鬼说的全是假话！可是，阿宽却不肯这样说，那么，没有否定，就是肯定，迟孟桓的恶毒咒语已经被证实了！倚阑急剧的疯狂戛然而止，她的两手像突遭严霜的花瓣，软软地垂了下来，苍白的面颊毫无血色，嘴唇颤抖着，喃喃地说，"明白了，你答应过 dad，你们共同保守着秘密，就瞒着我一个人！什么英格兰血统，什么林氏家族，统统都和我没有关系，这只不过是你们设下的一个骗局！可是，你们为什么要骗我？让我在白人面前遭白眼，说我是'Chinese'，让华人在背后诅咒我是'鬼婆''杂种''假洋鬼子'，我忍受了多少屈辱，你们知道吗？我一个人偷偷地流了多少眼泪，你们知道吗？你们为什么这么残忍啊？我不是供你们摆设的一座烛台、一幅画、一架钢琴，我是一个人！我有权利知道自己到底从哪里来，我的生身父母是谁，哪怕真的是码头苦力、死无葬身之地的罪犯，我也应该知道真相啊！告诉我吧，宽叔！"

两串清泪缓缓地坠落下来，那双漆黑晶亮的眸子注视着面前这个掌握了翰园太多秘密的老奴，固执地要从他口中破译那个缠绕已久的谜团，追寻自己生命的源头……

望着这个突然长大了的女孩子，阿宽被强烈地震撼了，积压得太久的情感汇成了汹涌澎湃的洪流，严守了十四年之久的堤坝被冲破了！

"小姐，我的苦命的小姐啊！"阿宽抖抖索索地伸出那双瘢瘢疖疖树根似的手，抓住倚阑冰冷的小手，"别怪我们瞒着你，是因为你的命太苦了！……"

"那，我也应该知道……"

"告诉你，听我告诉你，全都告诉你……"

阿宽动情地凝望着倚阑，那黧黑的面孔上每一条皱纹都是风刀霜剑刻成，一双阅尽沧桑的眼睛贮满了苦难，十四年的岁月在瞬间倒流，维多利亚港上悬挂着三色旗的法国军舰，德辅道上成千上万名身穿工服的船坞工人、裸背赤脚的码头苦力，荷枪实弹、如临大敌的港英警察，一起涌来眼底，耳畔充盈着嘈杂的汽笛声、口号声、纷沓的脚步声、紧急的警笛声和划破海空的枪声……

中环码头上一声枪响，子弹穿进了阿炜的胸膛，他那铁塔似的身躯晃了两晃，倒在了海旁的麻石堤岸上！他的鲜血顺着堤岸流下来，维多利亚港的海水被染红了一片……

阿宽浮出了水面，眼望着横尸海堤的兄弟，殷红的海水，他的心碎了！可是，惭愧啊，眼望着那血淋淋的惨相，阿宽却不敢哭，不敢喊，不敢上岸为他的兄弟收尸，吞咽着带血的泪，急急地逃遁了。

他躲过了那一枪，却没有躲过大规模的搜捕，深夜，当他浑身湿淋淋地迈进苦力馆的大门，黑影里闪出一名坐探，"哗啦"扣上手铐，把他带走了。

他被关押在维多利亚监狱，交不出罚款就得忍受酷刑，半个月之后，遍体鳞伤的阿宽竟然活着出来了。

出了监狱，阿宽佝偻着伤痕累累的身躯，踉踉跄跄往中环海滨跑去，那是阿炜兄弟丧生的地方。半个月的时间太久了，这里已经找不到阿炜的尸骨，只是在粗砺的麻石堤岸上还残留着紫黑的血迹。阿炜兄弟，你是替我死的，我对不起你！阿宽跪在海边，朝着那摊紫黑的血迹磕了三个头，立起身来，没有再回他栖身的苦力馆，却沿着德辅道急急地赶往西营盘，那里有阿炜兄弟的家。三年前，阿炜的老婆得了产褥热，死了，撇下一个细女，如今也已经三岁了。苦力的孩子连个正式的名字也没有，阿炜就叫她"细女"。这三年来，阿炜每天早出晚归，在码头上卖苦力，挣钱养活他的细女，那孩子没有人看管，就把她一个人锁在寮棚里，等到黄昏，她的阿爸回来，带回煮饭的米和小小的一条咸鱼，那就是她最快活的时候了。现在，她的阿爸死了，那孩子一个人怎么活？她现在怎么样了？一想到孤零零的细女，阿宽的心收紧了，脚步加快了。阿炜兄弟，你是替我死的，我得替你活着，从今以后，你的细女就是我的细女，就是我的命！

阿宽跑到西营盘，钻进那密密麻麻像蜂巢蚁穴似的木屋寮棚区，直奔阿炜的家，那是一个用废木头、破纸箱和葵叶、树枝搭起的小巢，虽然简陋，虽然破烂，父女两人就是靠它遮蔽风雨。这地方，阿宽过去来过几回，和他们父女一起吃顿粗茶淡饭，小小的寮棚也曾充满欢声笑语。

可是，当阿宽再一次来到这里，面前的景象却把他惊呆了，寮棚已经坍塌，杂乱的木棍、葵叶下面露出锅碗瓢盆，可是，却不见细女，细女哪里去了？

阿宽慌了，一个三岁的细女能跑到哪里去啊？他四处寻找，哭着，喊着，问旁边的邻居："好心的阿哥、阿嫂，你们认识阿炜吗？你们看见了阿炜的细女吗？"

看着他那一身泥污的样子，邻居还以为他是个捡破烂的乞丐，哪知道他是阿炜的把兄弟，是来找阿炜的细女！

"唉，你怎么早不来？晚了！"

"怎么，细女她……"

"那个细女！咳，天下没有见过这样的细女！她阿爸出了事没回家，她就在家里等着，等着，一天两天、三天五天，就那么乖乖地等着，也不哭，也不叫。我们都知道阿炜出事了，见他家里锁着门，谁知道寮棚里还有他的细女？直到上个星期的那场台风，这里的好多寮棚都被刮倒了，圣约翰救伤会的医生来救人，才发现阿炜那倒塌的寮棚里躺着一个细女！她不是被砸伤的，是饿昏了，等不到她的阿爸回来，这细女饿死都不出声，真是和她阿爸一样有骨气！"

"她……她现在怎么样了？人在哪里啊？"

"圣约翰救伤会把她抬走了，要是她的命大，也许还活着，谁知道呢？"

好容易得到这点消息，却又不知细女是死是活，阿宽连向人家道谢都忘了，转脸就跑，他得赶快去找细女！

圣约翰救伤会在半山麦当奴道，那是洋人居住区。香港的洋人、华人两重天地，阿宽一个码头苦力什么时候去过半山呢？一想到红毛蓝眼的洋人，心里就发憷，阿炜兄弟就是死在洋人手里，他自己在监狱里也吃够了洋人的苦头。可是，洋人里头也有念经行善的人，圣约翰救伤会那么老远赶到西营盘去救人，要不是他们，阿炜的细女准是没命了！

阿宽心怀惴惴，找到了圣约翰救伤会。一位会说中国话的洋医生接待了他，听完了他的叙说，在一本花名册上查了一阵，告诉他说："你要找的那个女孩子已经出院。"

"出院？"阿宽听得发愣，"她是个没爹没妈的孩子，谁接她出院？到哪里去？"

"一位英国公民收养了她，她现在有家可归了，你可以放心了。"

"啊？！"阿宽的头顶"嗡"的一声，被这个结果震懵了，他苦苦寻找那个细女，好容易寻到了门径，知道她还活着，可是却已归了人家了，中国人的细女被洋人收养了！"不，这可不行！我得把她要回来！医生，请你告诉我，收养她的那个人是谁？"

"不，不可以，"医生说，"收养人的私人秘密，我们没有权利向任何人透露！"

大门关上了，已经找到的线索又断了，阿宽的心碎了：苦命的细女呀，你到底被谁抱走了呢？一个三岁的孩子，从现在归了洋人，长大了就把什么都忘了，永远也不能认祖归宗，阿炜兄弟的这条根也就断了！

阿宽死不了这条心。从此，每当黄昏时分，他从码头收工之后，总是到半山的洋人居住区转悠。不敢叫人家的门，不敢向人家打听，只是远远地看着，透过那一幢幢花园洋房的镂花栅栏，窥测着人家的孩子。当然免不了一次又一次地遭人白眼，受人训斥，甚至被警察赶走，但是，比起阿炜兄弟的那条命，比起那个不知下落的细女，这些屈辱都算不了什么了，他阿宽能忍，不能忍也得忍，在茫茫大海里寻找一根细小的缝衣针。他知道，各色人等五方杂处的香港，华人占了九成九，洋人只不过几千人，而且大都住在半山和山顶，阿宽就是磨烂脚板，挨门挨户地找，也要找到那个孩子，要不然，他怎么对得起阿炜兄弟啊！

记得那一天，他疲惫地奔波了一天，从花园道松林径走下山去。经过一幢半山别墅门前，他看到一个身材魁梧的洋人，大约四十多岁，蓄着一部蓬松的大胡子，身穿黑色西服，头戴"波乐帽"，一副英国绅士派头，手里领着个两三岁的女孩在山径上悠闲地散步。那时候，阿宽还不认识这位绅士，不知道他就是圣约翰大教堂的林若翰牧师，一位大名鼎鼎的人物。阿宽出于本能的敏感，特别注意人家的孩子。一眼望过去，他突然一愣，那孩子虽然穿着洋式的小裙子，却是满头黑发，一双又黑又亮的大眼睛！这是他要找的细女吗？有点像，又不大像，阿炜的细女面黄肌瘦，哪像人家这孩子，这么白净，这么滋润，那张脸就像是细瓷碗……

他呆呆地看着，看着，忍不住感叹了一声："唉，细女呀！"

林若翰和孩子都一愣，这才发现山径上站着一个衣衫褴褛的华人，远远地朝着他们呆看。

"走吧，Ella，"林若翰警惕地拉着女孩的手，转过了身去，"我们回家了。"

可是，那女孩却仍然回过头，目不转睛地望着身后的这个弯腰驼背、又黑又瘦的人。她紧紧地盯着阿宽，好像在极力回想着什么。阿宽的心慌慌地狂跳起来，这孩子是不是……

林若翰回过头来："Ella，你还在看什么？"

突然，那孩子挣脱了他的手，沿着山径跑了过来，张开两只小手，兴奋地喊着："宽叔！你是宽叔！"

"啊！"阿宽泪如泉涌，紧跑两步，迎上前去，一不小心，被脚下的石板绊倒了！他爬起来，伸开胳膊，一把抱起那个孩子，"细女啊，我可找到你了！"

林若翰匆匆跑过来，从他的怀里抢过孩子，一双蓝眼睛里充满了愠怒："你，是什么人？"

"Dad 不认识他？"细女说，"他是宽叔呀……"

"宽叔？什么宽叔？"林若翰显然已经明白发生了什么事，但他故作平静地耸耸肩，对孩子说，"Ella，你弄错了，我们根本不认识这个人！"

"不，dad，"孩子说，"他就是宽叔！"

"先生，您看，这孩子都认出我来了，"阿宽忙说，"我找了她两个多月了，您把她还给我吧！”

“什么，还给你？她是我的女儿，为什么要给你？”

“先生，她不是无主的孩子，我就是她的亲人哪！”

“你是她的亲人？”林若翰不得不正视现实了，只好说，“圣约翰救伤会登记得清清楚楚，这是一个孤儿，我在香港政府办了合法的收养手续！你能证明自己是她的血亲吗？”

“我？”阿宽理直气壮地说，“我是她阿爸的朋友，结义兄弟……”

“那算什么？”林若翰眯起那双蓝眼睛，微微一笑，“只不过是朋友关系，没有任何法律效力。我是这孩子的法定监护人，而你并不是她的血亲，所以，对她的监护权问题，根本不是我们之间所应该谈论的内容！”

林若翰说完，抱起了孩子，转身就要走去。

“等一等，先生！”阿宽上前拦住他，“我……我不能丢下这孩子，请您行行好，把她还给我吧！”说着，热泪涌流出来。

“我已经对你说过了，你没有权利向我提出这个要求！”林若翰站住了，回头打量着阿宽身上那褴褛的衣衫，“更何况，你恐怕连她的基本生活条件都不能保证，你是做什么的？”

“我……我是码头的搬运苦力。”阿宽说。

“你有自己的住房吗？”

“哦，没有，我住在苦力馆……”

“苦力馆？”林若翰摇摇头，“噢，上帝啊，那里的一个房间要住几十个人，肮脏、污浊，令人无法忍受，Ella 怎么能住在那种地方？她需要有自己的房间，有佣人照顾她的起居，她要保证充足的营养，而且还要接受正规的教育，很遗憾，这些你都不具备！如果——这仅仅是一个假设，如果你把她带走，就等于把她投进地狱，让她遭受贫穷、饥饿和疾病的折磨，那是十分残酷的！难道你愿意那样做吗？”

“要是先生肯把她还给我，我就拼命挣钱来养活她！”阿宽说，“天下的苦我都吃尽了，还有什么苦不能吃呢？”

“看得出，你非常爱这个孩子！”林若翰说，眼神中似乎稍稍流露出一丝歉意，“可是你知道吗？我比你更爱她，上帝可以做证！”他说着说着，情绪激动起来，蓬松的大胡子颤抖着，蓝眼睛闪烁着莹莹泪光，“两年前，我的夫人在瘟疫中不幸去世，她没有给我留下一个孩子，你不知道这两年的时间我是怎样在悲痛和孤独之中挣扎，而当我在圣约翰救伤会第一眼看到这个孩子，就被她的这双眼睛吸引住了。说来也许没有人相信，她的眼睛和我去世的夫人非常相像。噢，上帝啊，这是上帝赐给我的女儿！任何人也别想从我身边把她夺走！”

他把孩子紧紧地抱在怀里，转过脸，有意不进花园别墅的大门，往山上走去。孩子从他的肩膀上向后面探着身子，伸着小手，喊叫着：“宽叔！宽叔……”

阿宽的心被她牵走了，发了疯似的追上去，一把抱住了林若翰的双腿，“扑通”跪了下来，“先生，我求您了，把她还给我吧！”

“你……这是做什么？”林若翰脸涨红了，“起来，不要这样，我们只能对上帝下跪！”

“先生，您现在就是我的上帝！”阿宽昂起脖子，仰望着这位身材高大的洋人，“把孩子还给我吧，不然，我就长跪不起！”

“唉！”林若翰深深地叹息，他也感到为难了，“你应该知道，要我把她给你，这是根本不可能的，Ella 和我共同生活了两个多月，我已经离不开她了！”他迟疑了一下，思索着说，“如果你愿意，我倒是可以考虑雇佣你，帮我照顾她……”

“啊，我愿意！”阿宽不假思索地喊道，“只要先生让我守着这孩子，我愿意当牛做马，伺候你们一辈子！先生，收留了我吧，我阿宽有天良，至死不忘您的恩德！”

“不，应该感谢上帝，他教导我们要富于怜悯之心！”林若翰说，在那一刻，他的脸上泛起了慈爱的笑容，使阿宽觉得两人之间的距离突然靠近了。“我可以留下你，不过，”他的笑容收敛了，那双蓝眼睛严峻地盯着阿宽，“你要知道：在我的翰园，你永远是 Ella 的仆人，有关她的身世，永远不许透露一个字！你能做到吗？”

“我一定做到！”阿宽毫不迟疑地答道，“只要能看着她长大成人，我一辈子做她的奴仆，也心甘情愿！”

翰园寂静的夜晚，小小的门房里，倚阑小姐已经哭成泪人。她猛地扑向阿宽的怀抱：“宽叔！”这一声发自肺腑的呼唤，凝结着两代人的血肉情谊！

院子里月色如水，青青草坪上，徘徊着深夜不眠的易君恕，露水打湿了他的长衫。

门房的那扇门打开了，阿宽扶着倚阑走出来，一眼看见披着月光的易君恕，他们愣住了。

“易先生？”倚阑的泪眼一闪，“你……一直在这里等着我？”

“不，”易君恕向她踱过来，在她面前站住了，“我睡不着，出来随便走走……”

倚阑望着他那挺拔的身影，那兄长般的关切、体贴的眼神，胸中漾起一股深深的感激之情，那颗慌慌的心渐渐安稳下来，“谢谢您，先生！我知道，您是不放心我……”

“不，我放心，”易君恕声调徐缓地说，“我们北京人有一句俗话：‘起小看大，三岁知老。’我想，既然一个三岁的女孩儿就能够做到宁肯饿死也不向他人乞讨，那么，她长大了一定是个有志气的人，无论什么样的苦难都不会把她压倒！小姐，你说是吗？”

“啊，先生……”倚阑猛地一个震颤，含在眼里的泪珠簌然坠落下来……

第十章　潮涨潮落

一个星期之后，老莫向迟孟桓交了卷。

迟孟桓穿戴齐整，胁下夹着一只精致的皮包，坐上他的私家轿，胸有成竹地出了门。四名轿夫当然都是新雇的，在香港吃这碗饭的华人遍地皆是，更换几个抬轿子的易如反掌，在迟孟桓看来比买四匹马还要省事。

轿子出了云咸街南口，拐弯上了荷里活道，朝西北方向走去。前行一箭之遥，便到了一个令人谈虎色变的地带：在荷里活道左侧，从亚毕诺道到奥卑利街，这一片不大的地皮相邻坐落着中央警署、初级法院和维多利亚监狱，这是掌握着芸芸众生的生死簿的地方，在一般市民眼里不亚于鬼城酆都，从旁边走过都觉得毛骨悚然，唯恐不留神被巡逻的警察随便找个借口拘了去，打入十八层地狱，轻则割辫子、抽"九尾鞭"、号枷示众，重则上绞刑架，好生了得！而迟孟桓今天却是专程到此，来叩地狱之门。那四名轿夫一边气喘吁吁地走着，一边腿肚子转筋，心里在纳闷儿：这位少爷到阎王殿来串门，莫非是吃了熊心豹子胆？

其实迟孟桓对拜访中央警署也心怀忐忑，离那座大楼还很远，便让轿子停在路边，自己下了轿，整整衣帽，胁下夹着皮包，步行着走过去。在这种地方，纵是"高等华人"，也不敢摆谱的。

中央警署的外观并不惊人，这座建于 1857 年的"H"形三层楼房，砖墙瓦顶，虽也是西式风格，而比起总督府、英军司令官邸，却简陋粗糙得多，甚至不如临海的那些公司、洋行的大楼显得气派，仅具实用价值而已。然而，正是由于它的特殊用途，这座平凡无奇的楼房却自有一种肃穆森然的气象。此时，楼前的操场上，几十名警察正在操练，步声橐橐，刀光剑影；大门前站岗的一名印警和一名华警荷枪实弹，虎视眈眈。

迟孟桓神色庄重地朝大门走去，还没有走到跟前，便看到那印警对华警使了个眼色，那华警于是威严地喝道："站住！"

迟孟桓看看那位"大头绿衣"华警，心里说：喔哟，我又不是不知道，在警察里头，英警是老子，印警是儿子，华警是孙子，月薪只有几块港币，比印警少一半，比英警少三四倍，你当这份官差还不如我家的一个用人挣的钱多，神气什么？不过是洋人的一条看门狗而已！他看清了这位华警的袖子上没有标着"Speak English"的布条，却故意跟他用英语说："报告警官，我有紧要公务！"

果然，那华警不知道他说的是什么，一脸的茫然。于是，旁边的印警"红头阿三"才开始出面，用英语问道："你有什么事？"

迟孟桓紧走两步，来到他跟前，恭恭敬敬地朝他鞠了一躬，说道："报告警官，我有重要情报，要面见警察司阁下！"

"警察司？"头裹红巾、面色黝黑、一脸络腮胡子的印警听得好似天方夜谭，惊讶得睁大了眼睛，从头到脚打量了他一遍，"警察司是我们的最高上司，不可以随便见的！你是什么人？"

迟孟桓等的就是这句话，此时才从西服里面的口袋里掏出一个信封，双手递了上去。

那印警右手持枪，左手接过信封，见没有封口，朝着里面吹了口气，便清清楚楚地看见，信封里其实只有一张名片，旁边却是一叠钞票。"红头阿三"自然心里明白，便把枪夹在肋下，腾出右手，伸出两个指头，拈出那张名片，举在眼前仔细审视，见上面用英、汉两种文字印着"Chi Tian Ren 迟天任"的名字，头衔列了长长的一大串，其中最显眼的则是"Tustice of the Peace 太平绅士"。

"红头阿三"脸上的表情和缓得多了。迟孟桓心里明白，这多半是那叠钞票所发挥的威力，印警的地位虽然比华警稍高一些，但年薪也不过一百多块港币，月薪仅十几块钱，没见过大象屙尿，信封里的那点

“贴士”已经超过他一年的工钱，自然会善待这位“施主”；至于老太爷的那张名片，虽然也是一块上好的敲门砖，但“太平绅士”这个头衔，毕竟是个带有荣誉性的职务，平时唬唬老百姓是足够了，而在真刀真枪的警察面前，人家可以把你待若上宾，也可以不当回事，其“弹性”是很大的，现在把它和钞票结合在一起使用，也就保险得多了……

“你在这里等一下！”印警收起信封，手里捏着那张名片，进了旁边的岗亭。

迟孟桓隔着玻璃窗看到他在里面打“德律风”，至于打给谁，说些什么，则听不见了，但可以猜想，那是在和里面联系。

片刻，从大楼里走出了一名英警，进了门房，和印警两个人交谈了几句，大概是那位印警在替迟孟桓求见吧？估计把信封里的“好处”也分了一些给他的这位上司。

门口的那位没有得到“好处”的华警还笔直地站着，像监视嫌疑犯似的盯着迟孟桓，印警已经陪着英警走出了岗亭。迟孟桓也弄不清楚这位英警是什么官阶，但见他袖子上钉着三道黑杠，领边佩有英国国徽，便知道至少是一位高级警察，身份和这两位黄脸的、黑脸的大不相同。

“你有什么情报要报告警察司？”那位三道杠英警手里捏着印警转交给他的名片，毫无表情地看着迟孟桓，“把东西交给我好了。”

迟孟桓心想：交给你？我知道你是谁？万一石沉大海，我连打听都没处打听去！于是，灵机一动，就顺口撒了个谎：“报告警官，事关机密，这情报没有写在纸上，我必须面见警察司，向他口述！”

那英警听了，不置可否，转身向门旁的岗亭走去。迟孟桓隔着玻璃窗看见他在里面打“德律风”，想必是向上级请示。等他打完了，挂了话筒，走出岗亭，也不说话，却向印警丢了个眼色，“红头阿三”便朝迟孟桓命令道：“把手举起来！”

迟孟桓脑袋“嗡”的一声，心说：糟了，还没有吃到羊肉，倒先惹得自己一身臊！不让我见警察司，不见也就是了，凭什么把我抓起来？肚子里虽然心惊肉跳，却又不敢反抗，乖乖地举起双手，做无条件投降状。

"红头阿三"便伸过手来，从他的两肋往下摸，搔得迟孟桓浑身发痒，也不敢出声。直到把他全身摸了个遍，然后又把他的皮包也打开看了看，这才说："你可以进去了。"

迟孟桓一场虚惊，这才明白根本不是要抓他，而是例行的安全检查，防止外人把枪支、炸弹带进去。"红头阿三"检查完毕，没有发现可疑之物，那英警便对迟孟桓说："你跟我来！"

门口的这一关顺利通过，迟孟桓激动得心脏"咚咚"地跳，赶紧应了声："是！"跟着那位英警走进了阴森森的中央警署大院。院子里的警察正在迈着大皮靴"咔咔"地操练，他躲躲闪闪地从旁边绕过去，那样子倒有些像一个被押送进来的罪犯。

大楼的门旁又是两名持枪的警察站岗。迟孟桓心里正在嘀咕，带领他的那位英警小声向站岗的打了个招呼，竟然未加阻拦，便放行了。两人踏着楼梯上楼，左拐右拐，拐得迟孟桓晕头转向，前边带路的英警却在一扇紧闭的门前站住了，回头对他说："你在这里等一下！"说完，便敲了敲门，高声喊道："报告！"

"进来！"里面传出一个低沉的声音。迟孟桓猜想：说话的这位也许就是警察司阁下？心情越发紧张，狂跳的心脏好像要蹦出喉咙口了。

那英警推开了门，独自进去了。迟孟桓明白，这是先行向警察司阁下报告一下，然后再叫他进去，便笔直地站在门外，屏息静气地等待召见。不想这一等，竟然不见音信，十多分钟过去了，进去的英警还没有出来，迟孟桓心里发急，连站都站不稳了，不知道到底是怎么回事？难道说前面的两关都顺利通过，最后这一关倒卡住了吗？唉，不管谒见警察司这件事成与不成，总也该给我说一声嘛！现在这样进也不是，退也不是，万一被哪位不知就里的警察当成嫌疑犯拉到别处去，那倒是麻烦了……

迟孟桓正在楼道里六神无主，那扇阎王殿的门打开了一条缝，还是刚才带他来的那位英警，探出头来，朝他叫了一声："进来！"

"是！"迟孟桓仿佛等了一年，突然一个激灵，醒了过来，忙不迭地一闪身钻进了那扇门。

这里就是香港警察最高长官的办公室。迟孟桓抑制不住地心跳，抬起头来，首先映入眼帘的是迎面墙上高悬着的英国国徽，国徽下面是一张宽大的写字台，写字台前一把高脚高背座椅，而座椅上却空空无人。这……

迟孟桓待要请教带他前来的那位英警，回头一看，那人却又不见踪影，也不知哪里去了。迟孟桓顿时惊出一身冷汗，好似林冲误入白虎阶堂，心里七上八下，不知如何是好。这时，旁边的帷幕轻轻飘动，走出一位身材魁梧的人物，身穿橄榄绿警服，肩佩上尉肩章；方方正正的脸庞上，额头宽阔，淡栗色的鬈发梳得整整齐齐，一双大眼睛炯炯有神，小胡子不像常见的那样分成八字，而是剪成一个半月形，覆盖着上唇。

此人就是警察司 Francis Henry May，汉文名字写作“梅轩利”，现年三十八岁。作为英国的少数民族爱尔兰人，他可以说是官运亨通，从国内大学毕业之后考入了殖民地部，1881 年，年仅二十一岁的他作为“官学生”被派到香港，在政府部门工作。1891 年，梅轩利三十一岁，便担任了代理总督柏加少将的私人秘书，并且由此交上了桃花运，娶少将的爱女夏莲娜为妻，从而在仕途中直上青云，先后担任水师提督参议、库政司、副华民政务司等职。从 1893 年起，他在第十一任总督威廉·罗便臣手下出任警察司，作风强悍果决，有“铁腕人物”之称。如今总督换了卜力，梅轩利的警察司位置仍然坐得稳稳当当，在香港还没有人能够取代。

迟孟桓曾经在一些场合非正式见过梅轩利，虽然只是远远相望，不敢上前，但这副面孔还是认得的。现在经过层层关卡，终于得到他的单独召见，实在是不胜荣幸，连忙摘下帽子，双腿并拢，朝着那个高大的身影深深地鞠了一躬，说：“拜见司宪阁下！”

梅轩利倒背着双手，迈动着高统皮靴，“咔咔咔”走到座椅前，站住了，右手从背后抽出来，看了看手中捏着的那张名片，又向迟孟桓扫了一眼，用低沉的声音问道：“你就是太平绅士迟天任先生？不对吧？”

竟然说得一口流利的广东话，而且是正宗广府口音。这正是“官学生”的优势，他们毕业于英国的高等学府，并受过汉语训练，谙熟“华情”，由这样的人充任香港官员自然是一以当十。梅轩利在和华人对话的时候喜欢讲汉语，与其说为了和华人沟通，倒不如说是以此作为一种威慑力量，等于明白地告诉对方：我是个中国通，在我面前不要耍什么花样！

迟孟桓心里“咯噔”一声，暗想：那张名片把黑脸、白脸的鬼判都蒙过去了，却蒙不住这位阎王，此人眼力果然厉害！

“报告阁下，”迟孟桓说这话的时候感觉到自己的小腿在发颤，“太平绅士迟天任是我的父亲，我是他的儿子迟孟桓……”

“嗯？”梅轩利宽阔的额头下那两道淡栗色的眉毛皱了起来，“这怎么可以？太平绅士并不是一个世袭的职务！”

“是，阁下！”迟孟桓连忙说，“家父年事已高，行动有所不便，我受父亲的委托，代表他前来拜见阁下，所以……所以按照民间礼仪，应该用长辈的名义，以表示对阁下的由衷尊重，这一点，我想阁下能够理解……”

“你很会说话！我本来完全可以以冒名顶替的罪名逮捕你，”梅轩利在自己的座椅上坐了下去，回头打量着迟孟桓，紧锁的眉头舒展开了，微微一笑，“现在，你的善辩使我改变了主意，你很幸运！”

“不，这是因为阁下体恤民情，宽容下属，”迟孟桓的脊背一阵阵发凉，心想：我不为自己辩护，今日做了屈死鬼，岂不冤枉？看来好话多说些是没有错的，人总是喜欢听别人奉承，就连这位杀人不眨眼的阎王也不例外，尽管把他当作菩萨来赞美就是了。心里这么想着，一双眼睛瞄着梅轩利，说，“我一看到阁下的这副相貌，就知道您是一位宽厚仁慈的长官……”

“什么？我的相貌？”梅轩利饶有兴致地望着他，“难道你会看相？”

“会一点，阁下，”迟孟桓打蛇随棍上，趁机往前凑了凑，煞有介事地盯着梅轩利的脸，端详了片刻，说道，“阁下天庭饱满，地阁方圆，当中印堂发亮，官运正旺，将来……”

“将来怎么样？”梅轩利问。

“阁下将来……”迟孟桓故意停顿了一下，才接着说，“将来做官要做到总督之位，而且受封为爵士！”

“莫名其妙！”梅轩利笑笑，“我的职务升迁掌握在英国女王陛下的手里，你怎么会知道？”

“这……这都写在阁下的脸上嘛，无论中外都是一个道理，”迟孟桓壮着胆子说，“阁下信与不信都没有关系，将来的事实总归会证明的！”

竟然言之凿凿，敢于许下弥天大愿。其实，迟孟桓对于相术一窍不通，这一套言语都是老莫事先教给他的，尽管照说不误。他问老莫这一套说词有何依据？老莫说，梅轩利是爱尔兰人，而爱尔兰是个出总督的地方，于是扳着指头历数：到目前为止，香港总督一共才十二任，而其中第五任总督赫科莱斯·罗便臣、第六任总督麦当奴、第七任总督坚尼地、第八任总督轩尼诗、第九任总督宝云、第十任总督德辅都是爱尔兰人，竟有六位之多，占了一半；英国殖民地部为什么要这样安排？我们不得而知，但这一现象却值得注意，焉知将来梅轩利不会走到这一步？暂且替他说下大话，讨他个喜欢，反正兑现不兑现都不是眼前的事！

迟孟桓的许诺，梅轩利当然并不深信，但有意思的是，几年前曾有一位来自西班牙的星相家给梅轩利看过手相，也说他是“未来的总督”，东西方的“相术”竟不谋而合，也许纯属巧合。不管这一许诺将来能否兑现，现在听来却十分顺耳，即使这只是对方向他表达的一个美好祝愿，他也是乐于接受的。便用下巴指了指旁边的一把椅子，说：“迟先生，请坐！”

迟孟桓吃了颗定心丸，从肃立一旁接受盘问轻易地成为座上宾，可以进入正题了。

“我很忙，迟先生，”梅轩利说，侧眼看了看迟孟桓拿在手里的皮包，“令尊委托你来见我，有什么事情吗？”

“是的，阁下……”迟孟桓连忙打开皮包，把手伸进去，犹豫了一下，取出一只信封，恭恭敬敬地递了上去。

梅轩利接过那只没有封口的信封，抽出里面的一张纸，定睛一看，竟是一张汇丰银行的支票，填好的数额是港币一千元整。

“这……是什么意思？”梅轩利那张方方正正的脸顿时严肃起来。

“阁下，”迟孟桓诚惶诚恐地望着他，“这是家父送给阁下的一点小意思……”

“不，迟先生，我更欣赏你刚才开给我的那张空头支票，”梅轩利神色严峻地说，一双大而阴沉的眼睛并不看迟孟桓，而转脸注视着墙上的英国国徽，“如果你希望预言成真，那么就不要毁了我的前途！”

迟孟桓的脸腾地红了。

“我想你一定知道发生在去年6月的那桩案子吧？”梅轩利问他。

“哦，是，阁下！”迟孟桓答道。去年那桩轰动一时的警察索贿案，在香港几乎无人不晓，迟孟桓当然不会不知道。事情的起因是住在上环华里东街的岑某，勾结官府，在警方的包庇之下公然经营非法的赌业，每月按时向警方派送“孝敬”，自副警察司以下，包括华洋帮办、英警、印警、华警，以及管理牌照的登记官署，从首席文案以至信差，无不有份，连清洁局、消防局等等凡是有权干涉他营业的部门统统打点周到，于是有恃无恐，为所欲为，在华里东、西街、长兴街、四方街一带遍布他的赌馆，派出招徕生意的“带街”一直活动到大马路、水坑口、大笪地、荷里活道、文武庙，沿途拉拢行人去赌博。不料因为分赃不均，引起内讧，有一个名叫郑安的，也是个中人物，向警察司梅轩利告了密，梅轩利亲自率领一彪人马前去搜查，一举破获了这一团伙，查处受贿警员达一百二十八人之多，其中包括一名副警察司、十三名英国警官、三十八名印警和七十六名华警，此外还有抚华道署的九名官员也因此被开除公职或勒令退职，其中包括华民政务司署的总登记官。那桩大案的确令人触目惊心，但是，此类事情在香港几乎每天都有发生，屡禁不止，办了那桩大案就能够洗刷“警匪一家”的肮脏形象吗？迟孟桓才不信呢！迟氏父子就是行贿的行家，他们的发家史、经商史也是一部行贿史，直到刚才走进这座中央警署的大门也是靠了这一基本伎俩，你警察司梅轩利充什么假正经？算了吧，这不过是在人前装装样子罢了！

“那桩案子是大英皇家警察部队的极大耻辱！”梅轩利继续说，“腐败之风就像瘟疫一样在香港蔓延，贪污受贿已经到了无处不在、无孔不入的地步，这是一副毒剂，如果不根除它，将腐蚀整个社会，摧毁我们的政权！迟先生，令尊作为一名太平绅士，对香港的治安也负有重大责任，那么，就应该协助我做好这件事，像爱护自己的眼睛一样爱护大英皇家警察的荣誉和纯洁，而不要帮我的倒忙！”他把那张支票像一张废纸似的丢在桌面上，命令式地说，“把这个收回去！如果你没有其他事情，现在可以走了！”

一千元港币是个不小的数字，相当于梅轩利好几个月的薪水，不但对他没有丝毫诱惑力，反而惹恼了他，怒而逐客，这使迟孟桓目瞪口呆！

“是，阁下！迟某久闻阁下廉洁奉公，两袖清风，今日一见，果然名不虚传，令人钦佩之至！”迟孟桓站起身来，匆匆收起了那张支票，但他并不打算就这样走了，便说，“阁下，我还有一件要事向您报告……”

“什么事情？”梅轩利毫无表情地问。

“噢，请阁下过目。”迟孟桓从皮包里抽出来一张折了几折的纸，打开来，双手递过去，放在梅轩利面前的桌面上。

梅轩利的目光落在这张纸上。这是一份由广东提刑按察使转发的朝廷布告，谕令全国各省府州县特别是沿海各口岸要塞，严密缉拿潜逃在外的“康党”，签发的时间为光绪二十四年八月，即今年公历9月，“戊戌政变”刚刚发生之后。这份布告显然是曾经公开张贴过的，又从墙上揭下来，纸张已经发黄，带有雨渍和糨糊痕迹，而且局部破损。梅轩利精通汉文，无须迟孟桓翻译，一目了然。开头部分的套语过后，便是一串逃犯的名单，梅轩利刚刚看了为首的“康犯有为”“梁犯启超”，就已经失去了兴趣，转过脸来说：“迟先生，这是一份过时了的情报，没有什么价值。康有为早在一个多月以前就离开香港到日本去了，梁启超根本没有来过香港……”

“阁下，”迟孟桓凑上前去，伸出一个指头，指着布告上靠后面的一行字说，“请您注意这个人！”

“嗯？”梅轩利重新把目光投射到这张纸上，在迟孟桓手指所指之处，写的是：

易犯君恕，顺天府人，现年二十八岁，与康犯有为、梁犯启超、谭犯嗣同等阴谋发动兵变未遂，在逃，着缉拿归案。易犯谋反作乱，罪大恶极，凡军民人等，如果拿获该犯，赏花红银两一千元。银封库存，犯到即给，慎勿怀疑观望，各宜懔遵勿违。

梅轩利看到这里，抬起头来，问："你……知道这个人在哪里？"

"报告阁下，"迟孟桓说，"在香港。"

"噢？"梅轩利有些吃惊，"这样一个被中国政府通缉的政治犯潜逃到香港，我竟然不知道！"

"这并不奇怪，"迟孟桓说，"易君恕不像康有为那样有名气，而且也没有带家眷和随从，只身潜逃香港，所以不致引起官方的注意。不过，对中国政府来说，他却是一个重要的逃犯，因为在今年的夏秋之交，那场密谋以军队包围颐和园、刺杀慈禧皇太后的未遂政变，他是直接参与者之一，谭嗣同被捕、杀头，而他却逃脱了。现在的中国是皇太后执政，能够放过这个人吗？所以，即使他逃到天涯海角，也要缉拿归案！"

"啊，很好，谢谢你向我报告了这个消息，"梅轩利说，"对于中国朝廷残暴的专制统治，我一向没有好感，这个可怜的人被他们追捕得走投无路，我们也许可以为他提供一些人道主义的帮助……"

"什么？"迟孟桓大吃一惊，没有想到梅轩利对他的举报竟然做出这样的反应，"阁下要帮助他？"

"是的，"梅轩利说，"就像对康有为那样，他来到香港的时候，我曾经亲自到码头迎接，并且为他安排了住处。康有为是一位杰出的政治领袖，他反对专制，提倡民主，这在中国是很了不起的，英国政府对他的行动很为关注……"

"在我看来，这不过是相互利用而已，"迟孟桓脱口而出，"英国要利用康有为作为向中国施加压力的政治筹码，康有为要利用英国提高自己的身价，扩大政治影响！”

这番话说出了口，迟孟桓被自己的唐突吓了一跳，谁知道对方爱不爱听？

“嗯？”梅轩利却并没有责怪他，反而对他刮目相看，“迟先生倒是很有政治头脑！”

“不敢当，”迟孟桓受到鼓励，故作谦虚地笑笑，却更加放胆说，“我只是一个商人，在商言商罢了。而各国之间的政治较量，也无不以经济利益为重要目的，其实也就是相互在做生意。康有为过去曾经多次来港，搜求图书，研究西学，对英国的社会制度十分向往，他在北京发动的维新运动其实就是以英国的政治制度为蓝本。试想，如果他成功了，中国必然会向英国靠拢，英国的在华利益也必然会扩大。但是很不幸，他失败了！一位失败的政治家就像破产的商人一样，没有了资本便立即失去了往日的光彩，所以，港府和阁下对康有为的接待，以迟某愚见，仅仅是出于礼仪的考虑，他的利用价值已经不大了。如若不然，那又为什么不把这张牌捏在自己手里，而放他远走日本呢？”

“哈，哈哈……”梅轩利哑然失笑，好似魔术师不期然遇到了一位同行，“迟先生何必把话说破？也许将来康有为对我们还会有用处的！”

“是，是，阁下看得很远！”迟孟桓连忙附和。

“嗯，你请坐。”梅轩利看他还站在那里，便指了指椅子说。

“谢谢，”迟孟桓在刚才的那把椅子上又坐了下来，他已经感到对方不再把他当作外人了，心里踏实多了，便接着说，“不过，我还是要提醒阁下，易君恕这个人毕竟不同于康有为，他不具备康有为那样的政治影响，也没有在海外和中国政府抗衡的能力，只不过是一个丧魂落魄的亡命徒而已。我以为，这个危险分子潜藏在香港，对我们没有任何好处。首先，他的存在对香港的治安是一个不安定因素，会为这里的华人提供一个坏榜样：既然个人可以反对政府，老百姓可以谋杀国家元首，那么，还有什么坏事不可以做？我想，阁下一定对香港刁民的低劣素质深有体会，绝不会允许什么人在这里从事政治活动，引导他们造反作乱！……”

梅轩利注意地听着，点了点头。

“不仅如此，”迟孟桓继续说，“如果我们允许被中国通缉的逃犯滞留香港，还将给英国和中国的关系带来麻烦，有百害而无一利！康有为在香港的时候，广东方面就极为紧张，他们曾经采取种种方法，试图捕获、刺杀康有为，以消除隐患，这也是康有为不敢在香港久留而远走日本的一个原因。那么，易君恕潜逃香港，也迟早会引起中国政府的注意，如果等到他们为此公开向港府提出交涉，岂不是太被动了吗？”

“嗯，”梅轩利沉思着说，“你的意思是……”

“阁下，依我之见，还是早一些采取主动为好，”迟孟桓眼看这位阎王已经被他说动，赶紧献出自己成竹在胸的计策，“阁下可以依照《维持治安法例》，以‘危害本殖民地治安和正常秩序’的罪名把他拘捕，然后移交中国当局，不但为香港避免了许多麻烦，而且对于改善英国和中国的关系也是大有好处的！”

“当然，这并不难做到，而且过去也有过先例可循，早在 1865 年，香港政府就曾经把逃亡到此的太平天国人士引渡给中国朝廷，”梅轩利说到这里，突然想起了什么，又有些犹豫，“不过，港府在 1889 年发布的第二十六号法例中又做了新的规定，今后中国政治犯不在引渡之列。这就有些麻烦，如果我们对这个易君恕采取引渡的办法，将和政府的法例有所冲突。不，迟先生，香港是一个法制社会，我们不能自相矛盾，损害了香港的形象！”

迟孟桓心里“咯噔”一声，本来顺理成章的事，不料梅轩利却中途又退回去了！哼，迟孟桓在心里说，什么“法制社会”，什么“香港形象”，还不都是骗人的把戏？你们英国佬在香港从来就是无法无天，连警察都执法犯法，你自己刚才还说“这是大英皇家警察部队的极大耻辱”哩，现在倒跟我咬文嚼字，援引起什么法例来了，真是可笑！……这些话他当然不敢在梅轩利面前漏出半句，只能在心里紧张地打主意，搜肠刮肚地为惩治那个不共戴天的仇人易君恕寻找法律依据……呃，迟孟桓突然想起了一条现成的法例和一个活生生的案例，如果不是在警察司的办公室里，他会兴奋得跳起来！

“请问阁下，”他这次聪明地避免了在警察司面前班门弄斧，而采用了虚心请教的方式，“我记得在1896年也就是前年4月，前任总督威廉·罗便臣爵士驱逐孙逸仙出境，所依据的是哪一条法例?”

“哦，是的……”梅轩利也想起了那件事，“孙逸仙阴谋推翻中国朝廷，与英国对华政策抵触，而且危害香港的和平与治安，罗便臣爵士依据1882年第八号法例的规定，香港总督有权禁止任何非英国籍居民居住香港，并且在被驱逐出境后五年内不准前来香港……”

“阁下英明!”迟孟桓脸上绽开了笑容，“易君恕和孙逸仙同样都是利用香港从事反清活动，也完全可以照此办理!”他在心里盘算着，这个办法虽然不如引渡来得痛快，但是只要能够把易君恕赶出香港，也就出了他胸中一口恶气！试想，那个走投无路的家伙一旦离港，时时都处于被朝廷追捕的危险之中，他的脑袋还保得了五年吗?

迟孟桓心里正在一厢情愿地畅想，梅轩利却说：“这个办法倒是可行的，不过，宣布驱逐出境的权力在总督，这件事我要向总督报告之后，才能决定。而且，对于易君恕这个人在香港的情况，还要进行必要的侦察、核实……”说着，他伸手按了一下办公桌上的电铃。

办公室套间的门立即打开了，刚才带领迟孟桓进来的那位英警走了出来，立正站在梅轩利身旁，听候指示。

“你给华民政务司打个‘德律风’，查一查这个人的登记情况。”梅轩利指着桌上的那张布告上易君恕的名字，吩咐说。

“是!”那位英警“咔咔”向前迈了两步，拿起布告，一边默读着上面的文字，一边走向“德律风”。

“哦，不必了，”迟孟桓忙说，“易君恕来到香港之后，根本没有在华民政务司登记。”

那位英警站住了，奇怪地望着他。

“为什么?”梅轩利问，“港府早在1844年颁布的第十八号法例就明确规定，初到香港的华人必须在一日之内赴华民政务司署登记，华人家中来客也必须随时报告华民政务司署，这个人为什么可以不登记?”

“因为他没有住在华人区，而是……”迟孟桓说，难以抑制心中的愤愤不平，“而是住在一位英国公民的家里……”

“谁?”

“圣约翰大教堂的牧师林若翰。”

“啊?!”梅轩利听到这个如雷贯耳的名字，不禁吃了一惊，“林牧师为什么要找这样的麻烦?”

“阁下，”迟孟桓目光炯炯地说，“据我所知，林牧师在今年夏天曾经在北京待了好几个月，和康有为等人过从甚密，积极支持他们的‘维新变法’，易君恕就是在那个时候和他交上了朋友，变法失败之后，他掩护这个逃犯到了香港，现在就住在他的半山别墅‘翰园’里!”

“噢，是这样?”梅轩利沉吟道，“问题就复杂了，林牧师是一位知名人士，对和他相关的人采取行动，需要特别慎重……”

“阁下!”迟孟桓急了，唯恐此事耽搁下来，不了了之，“如果投鼠忌器，将留下后患啊!”

梅轩利紧锁眉毛，默默不语。良久，才说：“迟先生，我责任所在，知道自己该怎么做。现在要求你的是，今天和我谈话的内容，要绝对保密，不许向任何人透露!”

“是，阁下，”迟孟桓“唰”地一个立正，“我明白!”

五分钟之后，迟孟桓昂首挺胸地走出了中央警署的大门，和进门时的猥猥琐琐判若两人。今天到此造访，意义非比寻常，复仇的种子已经播下去，只待收获了。更为重要的是，迟某人既然和警察司阁下挂上了钩，以后还怕何事不成?

自从林若翰在“德律风”中和迟孟桓做了那一番不愉快的通话，两个多星期过去了，迟孟桓一直没有再打“德律风”来纠缠，老牧师渐渐放下心来。他猜想，既然那块地皮已经遭到严词拒绝，迟孟桓便知难而退，不再觊觎他的爱女倚阑，对入教也就失去了兴趣，这更证明了他本来就没有坚定、纯洁的信仰，不配做一名基督徒。而翰园主人做梦也不会想到，那个扰乱圣餐仪式、被他逐出教堂的魔鬼，正在实施更大的阴谋，“林若翰”和“易君恕”这两个名字已经被列入了警察司的“另册”。

翰园又恢复了往日的平静。两个星期之前那个月夜所发生的巨大波澜，林若翰毫无察觉，他只是注意到，近来倚阑的性情似乎有些变化，在父亲面前沉默寡言，不再像孩子似的任性，对待仆人也不像过去那样颐指气使，一些力所能及的事情尽量自己动手去做，不再为一件小事而楼上楼下地呼唤阿惠，对老管家阿宽则给予了更多的尊重和体贴。尤其是她对学习汉语刻苦用功，已经小有成绩，临帖不过两月，字写得已经看得过去，背得出几十首诗词，而且讲得一口流利的“官话”，不再像过去那样由于汉语词汇掌握得不足而常常夹杂英语了，这当然让她的“汉学家”老爸爸感到十分欣慰。使女儿发生这些变化、取得这些成绩的原因是什么？在林若翰看来，顺理成章的解释是得力于易先生的言传身教、潜移默化，一位人品和学问俱佳的学者对弟子的影响实在不可低估。明年，倚阑就要跨入十八岁，翰园的第二代主人已经渐渐长大了，林氏家族还是有希望的……

然而林若翰仍然有一件事放心不下，那就是他让阿惠送给总督的信和书，至今没有得到任何回音。他当时以为下一个主日崇拜时便可以再见到总督，却不料两个星期日过去了，总督都没有到圣约翰大教堂露面。他并没有责怪总督的意思，总督太忙了，要统治二十五万人口的香港和九龙，还要准备接管十万人口的新租借地，一定是日理万机，也许连星期日都抽不出时间到教堂来；但只要他心中有上帝，心中有基督，就是一位虔诚的教徒，这是完全可以原谅的。倒是林若翰一直担心自己不能得到总督的原谅！总督履新的宣誓仪式他缺席，总督第一次到圣约翰大教堂参加主日崇拜时又让迟孟桓搅得一团糟，总督走的时候他竟然连个招呼都没有打成，接连两次的失礼，仅凭那封信和那三本书能够弥补吗？因为没有机会和总督见面，这些也就无从得知，搅扰得他心神不定，却又无人可以诉说！

在令人寂寞的宁静之中，翰园又迎来了新的一天。

近来常常失眠的林若翰早早地就起床了，洗漱之后，他跪在地上，闭上双眼，轻轻地念诵着：“上帝啊！温柔人的决断，有主引导；虔诚人在黑暗中必蒙光照。求主施恩，在我们怀疑和游移不定的时候，使我们总是自问：主要我们做的是什么？求主赐智慧和圣灵，拯救我们脱离虚伪的选择，我们就能因主的光，得以见光；行主的道路，不致跌倒。这都是靠着我主耶稣基督。阿门！”

这是他经常念诵的一段请求引导的祷文，每当遇到不能决断的疑难，唯一可以求救的就是上帝和耶稣，圣父、圣子、圣灵三位一体的信仰，那是他智慧和力量的源泉。现在，他跪在主的面前，虔诚地呼唤着主，把祷文念了一遍又一遍，他相信此刻在天国之窗一定有一双眼睛在看着他：我的孩子，是什么使你惶惑不安？你向我要求什么？是啊，林若翰扪心自问：我向主要求什么呢？主以他的光辉照亮了我的双眼，为我指明了信仰之路，在长达五十九年的人生道路上一次次为我消灾弭祸，化险为夷，主还赐给了我一个美丽而可爱的女儿，难道这些恩惠还不够多吗？我还奢求什么？我为什么惶惑不安？仅仅是担心被总督误解吗？我没有行凶作恶、违法乱纪，没有偷盗奸淫、加害他人，我怀着一颗谦卑之心，对总督由衷地尊重，这一切都有上帝做证，总督和我一样都是上帝的儿女，我又何必这样战战兢兢呢？不，不，在我的灵魂深处有一粒尘埃，纵然任何人都不可能看到，却瞒不过上帝的眼睛：我敬畏总督是因为我仰慕他的权势和地位，我害怕得罪总督是因为渴望得到他的赏识，北京之行的碰壁并没有使我泯灭急功近利之心，回到香港又重新燃起攀登“仕途”之念，我可怜巴巴地仰望着高高在上的总督，企盼能分我一杯羹，馋涎欲滴却又不可得，为此我惶惶不可终日。这些卑微的世俗观念，与基督博大雄阔的胸怀相比，与《圣经》纯净澄澈的意境相比，岂止天壤之别？啊，一粒尘埃蒙住了眼睛，我被人间的功名利禄所吸引、所污染了！林若翰突然打了一个冷战，睁开了双眼，早晨的阳光从百叶窗的缝隙中投射进来，那么清亮，那么纯净，使他感到自己的猥琐和渺小，脸不觉微微地有些发烫。他打开百叶窗，让明亮的阳光照进来，让清凉的晨风吹进来，荡涤自己污浊的心胸，眼前豁然开朗，心里畅快得多了。

他整一整衣履，走出房门，迈下楼梯，脚步也觉得轻松了许多。

他走进餐厅，倚阑和易君恕已经在等着他共进早餐。

“早安，dad！”

“早安，我的孩子！”

“早安，翰翁！”

“早安，易先生！”

像往常一样，他们互相打着招呼，在餐桌前坐下来。阿惠端上了早餐，林若翰微闭双目，默默地念诵着：“感谢我主，赐我饮食！”

早餐和平时一样，麦片粥加糖和牛奶，煎鸡蛋、黄油和烤面包片，这简单的饮食，今天却觉得特别清新可口。当一个人杜绝了非分的私欲，在上帝面前回归到纯洁的婴儿，才会真真切切地感到满足和幸福。

客厅里的“德律风”突然响起了铃声，“丁零零”一直传进餐厅。奇怪，什么人这么不懂礼貌，一大早就打“德律风”来惊扰人家的早餐？

“噢，我去接！”阿惠急忙朝客厅跑去。

“阿惠，等一等！”林若翰叫住了她，寻思道，“会不会是迟孟桓……”

话说了一半，他又迟疑地停住了。迟孟桓，那个卑微无耻的小人，一提起他的名字就像在麦片粥里吃出了一只死苍蝇，平静的心境顿时被破坏殆尽！如果是迟孟桓打来了“德律风”，该怎么回答他呢？尽管林若翰时时牢记着基督的教诲：不要“以眼还眼，以牙还牙”，“不要与恶人作对”，但他此时却无论如何也做不到！他怎么可能心平气和地去接迟孟桓打来的“德律风”，面带笑容地对他说：“早安，迟先生！很高兴和你通话，你有什么事情需要我效劳吗？”不，绝不！

客厅里的铃声还在急促地振响着，阿惠焦急地望着林若翰，等待他做出明确的指示。餐桌旁的易君恕和倚阑也停下了刀叉，完全没有了胃口。

“Dad，”倚阑的脸色顿时变得煞白，嘴唇在颤抖，十多天前的那场噩梦般的路遇又清晰地闪现在她的面前，“不……不要接，和那个恶棍没有什么话可讲！”

而铃声却像是故意和他们作对，仍然振响不断！

“阿惠，你去接吧，”林若翰终于下定决心，说，“如果是他，你就说我不在，小姐也不在！”

老牧师曾经无数次地在讲道中劝诫人们要诚实，不要说谎，今天却亲口命令他的仆人去传达一个十足的谎言，即使因此而受到上帝的惩罚，也在所不惜了！

“是，牧师！”阿惠答应着，匆匆朝客厅跑去。她比牧师更恨那个迟孟桓，那个砸碎她一家饭碗的魔鬼，虽然以她卑微的身份无法去抗争，但是能够借用主人的威严，在“德律风”中冷落冷落那个家伙，也觉得解恨！

餐厅里，林若翰和倚阑、易君恕都放下了刀叉，焦躁不安的目光盯着客厅。

“德律风”的铃声也许已经是最后一响，如果仍然没有人接，对方就可能挂上了。就在这刹那之间，阿惠把话筒抢到了手，她庆幸没有失去这个冷落迟孟桓的机会……

“哈啰！这里是林牧师家，请问你是哪一位？”她气喘吁吁地问，尽管心里恨得咬牙，也还是强制着自己，以起码的礼貌话语开头，耐心地等到对方自报出家门，她就可以借主人的话来打发那个魔鬼了。

话筒里对方说话了。阿惠突然大惊失色，张口结舌：“啊……请等一等，等一等！”说完，放下话筒，慌慌张张地朝餐厅跑回来！

“阿惠，怎么回事？”林若翰恼火地问，“我不是告诉了你吗？我不愿意跟这个人通话，你就对他说……”

“不，不是迟孟桓，”阿惠慌慌张张地说，“是骆克先生！”

“啊？！”林若翰倏地站了起来，“上帝啊，幸亏你没有一张口就对他发火！”

老牧师被这个突如其来的“德律风”弄得懵头转向，万万想不到刚才长久地振铃催促他通话的会是高居于“一人之下，万人之上”的港府辅政司骆克先生！他急忙离开餐桌向客厅跑去，慌乱之中忘记了挪开身后的座椅，差点被绊了个跟头！一边跑着，一边在想，骆克先生在这个时候打“德律风”过来，会有什么事呢？

林若翰心慌意乱地跑到了“德律风”跟前，拿起那像钟摆似的晃悠着的话筒，说话的嗓音都变了声：“骆克先生，实在对不起，让你久等了……”

“不必客气，林牧师，”话筒中传来骆克彬彬有礼的声音，“因为有一件急事，所以不得不打扰你……”

“什么事，骆克先生？我愿意为你效劳！”

“不，不是你为我效劳，而是我为你效劳。我荣幸地通知你，卜力总督准备抽出二十分钟的时间和你见见面……”

“啊，总督阁下？”林若翰几乎不敢相信自己的耳朵，但对方说得真真切切，而且是出自最接近总督的辅政司之口，无可置疑！上帝啊，折磨了他将近三个星期的苦苦等待终于有了结果，而且是出乎意料的结果！“谢谢你，骆克先生！请问，总督召见定在什么时候？”

“就在今天，上午十点整，在总督办公室。”话筒里，骆克一字一顿地交代说，“总督很忙，抽出这个时间很不容易，希望你及早动身，千万不要迟到。老朋友，你明白我的意思吗？”

“明白，明白，”林若翰连声说，“谢谢骆克先生的关照！”

骆克说了声“See you later！”就把“德律风”挂断了。林若翰手举话筒，激动的心情仍然不能平静，这好消息来得太突然了，突然得让他毫无思想准备！

“阿惠！”他挂上话筒，兴奋地喊道，“你赶快给我熨礼服、擦皮鞋，让阿宽吩咐备轿，我要去总督府！”

“是，牧师！”阿惠答应着，跑去了。

“总督府？”倚阑感到很意外，诧异地问，“Dad，骆克先生请您去总督府，会有什么事情呢？”

“总督召见我，当然不会是坏事情！”林若翰说着，匆匆地上楼更衣去了。

易君恕默默地注视着他的背影，心里寻思着：卜力在刚刚上任的百忙之中，怎么还有余暇召见一位传经布道的牧师？

满面春风的老牧师健步踏上楼梯，想起自己在早晨的那番忏悔，他不禁哑然失笑：咳，那样严酷地解剖自己，未免太迂腐了！基督的使徒圣保罗在《以弗所书》中说过："你们做仆人的，要惧怕战兢，用诚实的心听从你们肉身的主人，好像听从基督一般。"而在香港，总督就是人间至高无上的长官，每一个公民不都是他的仆人吗？难道不应该"好像听从基督一般"地去敬畏、去服从、去伺候总督吗？这没有丝毫的可耻，而是自己的本分，无上的光荣！试问，在香港的二十五万人当中，有几个人能够得到觐见总督的殊荣啊？

半个小时之后，林若翰已经装束停当，精神焕发地走下楼来。他掏出身上的怀表看了看，刚刚九点整，离总督约见的时间还有一个小时，翰园离总督府近在咫尺，现在出发似乎太早了些。他想起骆克先生的特别叮嘱："千万不要迟到。"其实林若翰无须别人提醒，他是一个十分守时的人，何况今天是去觐见总督，怎么会迟到呢？他宁可提前到达，哪怕在总督府的大门外多等一会儿也没有关系，而绝不能让总督等他！

阿宽已经吩咐轿夫做好了出发的准备，轿子等在大门外。林若翰上了轿，说："走！"

轿子抬了起来，颤颤悠悠地出了门，沿着丛林间的山径缓缓地下坡，发出"咯吱咯吱"的响声，这响声现在听来是如此悦耳，和二十多天前冒着风雨从码头扫兴而归时的感受完全不同了。

山道上，迎面走过来一顶轿子，旁边还跟着一个挑担的少年，隔着几十步的距离，看不清楚轿上坐的是什么人。

轿夫看见对面有轿子过来，说："牧师，这条路窄，前面的轿子……"

"我们让一让好了，基督教导我们，要'恭敬人，要彼此推让'。"林若翰不假思索地说，话语中充满了谦逊慈祥，作为一名牧师，以圣徒的品格完美自己，是一种幸福，何况他今天有要事出门，正是一副好心情。

轿夫便把轿子偏向右边，让开了山径的中间，等前面的轿子上来。

林若翰心里只惦记着总督府的那件大事，对那顶上山的轿子只稍稍瞥了一眼，见上面坐着一位身穿长袍马褂的年轻人，仿佛是本地士绅，并不认得，也就不再留意了。

抬轿上山来的轿夫，见他们相让，也向左边回避，两边的轿夫虽素不相识，也互道一声“辛苦”，这是轿行沿袭多年的规矩。

林若翰的私家轿下山去了，和他们擦肩而过的轿子颤悠悠抬上山来，林若翰不认识的这位年轻乡绅，是新安县锦田村的邓伯雄。他的仆僮龙仔挑着一副担子，走在轿子前面。半个多月前，邓伯雄与易君恕重逢于宋王台，临别时相约：待易君恕向东道主打了招呼，一定前往锦田拜访。如今已过了多日，邓伯雄不见挚友前往，心中焦急，便专程过海来到香港，按照易君恕分手时留给他的地址，寻找花园道松林径的翰园。然而他却并不知道，刚刚路遇的那位高鼻蓝眼的洋人正是翰园的主人。

轿子沿着蜿蜒的山道前行，邓伯雄举目看去，漫山丛林之间，一座座洋房星罗棋布，仿佛到了外国，心里寻思道：香港有那么多唐楼，君恕兄哪里住不得，为什么偏偏住在这么个鬼地方？他的东道主林若翰老先生又是个什么身份呢？

邓伯雄主仆一行，初次到此，寻寻觅觅，才找到了松林径二十九号“翰园”，看见门旁有一个脊背佝偻、面目苍老的人在清扫落叶，邓伯雄便命龙仔前去询问。

龙仔放下肩上的担子，上前搭个躬，说：“请问老伯，这里可是林老先生的府上吗？”

“嗯？”正在清扫落叶的阿宽低头想着心事，不提防身边来了人，他猛然抬起头，看见这个十几岁的孩子，觉得面熟，却又一时想不起来……

“咳，”龙仔倒先认出了他，“你不是宽叔吗？我们在宋王台见过面的！”

“噢！”阿宽想起来了。这时，邓伯雄已经下了轿子，兴冲冲地朝他走过来，阿宽便迎上前去，说，“邓先生，什么风把你们吹来了？”

“自然是北风啰！”邓伯雄笑道，“冬至就要到了，我特前来看望易先生和你家主人，他们都在家吗？”

“邓先生光临翰园，真是太好了！”阿宽如见故人，很是兴奋，“易先生和小姐都在家，只是不巧，牧师刚刚出门去了，你在路上没有碰到牧师的轿子吗？”

“牧师？”邓伯雄一愣，“牧师是谁？”

“咦，牧师就是翰园主人呀，”阿宽有些奇怪地说，“邓先生不知道吗？”

“啊？”邓伯雄确实不知道，上次在宋王台见到易君恕，只听他说住在林若翰老先生家，却未提“牧师”二字，邓伯雄哪里能想得到？现在才听阿宽道出主人的身份，很觉意外，抬头看看面前的洋房，心里“咯噔”一声，不禁问道，“他……是中国人，还是外国人？”

“林牧师是英国人，”阿宽说，抬手指着前面不远处高高耸立在丛林之中的圣约翰大教堂的钟楼，“邓先生看见那座基督教堂了吗？林牧师就是在那里供职……”

“什么？”邓伯雄那两道浓眉皱了起来，“刚才我们在路上遇见一顶轿子，上面坐着个大胡子鬼佬……”

“那就是林牧师，”阿宽面有难色，压低声音说，“邓先生，这半山区住的都是外国人，‘鬼佬’这个称呼可说不得，还是小心些为好。”

邓伯雄脸色阴沉起来，远道访友的勃勃兴致顿时被打消了，只觉得胸中气闷难耐。沉默了片刻，声音低沉地说：“那就麻烦你把易先生请出来，我对他有话说！”

“这……”阿宽听得诧异，“邓先生远道而来，理当请到客厅和易先生叙话……”

“不必了，”邓伯雄冷冷地说，“邓某向来不与洋人来往，就在这门外和易君恕兄见上一面，我们就及早回去了。”

“啊？”龙仔擦着脸上的汗，愣了。他身旁的那副担子，前后两个箩筐里装着肥鹅、嫩鸭、腊肉、冬笋、鲜藕、荸荠、芥蓝……虽不是什么贵重礼物，却都是自家所产，透出一股清新质朴的乡土气息，从锦田送到翰园，本来是要请他们尝个鲜。龙仔挑着担子走了几十里山路，眼看到了地方，满指望能够喘喘气，喝口水，却不料少爷犯了倔脾气，连门都不进了，马不停蹄就要打道回府，真是看人挑担不觉累！“少爷，这些东西……”

“你这懒仔！”邓伯雄喝道，“挑回去！到山下扔了，也不送给鬼佬！”

“邓先生……”阿宽很觉尴尬，上前劝道，“这礼，送与不送倒也罢了，如果连门都不肯进，倒显得我们对客人欠礼，易先生就住在这里，你也别让他为难啊！”

翰园的楼上书房里，易君恕正在给倚阑小姐授课，忽然听得外面的喧嚷声，不经意地往窗外一瞥，眼睛一亮：“邓伯雄?!”

镂花铁门外，邓伯雄浓眉紧锁，对阿宽说：“我就在这里和他见面！你只管请他出来……”

说话间，匆匆出迎的易君恕已经来到大门前，草坪尽头，倚阑也出了客厅，正往这边走来。

“伯雄，你来了！”易君恕急步上前，拉住邓伯雄的双手。

“君恕兄，”邓伯雄眼望着易君恕，心情异常激动，“宋王台一别，已经十多天了！小弟天天翘首以望，却不见兄长来到锦田，明天就是冬至，这在敝乡是个大节，小弟看你来了……”

“伯雄啊……”一股暖意涌上易君恕的心头，他紧紧握着他的手，说，“快快请进，今天我们可以促膝长谈了！”

“不，君恕兄，”邓伯雄却说，“我满怀热望来看你，却没想到你竟然住在英国人家里！兄长不是不知，英夷正在加紧吞并新安，我与鬼佬势不两立，不入洋宅之门！”

这时，出门迎接他的倚阑来到跟前，听了这句话，愕然地站住了：“邓先生，香港拓界是政府的事，这和翰园有什么关系啊?”

“咳，伯雄，怪我事先没有讲清楚，实在是误会了！”易君恕感叹道，他抬起手来，重重地拍在邓伯雄的肩膀上，“你知道吗？翰翁不仅是康先生和谭先生的挚友，而且还是我的救命恩人！八月初六那天，官兵包围了我的家，我逃到火车站，又被官兵拦截，在生死关头，如果不是翰翁挺身而出，救我脱险，愚兄早已是刀下之鬼，你我兄弟哪还有重逢之日！”

“噢……”邓伯雄愣住了，喃喃地说，“洋人当中竟也有这样的仗义行侠之士？他救了兄长，也就是救了我啊！”耿直的汉子骤然被打动了，他歉意地向倚阑拱手一揖，“林小姐，邓某失礼了！令尊恩重如山，请代我向老人家致以谢意……”

“邓先生不必客气，我 dad 是易先生的朋友，这也是应该做的，”倚阑脸上泛起微微的笑意，已经在心里原谅了他，“邓先生请进吧，我 dad 一会儿就要回来了，我相信，你们见了面，也会成为朋友的！”

邓伯雄欣然应邀，随着易君恕和倚阑走进翰园的大门。

“哎，少爷，”龙仔手托着扁担站在门外，不知如何是好，“这礼物……”

“你这笨仔，”邓伯雄回头瞪了他一眼，“挑进来！”

十点差五分，辅政司骆克步出总督府大楼，来迎接他约好的客人，林若翰早已等在大门外，徘徊多时了。

“骆克先生……”林若翰上前握住他的手，感激之情溢于言表。

“请吧，林牧师，”骆克说，“接见的时间就要到了。”

林若翰随着骆克，踏进警卫森严的总督府大门，走进大楼，穿过宽敞豪华的大厅，来到了总督办公室的门外。

办公室里，那幅巨大的地图前，卜力总督正在和警察司梅轩利轻声交谈。卜力手里捏着一支红铅笔，在地图上标着“Tai Po 大埔”的地方，画上一个醒目的圆圈。

“总督阁下，”骆克走进办公室，报告说，“林牧师到了。”

林若翰跟在他的身后，恭恭敬敬地望着总督。

卜力转过身来，严肃的脸上没有一丝笑容，褐色眉毛下那双淡蓝色的眼睛专注地盯着林若翰。这和跪在林若翰面前领受圣餐时的卜力完全不同了，两个人现在交换了位置，在总督府他是绝对的主角，居高临下地俯视着走下圣坛的牧师，足足看了他两三秒钟，直看得林若翰心惊肉跳，他这才伸过手来，耸动着翘峥峥的小胡子，说："你好，林牧师！"

"你好，总督阁下！"林若翰赶紧走上前去，紧紧地握住那只操纵着整个香港命运的手，声音颤抖地说，"感谢阁下在百忙之中接见我，给予我这样的殊荣！"

"这没有什么，我本来打算……哦，最近实在是太忙了，"卜力好像心思还在那幅地图上，并没有把注意力完全转移到面前的这位客人身上来，话说得随意而且有些凌乱，这时又指着身旁的梅轩利，对林若翰说，"这是警察司梅上尉，你们认识吗？"

林若翰一进门就看见总督旁边的这位身穿上尉警服、威风凛凛的高官，也恍惚知道那是谁，但是未经介绍，不敢贸然打招呼，听到卜力说出对方的姓氏，不禁心里"咚"的一声，连忙伸出手去说："啊，梅上尉，久仰大名！只是无缘拜识阁下……"

"你好，林牧师！"梅轩利握住他的手，轻轻摇了摇，说，"我也是久仰你的大名，我们好像在哪里见过面，可惜没有适当的机会和你面谈！"

"啊，阁下如果有时间，我随时都欢迎你光临舍下！"林若翰热情地说，心里却在想：和警察打交道？我这辈子还没有过！

"谢谢你的邀请，"梅轩利微微一笑，"这样，如果我在哪一天突然造访府上，才不至于吓你一跳！"

卜力和骆克听了这句话，一齐开怀大笑。林若翰却笑不出来，心想：在这些要人命的高官面前，可不是开玩笑的地方！

"请坐吧，林牧师！"卜力向地图对面墙边的一排沙发指了指，等林若翰和骆克、梅轩利都坐下来，接着说，"谢谢你的来信和赠给我的书，我认真地读了你的大作，深感……"

林若翰屏住呼吸，专注地聆听着总督对自己的著作的评价。

"我深感……"卜力停顿了一下，心里想着词儿。他其实根本没有工夫读林若翰送来的那厚厚的三大本书，只能根据骆克的评述讲几句敷衍的话，"我深感你丰厚渊博的神学造诣，你对中国和本殖民地的历史深入、独到的研究，更重要的是你对大英帝国的忠诚，这些都是极为可贵的，你本身就是我们香港的一大财富！”

这几句话极为空泛，没有涉及任何具体事例，却字字句句都打在林若翰的心上。作为一位牧师，他并不满足于仅仅被人们看作“传教士”，而刻意塑造自己大智大慧的“学者”形象；作为一位“汉学家”，称赞他是“中国通”就是最高评价；作为一名英国公民，肯定他对祖国的忠诚就是最高的褒奖。这三点，是他自己最看重的，都被总督注意到了，而且给予了充分的评价，总督真是英明啊，刚刚上任就对一个本来陌生的人了如指掌！

“感谢总督阁下对我的赏识，”林若翰激动得心脏都发抖了，“我已经将近六十岁了，愿在有生之年，竭尽全力为总督效劳！”

“很好，谢谢你的合作，”卜力捋着自己的小胡子说，“我刚刚来到这个地方，非常需要各方人士的支持和配合。目前，我所面临的最重要的工作，就是接管新租借地。你在香港生活了三十八年，一定知道，我们展拓的界址，拥有优越的地理位置、肥沃的土地、天然良港和碇泊地，它对本殖民地日后的经济繁荣和安全保卫都将发挥重要作用……”

“是的，阁下，”林若翰附和道，“那是一片具有极大潜力的土地。”

“但是，我们要接管的不仅是土地，还有那里的十万居民。”卜力接着说，“根据我的经验，要驯化殖民地的那些有色人种，其困难程度不亚于让非洲原始部落放弃他们的偶像崇拜而信仰上帝。骆克先生曾经花费了一个月的时间，对那里进行调查……”说到这里，他停顿了一下，看了骆克一眼。

“那是在8月份，”骆克接过总督的话头，对林若翰说，“当时我想请你和我一起去，可惜你恰恰不在香港……”

“是的，骆克先生，我当时到北京去了。”林若翰说，他想起倚阑说过，骆克先生在8月初曾经到翰园做过一次“礼节性拜访”，现在才知道那拜访其实是有目的的，“请问，是需要我向新租借地的居民布道吗？对此，我责无旁贷！”

“不，不是，”骆克笑笑，说，“最迫切的并不是帮他们建立信仰，而是如何管理他们。为此，我在炎热潮湿的季节对新租借地的各个方面进行了调查，当时深感人手不足，非常需要会讲汉语、熟悉中国民情的人做我的助手，首先就想到了你……”

“真是对不起，骆克先生！”林若翰说，想到劳而无功的北京之行耽误了这件大事，不禁懊恼不已，“我为自己失去了这次为你效劳的机会深感遗憾！”

“你倒不必遗憾，”卜力总督把话题重新接过去，“在接管新租借地之前还有很多事要做，今天在座的这两位都是这项工作的主力：骆克先生主要致力对新租借地的行政管理，而治安保卫则是梅上尉的事了，这一文一武，是我伸向新租借地的两只手。”说到这里，卜力张开两手，然后合拢在一起，“而有意思的是，他们不约而同地向我推荐了你……”

“我？”林若翰怦然心动，向这两位投以感激的目光，心想：骆克先生作为我的老朋友，自然在总督面前会为我美言，但这位梅上尉素无来往，竟然出以公心，荐贤举才，倒是令人感佩！但他现在还没有听明白，这两位把他推荐给总督，是要他做什么呢？

“你协助骆克先生工作，”卜力说，正好回答了他的疑问，“目前，新租借地的边界还没有勘定，我们和中国方面还存在一些分歧，谈判、争论都是不可避免的。鉴于你对中国问题的丰富阅历和深入研究，所以请你参加这项工作，并且相信你会发挥应有的作用。教会方面，政府会和他们打个招呼，除了重大的宗教活动你必须参加之外，其余的时间你听从骆克先生的安排！”

“是，阁下！”林若翰庄重地接受了总督的命令，心中激动不已：上帝啊，三个多星期以来我一直惴惴不安地害怕得罪了总督，而总督好像根本没有在意，反而给予我如此的信任，这到底是怎么回事？是由于骆克先生和梅上尉的推荐，还是因为我赠给总督那三本书，凭借自己的实力博得了总督的赏识？不管怎么样，这都是上帝的安排，“天生我材必有用”，我林若翰苦苦奋斗了几十年，终于有了英雄用武之地！感谢主，衷心地感谢主……

“林牧师，”总督打断了他的遐想，伸手从身旁的茶几上取过一叠厚厚的文件，递给他说，“这是骆克先生的调查报告，你拿回去，仔细地研究一番，然后再开展工作。”

“是，阁下！”林若翰双手接过来，心想，这也许是总督最后的交代，接见要结束了吧？

正当他犹犹豫豫地不知道是应该主动告辞，还是等陪同接见的骆克先生提醒，却看见总督朝骆克先生看了一眼，好像在示意他做什么事。

骆克随即站起身来，走到总督办公桌前，拿过几张纸来，递给了总督。

卜力把手里的那几张纸向林若翰递过来。林若翰不知道那是什么，刚要伸手去接，卜力的手却又停住了。

“林牧师，还有一件事要告诉你，”卜力说，“我准备新任命一批太平绅士，目前正在考虑人选。你是本地德高望重的知名人士，是我所考虑的候选人之一……”

“我?!”林若翰简直不敢相信自己的耳朵，激动得浑身发抖！上帝啊，为什么昨天晚上你让我彻夜难眠？为什么今天一早你引导我虔诚地祈祷？原来是有总督召见这件大事等着我！刚才交代我协助骆克先生工作已经让我激动不已，哪里想到后面还有天大的喜讯：太平绅士这顶光荣桂冠就要降临到我的头上了！多少年了，这样崇高的荣誉一直可望而不可即，连迟孟桓那样的人都仗着他父亲的“太平绅士”头衔向我耀武扬威！现在，他有的我也有了，再也不必对他有所顾忌了，苍天有眼啊！

这时，卜力才把手里的那几张纸递过来。

林若翰双手战战兢兢地接过来，这是一份太平绅士候选人资格审查表。

“你当然明白，”卜力继续说，“太平绅士这一职位具有崇高荣誉，并且对于维护本殖民地的和平和治安承担着重大责任……”

“我明白，阁下！”林若翰捧着那份表格，双手在颤抖，薄薄的几页纸仿佛有千钧重量。

“这项任命将在明年适当的时候宣布，”卜力交代道，“请你把这份表格逐项填写，以供政府对你进行必要的考察。”

“是，阁下!”林若翰眯起眼睛，仔细地看着手中的那份表格，上面列着姓名、出生年月日、出生地、国籍、职业、家庭成员、履历、历任职务、成就与贡献等等栏目，全部填写之后就是一部完整的林若翰档案了……

望着林若翰那虔诚的神情，骆克微笑着朝坐在旁边的梅轩利看了一眼，然而梅轩利却没有笑，望着正在低头看表格的林若翰耸了耸肩。

在如何对待林若翰的问题上，骆克和梅轩利曾经有过一场激烈的争论。梅轩利在接到迟孟桓提供的情报之后，立即向总督卜力提出报告，要求传讯林若翰，对他藏匿中国逃犯的行为进行审查，并且请总督签发驱逐令：将易君恕驱逐出境。但是，按照政府的公文履行程序，这项报告不可能直接递交总督，而必须通过辅政司转交，于是遭到骆克的坚决反对。这倒并非因为他是林若翰的朋友，更重要的是，他认为这样做得不偿失。骆克清清楚楚地记得，就在两年前，孙逸仙因为发动广州起义失败而避难来港，旋即转赴日本。而当时的第十一任总督威廉·罗便臣却在孙逸仙去后发布了驱逐令：自 1896 年 3 月 4 日起，五年内不准来港。令下之后，孙逸仙从横滨来信表示抗议，罗便臣总督命令辅政司骆克给予回答：“我奉命通告你，本政府决无意使大英帝国的香港殖民地作为从事阴谋反抗友好邻邦大清帝国之人士的避难所之用，基于你对于此等事项所负之任务，如你自己婉曲所说，拟从残酷的满清桎梏之下解放你的可怜的同胞，你如在本殖民地登岸，你即将因 1896 年向你所颁发之驱逐出境令而遭受拘捕……”但是那件事并没有到此为止，不但香港舆论哗然，甚至在英国本土都引起了轩然大波，一些著名人士和报章对香港政府的这一做法表示不满，直至今年 4 月 5 日和 7 月 8 日，英国下议院议员戴费特还曾两次提出质问：孙逸仙博士在该殖民地对于英国当局所犯或被控告的罪行是什么？他被逐出境是否出于中国朝廷的要求？如果他在英国领土内并未触犯任何英国法律，香港政府对他的驱逐令是否应予撤销？面对这样的质问，骆克感到汗颜，因为他明明知道孙逸仙在香港并没有触犯任何英国法律，中国朝廷也没有提出驱逐他出境的要求，罗便臣总督的决定实在是不够慎重。现在他虽已卸任，而那事件却余波未息，骆克难道愿意再惹一次这样的麻烦吗？不，不应该再做那种蠢事了！他认为，易君恕潜逃香港，中国朝廷既未发觉，当然也未要求引渡或驱逐出境，如果易君恕本人不触犯英国法律，那么目前就无须去触动他，以免造成被动。而对于林若翰这样一位知名人士，不但不要轻易伤害他的感情，而且还应该充分利用他，如果把他摆在负有治安责任的太平绅士职位上，将发挥重大的作用，难道还用担心管不好自己家里的“治安”吗？

这场争论的结果，骆克占了上风，卜力总督接受了骆克的建议。但是，总督对此做了一个意味深长的修正：不必急于实授林若翰为太平绅士，但可以把“太平绅士”头衔作为一个看得见而又抓不着的诱饵，悬在他的面前，吸引着他为政府做些应该做的事情，比如接管新租借地的准备工作，正需要像他这样的“中国通”参与，等到他的表现令人满意的时候，再把那顶桂冠套在他的头上也为时不晚。总督实在是聪明绝顶，技高一筹，他的这一决定使骆克和梅轩利两方都能够接受，虽然各自仍然有所遗憾。梅轩利认为：林若翰不受惩罚倒也罢了，现在却因祸得福，未免太让他占了便宜；骆克则觉得这样对他的这位老朋友似乎残酷了一点儿，但总督既已决定，他也就只好服从，唯愿林若翰能够不辜负他的推荐，对新租借地的接管做出贡献，太平绅士的这顶桂冠才不至于成为水月镜花……

林若翰已经看完了那份表格，诚惶诚恐地抬起头来。

“总督阁下，这表格……就在这里填写吗？”他问。

“哦，不，”卜力站起身来，亲切地拍拍他的肩膀，“你拿回去，尽可以从容地填写，然后交给骆克先生。”

“好的，”林若翰颤巍巍地站起来，无限感激地仰望着总督，喃喃地说，“谢谢你，总督阁下，愿主赐福给你！”

林若翰坐在回家的轿子上，像是腾云驾雾。他双手拿着骆克的那份《香港殖民地展拓界址报告书》，太平绅士候选人审查表就夹在这报告书里，像宝贝似的捧回家来，怀着抑制不住的兴奋，急于要把天大的喜讯告诉女儿倚阑，告诉易先生，告诉家里的每一个人，让他们都来分享他的幸福和荣耀。

而当他回到了翰园，却发现家里似乎有些异样，大门口停着别人的轿子，从院子里就看到客厅里坐着陌生人。

“家里有什么事情吗?”他一边朝里边走着，一边问阿宽。

“有客人来了，牧师。”阿宽回答说。

“客人?什么客人?”

“是易先生的客人……”

林若翰心中泛起一丝微微的不快，易先生初来乍到，竟然和本地人士也有交往?他怎么从来没有告诉过我?心里这么想着，他已经走进了客厅，迎面就看见易君恕正在像主人似的招待客人，连倚阑也在一旁陪坐，而那位客人——一位长袍马褂的年轻士绅，咦，竟然就是下山时擦肩而过的那个人！他是谁?

看见他进了门，易君恕、倚阑和邓伯雄便站起身来。

“翰翁，”易君恕指着邓伯雄说，“这位就是我的朋友邓伯雄先生……”

“贸然登门，打扰了!”邓伯雄说，向林若翰深深一揖。这是他生平第一次向高鼻蓝眼的“鬼佬”行礼，完全出于对易君恕的情谊，“翰翁对我兄长有救命之恩，而且盛情款待，邓某至为感谢!”

“哪里，哪里，邓先生不必客气，请坐!”林若翰手里拿着文件，仅向他点点头，就算还了礼。心想：此人说得好听，明知“贸然”，还要“登门”，这在英国人的礼仪中是绝对不允许的！但是，老牧师毕竟是个修养深厚的人，纵使心中不快，也极力不表现在脸上，对易先生的朋友仍然以礼相待。宾主重新落座之后，他面带笑容，问道：“邓先生府上是在……”

“敝乡新安锦田。”邓伯雄答道。

“噢?”林若翰想起易君恕刚刚到达香港的时候就要去锦田看一位朋友，显然就是这个人了。当时他极不赞成，固然首先是担心易君恕的安全，但其中也不乏自己的感情成分，不想招惹乡下人，给翰园带来麻烦。但是，“新安锦田”这四个字在今天听来，却和以前完全不同了，刚刚在总督府领受了使命的林若翰，此时对那片即将展拓的土地充满了兴趣，脸上绽开了笑容，说：“府上在新租借地？太好了，你们那里很快就要脱离新安县，划归香港，我们就是一家人了嘛！”

这番话，最大限度地表达了他对客人的热情，但是，邓伯雄听了，却陡然变色，心想：什么救命恩人？鬼佬就是鬼佬，说出话来味道就不对！

“不敢当！”邓伯雄冷冷地说，“林先生是英国人，而邓某是中国人，哪里成得了‘一家人’？”

“哎，邓先生，”林若翰说，暗想自己即将荣任太平绅士，屈尊接待这个乡下人，而他竟不识抬举，心中已经不快，但顾及自己的身份，仍佯作不察，侃侃而谈，“中国有句古语：‘四海之内皆兄弟’，我们都是兄弟，无分尊卑嘛！”

“‘四海之内皆兄弟’？”邓伯雄微微一个冷笑，“果真如此，善莫大焉！可惜啊，以邓某所见，当今世界只有弱肉强食，列强各国何曾把中国当成兄弟？贵国对中国打了两次鸦片战争，割占了香港、九龙，犹未满足，而今又强行‘拓界’，这恐怕算不得兄弟情谊吧？”

谈话刚刚开始就话不投机，使坐在一旁的易君恕感到不安。他客居翰园已近两月，远离自己的同胞，今天见到邓伯雄，听到他痛快淋漓的议论，心中十分畅快；但现在毕竟是住在林若翰家里，而且眼前有翰翁在座，如果宾主之间引起争论，伤了情面，却怎么好？倚阑眼见得自己的一番好意成了泡影，这两个人一见面便谈不拢，又不便劝说，一颗心不禁悬了起来……

林若翰的笑容也收敛了。长期以来，他和中国人接触中常常遇到这种情形，当彼此谈论中国文化时似乎很容易沟通，一旦涉及中英关系则往往尴尬，他和易君恕的初次见面就是一例，如果没有后来的扶危济难，他们之间也不可能发展到今天的友谊；而面前的这位不速之客邓伯雄却比易君恕还要倔强，刚刚交谈就已经剑拔弩张！

“邓先生，中英关系是一个十分复杂的大题目，原非一两句话可以说得清的，”林若翰说，他不想和这个乡下人再多费唇舌，就把话题往回收，“香港拓界的《专条》已经由两国政府签字、换约，港府接管在即，你我之间就无须议论它了……”

“这是先生首先提起，邓某自然要回答！”邓伯雄却说，“我愿奉告先生，李鸿章把新安县大片土地租给英国，但那里的土地并不姓李，他一手遮不了天！新安县的百姓并不以划归香港为荣，更不愿意做英国人！”说着，站起身来，拱了拱手，“林先生，邓某告辞了！”

邓伯雄此言一出，易君恕和倚阑吃了一惊，倏然站起身来！

“伯雄，且慢！”易君恕急忙叫道，但想到自己在这里并非主人，却又不好出面挽留，“你……”

“邓先生，”倚阑明知易先生为难，上前拦住邓伯雄说，“你和易先生好久不见，何必走得这么急呢？请再坐一坐……”

“谢谢林小姐的好意，”邓伯雄说，“我还要赶几十里的山路，早些动身，心里才踏实！”说罢，大踏步迈出客厅。

易君恕和倚阑一直把邓伯雄送到大门外的轿子前。

“伯雄，你远道而来，就这样不欢而散，我……”易君恕握着邓伯雄的手，不知说些什么才好，“我深感惭愧啊！”

“君恕兄，”邓伯雄说，“我看得出来，你住在这里，心情也并不舒畅！我还是想接你到舍下去住，锦田虽没有高楼大厦，毕竟是自己的家，你跟我走吧？”

易君恕听得怦然心动，说：“我也久有此意……”

“先生，您要走？”倚阑不安地说，“这怎么能行呢？”

“是啊……”易君恕沉吟道，“没有料到伯雄和翰翁之间会发生不快，在这种情形之下，我若再随之而去，对翰翁也不好交代，他毕竟有恩于我……”

“唉！”邓伯雄一声叹息，看他左右为难，便说，“既然如此，小弟也不便勉强，兄长暂且在此委屈一些时日，何时感到不便，只需给小弟打个招呼，锦田吉庆围就是你的家！”

易君恕把他送上轿子，意犹未尽，依依而别。龙仔挑着空担跟在轿子旁边，沿着松林径下山去了。

“咳，少爷，”龙仔一边走着，一边嘟嘟囔囔地诉着委屈，“我们大老远地来看你的朋友，水也没喝一口，倒受了一肚子气！知人知面不知心啊，我看易先生已经对你变了心，投靠了鬼佬了！”

“你胡说什么?”邓伯雄梗着脖子，朝旁边的龙仔瞪了一眼，“他有他的难处，我不能疑心自己的兄弟!”

山道崎岖，轿影远去。

翰园的大门前，易君恕和倚阑目送着邓伯雄消失在丛林掩映之中，两个人都默默不语。

林若翰步出客厅，踏着草坪徐徐踱步，回味着刚才那不愉快的一幕。他心里一动，看了一眼还捧在手里的那份骆克撰写的报告书，这位未来的太平绅士已经预感到，港府接收新租借地也许不会那么顺利……

次日便是冬至。如果不是邓伯雄的提醒，寄身于欧人居住区的易君恕手边又没有“皇历”，几乎忘了这个节日。冬至在京师也是一个大节，每年的这一天，皇帝都照例要到天坛圜丘台祭祀苍天，祈祷风调雨顺、国泰民安，百官进表朝贺，为国之大典，有诗纪胜：“冬至郊天礼数隆，鸾旗象辇出深宫。侍臣宠锡天恩大，鹿脯羊膏岁岁同。”仕宦绅耆，乃至平民百姓，也要庆祝一番，祀祖羹饭，一碗馄饨是必不可免的，所谓“冬至馄饨夏至面”，相沿成俗。此外，从禁苑深宫到百姓人家还流传着一种《九九消寒图》，图中画素梅一枝，有花九九八十一瓣，从冬至这一天起，每天染色一瓣，而且染法因天气变化而异，“上画阴，下画晴，左风右雨雪当中”；等到全图染遍，已是严冬过去，大地回春，“试看图中梅黑黑，自然门外草青青”。易君恕幼时，每年的冬至之日，父亲都要在书房贴一幅《九九消寒图》，不过那不是梅花，而是“庭前杨柳珍重待春风”九个大字，朱笔双钩，字留空心，这九个字每字都是九画，父亲命他每天用墨笔描写一笔，等到九九八十一笔写完，窗外恰好春风拂面，杨柳依依。往事不堪回首！遥想数千里之外的京城，报国寺前的小院如今应是大雪封门，老母、妻女生死未卜，何谈祀祖羹饭？瀛台四周的碧水被坚冰覆盖，幽禁中的皇上朝不保夕，遑论出宫祭天！国耶，家耶，都似残荷败柳，生机全无，怎生消得九九严寒，冬尽春回的希望又在哪里？

林若翰的半山别墅，一派节日景象，却并不是为了这个冬至，而是在为迎接另一个节日而忙碌。再过三天就是圣诞了，基督徒虔诚信仰的主，上帝的独生子耶稣的诞生之日，那才是西方世界最盛大的节日，何况这里又是一位牧师之家。其实，《圣经·新约》中对于耶稣的生辰并没有记载，早期的基督教徒纪念圣诞也没有一个统一的日期，从每年的12 月一直到翌年 4 月都有人庆祝。到了罗马帝国时代，从四世纪开始，西方国家逐渐把圣诞节定在 12 月 25 日。这是因为远在基督教兴起之前，古罗马人和欧洲的其他民族大都在每年白天最短、黑夜最长的冬至这一天前后举行年头岁尾的庆祝活动，寄托人们送走严寒、迎接新春的美好愿望。基督教会接过了这一民间传统，把圣诞确定在冬至后第三天，于是宗教和民俗融为一体，圣诞节正是由冬至节演化而来，只是由于年代久远，它的渊源却被忽略了。直到现在，东欧一些地区还是在 1 月 6 日庆祝圣诞，残留着古老风俗的痕迹，而英国和西方多数国家的圣诞节则从 12 月 25 日开始，一直狂欢到翌年 1 月 6 日的“第十二夜”。

1898 年的 12 月 25 日正好赶上星期日，圣诞和主日礼拜一并举行，将比以往更为隆重，到了那一天，林牧师将身穿庄重的圣袍，亲自到圣约翰大教堂主持这一盛典，唱诗班将演奏完整的《弥赛亚》，唱到《哈利路亚》时全场起立，合唱那雄浑昂扬的赞歌，浓郁的宗教气氛使信徒们如醉如痴。说不定，不，几乎可以肯定，卜力总督也会莅临圣约翰大教堂，和林若翰牧师，和信徒们一起共庆佳节。

按照林若翰的吩咐，阿宽和阿惠已经采购了圣诞树、蜡烛、酒和名目繁多的食品。如果依据英国的传统，圣诞餐中最重要的菜肴是一只孔雀，事先要把它那美丽的皮毛完好无损地剥离下来，待孔雀肉烤熟之后再原样装上、缝好，庄重地端上餐桌。当然，并非所有的英国人都能够像王公贵族那样奢华，但即使一般人家总也要在这一天吃一只大型的家禽，比如火鸡，自从十六世纪从墨西哥传入英国，也成为圣诞餐的首选之物。在香港的市场上不易买到火鸡，那么，鸡、鸭、鹅也都可以替代，自然是越大越好，于是，邓伯雄送来的家禽便正好派上用场。

12 月 24 日夜幕降临，圣诞前夕的“平安夜”到了。翰园灯火通明，大门正中悬挂着用松枝和冬青枝编织的花环，上面镶着用彩纸剪贴的英文“圣诞快乐”，挂满了松果、小铃铛和用棉絮制作的雪花。客厅里，壁炉和窗台上都燃起了蜡烛，圣诞树被装扮得五彩缤纷，烛光和金银星交相辉映，树枝上挂满了苹果、糖果、圣诞贺卡和包装精美的小礼物。这座宁静而古老的房子突然变得热闹而年轻，充满了童话色彩，当信徒们一年一度纪念耶稣的诞辰之时，他们自己也仿佛回到了孩童时代。

林若翰结束了教堂里的崇拜仪式，回家来欢度“平安夜”。

餐厅里，雪白的桌布上燃起了过节才用的银制烛台，布好了全副餐具，摆上了形形色色的糕点、糖果和水果，以及圣诞节必备的美酒“潘趣”，圣诞晚餐就要开始了。

林若翰和倚阑、易君恕一起走进餐厅，坐在餐桌旁。老牧师身穿在最重要场合才穿的礼服，精心修剪了胡须，神采奕奕，喜气洋洋。这位年近六十的老人，年年圣诞，今年是他最愉快、最难忘的一次，在圣诞前夕意外地得到自己将要荣任太平绅士的喜讯，这是卜力总督送给他的最好的节日礼物，是他大半生旅程的光辉顶点，太值得庆祝了。获得了这项荣誉，将为林氏家族增添一道耀眼的光环，当年少小离家的英格兰青年在须发皆白之后终于事业有成，总算没有辱没祖先的高贵血统；就任了这一职位，他在香港就不再只是一位传经布道的牧师，一位皓首穷经的学者，一位无职无权的民间绅士，而正式成为一位官员了，尽管只是“非官守太平绅士”，但对于平民百姓来说也已是出人头地，拥有了堂而皇之地参与政治的权利，他长期以来那种骚动于心、难以压抑的强烈渴望终于得以实现；登上了这一地位，他才第一次感到在险恶的人生旅途之中自身和他的家庭有了安全感，至少可以更有力地保护他的女儿了。

巨大的成就感和幸福感浸润着老牧师的心，美酒还未沾唇他已经微微地醉了，脸颊泛起红晕。

“感谢仁慈的主在过去的一年里赐给我们的恩宠，我不知道用什么语言可以表达自己的感激之情!”他端起斟满“潘趣”的酒杯，动情地说，“我们永远不能忘记，在一千八百九十八年前那个寂静的夜晚，在犹太小城伯利恒的一座山丘上，露宿的牧羊人看守着羊群，黑暗中可以听到他们彼此的呼应和幽幽的笛声。山洞里住着一对旅行者，那是木匠约瑟和他的妻子玛利亚，他们是按照罗马皇帝奥古斯都的命令，从偏僻的加黎利省群山之中的纳匝肋乡村前来原籍犹太省伯利恒郡大卫城进行户籍登记的。玛利亚在和约瑟订了婚而尚未迎娶的时候已经怀有身孕，天使告诉她，她腹中的胎儿是上帝的儿子。约瑟是个义人，他不愿意公开羞辱未婚而孕的玛利亚，只想私下里解除婚约。可是，约瑟在梦中看见了天使，天使对他说：‘大卫的子孙约瑟，不要怕，尽管娶玛利亚做你的妻子，因为她怀的孕是从圣灵来的。她将要生一个儿子，你要给他起名叫耶稣，因为他要将自己的民族从罪恶中拯救出来。’谦逊、缄默的约瑟听从了天使的启示，忍受了常人所不能忍受的忧郁苦闷，娶了玛利亚为妻，并且陪着她长途跋涉回到故乡。就在他们到达伯利恒的那个夜晚，玛利亚分娩的时候到了，在牧羊人空置的山洞里，耶稣诞生了，玛利亚把他用布裹起来，放在马槽里。这时候，天使的光辉出现在空中，对惊惧的牧羊人说：‘不要惧怕，我报给你们大喜的信息，是关乎万民的。就在今夜，在大卫城为你们生了一位救赎者，他是主基督。你们如果看见一个婴孩，包着布，卧在马槽里，那就是耶稣!’就这样，我们的主，那位将称自己为‘善牧者’的耶稣，来到了人间！上帝为了爱人类而把他的独生子赐给了我们；耶稣贵为上帝之子，竟甘愿采取奴仆的形象，降生为人，他在地上遵守了天父命令，使天父的名得到荣耀；他对人的爱与怜悯，对罪恶的憎恶与愤怒，彰显了父的慈爱与公义，结出了丰富的圣灵果实，充满了仁爱、喜乐、和平、忍耐、恩慈、良善、信实、温柔和节制，在人间留下了永远的榜样。啊，在至高之处，荣耀归于上帝；在地上，平安归于他所喜悦的人，阿门!”

老牧师用诗一般的语言述说着他对主的崇敬和感激，他并没有一个字说到主给予他个人的恩赐，而一切却都包含在其中了，当他饮下那杯醇厚香甜的“潘趣”酒，那双被层层皱纹包裹的灰蓝色眼睛已经泪花莹莹。

阿惠把圣诞主菜烤鹅端上来了，这只鹅硕大肥腴，鹅腹中还事先填装了栗子馅，经过精心烤制，金黄油亮，香气袭人。

“啊，太好了！”林若翰耸了耸鼻子，兴奋地赞叹道，“感谢主，赐给了我们这么美妙的烤鹅！”

易君恕看见这只鹅，立即想起那天的邓伯雄来访。现在，翰翁大概早把携鹅来访的人忘了吧，这只鹅已经变成“主的恩赐”了！也许，按照翰翁所经常宣讲的理论，这也是没有错的：上帝创造了人，创造了飞禽走兽、世间万物，连饲鹅的、赠鹅的、烤鹅的人都是“主的恩赐”，何况这一只鹅呢？

“噢，我来给大家分开！”这个家庭的女主人倚阑探过身子，拿起刀叉，亲自来切割烤鹅。

倚阑沉浸在节日的兴奋之中。自从她记事起，年年都有一个快乐的圣诞，一年一年伴随着她长大，在她心目中，这是最重要的节日，最快乐的时光，当又一个圣诞到来之际，过节的欢愉把她心中的阴影冲淡了。1898 年就要过去，即将跨入十八岁的少女恰恰在人生关头经历了难以承受的打击，使她几乎丧失了生活下去的勇气。但是，悲惨的童年已不可追寻，她已经在这座翰园生活了十四年，和 dad 朝夕相处了十四年，这里就是她的家，她已经无法割断自己的历史。如果她改换了自己的面目，离开了这里的一切，将向何处去？那简直是不可想象的。痛定思痛之后，她默默地咽下泪水，又继续扮演着自己的角色。她不忍心伤害情同骨肉的 dad，无论如何也要陪伴他终老，让这位老人在人生暮年不至于失去希望；而且，她的身边还有一位慈父般的宽叔，一位兄长般的易先生，为她分担忧愁、抵御孤独，不幸的倚阑也算是幸福的了。她感到遗憾的是，在这阖家团聚的平安夜，宽叔碍于主仆身份之别而不能和她共进晚餐，因为 dad 并不知道那个保守了十四年的秘密已经揭穿，所以在他的面前还要继续保守。为此，她已经事先向宽叔赠送了圣诞礼物，还有阿惠的一份，这样，她才能心安。

“请吧，dad，请吧，易先生，”倚阑把烤鹅切割完毕，说，“让我们来分享节日的美味!”

“好的!”林若翰兴致勃勃地取过一块烤鹅，尝了一下，赞不绝口，“好极了，真是好极了!”

易君恕叉起一块烤鹅，想起邓伯雄来，便如骨鲠在喉，难以下咽，便又放了下来。

“请啊，易先生!”意兴正浓的林若翰说，“中国文人不是历来对鹅情有独钟嘛，李太白诗曰：‘山阴道士若相见，应写《黄庭》换白鹅。’”

易君恕苦笑了笑，心里说：中国文人爱鹅，是爱那活泼泼的生命，而不是品评鹅肉的美味，这位“汉学家”在餐桌上引用羲之爱鹅的典故，真可谓“烹鹤焚琴”，煞了风景!

说话间，阿惠把圣诞布丁端上来了。这是一种远比平常布丁内容丰富的布丁，原料除了面粉和鸡蛋，还有许多种干果仁，以及干柠檬皮、糖和香料，制作极费功夫，要花好几个小时才能烘烤成形，最后浇上黄油和糖汁，还把白兰地点燃了浇在上面。当阿惠端着它上桌的时候，那一团蓝莹莹的火苗把圣诞餐的热烈气氛推向了高潮。

“噢，圣诞布丁来了!”倚阑快活地叫道，等待火焰熄灭之后，一边动手去切，一边对易君恕说，“易先生，快许个愿吧，圣诞布丁会满足你的愿望!”

“我的愿望?”易君恕摇了摇头，“我已经是个穷途末路的人，没有什么人能够满足我的愿望了!”

“不，易先生，”倚阑却神秘地说，“圣诞布丁里面藏着一些小礼物，看你吃到了什么，就知道了自己的命运!”

在圣诞布丁里藏礼物是英格兰的古老风俗，通常这件事是由家庭主妇去做的，一边搅和面粉和其他原料，一边默默地祷告着，祝愿每个家庭成员都如愿以偿。而林若翰的夫人早已过世，这件事就由“办馆”的厨子去做了，他在里面都放了些什么，订货人事先并不知晓，只待分享布丁时再凭运气揭开谜底……

“哎呀！”倚阑话音未落，林若翰已经惊讶地叫了起来：“我……我吃到了一枚银币！”

“哈哈！”倚阑开心地大笑，“这是发财的兆头，dad 要发财了，祝贺您！”

“莫名其妙！我又不是商人，怎么会发财呢？”林若翰耸耸肩说，但他脸上的神色却是喜气洋洋的，毕竟这是一个吉兆啊！古往今来，升官和发财总是密切相关的，明年他将荣任太平绅士，离发财还会远吗？

“噢！”突然倚阑也是一声惊叫，抬手捂着脸腮，含糊不清地说，“我的牙……我的牙好痛啊！”

“你吃到了什么？”林若翰好奇地看着女儿，那神态像个顽童，迫不及待地要知道对方的秘密，“快吐出来，看看你交了什么好运？”

倚阑把右手的拇指和食指伸到唇边，小心翼翼地从嘴里取出那个差点硌掉她的牙齿的小东西，啊，原来是一只闪闪发光的戒指！

“你要结婚了，”林若翰笑道，“祝贺你，我的孩子！”

倚阑羞红了脸，手里捏着那只戒指，心里怦怦地跳。预言一位少女将要结婚，这是最稳妥的预言，很少有落空的可能，因为“女大当嫁”是全世界人类普遍遵守的规律，例外的概率微乎其微，然而当一位少女听到这个预言之时，仍然难以避免激动和羞涩。上帝啊！倚阑想，如果是在上个月，她得到这个信息，也许会使她误认为自己命中注定要嫁给迟孟桓，如果真的走上那条路，她将铸成大错！而现在，迟孟桓那个恶少已经在她心里彻底抹去，命运却对她做出了这样的启示，这又意味着什么呢？也许在新的一年，她将真的拥有一个幸福而美满的归宿！

父女两人如此认真地对待这等儿戏，使易君恕感到好笑，他在一旁冷眼旁观，不动声色。

“易先生，你呢？”倚阑红着脸说，“试一试，看看自己的命运！”

“不必试了，”易君恕喟然叹息，“‘心似伤弓寒雁，身如喘月吴牛’，这就是我目前的处境，还需要别人指点吗？”

“不，”倚阑却说，“现在的处境并不是结局呀！来，试试看，祝你好运！”

易君恕拗她不过，只好取了一块布丁，放在自己面前的餐盘里。倚阑迫不及待地伸过刀叉去，帮他切开来，仔细地寻找里面的礼物，这种“越俎代庖”的做法已经有失大家闺秀的稳重了。权且由着她去做一番游戏吧，易君恕无可奈何地想。

“噢，找到了！”倚阑大惊小怪地喊起来，用叉子从布丁中挑出一个小小的礼物，而当她定睛看时，却是一枚妇女做针线活所用的顶针，“啊！”她惊呆了。

“这表示什么？”易君恕莫名其妙地问。

“易先生，真不幸，”倚阑眼神愣愣地说，“顶针表示你要独身生活……”

“啊，真是一语中的！”易君恕凄然一笑，“‘独在异乡为异客’，正应了这一个‘独’字，这把戏倒也灵验啊！”

“不，‘独身生活’不是这个意思，”倚阑迟疑地说，“而是说……”

“倚阑！不必解释了吧？”林若翰打断了她的话，神色有些不安，他担心女儿再说下去会有失少女的矜持，也有损节日的欢乐，便端起杯中的“潘趣”，说，“易先生，人的命运掌握在主的手里，凡人是难以参透的，我的朋友，不要孤独，不要悲伤，‘莫愁前路无知己，天下谁人不识君？’祝你好运！”

“天下谁人不识君？”易君恕心想，我本是一个默默无闻的人，只是因为上了官府缉拿逃犯的告示，才“名”满天下，实在可叹！他默然举杯，与林若翰的酒杯撞出一声脆响，然后一饮而尽，真正是“举杯消愁愁更愁”了。

圣诞餐正进行到中途，外面传来一阵欢快、喧闹的声音。这是邻居们来给他们“布佳音”了，基督教徒在每年的平安夜都要这样互致节日的祝贺，那情景有如中国人过春节的“拜年”。听得阿宽在院子里招呼客人，林若翰和倚阑连忙放下餐巾、刀叉，一起迎了出去。

邻居们已经来到门前，他们穿着节日的盛装，小伙子们的脖子上挂着六弦琴，一路唱着歌，拥向了牧师的家。见了面，大家互相祝贺“圣诞快乐”，林若翰把他们请进客厅，倚阑弹起钢琴，和他们一起唱起歌来：

平安夜，圣善夜，
万暗中，光华射，
照着圣母也照着圣婴，
多少慈祥也多少天真，
静享天赐安眠，
静享天赐安眠。

平安夜，圣善夜，
牧羊人，在郊野，
忽然看见了天上光华，
听见天军唱哈利路亚，
救主今夜降生！
救主今夜降生！
…………

颂歌唱了一支又一支，客人来了一批又一批，欢声笑语充盈了翰园。英国人喜欢幽静，平时邻居们虽鸡犬相闻却很少往来，只有在年头岁尾的这几天才例外地“破戒”，突然异乎寻常地热闹起来，男女老幼，载歌载舞，如醉如痴，在基督诞生的平安夜，人人都成了孩童。

节日的欢乐使倚阑陶醉了，经历了前不久的那一番情感折磨之后，她还是第一次这么快乐。当客厅里的热烈喜庆达到高潮，连年届花甲的林若翰也和年轻人一起跳起舞来，舞伴不是别人，而是他的女儿倚阑。倚阑把钢琴让给别人弹了，她来陪爸爸跳舞。在这狂欢的圣诞之夜，老牧师与爱女翩翩起舞，如沐春风。自从上帝赐给他这个美丽的女儿，已经十四年了，他把对亡妻的思念埋藏在心底，放弃了再结良缘的念头，除了侍奉主耶稣，几乎把全副心血都倾注于女儿，含辛茹苦，十四年如一日，现在倚阑已经出落成亭亭玉立的窈窕淑女，白发苍苍的老牧师和苍苔斑驳的翰园似乎也随之焕发了青春。噢，刚才女儿在圣诞布丁里得到的那枚戒指是个好兆头，如果在即将到来的1899年，当老爸爸荣任太平绅士之际，女儿的婚姻大事也能有一个美满的结局，那该多好，翰园就是“双喜临门”了！

“倚阑，”老牧师一边迈着缓缓的舞步，一边笑盈盈地问怀抱中的爱女，“你的那个同学皮特，怎么不到我们家来‘布佳音’？我倒是想见见那个小伙子！”

“哦……”倚阑从父亲的眼神里已经领悟了他的意思，自己经常说起的老同学皮特终于引起了父亲的注意，该怎么回答他呢？她咬着嘴唇，想了想，说，“Dad，皮特恐怕不会来的……”

“为什么？”林若翰不解地问道，“是嫌我们的翰园配不上他们的山顶别墅吗？不，我记得你说过，他的父亲是一位著名的建筑师，艺术家和牧师都崇尚真、善、美，应该是谈得来的！”

“也许吧？”倚阑支支吾吾地说，父亲出乎意料地问起皮特，使她心慌意乱，舞步错过了节拍，一个踉跄，险些跌倒。

“你踩了我的脚！”林若翰哈哈大笑，“孩子，爸爸让你害羞了！好吧，不说了，不说了，在你认为适当的时候，再带他来见我吧！”

钢琴声停了，弹琴的小伙子喊道：“林牧师，请我们喝一杯吧！”

“好，”林若翰兴冲冲地说，“阿惠，拿酒来，让客人们喝个痛快！”

倚阑乘机松开了父亲的手，她回过头来，却突然发现，这里早已不见易先生的身影，咦，易先生呢？他到哪里去了？

一片阴云罩在倚阑的脸上。她悄然离开了欢乐的人群，急切地踏上楼梯。

她上了楼，来到易君恕的房间外面，轻轻地叩响了房门。

“请进，”里面传来易君恕的声音，“门没有锁。”

倚阑推开门，走了进去。她看见，易君恕背着双手站在窗前，窗外的景色犹如一幅图画，上弦月下，节日的香港之夜，华灯万盏，流光溢彩。欢快的乐曲在空气中飘荡，悠扬的歌声阵阵传来：

荣耀天军展翅飞腾，
遨游大地看世人；
当年欢唱创造权能，
今天报告主降生。
…………

“易先生！”她轻轻地叫了一声。

“倚阑小姐……”易君恕向她回过头来。

“易先生，今天是我们第一次在一起过圣诞，你怎么躲开大家，一个人孤独地待在这里？圣诞节一年才有一次，是普天同庆的日子，你为什么这么忧郁啊？一点笑容也没有……”

“我笑不出来，”易君恕说，“这不是我们的节日！”

倚阑也沉默了，刹那间，窗外狂欢的世界退得很远很远，把她和易先生一起留在这孤独之中……

她缓缓地迈动脚步，向他身边走去。

走过写字台前，她看见桌面上放着一页信笺，上面写着一首新填的词，墨迹还没有干透：

忆　秦　娥

戊戌冬夜香港抒怀，兼寄伯雄

涛声咽，
登楼又见伤心月。
伤心月，
故国山水，
异邦城阙。

零丁洋上忠魂烈，
宋王台下男儿血。
男儿血，
化五色石，
补南天裂！

倚阑手捧词笺，默默地看了两遍。初学汉语的倚阑，解读能力有限，以往学过的每一首诗词，易先生都要为她逐字逐句地详加讲解，而这首出自易先生之手的新作，写眼前景，道心中事，无须解释，她已经读懂了，她读出了苍凉悲壮的赤子情怀，沉甸甸的中国心。

第十一章　圣土遗民

欧人居住区的圣诞狂欢一直持续到“第十二夜”，才算意阑兴散，此时已不知不觉跨过了公元1899年元旦。

随之，光绪二十四年进入腊月，春节一天天临近，华人居住区过年的气氛渐渐浓烈起来。其实香港的冬天只是比夏天少些雨水，并不像北方那样寒冷，没有冰雪霜冻，也不见万木凋零，无须“九九消寒”，即使在三九天气也仍然树木青翠、绿草如茵。然而，当腊尽岁除、冬去春回之时，人们仍然固守着千百年来的传统，和内地同胞一样隆重庆祝新岁之始。据说在遥远的过去，一头怪兽在某个冬夜闯进了黄河流域，攻击人类，吞噬禽畜，摧毁房舍和田园，破坏了华夏先民的平静和安宁。这头怪兽的名字叫“年”，它每隔三百六十五天前来骚扰一次，而能够抵御它的则是它最怕的三种东西：噪声、亮光和红色。也许，春联、锣鼓、鞭炮和焰火最初只是驱逐“年”这头怪兽的武器，怪兽销声匿迹，而“年”的名字却保留了下来，演变为中华民族最重要的节日。沉重的戊戌年终于走到了尽头，己亥年接踵而至，无论它带来的是吉是凶、是喜是悲，人们总是要面对它，怀着企盼和敬畏去迎接它。从西营盘到上环，从太平山街到砵甸乍街，这一大片华人居住区，家家门前都贴上了鲜红的春联，厅堂里摆上桃花、金橘和水仙，喜气洋洋地祀祖拜神，阖家团聚。从正月初一开始，大街小巷都是拜年的人群，亲戚朋友、左邻右舍，互致贺词，“恭喜发财”，孩子们讨“利市”，放鞭炮，不亦乐乎。各公司、商店、钱庄、酒楼、茶舍，凡做生意的人家，无论富商巨贾还是小本经营，也无论这一年的买卖是赔是赚，照例都要大摆“春茗”宴，联络客户，招待亲朋，慰劳员工。更有工商机构、民间社团，还要举行醒狮盛会，龙飞狮舞，热闹非凡。这热闹要一直持续到正月十五的上元灯会，到那时，“东风夜放花千树，更吹落，星如雨。宝马雕车香满路。凤箫声动，玉壶光转，一夜鱼龙舞”。那才是“春”的高潮，“年”的结束，其声势远远超过洋人的“第十二夜”。

不过，这沸沸扬扬的半个月，却又只限于华人居住区，而在欧美人士独霸的山顶和半山则无声无息，他们最隆重的节日已经过去，对于这个吵吵闹闹的“Chinese New Year”并没有什么兴趣。

夜幕下的翰园，已是开晚餐的时间，餐厅里亮着灯光，雪白的桌布上布好了刀叉。林若翰出门还没有回来。倚阑和易君恕坐在客厅里，等着他回来，再一起就餐。

阿惠从餐厅里走出来，轻声问道：“小姐，要不要先给你和易先生……”

“不，还是等 dad 回来再开饭。”倚阑毫不犹豫地答道。当年那个在寮棚里默默地等着阿爸回来的细女，来到翰园的十四年，仍然保持着这个习惯，总要等到 dad 回来，才一起用餐。

“当！当！当！……”客厅里的自鸣钟敲响了八点，翰园主人还没有到家。

“翰翁今天怎么回来得这么晚?”易君恕坐不住了，“会不会出了什么事……”

“哦……”倚阑倏地站了起来，心里突然惶惶不安，“易先生，我们出去看看!”

“小姐，不用了，”阿惠说，“宽叔已经去迎牧师了，不会出什么事的!”

易君恕和倚阑已经离开了餐桌，阿惠的劝阻没有什么作用，他们还是要去迎一迎翰翁，即使不出什么事，也总比坐在这里苦等心里更踏实一些。

他们出了翰园，沿着门前的松林径，缓缓地向山下走去，随时倾听着前方的动静，如果远处传来轻微的“咯吱咯吱”声，那就是翰翁的轿子回来了。

东边天际，月亮已经升起在鲤鱼门上空，临近元宵佳节，月亮也接近浑圆，向港岛洒下银色的清辉。从半山遥望山下的华人居住区，彩灯点点，鞭炮声声，一派节日气息，上元灯会已经奏起了序曲。半山的松林径却仍然像往日一样清冷静谧，夜晚更难得见到来往人迹。

“翰翁从来也没有回来得这么晚，”易君恕望着前方，夜空中矗立着圣约翰大教堂高高的钟楼，“已经八点多钟了，教堂里还会有什么事？”

“不，最近除了主日崇拜，dad 不经常去教堂，”倚阑说，“他好像在忙别的事情……”

“他在忙什么呢？”易君恕说。

“不知道。他不告诉我，我也没有问。昨天我到他房间去，见他正在写东西，旁边摆着一本厚厚的文件，就是上次从总督府带回来的那一本，最近他经常拿在手边，我只看见封面上用英文写着《香港新租借地调查报告书》。”

“噢？”易君恕若有所悟，“怪不得那天他一见伯雄就谈起香港拓界……”

“那件事太令人难堪了，你的朋友远道而来，结果却不欢而散，唉！”倚阑说起此事，流露出深深的不安，“不过，这也不能怪 dad，他对邓先生好像也没有什么恶意，还说‘以后就是一家人了’，那是很友好的表示，不料倒造成了误解！”

“哪里是什么误解？是水火不相容啊！”易君恕感叹道，“去年伯雄进京会试，就是因为朝廷租让新安县，他愤而中途退场！新安是生他养他的祖家地，现在被英国强行租借，那是奇耻大辱啊，翰翁恰恰刺中了他的痛处，话不投机就难免了！”

“可是，邓先生又何必跟 dad 争论那些国家大事呢？Dad 又不是政府官员，不代表英国，也不代表香港，他只是一位牧师，为上帝传播福音，‘四海之内皆兄弟’是他的真心话，他一生都在行善，不知道救助了多少受苦受难的人，包括我和你，先生！”倚阑说，月光下她那清冷的面庞笼罩着郁闷和忧伤，“你对邓先生也说过，翰翁是一位善良的老人，不要误解了他……”

“是啊，我确曾这样说过，我尊重翰翁，感激他对我的救助。”易君恕说，“但翰翁毕竟不了解中国人，他虽然来华三十多年，会说中国话，能读中国书，在北京还特地穿上中国的长袍马褂，好像和中国人亲密无间、水乳交融，可是，恕我直言……”

“嗯？”倚阑注意地听着，微微感到吃惊，她和易先生相处数月，只听到他对翰翁的感激和赞誉，从未有过非议，今天第一次听到这个“恕我直言”，不知道他要说些什么？

“我觉得……”易君恕犹豫了一下，但还是接下去说，“我觉得翰翁至今也不懂得中国人的心。他不遗余力地救助了许多中国人，近几十年来，他的国家、他的民族，却在欺压我们的国家，凌辱我们的民族，英国割占香港、九龙，强租新安县，而翰翁对此却视而不见，我和他相识已有半年之久，从来没有听到他谴责过英国的侵略行径。作为一名英国人，他热爱自己的祖国，这本来无可非议，但他‘爱屋及乌’，连英国的飞扬跋扈、称霸世界也原谅了。在北京的时候，他曾经给皇上上了一道奏折，他主张，应该由英国人操纵中国的一切，才是解救中国的唯一出路……”

“怎么？”倚阑突然站住了脚步，吃惊地看着易君恕，“你是说 dad 在帮助英国政府侵略中国？”

“也许他本心并没有这样想，”易君恕说，“可是，如果真照他的主张去做，大清国也就完了，整个成了英国的殖民地！在英国人看来，殖民地遍布全世界是他们的光荣，香港拓界是新安县百姓的福祉，这和中国人的情感完全不同。我和翰翁在北京就发生过争执，后来因为他在危急中救了我的命，患难友谊掩盖了我们之间的分歧，即使在他和伯雄争论的时候，我出于对他的尊重，也没有说什么，可是，我觉得和他的情感渐渐地疏远了。这，也许你已经感觉到了……”

“没有啊，先生！”倚阑说，“我觉得他还是像过去一样关心你，尊重你，我们生活在一起，就像一家人一样。先生，你和 dad 之间千万不要产生什么误解啊，要是你们的友谊结束了，我怎么办呢?”倚阑一脸的茫然，心中惶惶不安，不知是担心失去 dad，还是担心失去易先生?这两个人，一位是慈父，一位像兄长，和她一起构成了和谐的翰园，而一旦这和谐被打破，她又不知该归向何方了……

易君恕没有回答她，眼望着月光下那朦胧的丛林，无奈地嘘了一口气。

两人都沉默了，松林径寂静的夜晚，只听见他们踏着石板路的脚步声。

隐隐的脚步声从远处传来，伴随着“咯吱咯吱”的轿杠声，那可能就是翰翁回来了。

“Dad!”倚阑放声喊道。

“小姐，不要担心，”这是阿宽的声音，“有我陪着牧师呢!”

倚阑放心了，和易君恕一起迎着轿子朝前走去，脚步也加快了。

在山径转弯的地方，他们和轿子相遇了。

“Dad，”倚阑兴奋地迎上去，“您可回来了!”

“倚阑，噢，还有易先生，谢谢你们这么关心我，”林若翰感动地说，看到女儿前来迎接他，上了年纪的老牧师心里升起一股温馨的欣慰之情，“停一下，”他拍拍轿杠，“我可以下去了，在这么好的月光下，和他们一起走回家，不是很好吗?”

轿子停住了，林若翰下了轿，弯起左臂，让女儿挎着他，沿着山径漫步走上去。易君恕和阿宽跟随在身旁，空轿子走在最后。

“Dad，您怎么回来得这么晚?”倚阑轻声埋怨道，“我们还等着您一起吃晚餐呢!”

“这又何必?”林若翰满面春风地说，“我已经和骆克先生一起吃过晚餐了，以后再遇到这种情况，你们就不要等我了!”

“骆克先生?”倚阑有些意外，父亲虽然和骆克是老朋友，但彼此都很客气，像请客吃饭这种事过去几乎没有过，现在两人的地位悬殊，似乎更不大可能，“他请您吃饭，为什么事?是他过生日，还是……”

“不，是公事……”

“公事?”

“你还不相信?”林若翰转脸看着女儿，“孩子，我什么时候骗过你?”

突然，他的脚下一个踉跄，倚阑连忙扶住他：“Dad，当心！您……是不是喝醉了?”

“没有，”林若翰呵呵笑道，“我的头脑很清醒，和这种高官一起吃饭，要绝对保持清醒，他提出什么问题，都要对答如流，不能含糊，我怎么敢喝醉啊?”

倚阑听得心里发慌，父亲虽然极力显示自己的清醒，但看得出，他的情绪亢奋得有些反常，话说得絮叨，也比平常直露，尤其是“我怎么敢喝醉”的那个“敢”字，令人听了心里很不是滋味儿。

“Dad，骆克先生有什么公事要和您商量?”

“广东方面来了电报，关于新租借地的边界，两广总督希望早一些进行谈判……”

走在他们身后的易君恕心里猛地一震：新租借地？翰翁竟然在插手这件事?

“Dad!”倚阑吃了一惊，“政府的公事，您怎么也去管啊?”

“不是我自己要去管，孩子，”林若翰说，那神情颇为自豪，“这是总督的意思……”

“啊?”倚阑愣了，“Dad，这些日子您早出晚归，原来是在为港府工作？您是一位牧师，又不是政治家，挤进他们当中去做什么呀？北京之行的教训难道还不够吗？您怎么还是这样热衷于政治?”

“北京之行……”林若翰被女儿触动了痛处，脸上的笑容收敛了，“这根本是两回事，不能相提并论！中国的事我可以不管，但是总督交代的任务，我责无旁贷！政治这东西，不管你热衷不热衷，都躲不开它，连我们的坎特布雷大主教都是由女王任命的，我一个普普通通的牧师算得了什么？孩子，爸爸这一辈子尝尽了政治的苦头，直到最近还被人所欺，迟孟桓那个魔鬼……”说到这里，他痛苦地摇了摇头，不愿再提起那伤心的往事，嘘了口气，说，“倚阑，你等着，用不了太久，我们林氏家族就要扬眉吐气了!”

倚阑搀着父亲，默默地攀登着面前的山路。父亲的话，她并没有完全听懂，但也隐隐地感觉到，父亲似乎在发愤争一口气，在他的晚年努力创造出一番业绩，擦亮林氏家族的族徽！尽管倚阑已经知道自己并没有林氏家族的血统，但十四年来，她已经以翰园为家，和这个家族结下了不解之缘，父亲的成功就是对迟孟桓那个魔鬼的沉重打击，倚阑为此而感到振奋！可是，父亲奋斗的途径却是积极参预香港拓界——这件事恰恰牵动了邓伯雄，牵动了易先生，也牵动了她倚阑。易先生说得对啊，对待同一件事，英国人和中国人的情感是完全不同的，大英帝国扩大了领土，而对中国来说却是一场灾难。她不禁想起为抗议法军侵华以死殉国的阿爸，想起宋王台少帝孤臣蹈海成仁的往事，想起易先生咏叹“故国山水，异邦城阙”的那首《忆秦娥》，心中翻起了波澜。唉，易先生不幸而言中，香港拓界已经震动了翰园。此刻，易先生就走在她身后，他的脚步声、他的叹息声，声声传来耳畔，牵动着倚阑的心。先生啊，dad 的话你都听见了?

她心怀忐忑地一步一步踏着上山的路，家门口的这条路她走过千遍万遍，今天才感到走得这么难。

易君恕走在她的身后，默默地，默默地，一言不发，只有脚步声，踏，踏，踏……

这一夜，林若翰睡得很安稳。他做了一个梦，梦见在总督府灯火辉煌的大厅里，他和一批本港的社会名流一起，接受任命。当卜力总督亲自把太平绅士的委任状授给他时，握着他的手说：“祝贺你，你是当之无愧的!”总督的这句话使他非常感动。香港自从 1843 年由首任总督璞鼎查委任第一批太平绅士以来，至今已经委任了许多批，其中当然不乏滥竽充数之辈，像迟天任那种人，还不是全靠钱财买来的！而他林若翰怎么样？完全凭着自己的实力和在接管新租借地工作中出色的表现，才赢得了这份荣誉，连总督都说他“当之无愧”!

他的爱女倚阑也来参加盛典，就站在旁边，幸福的目光看着父亲。

林若翰从总督手中接过委任状，立即奔向女儿："孩子，爸爸为了你，争得了这份荣誉！"

就在这时，他醒了，原来是南柯一梦，太平绅士的委任状还没有到手呢。不过他相信，这只是时间早晚的问题，那份荣誉肯定是属于他的！

洗漱完毕，林若翰精神抖擞地下了楼，走进餐厅。当他一眼看到倚阑和易先生，突然意识到昨晚的话说得太多了，心中便懊悔不及。

"Dad，您今天还到骆克先生那里去吗？"倚阑问。

"这些事情……"他沉着脸，看了女儿一眼，"你就不要管了！"

倚阑就低下头，三个人默默地吃早餐。

阿宽匆匆走进了餐厅。

"阿宽，什么事？"林若翰问他。

"锦田的邓先生派人来了……"阿宽说。

林若翰一愣，易君恕和倚阑也停住了刀叉，朝阿宽抬起头来。

"他说是……"阿宽迟疑了一下，才接着说，"说是要见易先生。"

"噢！"易君恕倏地站起身来。这些日子，邓伯雄几乎时时都在他的思念之中，而突然那边来了人，却又出乎他的意料。"翰翁、倚阑小姐，你们慢慢用餐，我去看看！"

他走出餐厅，一眼就看见龙仔站在客厅里等着他，一副风尘仆仆的样子。

"龙仔，你来了！"易君恕亲切地跟他打招呼。

"易先生，"龙仔黝黑的脸上露出憨厚的笑容，弯腰就要打千儿，"龙仔给您请安！"

"不必了，"易君恕拦住他说，"你赶了那么远的路，恐怕很累了，快坐下歇歇吧！"

"谢谢先生，"龙仔说，却并没有坐，从怀里掏出一个信封，双手呈上来，"这是我家少爷给先生的。"

"啊，伯雄有信来？"易君恕急忙接过来，匆匆撕开封口，双手微微颤抖，好似接到了盼望已久的家书。

这封信极其简短，只有一页“八行”信笺，上面写道：

君恕吾兄大鉴：

冬至一别，匆匆两月，如隔三秋。己亥新正，未能造寓拜贺，盖因山野之人不登大雅之堂也，敬希见谅。蒙兄垂赠大作《忆秦娥》，击节拜读再三，感慨系之，思念之情尤甚。今上元在即，敬请吾兄光临寒舍，共度良宵。如蒙不弃，则幸甚！

弟 冠英顿首

光绪二十五年正月十二日

展读这封来信，易君恕激动不已。他想念邓伯雄，邓伯雄也在想念他，“如隔三秋”一语，其意拳拳，盛情邀请他去锦田共度元宵佳节，对于他那颗苦闷寂寞的心更是莫大安慰！他同时也注意到，这封信里只字未提翰园主人林若翰，哪怕“代为问候”之类的客套也不肯写上一句，而“山野之人不登大雅之堂”则明显地含有反讽之意，邓伯雄的耿介倔强跃然纸上。

“谢谢你家少爷的邀请，”他对龙仔说，心里已经决定，无论翰翁赞成不赞成，他也非去不可了，“我准备一下，正月十五之前一定到府上拜望”。

“先生，少爷要我今天就把先生接去，”龙仔说，“轿子等在外面呢！”

“噢？今天才是正月十二嘛，离元宵节还有三天……”

“先生，我们乡下的规矩，元宵节从正月十二‘开灯’，要到十七才‘完灯’。今天就在祠堂里祭太公、吃盆菜、饮丁酒……”

“这‘吃盆菜’‘饮丁酒’是什么意思？”易君恕没有听明白，毕竟粤地风俗与京师有所不同。

“我们那里过节才吃盆菜啦，阖族男女老少都聚集在祠堂里，百盆、千盆也不止，”龙仔眉飞色舞地说，“凡是本族去年新添男丁的人家，都要在祠堂里点一盏灯，把细路仔的名字落上族谱，日后就可以分地建丁屋了！去年冬天我家少爷新添了小少爷，欢喜得不得了，所以特地请先生去饮丁酒啊！”

“原来如此！我还不知道伯雄喜得贵子，更应当前往道贺！”易君恕说，迫不及待地就要动身，当然，这还要向翰翁打个招呼……

他转过身来，正要到餐厅去见翰翁，这时，林若翰和倚阑已经用完早餐，从餐厅里走出来。

“龙仔，是你呀！”倚阑看见这个年龄与她仿佛的男孩子，毫无拘束地招呼道，“你们少爷好吗？”

“少爷好！少爷要我给老爷、小姐请安！”龙仔虽然自幼生长在乡下，却是跟着邓伯雄走南闯北，见过世面的，一张嘴倒也乖巧，竟自作主张，替主人杜撰了问候的话，向林若翰和倚阑行了礼。

“谢谢！”林若翰微笑着说，“按照你们的礼节，我应该给你‘利市’……”

阿宽早已想到了这一层，在易君恕和龙仔说话的时候，便做好了准备，这时，从怀里掏出一个红纸小包，递给龙仔：“喏，这是牧师和小姐赏给你的压岁钱！”

倚阑一愣，对阿宽投以一个感激的微笑。林若翰当然也很满意老仆的忠诚机智，朝龙仔说：“收下吧！”

“多谢老爷、小姐！”龙仔眉开眼笑地接了过去。

上次邓伯雄到此，宾主之间曾经产生不快，现在谁也不再提起，这是最聪明的办法。

“翰翁，”易君恕便借着这一团和气，说道，“伯雄新添贵子，派龙仔来接我去‘饮丁酒’……”

“噢，”林若翰点点头，“中国人认为，人生大事莫过于三件：金榜题名、洞房花烛、喜生贵子，邓先生新添了儿子，倒是应该祝贺！”

“先生，你真的要去锦田？”倚阑不安地望着易君恕，她所担心的事情终于发生了，易先生早就有离开翰园的意思，这不正好给他提供了一个时机吗？只怕他一走，就不会再回来了！不，不能让他走，要想办法拦住他！“先生，那个地方不能去啊，锦田现在仍然属于新安县管辖，万一……”

“是啊，我也在担心！”林若翰皱起了眉头。他对邓伯雄本无好感，只不过碍于情面，当着龙仔的面说两句应景的话而已，却并不赞成锦田之行。此事关系到易君恕的安危，他不能看着自己不顾艰险解救出来的朋友再落入中国官府的手中！于是说，“现在，中国方面还没有移交新租借地，他们到处张贴告示，捉拿‘康党’，易先生到了那里，万一遇到官府盘查，非常危险啊！”

这个问题一提出来，皆大欢喜的气氛随之一变，锦田之行似乎又走不得了。

“不要紧的！”龙仔看见他们那紧张的神色，却毫不在意地笑笑说，“锦田离县城还有几十里路呢，三年五年也不见县衙的人来一次。大清国的官府做事，从来都是雷声大雨点小，告示贴在县城南头镇，一阵风就过去了，去年的事如今再也没人提起。现在他们把那片土地也舍了，更是不管不问。这条路我来来回回多少次，也没有遇见过一个当兵的，易先生尽管放心跟我走好了，这一路过去，到处都是邓家的土地、邓家的人，还怕什么？再说，我这里还有防备呢！”

说着，龙仔掀起衣襟，露出插在腰间的一把带皮鞘的匕首。

易君恕没想到一个十几岁的孩子竟有这般气概，而且听他讲了新安境内的那些情形，便说：“翰翁、倚阑小姐，看来路上也不会出什么事，你们放心好了！”

林若翰听龙仔说的倒也可信，见易君恕执意要去，也就不再阻拦，说：“好吧，先生一路小心，在那里也不要耽搁太久……”

倚阑听父亲已经答应，知道再拦也拦不住了，眉头微蹙，望着易君恕，说：“先生可要早些回来啊！”

“是啊，”林若翰接着女儿的话说，“倚阑的功课近来颇有长进，只怕先生不在，要荒疏了。”

“哦……”易君恕一时不知该怎样回答才好。他滞留在这座被英国割占的海岛已经四个月之久，而且幽居于半山欧人区，心情早已郁闷难耐，此番前往锦田投奔邓伯雄，正可舒一舒闷气，如果那里安全无虞，本来并不急于返回，可是，林若翰父女两人如此千叮咛万嘱咐，殷切地盼着他早日回来，又让他心里一阵感动，便说："我到那里小住几日，不会耽搁太久。在此期间，小姐可以多读些书，有不明白的地方，等我回来之后，再为你讲解。"

倚阑点点头，得到先生的这番许诺，她才稍稍放心了。

易君恕忽然想起一件事来，又说："倚阑小姐，我倒有一事要拜托你……"

"先生，什么事？"倚阑问。

"数月来，我一直在等家里来信，我不在期间，如果阿宽那里有我的信送来，烦请小姐替我妥为保管。"易君恕说，把这件最要紧的事情郑重地托付给了她。

"噢，先生放心好了，"倚阑答应道，"这是我应该做的。"

交代完毕，易君恕就上楼去换衣服，准备上路。

"先生！"倚阑突然又叫住了他。

"小姐还有什么事？"易君恕在楼梯上回过头来。

"哦，没有了，"倚阑怅然道，"既然先生执意要去，就去吧！你走了，翰园会很寂寞的……"

易君恕垂下眼睑，沉默不语。他听得出，倚阑所说的"翰园"，其实指的是她自己。

林若翰看了女儿一眼，觉得倚阑这样反反复复，似乎有些过分了，便说："哎，易先生也难得出去散散心，你就不要再说这些了，家里不是还有我和阿宽、阿惠嘛！你要是觉得寂寞，就去找同学玩玩，也可以叫皮特到家里来谈谈嘛，他还没有进过翰园呢！"

"唉，皮特，"倚阑叹了口气，脱口道，"皮特怎么能代替易先生？"

易君恕心里一动，自己在倚阑小姐心目中的位置竟然超过了她的好友皮特，这倒使他暗暗吃惊，脸腮不禁有些发热，嘴唇张了张，却又不好再说什么，便转过脸，默默地走上楼去。

林若翰微微皱了皱眉头，心里琢磨着：女儿的这句话是什么意思？是不是她和皮特的关系有了变化，而对易先生产生了不应有的感情？

不，不可能，倚阑和易先生年龄相差十岁有余，而且明知他已是个有妻室的人，不会让自己的感情走上歧途的。她说皮特不能代替易先生，显然是出于对老师的依赖和尊重，师生之谊的确和少男少女的相爱是两回事嘛！想到这里，老牧师心中的那一丝疑虑便释然了。

“牧师啊，”阿宽望着易君恕走在楼梯上的背影，试探地说，“我想随先生走一趟，万一有什么事情，也好有个照应，不知道这合适吗？”

“哦……”林若翰从遐想中被惊醒，朝阿宽点点头，说，“也好，由你护送他到锦田，我就更放心了！”

易君恕一行乘渡轮离了港岛，在尖沙咀登岸，沿着海边的土路，迤逦向西北前行，经油麻地、旺角、荔枝角，到荃湾，前面一带岗峦起伏的丘陵，是大帽山的余脉上花山，翻过这道山，前面就是锦田平原，环抱在观音山、大刀屶、鸡公岭、掌牛山、井坑山之中。

这一番奔波，少说也有四五十里路程，而且多是山林石径、田间土路，那两名轿夫走得十分辛苦，连空手随行的阿宽和龙仔脸上也渗出了汗珠。好在他们都是辛苦惯了的人，一路上谈谈说说，倒也不觉劳累。易君恕坐在轿子上，举目看去，满眼青山葱郁，田野碧绿，路旁的杜鹃花开得鲜红灿烂，小桥流水，竹篱茅舍，野趣盎然，郁闷的心胸为之一爽。路上经过不少村庄，见家家门前贴着大红春联，张灯结彩，新春佳节的热闹还没有过去，上元灯会又在眼前。乡民们正是休闲季节，常见红男绿女，挑担提盒，携儿抱女，喜气盈盈，看那样子，不是赶墟归来，便是探亲访友、拜年贺节。行至山野僻静之处，又听竹林中传来男女对歌之声，初闻缥缈遥远，若有若无，及至走得近了，才听得真切。

那男的唱道：

隔远看妹坳下来，
唔高唔矮好人材。
咁好人材钟哥意，
借钱纳利娶返来！

男的唱罢，女的便接上来：

你命丑来你命歪，
你命边样配得俚？
俚系京城皇帝女，
皇帝出廷你头低！

但闻其声，不见其人。这曲调高亢豪放，方言俚语，俏皮泼辣，全无文人竹枝词的矫揉之态和雕琢痕迹，好似《诗经·国风》那么浑朴天然，自由自在。易君恕听得有趣，不禁说道："这里的姑娘好大胆，竟敢自称'京城皇帝女'？"

龙仔却神色庄重地说："先生，这里虽然天高皇帝远，我们邓家倒还真是皇亲国戚哩，祖上有一位太婆，就是京城皇帝女啊！"

"噢？"易君恕不禁吃了一惊，"哪一位公主曾经远嫁到这里？我倒没有听伯雄说起过！"

走在旁边的阿宽向来喜欢听人讲古，也来了兴趣，说："龙仔，你们邓家有这样荣耀的事，还不快讲给我们听听！"

"好啊！"龙仔说，"这件事，新安县姓邓的人人都知道！"他那稚气未脱的脸上洋溢着家族的自豪，清了清嗓子，说起了邓氏祖先的一段往事，"那是七百多年前的事了，那时候，金兵南犯，百姓流离失所，连皇室贵族也纷纷南下避难。当时，锦田邓氏七世祖元亮公官居赣县县令，起兵勤王，护国佑民……"

年轻的龙仔讲起古来，却十分老到，模仿着民间说书艺人的语气、架势，讲得有板有眼。

"请等一等，"易君恕拦住他，饶有兴致地问，"你说的是哪一年的事？"

"易先生，"阿宽正听得入神，不料被打断了，便笑笑说，"那陈年古代的事，他哪里说得清是哪一年？只听他讲讲故事吧！"

“我听少爷说，那是在大宋孝宗乾道五年，”龙仔竟然把年代也记得清清楚楚，不但出乎阿宽的意料，连易君恕也不禁对他刮目相看，毕竟是广州府举人身边的人，小小的仆僮也受了伯雄的熏陶，七百年前的往事说得出个子午卯酉！只听他继续说道，“当时在战乱当中，有一个细路女流落到我们这里，年纪只有十岁，元亮公见她虽然穿得破衣烂衫，倒是眉清目秀，端庄稳重，一举一动都不像个穷人家的细路女。元亮公问她家住哪州哪县，姓甚名谁，家中可有父母兄弟姐妹，她却回答得含含糊糊，说：‘五岭之阴，阴山之阳，大止小月，宝顶木梁。’好像是个谜语，一时也不明白她指的是什么……”

“我已经明白了。”易君恕笑道。

“她说的是什么？”阿宽忙问。

“先生，不要说破，让他慢慢猜去！”龙仔笑笑说，有意为难阿宽，继续讲他的故事，“当时元亮公也就不再追问，就把她收养在家，就像亲生女儿一样疼爱。等到那细路女长大成人，和元亮公的儿子、我们八世祖惟汲公结为夫妻，在岑田务农，岑田就是今天的锦田噢！后来他们迁居东莞莫家洞，生有四子二女。等到朝廷打退了金兵，战乱平息，光宗皇帝即位，我们八世祖惟汲公已经去世。这时，八世太婆才说出她十岁那年讲的那个谜语的谜底……”

“哎呀，”阿宽失声叫道，“我只顾听故事，忘记猜那谜语了！易先生，那四句话是什么意思？”

“我告诉你，”易君恕说，“‘五岭之阴，阴山之阳’，指的是朝廷从南到北的疆土，‘大止小月’是个‘赵’字，‘宝顶木梁’——宝盖头下面一个‘木’，乃是个‘宋’字，这不是把她的来历说清了吗？”

“先生真是好学问，说得一点不错！”龙仔赞叹道，“八世太婆就是这样讲的，原来她老人家是高宗皇帝的女儿、孝宗皇帝的阿姐、光宗皇帝的姑母！她写了书信，命她的长子、我们九世祖林公到京城临安去朝见皇帝，光宗皇帝接到姑母家书，龙颜大恸，感叹她老人家金枝玉叶之体，国难当头，流落在外，尝尽了民间疾苦，和百姓共患难，真是不容易啊！因为她是皇帝的姑母，所以皇帝下诏，不称‘公主’，称她‘皇姑'，追封惟汲公为税院郡马，封皇姑的长子为迪功郎，次子、三子、四子都封为舍人待诏。皇帝赏赐十顷良田为皇姑的终身俸禄，三十六处渡船埠头为皇姑的脂粉资，冈山林麓为汤沐资。据说当时皇帝还赏赐了一只木鸭，把它放在锦田河里，顺水漂流，木鸭漂到哪里，哪里的土地就归邓氏了。后来，八世太婆高寿八十七岁，无疾而终，坟茔葬在东莞石井狮子岭。她的四个儿子都住在锦田，后世子孙分布到元朗、厦村、屏山、大埔头、辋井、龙跃头……反正你在新安县只要遇到姓邓的，不用问，就一定是大宋皇姑的后代！"

龙仔讲完了那遥远的故事，阿宽感叹道："真是不得了，龙仔啊，你们人人都是皇亲国戚哩！"

"所以，他们挚爱这片热土，不肯拱手让人啊！"易君恕说。

他们一路讲古论今，轿子沿着农田之间一条小河岸边前行，河水清澈碧绿，一群鹅鸭红掌白羽，浮于清流之上，翩跹戏水，优游自得。

"这是什么河?"易君恕问道。

"锦田河，"龙仔说着，抬手指着前方，"这条河从我家门前流过，先生请看，那就是我们吉庆围了。"

"噢，"易君恕沿着河岸向前看去，果然，一座城堡般的围村已遥遥在望。

吉庆围前，邓伯雄已经在等候易君恕。不待轿子停稳，他便快步跨过吊桥，走上前去，握住易君恕的双手，朗声说："君恕兄，我望穿双眼，终于把你盼来了！"

"伯雄！"易君恕拉着他的手，下了轿子，"贵乡锦田果然是一片锦绣田园啊！"

"我早对你说过的嘛！"邓伯雄呵呵笑道，抬起手来，指点着面前的围村，"兄长请看，这就是我邓氏祖居的吉庆围。"

易君恕刚才沿着锦田河岸一路走来，已经远远领略吉庆围的雄姿，现在来到眼前，抬头仔细观看，见这围村坐东朝西，以麻石为基，青砖为墙，高约一丈八尺，宽约三十丈，拐角处炮台耸立，炮台和围墙上开着整整齐齐的一排长方形枪孔。围墙之外，一道护城河碧水环绕，门前架有吊桥，气势雄伟，一派森严。

“好！”易君恕赞叹道，“这哪里是寻常村庄，分明是一座固若金汤的城池！”

“多谢兄长夸奖！”邓伯雄道，“我邓氏在锦田聚族而居九百多年，共有五围六村，吉庆围是其中之一，据先人所说，此围中的房屋大约建于明成化年间，围墙与护城河则是在本朝康熙年间迁海复界之后才筑成的，目的在于防御海盗。不曾想，如今果真来了西洋海盗，鬼佬有胆量，就来试一试吧！”

易君恕随着邓伯雄，迈步跨过护城河上的吊桥，来到吉庆围门前。

举目再看这大门，也非同寻常，在花岗石门框之间，镶着两扇铁门，那是以熟铁锻打而成的七十二个铁环，再以铁筋环环相扣，门外又有一道连环铁索护卫，坚固异常。如今正值新春，大门上自然贴着春联，横批写的是“春满锦田”，两旁的联语曰：

吉梦呈祥兰结子　庆云献瑞国添丁

想必这是邓伯雄手笔。看似寻常吉祥词语，其实却是下了功夫的：上下联以鹤顶格分别嵌以“吉”“庆”二字，点出围村之名；上联用春秋郑文公“吉梦征兰”故事，以志生子之喜，下联化入南宋陆放翁“身为乡祭酒，孙为国添丁”名句，以寄报国之志，倒也堪称一副佳对。

此时铁门大开，邓伯雄与易君恕携手步入，门洞里站着几名仆役、家丁，见来了贵客，纷纷行礼问安。走进这座门，易君恕恍若进入一座小城，但见里面街巷纵横，正对大门的一条笔直街道，宽约丈许，向东直达围尾的神厅，神厅屋脊上遥遥可见装有“茶壶耳”顶饰，标志着邓氏祖先的功名；大道两旁，又有两条直街，十条横巷，排列成整整齐齐的棋盘格，屋舍井然，好似袖珍的“京师五坊”。正当晌午时分，炊烟缕缕，笑语欢声，人来人往，都在为过节忙碌。

邓伯雄在前面引路，带领易君恕和阿宽走进一条小巷，左首便是邓伯雄的家。这其实是大家之中的小家，大院之中的小院，但这小院与北京的民居却又不同，并不是在围墙之中建造房屋，而是整幢建筑连成一体，分前、中、后三部：前为起居厅，外门装有一道广东式的木拉闸，通风透光，外人却又无法随意入内；中为天井，以两扇云头状木扉为二门，仅一人高，上部中空，其作用犹如屏风；天井过后又有第三道门，里面才是真正的居室。这样的房屋，占地不广，却建造得精巧实用，防卫严密，不要说是在铁门围墙之内，即便外无围墙，单门独户，也已颇具防盗功能了。

易君恕随邓伯雄来到客厅，分宾主坐了，阿宽侍立一旁。

邓伯雄道："阿宽一路劳累，也请坐！"

阿宽客气一番，道了谢，陪坐在易君恕旁边。他多年在翰园为佣，今天随易先生到此，被邓伯雄待若宾客，心里很是感动。

龙仔捧上茶来。易君恕一边呷着清茶，一边浏览这间客厅，也觉与众不同，正面墙上悬挂的不是中堂字画，而是一把宝剑。那剑鞘金丝银嵌，剑柄上系着八宝连环结，垂下三尺长的朱红丝绦，熠熠生辉。宝剑两旁，是一副楹联：

修复尽还今宇宙　感伤犹忆旧江山

联语的落款，上款是："恭录大宋文丞相句赠伯雄弟"，下款是："戊戌秋月，菁士书"。

"这宝剑和联语相配，何其慷慨悲壮！"易君恕被触动情怀，不禁说道，"请问伯雄，书写联语的这位菁士先生是什么人？"

"是我族兄芝槐，字弼才，号菁士，已故族伯郡庠生诞献公的长子。"邓伯雄说，"本族自从汉黻公迁居至此，人丁衍盛，分为五大房，遍布东莞、新安各地，七世祖元亮公一系世居锦田；到了明代中叶，十五世祖洪惠公、洪贽公又从锦田分居厦村，传到菁士兄已是二十四世，与我同辈，不过年龄却要长我许多，今年已经五十有二。此人仗义疏财，文武兼备，学识渊博，补国学生，我们兄弟间最为知己。"

“那么这宝剑呢？”

“这宝剑是拙荆的陪嫁之物。”邓伯雄说着，便转身朝后面的居室喊道，“心瑜，来见见客人啊！”

听得里面轻轻步履响动，便有一位少妇，怀抱着一个粉嫩的“牙牙仔”，款款走了出来。

“君恕兄，”邓伯雄指着少妇说，“这就是拙荆文心瑜。”

文心瑜把怀抱中的婴儿递给伯雄，上前拜了两拜：“心瑜拜见兄长！”

“哦，弟妹不必客气，”易君恕连忙起身，向前一揖，“愚兄到此，打扰了！”

“哪里？像兄长这样的贵客，请都请不来呢，”文心瑜微微笑道，“伯雄早就盼着兄长到来，今天他终于如愿了！”

阿宽也向少奶奶行了礼。易君恕转过身来，端详着邓伯雄怀抱着的婴儿，只见那孩子生得虎头虎脑，双眼炯炯有神，十分可爱，不由得称赞道：“嗯，好男儿！将来长大成人，必然不亚于伯雄！这孩子几个月了？”

邓伯雄说：“巧得很，今天是他出生一百天，恰好饮丁酒！”

“那么，我现在前来祝贺，倒是正逢其时！”易君恕说着，从身上取出一个红纸包，递了过去，“区区薄礼，不成敬意……”话没有说完，脸已经红了。

“君恕兄，”邓伯雄哈哈大笑，“你在香港住了几天，倒真是入乡随俗了呢！”

易君恕手里捏着红包，红着脸说：“这真是俗煞了人，让你见笑……”

“不，这也是一番美意，”邓伯雄双手接了过来，“却之不恭，小弟就愧领了。”

阿宽也把事先准备好的贺礼献了上来。

邓伯雄这回倒要推辞了，伸手拦住阿宽，说：“你在洋人那里，忍气吞声，辛苦谋生不易，怎能忍心再让你破费？”

阿宽却执意要送礼："邓先生看得起我，我阿宽再穷，总要表一表心意！请千万收下，我才心安哪！"

邓伯雄很是感动，便接了过来，说："我替孩子谢谢你了！"

易君恕问道："令郎叫什么名字？"

"这孩子是戊戌年生人，属狗的，"邓伯雄说，"我给他起了个乳名叫'阿猛'，带一个犬旁。"

"好！"易君恕说，"犬旁的字多数欠雅，唯独'猛'字最好，被你选中了，'安得猛士兮守四方'，好名字啊！"

"兄长是有大学问的人，兄长说好，才是真好。"文心瑜说，"伯雄，你把这名字写在花灯上，送到祠堂里去，儿子就可以入族谱了！"

易君恕见这位弟妹谈吐不俗，想到壁上悬挂的宝剑是她的陪嫁之物，两旁楹联又录自文天祥诗句，忽然心有所悟，便问道："我曾听说，新安县邓、文、廖、侯、彭五大家族当中，文氏是南宋文丞相的后代，不知确否？既然弟妹尊姓文，我正好要请教！"

"正是，"邓伯雄替他妻子答道，"拙荆祖上天瑞公，与天祥公为叔伯兄弟，天祥公兵败成仁，天瑞公南下避难，定居于宝安三门东清后坑。子孙后代又分为七大房，散居各地，心瑜便是第七房后人，娘家现在居住泰亨乡，在吐露港之西，与大埔毗邻。"

"啊，不得了！"易君恕肃然起敬，"今天得见文丞相后人，真是三生有幸！"

"兄长过誉了，"文心瑜道，"我辈平庸无为，不敢分享祖上的荣耀，只求不要辱没家门也就是了。"

这时，龙仔走进客厅，说："少爷、少奶奶，舅爷到了。"

话音未落，随后进来一位中年男子，身材高大，白净面皮，蓄着五绺长髯，长袍马褂，便帽布鞋，一副乡绅装束。进门便兴冲冲地叫道："阿猛，舅舅来为你贺百日啊！"见有客人在，不觉一愣。

文心瑜忙对易君恕说："这是家兄文湛全……"

易君恕拱起双手，正待行礼，邓伯雄却拦住他，向文湛全问道："全哥，你知道这位客人是谁吗？"

文湛全端详着易君恕，并不认得，茫然说：“愚兄眼拙……”

“不怪你眼拙，”邓伯雄道，“这位贵客初次光临，他就是我在京师结识的好友易……”

话还未说完，文湛全已惊喜地说道：“君恕先生？久仰了！”

两人行了礼，发相见恨晚之慨。龙仔从餐厅那边走了过来，说：“少爷，午饭已经准备好了，请客人入席吧！”

“好，”邓伯雄应了一声，说，“君恕兄，今晚将在邓氏祠堂举行‘开灯’典礼，阖族共饮‘丁酒’，午间舍下聊备菲酌，为你接风洗尘，两位兄长，请！”

三人进了餐厅落座，邓伯雄主座，易君恕宾座，文湛全作陪，龙仔侍立一旁，斟酒把盏。

邓伯雄说了一声：“上！”厨子便依次端上菜肴，洋洋洒洒，共有九只青花大碗，三碗一排，排成三排，恰成一副“九宫格”。

易君恕本已抱定“入乡随俗”，这时也不觉愣了。北京人宴客，常见的款式是四碟八碗，而粤地风俗竟然与京师迥异，摆了个九大碗，不知是何讲究？

文湛全和他虽然是初次相识，却一见如故，并不拘束，看见他那疑惑的神气，便解释道：“易先生，本地人待客，最为隆重的规格就是九大簋，取‘长长久久’之意。这个‘簋’字，是古代食器之称，方形为簠，圆形为簋，所以，这‘九大簋’倒是有来历的……”

“多谢文兄指教！”易君恕深深地点了点头，感叹道，“中原人向来称五岭百越为蛮荒之地，其实大谬不然，今天这番聚会，由大宋皇姑子孙作东，文丞相后人作陪，连食器都是一派泱泱古风，何其盛也！伯雄与文兄如此盛情，易某能不感铭五内！”

“君恕兄，”邓伯雄手把着酒盏，站起身来，“小弟敬你这九大簋，你道是为了什么？就为你心中有这片远在天涯海角的皇天后土，有这里的十万百姓！可恨朝廷太后专权，奸臣当道，新安大好河山被拱手让人，我们已是大清国的遗民了！”

邓伯雄说到这里，那两道浓眉之下，双眼涌出了热泪。

易君恕端起酒杯，倏然立起：“伯雄！”

“‘修复尽还今宇宙，感伤犹忆旧江山。’”邓伯雄眼含热泪说，“当年文丞相之语，仿佛我们今日之言啊！故国难舍，热土难离，邓、文两家与廖、彭、侯氏，决心保乡保土，血战英夷，兄长此时前来，还请助我一臂之力！”

“伯雄……”易君恕只觉得一腔热血在冲腾，握着酒杯的手微微颤抖。

锵然一声响，三只酒杯聚拢在一起。

浓烈的节日气氛笼罩着港岛华人居住区，而坐落在云咸街的迟府却平静如常。迟孟桓懂得“爱护自己的形象”，这里是欧人区，可不能像西营盘似的“噼里啪啦”放鞭炮，弄得硝烟弥漫，令蓝眼高鼻的邻居们侧目，影响了他们的“视觉、听觉和嗅觉”。所以，他自从搬到这座花园洋房，就把那些中国节日、华人风俗统统抛弃了，今年当然也是如此。这使得他的三房太太和两个女儿都很不痛快：管他什么洋节、土节，多一项玩乐总是好的嘛！仆人们也心存不满：少过一个节，就少打一次“牙祭”，少得一次“利市”，这位东家好“孤寒”噢！

不过迟孟桓却又不能完全免俗。自己毕竟长了一张黄皮肤的面孔，香港二十五万人，华人占了九成九，要在这方码头混世、赚钱，怎能不和华人打交道？经商之道，拉拢客户最为要紧。春节已经过去，元宵节即将来临，如果不趁此机会表示表示，势必影响一年的财运，正所谓“躲得过初一，躲不过十五”。出于此种考虑，昨天晚上，迟孟桓一掷千金，大摆“春茗”宴，招待迟氏万利商行的各方客户。与众不同的是，迟孟桓请客不在华人惯常光顾的“杏花楼”“宴琼林”那些“唐餐”饭庄，而是精心选择了位于鸭巴甸街北口、邻近皇后大道的“鹿角酒店”。这酒店楼高五层，装饰豪华，设备精雅，时式煤气灯光艳夺目，在今日香港尚属凤毛麟角；门口有“红头阿三”迎客，楼内由洋人司厨，洋人侍应，中西人士一律优待，可以让华人客户也尝一尝做“上等人”的滋味儿。宾客们吃得高兴，喝得痛快，竖起大拇指，交口称赞迟孟桓“顶到冇得顶”，这顿别开生面的“春茗”宴大获成功，酒宴上便谈妥了好几笔生意，迟氏万利商行在己亥年一开春便迎来了“开门红”。

迟氏如此，香港的华商哪家不是如此？“春茗”宴是必不可少的，迟孟桓收到的请柬几乎天天都有，把个元宵前后排得满满的，唯独今天晚上有个空当，他无论如何也得带着老婆、女儿回太平山街的老屋一趟，看望看望他的老爹迟天任，祭奠祭奠那画着顶戴花翎、凤冠霞帔的太公、太婆，否则，老爹就要骂他是“不肖子孙”了。此刻，迟孟桓已经吃过了午饭，正在三姨太房里换衣服，浓妆艳抹的“美人蕉”帮他穿好礼服，系好领带，还特地在领口上喷了点香水。迟孟桓正要喊上大太、二太和两个女儿一起出发，房门被轻轻地敲了三声，只听得老莫在外面叫道：“少爷！”

“老莫，”迟孟桓说，“准备好轿子就在外边等着，催什么？”

“是，少爷！”老莫隔着房门说，“可是，现在楼下来了个客人……”

“啧啧，”迟孟桓不耐烦地咂咂嘴，“这个时候，是谁来了？”

“大埔泮涌的那个聋耳陈……”

“讨厌！他来干什么？我没有时间接待他，你就对他说我不在家！”

“少爷，”老莫好像有些为难，“他大老远地来了，要是不见见他就打发他走，怕他出去胡说八道，败坏了迟府的名声。少爷反正要下楼去，不如给他个面子，说两句话，也误不了去看望老太爷。少爷的意思呢？”

“好吧！”迟孟桓几乎是咬着牙答应了这一声，气呼呼推开三姨太手里的香水瓶，走过去拉开了门，跟着老莫下楼。

他缓缓地迈下楼梯，就看见客厅里的沙发上坐着个干瘦老头儿，头戴红疙瘩瓜皮帽，身穿酱色夹袍，尖尖的下巴上一撮山羊胡子，身边还放着一只盖着红布的小小竹篮。这就是聋耳陈，一副乡巴佬、土财主模样。迟孟桓有意把楼梯踏得“咚咚”响，进了客厅还咳嗽了一声，可是聋耳陈却丝毫没有察觉，还是坐在那里傻等着，足见聋得可以。

“陈先生，你来了？”迟孟桓一直走到他旁边，提高嗓门朝他吼道。

“哎呀，迟先生！”聋耳陈这才吃了一惊，连忙站起身来，哆哆嗦嗦地作个揖，“我给您贺节来了！”

“噢，谢谢你，”迟孟桓敷衍道，“同喜，同喜！”

“迟先生，”聋耳陈弯下腰去，揭开身边小竹篮上面的红布，露出了一窝鸽子蛋似的汤圆，郑重地说，“这是我内人亲手做的汤圆，上好的糯米粉，白糖桂花馅，零舍好味道！为表敬意，我给你送来了八个，”说着，伸出右手的拇指和食指，比画成一个“八”字，“恭喜发财啊！”

“哼！”迟孟桓鼻子里冷笑了一声，咕哝着说，“老家伙一向‘孤寒’得出名，今天倒舍得放血了，这点儿礼物也好意思送人，我还缺你八个汤圆？真是八辈子没见过世面！”

“啊？迟先生说什么？”聋耳陈歪过头来，支棱着耳朵问。

“我们少爷说，”老莫只好来做“翻译”，凑到他的耳朵跟前说，“八辈子没吃过这么好的汤圆，谢谢你的一片盛情啦！”

“噢，”聋耳陈欣慰地笑笑，“不要客气，不要客气！”

“好了，好了，”迟孟桓朝老莫使个眼色，“不要跟他啰唆了，快打发他走！”

“陈先生，”老莫又对着聋耳陈附耳说，“天色不早，你老人家也该早些回去啦！”

“啊，是啊，是啊，”聋耳陈答应着，却仍然站在那里不肯走，把手伸进衣袍大襟底下，从衣袋里掏出一张折叠得整整齐齐的纸，郑重地打开来，“迟先生，这契约……”

迟孟桓一眼就认得出，聋耳陈手里拿的是去年卖给他那块地皮的契约，心里不禁纳闷儿：这老家伙现在又把它翻腾出来做什么？

“这契约一式两份，”老莫说，“我们少爷手里有一份，这一份，你老人家好好地收着吧！”

“啊，不，”聋耳陈红着脸，嗫嚅道，“这块地，我不卖了……”

“什么?!”迟孟桓恼火地竖起了眉毛，冲他喊道，“你卖我买，两厢情愿，公平交易，双方都已经签字画押，哪有反悔的道理？”

“迟先生，”聋耳陈惶然说，“都怪我一时糊涂，把地卖了，土地是种田人的饭碗啊，没有了地，我们一家老小十几口人，吃什么？”

"你爱吃什么吃什么！"迟孟桓嚷道，"我又不是白要你的地，一笔交清港币五千元，够你吃到下辈子的了！"

"不，迟先生，我把钱还给您，地不卖了，请您把地契还给我！"聋耳陈两眼泪汪汪，伸手抓住迟孟桓的胳膊，"求求您了！"

"做什么？无理取闹！"迟孟桓恼火地甩着胳膊，"老莫，你把这个老家伙给我赶走！"

"少爷，您不要着急，我来对付他！"老莫说着，上前把聋耳陈的手拉开，扶他坐在沙发上，冲着他的耳朵大声说，"陈先生，生意场上最重要的是信誉，君子一言，驷马难追，怎么能翻手为云，覆手为雨呢？何况这笔生意早已经成交，契约具有法律效力，你就是反悔也没有用，白白地损害了自己的信誉！你是个要面子的人，何苦要这么做呢？"

"唉！"聋耳陈被他说得哑口无言，脸憋得通红，唉声叹气一番，说，"我……我也是被逼无奈！自从把那块地卖给了迟先生，把四周乡邻都得罪了。在我们大埔那一带，姓文的、姓邓的都是大户，一呼百应，乡邻们都跟着他们走，现如今乱哄哄闹得厉害，舞刀弄枪要和英国人拼命！他们知道我把地卖了，说我是'软骨头''发国难财'，我哪里敢和他们唱对台戏啊？所以只好厚着老脸来求迟先生，这份契约就废了它吧，地，我是不卖了，跟着他们往前走算了，反正是天塌下来砸大家……"

迟孟桓看着他那副窝囊相，冷冷一笑，指着他的鼻子叱道："只要你敢毁约，我就去告你，你要赔偿我的经济损失！"

"啊?!"聋耳陈大惊失色，"送我去吃官司？不，不！我是一家之主，进了班房，老婆儿女指望谁呀？"他哆哆嗦嗦地"扑通"跪倒，"迟先生，求您了，不要惊官动府，我们私了了这件事，把地退给我吧！"

老莫连忙上前扶起他："哎，陈先生，有话好说，何必行此大礼？"

"我……"聋耳陈眼泪汪汪，悲痛欲绝，"乡邻们不许我卖地，迟先生又不肯退，我两头为难，实在是没有活路啊！"

"活不下去，你去死啊，"迟孟桓冷笑道，"吊颈、投河都请便，像你这样的，死他个把两个有什么可惜！”

“啊？”聋耳陈支起耳朵问道，“迟先生说什么？”

老莫向迟孟桓使个眼色，冲着聋耳陈的耳朵嚷道：“我们少爷说，要退给你地契也可以，你可不要后悔！”

“那就谢天谢地了！”聋耳陈感激涕零，“我哪还会后悔呢？”

“你非后悔不可！”老莫大声说，“等到港府接管了新租借地，私地就成了官地，你手里拿着大清国的地契还有什么用？废纸一张！你不要受乡邻的煽动，他们有地不卖，才是傻瓜，将来都要吃大亏，你跟他们走，到时候人财两空，世间可没有后悔药！”

“噢？”聋耳陈愣愣地看着他，现在就后悔了，“这么说，这地还是卖了的好？”

“当然了！”老莫笑笑说，“从今以后，你再不用土里刨食、靠天吃饭，手里拿着一大笔钱，投资做什么买卖不好？往后，你也和我们少爷一样，成了香港的大老板了！”

“是吗？多谢莫先生指点，”聋耳陈听了他一番话，茅塞顿开，那张愁苦的脸上如拨云见日，现出了笑容，小心翼翼地收好了那张契约，感激地朝迟孟桓拱拱手，“迟先生，我一家老小都托您的福了！”

老莫在片刻之间，就像耍猴似的把聋耳陈玩了个透底，迟孟桓在一旁看得好笑！

“陈先生，不要客气，”迟孟桓敷衍着说，“朋友嘛，就是要互相帮忙啦！”

“多谢，多谢，”聋耳陈连声说，“时间不早，我也该告辞了！”

“恕不远送！”迟孟桓终于等到他要走了，如释重负。

聋耳陈嘴里说走，却站在客厅里左顾右盼，磨磨叽叽，又不肯走。

老莫觉得奇怪，问道：“陈先生，你还有什么事情吗？”

“呃……”聋耳陈支支吾吾地指着地上的那一篮汤圆，说，“请您找个家什把汤圆盛起来，我这篮子……”

哈，迟孟桓差点笑出声来，好一个“孤寒”土财主！你这老家伙做梦也想不到，我将从你身上赚多少钱，却没忘了这个一毫不值的空篮子！

老莫耐着性子，拿过茶几上的果盘，把那八个汤圆装起来，然后把空篮子递给聋耳陈，说：“谢谢你的礼物啦，陈先生走好！”

聋耳陈接过篮子，盖上红布，这才点头哈腰地向迟孟桓告辞。

老莫把他送到客厅门口，便折身回来。

“老莫，”迟孟桓笑眯眯地说，“你又为迟氏立了一功！”

“少爷，这没什么，对付一个聋耳陈容易得很，”老莫说，脸上的笑容收敛了，“可是，要消除后患，就需费些力气了。”

“你说什么？”迟孟桓一愣，“这件事还会有什么后患？”

“少爷，你没听聋耳陈刚才说嘛，乡下人现在已经闹起来了，要‘保乡保土’！”老莫目光炯炯地说，“现在，港府面临两大麻烦：一是乡下人闹事，对抗港府接管新租借地；二是香港的地产商趁机廉价抢购地皮，这股风潮肯定会愈演愈烈，使得新租借地的公用土地价格暴涨，这些地产商能讨得了港府的喜欢吗？可是，这件事少爷已经插了手，我怕的是影响了少爷的前程……”

迟孟桓不禁倒吸了一口凉气。若就迟氏的生意而言，去年一年到今年开春，节节胜利，但是说到“前程”，他却几乎一直在走背字。他本来设想，先打入翰园，拿下林氏家族的金字招牌，再“归化”加入英籍，彻底脱胎换骨，结果却事与愿违，好梦未成。接着，费尽心机巴结上了梅轩利，使出撒手锏，欲置易君恕、林若翰于死地，岂料梅轩利却帮了倒忙，不仅至今没有触动易君恕的一根毫毛，反而使得林若翰由此引起了总督的瞩目，老家伙因祸得福，竟然成为太平绅士的候选人之一，还神气活现地协助辅政司准备接管新租借地。梅轩利向迟孟桓交了底，迟孟桓恨得咬碎了牙！如果买地这件事再引起总督的反感，他的“前程”可就更渺茫了，没有想到一块十五英亩的地皮惹出这么大麻烦！想到这些，刚才要弄聋耳陈的那点儿快意便立即烟消云散，到手的地皮像是一块燃烧的火炭托在手心里，巴不得马上甩出去！

“你……”他恼火地盯着老莫，“你刚才为什么不提醒我，顺水推舟，退给他不就算了吗？”

“少爷，商人嘛，钱还是要赚的，”老莫说，那张老谋深算的脸上每一道皱纹里都藏着智慧，“这块地皮用不着退，只需要换个名字，把它过户在哪位至亲好友的名下，地还是你的，风险就甩出去了！”

“嗯？”迟孟桓又来了精神，“你这个‘扭计祖宗’，主意倒是来得快！”

“少爷，这只是一个退守之策，全身远祸而已，”老莫却说，“若从少爷的前程考虑，我还有进取之策……”

“什么进取之策？快讲！”

“少爷，乡下人不是要闹事吗？好，乡下出了乱子，我们的机会来了！”

“这话怎么讲？”迟孟桓还是没明白。

“少爷，我自幼生长在乡下，深知种田人的乡土观念极重，宗族关系盘根错节，外人很难插手。我的老家厦村，姓邓的最多，和元朗、屏山、锦田、大埔都是连成一气的，邓家的势力大得很，连新安县令都让他们三分。现在要让他们归洋人管，怕是不那么容易，非闹事不可！这是港府的心腹之患……”

“是啊，”迟孟桓说，“前几天梅轩利警察司还向我问起新租借地的情况，可惜我知道得不多……”

“你看，他正好用得着我们，这是多好的机会啊！”

“你的意思是……”

“少爷，”老莫笑笑说，“我想回老家去看看……”

“明白了！”迟孟桓伸出手，重重地拍了拍老莫的肩膀，“你今天就走，我多给你几天假，不必急着回来，趁着过节期间，好好地跟你那些左右乡邻叙叙旧，多带些钱去，该请客送礼的地方要舍得花钱，一切由你看着办！”

“是，少爷！”

这时，楼梯上传来杂沓的脚步声，妇女、儿童的说笑声，三姨太高声嚷着：“老公啊，我们走不走啊？”

“就走，就走！”迟孟桓朝楼上答应着，想了想，又对老莫说，

“哎，那块地皮，先过户到你名下吧，你要是为迟氏立了这一功，地皮就归你了！”

“多谢少爷！”老莫脸上绽开了笑容。

楼梯上，打扮得花枝招展的太太、小姐们欢笑着走下来，冷清的迟府倒突然有了些过节的气息。

老莫送走了他们，自己也回房换了一身崭新的长袍马褂，打扮得如同绅士一般，带足了钱钞，把迟府的大小事务向仆人们做了交代，便匆匆出了门。此去老家，要摆渡过海，从尖沙咀前往荔枝角、荃湾，绕道深井、屯门、蓝地，才到厦村，这几十里路可不是近程，既然少爷发了话，花钱不必小气，老莫也就用不着像过去那样徒步赶路了。云咸街口就是轿站，他一挥手叫了顶轿子，大模大样地坐了上去，颤悠悠衣锦还乡。

邓伯雄府上的“九大簋”到下午两点方散，文湛全起身告辞。阿宽也已由文心瑜安排，吃过了午饭，见天色不早，便辞别易先生和邓先生夫妇，匆匆上路，返回香港去了。

夜幕降临，明月东升，锦田邓氏五围六村，华灯高挂，笑语欢歌，鞭炮声此起彼落，不绝于耳。乡间小路上，人们身穿节日盛装，提着灯笼，兴致勃勃，从四面八方汇集到水尾村邓氏宗祠。

易君恕由邓伯雄陪同，来到祠堂，龙仔抱着小少爷阿猛，前来参加“开灯”盛典。祠堂门前张灯结彩，映照着门楣上的匾额：“清乐邓公祠”，门旁髹漆洒金楹联上写着八个大字：

南阳世泽　税院家声

迈进大门，是一个宽敞的天井，已纵横排列几十副桌椅，为丁酒喜宴做好了准备，邓氏族人聚集一堂，彼此互相问候，笑语喧扬。天井之后便是二进中厅，厅堂正中高悬“思成堂”匾额；左右又各悬一块金匾，右为“旨赏换花翎”，左为“钦点花翎侍卫”；两旁是一副朱漆金字楹联：

木本水源　当念先人之缔造

流光积厚　尤思奕祀之贻谋

中厅之后，又是一座天井，也已摆满桌椅，前面便是三进正殿，供奉着邓氏历代祖先神位，神位前的香案上，摆列着紫铜香炉、三牲祭品、蜡台红烛，香案旁边竖立数十支长矛，缀着鲜红的缨穗。殿侧两棵抱柱，又有一联，语曰：

先祖深仁　庙貌常新崇俎豆

曾孙多庆　科名继起盛衣冠

廊下石阶上，摆着两面大鼓，中间簇拥着一盏高约六尺有余的巨型花灯，上书斗大一个“邓”字，周围依次排列花灯数十盏，争奇斗艳，五彩缤纷。族人指点品评，喜笑颜开。

“这每一盏灯，代表一个男丁，和阿猛一样，都是去年新生的戊戌新丁。”邓伯雄指着那些花灯，对易君恕说。

易君恕抬头望着那些花灯，心中不禁感慨：戊戌年已经过去，尽管灾难深重，但并没有阻止中华民族的勃勃生机，这些娃娃们又为国添丁，在苦难中成长起来……

邓伯雄和易君恕穿过人群，走到正殿阶下。一排长案前，几位老者正在议事，邓伯雄上前引见说：“各位老人家，这便是我常说的那位北京的易先生!”

几位老者闻声大喜，连称：“贵客，贵客!”邓伯雄指着座中一位皓首银须的耄耋老者，对易君恕说：“这是家曾祖父，老人家年已九十，是本族族长，因为他排行第九，阖族老幼官称‘九公’。”

“噢，晚辈拜见九公!”易君恕恭恭敬敬地向老人家行了礼，九公颤巍巍站起来，还了礼，把易君恕让在主宾席上就座。

这时，一位中年人从外面匆匆走进来，天井里的老幼纷纷和他打着招呼。邓伯雄眼睛一亮："大哥来了！"

说话间，那人来到面前，邓伯雄一把拉住他："大哥，你看，易先生已经到了！"

"噢，"那人朝易君恕看了一眼，立即面露惊喜之色，拱手道，"易先生，久仰了！得知先生光临，我特地从厦村赶来，拜会先生！"

易君恕连忙起身还礼，却不知此人是谁，只好说："敢问先生大名……"

"这就是家兄菁士，"邓伯雄笑道，"为我书写文丞相联语的那位！"

"啊！"易君恕心中一动，仔细端详这位邓菁士，见他中等身材，面色红润，浓眉大眼，蓄着八字短须，虽已是半百年纪，眉目之间却有一股勃勃英气，隐隐感到此人不是寻常之辈，不觉脱口道，"'修复尽还今宇宙，感伤犹忆旧江山'，我未见先生，已经领略了先生的襟怀！"

"先生过奖，"邓菁士道，"那不过是借他人酒杯，浇自己块垒罢了，何如先生直抒胸臆：'化五色石，补南天裂'！"

易君恕心中又是一动，知道自己寄给邓伯雄的那首小词，他也已经看过，果然是伯雄的知己。待要和他细谈，听得旁边一声高叫："吉时到！"抬头看去，见是一位老者手执铜锣，敲将起来，口中喊道："打锣打锣喊灯，大众酬神，细路完灯！"

顿时鞭炮齐鸣，欢声雷动，"邓"字巨灯冉冉升起，高挂在正殿架梁正中，周围数十盏书有男丁名字的花灯也随之升起。鞭炮燃毕，祭祖仪式开始，邓氏族人，全体肃立，皓首银须的老族长九公上前点燃香束，插在香炉之内，然后手捧祭文，抑扬顿挫，朗朗宣读，其辞曰：

皇天后土，佑我邓氏。
吉水东来，岑田兆基。
钟灵美秀，川回山峙。
皇姑税马，子孙不息。
尚祈哲嗣，迭兴继起。

与日更新，世万世亿。

如祝如颂，歌以永志。

宣读已毕，阖族人众在九公带领之下，向祖先神位三跪九叩，气氛庄严肃穆。易君恕非邓氏族人，在一旁长揖肃立，行宾客之礼。

礼毕，人们复归原位，依次就座。易君恕应邀与几位老者以及邓菁士、邓伯雄居于首桌，坐了贵宾席。此时，酒馔纷纷呈将上来，百桌宴席之上，都是大坛美酒，诸多美馔，当中簇拥着一只打着铜箍的巨大木盆，盛着一层层垒起来的菜肴，干大鳝、白切鸡、鲜鱿鱼、五花肉、肉丸、腐竹、白萝卜、油豆腐、姜、蒜、八角……应有尽有，这便是享誉粤地、历久不衰的“盆菜”，只有上元灯节和“太平清醮”才可享用，可见其隆重。

喜宴就要开始。这时，老族长九公站起身来，说道：“诸位雅静！开宴之前，伯雄还有话要说！”

顿时，场内鸦雀无声，人们的目光齐齐地投向邓伯雄。

邓伯雄离开坐席，走到香案前面，拱手道：“诸位父老叔伯兄弟！一年一度，上元佳节来临，今天我们聚集一堂，祭祀祖先，庆祝新添男丁，我在此向大家贺喜！”

人群中爆发出热烈的掌声，异口同声道：“同喜，同喜！”

邓伯雄接着说：“我邓氏自从先祖汉黻公由江西吉水迁居到此，九百余年，克绍箕裘，食毛践土，艰苦创业，今天这大片田园，旺盛人丁，来之不易！如今祸从天降，朝廷已经把新安县境租给英国，鬼佬就要入我境内，土地将充公，居民将征税，房屋将登记，河溪山林将禁止渔猎，妇女将遭奸淫掳掠，牛羊鸡犬将被任意屠杀，我九百年祖业将毁于一旦，万千人口将沦为亡国奴！我堂堂炎黄子孙，大宋皇姑后裔，怎能忍受这等奇耻大辱？朝廷不要我们，大清国抛弃了我们，我们只有自己奋起，拿起武器，保卫家园！”他望着场内黑压压的人群，叫道：“今年年满十六岁的男丁，都站到前面来！”

场内一阵骚动，人群中陆续走出一些半大少年，在正殿前依次排成两排，有数十名之多。

邓伯雄巡视着这些孩子，说："恭喜你们，年满十六岁，成丁了，一个个都是顶天立地的男子汉了！男子汉是做什么的？保国守土，御侮抗敌！从明天起，你们也和阿伯、阿叔、阿哥们一起，去操场练武，拿起刀枪，准备迎敌！"

"是！"孩子们齐声喊道，那声音还带着稚气未脱的童声。

邓伯雄怜爱地看着他们："十六岁，正是读书的年龄，让你们上阵杀敌，实在于心不忍！但是，大敌当前，也是迫不得已，你们要做邓氏好儿郎！"

"是！"那些同龄少年齐声喊道。

"授枪！"邓伯雄一声令下，身后便有一名精壮汉子走上前来，把竖立在香案旁的红缨长矛，拿起一支，递与邓伯雄。

邓伯雄持枪在手，高声唱名，排在第一个的少年便应声："有！"迈步出列，庄严地接过那原始的武器，扛在肩上，昂然走下台去。

邓伯雄一一唱名，把长矛授予这些少年，等到最后一个授枪完毕，祠堂前后两院的宴席上已是红缨林立。

邓伯雄把手一挥，高声宣布："开宴！"

顿时，正殿前的两面大鼓"咚咚"地擂起来，那鼓声惊天动地！

老族长颤巍巍立起身来，和他的曾孙伯雄、菁士一起，举杯向远方的来客易君恕致意……

易君恕倏然起立，双手捧杯，向这位寿翁，向邓氏家族，向戊戌新丁和所有已经成丁的男儿，表达由衷的祝愿……

鼓声"咚咚"，震动了锦田的大地，湮没了人们的殷殷话语，这是出征的战鼓，在国难当头之际，沿袭九百年的邓氏丁酒宴，变成了威武雄壮的誓师宴。

一轮明月之下，在十余里之外的厦村，邓氏宗祠"友恭堂"里，也同样张灯结彩，吃盆菜、饮丁酒，庆贺在过去的一年里，邓氏家族又新添了子孙。当年，锦田邓氏九世祖邓洪惠、邓洪贽兄弟两人移居这里，一代代子孙繁衍，人丁兴旺，如今已经发展成东头村、罗屋村、巷尾村、新围、锡降围、锡降村、祥降围、新屋村这一大片村庄，绝大多数都是邓氏子孙，与始祖迁粤的发祥之地锦田一脉相连。

傍晚时分，老莫乘着轿子，赶到了他的老家厦村。进了家门，老婆、儿女见老太爷衣锦还乡，居家团圆，共度元宵佳节，自然欢欢喜喜。老莫给儿女们都发了“利市”，饮了几杯茶，说了一阵子话，老婆操持着准备酒饭，为他接风，他便出去走走，见见街坊四邻。

邓氏宗祠“友恭堂”里的丁酒宴圆满结束，人们涌出祠堂，三三两两，谈谈说说，走回各围各村，村前村后都是欢乐的人群，意犹未尽地谈论着今年的丁酒、盆菜，孩子们提灯放炮，街巷里一派节日景象。老莫信步走来，向人们招呼问候，老少乡邻见了，自然要亲热地寒暄一番。老莫自从十二岁离开厦村，到香港谋生，至今已经三十多年，逢年过节才偶尔回家一趟，有时候忙了，甚至连过年也不回来，在乡邻们的眼里倒真是“稀客”，只见他衣冠楚楚，长袍马褂，大襟上挂着金闪闪的表链，手上戴着一汪水似的翡翠扳指，留着长长的指甲，夹着象牙烟嘴，派头十足，俨然腰缠万贯的阔老板。他在香港这些年，干了不知多少行业，换了不知多少地方，到现在也不过是迟府的一名管家，但他自己不说，乡邻们哪里知道？城里的奴才也远远赛过乡下的财主，没人把他小看，老年人叫他莫先生，年轻人叫他伯爷、阿叔，满地跑的细路仔、细路女则叫他阿公了。老莫出手阔绰，见了成年人就敬烟，见了小孩子就送“利市”，红包散出去不计其数，引得乡邻们格外敬重，如同财神爷降临了似的。

正在闲谈，忽见前边走过来一个熟悉的身影，四十多岁，中等身材，紫糖色面皮，身穿长袍马褂。老莫认得，那是厦村新围邓菁士的三弟邓芝培，字甄才，号植亭，便高声招呼道：“邓先生！”

这一声招呼不要紧，许多人都一起回过头来。须知这是在邓氏聚居的厦村，“邓先生”实在不计其数，谁知道他叫的是哪一位，所以一呼而百应。

“啊，莫先生？”邓植亭看见老莫，颇为惊异，也向他打招呼，“好久不见了，你这是回来过节?”

“是啊，是啊，每逢佳节倍思亲嘛!”老莫忙走过去，向他敬烟。又见邓植亭旁边也都是熟人，其中一位，是厦村西山村的邓惠麟，字仪石，比邓植亭晚一辈，是个有学问的人，光绪九年重修邓氏宗祠“友恭堂”时，那门楣上的恭录圣谕匾就是邓仪石手笔。另外几位只记得乳名，忘记了大号，但也都面熟，都一一打了招呼，敬了香烟，彼此寒暄一番。

“莫先生这些年在香港，生意一定兴隆啊?”邓植亭问道，和生意人见面，这也是嘴边的客套。

“马马虎虎吧。”老莫谦逊地笑笑，语焉不详，一笔带过，反倒令人觉得他一定发了大财。接着，便话题一转，说道，“唉，梁园虽好，不是久恋之家。我已经这把年纪，对商海沉浮早就厌倦了，这几年一直想急流勇退，回老家过几年舒心的日子!”

“莫先生，如今归隐田园，也舒不了心了，”邓植亭说，“香港拓界的事，你恐怕也听说了吧?”

“当然!”老莫说，“我听到不少风言风语，实在是心中不安，所以无论生意再忙，也暂且扔下，回来看一看! 邓先生，对于此事，我们这里的民意如何?”

“国土沦丧，山河变色，民意还需问吗?”邓植亭感叹道，“你不要只看今天这过节的热闹，其实人人心里都惴惴不安，还不知道明年今日又将如何呢!”

“是啊，是啊，”老莫点点头，脸上现出凄然之色，“我虽然常年在外，但妻儿老小都留在老家，怕的是一旦局势有变，这里……”

“莫先生尽管放心!”邓植亭安慰他说，“常言道，‘远亲不如近邻’，你在厦村虽然是外姓人，但我们毕竟世代乡邻，同是大清国子民，大敌当前，理当互相照应，只要有我邓家的人在，绝不能让你莫家的人受鬼佬欺负!”

“啊，多谢了!”老莫拱拱手说。他从邓植亭言谈中的那股胸有成竹的神气，已经感到聋耳陈提供的信息不是望风扑影，看来邓家的人确实在做抗英准备，而且实力不弱。于是又接着说，“府上是新安县名门望族，保乡保土，全仰仗邓氏带头了。当然，我莫某人也义不容辞，有什么用得着我的地方，邓先生尽管吩咐！”

“莫先生久居香港，对港英方面的情况比我们熟悉，”邓植亭说，“如果能多提供一些那边的信息，最好不过！”

“哦，责无旁贷，责无旁贷！”老莫满口答应，热情相邀道，“邓先生，元宵佳节，正好把酒畅谈，就请诸位到舍下一叙，如何？”

邓植亭看看身旁的邓仪石等人，他们都点头称是，觉得能听听从香港来的莫先生谈谈见闻，机会难得，于是一起随老莫而去。

老莫家里，已经摆好了为老太爷接风的酒宴。老莫盛情邀请众位乡邻入席，邓植亭他们刚刚吃过丁酒宴，到此只是为了叙话，便分宾主坐了，慢慢地啜饮着清香的米酒，谈论着大家共同关心的抗英保土之事，彼此十分投机。

“老婆啊，”酒兴正浓，老莫吩咐道，“你把我的皮包拿过来！”

他的老婆便从里屋取过老莫刚刚带回来的那只皮包，递了过去，不知老公要做什么。

老莫打开皮包，从里面取出一沓崭新的港币，说道：“邓先生、众位乡邻，保乡保土的大事，仰仗诸位了，我莫某人也不能只说一句空话，这五百元港币，算是我一点心意！”

“莫先生一片热肠，令人钦佩！”邓植亭肃然说，“我邓氏正在为抗英保土募集资金，莫先生的这一笔款子，也登记入账，明日把收据送到府上！”

“老公啊，你疯了？”老莫的老婆在一边大惊失色，“五百块，够买好大一块地呢！”

“妇人之见！”老莫瞪了他老婆一眼，“钱财算什么？要以大局为重嘛！办成了这件大事，还怕没有我莫某人的地吗？”

随着那一轮明月圆了又缺，元宵节的热烈欢庆渐渐淡去，而紧张的抗敌准备却方兴未艾。过了惊蛰，农历正月眼看就要结束，阳历已是3

月上旬末尾，易君恕还留在锦田吉庆围，没有返回香港。原来他对倚阑说数日之内便回，却不料日复一日，大大超过了这个期限。连日来，他每天随着邓伯雄看那些壮丁操练，锦田五围六村十六岁以上的青壮男丁都集中在“清乐邓公祠”门前的空地上，演兵习武，壮步橐橐，杀声震天。邓菁士、邓伯雄派出购买枪支弹药的人还没有回来，壮丁们练武使用的仍然是过去防御盗贼的大刀、长矛和火铳、抬枪。新安一带早年海盗猖獗，抬枪是各围村普遍配备的重型武器，有七尺二、八尺四、九尺六多种规格，口径二至三寸不等。枪身头大尾细，每隔一尺，加一铁环，以固枪身。枪头有一根凸出的细管，用来插放火药引线。枪弹是用碎锅片、碎犁头等等捣烂为铁砂，用砂纸卷成火药条，从枪尾滑入、压实，便可使用。发射时，用火点燃引线，枪口即喷射出铁砂散弹，射程可达千尺，幅广可及百尺，杀伤力也颇可观。只是这抬枪格外笨重，而且发射时后坐力极大，在野外使用，须倚傍树木，以麻绳捆绑枪身，还要事先在地下挖好五尺深坑，枪手点火之后立即蹲在坑内，防止自伤。如此笨重、原始的武器，壮丁们却倍加珍惜，轮流演练装药、发射技术，不辞劳苦，精益求精。本地铁匠，平时惯于锻制犁头、镰刀，如今燃起熊熊炉火，挥动铁锤，日夜不息，打造刀枪。他们特地精制的两面刃匕首，短小、轻便、锋利，便于随身携带，尤为青壮年所喜爱，争相报名参加“小刀队”。补鞋佬阿牛的生意也因此而兴旺起来，“小刀队”队员纷纷前来订制匕首的皮鞘，阿牛忙得不亦乐乎。

在操练之余，邓伯雄陪着易君恕踏勘锦田附近的鸡公岭、蚝壳山、观音山，熟悉地形，谋划抗敌策略。新的生活使易君恕感到从未有过的充实和亢奋。回想自己在少年时，受父亲的熏陶，也曾读过史籍中的若干著名战纪，如齐鲁长勺之战、宋楚泓水之战、晋楚城濮之战、韩信破赵之战、齐围魏救赵之战、楚汉成皋之战、新汉昆阳之战、袁曹官渡之战、吴魏赤壁之战、吴蜀夷陵之战、秦晋淝水之战；近年来接触西学，又从一些译著中读到希波战争、斯巴达克起义、十字军东征、美国独立战争、美国南北战争、普法战争等等，每每为之激动不已，或击节赞赏，或扼腕太息，但统统不过书生意气、纸上谈兵而已，何从应用于实际？及至去年与谭嗣同夜访袁世凯，欲举兵勤王、锢后杀禄，也仅仅凭空设想，终未能变为现实，只落得一败涂地！如今国事衰微，朝廷面对列强的瓜分豆剖，全无还手之力，言战色变，而在远离京城的天涯海角，这些荷锄农夫却敢于举起反抗侵略的义旗，使易君恕看到了中华民族尚未泯灭的希望，在穷途末路意外地找到了一试身手的用武之地，也不负此生是男儿！每当夜深人静之时，邓伯雄的书房里仍然灯盏通明，两人对着地图，切磋战法，往往通宵达旦。

这一日午后，用过午饭，回到书房，邓伯雄拿出一纸文稿，对他说："君恕兄，这是我刚刚草拟的一份《告乡民书》，请你过目，浅陋之处，还望斧正！"

易君恕接过来，读了一遍，说："贤弟过谦了！此文写得大义凛然，气势磅礴，颇有骆宾王《为徐敬业讨武瞾檄》之遗风！不过，依我之见，这篇檄文既然是为了普告乡民，文辞倒不必如此典雅，而应力求明白晓畅，使得稍稍识字的农工商贾都看得懂，老幼妇孺，口口相传，方能收到唤起民众、鼓舞斗志之效！"

"啊，兄长所见极是，是我疏忽了！"邓伯雄恍然大悟，"那么就请兄长重写一篇，如何？"

"其实我也从未写过白话诗文，暂且试试看。"易君恕道，于是展纸磨墨，提笔想了片刻，写道：

中华自古文明国，礼仪之邦五千年。
讵料近世风云变，海外开来鸦片船。
毒雾妖氛染净土，英夷寻衅起烽烟。
一战割我香港岛，二战夺我九龙滩。
得陇望蜀蛇吞象，再谋拓界占新安。
此地是我先民地，此山是我祖家山。
新安百姓不受辱，不怕洋鬼洋枪洋炮铁甲船。
你出力，我出钱，你拿锄，我拿镰。
大刀长矛揭竿起，十万旌旗斩楼兰。

雪我国耻抒正气，保我河山保我权！

男儿生死泰山重，拼将热血染红棉！

邓伯雄在一旁看他写毕，读了两遍，朗朗上口，说道："好！想不到顺天府举人写出了这样通俗而又动人的文字，抒发百姓心声，多谢兄长了。这首歌就叫它《抗英保土歌》吧，我拿去请人雕版翻刻，印它千万张，传遍新安大地！"

两人正谈说间，龙仔匆匆走了进来，叫声："少爷、易先生！"

易君恕和邓伯雄抬起头来，见龙仔身后还跟着进来一个女子，竟是林若翰府上的女仆阿惠。

"阿惠！"易君恕一愣，"你怎么来了？"

"易先生、邓少爷！"阿惠向他们行了礼，说道，"先生出来的时间久了，牧师和小姐不放心，牧师要宽叔来请先生回去。小姐说，让阿惠去吧，阿惠过年都没回家，正好借这个机会回去看看。"

"噢……"易君恕答应了一声，眼前浮现出香港花园道松林径的那座翰园，别是一般滋味在心头。去年秋天，他在腥风血雨、刀光剑影之中死里逃生，林若翰对他有再造之恩，翰园是他危难之中的藏身之地，无论到了什么时候、什么地方，他也不能忘怀。然而，正是在那里，他认识了香港，真切地感受到了身处"故国山水，异邦城阙"的屈辱、压抑、孤独和愤懑。他感激林若翰的收留和庇护，却又时时想摆脱他，渴望着回到自己的同胞中间，挺起胸膛来做一个堂堂正正的中国人，而不必总是察看着洋人的脸色，小心翼翼地斟酌着自己的每一句话，常常言不及义，欲说还休。在那座翰园，他和素昧平生的倚阑小姐相处了数月之久，经历了风风雨雨，亲眼看见了这个孤僻、高傲的女孩子人生的大起大落、翻天覆地，他们之间从彼此的冷漠、隔阂到沟通、理解，并且在不知不觉之中建立了类似师生又仿佛朋友的真诚友谊。半个月前，当他像飞出牢笼一样迫不及待地离开香港前来锦田的时候，从倚阑的神情和话语，他已经隐约感到她难以表述的依恋之情；今天看到她派来的使者阿惠，自己也怦然心动，唤起了好似久别故友的缕缕思念……

“阿惠，翰翁和倚阑小姐近来都好吗?”他问。

“小姐还是每天读书写字，温习先生教给她的功课，”阿惠说，“牧师倒是比以前忙得多了。他们都很挂念先生，一再嘱咐我，请你赶快回去!”

“嗯?”易君恕又问，“是不是有什么事情?”

“我倒也说不上有什么特别的事情……”阿惠寻思着，突然想起了什么，“哦，我走得急，差点忘了，牧师还让我给你带来一封信呢!”

“信?”易君恕急切地说，“快拿给我看!”

阿惠从上衣大襟里掏出了那个折起来的信封。易君恕迫不及待地接过去，展开信封，上面竟空无一字。心里纳闷儿，便急急地打开来，抽出信纸，只见那张白纸上仅仅写了四个字：“请速返港。”也无上下落款，但一望而知，那用鹅管笔书写的汉字出自翰翁之手。这封信如此简略，显然是在阿惠临行之前，林若翰才匆匆写就的，但他为什么这样急迫呢，以至于连书信格式都不顾了，这在一位“汉学家”来说，是难以理喻的。

一定是出了什么急事！这个念头在易君恕的脑际闪现，便不能心安了。

“伯雄，看来，我必须马上回香港去!”

“君恕兄，”邓伯雄两道浓眉紧锁，神色悒郁地看着他，“不瞒你说，我把你请来，就没有打算再送你回去！割让香港是中国至今尚未雪洗的耻辱，每当我跨过海峡踏上那片土地，就感到痛心疾首，兄长恐怕也是如此吧？你刚才写的这首《抗英保土歌》说得再明白不过了：‘雪我国耻抒正气，保我河山保我权!’我们现在所做的事情，就是为了不让新安也沦为香港那样的命运！现在，这件大事刚刚开头，你怎么能走呢?”

“是啊，自从来到锦田，我感到就像回到自己的家，香港那个地方，也真是不想回去了！可是，翰翁如此急迫地催我返港，料定必有大事，他可不仅仅是一个传经布道的牧师啊，现在正在协助骆克，准备接管新安县……”

“嗯！”邓伯雄沉吟道，“既然如此，兄长不妨去看一看再说……”

易君恕看看窗外，太阳已经偏到西南，便向邓伯雄、文心瑜夫妇辞行，赶早上路。

邓伯雄吩咐备轿，并且派龙仔护送易先生。龙仔在腰间藏好了匕首，让轿夫带着准备回来赶夜路的火水风灯和干粮，立即登程。

邓伯雄陪着易君恕出了吉庆围，一直送到路口，两人才拱手而别。

“兄长一路上多加保重，我等着你回来！”

“伯雄放心，如果没有什么变故，我很快就返回锦田！”

易君恕上了轿子，由龙仔护送，沿着来时路线，往东南而去。回头望着清清的锦田河和巍然矗立的吉庆围，觉得像是离家远行。半个月的时间，他对这里的锦绣山水和淳朴乡民已经产生了深厚的感情，无家可归的天涯游子在这里找到了第二故乡，当然还要回来的！

轿子进入邻近锦田的八乡，过了上村石头围，乡间土路分了叉，一条往东，沿林村谷通往粉岭、大埔方向；一条往南，经石岗村通往翻越大帽山的山路。

“易先生，”阿惠说，“我不能再送你了，就从这里去大埔，回家看看阿妈和我的兄弟，明天再回香港。”

“阿惠，你好久没有回家，何必这么匆忙？不妨多住几日，翰翁和小姐那里，由我去说，”易君恕说，想到阿惠即将和寡母幼弟团聚，心中又生出一番感慨，便从身上取出几枚港币，递了过去，“这点钱虽然不多……”

“哦，不，先生，”阿惠惶然说，“有先生的一句话，阿惠就感激不尽了，怎么敢要你的钱？先生出门在外，还是留着自己用吧，我们家里再难，总还是本乡本土，再想办法吧……”说着，忍不住喉咙哽咽了。

“拿着吧，阿惠，虽然杯水车薪，也聊胜于无，”易君恕执意说，“不然，我于心不安！”

“多谢先生！”阿惠也就不好再推辞，便伸开两手，接过了那一把叮当作响的港币，两眼涌出了泪花。

他们就此分手，阿惠伫立路口，目送着那顶轿子载着易先生迤逦南去，匆匆奔往香港的方向。

第十二章　山雨欲来

夕阳衔山，晚霞映红了零丁洋，港岛笼罩在苍茫暮霭之中。

翰园的镂花铁门里，阿宽站在门房前，眺望着松林径方向。小楼前的草坪上，倚阑拖着曳地长裙，手里捧着一本书，独自缓缓地踱步，而心思却全然不在书上，盼望着易先生早些归来。从元宵前夕易先生离开翰园，到现在不过半个月的时间，她已经觉得太久太久，仿佛过了一年。每天早晨，她走进餐厅，只有dad和她共进早餐，易先生的座位空着，她便觉得食而无味。饭后上楼走进书房，也看不到易先生那熟悉的身影，听不到他那琅琅的诵读声，只好把他过去教过的诗篇，读了又读，写了又写。夜晚，她常常失眠，一个人走下楼来，披着月光在院子里独自徘徊，抬头望望易先生的窗口，一片漆黑，再也看不到他夜读的灯光，心中无限凄凉。家里不是还有dad吗？不是还有宽叔吗？有他们关心她、疼爱她，难道还不够吗？不，没有人能代替易先生，dad不能，宽叔也不能，他们给予倚阑的是慈父般的爱，而父爱并不是一切，家里少了一位易先生，好像变得空空荡荡，倚阑的心就像飘浮在空中，没有了依托，寂寞难耐。十八岁的少女有生以来还没有经历过这样的情感，她感到自己已经离不开易先生了……

“小姐，有一顶轿子上山来了，”阿宽一边打开大门，一边对倚阑说，“你看看，那是不是易先生啊？”

“噢？”倚阑的遐思漫想被打断了，她急忙扯起裙裾，迫不及待地跑出院子，朝松林径上望去，“那个走在轿子旁边的人……好像是龙仔？”

轿子越来越近，已经看得清清楚楚，龙仔在旁边带路，没有错，是易先生回来了！

“易先生！”倚阑兴奋地扬起手，大声叫起来。

“小姐！宽叔！”龙仔也向他们挥着手，亲切地招呼着。

轿子终于来到了门前，还没等轿夫停稳，倚阑已经迎上前去：“先生，你可回来了！”

“倚阑小姐！”易君恕轻轻地叫了一声，跨下轿来，问道，“这些日子，你……好吗？”

“我不好……”倚阑几乎要哭出来，如果不是旁边还有宽叔、龙仔和轿夫，她也许会不顾一切地扑过去，伏在易先生的肩头痛哭一场！但是，现在怎么能那样做呢？纵使心中有千言万语，她还是忍住了。

“小姐是不放心易先生，”阿宽在旁边说，“既然先生平安回来，就好了！快请进去吧，到家里慢慢地再谈！”

大家进了院子，阿宽让龙仔和轿夫到门房休息，和倚阑一起陪着易君恕进了客厅。

“怎么，翰翁不在家？”易君恕问道。

“他有事出去了，还没有回来。”倚阑淡淡地说。她现在不希望易先生谈这些，心里有很多话要说，可是旁边有宽叔在，又不便说。

易君恕接过阿宽递过来的茶，又问：“翰翁这么急着催我回来，是不是有什么事啊？”说着，从身上拿出那封信，递给倚阑，“你看……”

倚阑看着那张只写着“请速返港”四个大字的信纸，说：“噢，我明白他的意思，听说那边不大安宁，他是怕你出事！”

易君恕的心里“咚”的一声，翰翁是担心他出什么“事”？

“先生，我也为你担心！”倚阑抬起两眼看着他，那神色颇为紧张，“广东派了个叫王存善的人来谈判，dad 到码头接他去了，港府马上就要接管新租借地，你怎么还能留在那里？万一出了事，怎么办？”

易君恕猛地一震：噢，英国人要动手了！

这时，龙仔已经喝足了茶水，从门房走过来，说：“易先生、林小姐，天不早了，我们回去要赶夜路呢！”

“龙仔，你等一等，”易君恕说，“我还有件事托你办……”

说完，他匆匆上楼，进了自己的房间，锁上房门，在写字台前坐下，取过信笺，在砚中残墨里点了几滴清水，提笔蘸了蘸，急急忙忙写了一张无头无尾的便条：

广东今派王存善来港谈判，看来定界、移交在即。有新情况再告。

写毕，装入信封，快步走下楼来，对龙仔说："你们远道送我回来，我写了封信，向你家少爷表示感谢，请带给他！"

"先生真是客气！"龙仔接过信，小心地装在内衣口袋里，说，"易先生、林小姐，我这就告辞了！"

院子里，阿宽招呼两名轿夫上路。易君恕一直把龙仔送到大门外，还千叮咛万嘱咐一路小心，在他看来，龙仔已不是寻常奴仆，而像北京老宅里的栓子一样重要了，分手之际仍然依依不舍。

松林径上，林若翰的那顶私家轿正披着晚霞向半山走来。今天，两广总督谭钟麟派来的定界委员王存善到港，林若翰陪同英方定界委员骆克先生前往迎接，在码头等候了很久，船到之后，和王存善见了面，又是一番客套寒暄，然后把王存善送到住处，这些烦琐的外交礼仪很是累人，对年届花甲的林若翰来说并不是一件轻松的事情。但他想到这是卜力总督和骆克先生对他的信任，便振作精神，勉力为之。而更为艰苦的工作还在后头，谈判明天就正式开始。香港拓界这件大事，虽然早已在去年正式签订《专条》，但新租借地的具体边界，尚未确定，《专条》中说："其所定详细界线，应俟两国派员勘明后，再行划定。"这就意味着，只有在定界谈判达成协议之后，勘定了边界，这片新租借地才真正划归英国。英方的谈判主角当然是骆克先生，甚至卜力总督也可能亲临现场，但林若翰仍然感到自己的责任重大。骆克先生之所以向总督推荐他参加此项工作，不仅仅出于他们之间的友谊，更重要的是看重林若翰来华三十多年的丰富阅历，对中国官场的深入了解，以及对中国文化的广泛涉猎和娴熟的汉语，这些都将为谈判的成功提供有利条件。对此，林若翰并不像中国士大夫那样自谦“才疏学浅，不堪重任”，倒是觉得自己当之无愧。功名利禄已经诱惑了他几十年，却总是可望而不可即，直到这把年纪才第一次得到踏入仕途的晋身之阶，正是他充分体现自己的价值的绝好时机，他当然要不遗余力地奋力一搏，实现大器晚成的雄心壮志……

翰园门口，龙仔和轿夫正要出发，林若翰的轿子到家了。林若翰迎面看见易君恕，很觉兴奋，一边下轿，一边说：“啊，易先生回来了！”

易君恕拱拱手说：“翰翁以四字书相召，我岂能不回？”

他有意这样说，想听听对方的解释，而林若翰却只是微笑着说：“回来好，回来好！”

龙仔忙上前向林若翰行礼：“龙仔给老爷请安，我家少爷要我带话来，向老爷问好！”

“谢谢！”林若翰说，又像是随口问道，“你家少爷近来在忙些什么？”

“回老爷的话，”龙仔心灵嘴巧，眼珠一转，说道，“我家少爷是个闲人，一向不忙。这些天又是过节，无非请客吃饭，饮酒行乐。他如今有了儿子，兴趣全在小少爷身上啦！”

易君恕在一旁听了，心中惊异：没想到这小子还懂得巧施瞒天过海之计，把邓伯雄描绘成一副胸无大志、游手好闲的样子，倒是挺有意思！

“那好啊，有子万事足！”林若翰笑道，“邓先生不为世俗所干扰，优哉游哉，做桃源中人，真是令人羡慕！”

言外之意，颇有自身为公务所累而不得“无官一身轻”的感慨，这也是官场人物常发的议论。但林若翰这位准太平绅士有幸受命参加新租借地的定界谈判，正是官运亨通、如日方升，说这番话的时候，那神情却全然没有对仕途的厌倦，有的只是按捺不住的炫耀。

龙仔行礼告辞，轿夫抬起空轿，匆匆回锦田去了。

林若翰和易君恕、倚阑转过身来，一起走进院子。

“易先生这次离港时日不短了，”林若翰说，有些不解地看看易君恕，“新租借地穷乡僻壤，竟也值得先生如此流连吗？”

“我自幼生长于京师，来到香港也是身居繁华都市，从没有到过乡村，这次在山野之中闲散几日，觉得倒也有趣，”易君恕淡然一笑，说，“翰翁刚才不是还说羡慕桃源中人吗？”

“那不过是说说而已，天下哪里有世外桃源啊！”林若翰的神情严肃起来，“现在新租借地的边界还没有勘定，据说当地乡民对香港拓界颇多议论，人心惶惶，谣言四起，先生没有听到什么吗？”

“嗯？”易君恕心中一动，随即说，“我是个局外人，只不过流连山水而已，没有听到什么谣言，新安乡下看起来很平静嘛！”

“先生真是超然物外的桃源中人了！”林若翰不以为然地摇摇手，“可惜，你所看到的那种平静只是表面现象，而实际上危机四伏，动荡不安，一旦港府动手接收新租借地，当地乡民的不满情绪很可能酿成对抗政府的行动，现在的局势正是山雨欲来风满楼啊！”说到这里，他停了停，神色忧郁地看了易君恕一眼，“我急于请先生回来，是担心你留在那里，受了他们的煽动，纠缠进去，惹出什么麻烦！”

“翰翁多虑了，”易君恕好似一副沮丧的神情，叹了口气，说，“我去年大难不死，已是万幸，还会去招惹麻烦吗？”

“嗯，这才是明智之举，”林若翰点点头，说，“既然先生已经平安回来，就请在舍下安心住下，不要再轻易走动，以防不测。你是我请来的客人，我要对你的安全负责！”

“多谢翰翁关照！”易君恕说。心想，倚阑小姐说得不错，翰翁的用意果然在此。

晚餐之后，林若翰满面倦容，和易君恕、倚阑道了晚安，便回自己房间去了。明天就要开始紧张的谈判，他必须养精蓄锐，以逸待劳，便早早地躺下，熄了灯，闭上眼睛，默默地思索着，明天中方可能提出什么问题？英方应该采取什么对策？这样想着想着，不知不觉进入了梦乡。

易君恕回到自己的房间，几十里长途的轿子颠簸使他有些疲倦。他洗了个澡，换了一身干净衣裳，和衣躺在床上，却睡意全无，回到港岛得到的消息刺激着他，纷乱的思绪难以平静下来。中英双方派员进行定界谈判，这意味着《专条》不再是一纸公文，它将像一把利刃，落在大清国的土地上。易君恕尚不清楚广东方面派来的那位定界委员王存善是何等样人，对港英蚕食中国领土抱何种态度，但既有朝廷批准的《专条》在先，显然已不可能推翻成约，何况这项谈判又是在香港举行，也已显露出送上门来任人宰割的劣势，对此还能抱什么希望呢？而这条“边界”一旦确定下来，邓菁士、邓伯雄所策划的抗英保土义举也就难上加难了！想到这些，一颗心更加沉重。默默地走到窗前，举目看去，港岛上空，夜色正浓，下弦残月已亏蚀殆尽，只剩一弯细细的银钩，茫茫天际传来呜咽的涛声……

客房的隔壁，倚阑小姐也深夜不寐。她拉开了梳妆台的抽屉，取出了一封信，是从北京寄来的，请翰园主人转交易先生。毫无疑问这是他的家信，是对他初到香港时寄出的那封信的回复，除此之外，北京再也没有人知道他到了香港，住在翰园。易先生一直在等这封信，等了四个月也没有等来，而在他离开翰园滞留锦田的时候，这封信到了。倚阑牢记着易先生的嘱托，每天早早地到门口等着邮差，而不再劳宽叔送上楼来。邮差一到，她便急切地接过当天所有的信，一一翻检，一天又一天，终于让她等到了。当时她很兴奋，易先生为她辛苦了四个多月，她毕竟也可以为易先生做点事了。

现在，她把这封信拿在手里，要给易先生送去。可以设想，当易先生见到这封盼望已久的家书，将是怎样地兴奋！而这封信是倚阑替他收到、替他保管又亲手交给他的，也就等于去亲手抚慰他那颗天涯游子孤独寂苦的心，这对于倚阑来说，将是一种莫大的情感享受。她从梳妆台前站起身来，就要到易先生那里去了。而在这时，却又猜想，这封信里写的是什么内容呢？家信嘛，当然是讲他家里的情况：关于他的母亲、他的妻子和他的女儿……哦，是的，倚阑听父亲说起过，易先生家里不仅有一位病弱的老母亲，还有一位年轻的妻子和初生的女儿，那么，这封信是谁写的？初生的女儿当然首先排除在外，病弱的老母亲似乎也不大可能亲自执笔，最大的可能就是他的妻子，她要回答远在天边的丈夫所挂念的一切，并且还要倾诉自己柔肠寸断的思念之情，这几乎是可以肯定的。一个素不相识的女性朦朦胧胧地浮现在倚阑面前，看不清她的面目，只看见一双蒙着泪水的眼睛，只听见一阵如泣如诉的喃喃絮语，大约就是“寻寻觅觅，冷冷清清，凄凄惨惨戚戚……”那样一种情调吧？倚阑想，像易先生这样有学问的人，他的妻子想必也是出身于诗书门第，说不定就是像易安居士李清照那样一位说不尽相思离愁的病美人。可是，你懂李清照，倚阑就不懂吗？易先生也教倚阑读过的，“……守着窗儿，独自怎生得黑！梧桐更兼细雨，到黄昏、点点滴滴。这次第，怎一个愁字了得！”在易先生离开翰园的这半个多月，倚阑把李清照的《声声慢》读了千遍万遍，她自己就是在这种难耐的孤寂和思念之中熬过来的！现在，她就要到易先生那里去，倾诉心中的“怎一个愁字了得”，可是，当她把手里的这封信递过去，易先生的心就会立即被那个远在北京的女人牵动，哪里还听得进去倚阑的诉说呢？一种异样的情感袭上倚阑的心头，这种情感，在英文里叫作“envy”，在汉文里叫作“妒忌”，在她经历了分离的痛苦，迫不及待地要向易先生倾诉的时候，而易先生的心将要被一封信、被另一个女人所牵动，这使她不能容忍！倚阑摇了摇头，把她想象中的那双蒙胧的泪眼，那如泣如诉的喃喃絮语，都抹掉了，不由自主地松开了手，把那封信重新丢进了抽屉。这……这合适吗？要是易先生问起有没有信来，怎么办？她心里慌慌地，这样问自己。不，没有关系，她回答自己说，等他问起来的时候，我再拿给他，还不是一样吗？现在就先放一放，如果他今天不问，就让这封信在抽屉里再多待一晚，等到明天，也许是后天……

“笃，笃，笃……”客房的房门被轻轻地敲响了。

易君恕从窗前回过头来，没有应声，凭着他的直觉和敲门的声音，已经猜到了敲门的人是谁。他快步走过去，拉开了房门，果然，门外站着倚阑。

“倚阑小姐……”他并没有感到意外，轻轻地叫了她一声，“天不早了，你还没有休息？”

“我睡不着……”倚阑走进了他的房间，随手关上了门，神情凄凄地说，“这半个多月来，我总是失眠，常常睁着眼睛直到天亮……”

“为什么？”易君恕问道。话刚一出口，他就意识到了这样的问话多么愚蠢。今天重返翰园，他看到倚阑小姐的第一眼，就从她那眼神里读出了一种难以言说的情感。

“为什么……”倚阑抬起长长的睫毛，那双大大的黑眼睛里分明是无尽的哀怨，“你连这是为什么……都想不到吗？”

“小姐……”易君恕的心脏“咚咚”地跳起来，倚阑的问话，等于说了个浅白直露的谜语让他猜，而无论他迂回曲折地说出任何答案，都将是错的，因为谜面本身就是谜底。他绝不能说破这个谜底，却又不能保持沉默，该怎么回答呢？

“小姐，我知道……知道你一个人很寂寞，”他只好说，“自从你清楚了自己的身世，在你和翰翁之间，已经不可能再像过去那样无话不谈了。何况他现在又很忙，纵使在百忙之中抽出时间来倾听你的声音，你又能对他说什么呢？”

他的话像鼓槌敲在倚阑的心上。

“是啊，就是这样，”倚阑喃喃地说，“我的苦闷，dad 怎么能理解，我又怎么能跟他说啊？先生在的时候，我们一起诵读那些先贤的诗句，前人营造的优美意境给人以情感的寄托和安慰，我感到生活得忙碌而充实，而这半个多月，这一切都停止了，我便感到难耐的寂寞，钟摆太慢了，夜太长了，不知道怎样打发自己的生命。可是，这些却又只能闷在心里，真是‘多少事，欲说还休’！先生，你知道吗？我很苦……”

倚阑凝望着他，黑亮的眸子涌出了莹莹泪水，白皙的面颊已经白得发青，嘴唇褪去了血色，在微微地颤抖。刹那间，易君恕感到倚阑身上有一种摄人心魄的美。他们最初相遇的时候，倚阑一副高傲冷漠的神情，做西洋美人之状，那是一种令人不能亲近的美；后来，倚阑成了他的学生，不知不觉地解除了矫饰，却又不时显露出娇憨无忌的顽童之态，易君恕把她当成个小妹妹，那是一种令人怜爱的美；倒是现在，当她读懂了易安居士，经历了离怀别苦，她的面庞比过去憔悴了，神采却比过去更加动人了，顾盼之间，言辞之中，俨然一副诗意的美，“帘卷西风，人比黄花瘦！”

“小姐，我知道……”易君恕脱口说，“我自己就是从愁苦中走过来的啊！”

“既然你和我一样地苦，为什么一去不回？”倚阑却反问他，“临走的时候，你答应过我，三五天就回来，可是你一去就是半个多月！如果我不让阿惠去叫你，你恐怕还不会回来，你把翰园忘了，把我忘了，小小的倚阑在先生心里没有位置！”

倚阑说着，说着，委屈的泪珠坠落下来。她抬起手来，擦着腮边的泪水，感到自己的指尖冰凉而麻木，长裙下的那两条挺秀的长腿酥软无力，似乎已经难以承受纤弱的身躯……

“哦，小姐……”易君恕连忙扶住她，让她坐在写字台前唯一的那把高背椅上，“我……我没忘，我怎能忘记你呢？见到阿惠，我不是立即就赶回来了吗？”

“过去的事情不必解释了，回来就好了，翰园里又有了生气，明天我们又可以继续上课了！”倚阑稍稍平息了一些，擦了擦脸上的泪痕，望着易君恕，破涕一笑，“你看，先生回来了，我又活了！”

她那双充满信赖和依恋的眼睛，使易君恕怦然心动！他知道，倚阑是多么需要他，这个本身十分柔弱却又逞强的女孩子，需要有一个兄长来支撑她，也许正是因为这点支撑，使她没有在命运的摧残中垮下来；而易君恕在数月之久的相处之中，也已经感到生活中不能没有这个小妹妹，即使在锦田那天天陪着邓伯雄练兵演操的半个月里，他有时也会恍惚地感到似乎身边缺了点什么。现在，他风尘仆仆地赶回了翰园，又看见翰翁和倚阑了，却突然感到，这次回来也许是错的！翰翁急切地催他回来，是要切断他和邓伯雄的联系，变相地把他禁锢在翰园；倚阑眼巴巴地盼着他回来，是要把他永远留在自己的身边，可是，这怎么办得到啊？锦田的抗英队伍枕戈待旦，弯弓待发，正等着他回去呢！而且，此时此刻当他面对着小别重逢的倚阑，才真正意识到自己和倚阑之间的师生之谊、兄妹之情已经发展到极限，只要再迈出一步，哪怕是极小的一步，就将跨入一个极其危险的境地！不，他不能，为了信守和邓伯雄的诺言，他不能；为了爱护倚阑，也为了自爱，他也不能迈出那一步！

“倚阑小姐，感谢你对我的信赖和友谊，和你一起读书，对我自己也是一种宽慰，”易君恕迟疑片刻，还是狠了狠心，说下去，“可是，这已经很难再继续下去了，我这次回来，是打算向你和翰翁告辞的……”

“什么？”倚阑仿佛突然遭受了重重的一击，倏地从椅子上站起来，睁大了眼睛，“你还要走？到哪里去？”

易君恕歉意地避开她那双眼睛，转过脸来。

“你是要回北京去吗？”倚阑惶然地抓住他的手臂，好似唯恐他骤然离去，“不，你不能走！我知道，你想念北京，想念你的家，可是那里太危险，你不能回去了！先生，不要走，就把翰园当成自己的家吧，啊？”

“我……”易君恕心里一热，两眼湿润了。“翰园就是你的家”这句话，翰翁曾经不止一次地说过，但是现在由倚阑说出来，又是一番挚情深意，但他心里清楚，翰园不是他的家，过去不是，现在不是，将来也不会是，他是非走不可的！“我不能瞒你，倚阑小姐，我是要回锦田去，在那里，我有很重要的事情要做……”

“这，我也已经想到了，你迟迟不归，就是这个原因。”倚阑说，两手紧紧地抓住他，苍白的脸上，嘴唇在颤抖，“我不让你走，我……我害怕失去你，不能没有你！去年秋天，从宋王台回来的那个晚上，是我有生以来最痛苦的一关，当我走出宽叔的小屋，心里一片茫然，不知道人间还有没有我走的路，不知道第二天早晨将怎样面对这个冷酷的世界，可是，当我看见你站在月下等着我，看见你坚实的肩膀和令人信赖的眼睛，听见你那句让我一辈子都铭心刻骨的话，我就什么都不怕了！先生，是你拉着我闯过了那一关，如果没有你，我连活下去的勇气都没有了！现在，你怎么能忍心丢下我不管呢？你走了，我怎么办？”

“小姐，小姐……”易君恕喃喃地呼唤着倚阑，他感到，要辞别翰园和倚阑，甚至比当初离开家还要难。那时在情急之中，来不及向老母、弱妻告辞，说走就走了，别无选择；而现在，他该怎样说服这个对他无限依恋的倚阑呢？“倚阑小姐，你听我说……”

“不要说，什么也不要说，”倚阑伸出手去，掩住他的嘴，“我不要听你解释！”

啊，啊，易君恕的心脏战栗了，他情不自禁地抚住那只纤纤玉手，细润，柔软，温馨，紧贴着他那滚烫的嘴唇，把哽在喉间的万千话语，把跃动在胸膛里的一颗心，融化了！

“你不能走，不能走啊……”倚阑浑身颤抖着，向他扑过去，双手搂住他的脖子，胸膛贴着他的胸膛，“我不放你走！”

“倚阑小姐……”易君恕的心脏剧烈地跳动，呼吸越来越急促，已经难以自制。突然，他的脑际跳出一个人的名字：“皮特！”这两个字他经常从倚阑的口中听到，并且莫名其妙地为此而感到隐隐的不快，每当那时，他都告诫自己：那是倚阑小姐的私事，和我无关，千万不要过问，而现在却如骨鲠在喉，不能不问个究竟了。“小姐，别这样……”他推开倚阑的双肩，如炬的目光盯着她，“你……不是有一个心心相印的‘皮特’吗？”

“噢，皮特！”倚阑打了个冷战，声音颤抖地说，“先生，你真的相信世界上有这么一个‘皮特’？”

“怎么？”易君恕愣了，“我当然相信，他不是你的老同学吗？一位建筑大师的儿子！”

“不，一切都不存在，”倚阑凄然一笑，“那是我编造的！”

“编造的？”易君恕大吃一惊，“为什么？你为什么要编造这样的谎言来欺骗别人？”

“不仅是欺骗别人，也在欺骗我自己！”倚阑无奈地一声叹息，双眼涌满了泪水，“我从小生活在欧洲人的社会，在他们看来，一个女孩子如果没有人爱，没有人追求，是一件很不光彩的事。可是，那个社会却不可能真正接纳我，我的黑头发、黑眼睛时时遭到白人的侧目，也提醒了我自己：我不是他们的同类，和他们格格不入。我躲避着他们，而在华人社会中也同样没有我的位置，像一艘孤零零的小船，没有一个停泊的港湾，只有孤独地漂荡。我把自己封闭在翰园里，不参加任何聚会，很少和外界往来，整天、整月，甚至整年地和dad、宽叔、阿惠厮守。为了不让社会歧视，不让dad为我操心，我……我只有编造出一个爱我的人，似乎他在世界的某个角落关心着我，等待着我，由他来占据我这颗空荡荡的心，并且时时向别人提起，在社会上，借此维持着自尊，在家里，对dad也是一种宽慰；我甚至强迫自己也相信那是真的，在这个冷漠的世界上，还有一个爱我的人，和我心心相印、息息相通，我把心里所有的苦闷都向他倾诉！每当我郑重其事地外出，总是对dad说，我去见皮特，而实际上，我是一个人坐在僻静的海边默默地流泪，自己跟自己说话啊……"

满眼泪水潸然坠落，倚阑的诉说哽咽了。

纯情少女的心迹袒露，强烈地震撼着易君恕！在古老的中国，前人只创造了"望梅止渴""画饼充饥"的故事，却从未听说"爱"也是可以虚构的；倚阑这个女孩子，自幼失去父爱和母爱，在华洋杂处的夹缝中艰难地生存，极度的孤苦，极度的寂寞，对爱的饥渴造成了她畸形的幻想，她以此来安慰自己，也折磨着自己，这是一种什么样的痛苦？望着娇小柔弱的倚阑，易君恕的眼泪夺眶而出！

"倚阑小姐，我对你关心得太少了！我本来以为……唉，我哪里知道他是一个根本不存在的人？其实，那就是你自己啊……"

"不，他比我强大得多，完美得多，"倚阑泪眼凝望着他，喃喃地说，"他是我对生活的美好奢望，是我在心中反复勾画的一个偶像，开始朦朦胧胧，后来渐渐地清晰了，真真切切地生活在我的身边。当我夜不成寐的时候，是他陪伴着我；当我凄苦难言的时候，是他抚慰我破碎的心；当我痛不欲生的时候，是他用男子汉的双肩支撑起我的身躯，扶着我，搀着我，跨出人生的泥淖和深渊！现在，他不再是一个虚幻的影像，他就是你啊，先生！"

"倚阑……"易君恕紧紧地拥抱着她，一腔男儿热血化作了似水柔情……

一钩残月被浓云吞没，苍黑色的太平山麓涌起团团水雾，像海潮似的弥漫开来，夜幕下的半山别墅区一片朦胧。港岛度过了干旱的冬季，已亥年的第一场春雨悄悄地贴近大地，如烟似雾，润物无声。翰园里的花木被雾气浸湿，啪，啪，那极其轻微的响声是露珠坠落在草坪。

客房的窗帘低垂，天涯倦客沉浸在温柔之乡……

突然，一阵急切的“砰砰”声把他惊醒，易君恕翻身跃起，赤足跳下床来，恍惚中不知今夕何夕，身在何处，只听得那“砰砰”声愈加急切，愈加沉重。猛然间意识到这是有人在打门，不像倚阑小姐和阿惠敲门时那轻微的“笃笃”声，也不像阿宽敲门的“梆梆”声，却似擂鼓一般。啊，这是谁啊？发生了什么事？

他茫然不解，走上前去，伸手把门打开，“嗖”的一股冷风吹了进来，风中裹着一个人，衣衫褴褛，披头散发，满脸血迹。易君恕吃了一惊，问道：“你是谁？”

“少爷，少爷！”那人气喘吁吁，瞪着血红的眼睛，声音嘶哑地喊道，“您连我都不认识了？我是栓子啊！”

“啊！栓子？”易君恕顿时热血沸腾，“栓子！你怎么成了这个样子？这是从哪儿来？”

“我从北京来，从咱家来啊，”栓子号啕大哭，泪如泉涌，满脸流淌着血浆，“少爷，我可找着您了！”

“栓子，你别哭，别哭啊，”易君恕急切地说，自己也热泪涌流，“快告诉我，家里怎么样了？老太太和少奶奶呢？”

“少爷，我就是来告诉……告诉您，老太太、少奶奶，还有新添的小姐，她们都……”

“她们都怎么样？快说，你快说呀！”

“她们……”栓子张着干裂的嘴唇，大口地喘着气，突然一股鲜血喷射出来，踉跄着向前跌倒！

“栓子！”易君恕惊叫着，拦腰抱住他，“栓子，栓子！”

滚热的鲜血模糊了易君恕的双眼，耳畔轰然传来沉闷的声响：“当！当！当！……”

他猛然睁开眼睛，幽暗的房间里，窗帘上映着淡淡的青光，墙上的自鸣钟正敲响凌晨三点。眼前没有鲜血，也没有栓子，他的两臂紧紧拥抱着的是倚阑小姐。她沉浸在熟睡之中，是那么安详，那么甜蜜。

易君恕悚然松开双手，心脏还在狂跳。刚才的情景真真切切，他亲眼看到了栓子披头散发、满脸血迹的样子，亲耳听到他嘶哑的哭喊声，那都是梦吗？天涯游子望眼欲穿，夜夜盼着梦回故里，梦见故人，盼来的却是这样的梦，刺目的血光，震耳的哭声，一个凶险无比的梦！栓子……这是怎么回事？他说他从北京来，从家里来，来告诉少爷：老太太、少奶奶，还有新添的小姐，她们……她们怎么样了呢？真可惜，栓子没有说完，这个梦没有做完，他就醒了，留下的是牵肠绞肚的思念，惊心动魄的担忧！

易君恕的心碎了。无论梦境是假是真，他都不能原谅自己，堂堂七尺男儿无力保护老母、弱妻、幼女，艰危之际，弃家而逃，他已经愧为人子、人夫、人父；而今香港"拓界"在即，新安县志士抗英大计未酬，他却不能自持地堕入缠绵恋情，耽于片时春梦，则简直是可耻了！栓子千里梦寻，以鲜血把他惊醒，正是对他的警示！他惶然垂下头，目光却触到了熟睡中的倚阑。窗外星月无光，黎明的曙色幽暗清冷，朦胧之中，倚阑娇小的身躯安卧在他的睡榻上，洁白的面庞，纤细的手臂，仿佛大理石琢就的一尊雕像。易君恕好似被烈火灼伤了眼睛，一阵心悸，闭上了双眼！刹那间，他的眼前闪过去年秋天在码头上的初次相遇，宛如"鬼婆"的倚阑小姐是那么高傲，冷漠的眼神拒人于千里之外，易君恕这位中国绅士、京师举人根本不在她的视野之内；亡命天涯的易君恕强忍着屈辱，才没有掉头而去，跟随他们父女来到这座翰园，吞咽着寄人篱下的苦水。秋去春来，四个多月过去了，他们之间的关系在不知不觉之中发生了判若天壤的变化，由格格不入而坦诚相见而鱼水相依，最终发展到今日……这一切都始料不及！如果说，他最初的忍让是迫于无家可归的窘境，是出于对翰翁的感激和尊重；在得知她的真实身世之后，他像对待小妹妹一样去关怀、抚慰这个无父无母的孤女，是缘于同根相生的骨肉之情；那么，今天的现实又该怎么解释？两个人永远保持着既是师生又像兄妹的真诚友谊不是很好吗？为什么又要走到这一步啊？啊，啊，爱河边缘这极其危险的一步！如果说，十八岁的倚阑尚且幼稚单纯，将近而立之年的易君恕为什么也失去了理智？无论是西方《圣经》对亚当、夏娃“原罪”的昭示，还是东方亚圣孟老夫子对“食色性也”的无可奈何的哀叹，都已经无法挽回既成的事实！“士之耽兮，犹可说也；女之耽兮，不可说也！”不，不，纯情少女已经委身于他，他的肩上就承担了责任，永远也不可以抛弃她！但是，他现在正处于怎样的境地？他做得到吗？

窗外春雨潺潺，寒气袭来，易君恕不禁一个战栗！啊，倚阑……

倚阑翻了一个身，脸上漾着幸福的微笑，发出含糊不清的梦呓：“先生……”

“倚阑，倚阑……”易君恕的眼泪夺眶而出，大颗的泪珠滴落在倚阑玉石般的面庞上。

倚阑那长长的睫毛闪动着，缓缓地睁开了眼睛。蒙眬中，易君恕正坐在她的面前，两道剑眉下那双清澈深邃的眼睛正在专注地端详着她，闪烁着泪光。

“先生……”她叫道，声音轻轻，痴情浓浓。

“倚阑，我……”

“先生，”她抬起玉臂，为他擦去眼角的泪水，“你哭了？为什么哭啊？”

“倚阑，”他愧疚地握住她的手臂，“我对不起你！”

“不，先生，你说什么呀？你给了我很多，谢谢你，只要有你在，我就拥有了一切……”

“倚阑，你越是这样说，我越觉得对不起你，”易君恕黯然道，“你知道吗？我已经是有妇之夫，家里有妻子，而且还有了女儿 ……”

“这，我知道，”倚阑喃喃地说，“可是那个家，你已经回不去了！”

“回不去了，是回不去了……”易君恕叹息着，失神地望着客房的天花板，“可香港也不是我的久留之地……”

“无论你去哪里，我都跟着你，我们永远在一起……”

“可是，这怎么向翰翁交代啊？”

“交代什么？不，不能告诉 dad！”倚阑恐惧地说，“你不要忘记，他是一位英国牧师，按照英国法律和基督教的仪规，重婚就是犯罪，我们绝不可能得到他的谅解……”

“啊！”易君恕沮丧地垂下了头。

林若翰一夜好睡，无梦无忧。次日清晨起来，拉开窗帘，帘外满眼翠绿，春雨潇潇。

“糟糕，下雨了！昨天晚上我怎么一点也不知道？”他轻轻地发了声牢骚，走进了卫生间。镜子里，他看见自己面色红润，精神饱满，昨天的疲劳已经消除，微微笑了笑，阴雨天气也并没有影响他愉快的心情。洗漱之后，他仔细地修剪了胡须，换上礼服，打上领结，从镜子里端详着自己，很好，很好，就这样去谈判！

他像往常一样走进餐厅，和倚阑、易君恕互道“早安”。阿惠不在，阿宽已经从“办馆”买回了早餐，摆在了餐桌上。林若翰一心想着即将在港府辅政司署举行的谈判，早餐吃得心不在焉，更没有留意易先生和倚阑有什么异样。

“牧师，轿子准备好了。”阿宽走进来说，“天气不好，请牧师带上雨伞！”

“忘不了的，雨伞是英国人身体的一部分！”林若翰笑笑，向易君恕点点头，从餐桌旁站起身来。

轿子已经等在院子里。他从客厅里拿起早已准备好的雨伞，戴上“波乐帽”，胁下夹着皮包，跨下台阶，乘上轿子，便匆匆出发了。

阿宽撑着一把油纸伞，送走了林若翰，站在大门旁边目送着轿子在山道上远去。早春的蒙蒙细雨透着寒意，砭人肌骨，他喃喃地自语着：“正月完了，进二月喽！二月二，龙抬头……”

山道上走过来一个人影，头戴凉帽，身披蓑衣，走得很急。啊，那不是阿惠吗？

“宽叔！”果然是阿惠，已经远远地向他打招呼了。

“阿惠！”他撑着伞，向她迎过去。

阿惠走近了，凉帽的布檐已经湿透，身上的蓑衣挂满了水珠。冒雨走了几十里山路，她的脸上已经分不清汗水和雨水。

“阿惠啊，这样的天气你怎么还往回赶？”阿宽把雨伞举过去，罩着阿惠，“易先生回来已经跟牧师和小姐说过了，你就在家多住几天嘛！”

“我告了一天假，应该按时回来，”阿惠气喘吁吁地说，“不然，又让你替我受累了！”

“这有什么？我多做一点也没关系！”阿宽说，又问，“你家里怎么样？”

“唉，”阿惠叹了口气，伸手接着那蒙蒙春雨，喃喃地说，“快该插秧了，可家里已经没有地种了……”

轿子在下亚厘毕道辅政司署前面停下来，林若翰下了轿，撑起雨伞，径直走向大楼。这座大楼自从1847年花费一万四千三百英镑建成以来，便成为香港的行政中枢和实权机构，其地位仅次于总督府。林若翰近来已经成为这座大楼的常客，出入无须通报，持枪肃立的门卫向他抬手敬礼，他只是朝他们轻轻地点一下头，便昂然而入，就像那些每天在此办公的要员一样。仅凭这一点，就足以使他感到扬眉吐气。

定界谈判将在会议厅举行。现在，会议厅已经布置停当，居中摆着谈判用的长案和两排座椅，正面墙上并排挂着大英帝国的米字旗和大清帝国的黄龙旗，侧面墙上是一幅巨大的地图。林若翰走进来，见这里尚空无一人。他心想，自己来得太早了，便踱进旁边的休息室去，却发现中方定界委员王存善和他的随员、通事都已经等在休息室，而东道主骆克辅政司还没有到，只有港府的通事和侍者在陪着他们。

王存善看见林若翰进来，便立起身，拱手一揖，说道：“啊，林大人！昨天敝人到港，承蒙林大人屈尊相迎，多谢，多谢！”

“哪里，哪里，王大人太客气了，”林若翰忙还礼道，“英、中两国友好邦交，王大人莅临本港，敝人应尽地主之谊嘛！王大人请坐！”

“林大人请！”王存善再谦让一番，这才都坐了下来。

王存善年纪在五十上下，矮矮的个子，土黄色面皮，淡眉细眼，窄鼻梁，薄嘴唇，蓄着两撇八字胡；头戴染貂暖帽，蓝色明玻璃顶子，身穿驼色拱璧暗纹官袍，补服上绣着云雁，是为四品官服。此人奉两广总督谭钟麟之命，出任中方定界委员，前来香港与英方谈判，这一使命举足轻重，但他本身的官衔却只是一名“候补道”。林若翰凭着多年在官场周旋的经验，自然知道：大清国的官员，未必都是走的科举正途，按照朝廷的捐官条例，也可以花钱买官，那些在科场屡试不中或者胸无点墨根本不敢进考场的人如果想过官瘾，拿出一笔银子照样做得了官。捐官最高可以做到道员，各省都设督粮、盐法二道，由道员各司其职，地位不算低，权力也不算小了。无奈道员的实缺有限，僧多粥少，所以事实上捐班“道员”很难真正享受正牌道员的地位和权利，花钱买了个头衔而又无处安插的人便只好做“候补道”，他们没有一个实实在在的官职，只能翘首以望地傻等着补缺，在等待之中有时候接受某项委差，替上司去跑跑腿，交差之后仍然继续“候补”，没着没落地挂在半空，中看不中吃的样子货而已。广东候补道王存善此番出任定界委员，便是这么一个临时性角色，虽然穿着四品官服，却比起谭嗣同的四品军机章京、康有为的六品工部主事都差得远了。林若翰事先已经把王存善的身份咨询得清清楚楚，心里便看不起他，所以并不尊称他“道台”，只含含糊糊地叫一声“王大人”也就罢了。而相比之下，林若翰本人却又连这位“候补道”还不如，他虽然填写了太平绅士候选人的审查表格交了上去，但至今还未获批准，自然不能算数；现在奉命参加定界谈判，却又没有一个正式头衔，定界委员只有一名，由骆克挂了帅印，担任翻译的是港府的专职通事，他林若翰算个什么呢？名不正而言不顺，虽非滥竽却只能充数。但王存善并不了解他的底细，见他皓首银须，衣冠楚楚，不敢小看，而洋人又不兴顶戴补服，也弄不清楚是何官职，便也就含含糊糊地称他“林大人”了。

现在，主帅骆克还未出场，这两位赝品“大人”倒是旗鼓相当，不忍枯坐，便攀谈起来。

“林大人，”王存善道，“敝人在正月十七便奉谭制台宪命，准备来港谈判，与贵方往来照会多通，直到月底才得到明确答复，定下日期，所以敝人来港也推迟了十多天，与林大人相见恨晚哪！”

“是啊，幸会，幸会！”林若翰嘴里应付着，心里却在想：听他这番话，表面上很客气，其实却暗含埋怨英方办事拖拉之意，又似乎想刺探英方的准备情况。林若翰当然知道，早在去年《专条》签字、换约之后，中国总理衙门就已经致函窦纳乐，催促他报告英国政府，请急速派员会同中方委员勘定租借地的北部陆界，而由于种种原因，英国政府并没有采取行动，一拖再拖，直到中方任命王存善为定界委员之后，来电催促早日谈判，卜力总督又拖了十多天，才在前天任命骆克为英方定界委员。这在中方看来，一定觉得不可思议：既然英国人那么急于展拓香港界址，为什么签约之后却迟迟不予接管？连定界还要让中方频频催促，久久等待，好像中国的土地多得没处扔，非要拱手送给英国不可，倒是怪事！王存善刚才所说的那番话，隐隐约约就是这个意思。林若翰虽然不是英方官员，却一向以“观察家”自诩，自去年窦纳乐与李鸿章谈判以来，就密切注视着事态的发展，何况近来又奉港督之命参与定界谈判和接管工作，自然对个中情由了如指掌，于是说：“王大人，两国疆土交涉，关系重大，是要慎重对待的。自从去年签约至今，两国政府尚对一些细节存有歧见，比如九龙寨城问题、中国税关问题，都悬而未决，致使定界谈判推迟至今，对此，王大人应该是清楚的！”

“哦！”王存善听他点出九龙寨城和中国税关两大问题，心里知道这将是谈判的两大障碍，便想再进一步探探口风，说道，“据我所知，谭制台去年就已向贵国驻广州领事馆提出十一项建议，其中说道：双方边界划定之后，九龙寨城的中国官员仍可执行其本身职务，但不会阻碍或插手香港方面的军事防卫事务；贵国政府既曾应允协助中国政府征收关税，所以现有税关也应与九龙寨城的中国官员管理办法大同小异。这些，都与《专条》的原则相符，那么，此次谈判似应以此为基础，不至于再有歧议了吧？”

“王大人未免过于乐观了，”林若翰看了他一眼，不以为然地说，“最近，窦纳乐公使照会贵国总理衙门，提出由港府代收鸦片关税，中国税关撤出香港、新租借地和邻近地方，而总理衙门却予以拒绝，所以歧议仍然存在，问题并没有解决。真正解决这两大问题，还要靠两国政府交涉，而此次谈判的主要议题是就边界进行磋商，如果能够顺利达成定界协议，王大人也就不虚此行了！”

王存善当然听得出，林若翰这是在提醒他：你这位委员的权力有限，管不了那么多事，不必揽得太宽，还是老老实实地商量边界这个具体问题吧！这当然让王存善心里很不舒服，但他又想：如果那些重大分歧都避而不谈，双方谈判还有什么可谈的呢？只需派几名工程人员，丈量土地、勘定界址就是了，那倒更省事！

王存善暗自思忖，默默不语。这时，香港政府辅政司兼定界委员骆克到了。

“司宪大人！”王存善和他的随员连忙站起身来，恭敬地打躬作揖。虽然王存善和骆克同为定界委员，双方对等谈判，但毕竟骆克在香港是实权在握的辅政司，地位仅次于总督，而且和总督一样拥有英国女王以“宝剑加肩”之礼授予的爵士头衔，这是捐班候补道王存善根本不能比拟的，见了骆克便不由自主地肃然起敬，使用了下级对上级的尊称。

“王道，你来了？”西装革履的骆克面带微笑，也向他拱了拱手，却并不称他“王大人”，而称之为“王道”，犹如上级对待下级，熟悉中国官场礼仪习俗的骆克是有意这么做的，把自己摆在高高在上的地位，标志着即将开始的谈判并不平等。

双方进入会议厅，分宾主入座，谈判正式开始。

“诸位，”骆克首先致辞，“今天，王道光临本港辅政司署，令我深感荣幸，并表示竭诚欢迎！去年6月9日，由大英帝国驻华公使窦纳乐阁下和大清帝国大学士李鸿章阁下、礼部尚书许应骙阁下共同签订了《展拓香港界址专条》，并且于去年8月6日由大英帝国首相兼外交大臣索尔兹伯里侯爵和大清帝国出使英、意、比国公使罗丰禄阁下在伦敦换约，《专条》已于去年7月1日生效。这一历史性文件，标志着英、中两国的友好合作关系进入了令人振奋的新阶段，对于香港的安全保卫和经济发展都具有重大意义。现在，我和王道受各自国家政府的委托，共同商定新租借地的边界，我相信，只要双方本着和平友好的诚意，去克服可能出现的困难，一定会圆满完成这一使命，尽快划定两国边界，使两国人民安居乐业，共享太平！”

骆克一口流利的汉语，无须翻译，王存善也听得清清楚楚，双方的通事便省却了口译，只做笔录。王存善听着他这番冠冕堂皇的开场白，心想：英国远离中国几万里，边界怎么划也划不到这里来，既然强租我们的土地，也就无须打什么“和平友好”之类的旗号了，及早划定这条边界，使你们的蚕食有个界限，我们也好过几天太平日子！

“司宪大人！”王存善等骆克说完，拱了拱手，说道，“敝人初次来港，受到司宪大人和林大人欢迎，深为感谢。司宪大人刚才所表达的愿望，敝人也完全赞同。《展拓香港界址专条》早已为两国朝廷批准，我们依据《专条》的原则确定边界，并不是一件困难的事情。司宪大人请看，”他站起身来，走到那幅挂在墙上的地图前面，指点着说，“按照《专条》所黏附的地图，中国新安县和英国新租借地的北部陆界，应从深圳湾到大鹏湾沙头角海之间画一条直线，直线以北归中方，直线以南归英方，丈量、勘定极为方便，直截了当……”

林若翰一边专注地听着王存善发言，一边详细地记录。听到这里，打断了他的话，说：“我想提醒王大人，地图上的一条直线，落到地面上就难以做到笔直了。因为沿线分布着许多村庄，对于正好在线上的村庄，就不好办了，因为那里的人们多数都有密切的宗族关系，如果将一个村庄，甚至一个家庭一分为二，恐怕有所不便，也不近人情。王大人将准备如何处置呢？”

“这并不难，”王存善道，“ 遇到此种情况，只要看哪一边的户数为多，如果南多北少，就将整个村庄划归英方；反之，如果南少北多，则将整个村庄划归中方。只要边界大体保持直线，小有曲折也不妨事，这样，既不违背《专条》的规定，又可以照顾到民间宗族关系，不使一村、一户割裂，合情合理。不知司宪大人和林大人以为如何？”

“呃……”林若翰未置可否，转脸看了看骆克。

“王道不为成约所拘束，敢于突破直线，根据实际情况制定局部曲线，我表示赞赏！”骆克面带笑容地说，“这一大胆主张实在是了不起！”

“司宪大人过奖！我们做任何事情都不可墨守成规，总要因地制宜，”王存善忙说，“何况我的这一主张，还是受了林大人的启发才提出来的嘛！”说着，他朝林若翰躬了躬身，以示谦虚，心中却在窃喜：没有想到自己刚刚出场就得了个“碰头好”，有了这个大吉大利的开端，下面的戏就好唱了。

“是的，”骆克接下去说，“王道说得很对，我们在实际划定边界时不可能一成不变地依据《专条》黏附地图，突破直线是必然的，也是必需的。比如……”他从谈判桌旁站了起来，向地图前走去。

王存善便回到谈判桌旁，重新坐下来，洗耳恭听英方定界委员的发言。

“比如这个以深圳为中心的河谷地带，”骆克抬起手，指着深圳河一带说，“分布在这里的村庄由家族纽带和共同利益连接在一起，如果把它们一分为二，河流或道路的一边的村庄归英国管辖，另一边的归中国统治，肯定会发生许多问题和摩擦，而且将使边境走私成为轻而易举的事，这无论对于中国还是对于香港都是极为不利的。我们还应该注意到深圳这座重要城镇，”他的手指指点着深圳河北岸的一个圆圈，继续说，“深圳是新安县东部的政治中心，现在，该县东部的许多地方已经划入英国新租借地，而深圳却被排除在外，我们就不能不考虑这座中国城镇对于东部乡村的巨大影响……”

王存善的目光随着骆克的手指移动，专注地谛听着他的阐述，听着听着，渐渐觉得味道不对了，骆克和他的主张显然并不一致，对他“表示赞赏”不过是为了借题发挥罢了，听，骆克现在就已经发挥得不着边际！

“司宪大人，”王存善忍不住说道，脸上的沾沾自喜已经消失殆尽，而代之以惴惴不安，“大人的意思是……”

“我的意思十分明确，”骆克指着地图说，“我认为，如果从深圳湾到沙头角海之间画一条简单的、人为的直线作为边界，是根本行不通的，而必须加以修改。最为简便易行的修改办法是以山川河流的走向作为自然边界，请看，”他指着新安县北部的界山，说，“在这里，上帝早就为我们造好了一条山脉，它东西走向的山脊可以作为中国大陆和英国租借地之间的天然屏障，既易于防御，又易于制止走私，真是再好不过了！”

“啊?!”王存善大吃一惊，“司宪大人，那条山脉是东莞和新安两县的界山啊，如果租借地以此为界，岂不把整个新安县都划归英国了吗?”

是的，这就是骆克的真正意图，也是许多港英人士的真正意图。早在去年6月9日《专条》签订的当天，英国海军联合会获悉《专条》的内容之后，就对那条直线表示不满，立即向殖民地部提出修改边界的要求，建议将新租借地北部边界扩大到北纬二十二度四十分。港英政府官员奥斯比也提出一份报告，主张以“自然界限”为界。去年8月，骆克亲赴新安县进行调查，不仅掌握了未来租借地的田土、户籍、税收等等详尽资料，而且对北部边界进行了踏勘，已经成竹在胸。去年10月，骆克向英国政府提交《香港新租借地调查报告书》，其中便正式提出了把新安县全境划入新租借地的主张。这一主张得到英商中华社会的热烈响应，该会总委员会在去年11月14日致函英国首相索尔兹伯里，积极附和骆克的“自然边界”论，要求对《专条》黏附地图所标示的新租借地北部边界进行修改。这样一个大胆的主张，连英国首相兼外交大臣索尔兹伯里和殖民地大臣张伯伦都觉得与《专条》相差太远，太离谱了，难以向中国启齿，因而并没有完全同意骆克的“自然边界”论，但赞同对新租借地的北部边界适当扩充。张伯伦在去年11月30日致外交部的密函中说：“无论如何要迫使中国政府同意把深圳镇包括在租借地内。”索尔兹伯里在去年12月10日致殖民地部的密函中也表示：“在目前条件下，索取深圳是合理要求。”这个意见得到殖民地防务委员会的支持。旋即，索尔兹伯里指示窦纳乐，授权香港政府参与新租借地北部陆界的定界事宜。骆克完全清楚，他提出的“自然边界”论连英国政府也不敢苟同，以此为由把新安县全境囊括于新租借地显然难以办到，但索尔兹伯里和张伯伦关于“索取深圳”的指示却是十分明确的，而为了保证做到这一点，不妨狮子大开口，向中国提出更多的领土要求，借以讨价还价。

“王道，请不要激动，”骆克看看大惊失色的王存善，说，“让我们回顾一下两国政府签订的《专条》，它的第一句话就开宗明义：‘溯查多年以来，素悉香港一处非展拓界址不足以资保卫。’这是香港拓界的根本目的，也是我们定界工作的根本宗旨，这就是说，一切都要从确保香港的安全出发。请你替我们想一想，香港只是一个弹丸之地，而我们的邻国则是幅员辽阔的大清帝国，我们需要一条牢固的、易于防守的边界，以抵御可能出现的威胁！”

“抵御……威胁？”王存善仿佛在听海外奇谈，“中国自古以礼义立国，与邻邦友好相处，对他国断无威胁，何况……”说到这里，他面有愠色，叹了口气，“何况近年的情况，司宪大人也是清楚的，自中日甲午一战，敝国遭受重创，一蹶不振，债台高筑，自顾不暇，哪里还有力量去威胁别人？”

“这倒不可断言，”骆克说，“中国是一个东方大国，曾经鼎盛一时，闻名天下，虽然近年来落后于欧美和日本，又怎知将来不会复苏振兴？香港新租借地的租期为九十九年，在未来将近一个世纪的时间里，谁能够预料世界局势将出现怎样的变化？所以，我们今天所做的事情，不能只顾目前，还应着眼于未来。我奉卜力总督之命，为女王陛下的疆土立界，责任重大，要为大英臣民子孙后代的利益和安全负责！”

王存善听得心中一动，暗想：骆克倒真是个有远见的人，当今中国衰颓如此，这位洋大人却在预言我们将来的复苏和振兴，中国真的还会有那么一天吗？出于对那一天的担忧，骆克今天就已经未雨绸缪，为了他们“子孙后代的利益和安全”而寸土必争，那么我呢？我给子孙后代留下的是什么？是亲手在自己的国土上替洋人竖立一条“边界”，让子孙后代永远地辱骂！想到这里，王存善不寒而栗……

“司宪大人作为英国重臣，自然处处为贵国着想，”王存善壮起胆子说，“但我们各保其主，我作为中方定界委员，也自应维护大清国的利益！而司宪大人所说，与《专条》的规定大相径庭，按照黏附地图上由深圳湾到沙头角之间的直线，不要说新安北部的界山，就连深圳也已出界太多了！”

“不，”骆克笑笑说，“不是深圳出了界，而是这条边界不合理！我刚才已经说过，新租借地的众多乡村一向把深圳作为重要的集市中心，而且，以深圳优越的地理位置，中国政府完全可能在此投入更大的财力，使之发展成为边境都市和军事重镇，势必对香港造成严重威胁。让一个中国城镇留在英国领土边界近在咫尺的地方，对香港有百害而无一利，这一点，我们在九龙寨城问题上已经深有体会。当年割让九龙时所签订的《北京条约》犯了一个错误，那就是把九龙寨城留在了界限街之外，多年来，这座寨城一直是个麻烦，成为中国政府和香港政府之间经常发生摩擦的根源……”

“司宪大人！”王存善忙说，“割让九龙是咸丰十年的事，《北京条约》是由敝国恭亲王和贵国额尔金特使签订的，如今已是光绪二十五年，怎好再算三十九年前的老账？此事当不在本次定界谈判的议题之内……”

“我是在担心历史重演啊！”骆克加重了语气说，“如果把深圳留在新租借地边界之外，它所处的位置，与九龙寨城和界限街的关系极为相似，必将后患无穷。我们已经犯了一次错误，就不应该再犯第二次，为了确保香港的安全，深圳必须划入新租借地！”

“啊，不，不，”王存善说，“敝国总理衙门与贵国公使签订的《专条》，并未涉及深圳，今天司宪大人突然提出，远远超过《专条》规定的界线，敝人无权应允……”

“王大人过于谦逊了！”林若翰停下手里的笔，抬起头来，笑了笑说，“《专条》之中有言在先：‘详细界线，应俟两国派员勘明后，再行划定。’王大人既是中方定界委员，当然拥有谈判定界的全权，又怎能说无权呢？”

“是啊，”骆克很为欣赏林若翰在关键时刻使出的激将之计，接下去说，“如果定界委员无权定界，那么我们的谈判还有什么意义？王道远道前来，舟车劳顿，又是何苦？这未免令人怀疑贵方的诚意！”

王存善被他们激得心头火起，心想，我王某虽然不才，好歹也是个“定界委员”，代表堂堂大清帝国前来“和番”，怎能忍受这种冷嘲热讽？谈判谈判，“谈”而后“判”，谈得拢就与他定界，谈不拢拉倒！番邦贪得无厌，违约侵界，本委员应该严词拒绝，让这帮鬼佬知道，中国人的忍让也有个限度，不要欺人太甚！待要拍案而起，据理力争，却又想到：且慢，我奉命前来谈判，可不是来下战表，如果和英国人闹翻了，惹出大祸，如何是好？他的心头突然忆起两位已故的人物：一位是第一次鸦片战争之际的钦差大臣兼两广总督林则徐，奉了道光皇帝的圣旨，虎门销烟，抗敌御侮，何等英勇悲壮？无奈道光皇帝慑于英夷坚船利炮，前倨后恭，将林大人革职查办，充军伊犁，与英夷签订《南京条约》，割让香港；另一位是第二次鸦片战争之际的钦差大臣、两广总督兼通商大臣叶名琛，面对英法联军的进犯，他“不战不和不守，不死不降不走”，城破之日，被英军掳去，解往印度。身陷囹圄又想做“海上苏武”，发誓“不食周粟”，绝食而死。他死后，英法联军打到北京，逼迫朝廷签订《北京条约》，割让九龙。此二人，一位是顶天立地的英雄，一位是失职丧土的罪臣，当然不可相提并论，但他们都是倒在两广总督的任上，都是倒在英国人的手里。和他们相比，我王存善算个什么？只不过是两广总督谭钟麟和广东巡抚鹿传霖手下的一名寻常走卒而已，靠捐班弄到一个候补道，仕途尚且沉浮不定，学林则徐没有资格，学叶名琛也成不了“海上苏武”，不要拿自己的身家性命开玩笑吧……

“我，我……”王存善嘴张了两张，额头上渗出了一层汗珠，不知该说些什么才好。嗫嚅一阵，想起从广州出发之前，两广总督对他的指示：“有《专条》在，不可自作主张。依《专条》出租国土，国人要骂，但骂李鸿章去，不骂我谭钟麟！”是啊，总督的指示实在英明，王存善定了定神，说道：“司宪大人、林大人！敝国总理衙门与贵国公使签订《专条》，已经足见友好邦交的诚意，敝人奉命前来，便是为践此约。《专条》是我们谈判定界的根本依据，敝意以为，若要尽快确定边界，还应以《专条》黏附地图的直线为准！”

骆克与林若翰面面相觑，神色极其不快。此时天已过午，谈判不知不觉已经进行了好几个小时，从《专条》黏附地图的直线开始，他们牵着王存善荡开去，绕了一个大大的弯子，却不料又被王存善拉了回来，重新回到《专条》的那根直线上，竟然毫无进展！

“王道！”骆克阴沉着脸，从地图前走回谈判桌上自己的座位，悻悻地说，“我曾经在非洲见过当地土人使用的一种‘飞去来器’，他们把它发射出去，在空中旋转一周，又飞回到原处。你现在对我使用的就是这样的战术！这不是在谈判，而是在和我做游戏嘛！”

“司宪大人！”王存善悚然道，“疆界之议，涉及国家的领土主权和黎民百姓的归属，事关重大，敝人怎敢视为儿戏？贵方所提出的定界方案，距《专条》实在太远，超出了敝人的权限……”

“我很遗憾，”骆克耸耸肩，说，“中国派来了定界委员，却又不给你相应的权力！”

林若翰看着王存善那副为难的样子，心中不禁感叹：唉，可怜哪！读书人就是这样，没有功名想功名，花钱捐班也要过一过官瘾，须知，这官是好做的吗？眼前这位候补道，奉命来港谈判，却又事事不敢做主，岂不是花钱买罪受？何苦呢？想到这里，心中便有所不忍！但转而又想到，不要可怜人家了，自己不也如此吗？毛遂自荐地向总督赠书，为了什么呢？还不就是想在“仕途”上有所长进？现在“太平绅士”的桂冠还悬在空中，要让它落到头上，定界谈判正是表现自己的机会，也正是总督和骆克先生考验自己的时候，可不能心存犹疑，畏葸不前哪！

“王大人，”林若翰赶紧拂去心头的怜悯之心，接着骆克刚才对王存善的“激将”，再火上加油，“岂不闻‘将在外，君命有所不受’？王大人可以相机行事嘛！”

王存善脸憋得犹如紫茄子一般，心想：你们哪里是为我打抱不平，分明是要坑害我，我若上了你们的当，“先斩后奏”，回去如何向两广总督交代？心里有了主意，便任凭他们轮番激将，也不为所动，硬着头皮说道：“敝人奉命来港之时，谭制台一再嘱咐，惟以《专条》为本，不可僭越。贵方的要求，我当向谭制台如实转达，在得到明确指示之后，再做答复。”

“你要请示总督？”骆克眼珠一转，马上爽快地答应他，“好的，这很容易！请你起草一份电文，我们马上代你拍发！”

“嗯？”王存善一愣，暗想：你不要聪明得过头了，我若请你代发电报，往来电文都经你过目，还有什么机密可言？便拱拱手说，“多谢，不劳司宪大人了！这请示、汇报也不是一两句话就可以说得清的，敝人还是赶回广州，面见谭制台为好。”

“什么？你要回去？”骆克倏地站了起来，“谈判还没有取得任何成果，你怎么能回去？不，不，这是不可以的！”

王存善看着他那愠怒的神色，心中猛地一震：糟糕，他莫不是要扣留我吧？想到叶名琛没有做成“海上苏武”而客死异域的悲剧，不禁头脑“嗡”的一声，脊梁上冒出了一片冷汗！

“司……司宪大人息怒！”他战战兢兢地站起身来，望着骆克说，“敝人无意与大人为难，实在是职分所在，无能为力，自古‘两国交兵，不斩来使’，请大人体谅我的难处，放我回去！等我请示了谭制台之后，再回来答复大人！”

骆克怒气冲冲地盯着他，背在身后的一双手紧紧地握起拳头，骨节“咯咯”作响！

林若翰眼看局势突然恶化，不禁紧张起来。他与骆克交往多年，深知此人性格，外柔内刚，一贯争强好胜。当年在爱丁堡大学读书时，便抱定到亚洲闯天下的志向，两次参加赴印度的公务考试，均告失败，为此还耽误了希腊文的毕业学位，但他矢志不移，终于考取了由殖民地部派往香港的“官学生”。在香港工作的初期，他以勤勉、刻苦赢得了普遍的赞誉。而且受他的中国老师欧阳辉的影响，潜心于儒学研究的骆克为自己塑造了一副谦谦君子的形象。但是，自从他 1895 年担任辅政司以来，地位的升高使他渐渐失去了谦虚谨慎。他现在仍然身兼辅政司和总注册官两职，超负荷的操劳，烦琐的事务性工作，渐渐吞噬了他的耐心，性格中的固执明显地暴露出来，有时候甚至对下属大发雷霆。可是，林若翰心想，你现在面对的不是辅政司署的部下，而是大清国的定界委员，骆克先生，可不要做出不理智的举动啊！如果扣留了来使，必将使谈判破裂，英国不但得不到任何好处，反而会在国际社会大丢面子，事情就不好办了！

“王大人误会了，骆克先生并没有这个意思！”林若翰极力做出微笑的样子，朝王存善拱拱手说，“我们的目的是建立一条睦邻友好的边界，骆克先生是一位出色的政治家，怎么会扣留贵国的定界委员呢？试想，如果把你扣留在此，两广总督一定会把你这位定界委员罢免，另派其他人前来谈判，你就成了一个废人，留在这里还有什么用处呢？”

“是啊，是啊，”王存善连忙附和道，“废人！我……我是一个废人！”

骆克背在身后的那双拳头松开了，他当然知道，林若翰刚才那番话是说给他听的，及时地制止了他的冲动，避免了一场后果不堪设想的麻烦！

“哈哈！”骆克突然放声大笑，“王道的想象力真是太丰富了，你怎么能想得出来我会扣留你？不，不，我不会做出那种不名誉的事情！两国之间的谈判，出现意见分歧是很自然的，我们应该努力消除分歧，达到一致。”

“是，是……”王存善好似得了特赦，连忙附和道。

“请你回去转告两广总督阁下，”骆克收敛了笑容，抬起右手，像对部下发布指示似的指点着王存善说，“我期待着他对于我方的建议做出积极的反应，而不要成为谈判的障碍！”

“是，是，”惊魂稍定的王存善唯唯诺诺，朝骆克深深一揖，“敝人一定如实转告！”

阴沉的天空暗淡下来，蒙蒙细雨还是像上午那样绵绵若雾，倒不足虑，却不料晚来风急，山道上又没有建筑物遮挡，林若翰的轿子如一片残荷败叶随风飘摇，寒风裹着水雾扑打着老牧师年迈的身躯，只觉得像跌入了冰窖，周身的骨节都针扎般地刺痛。他不禁暗自感叹：这就是从政的路，风里来，雨里去，自己一把老骨头还要受这番折磨，也是不容易啊！

翰园的大门外，阿宽撑了一把油纸伞朝轿子迎过来，扶着轿杠进了大门，一直到了小楼门前，才让林若翰下了轿，搀着他进了客厅。

倚阑和阿惠都等在客厅里，赶忙迎上前来。

“Dad，”倚阑抚着林若翰那双苍老的手，想起自己昨夜胆大包天的举动，不仅现在瞒着父亲，而且将来永远也不能告诉他，心中便升起一阵愧意，不知道该怎么给父亲以补偿，轻轻地揉搓着他的手，说，“您的手好凉……”

林若翰冰冷的手指被女儿焐在温暖柔软的掌心里，一股欣慰之情油然而生，他亲切地看着女儿，冻得发麻的嘴唇哆嗦着说，“孩子，谢谢你，还是家里好……”

“牧师一早出去，到现在午饭还没有吃吧？”阿惠关切地问，“要不要马上开晚饭？”

“不忙，”林若翰摇摇头说，“谈判结束之后，吃了点东西，现在最好给我一杯咖啡！”

“是，牧师。”阿惠应了一声，匆匆走去了。

倚阑扶着林若翰在沙发上坐下来，替他换上拖鞋。阿惠送上一杯浓浓的热咖啡，林若翰慢慢地啜饮着，随着体内的寒气被驱散，周身的筋骨舒展开来，一路上的凄凉心情也渐渐好转了。

楼梯上传来脚步声，易君恕缓缓地走下楼来。

“翰翁回来了？”他向林若翰招呼道，“这种天气，您还要出去奔波，真是辛苦了！”

“唉，公务在身，只好勉力为之，也是没有办法啊！”林若翰叹了口气，说，“易先生请坐吧！”

易君恕听得出，他的这番话倒不像真的感叹自己“没有办法”，却有些炫耀“公务在身”的味道。大凡做官的人总是喜欢这么说，似乎他们本身并不愿意做官，早就想辞官不做，可是天降大任，舍我其谁，也就只好“勉力为之”。

“Dad，你们今天的谈判还顺利吧？”倚阑问道。

“顺利什么？还没谈出任何结果，王存善明天就要回广州！”林若翰想起在谈判桌上白费的那番唇舌，心里就觉得恼火，“这个人好不识相，拓界的事情大局已定，他却还在寸土必争，其实何苦！”

易君恕在一旁听了，心中一动！他本来以为，既然早在去年窦纳乐就已经迫使李鸿章就范，签订了《专条》，这次定界谈判不过像唱戏似的走走过场而已，却没有料到广东方面派来个硬的，谈判第一天就谈崩了！于是试探地问道：“看来，这位王大人还不大好对付？”

“这倒不见得，”林若翰不以为然地说，“像王存善这样的捐班候补道，既无才学，又无胆略，颟顸昏庸，我见得多了，有什么难对付的？麻烦的倒是他背后的两广总督谭钟麟，那个湖南佬的顽固是出了名的！去年在维新变法的高潮之中，他连皇帝的诏令都敢于拖延不办，北京已经宣布废除八股，广东的乡试还照样考八股文，被皇上严词训责，先生还记得吗？”

易君恕点点头，去年的事情记忆犹新，他对抵制新政的谭钟麟并没有好感。但彼一时，此一时也，而今维新变法已是明日黄花，谭钟麟若是对香港拓界持“顽固”态度，倒是难得的好事！心里便不禁对这位两广总督刮目相看。

“平心而论，谭钟麟这个人在大清国的高层官员当中还算一位干才，”林若翰接着说，“他自从咸丰六年中了进士，由翰林改官补江南道监察御史，历任杭州府遗缺知府、河南按察使、陕西布政使、陕西巡抚、浙江巡抚、陕甘总督、闽浙总督、两广总督，三朝元老，为官四十多年，每到一处，都颇有政绩。可惜的是此人过于顽固，不通权变，而香港拓界，恰恰遇上这个对手，就不大好办了！”

林若翰说到这里，不觉连连叹息。易君恕却听得振奋，又问道：“那么，制台大人到底是什么主张呢？”

“嗯，从王存善所转达的意思看来……”林若翰说了半句，突然一愣，易君恕对谭钟麟尊称“制台大人”引起了他的警惕，心想，虽然易君恕已经被他从锦田叫回来，并且答应他不再外出，但是……关于定界谈判的大事，毕竟是港府机密，也不宜和他谈论，便咽下了后半句话，摆摆手说，“复杂！总而言之，事情相当复杂！”

语焉未详，戛然而止。易君恕当然急于知道如何“复杂”，看看林若翰那欲言又止的神色，便适时地住了口。

“Dad，既然事情那么复杂，你们又何必强求呢？”这时倚阑却说，“那个姓王的走了，这件事就完了，您也就不要再为这些事发愁了！”

林若翰没有回答，只是转过脸来看了女儿一眼，那目光极其严厉。

倚阑默默地回到自己的房间，无力地坐在梳妆台前。父亲那严厉的一瞥使她感到伤心，她越来越觉得，父亲被功名利禄所驱使，渐渐失去了往日的慈爱可亲，就像易先生昨晚说的那样，父女之间已经没有什么话可说了。其实，倚阑不必为此而烦恼，她现在已经不是孤单寂寞的一个人，不再是无桨无帆的小船了，漂荡已久的心灵终于有了一个停泊的港湾。

她嘘了口气，那颗心不再惶惑不安。她的手抚在梳妆台上，突然想起抽屉里还有那封信！倚阑拉开抽屉，用两个指头拈起那封信，薄薄的信封竟然使她觉得无比沉重。远在北京的那双蒙着泪水的眼睛又浮现在面前，还有如泣如诉的喃喃絮语……倚阑突然感到心里一阵刺痛：上帝啊，你把易先生给了我，为什么还让另一个人占有他？他的一颗心怎么能分成两半？试想，如果倚阑亲手把这封信送去，当面看着他拆封展读另一个女人的脉脉温情，将是怎样的一种折磨啊？不，这封信不能再让他看到了……

“笃，笃，笃……”房门被轻轻地敲响了。

啊？易先生来了！她立即关上抽屉，心怦怦地跳着，走过去一把拉开房门，门外站着的却是她的父亲。

“哦，dad……”她有些惊慌失措。

“我的孩子，”林若翰走进来，伸手捧着她的脸，亲切地问，“你怎么脸色不太好？”

“不……没有啊，”倚阑心里一阵慌乱，唯恐被父亲看出她的秘密，忙说，“我……我是为 dad 不安，dad 已经是六十岁的人了，应该保重自己的身体才好，何必再去为政府奔忙，受这份辛苦啊？去年您答应过我的，不再过问政治！”

“唉！”林若翰叹了口气，拉着女儿的手，在屏风前的藤椅上坐了下来，“倚阑，我已经是风烛残年的老人，还会有什么政治野心吗？这一切都是为了你啊，孩子！”

“怎么？为了我？”

“是的，我的孩子！做父亲的总是希望自己的儿女生活得更好些，身后给儿女留下更多些，可惜，我给予你的太少了！”林若翰动情地说，“我既不是政治家，也不是商人，只是一名牧师，按照上帝的旨意，把福音传布人间，把爱洒向人间，经我的手募捐而来的金钱何止百万、千万，都清白地流来，又清白地流去，我除了从教堂里领取的那一份薪水和靠笔耕所得的稿酬，没有拿过一毫一厘不义之财，几十年来没有为自己积累什么资产。可是，我却不能不想到，在我死后，我的女儿怎么办？没有钱，没有势，你一个人太孤单了，翰园将很难维持……”

“不，dad，”倚阑心里一热，眼眶湿润了，她几乎要脱口而出，告诉dad，她现在不孤单了……但是，话到喉头又咽了下去，这话不能说，绝对不能说……“Dad，我不要，我什么也不要！您对我说过：除了上帝的赐予，不要奢望任何不属于自己的东西！我所需要的，应该拥有的，上帝都已经赐给我了，我已经感到很幸福了！”

“感谢上帝！”林若翰喃喃地说，“倚阑，你是一个很本分的孩子，这使爸爸感到欣慰。上帝也喜欢你这样的孩子，他还会赐予你更多，更多！等到总督宣布了那项任命，你的身份就不同了，作为太平绅士的女儿，你会受到人们的尊敬，会在这个世界上生活得更好，即使将来爸爸不在了，也会给你留下余荫！为此，我必须努力地工作，以报答天父的慈爱！”

“啊……”倚阑很吃力地随着父亲的思路绕了一个大弯子，才听懂了这番话的意思：不是dad贪图人间的荣华富贵，他对于政治的热心是遵从上帝的旨意，而且是为了女儿！Dad为什么要这样说呢？这可信吗？她在心中画了一个恍恍惚惚的问号。“可是，dad，”她说，“《圣经》上并没有一个字提到香港，也没有提到过太平绅士，怎么能证明这是上帝的旨意呢？”

“你真是个孩子，竟然会提出这样的问题！”林若翰宽容地笑笑说，“《圣经》是上帝在遥远的古代给以色列人的启示，当然不可能把世间的一切琐碎的事情都写进去。不过，《圣经》里十分明确地告诫我们：‘在上有权柄的，人人当顺从他；因为没有权柄不是出于上帝的，凡掌权的都是上帝所命的。’所以，女王和总督的权力都是上帝赐予的，他们的命令就是上帝的命令，我们必须用诚实的心去接受，去听从。”

“包括香港拓界吗？”

“当然，包括大英帝国的一切，她的权威，她的领土和疆域，都是上帝赐予的。”

“可是，我不明白，”倚阑困惑地说，“英国早已经从中国取得了香港和九龙，为什么还要拓界？这件事，中国的老百姓不赞成，两广总督也不赞成，你们为什么一定要这么做呢？”

“倚阑，这不是一个英国公民应该说的话！”林若翰的神色严肃起来，灰白的眉毛下，那双灰蓝色的眼睛闪着凌厉的光，“香港拓界是关系到国家利益的大事，英、中两国已经签订了《专条》，任何人的反对和阻挠都是毫无意义的，我们作为女王陛下的子民，应该忠于自己的祖国！”

倚阑微微皱起了眉头。如果父亲在去年秋天说这句话，她还会欣然接受，但是现在不同了，“女王陛下的子民”这份荣耀和自豪在她心里已经失去了光环！

“孩子，我感到你最近的情绪好像有些反常，”林若翰看着沉默不语的女儿，“是不是受了什么影响啊？”

“影响？什么影响？”倚阑吃了一惊，心脏“咚咚”地跳个不止。

“也许是我过于敏感了，”林若翰伸手抚着女儿的肩头，眼睛眯起来，迟疑不定地像是在自言自语，“刚才易先生……”

听到父亲说到“易先生”三个字，倚阑几乎要惊叫起来，完了，她想，父亲一定窥见了她心中的秘密！她极力抑制住心脏的狂跳，低垂着头，连眼睛也不敢抬，胆战心惊地等待父亲揭出谜底，置她于无可逃遁的尴尬境地……

“刚才易先生所说的话，使我似乎感觉到一种危险的情绪，”林若翰凝神思索着，缓缓地说，“这种情绪，和他的那个朋友邓伯雄，以及现在新租借地普遍反映出来的不满情绪，都是一致的。本来，我不应该忘记，早在去年夏天，在北京举行的中英谈判刚刚开始之际，易先生就曾经觐见李鸿章，表达了他对英国的强硬立场，虽然他的主张没有被中国政府接受，但并没有迹象表明他放弃了这一观点，我在和他接触中，经常可以感到他强烈的民族主义情绪。倚阑，”他突然问女儿，“易先生最近对你说过什么吗？”

“哦，没……没有，”倚阑垂着头说，心里庆幸父亲没有点到自己最担心的那件事，但他对易先生的怀疑也足以使倚阑惴惴不安了。出于保护她所爱的人的本能，她便不假思索地敷衍道，“易先生最近的情绪很消沉，他好像对政治不再感兴趣了……”

“但愿如此吧！”林若翰并没有再追问下去，却仍然不大放心，“他从锦田回来以后就表现得很消沉，但我又觉得奇怪，因为他和邓伯雄都不是消极遁世的人，两把剑到了一起，难道会互相磨去锋刃吗？这很难解释。刚才，他对定界谈判表现出浓厚的兴趣，又是为什么呢？”

“也许……他是随便问问吧？”倚阑慌慌地说，“Dad 出去了一整天，回到家里，如果谁都不闻不问，您也会不高兴的！”

“咳！”林若翰哑然失笑，从女儿身旁站了起来，“你倒是很会为他寻找理由，学生处处维护老师啊！倚阑，我对易先生一直是很尊重的，他是我请来的客人，我不希望他在我这里惹出什么麻烦。但愿我不至于犯下一个错误，把一个反对英国政府的人请到自己家里来！”说到这里，他的笑容收敛了，郑重地嘱咐倚阑说，“也许是我多虑了，但现在时局动荡，dad 又处于这样的位置，对可能发生的意外，不能不防！如果易先生有什么特别的情况，你要随时告诉我！”

“是，dad……”倚阑垂着睫毛答道，生怕被父亲看出破绽。

林若翰走了，倚阑长长地舒了口气，几乎瘫倒在地。

夜深了。父亲窗口的灯光已经熄灭了好一阵，倚阑步履轻轻地走出自己的房间，来到父亲的门外，侧耳谛听着，里面传出均匀的鼾声，辛苦奔波了一天的老人已经沉入梦乡。

她悄悄地走开去，来到易先生的门前，用指尖轻轻地敲了三下。

门开了，易君恕吃惊地看着她那苍白的脸，低声叫道："倚阑……"

她没有出声，像影子似的闪进房间，飞快地掩上房门："先生，你今天问 dad 谈判的情况，引起了他的注意，他怀疑你有什么目的，要我监视你！"

"哦，怪我疏忽了！"易君恕心里一震，"但是，他的怀疑是没有错的，我现在非常需要知道他们谈判的详细情况，倚阑，你能帮助我吗？"

"这怎么可能？Dad 已经有了戒心，问不出什么来，他的文件包放在自己的房间里，也不会给我看的！"

"可是，你有办法打开他的房门！"

"啊?!"倚阑吃了一惊，"你说是偷？这怎么可以？"

"不要用这个'偷'字，"易君恕肃然道，"英国人掠夺中国的国土，那才是偷，是抢！"

"Dad 没有，他既没有偷，也没有抢……"

"可是他在帮强盗做事，在助纣为虐！"

"他毕竟是个英国人，必须服从女王和总督，这是没有办法的！"

"并不是所有的英国人都支持英国政府的侵略政策，早在第一次鸦片战争之时，一些正直的议员就曾经坚决反对向中国派遣'东方远征军'，强烈谴责这是'为支持一种恶毒的、有伤道德的交易而进行的战争'！翰翁总是说他如何热爱中国，多么希望中国富强，可是他现在在做什么呢？为了得到一顶太平绅士的头衔，他不顾一切地投入了对中国领土的掠夺，悲天悯人的博爱之心已经无影无踪了，我真为他可惜！"

易君恕说着，深深地叹息。

"先生，你这么说，对 dad 是不是太苛刻了？"倚阑的声音在颤抖，"他曾经……"

"他的救命之恩，我终生难忘，"易君恕喃喃地说，"如果有朝一日我们反目成仇，我会非常痛苦，他也不会原谅我！不，我不愿意失去这位忘年之交的长者，也不愿意伤害他，只是想……想在不经他允许的情况下，借用一下他皮包里的那些文件，倚阑，你应该帮助我！”

“不，先生……”倚阑的嘴唇瑟瑟发抖，“我不能！那样做太对不起 dad 了，我于心有愧！”

“你不愿做的事情，我也不强求，”易君恕抚着她的肩背，无奈地叹息道，“但愿你面对生身之父的在天之灵，也能做到问心无愧！”

“哦……”倚阑一个战栗，扑倒在他的胸膛，“先生……”

又一个黎明降临了港岛，雨停了，风也停了，朝霞映红了翰园。

今天是星期日，上帝休息的日子，教堂照例要举行主日崇拜。早餐过后，林若翰装束整齐，准备和女儿一起去教堂了。

“Dad，”倚阑心怀忐忑地垂着眼睑说，“我今天有些不舒服……”

“噢？昨天晚上我就觉得你脸色不大好……”林若翰关切地说，“你在家里休息吧，就不要去教堂了，心里感念着主的恩惠，主会保佑你的。下午我请医生来给你看一看！”

“哦，不用了，”倚阑赶紧说，“我只是有些失眠，睡一会儿就会好的……”

“嗯。”林若翰不大放心地看看女儿，嘱咐阿惠好好服侍小姐，就匆匆出了门，坐上轿子走了。主日崇拜是不可耽误的，尤其是——他猜想，因为王存善回广州去了，定界谈判暂时休会，总督和辅政司今天可能会去教堂参加崇拜，所以他更要早些到才好。

楼上书房里，易君恕从窗口注视着脚下的山道，翰翁的轿子已经走远了。

门房里，阿宽哆哆嗦嗦地捂着挂在腰间的一串钥匙，惊恐地看着站在他面前的倚阑：“小姐！这合适吗？翰园所有的钥匙，我这里都有，十五年了，没出过一点差错！牧师信得过我，我……我不能对不起他，怎么能偷……”

“宽叔，你怎么能说是‘偷’？”倚阑急得都要哭了，“易先生说：

这不是偷！英国人强占中国的国土，那才是偷、是抢！”

“啊……”阿宽愣愣地看着她，小姐变了，真是变了，那神情、那语气，越来越像阿炜兄弟了！

泪水哽咽了阿宽的喉咙，他那老树根似的手哆哆嗦嗦，把“稀里哗啦”的一大串钥匙从腰带上解下来，递到倚阑的手里。

倚阑匆匆跑上楼来，易君恕正在等着她。

黄铜钥匙插进林若翰卧室的锁孔，那扇门“呀”的一声打开了。

皮包静静地躺在书桌上，倚阑的心脏狂跳着，双手哆哆嗦嗦地把它打开，由林若翰亲手做的谈判记录完整地展现在面前。

两颗紧张的心一起跳动，伴随着倚阑的低声译述，易君恕迅笔疾书……

院子里的草坪上，阿宽又在修剪花木了。他时时地抬起头来，眺望着通往圣约翰大教堂的弯弯山道。

“当！当！当……”悠扬的钟声从教堂高耸的钟楼传来，庄严肃穆的主日崇拜开始了。

当天晚上，按照易君恕的吩咐，阿惠悄悄地下了山，乘坐疍户的小船，登上了前往锦田的夜路。她走得很急，天亮之前还要再赶回来，以免牧师生疑。

她的身上，藏着一个沉甸甸的信封，里面装着中英定界谈判纪要，还有一封没有上下款的信：

双方歧议甚大，谈判未果，王存善今已返穗。若广东方面坚不相让，事态发展或可有转机。

第十三章　寸土必争

3 月 14 日，王存善再次来港，重开谈判。

辅政司署会议厅里，国旗、地图高挂，谈判桌前双方原班人马照旧，唯一的变化是多了一位显赫人物：香港总督卜力爵士，标志着谈判的规格升高了。

上次的谈判没有取得任何成果，仅仅进行了一天就被迫中止，要求中止谈判的并不是英方而是中方，完全出乎卜力的意料。这位新总督去年在伦敦接受任命的时候，香港的拓界大局已定，《专条》早已签字换约生效，降服李鸿章的窦纳乐在英国朝野被目为英雄，连已经离任回国的前港督威廉·罗便臣也不甘寂寞，频频在报刊传媒曝光，鼓噪自己在拓界之中的贡献，唯恐人们忘记了他为女王陛下立下的功绩。香港成为英国人的一个重要议题，夕阳西下的"日不落帝国"新近获得大片租借地的辉煌业绩刺激着人们兴奋的神经，新任港督卜力一出场，头顶便闪耀着超过他的十一位前任的光环。当他乘风破浪跨越半个地球奔赴东方履新之时，耳畔回响着一百多年前英国特使马戛尔尼的名言：中华帝国只是一艘破败不堪的旧船，它将像一个残骸那样到处漂流，然后在海岸上撞得粉碎。君临自己"领地"的卜力充满了自豪和自信，立即着手新租借地的接管工作，三个半月以来，他和骆克已经做好了充分准备，一张由索尔兹伯里、张伯伦、窦纳乐和卜力共同组成的大网从天而降，总理衙门入其彀中，新租借地边界将超越《专条》的制约向北大大推进，应该是毫无问题的。而他却不曾料到，酝酿已久的这一战役竟然出师不利，第一轮谈判便卡在这位其貌不扬的中方定界委员王存善手里！

现在，王存善又回来了。扣除他往返途中的时间，在广州停留不过一天，也并不算耽搁。在和两广总督谭钟麟短暂的会见之中，他得到了什么“锦囊妙计”？尚不得而知。根据窦纳乐所提供的情报，谭钟麟就香港拓界问题向朝廷上书说：“租界内村庄，不下万户，食毛践土二百余年，一旦闻租与英国管辖，咸怀义愤，不愿归英管。”看来，这位八十老朽的态度颇为强硬，不可轻视，连他派来的一名小小的候补道也必须认真对付，于是港督亲自出马了。

卜力端坐在东道主一方最中间的位置上，身穿总督服，胸佩“圣迈可暨圣乔治最高大十字勋章”，鹰钩鼻上方那双淡蓝色的眼睛威严地扫射着对面的王存善和他的随员，最后把目光落在身旁的骆克脸上，向他轻轻点了点头。

“诸位，英中两国关于香港新租借地定界问题的第二轮谈判现在开始！”骆克宣布道，八字眉下那双眯缝眼闪烁着诡秘的微笑，“我们高兴地看到，中方委员王道今天已经重新回到谈判桌上，我表示欢迎！”

骆克说到这里，带头鼓起掌来，因为双方人员寥寥，那掌声也稀稀落落。中方委员王存善连忙欠了欠身，土黄色的脸上做出些许笑容，眼角旁便堆满了放射状的皱纹。他拱起双手，向着对方的诸位做了个罗圈揖，表示感谢。

等掌声平息，王存善也坐下了，骆克继续说：“今天，总督阁下亲临会场，这充分表明了大英帝国和香港政府对于谈判的诚意。我们期望中方也以同样的诚意，消除分歧，解决争端，和我们达成共识！”说到这里，他看了王存善一眼，“我想，王道此次从广州回来，带来的应该是令人愉快的消息，请问：贵国两广总督阁下对你有何指示？”

“督宪大人、司宪大人！噢，还有林大人！”王存善向卜力、骆克和林若翰拱拱手，清清嗓子，说道，“敝人前天回到广州，立即觐见总督，将谈判情况和贵方意见如实报告。谭制台说：《展拓香港界址专条》系由敝国总理衙门大臣与贵国公使签订，经双方君主批准，已具法律效力，谭制台作为一名地方官，自然无权更改。贵国公使已将《专条》黏附地图交与敝国总理衙门，上面画有边界直线，定界理应以此为准。所以，谭制台表示，不能接受贵方所提出的超过此界的要求！”

“什么？”骆克脸上的笑容顿时消失了。两天之前，当谈判被迫中止时，骆克并不像卜力那样把问题估计得过于严重，因为他在第一轮的交战中已经感到王存善不过窝囊废一个，根本不是对手。此人死死咬住“直线”不放，并不是态度强硬，而恰恰表明了他的虚弱，没有后台老板谭钟麟发话，他不敢做任何主张，所以才恓恓惶惶地赶回了广州。与其说是向谭钟麟请教对策，不如说是替英国人向谭钟麟讨价还价去了。骆克猜想，没见过世面的王存善经过上次的那番阵势，回去对谭钟麟一番绘声绘色、添油加醋的汇报，谅他两广总督也会感到沉重，总要拿出一个像样的答复。但他却没有想到，重返香港的王存善竟然“死牛一边颈”，还是将老调重弹！

“王道！”骆克愤怒了，“你带来的信息丝毫也不新鲜，又一次对我使用了‘飞去来器’，而且这一次绕的圈子更大、更远！”

港督卜力耸动着小胡子，眼神莫名其妙。在场的人当中，只有他一个人听不懂汉语。坐在总督旁边的林若翰不等英方通事开口，就把脸凑近总督，准确、迅速地把双方的谈话译成英语，送进总督的耳轮。

卜力光滑的额头上，那两道褐色的眉毛皱紧了。

“你告诉他，”他对林若翰说，“他们的总督应该明白，我需要深圳和沙头角！”

“是，”林若翰应了一声，在译成汉语的时候尽量把这句过于直露的话说得婉转一些，对王存善说，“王大人，总督阁下要我告诉你，深圳和沙头角对于香港有着重要意义，希望两广总督充分理解这一点——你难道没有向他说明我们的意思吗？”

“我向谭制台讲得清清楚楚，”王存善翻了翻那双细小的眼睛，答道，“可是，谭制台说，深圳是新安东部要塞，沙头角濒临大鹏湾，其地理位置举足轻重，而且这两地都在《专条》黏附地图所标直线之北，理应划归中方，断无出让之理……”

“这些话你在上次就已经说过了，”骆克冷冷地打断了他的话，“再三重复毫无意义！”

“司宪大人，”王存善为难地说，“这是谭制台的意思，敝人不能不如实转达……”

“哼，我等了你两天，等来的却是这样的答复，使我非常失望，”骆克厉声道，“这说明你们完全没有诚意！”

“不，谭制台说，广东与香港山水相连，鸡犬相闻，友好相处最为重要，他希望早日确定边界，以保地方宁静，百姓安居乐业。对于边界的具体走向，谭制台也做了详细指示……”王存善说着，站起身来，试探地望望墙上的地图，又望望卜力和骆克，眼神闪闪烁烁，“请容许我在地图上向各位大人加以说明……”

“算了，”骆克没有耐心再听他啰唆，“如果你仍然抱着那条直线不放，那就不必讲了！”

“这……”王存善犹犹豫豫地站在那里，不知如何是好。

“不，”卜力捋着小胡子，轻轻地说，“让他说下去！”

“讲！”骆克向王存善挥了挥手。

王存善惴惴不安地离开座位，向地图走去，心里感叹自己的可怜：这么一把年纪混上个候补道，有权有势的肥缺捞不到手，偏偏摊上这么个苦差事，到虎狼窝里来跟鬼佬打交道，硬了怕洋人不答应，软了又怕回去没法交代，两头受气。唉，我家祖宗八代缺了什么德，造下这份冤孽！心里这么嘀嘀咕咕，来到了地图前，定了定神，抬手指着地图说：“诸位大人请看，深圳河南部这条支流，上接红花岭，由此迤逦向东，可达沙头角，这条线虽然不是笔直，但与《专条》黏附地图大体相当，而且以河流山脉自然走向为界，也避免了人为地割裂村庄，合情合理……”

他的话音未落，骆克已经怒不可遏，把手“啪”地一拍，震得桌上的茶杯跳了起来：“这只是你的看法！”

王存善吓了一跳，嗫嚅道：“不，我……我不过是如实转达谭制台的指示……”

“两广总督的指示对我们没有任何约束力！”骆克轻蔑地怒视着他，“如果你只会重复这些废话，我就只得拒绝继续谈判！因为讨论一项不能接受的建议，纯属浪费时间！”

骆克倏地站起来，转过脸去，朝着卜力说：“总督阁下，我建议中止这项谈判！很遗憾，我为没有完成你对我的委任而感到惭愧！”

“我同意中止谈判，但这并不是你的过错，骆克先生，而是广东方面的不合作态度破坏了两国政府已经达成的协议，我将立即将这一情况电告我国驻华公使！”卜力板着脸说。

卜力说完，站起身来，连看也不看王存善，便和骆克两人一起拂袖而去。

王存善惊呆了，蜡黄的脸上滚下大颗大颗的汗珠，踉跄走上前去，一把拉住林若翰：“林大人，这如何是好？我奉命前来谈判定界，现在不欢而散，回去怎么向谭制台交代啊？”

“王大人，”林若翰神色阴沉地说，“恕我不敬，你聪明一世，糊涂一时，只知其一，不知其二……”

“嗯，此话怎讲？”王存善一脸茫然，“还请林大人赐教！”

“我说你只知其一，”林若翰抬起右手，扳开左手的食指，耐心开导他，“一心只想着如何向两广总督交代，可不曾想到……”他又扳开中指，“这二呢？两广总督又如何向总理衙门交代？两国疆土之议可不是广东的地方事务，谭制台一手不能遮天！现在总督和辅政司已经去给北京打电报，请窦纳乐公使向贵国总理衙门提出交涉，这就要引起两国之间的纠纷！到时候，总理衙门必须要追究责任，王大人，恐怕你就吃罪不起了！据我所知，在贵国的历史上，由于对外交涉出了差错而栽了跟头的不乏其人，动辄就是革职查办、抄没家产，更有甚者，砍头示众、株连九族！”说到这里，他闭上眼睛，仰起头来，一副悲天悯人的神情，“噢，上帝啊！”

“啊？！”王存善大惊失色，仿佛听到了“稀里哗啦”的枷锁正朝他的脖子上套过来，“我……我冤枉啊，那都是谭制台的主意，没有我的责任！”

“有道是‘覆巢之下，安有完卵’，”林若翰缓缓地睁开眼睛，瞥了瞥王存善，说，“若是朝廷查办了两广总督，又有谁替你这位候补道辩白责任呢?”

“是啊，是啊，多谢林大人指点，”王存善战战兢兢，紧紧抓着他的手，“我和大人虽是初交，但看得出，大人是一位忠厚长者，我今有大难，大人不会见死不救，请务必帮我一把，劝劝督宪大人和司宪大人，不要给北京打电报，无论如何，给我一条回去的出路……”

“王大人，这太让我为难了!”林若翰叹了口气，说，“现在双方的主张南辕北辙，你又寸步不让，教我如何去说服总督和辅政司?不是我不肯帮你，实在是爱莫能助啊!”

“哎，这倒也不尽然，”王存善向他附耳过来，压低声音说，“不瞒大人说，我这次从广州出发之前，谭大人交代，如果万不得已，也可做适当让步……”

“噢!”林若翰点了点头，“既然谭制台有这句话，王大人何不早说?”

“这……”王存善尴尬地咂咂嘴，“我以为谈判总要有几个回合，才见分晓，自己当然要留有余地，怕的是早早亮出了底牌，便再无退路……”

“王大人多虑了，两国邦交，应以诚信为本!”林若翰轻蔑地一个微笑，暗想：这就是王存善从广州讨来的“锦囊妙计”?看来两广总督也并不像事先想象的那样顽固不化、坚不可摧！于是说，“事情既然还有商量的余地，我愿去劝一劝总督和辅政司，也不知能否奏效，尽力而为吧，你且在此等一等!”

“拜托大人了!”王存善感激不尽，好似抓着了一根救命的稻草。

林若翰丢下丧魂失魄的王存善，走出了会议厅，直奔辅政司办公室而去，卜力和骆克正在那里等着他。

会议厅里，王存善站也不是，坐也不是，心怀忐忑，苦苦地等待，心里默念着：文昌帝君、关圣帝君、太上老君、观音菩萨、海神娘娘……弟子奔波半生，功也未成，名也未就，好容易捐班捐了个候补道，未曾享受荣华富贵，却不料大祸临头！祈求各路神灵保佑弟子，渡过难关，弟子发愿重修庙宇，重塑金身……

他在这里心急如焚念念叨叨地等候了半个钟头，好似在阴阳界经过了几番轮回，这才看见卜力、骆克和林若翰重新步入会议厅。望眼欲穿的王存善顿时双眼放光，心说：各路神灵显灵，弟子有救了！而他却全然未曾注意到，在卜力和骆克离去之后，英方的通事、书记员却仍然端坐在原处，纹丝未动，这意味着什么呢？

卜力和骆克板着面孔走到谈判桌前，和林若翰一起重新坐了下来。

“王大人，”林若翰说，那神情焦急而又疲惫，好似经历了一番颇费唇舌的艰难游说，“我说服了总督和辅政司，请他们再来听一听你的阐述，如果你愿意重新考虑边界方案，这将是一个解决争端的机会，希望你不要错过！”

“那是当然！”王存善连忙说，蜡黄的脸上这才泛出一些血色，努力挤出一丝笑容，“敝人不才，多有冒犯，还望诸位大人见谅！为表示敝国维护中英邦交的诚意，敝人愿意对前番所提出的边界方案再做修正……”说着，他直起腰来，重新走到地图前，伸出右手的食指，落在深圳湾入海口，由此渐渐东移，“如若将深圳河作为中英界河，敝意愿放弃支流，而循主流溯河而上，穷尽河源，与沙头角河相接，在莲麻坑、伯公凹、山嘴向东至沙头角，在盐寮下以东，向东南入海……”

卜力、骆克的眼睛紧盯着王存善的手指，目光随着由西向东移动，在地图上画过一条七拐八折的曲线。这条界线，不仅与《专条》黏附地图上标示的直线已经大不相同，而且从刚才王存善沿深圳河南部支流所画的曲线又一次大大后撤，让出了简头围、坪洋、禾径山、红花岭、担水坑一线以北的大片土地。骆克在心里说：刚才那一逼果然有效，但和预想的结果仍然相距甚远，那就再逼他一逼，如何？

“喂，王道，”他扬起手，朝王存善说，“你为什么仍然把深圳和沙头角排除在界线之外？不，这不行！边界还要后退，要把这两个集镇包括进来！”

“司宪大人，”王存善搭在地图上的手臂像是中了一弹，猛一哆嗦，颓然垂了下来，脸上那一丝强作出来的笑容顿时消失得无影无踪，为难地说，“敝人不是不懂大人的意思，可是，请大人也体谅敝人的难处：

谭制台严词命令我，深圳和沙头角绝不可让！为了满足贵方要求，敝人想方设法，尽量将界线北移，现在让步已经让到极限，再无余地！”说着，两眼亮晶晶闪着泪光，几乎要哭出来，“如果贵方仍不满意，敝人实在无能为力了！”

“既然如此，”骆克冷冷地说，“我就只好另外寻找解决问题的途径！”

“唉，悉听尊便吧！”王存善一脸沮丧，含在眼眶中的泪珠“唰”地滚落下来，“你们要打电报，打到广州也可，打到北京也可，要杀要剐，敝人只好听天由命了！天不留我王存善，又可奈何？”

林若翰看着他那悲悲切切的样子，目不忍睹，想起基督教导的仁爱、宽容，一颗心怦怦地跳个不止，上帝啊，我是一个牧师，本应该救人危难，可现在在做什么？难道要和他们一起把这个人逼死吗？他惶然地把嘴凑到卜力的耳边，轻声说：“阁下，他已经支持不住了……”

“等一等，不要着急，”卜力摇了摇手，饶有兴致地观察着王存善，“他是不是在演戏？我看这个人很有表演天才，像莎士比亚笔下的一个小人物。”

“不，阁下，”林若翰为新任总督的冷酷而感到震惊，王存善现在还有心思演戏？他恐怕连莎士比亚是谁都没有听说过，倒是总督和辅政司今天导演了一出戏，连林若翰也充当了其中的一个重要角色，把这个颟顸愚钝的候补道吓坏了！“阁下，他绝不是在演戏……这个可怜的人已经被逼得山穷水尽了，中国兵书上说，‘围师必阙，穷寇勿迫’，总要给他留一条退路啊……”

卜力微微一笑，耸了耸小胡子，向骆克丢了一个眼色。

“王道，请冷静一些！”骆克站起身来，说道，“尽管你所说的理由不足以改变我对深圳和沙头角的要求，但是，考虑到你的处境，我却不能不深表同情！我打算把这个问题提交北京……”

“啊？北京？!”王存善头脑“嗡”的一声，心想：鬼佬真是杀人不眨眼，你们任意罗织我的“罪”名，打电报到北京告御状，我就真的大祸临头了！还说什么“深表同情”？

“你不必这么紧张，”骆克走上前去，拍拍他那瑟瑟发抖的肩膀，

“这不会影响到你的人身安全，我是准备把深圳和沙头角作为特殊问题暂时搁置起来，提交窦纳乐公使和贵国总理衙门在北京讨论……”

“噢！”王存善一愣，压在头顶的千钧磐石突然之间被搬掉了，他如释重负，抬起马蹄袖，擦擦眼角的泪水，“司宪大人英明，敝人总算解脱了！”

“不，你的公事还没有办完，”骆克却说，“我们之间也应该达成一个协议！”

“嗯？什么样的协议？”

“以你所提出的以深圳河为界的方案为基础，划出一条临时边界。”

“这当然最好不过，”王存善满口答应，好像意外地捡了个便宜，“这样，我回到广州，对谭制台也有个交代，司宪大人真是想得周到！”

“不过，我对你的建议还有一个小小的补充……”

“好说，好说，大人请讲！”

骆克走到地图前，抬手指着深圳河：“我同意将深圳河作为界河，但是，河流本身的归属也应该明确。我认为，应该以它的北岸为界，也就是说，把整条河都划在英国界内，”他的手指沿深圳河由西向东迤逦滑动，画了一条长长的曲线，“如果你希望我接受这个方案，就必须这样做，明白吗？”

“我明白，明白！”王存善心想：既然他同意以深圳河为界，就已是万幸了，至于南岸北岸，相差只不过几丈远，还和他争什么？干脆都划归他，也省得将来两国的船在河面上磕磕碰碰，又少不了麻烦！对鬼佬惹不起，还躲不起吗？于是痛痛快快地答复道，“可以，可以，就依司宪大人！”

卜力听了林若翰的译述，点了点头，说：“林牧师，现在请你替我起草一份协议书！”

“噢，”林若翰那颗慌慌的心这才镇定下来，意识到自己还有责任在肩呢，“是，阁下！”他立即展纸握笔，做好了准备。

“你这样写，”卜力想了想，对他口述道，“英中双方定界委员共同商定，香港新租借地与中国广东省新安县之间，暂以流经深圳的河流至沙头角为界，沿该河至沙头角西北面的河源，复由该地到沙头角紧西面的大鹏湾为止。将深圳及沙头角划入租借地一事，留待北京做进一步考虑。”

林若翰写毕，向王存善宣读一遍，王存善并无异议。

“那么，请签字吧！”骆克说。

王存善拿起专门为他准备的毛笔，在协议书上签上自己的名字。当他写完了“善”字的最后一笔，心里慌慌不定地张了多日的那个“口”也终于封上了，长长地舒了一口气：啊，谢天谢地！

骆克站在他背后，抬头看看总督，发出一个心照不宣的微笑。经过连日来坚持不懈的努力，他们终于将两国政府正式签订的《专条》成约予以突破，夺取了黏附地图标示直线以北的大片土地，把界线推至深圳河，并且完全控制了这条河流，虽然尚未实现占有深圳和沙头角的最终目标，但已经取得的这个胜利也十分了不起了。

“司宪大人，请！”王存善签完了字，把毛笔递给他。

“不，我汉字写得不好，在王道面前，不敢班门弄斧！”一向以“汉学家”自居的骆克却谦虚起来，大处占了上风，不妨在小处给对手一点面子。而真正的想法却是：作为英方定界委员签字，当然应该使用英文。

他拿起了鹅管笔，“唰唰唰”签上自己的名字“Sir James Stewart Lockhart”。王存善在一旁看得发愣，只觉得那鬼画符般的洋文，像广州蛇宴馆子里满笼的蛇，乱拱乱爬绞成一团。

“王道，我们现在可以轻松一下了，”骆克签完了字，笑眯眯地伸出手去，握住了谈判对手的手，“为了庆祝我们合作的成功，今天晚上7点半，我在杏花楼请你吃饭！你来品尝一下，香港的粤菜和广州相比如何？”

“哦……”王存善受宠若惊，咂了咂嘴，说，“那当然是香港的好！”

暮云四合，华灯初上。翰园到了开晚饭的时间，而饥肠辘辘的林若翰却又不能在家里吃这顿饭，空着肚子再次精心梳洗头面，换了晚礼服，赶去杏花楼赴宴。今晚骆克在那里宴请王存善，出席作陪的不仅有港府按察司、律政司、财务司、考数司、高等法院长官、总巡理府、总测量官、华民政务司兼总税务官和抚华道，行政、立法两局的部分官守、非官守议员，部分太平绅士和富商名流，令人瞩目的将还有：驻港英军司令加士居少将、皇家舰队香港分舰队司令鲍厄尔准将、警察司梅轩利上尉，还有各部英军军官布朗上校、奥格尔曼中校、伯杰上尉、西蒙斯上尉、巴瑞特中尉，等等。

杏花楼是香港首屈一指的中餐馆子，但由官方出面在此举行宴会却是异乎寻常。总督府大餐厅足以举办大型的宴会和舞会，为什么不用？历来港府宴请各国政要，都是严守英国风格，以西餐待客，英国的威士忌、雪利酒、黑啤酒、杜松子酒驰名世界，为什么不用？林若翰当然理解骆克此举的深意：此番中、英就新租借地定界达成协议，意义重大，值得庆祝，但代表中国的却既不是大学士李鸿章，也不是两广总督谭钟麟，而只是一名广东候补道王存善，如果在总督府宴请，不免太高抬了他，有损大英帝国和香港的尊严，所以采取了变通的办法，规格要低，场面要大，此其一。出席这次宴会的，几乎囊括了除总督卜力之外所有的重要官员，而且十分突出军界人士，是为了借此向中方炫耀实力，寓军事示威于觥筹交错之中，让中国方面认真领会领会“香港一处非展拓界址不足以资保卫”“惟不得与保卫香港之武备有所妨碍”这两句话的分量，此其二。把宴会安排在中餐馆子杏花楼，而且邀请了一批华人议员、太平绅士和富商名流，则是要给香港市民造成一种“华洋同乐”的强烈印象，抵消潜在的反英情绪，为新租借地的顺利接管铺平道路，此其三。今夜“杏花楼”里塞进了如此三大要义，这顿饭吃些什么也就并不重要了，吃的其实是政治，刚刚尝到政治甜头的林若翰自然是非吃不可！他装束停当，戴上“波乐帽”，挎上黑阳伞，坐上私家轿，郑重地赴宴去了。

主人出门赴宴，翰园的晚餐也推迟了。看着轿子走远了，倚阑一分钟也不敢耽误，匆匆走上楼去，易君恕正等着她。

倚阑打开 dad 的房门，直奔写字台上的公文包而去……

遍览了第二轮谈判记录和林若翰起草的双方协议，易君恕的脸上已经全无血色，嘴唇在颤抖。他过高地估计了两广总督谭钟麟和广东候补道王存善，两天前燃起的希望之火顿时被一盆冷水扑灭！

"完了！"他冰冷的手重重地打在写字台上。

3 月 16 日，王存善与骆克、林若翰以及总测量官和双方勘察工程人员乘船前往大鹏湾，由沙头角登陆，勘定了自深圳河源到沙头角紧西大鹏湾的界线，沿线竖立木质界桩，中方一侧以汉文书写"大清新安县界"，英方一侧以英文书写"Anglo-Chinese Boundary，1898"。之所以不用立桩的实际年份 1899 而写为"1898"，是因为自 1898 年 7 月 1 日起，《展拓香港界址专条》就已经生效，精明的骆克绝不会忽视这一点。王存善提出应刊立石质界碑，以示郑重，骆克未予同意，而主张沿袭九龙界限街的先例，全线竖立栅栏，且待日后再行办理，而实际上他却另有打算，并不认为今天竖立的木桩就可以约束英方今后的行动。

3 月 18 日，新租借地北部陆界勘界结束。

3 月 19 日，即光绪二十五年二月初八日，骆克与王存善在香港辅政司署签订《香港英新租界合同》：

> 北界始于大鹏湾英国东经线一百一十四度三十分潮涨能到处，由陆地沿岸直至所立木桩，接近沙头角即土名桐芜墟之西，再入内地不远，至一窄道，左界潮水平线，右界田地，东立一木桩，此道全归英界，任两国人民往来。
>
> 由此道至桐芜墟斜角处，又立一木桩，直至目下涸干之宽河，以河底之中线为界线，河左岸上地方归中国界，河右岸上地方归英界。
>
> 沿河底之线，直至迳口村之大道，又立一木桩于该河与大道接壤处，此道全归英界，任两国人民往来。此道上至一崎岖山径，横跨该河，复重跨该河，折返该河，水面不拘归英、归

华，两国人民均可享用。此道经过山峡约较海平面高五百英尺，为沙头角、深圳村分界之线，此处复立一木桩，此道由山峡起，即为英界之界线，归英国管辖，仍准两国人民往来。此道下至山峡右边，道左有一水路，达至迳肚村，在山峡之麓，此道跨一水线，较前略大，水由梧桐山流出，约距百码，复跨该水路，右经迳肚村抵深圳河，约距迳肚村一英里之四分之一，及至此处，此道归入英界，仍准两国人民往来。

由梧桐山流出水路之水，两国农人均可享用。复立木桩于此道尽处，作为界线。沿深圳河北岸下至深圳湾界线之南，河地均归英界，其东、西、南三面界线，均如专约所载。

大屿山岛全归界内。大鹏、深圳两湾之水，亦归租界之内。

至此，新安县与香港新租借地的边界由一纸《合同》规定，深圳河成为“中英界河”，由此以南的大片土地，以及深圳河、深圳湾和大鹏湾的全部水域划归了英国。其中“潮涨能到处”一语，模糊宽泛，为英方留下了随意解释、越界侵权的借口，遗患无穷，此是后话。

《合同》中只字未提新租借地的“租”金。

在签字之前，王存善曾经小心翼翼地向骆克探询：“该地既为租借性质，那么，贵国应付多少租金?”

出租方问价于承租方，这已是亘古未有的奇事，唯在《镜花缘》中的“君子国”才可能发生。却不料对方的答复更是奇中之奇。

“我不知道，我不能解决这个问题!”骆克干脆说，并且向王存善反问，“俄国租借旅大、德国租借胶州湾，向贵国偿付租金了吗?”

“……”王存善语塞。他心知肚明：俄之于旅大、德之于胶澳，名之曰“租”，实之为抢，何曾向中国付过一个铜板？既然如此，再把同一问题向大英帝国提出，真是太不识相了!

骆克笑了：“我想，在这一问题上，充满友好感情的英国也会像其他国家那样同中国共事，令中国感到满意！”

王存善遂怏怏作罢，在《合同》上签字画押。事后，从总理衙门到两广总督，竟也无人追究“租金”一事。对此，英国驻华公使窦纳乐阁下做出了十分精辟的解释：“毫无疑问，他们害怕被人谴责为出卖国土。”

窦纳乐担任驻华公使不过三年，已经把大清国的官场琢磨透了。《香港英新租界合同》签订之后，这位大英帝国的功臣有些累了，返回英国度假，由巴克斯·艾伦赛署理驻华公使。

总理衙门和英国署理公使关于《香港英新租界合同》未尽事宜的谈判继续进行。

香港总督办公室的灯光彻夜不熄，北京—伦敦—香港之间雪片似的电报堆在卜力爵士的面前。

清晨，秘书手持一份电报，走进办公室，按灭了枝形吊灯的开关。玫瑰红色的曙光已经射进窗内，映在墙上的那幅巨大的地图上。总督卜力和辅政司骆克各自仰坐在靠背椅上，发出一高一低的鼾声二重奏。他们面前的茶几上，摆着两只空了的咖啡杯。

秘书为难地看看总督，迟疑了片刻，还是鼓起勇气轻声叫道：“总督阁下，总督阁下！”

卜力毫无反应，骆克的鼾声却停了。

“噢，什么事？”骆克猛地睁开眼，看见总督秘书手里的电报，立即睡意全无，伸过手去，“给我，总督刚刚睡着，先不要叫醒他！”

“是，阁下！”秘书呈上电报，收起咖啡杯，步履轻轻地退了出去。

骆克站起身来，揉了揉眼睛，靠在窗前凝神看那封电报，褐色的八字眉不觉皱了起来。

“该怎么答复呢？”他自语着，看了看熟睡中的卜力，犹豫了一下，还是走上前去，推推卜力的肩膀，“请你醒一醒，总督阁下！”

卜力睁开惺忪睡眼：“啊，天亮了，已经到明天了吗？”

“明天要到明天才到，”骆克笑笑说，“现在是昨天的‘明天’，阁下！”

“嗯？”卜力还没有完全醒过来，茫然问，“那么，今天是几号了？”

“3 月 27 号，阁下，”骆克把手里的电报递过去，“这里有一封刚刚收到的电报，驻北京公使馆打来的……”

“噢！”卜力那双淡蓝色的眼睛顿时一亮，伸手抓过那封电报，“现在是什么时候，你还有心思开玩笑！”

“‘为迫使中国在新租借地北部边界再作让步，建议以保留中国税关作交换条件……’”卜力读着电文，翘峥峥的小胡子抖了抖，发出轻蔑的微笑，“哼，自作聪明的艾伦赛！和中国打交道难道还需要什么交换条件吗？如果窦纳乐还在北京，他绝不会提出这种愚蠢的建议！”

“是的，阁下，”骆克说，“可是窦纳乐公使已经回国去了，我担心艾伦赛会把事情搞坏，使中国政府得寸进尺，影响了我们的部署……”

“不，不，让我们教给他应该怎么做！”卜力捋着自己的小胡子说，“新租借地已经是大英帝国的领土，英国法律决不允许中国税关留在英属领土或领水上行使职能，必须把他们赶走，这个问题没有讨论的余地！至于北部边界，我们和王存善不是有个协议嘛，深圳河只是一个临时边界，深圳和沙头角的归属问题还悬而未决，突破边界的主动权仍然在我们手里！”

“是的，阁下，”骆克说，“但这是下一步的事情了，目前最重要的是把深圳河以南的地区接管过来，然后……”

“然后再向北挺进，占领深圳！还有九龙寨城里的六百名中国驻军，是留在我们腹地的祸患，也毫无疑问统统要把他们赶走！”卜力把手有力地一挥，“你现在马上起草一份给艾伦赛的回电，表明我们的态度，并且提醒他：对中国政府千万不能软弱！”

“是，阁下！”骆克答应着，快步走向总督的写字台。

秘书走了进来：“报告阁下，梅轩利上尉到！”

“噢，请他进来！”

“早安，阁下！”梅轩利一身警服，精神抖擞地走进办公室，“咔”地立正，向他敬礼。

“早安，”卜力朝他点点头，“我要你做的事情，准备好了吗？”

“报告阁下，准备好了。”梅轩利说，“我今天就按照阁下的吩咐，前往新租借地着手建造临时警署，为驻守新租借地的警员提供住处，以维护秩序，保证接管仪式的安全。”

“嗯。临时警署准备建在哪里?”

“目前，我认为有两个地方最为重要，”梅轩利说着，转身望着墙上的地图，抬手指着大埔的方位，“一处在大埔的泮涌，这里濒临吐露港，是陆路、海路的关隘，极具防守价值。附近就是大埔墟，那是一个重要的集市，便于物资的补给……”

坐在写字台前起草电文的骆克插话说：“我记得在泮涌附近有一个叫‘运头角山’的小山丘，警署可以考虑修建在山上。那里居高临下，背山面海，旁边分布着一些自然村落，以它为中心，也便于管理。”

“啊，阁下对那里的情况这么熟悉?”梅轩利有些吃惊地望着骆克。

“不敢当，用中国人的话说，‘略知一二’。”骆克笑笑说，“我去年8月做调查的时候去过那里，并且还登上了运头角山。我希望运头角山会给你带来好运气!”

“谢谢！我想会的，”梅轩利充满信心地说，“等到阁下再次去的时候，我们的警署就已经建好了。”

“‘运头角山’?”卜力对这个名字很感兴趣，“嗯，很好，”他走到地图前，拿起红铅笔，在泮涌画了一个圆圈，“我希望就在这里升起新租借地的第一面英国国旗！另一处在哪里?”

“在元朗附近的屏山，阁下，”梅轩利的手臂由东到西画了一个弧形，落在西部海岸附近，“此地濒临深圳湾，为海路交通要道，屏山、厦村的水路，近通香港、九龙，远达广州、佛山、汕头，因而及早驻守，十分必要。而且，这一带是新租借地五大家族当中的邓氏家族的聚居地之一，如果我们控制住邓氏，也就控制了整个租借地。”

“嗯。”卜力在屏山也画了一个圆圈，“你考虑得很周到，行动吧。警署的建造情况，随时向我报告。”

“等一等，”骆克从写字台前站起来，说，“总督阁下，这个行动要不要通知广东方面?”

“完全没有必要!”卜力不假思索地说，“新租借地已经签订合同，我们在自己的领土上动工，中国无权过问！梅上尉，你可以走了。”

“是，阁下！”梅轩利却没有立即告辞的意思，犹豫了一下，说，“我对阁下还有一个小小请求……”

“什么事情？”卜力问，“你一向雷厉风行，今天怎么吞吞吐吐起来了？”

“阁下……”梅轩利有些不好意思地说，“我的一位华人助手非常希望见见阁下，他现在就等在外面……”

“嗯？”卜力有些不悦，“你知道，我只会见事先约好的客人，何况我现在很忙，连睡觉的时间都没有！”

“我很抱歉，阁下，”梅轩利说，“不过，这个人对我们的工作很有帮助，他有一个最大的愿望，就是能够得到总督的接见，哪怕只是几分钟的时间……”

卜力皱了皱眉头，纯粹为照顾梅轩利的情面，才勉强地说：“好吧，我只能给他五分钟的时间！”

“是，阁下！”梅轩利转身对总督秘书说，“请你把客人带进来！”

“是，上尉！”秘书答应着，走出了办公室。

骆克把已经写好的电文递给卜力，卜力看了一遍，提笔签上了名字。

办公室的门被推开了，秘书走进来说：“客人到了！”

他的身后跟着的是迟孟桓。

迟孟桓一身西装笔挺，头发梳得油光水亮，进门就深深地鞠了一躬：“敝人迟孟桓，拜见总督阁下、辅政司阁下！我代表家父太平绅士迟天任向阁下问候！”

卜力没有回答，把手里的电文递给了秘书，交代他马上拍发，这才不屑地侧眼瞥了低头哈腰的客人一眼。他根本不认识迟孟桓，甚至连他所“代表”的老爹迟天任也全无印象，一个挂名的华人太平绅士在总督心里能有什么地位呢？这也值得像商标似的贴在脸上到处炫耀？未免显得太小家子气了。

“啊，迟先生，”骆克倒想起来了，向他点点头，“那天在杏花楼的宴会上，我好像见过你，你也是代表令尊出席的？”

这番问话里面，明显地含有揶揄之感，言外之意就是：你连你老爹那份吃的荣誉都不肯放过，“代表”他去吃？

“是的，阁下，”迟孟桓恭恭敬敬地答道，“家父一向拥护政府，热心公众事业，但毕竟年岁大了，心有余而力不足，敝人理应代替父亲为政府效劳。”他自己也觉得这一番逢人必说的解释过于绕嘴，但又有什么办法呢？自己没有一块像样的招牌，太平绅士又不能像家产那样由父亲随意转送给儿子，也就只好用这种借光的办法来为自己壮门面，老爹活一天就借用一天，说不定哪天老爹一伸腿，再借用的时候还得加上“已故”二字，就更拗口了。正是那天在杏花楼的晚宴上，迟孟桓碰见了一个不愿意见到的人林若翰，更激发了他心中越来越紧迫的危机感：林若翰近来明显地要发达起来，一旦他正式被任命为太平绅士，肩膀就和我老爹一样高了，不，人家是货真价实的英国人，本来就高华人一头，当了太平绅士就更高了，再想扳倒他也就更难了！那将如何是好？所以，努力为自己寻求晋身之阶，最为要紧……

迟孟桓心里正在七上八下，骆克向他问道：“你什么时候做了梅上尉的助手？”

“不敢当，这是警察司阁下对我的褒奖，”迟孟桓赶紧说，“其实我哪里配做他的助手？警察司阁下要下乡办公事，我只不过跟着他跑跑腿，做做翻译罢了。”

“梅上尉自己不是精通汉语吗？”骆克转脸望望梅轩利，“你还需要翻译？”

“讲不太好，那些方言土语，有时候听不大懂，迟先生可以助我一臂之力，”梅轩利说，这位一向以精明强悍、作风清廉著称的警察司到底私下里得着了迟孟桓多少好处，外人不得而知，此时，极力替迟孟桓美言，“更重要的是，他对新租借地的情况很熟悉，向我提供了不少重要情报……”

“噢？”卜力这才对迟孟桓有了兴趣，不禁向他问道，“你是新安县人？”

"哦，不，阁下，"迟孟桓终于等到了总督直接向他发问的机会，诚惶诚恐地答道，"敝商行的业务和中国内地常有联系，而且，"说到这里，他有些夸张地压低声音，以诡秘的眼光望着卜力说，"我的管家就是元朗厦村人，最近，我派他回老家去了……"

"为什么？"卜力并没有理解他的意思，反而觉得此人有些故意耸人听闻，你的管家回老家这种琐屑小事也值得报告总督吗？

"为了摸清当地的情况，"迟孟桓解释说，"帮助政府接管新租借地……"

"嗯？"卜力仍然觉得奇怪，这个人没有受任何人的派遣，竟然主动地帮助政府搜集情报，似乎有些不可思议，甚至令人怀疑他有什么私人目的，于是直截了当地问他，"你为什么要这么做？为了报酬吗？"

"不，阁下！家父身为太平绅士，帮助政府维护治安是应尽的责任！"迟孟桓神色肃然地说，脸色因为情绪激动而微微泛红，这是他当面向总督表示赤胆忠心的难得时机，当然不会错过，"当年查尔斯·义律爵士攻打广州的时候，家父曾经冒着枪林弹雨为皇家舰队运送给养，为捍卫大英帝国的利益，我们迟氏家族不惜付出一切！"

"啊，很好，"卜力微笑着点了点头，他在巴哈马、纽芬兰和牙买加担任总督的时候，也曾经接触过一些对殖民地宗主国衷心拥护的当地居民，这正是大英帝国的威力和总督的尊严的最好体现，"你——很好！"他再次强调说，又问，"那么，请你谈一谈你所知道的新租借地的情况，这是我现在最关心的问题！"

"是，阁下！"迟孟桓说，"据我所知，那里的情况有些麻烦，当地的刁民并不理解划归英国管辖是他们的幸福，私下里准备对抗政府的接管，许多村庄筑起围墙，组织壮丁，进行武装操练……"

"我已经得到类似的情报，"卜力打断了他的话，说，"不过据立法局的两位华人议员分析，新安县历史上就有修筑围村的传统，像巡丁、更练、团练之类的农民武装也不是新近出现的，他们的目的多半是为了抵御海盗。这些分析是有道理的，我也不大相信那些农民会对政府造成威胁，他们没有军事知识，也没有近代化的武器，大刀、长矛只不过像舞台上的道具，我来到香港已经领教了粤剧的武打，那种由锣鼓伴奏的舞蹈倒是很热闹，可是，和打仗完全是两回事！哈哈！”

说着，他鄙夷地笑了起来。

“不，阁下，”迟孟桓说，他为总督的过于乐观而感到遗憾，“他们不仅使用刀枪，而且正在发起募捐，购买新式武器。最近，香港上环的丝绸铺销路突然呈旺盛趋势，敝商行的绸缎庄也发现青色、黑色的绉纱供不应求，顾客大多是从新安县过来的客家妇女……”

“这和武器有什么关系？”卜力听得莫名其妙，“难道丝绸可以用来作战吗？”

“这里面有个秘密，阁下，”迟孟桓说，“据我手下的人了解，她们买回去是给男人做缠腰的带子，”他撩起自己的西服，在马甲上比画着说，“然后把短枪藏在里面……”

“他们有枪？”卜力问。

“是的，阁下。”迟孟桓说，“他们正在通过多种途径，从‘水客’手里收购枪支，有步枪，也有手枪，不过都不是新的，许多已经生锈了，他们请当地的铁匠和钟表匠进行修理……”

“嗯……”卜力的脸色阴沉起来，有些不安了，“看来，这些农民武装的确值得注意，如果真的是为了对抗政府，我们将不排除在接管新租借地的时候使用武力！”

“不过，”骆克沉吟道，“还是要尽量避免流血冲突，免得造成不利于我们的国际影响……”

“当然，如果把可能出现的反抗行动掐死在萌芽状态，就可以省去很多麻烦，”卜力说，“重要的是，要设法弄清楚是哪些人在带头闹事！”

“我这里有一份名单，是迟先生提供的！”梅轩利说着，从警服口袋里掏出了一张纸，递给了卜力。

卜力接在手里，骆克也凑了过去，一起审看，见上面用英汉两种文字写着一串人名：

屏山：邓芳卿、邓朝仪；

厦村：邓菁士、邓仪石、邓植亭；

锦田：邓九如、邓伯雄；

大埔头：邓茂；

八乡：邓同、黎春、李邦；

泰亨：文湛全；

新田：文礼堂；

上水：廖云谷；

粉岭：彭少垣；

丙岗：侯翰阶；

青山：杜堂滔；

…………

迟孟桓在一旁解释道："这些人多半是新安五大家族的头面人物，广有田产，害怕政府接管之后剥夺土地的永久所有权，所以反抗最力。他们有钱有势，在乡民当中颇具号召力，不可轻视啊！"

"嗯，"骆克说，"这些人，我在调查的时候也有所耳闻。看来，要稳定新租借地的秩序，首先要控制这些首要分子，正如中国的兵书所说：'擒贼擒王'！"

"阁下是要把他们都抓起来吗？"梅轩利跃跃欲试。

"不，"骆克摇摇手说，"征讨不如安抚！我想，如果以总督的名义向他们一一致函，宣示大英帝国的仁政，保证在新租借地接管之后，尊重地方习俗，保障土地权益，改善乡村环境，提高居民生活水平，并且邀请他们在未来的乡村委员会或者各行政区担任某种职务，这对他们将是有诱惑力的，还会再带头闹事吗？"

啊？！迟孟桓听得心里一沉：这是怎么回事？告密的还没有得着任何好处，被告的倒先被许了官职？前番和林若翰的较量已经失策，不料这回又是失策，自己真是冤枉透顶！既然如此，何必跟着梅轩利去建造什么警署？算了，算了，安心做自己的生意去吧，趁现在还来得及，抢购新安县的地皮，大捞他一把！心里这么想，嘴里却不敢出声，脸上邀功请赏的光彩已经黯淡了。

“这个办法倒不妨试一试，”卜力捋着小胡子，思索着说，他并不在意迟孟桓的脸色如何，对骆克交代道，“这封信由你来起草，言辞要温和，态度要诚恳，以感化为目的，至于将来是不是真正授予他们什么职务，当然还要再看一看了。”

“我明白，阁下！”骆克心领神会地微微一笑。

迟孟桓似乎也听明白了，失衡的心理这才略略找回一点平衡。

秘书端着两份牛奶、面包走了进来，放在茶几上：“总督阁下、辅政司阁下，请用早餐！”

梅轩利突然意识到在这里待得太久了，总督接见迟孟桓的时间早已超过了五分钟，于是一个立正，说：“总督阁下，我们告辞了！”

“好吧，”卜力握着他的手，说：“祝你顺利！”

“谢谢，再见，阁下！”梅轩利向他敬礼。

“再见！”卜力此刻心情不坏，顺便也和迟孟桓握了握手，“你——很好！以后有什么情况，希望随时报告，你对大英帝国的忠诚会得到报偿的！”

“是，阁下，衷心感谢阁下对我的信任！”迟孟桓沮丧的情绪一扫而光，刹那间像航船鼓起了风帆。

梅轩利和迟孟桓乘坐两顶轿子，后面跟着两名荷枪实弹的“红头阿三”和一些泥木工匠，向新租借地进发，太阳平西时分，才到达大埔墟西南角的泮涌。

迟孟桓号称熟悉新租借地，其实许多情况都是从老莫那里听来的，他本人过去只来过一次泮涌，是为了买聋耳陈的那块地皮。这次来到泮涌，自然是先找熟人，他带着梅轩利一行到了聋耳陈的家。

聋耳陈突然见到迟孟桓光临，身后还跟着身穿警服、人高马大的梅轩利和皮肤黝黑、肩挎长枪的“红头阿三”，不知是何用意，唬得魂飞魄散，朝迟孟桓作个揖，哆里哆嗦地说：“迟先生，我……我和你可是钱货两清了，这……”

“咳!”迟孟桓怕他当着梅轩利的面说出自己炒地皮的事，连忙凑近了，朝着他的耳朵喊道：“陈先生，你误会了！我是来办公事的，看见没有？这位是香港政府的警察司梅轩利阁下!”

“啊?!”聋耳陈听说“警察司”驾到，浑身抖得更厉害了，“扑通”跪倒在地，磕头如捣蒜，“梅……梅大人，各位总爷，我可是奉公守法的良民啊！……”

梅轩利和“红头阿三”见他这副样子，不禁哈哈大笑。

“你不必这么紧张嘛，”梅轩利笑着说，“我又不是来抓你，而是请你帮助我们!”

他说的虽是当地方言，可惜聋耳陈却听不见，仍然需要“翻译”。

“警察司阁下对你说，”迟孟桓朝聋耳陈喊道，“政府不抓良民，政府要在运头角山上选个地方建造警署，请你帮个忙啦!”

“噢!”聋耳陈这才听得明白，三魂七魄从天外回到了身上。心想，迟先生早先所言不差，果然官府来乡下占地盖屋了，幸亏我抢早卖了那块地，要不然，还不白白地充公?迟先生真是自己人，什么事都想着我，现在又把警察司大老爷请到我家来，这可是我巴结不上的贵客哩！于是，喜滋滋爬起身来，请贵客进厅堂里上坐，把吓傻了的妻儿老小叫出来，泡茶敬烟，不亦乐乎。

迟孟桓一面喝着茶，一面和聋耳陈探讨：政府要建造的只是一座临时警棚，木架上苫芦席、葵叶就可以了，不必讲究，只求快。政府已经带来了工匠，但为了节省时间，免去往返运输的麻烦，建筑材料要在当地解决。还有，在警署建成之前，有关人员的食、宿问题，等等，也希望聋耳陈提供帮助。

这些事情并不复杂，但要向聋耳陈交代清楚，自然免不了一番大嚷大叫。

聋耳陈终于听得明明白白。此人虽然听力不济，头脑却是精细得很，肚子里装着算盘，涓滴小利也决不放过。于是，笑眯眯地答道：“这些都没有问题，包在我身上。只是有两条，得把话讲在前面……”

“你说吧！”梅轩利在一旁已经听得很不耐烦。

“这第一，”聋耳陈敛容说，“我只是一名平头百姓，承办官差，怕的是乡邻有所议论，所以，一定要请官府的总爷驻守在这里，为我壮胆……”

他说的“总爷”，指的是那两名“红头阿三”。聋耳陈弄不清警察和军人的区别，按照大清国的习惯，老百姓把吃粮当兵的一律尊称“总爷”，见了他们如避猫鼠似的。聋耳陈看看眼前的这两位“红头阿三”，脸黑得赛过张飞，气死李逵，他如何不怕？怕虽是怕，却又要借助于他们的威风吓唬别人，有他们在，犹如黑铁塔似的两尊门神，聋耳陈就可以放心大胆地承办官差了。

“当然，警察要驻守在这里，以后我还会派更多的警察来的。”梅轩利点点头，又问，“你还有什么要求？”

“这第二……”聋耳陈说到这里，把手缩在袖筒里，朝迟孟桓伸过去，捏了捏，说，“先小人，后君子，你们无论如何得给这个数……”

“咳！”迟孟桓抽出了手，笑道，“政府还跟你算这些小钱？事成之后亏不了你，放心吧！”

“那就好，那就好！”聋耳陈连声说，财神意外临门使他满心欢喜，于是吩咐家人杀鸡宰鹅，置备酒菜，自己带着贵客出了家门。

聋耳陈家就在运头角山脚下，出门就看见了。他们穿过一片抛荒的空地，沿着崎岖小径走上山去。那片荒地本来是聋耳陈的产业，去年卖给了迟孟桓，所以就荒在那里，如今已是分秧季节，也无人耕种。迟孟桓一边走着，一边暗想：去年买这块地是准备卖给政府修铁路，却没想到铁路还没动工，倒先在这里修起了警署，待政府正式接管了新租借地，这里的土地自然急于首先征用，看来自己押宝押对了，正好趁机要他一个天价！反正这块地皮已经过户到老莫的名下，无论怎么“炒”，也影响不了迟某的“前程”！

梅轩利随着聋耳陈走上运头角山。半山腰里，一片开阔的空地，绿草如茵，开满了早春的野花。此处紧临着屋舍连绵的大埔墟，依山面海，背后连峰叠嶂，山岭一层层远去，伸向西、北、南三面；左右两旁都是狭长的小山岗，相距不足一英里；放眼往西北望去，面前一片平畴，快要插秧了，稻田里水平如镜，由纵横交错的田垄分割成无数碎块；再往远处便是渔民聚居的元洲仔和一望无际的吐露港了。正是夕阳西照时分，斜晖把山岗、村舍、水田和远处的渔帆染得金黄，好一派海滨田园风光，宁静、幽美而壮观！

“警棚就建在这里了！”梅轩利非常满意地做了决定。他设想，在不久的将来，这片美丽的土地就正式划归大英帝国的版图，而在这里建起的第一座新建筑则是他本人治下的警署，新租借地的第一面英国国旗也将在这里升起，这是他终生难忘的荣耀！他突然记起迟孟桓和那位西班牙星相家不谋而合的预言——将来他要官居总督之位，此时此刻，更加觉得那并非妄言，也许，自己的官运就从这运头角山勃发，随着冉冉升起的米字旗，直上云霄！

当夜，梅轩利一行酒足饭饱，在聋耳陈家安歇。

次日一早，聋耳陈带领着两名“红头阿三”上了运头角山，指挥工匠们搬石伐树，动工修建警署。

丁丁的伐木声震动了宁静的田园，人们惶惶不安地走出家门，涌上了那个骚动的山丘……

此时，在横贯新安县境的乡间土路上，梅轩利和迟孟桓正乘坐着颤悠悠的轿子，向西进发，前往下一个目标屏山……

与吐露港东西相望的深圳湾畔，群山环绕着一片肥沃的元朗平原，湖塘星罗棋布，细小的溪流数不胜数，一律向北流去，汇入元朗河，尽纳于大海。在这片面积超过十平方公里的平原上，分布着一座座古老的村庄：元朗墟、厦村和屏山，聚居在此的邓氏子孙，血脉都来自锦田。早在十二世纪末叶，锦田邓氏传到第七代，分为元英、元禧、元祯、元亮、元和五大房，人丁兴旺，迁粤发祥地锦田已不敷居住，便酝酿着分居大迁徙，向四周发展，除第四房邓元亮的部分子孙留居锦田，其余各房都另觅福地，建屋立村。邓元亮之子邓万里，乃大宋皇封税院郡马邓惟汲的叔伯兄弟，那时从锦田迁居于屏山岭下，成为屏山邓氏的开山始祖。后代子孙繁衍，又分为上璋围、桥头围、灰沙围、坑头村、坑尾村、塘坊村、新村、洪屋村、新起村共三围六村，共祀一座邓氏宗祠。耸天矗立的七层宝塔聚星楼记载着悠悠岁月，源源不绝的坑头村前古井水哺育了绵绵子孙。

坑尾村的村口大道旁，一座庙堂式建筑，坐东南而朝西北，背靠屏山岭，面向深圳湾，雄伟壮观。它以花岗石为基，墙面青砖勾缝，朴素庄严；硬山式屋顶，覆以筒瓦，山墙、屋脊和檐板雕花彩绘，精湛华美；檐下，两扇黑漆大门，青铜兽头衔环门钹，门框以花岗石镶成，两旁悬挂一副红底黑字的木质楹联“崇山毓秀，德泽流芳”；门楣上是一幅花岗石横额，阳文浮雕出四个大字“觐廷书室”。室名“觐廷”，乃是为了纪念屏山邓氏二十一世祖邓朝聘，字勋猷，号觐廷，道光十七年丁酉科广州府乡试中式举人。邓氏书香门第，耕读世家，仅屏山就建有若虚书室、五桂书室、觐廷书室、述卿书室共四座书室，以觐廷书室规模最为宏阔，建筑最为精美，当年从佛山聘来能工巧匠，历时五载，始告完成。

这是一座九宫格式的四合院，门厅、正厅、左右厢房各三间，当中一方庭院，二进正厅便是祭祀祖先的“崇德堂”，“崇山毓秀，德泽流芳”以鹤顶格所嵌的正是这“崇”“德”二字。正厅旁边辟有客厅和藏经阁，楼上又设更楼和客房，天井左右两边的厢房，则是邓氏子弟读书的课堂了。

此刻，课堂里传出琅琅书声。一位身穿长衫、蓄着花白胡须的老夫子正在带领着十几名学童一起吟诵：

国破山河在，城春草木深。
感时花溅泪，恨别鸟惊心。
烽火连三月，家书抵万金。
白头搔更短，浑欲不胜簪！

吟诵过后，老夫子讲解道：“杜甫此诗，作于唐至德二年春天，当时正值安史之乱，长安沦陷，百姓离乱，花也溅泪，鸟也惊心，虽三月美景，却满目凄凉。历代名家咏春之作，不知凡几，而杜甫这首《春望》，最为动人，千年之后读来，仍然令人感慨不已！如今，朝廷把新安地方租与英夷……”

刚刚讲到这里，听得庭院里“咔咔 ”的脚步声，吸引得学童们转过头，齐齐地向外望去。老夫子便住了口，举目看时，见两个陌生人走了进来：一个虽是华人模样，却西装革履，也没有辫子，好似假洋鬼子；另一个则是正牌的鬼佬，碧眼黄须，警帽警服，高统皮靴踏得砖地“咔咔”响，腰间皮带上还挎着短枪。

来者便是梅轩利和迟孟桓。他们经过觐廷书室门前，见屋舍华美，猜想必是乡绅所居之地，或是族人议事之所，便停下轿子，推开虚掩着的大门，长驱而入。

乡村学童们多数不曾见过洋人，顿时哄乱起来，嘁嘁嚓嚓，不知如何是好。

“孩子们，不必惊慌……”老夫子说着，走出课堂，迎着不速之客问道，“二位有何贵干？”

“嗨，”迟孟桓抬起手里的文明棍指着他说，“看见没有？这位长官是香港政府警察司阁下！”

“噢，”老夫子淡淡地应了一声，说，“此地是私家书室，无偷无盗，不知与警察司有何干系？”

梅轩利的脸色阴沉起来，堂堂的警察司从未受过这种冷遇！他皱起眉头，下巴朝迟孟桓指了指。

“你说什么？警察司和你没有干系？”迟孟桓把文明棍朝地上一顿，“你刚才的言论就危害治安！”

“这倒奇怪！”老夫子笑笑说，“杜工部为中国诗圣，他的诗篇流传千古，历朝天子也未曾有过微词，足下指责诗圣危害治安，莫不是要为安禄山、史思明翻案吧？那两个背叛大唐、祸国殃民的乱臣贼子，名声可不大好啊！”

“你这老头……”迟孟桓当然听得出指桑骂槐的弦外之音，急红了脸，却一时语塞，无以为应。

“不要跟他讲什么杜甫了，”梅轩利早已不耐烦，朝迟孟桓挥了挥手，自己直接问老先生，“我听见你刚才说‘朝廷把新安地方租与英夷’，这个‘夷’字，就是对大英帝国的侮辱！这种对抗政府的言论，已经危害了治安！”

老夫子吃了一惊，不料这个鬼佬倒比假洋鬼子还要厉害，猝不及防被他捉住了把柄，该如何对付才好？

梅轩利见他被击中要害，便冷笑一笑，右手按在腰间的短枪上。

“若问这个‘夷’字，”老夫子却说话了，“阁下既然能讲汉语，想必读过中国典籍，《孟子·离娄》篇曰：‘舜，东夷之人也；……文王，西夷之人也。’舜和文王都是中国古时的圣贤，孟子难道会侮辱他们吗？‘东夷’‘西夷’只不过是‘东方’‘西方’之意，阁下多虑了！”

“啊……”梅轩利张口结舌。他这位半瓶醋的“中国通”并没有读过《孟子》，但也久闻那是中国的儒家经典之一，极具权威性，所以，虽然怀疑老夫子借此来搪塞他，自己却没有能力援引其他经典予以批驳，气焰便收敛了许多，喃喃地念叨着，“‘舜，东夷之人也；文王，西夷之人也’，嗯，老先生学识渊博，以古籍为‘夷’字正义，很好，很好！请问，你贵姓？”

“敝姓邓，”老夫子答道，“屏山人都是邓氏子孙。”

“噢，邓先生，”梅轩利客气地尊称道，“本警察司初次来到此地，希望得到你的帮助……”

“不敢当，”老夫子说，“敝人才疏学浅，恐怕帮不上阁下的忙。”

“哎，邓先生就不要自谦了，”迟孟桓也随着梅轩利对老夫子前倨后恭，问道，“请告诉我们，村后那座山，就是屏山岭吗？”

“正是。二位打听此山，要做什么？”

“本警察司要在这里建造一座警署，”梅轩利说，“我看那座山的位置很合适。希望邓先生帮助我就地购买建筑材料，雇佣工匠……”

“啊?!”老夫子这才明白了香港警察司来此的用意，大大吃了一惊！他抬起头来，那双阅尽沧桑的眼睛遥望着村后的屏山岭，七百年前的往事涌上心头……

当年邓元祯、邓万里父子从锦田到此，礼聘勘舆名师，观测风水，见这一片平畴之东，三座山峰呈“品”字形排列，乃是孕育高官的绝佳格局。山前良田万亩，一条小河蜿蜒流过，奔向大海，远处天高海阔，气势雄伟非常，风水先生便已心中有数。当夜，他们一行三人投宿农家，举杯小酌，微醺之际，听得后山传来呦呦鹿鸣，声声入耳，十分真切。次日绝早，三人匆匆起身，来到后山，但见林木葱郁，芳草萋萋，昨夜长鸣之鹿却不见踪影。邓氏父子正在诧异，风水先生说道：“邓公，可知每当乡试放榜次日，新科举人共赴‘鹿鸣宴’吗？这便是昨夜鹿鸣的玄机所示了！”邓氏父子听了，心中大喜。风水先生又指点道：“此三山之格局，为‘毛蟹局’，蟹生于河海之滨，如宝藏在怀，复得山水怀抱而气藏，必定子孙繁衍，千年不衰。然而，此局虽佳，也须警戒后人，切勿乘风使尽悝。谶曰：蟹可横行而人不可横行，横行终必遭灾；狼不可引入室，引狼者终必害己害人；头破见红，蟹局之大忌，切记，切记！”自此，邓万里便迁居这方风水宝地，七百年来，子孙不息，人才辈出，历代科举，硕果累累，觐廷书室的门厅之中陈列的“祖孙父子兄弟叔侄文武登科”的大红功名牌便是明证。风水先生的告诫，也世代相传，牢牢记取……

七百年历史在胸中翻腾，老夫子脸上笼罩了阴云，暗想：这绝佳风水，难道要毁于英夷之手吗？他看了梅轩利一眼，说：“我邓氏自从迁来此处，屏山岭如一道屏风，藏宝聚气，护佑我三围六村，虽一草一木，不忍伤害，岂可妄动土木工程？使不得，万万使不得！”

“什么？”迟孟桓在一旁听得恼火，朝他嚷道：“政府只要一声令下，就可以任意征用土地，你说使不得，你算老几？”

“这也并非老朽一人之见，”老夫子冷冷地说，“请问一问屏山邓氏族人，大家肯答应吗？”

梅轩利强忍着一腔怒气，心想：既然种种信息表明此地居民对政府接管新租借地怀有不满情绪，为稳妥起见，不如“礼贤下士”，做做“商议”的样子，也好借此宣示政府的政策，避免事端……于是说道：

“那就请邓先生出面，约请贵村几位主事的父老来谈一谈！”

迟孟桓赶紧点出名来：“你们村里的邓芳卿、邓朝仪，都是有名的乡绅……”

“不然，”老夫子说，“此等大事，几个人仍然做不得主，须阖族商议才是！”

说着，他走到庭院中悬挂的一座铜钟下面，拉起绳子，从容地撞起钟来：“当！当！当！……”

浑厚的钟声长鸣不止，回荡在觐廷书室上空，传遍了三围六村，邓氏族人从聚星楼下、洪圣宫前、杨侯庙旁、愈乔祠畔汇聚而来，浩浩荡荡，人头攒动，把觐廷书室围了个水泄不通。

梅轩利看见来了那么多人，心里便有些不安，用英语对迟孟桓说：“看来，这个老头儿有意和我们为难，事情有些麻烦了。你的那位管家住在哪里？还是去把他找来，请他帮助我们……”

“不，他是厦村人，不在这里，而且也不姓邓，这件事出不得面，我们得自己想办法了。”

迟孟桓也有些紧张，便扶着梅轩利挤出觐廷书室，站在大门口的花岗石门槛上，朝汹涌的人群拱了拱手，大声说：“各位乡亲父老，兄弟迟孟桓，今天陪同香港政府警察司梅轩利阁下来看望大家！众所周知，大英帝国与大清帝国已经签约，展拓香港界址……”

他的话还没有讲完，人群就哄乱起来，议论纷纷，把他的声音淹没了！

“诸位雅静，诸位雅静！”迟孟桓使劲拍拍巴掌，继续说，“今天警察司阁下光临贵村，有一事奉告各位父老周知：为维护治安之计，政府要在屏山岭上修建警署，还请各位鼎力襄助为盼！……”

话音未落，人们“轰”地沸腾起来，只听得嘈嘈杂杂地喊道：

“在祖家山上建屋，要坏我风水的！”

“先人早就有话传下来：‘头破见红，蟹局大忌’，不可以妄动！”

“哪个敢在屏山岭动土，就是引狼入室！”

“……”

他们讲的都是方言土语，梅轩利虽然听不甚懂，从那激昂的情绪也看懂了，邓氏族人一致反对在屏山岭建造警署，更不要说“鼎力襄助”了！望着黑压压的人群，他一时心头火起，右手不知不觉地扶到了腰间的手枪上……

“阁下！”迟孟桓慌了，一把按住他的手，低声说，“这可使不得！我们又没有带人马来，两个人怎么能对付他们？众怒难犯，我看……”

梅轩利强捺着怒气，说：“撤！”

“诸位，诸位！”迟孟桓举起两手，朝人群挥舞着说，“今天，警察司阁下和父老乡亲见了面，深感荣幸！这个……关于这个……修建警署之事，众位父老已经一体周知，那么就改日再议，改日再议！”

说完，他拱拱手，护着梅轩利挤出人群，慌慌张张地找到他们的轿子，说声：“快走！”

梅轩利上了轿子，刚要坐下，忽然看见轿座上有一张纸，便拿了起来，只见上面用毛笔写着：

> 吾等痛恨英夷，彼等即将入我界内，夺我土地，贻患无穷。大难临头，吾等夙夜匪安。民众对此定为不满，决心抗拒此等夷人。然武器不精，绝不能抗敌。是以吾人选定练兵场，集合全体爱国志士，荷枪实弹演习。优胜者有奖，以资鼓励。一以襄助政府，一以防患于未然。愿我全体亲友持械前往操练场，竭尽所能，消灭卖国贼。祖宗有灵，幸甚，乡邻幸甚。是所至望……

梅轩利在颠簸的轿子里看完了这张揭帖，不禁心里一沉：什么“舜，东夷之人也；……文王，西夷之人也”，他被那个教书的老头儿耍了！这帖子清清楚楚地写着，“吾等痛恨英夷”，“决心抗拒此等夷人”，字字句句，仇恨冲天，杀气腾腾，看来武装冲突已经不可避免了！

两顶轿子踉踉跄跄逃离屏山，他们身后响起一片哄笑声……

消息传到与屏山相邻的厦村，邓菁士立即召集族人，到邓氏宗祠“友恭堂”议事。

“友恭堂”正殿里，邓氏历代祖先灵位前红烛高烧，香烟袅袅，香案之下摆着一只斗大的酒坛。本族士绅邓菁士、邓仪石、邓植亭等人肃立案前，十六岁以上的青壮年分列两旁，身佩短刀，齐声背诵厦村邓氏家训：

根柢生江北，枝叶发天南。
围村先祖建，田地子孙耕。
勤俭传家训，耕读裕民生。
敬业家当富，专功事必成。
秋稻宜收九，春秧莫过三。
祖业同分享，族务共分担。
内族要和睦，外寇要抗争。
俎豆千秋祭，友恭万代名。
南阳绵世泽，东汉振家声。

诵过家训，邓菁士说道：“我邓氏自从大明洪武年间，十五世祖洪惠、洪贽二公由锦田迁居厦村，五百余年，创业艰难，我辈子孙守成更加不易！英国佬强租我家乡，侵占我土地，港英警察司梅轩利昨日到大埔，今日到屏山，眼看厦村也危在旦夕！我父老兄弟，谨记邓氏家训：‘内族要和睦，外寇要抗争’！祖业不保，子孙羞耻！”

邓菁士话音刚落，两名壮丁捧过一只硕大的雄鸡，手起刀落，斩下鸡头，殷红的鲜血顿时喷泉般射入酒坛。青壮年们手握短刀，齐齐插进酒坛，“嚓”的一声，数十把尖刀抽将出来，寒光闪闪，鲜血淋漓！

“内族要和睦，外寇要抗争！祖业不保，子孙羞耻！”族人齐声高呼，激昂慷慨，声震屋瓦！

会后，邓菁士派人飞报锦田、八乡、大埔头、粉岭、新田、上水……邀集各方首领，共商抗英大计。

随之，新田、泰亨文氏族人，由文礼堂、文湛全率领，齐集新田“正气堂”；上水廖氏，由廖云谷率领，齐集“万石堂”；粉岭彭氏，由彭少垣率领，齐集“彭大德堂”；丙岗侯氏，由侯翰阶率领，齐集“侯氏宗祠”，祭祖盟誓，矢志抗敌。

3月30日，农历二月十九，元朗旧墟正逢“三、六、九”墟日，集市上，趁墟的农民熙熙攘攘，为即将到来的春耕春种大忙添置农具，头戴凉帽、身穿青衫的客家妇女，或是提着鸡鸭，或是挎着盛满鸡蛋的竹篮，仔细地讨价还价，卖了钱换些油盐针线。正是春寒料峭时节，凉风习习，闹市中的空气也仿佛蕴含着某种不安，趁墟的人们三三两两，交头接耳，窃窃私语。

老莫头戴瓜皮帽，身穿裘皮缎袍，胸前挂着亮晃晃的金表链，俨然一位乡绅富豪，出现在街头。看惯了香港上环、中环车水马龙、花天酒地的老莫，并非有什么闲心逛这种乡间墟市，他是赶来参加一个重要聚会的。邓菁士向四乡发出了邀请，约定今天在东平社学共同议事，老莫因为曾经捐款五百港币，有功于家乡，也接到了帖子。这个会，自然是极要紧的，慢说老莫手里有帖子，就是没人邀请，他也要毛遂自荐挤进去！

与满街惶惶不安的乡民不同，老莫满面春风，迈开大步，朝前走去。他知道，东平社学是元朗墟附近乡民的议事中心，虽无明文规定，却是约定俗成，连一些生意人立约为证，江湖人士拜师结义，也常要借助那块宝地。社学的后门有一棵百年老榕树，炎夏遮阳，春秋挡雨，更是常常聚满了人，饮茶闲谈、下棋打牌、玩鸟斗虫、舞刀弄枪、吹笛唱曲，无奇不有。

老莫远远地看见那棵老榕树，东平社学就要到了。忽然间，只见前头人群当中，一个年轻后生站在高处，怀里抱着一摞纸，呼啦啦向空中抛去，人群顿时乱了起来，纷纷伸手去接那空中飞舞的纸片，飘落在地上的，也有人抢着去拾。老莫一愣：这是做什么？乡下人也懂得搞什么“幸运抽奖”了吗？心里琢磨着，也就凑上前去，有一搭无一搭，伸手从空中抢了一张，看看到底是什么名堂。

不料这一看，看得他出了一身冷汗！原来这是一份木版印刷的揭帖，右首一行大字“抗英保土歌”，随后便是一首排列整齐的七言歌词：“中华自古文明国，礼仪之邦五千年。讵料近世风云变，海外开来鸦片船。毒雾妖氛染净土，英夷寻衅起烽烟……”历数英国发动两次鸦片战争，割占香港、九龙，一直说到眼前展拓香港界址，号召乡民拿起刀枪，武装抗英，末尾说道：“雪我国耻抒正气，保我河山保我权！男儿生死泰山重，拼将热血染红棉！”

这歌词通俗易懂，朗朗上口，极具煽动性；书体介乎行楷之间，俊秀挺拔，刚柔相济，倒是一笔好字！老莫捧在手里，沉吟道：嗯，不知这是何人手笔？

他一路寻思，不觉已经到了东平社学，便从后门走了进去。屋里一副长案，四周围坐着二十余人，老莫有的认识，有的尚觉面生，但粗粗看去，厦村、屏山、锦田、大埔头、龙跃头邓家的头面人物都在，此外，还有新田、泰亨文氏，上水廖氏，粉岭彭氏，河上、金钱、丙岗、燕岗侯氏，以及八乡、十八乡、青山、屯门各族人氏，比老莫交给迟孟桓的那份名单，只多不少。长案上摆着笔墨纸砚，还有厚厚的一摞木版印刷的揭帖，和老莫手中的这张系同出于一版。会议已经开始，锦田邓伯雄正在发言，厦村邓菁士招呼老莫就座，老莫向大家拱拱手，坐在了邓菁士旁边，静听邓伯雄讲话。

“……骆克和王存善立了界桩，签了合同，详细情报已经落入我们手中。这两日梅轩利又到大埔、屏山，图谋占地，建造警署，可见英国佬接管新安县的行动，迫在眉睫，我们武装抵抗，势在必行！”邓伯雄说道，“在座诸位都收到了港督的‘招抚’信件，而无一人上当，纷纷扯碎来函，立志抗英保土！但一围一村，毕竟势孤力单，务必各乡各村，众族百姓，联合起来，共同御敌！”

邓伯雄说罢，他的妻兄、泰亨文湛全接着说道：“我们五大家庭，世居新安数百年，彼此田土相连，婚姻相通，唇齿相依，情同骨肉，如今大难当头，自应同仇敌忾，联合抗英！从敌方意图看来，东部吐露港、西部深圳湾首当其冲，我们应当严密防守这两处要塞。我文氏日前已经阖族商议，各村武装，服从统一指挥，新田联合元朗，泰亨联合大埔，就近参战！”

言毕，各乡代表纷纷响应，一致决定，在元朗墟东平社学和大埔墟文武庙建立指挥中心，统一号令，各乡以海螺、铜锣声为号，一方有难，八方支援，集中兵力，共歼来犯之敌。又决定，各村推举代表，参与核心会议，并且负责筹款，用来购买枪支弹药和壮丁给养，每村捐银一百两作为基数，另以甲、乙、丙、丁、戊、己、庚、辛、壬、癸十天干分为十等，由甲等一百两到癸等十两，每等十个，以抽签方式决定，众人并无异议。

“各位父老，敝人也说两句！”老莫坐不住了，起身向大家拱拱手，要求发言。

“莫先生请！”邓菁士道，怕有人不认识他，又介绍说，“这位莫先生，新近从香港弃商归里，捐款五百元，以济国难，堪为我乡人楷模！”

众人遂“噼噼啪啪”一阵鼓掌，赞叹不绝。

“过奖，过奖！”老莫拱手称谢，说道，“敝人虽身处夷场，心系家国，略尽绵薄，也是本分，何需挂齿！各族乡邻父老，矢志抗英，敝人深表钦佩，只是细细想来，倒也有些担心……不知此话当讲不当讲？”

“噢？”邓菁士说，“这里都是自己乡亲，没有外人，莫先生无须多虑，请讲！”

“这……远者，英人割占香港、九龙，早已成事实，自不必说了，只说近者，”老莫不慌不忙，侃侃而谈，“香港拓界之议，去年李中堂已经签字画押，经皇上朱笔御准。因此，英人前来接管，倒也是依约行事。我们若予以抵抗，与英人交恶，只怕犯下违抗圣旨之罪，如何是好？在座诸位，祖上都深受皇恩，功名累累，此番抗旨不遵，但恐坏了祖上名声，望诸君三思！”

他这番话一出口，会场上气氛陡变，如一瓢冷水浇进热锅，霎时停止了沸腾，人们的脸色不觉笼罩了阴云。

“莫先生所说，我倒不以为然！”座中一位中年士绅说道。老莫抬头一看，倒也认得，是屏山邓芳卿，虽比邓菁士年轻，辈分却长他一辈，所以坐在那里，巍然有长者之风。

“啊，愿聆邓先生赐教！”老莫对他点了点头，说。

邓芳卿继续说：“邓、文、廖、彭、侯各族先人深受皇恩，功名累累，皆因忠君爱国；当今国难当头，我辈后世子孙，正应当继承祖先遗志，守疆卫土；如果叛国降敌，做了英人的奴才，那才是辜负了大清国皇恩浩荡，愧对先人的忠魂英灵！”

“是啊，是啊，”老莫咂咂嘴说，“邓先生此言倒也不差，可是，这香港拓界之约，连皇上都已恩准了，那么，我等草民……”

“莫先生！”邓伯雄按捺不住，起身说道，“你可知道皇上处境艰难，身不由己？即使准予签约，也是迫于无奈！当年甲午战败，台湾割让与日寇，不也是如此吗？而台湾人民却并未由此降服，他们奋起抗敌，连皇上也予以默认，并未指责为抗旨行为！”

“这倒也是……”老莫又说，“但台湾有刘永福的黑旗军，实力雄厚，又有内地张之洞幕后支持，而新安县情形全不相同，有谁肯为我们做后援？乡民要想战胜英军，只怕是难啊！”

“不然！”邓菁士目光炯炯地看看坐在身旁的老莫，说，“据我所知，两广总督谭大人曾上书朝廷，奏明新安百姓‘咸怀义愤，不愿归英管’，可见对我们抗英之举，深表同情；况且，深圳、东莞民众，深恐英人北犯，也对我们抗英行动全力支持；我们不惜倾家荡产，也要率领十万百姓，打退番鬼！”

这时，文湛全起身说道：“当年，宋室衰微，我祖上天祥公辅佐幼主，守尽最后一寸宋土，虽兵败被俘，誓不降敌，以死殉国，正气长存！而今大清辽阔疆土尚在，朝廷尚存，未可出亡国之论，我们便是血流成河，也要寸土必争，守住国门！”

文湛全说到这里，目眦欲裂，热泪盈眶，众人深受感染，群情激昂，会场上阴霾为之一扫！

“哦……”老莫眼见得抗英之举已经难以劝阻，便改口说，“诸位众志成城，保卫乡土不受侵犯，敝人也就放心了。我刚才所说，本是出于好意，还请诸位不要误会，我莫某可不是通敌卖国之人啊!”

“说哪里话？莫先生捐款义举，已有目共睹!”邓菁士拍拍他的肩膀，说，“我们共议大事，就应当各抒己见，畅所欲言；莫先生刚才一番话，倒是提醒了我们：以后所有言论、行动，一致对付洋寇，且勿有损大清朝廷；对于广州方面，也应派人觐见谭大人，禀告乡民抗英决心，争取官方支持!”

老莫听了，又后悔不迭：哪知道又提醒了他！否则，这些刁民内反大清，外抗大英，落得两面夹攻，岂不更好？唉，怪自己多嘴了！

“为此，我建议，”邓菁士又说，“今天各族代表，约法三章：第一，爱国爱乡，一致对外，枪尖、刀嘴，对准红毛洋鬼；第二，抗英保土，人人有责，有钱自动出钱，有力自动出力，无钱无力帮助传递消息；第三，保守机密，严防奸细，发现有人做内奸，通外鬼，猪笼浸水！诸位以为如何?”

众人齐声说好，唯有老莫暗自打了个寒噤。他知道，“猪笼浸水”是新安地方历来对付盗贼宵小的办法，将犯人捆绑了，装入猪笼之内，抛进河里、海里喂鱼虾！自己若是被他们识破，将落得一个水鬼下场！心里一阵嘀咕，自然不敢再作声。

“莫先生!”邓菁士却又点到他，吓了他一跳!

“嗯?”老莫惶然抬起头来，望望邓菁士。

“你是见过大世面的，”邓菁士说，“就烦请你把这约法三章，加以润色，书写出来，大家签字画押，共同遵守!”

“哎，不敢当!”老莫连忙推辞，“邓先生身为国学生，满腹文章，哪里还用我润色?”说到这里，指着案上的揭帖，说，“这《抗英保土歌》，文辞、书法俱佳，不知是哪位秀才的手笔？座中有这等高才，更没有敝人献拙的余地了!”

“你说‘秀才’，倒是贬低了人家，”邓伯雄笑笑，说，“此人是一位举人，才高八斗，学富五车，远游到此，非寻常之辈可比啊!”

“噢?”老莫心里一动，忙问道，“请问这位举人是何方人氏？尊姓大名？现在何处？敝人倒是渴望一见!”

邓伯雄正待说下去，看见邓菁士眼神朝他轻轻一瞥，顿时想起易君恕正被朝廷通缉，不便张扬，便立即收住了话题，说：“这位隐士未曾留下姓名，写了字便飘然而去，不知所之!”

“啊!”老莫愣愣地望着那《抗英保土歌》，怅然若失，可惜错失良机，没有钓到这条大鱼……

“莫先生，不要再推辞了，”邓菁士催促他说，“就请你命笔吧!”

老莫暗暗叫苦，迫于无奈，只好提笔舔墨，心里想到“猪笼浸水”四字，不禁脊背发麻，心惊肉跳，执笔的手战战兢兢，落了下去……

第十四章　剑拔弩张

南中国海的潮汐汹涌澎湃，不舍昼夜。

大清国的皇历上，距己亥清明还有四天。

香港总督府的办公室里，日历翻到了1899年4月1日。

“报告阁下，”秘书走了进来，从文件夹里抽出一份刚刚收到的电报，“驻北京公使馆来电！”

“嗯，”卜力把头从办公桌上的文件堆里抬了起来，命令道，“读给我听！”

“是！”秘书读道，“‘总督阁下，昨天我已照会总理衙门：中方如应允将深圳及其附近地区划归租借地，英方可由港督提议立即通过鸦片法案，给予中方足够时间以安排海关撤退事宜。总理衙门复照称：中国不同意撤走海关，同时亦反对将深圳及其附近地区列入英国租借地之内。’”

“这个消息在我意料之中，”卜力并不介意地捋捋小胡子说，“中国总理衙门就像一只皮球，你踏它一脚，它当然要跳一跳；可是，如果把它一脚踏扁，它就再也跳不起来了！请给艾伦赛复电……”

秘书捧着文件夹，准备记录。卜力口授的电文还没有说完，办公室的门突然被推开，梅轩利和迟孟桓慌慌张张地闯了进来，连报告都忘了喊了。

“梅上尉，你怎么这个样子？”卜力不悦地望了他一眼，“事情办好了没有？”

“阁下！”梅轩利赶紧立正，报告说，“事情极其不顺利，我们在屏山遭到乡民反对，建造警署的计划难以实施；大埔的警棚到今天为止才搭了一个木架，我们雇佣的工匠已经被乡民赶走，逃得不知去向!”

“哈哈!”卜力狡黠地笑了起来，翘翘的小胡子颤动着，“我虽然很忙，也还记得今天是4月1日——愚人节！不要开这种玩笑，你骗不了我，上尉，好好地向我报告你的战果!”

“开玩笑?”梅轩利肃然说，“阁下，我没有跟你开玩笑!”

“什么?!”卜力的脸色唰地变了，倏然站了起来，“我简直不能相信，那些中国农民真的敢于对抗政府?”

“总督阁下，”迟孟桓站在梅轩利后面，神色慌张地说，“警察司说的全是实情，当地的刁民要造反！阁下请看，乡下到处贴的都是这东西!”

他上前两步，把手里的一叠各式各样的揭帖递了过去，卜力刚刚看了一眼，从敞开的房门匆匆走进了辅政司骆克。

“阁下，”骆克报告说，“我派到深圳边界修筑营房的工人被当地居民赶了回来！他们说，深圳的街上贴满了标语，反对新划定的租借地边界……”说着，递上手里的一卷粘着糨糊的花花绿绿的纸片。

“够了!”卜力挥起手，“啪”地把那些标语打落在地，“骆克先生，你的收获比梅上尉还要丰富多彩！让我看这些东西有什么用？要拿出对付他们的办法!”

“是，阁下，”骆克垂下那两道八字眉，思索着说，“我正在想办法……”

“立即给伦敦发电!”卜力气咻咻地朝秘书挥了挥手。

“是，阁下!”秘书答道，立即记录电文。

“殖民地部张伯伦大臣阁下，”卜力口述电文，闪射着凌厉的目光，那张瘦削的脸上腾起一股杀气，“鉴于在大埔、屏山和深圳边界已经发生对抗政府的骚乱，我请求允许武装接管新租借地！……”

“对不起，阁下……”骆克有些不安地望着他说，“如果派军队去接管，很可能会引起更加激烈的对抗行动……”

“他们敢于对抗政府，就坚决镇压!”卜力斩钉截铁地说，“我绝不可能对那些无法无天的农民做任何让步!”

“当然，我完全赞同阁下的坚定立场，但我还要提醒阁下……”骆克扬起八字眉，那双微微眯起的眼睛闪烁着智慧，“在新租借地还没有接管之前，我们可以借助于中国政府的力量来制止地方骚乱……”

“嗯?”卜力目光一闪，“好，很好!”他伸手指着秘书说，“电报里再加上一句：请我国政府向中国总理衙门施加压力，要求他们保证新租借地的顺利移交!”

秘书记录完毕，卜力在电文上签了字，背过身去，望着墙上的那幅地图。

他的目光从深圳河朝着斜上方移过去，一直移到广州，突然转过脸来：“骆克先生，看来你和我要去广州一趟，面见谭钟麟!”

“是，阁下!”骆克立即领会了他的意图，“什么时候走?”

“明天!”

翰园的客厅里，窗口洒进金色的夕阳斜晖。

墙壁上，“德律风”的铃声振响了。

“下午好，林牧师，”话筒里传来林若翰所熟悉的声音，“我是詹姆斯……”

“噢，你好，骆克先生!”林若翰立即恭敬而又兴奋地说，“请允许我向你致以衷心的祝贺，祝你节日愉快!”

“节日?”骆克的声音似乎一愣，“什么节日?愚人节吗?”

“不，愚人节算个什么节日?而且现在已经过了中午，年轻人的恶作剧也都结束了!”林若翰笑笑说，“我是说复活节，马上就要到了!”

“噢，你看我已经忙得昏了头了，”骆克的声音说，“复活节在什么时候?”

“明天，骆克先生!”林若翰的神情庄重起来，“昨天那个黑色的星期五，是基督被钉上十字架的受难日，在第三天也就是明天，他复活了!”

“噢，哈利路亚!”话筒里传来骆克对基督的赞叹声，随即又接着说，“我现在要通知你一件紧要的公事，林牧师，明天你和我一起陪总督到广州去……”

“明天?”林若翰愣了，“明天是复活节啊，骆克先生！我要在教堂主持复活节主日崇拜，庆祝基督的复活!”

“基督复活了，可是我们却正在受难!”话筒里，骆克叹息道，“我们的人在大埔、在屏山、在深圳都受到威胁，接管新租借地的行动面临着严重的阻力！卜力总督要向两广总督谭钟麟当面交涉……”

“这当然是一件重要的事，”林若翰说，“可是，总督和总督之间的交涉，我就不一定奉陪了吧?”

“不，”骆克的声音说，“正因为是高层会谈，你就更应该参加。谭钟麟是一位资深的老官僚，要对付他，难度将远远超过对付王存善，你在中国和许多高层人物都有过接触，那些经验是非常有用的！况且，你自始至终参与了定界工作，熟悉所有的情况，所以，广州之行必须参加，这是总督的命令!”

“啊，总督的命令……”林若翰神色肃然，总督的信任使他非常激动，但那双灰蓝色的眼睛中又有些游移不定，“可是，复活节怎么办?我……”

“这件事比复活节更重要!”骆克加重了语气说，“我的朋友，要以港府的利益为重，而且我还要提醒你考虑自己的前途，那份太平绅士的表格还有待审查……”

“我明白了，骆克先生!”林若翰的心里仿佛有一面鼓，只要一提起太平绅士那只鼓槌，这面鼓就会自动“咚”的一声，震耳欲聋！现在，骆克先生自然也就不必敲了，林若翰已经做出了选择，明天的复活节崇拜仪式由别人去主持吧，无论林牧师在与不在，反正基督照样复活，而受难的总督在召唤，林若翰责无旁贷，必须应召前往！“骆克先生，请告诉我，明天几点钟出发?”

“请务必在凌晨五点之前到达添马舰海军码头，”骆克交代说，“在‘荣誉号’旁边集合!”

“好的，明天见!”林若翰放下话筒，看了一眼窗口的夕阳斜晖，心想，时间已经很紧迫了，于是大声喊道，“阿惠，把我的礼服准备好，明天四点钟我就要出远门！”

阿惠应声从餐厅里跑出来。

楼梯上一串急切的脚步声，倚阑也匆匆走下楼来。

“四点钟？天还没亮呢……”倚阑吃惊地说，“Dad，您又要出远门？”

“很遗憾，我的孩子，”林若翰歉意地看着女儿，“明天，我不能和你一起过复活节了……”

“Dad 要去哪里啊？”

“听我告诉你，”林若翰说，两手动情地抚着女儿的肩膀，希望能得到她的谅解，“我们的新租借地又出现了麻烦……”

“噢？”倚阑连眼睛也不敢眨，注视着父亲，倾听着他所透露的惊人信息……

深夜，迟孟桓才从警察司署回到家，疲惫地仰卧在躺椅上，三姨太给他送来一杯浓浓的咖啡。

“你这个人啊，做什么都要搏到尽，”三姨太娇声嗲气地埋怨道，“如果为了揾钱，倒还值得，可是你跟着警察司跑来跑去，有什么好处啊？”

“你懂什么？”迟孟桓笑笑，“交友之道，最看重患难之交，现在英国人正是用得着我的时候，舍得投入，将来才有得赚，总督当面对我说了：你对大英帝国的忠诚一定会得到回报！这个意思你明白吗？恐怕不只是加入英国籍了，说不定还会有更大的好处等着我呢！到那个时候……”

“到那个时候，你又怎样啊？”三姨太酸酸地说，“会不会又对我阿三不中意，去打林小姐的主意啊？”

迟孟桓被触动了心病，脸上得意的笑容霎时不见了。只要一提起倚阑，就立即想起她和林若翰那口口声声“我们林氏家族”的高傲，还有易君恕当着下人的面打他一记耳光留给他的奇耻大辱，迟孟桓的五脏六腑就一阵绞痛！

“什么‘林小姐’，她就是上门求我，我也不要她了！”迟孟桓愤愤地说，“阿三，你等着，看我怎么收拾他们！”

“咦？”三姨太倒糊涂了，惊喜地望着他，“太阳从西边出来了？”

“笃，笃，笃……”房门被敲响了，那声音很是急切。

“谁啊？”迟孟桓不耐烦地嚷道，“这么晚了还来打扰我？我要睡觉了！”

“是我，少爷……”门外传来老莫的声音。

“老莫？”迟孟桓一愣，连忙翻身坐起，“快进来！”

“唉，扫兴……”三姨太不情愿地走去给老莫开了门，老莫神色慌张地走了进来，点头哈腰，向他的主子请安：“少爷、三太……”

“哎呀，你就不要客套了嘛！”迟孟桓摆摆手，急切地问，“快告诉我，这几天那边的情形怎么样？”

“情形很不妙，”老莫咂咂嘴说，“邓菁士他们已经把各乡的首领都联络起来，这几天不断在开会，商量武装抗英的部署。他们不知我的底细，也邀我参加开会，还让我帮他们抄抄写写，所以，我把会议的记录都誊写了一份……”说着，他从身上掏出一个鼓鼓囊囊的油纸包，递给迟孟桓。

“太好了！”迟孟桓迫不及待地打开来，粗粗地翻看着，说，“这些人做梦也想不到，我们的人已经钻到他们心脏去了！”

“不，有些秘密，他们不让我知道，”老莫说着，从那些文件当中抽出一张揭帖，递给迟孟桓，“少爷，你看这个……”

“哦，”迟孟桓看了一眼那张木版印刷的《抗英保土歌》，说，“这个我见过，他们到处散发，在大埔也有！”

“可是，”老莫翻眼瞧瞧他，“少爷知道这是谁写的吗？”

“谁？”

“少爷非常关心的一个人：易君恕。”

“啊？”迟孟桓大出意外，“是他写的？你怎么知道？”

“是我猜出来的。”老莫神情诡秘地说，“据邓伯雄说，写这首歌的人是个举人，远游到此，不知姓名。这当然不可全信喽，说不知姓名显然是假话，可是举人身份和远游到此的来历倒是和易君恕完全相符；我还听乡下人说，他们曾经在锦田见过一位北方口音的先生，二十七八岁，面目长得很是清秀……”

“是他，一定是他！”迟孟桓兴奋得两眼放光，手捧着这张纸，如获至宝，咬牙切齿地说，“易君恕、林若翰，这一次我们可以见个高低了！”他倏地站起身来，“我现在就去见警察司！”

“哎，哎，你也不看看现在已经几点钟了？”三姨太拦住他说，“你不睡觉，人家警察司也不睡觉吗？这个时候去叫醒人家，自找没趣嘛！”

迟孟桓抬头看看墙上的自鸣钟，已经将近凌晨两点。只好打消了这个念头，说：“睡觉，睡觉，明天再去见警察司！老莫，你一路辛苦，也去好好地睡一觉吧！”

“不行啊，少爷，”老莫说，“我在天亮之前还得赶回去！”

东方泛出鱼肚白色，朦胧雾霭中的香港岛还在沉睡之中，复活节的黎明静静地来临。五点三十分，英舰“荣誉号”发出一声沉闷的汽笛长鸣，拔锚起航，缓缓驶出维多利亚港……

林若翰自从青年时代去国远游，几乎在海外漂泊了一生，但乘坐英国军舰却还是第一次。当身着海军军服的“荣誉号”舰长肯耶斯中尉和水兵们向他举手致敬时，他感到一股从未体验过的骄傲，这和他作为牧师被信徒们所包围时的感受是完全不同的，在那种时候，人们尊敬他，信赖他，是为了求助于他，期望他在上帝和普通人之间架起一座连接天堂的桥梁；而此刻，当他成为皇家舰艇上的贵客，官兵对他表现的却是敬畏之情。军队是人间等级制度最为森严的群体，卜力总督身兼驻港英军总司令，在香港的地位至高无上，和总司令一起登上舰艇的林若翰自然也成了首长，谁也不敢怠慢。登上“荣誉号”的甲板，巨大的荣誉感油然而生，林若翰年届六十才真正搭上了一艘顺风顺水的航船！

高悬着米字旗的“荣誉号”，越过昂船洲、青衣岛，穿过汲水门，进入零丁洋，以每小时二十一海里的速度向珠江口进发……

船过虎门，卜力走出舱房，站在前甲板上，手持单筒望远镜久久地注视着那片血染的土地，两次鸦片战争的历史风云如在眼前，义律、伯麦、璞鼎查、额尔金、巴夏礼……正是这些前辈，冲破了中国的大门，为女王陛下先后夺取了香港和九龙；如今，卜力又沿着他们当年的足迹，为大英帝国获取更广阔的领土而奔走，这使他感到无限的自豪。望远镜里出现了虎门销烟池遗址，出现了威远、沙角炮台，卜力不禁想起了当年矢志抗英、宁死不屈的林则徐和关天培，也想起了在英军兵临城下之际仍然扶乩问卜，糊里糊涂地做了俘虏的叶名琛。那么，卜力今天要会见的现任两广总督谭钟麟将是怎样一个人呢？

"荣誉号"行程八十三海里，历时四个半小时，船到广州城外的白鹅潭，正好是上午十点整。当卜力一行踏上码头，沙面英租界教堂里庆祝复活节的钟声敲响了。

香港岛上，欧人居住区一派节日景象。实际上，公众假日从三天前就开始了，在耶稣受难的那个黑色星期五，人们吃了印有"十"字的面包，追思基督为拯救人类而从容赴死。跨过星期六，星期日才是复活节的当天，《哈利路亚！主复活》的乐曲在空中回荡，信徒们聚集在教堂，虔诚地领受圣餐——那是基督的身体和血。在教堂外面的草坪上，半山别墅区的树丛里，孩子们在兴致勃勃地寻找大人事先藏在树穴、草丛和山石之间的鸡蛋，那些涂成花花绿绿的"复活蛋"，象征着死而复生的生命……

翰园却毫无节日气息。老牧师放弃复活节庆典而跟随卜力总督前往广州，这一突然的举动使易君恕很觉意外。倚阑把从父亲那里听来的内容都告诉了易先生，虽然并不十分具体，但易君恕也已经感到，新租借地的接管和抵抗都已经剑拔弩张了。

他在写字台前坐下来，匆匆取过一张纸，给邓伯雄写信。

这封信当然还是没有上下款的：

今晨卜力、骆克与林一起赴穗……

刚刚写了这么一句，外面响起了轻轻的敲门声。易君恕听得出，那是倚阑，便放下笔，说："请进!"

倚阑走了进来："先生，邓先生派龙仔来了!"

"噢?"易君恕骤然一个惊喜，"来得正是时候!"他放下了笔，和倚阑一起出了房门，匆匆下楼。

龙仔正等在楼下客厅里。易君恕看见他，就像看见了邓伯雄，激动不已："龙仔，你来了?伯雄有信给我吗?"

"先生，"龙仔向他鞠了一躬，说，"我是和少爷一起进城的，买了些药，防备伤亡，现在货已经办好了，船泊在海边……"

"伯雄也到香港了?"易君恕眼睛一亮，"他为什么不到家里来?"

"少爷说……"龙仔有些为难地看看倚阑，"你们也知道少爷的脾气……"

"是啊，"倚阑感慨地说，"他恐怕再也不会进翰园的门了……"

"伯雄现在在哪里?"易君恕急着问。

"在威灵顿街兼味楼，"龙仔说，"他很想和先生见一面!"

"我也非常想见他啊!"易君恕说，"好，我就去!"

"先生，"倚阑不安地看着他，"我……陪你一起去吧?"

"不必了吧?"易君恕说，"有龙仔陪我去就行了，我记得威灵顿街离这儿也不远。"说着，匆匆转身上楼，"龙仔，你等一等，我换换衣服，咱们马上走!"

易君恕回到客房，匆匆换了阿惠熨烫过的一领银灰色长衫，正要走，倚阑上楼来了。

"先生……"倚阑嗫嚅着说，"邓先生会不会接你走啊?"

易君恕一时无法回答。他知道，邓伯雄现在是最需要他帮助的时候，此番进城，除了购买药品，也许确有把他接走的意思。

"你……是不是也想跟他走啊?"倚阑看着他那犹豫的神色，心就更慌了。

"倚阑……"易君恕欲言又止。倚阑的话正打在他的心上，离开锦田又是半个多月了，他是多么渴望重返那片犹如第二故乡的土地！可是，面对痴情相许的倚阑，这句话又怎么忍心说得出口啊？

“先生，你可不能走啊！”倚阑脸色煞白，两眼含着泪水，扑到他的胸前，“你走了，我怎么办？怎么办……”

易君恕抚着她的肩背，两个人胸膛贴着胸膛，两颗心“咚咚”地一起跳动。在这个动荡不安的世界，本来互不相识的两个人被各自的命运所驱使，他们相遇了，如果没有易君恕，倚阑也许难以从心灵的摧残之中挣扎出来；而也正是倚阑的那颗温情绵绵的心，给了他这个孤苦无依的天涯游子以莫大的慰藉，患难之中，他们手携手经历了心灵的跋涉，与残酷的命运抗争。当两颗心紧紧地贴在一起、两个生命合成了一个生命之际，有没有想到还会分离呢？应该想到，两颗心时时都在预感到分离的危机，只是不愿也不敢正视罢了……

“先生，你要是走，我就跟你走！”倚阑的双肩在颤抖，泪水沾湿了他那熨烫得平整的长衫，“你走到哪里，我就跟到哪里，我们再也不分开，永远也不分开了！”

“倚阑，这不行，”易君恕的两手不禁颤抖了，胸膛剧烈地起伏，“新安县不是你去的地方，那里的局势动荡不安，一场恶战恐怕很难避免了……”

“啊，”倚阑猛地一个战栗，“你也不要去，千万不要去！我不放你走！”

“可是，伯雄他们还等着我呢！”易君恕焦急地说，“我和伯雄是生死之交，现在，他和十万乡邻都在危难之中，我要是后退一步，就是不齿于人的懦夫！我不能那样做……”

“你的这颗心，怎么像一块铁啊！”倚阑握起拳头，捶打着他的胸膛，“你是一个文人，为什么一定要去打仗？”

“不是我要打，我自幼都没有动过刀枪，”易君恕叹息道，“是英国人要打啊！”

“你怎么知道英国人要打？”倚阑仰脸望着他，“Dad 跟着总督和辅政司去和谭钟麟谈判，也许仗打不起来了呢！”

"嗯?"易君恕那两道剑眉猛地一扬,"这倒是一个转机!在大清国的官员当中,谭制台对待外夷入侵的态度还算是比较强硬的,以致像卜力这么蛮横的人都不得不到广州去见他,谈判会是一个什么结果,尚难预料……倚阑,我现在还不能走!应该等一等,等翰翁回来,会有一些新的情况……"

"你本来就不应该走嘛!"倚阑那颗慌慌的心稍稍松弛下来,"可是,邓先生在等你,还见不见?"

"当然要见,哪有不见的道理?"易君恕说,"我把这边的情况向他仔细谈一谈,也让他有个准备……"

事不宜迟,他们匆匆下了楼,龙仔已经等得焦躁不安了,把茶碗递给阿惠,说:"先生,我们走吧?"

"龙仔,走!"易君恕说道,迈开大步,向大门走去。

阿宽默默地打开了镂花铁门,和倚阑一起,把易先生送到门口。阿宽知道,邓先生派龙仔来请易先生,一定有大事商量。

"早些回来……"倚阑又对易君恕叮嘱说。

"放心吧,我和他见一面,很快就回来!"易君恕回头再望望她,便转过身去,和龙仔一起沿着松林径,往山下走去。

倚阑一直目送着他的背影消失在远方,胸中好似有一根丝线,被他牵走了,心里默念着:你可不要耽搁,快回来啊……

卜力、骆克和林若翰舍舟登岸,英国驻广州领事馆总领事满思礼、副领事匹兹堡和广东候补道王存善已经在码头迎候。看见王存善那副谦卑的神情,卜力忐忑不安的心情似乎平静了一些,他想,如果谭钟麟也像王存善这样容易对付,事情就好办得多了。

卜力一行在沙面英国领事馆稍事休息,便由副领事匹兹堡陪同,乘着绿呢大轿,由靖海门进了广州城,前往两广总督衙门会见谭钟麟。从领事馆到布政司后街两广总督衙门之间两英里的道路,显然都经过了仔细的清扫,两旁插满了旗帜,排列着荷枪实弹的士兵,大约有一千七八百名。卜力注意到,他们的武器都很新,而且保管良好。士兵的后面站满了拥挤的广州市民，他们显然对香港总督的到来怀有相当的好奇心，但说不上夹道欢迎，也并不是抗议示威，而只是平静地注视着这几名远道而来的洋人，很难猜测这些普通的中国人心里在想些什么。

谭钟麟在总督衙门的大堂会见卜力一行，出席作陪的有即将离任的广东巡抚鹿传霖，以及藩、臬两司，当然，还有担任定界委员、委差尚未了结的广东候补道王存善。

两广总督谭钟麟头戴紫貂暖帽，红宝石顶子，身穿四爪九蟒袍，外罩仙鹤补服，项挂一百零八颗朝珠，是为一品官服。他已经年逾八旬，多皱的脸上布满老年斑，眉毛、胡须雪白，双眼视力极差，十年前曾经完全失明，光绪皇帝御赐珍药，经两年医治，视力虽然有所恢复，但读书写字已感困难，在接待客人和处理公务时更多地凭着尚未退化的听觉和头脑来做出判断。他说话的气息微弱，而且十分缓慢，一个句子往往要停顿好几次才讲完。卜力觉得自己是在和一位老祖父对话，风烛残年的大清国把东南沿海两个大省交给这么一位行将就木的老迈官僚来管理，倒是非常协调。

“香港拓界之议久矣，”谭钟麟在寒暄之后缓缓说道，“记得前年冬天，贵国壁利南领事即向我提出此项要求，我当时同意将香港界址略加展拓，以供贵方修筑港口炮台之用。而后来之结果，已远远超出此范围，新安县土地租与贵方达三分之二，倒是我所始料不及。”说到这里，他微微地一声叹息，转过脸来，眯着昏昏然的那双病眼望着卜力，“贵国之愿足矣！今贵总督光临敝衙，不知还有何见教？”

他浓重的湖南口音使自以为精通汉语的骆克有时也听得不甚明白，幸亏有走南闯北的林若翰在座，可以十分准确地把谭总督的湖南话译成英语，使得卜力总督丝毫不感到语言的障碍。

“大英帝国是中国最好的朋友，我此番到访也正出于这种友好的感情，”卜力回答说，“我高兴地看到，在总督阁下的指导之下，贵方定界委员王存善阁下与我方的合作非常令人愉快，谈判进展顺利，并且已经取得了重大成果，签订了定界《合同》，我方即将接管新租借地……”

王存善在一旁听了，低着头暗想：那场合作是你愉快，还是我愉快？天地良心！

卜力继续说："但是，我也不得不遗憾地奉告阁下，"说到这里，他的话锋一转，"最近在新租借地出现了一些煽动性的传单，企图误导当地居民，从而对我方的接管造成不应有的障碍！骆克先生，请把那些传单呈请总督阁下过目……"

骆克早已做好了准备，把那些从不同地方搜集来的揭帖递给了谭钟麟。

谭钟麟接过去，从身边的茶几上拿过一只长柄的放大镜，哆哆嗦嗦地举到眼前，以微弱的视力审视着那些格式不一的文字。当他看到"新安百姓不受辱，不怕洋鬼洋枪洋炮铁甲船。……雪我国耻抒正气，保我河山保我权！"不禁为之一震：百姓尚不肯受辱，何况我朝廷命官？"保我河山保我权"，正气凛然，何错之有？再翻开另一页，看到"吾等痛恨英夷……决心抗拒此等夷人……一以襄助政府，一以防患于未然"。心中突然感到一阵刺痛：百姓抗英，竟以"襄助政府"为号召，我谭钟麟又怎能愧对百姓？想到这里，一时愕然。

在谭钟麟默默地读着那些文字的时候，卜力又继续说："我正是由于理解阁下对大英帝国的友好感情，而且相信阁下会立即采取行动，所以愿意就此事和阁下进行私下商谈，而不向伦敦和北京报告在阁下管辖范围内所出现的骚乱，以免给阁下造成被动。我想，阁下已经明白了我的意思，我相信，那些书写和张贴传单的人必将受到阁下的严惩！"

"唉！"谭钟麟终于看完了那些揭帖，发出了一声无奈的喟叹，他那张老祖父般的脸冷若冰霜，朝卜力说，"新安自古民风强悍，不易管束，彼等有感而发，自行书写、张贴此类揭帖，官府何从查找？钟麟恐怕无能为力。贵总督不熟悉中国情形，亦不知此事之难！"

"不，总督阁下，"卜力的嘴角泛起一丝冷笑，"正因为我太了解中国，我知道在这个专制的社会，一位总督在自己的管辖地区所拥有的权力几乎是至高无上的。所以我认为，如果你想找任何一个人，那个人无论如何都难以逃脱！我记得，中国好像有一句谚语，说的正是这个意思……"他侧眼望望骆克，"骆克先生，那句话是怎么讲的？"

“孙悟空本领再大，也逃不出如来佛的手心。”骆克说。

“唉，一句笑谈而已！”谭钟麟那老祖父般的古板面孔竟也笑了笑，说，“去年老佛爷降了懿旨，严令捉拿康党，而康、梁等人仍然逃出了她的掌心啊，”说到这里，他收敛了笑容，昏花的老眼盯着香港总督，似有责难之意，“而且，康有为还是经香港去了日本！”

林若翰听了这句话，不禁心惊肉跳！至今他的家里还藏着一名“康党”，如若谭钟麟就此事纠缠起来，难免节外生枝，又如何是好？

卜力的眉头皱了起来。骆克不安地看看他，不知道总督将怎么回答对方的话？

“阁下不要忘记，这里有一个时间的差距：康有为到香港的时候，我还没有就任总督，所以，此事和我没有任何关系！”卜力轻易地就把谭钟麟的责难挡了回去，“而现在的情况则完全不同了，”他以凌厉的目光扫射着谭钟麟，“在阁下的任期之内，新租借地出现了这些反英传单，阁下总不能听之任之吧？”

“贵总督所言差矣，”谭钟麟低垂着那双被层层皱纹包裹着的眼睛，连看也不看他，抖了抖手里的揭帖，说，“这揭帖之上并无书写者之姓名，乃是无头案子，如何查找？”

“阁下，”卜力烦躁地捋了捋小胡子，见他毫无追查之意，无可奈何地嘘了口气，只好退一步说，“当然，我来此的目的，也并非一定要阁下惩罚什么人，更为重要的是，我方接管新租借地的日期已经临近，我不希望该地区被滋事者破坏了正常的秩序。我已经将接管日期推迟到 4 月 17 日，目的是为了有足够的时间来建造房屋，使将来的官员和警察有一个安身之所，同时也使阁下有足够的时间，来安排中国海关的重建事宜。”

“嗯，”谭钟麟见他不再纠缠揭帖之事，稍稍松了口气，看来搪塞洋人，倒也不难。又听他说到海关问题，便答道，“敝意以为，海关无须重建。早在十年之前，中英两国签订《管理香港洋药事宜章程》，贵国已正式承认中国九龙税务司以及在汲水门、长洲、佛头洲和九龙寨城外四个税关之合法地位，至今已逾十年，彼此相安无事，而今断无移关另建之必要！”

卜力一愣，没想到这位老祖父对海关问题也置之不理。“阁下忽略了一个重要事实，十年之前香港界址还没有展拓！”卜力耸动着小胡子，笑了笑说。不知是谭钟麟年老健忘，还是故意倚老卖老，总之抱住十年前的老“皇历”不放，这在卜力看来是很滑稽的，“现在，你所提到的那几个地方都已经属于英国的租借地，继续保留中国海关已经是不可能了！”

“不然！”谭钟麟当即反驳道，“去年两国谈判展拓香港界址之时，贵国窦公使曾经保证，一俟新租借地移交，英国将尽可能采取一切预防措施，防止该地被利用来向中国走私，或以任何方式损害中国之利益。贵国既然答应帮助中国防止走私，以利税收，则理应保留原来设于汲水门、长洲、佛头门及九龙寨城外之税关，于理至明。《专条》签订之后，总理衙门责成赫德总税务司致函窦公使，提出有关保护中国税收之具体建议，亦完全符合双方达成之协议精神及贵国关于防止走私、不损害中国税收之保证！”

“但是，赫德总税务司所提出的建议并没有为英国所接受，”卜力立即予以反驳，“这是因为它损害了英国和香港的利益。所以我们认为，最好的解决办法是撤走中国在新租借地的税关，而由英方代中国收取鸦片税，这样，既照顾了中国的税收，又保证了英国的利益，可以说两全其美。”

“贵总督所称‘两全其美’，恐言过其实了！”谭钟麟淡淡一笑，以手拈着稀疏的银须说，“俗语云：‘众人心里一杆秤’，我有一笔账，请贵总督算一算：九龙税务司四个税关，鸦片税年收入三十万两，其他税收年收入为七十万两，如果贵方仅仅代收鸦片税，那么，中国每年将丧失七十万两白银之收入，何谈两全其美！况且，如果上述海关撤走，必将为走私大开方便之门，由于附近岛屿皆已纳入租借地内，香港西、南两面已无设关之陆地为缉私船提供隐蔽处所，因而中国税关和缉私船不得不在远离香港之水域另设海关，防卫范围大大扩展，耗资甚巨，亦难以真正防止来往香港之走私船只。而且，如果中国海关从英租借地撤出，恐葡澳当局亦随之效仿，要求中国撤走拱北海关。此中道理，其实不言自明。而贵国却必欲将中国税关除之而后快，所为何也？贵国窦公使反复向总理衙门提出此项要求，九龙税务司之英人义理迩亦曾向本部堂说项，殊难容忍！新安地方系限期租借之地，而非永久割让，去年两国所签订的《专条》之中亦并无一语涉及撤关，九龙税关万不可移！”

谭钟麟的情绪激动起来，不再谦称“钟麟”而称“本部堂”，显示了作为封疆大吏的权威和自信。担任翻译的林若翰暗暗感到吃惊，看来，这位身体虚弱、目力不济的老人不但思维清晰，博闻强记，而且相当顽固，正如去年在维新变法被光绪皇帝指责为“因循玩懈”一样，想要他接受他所不赞成的东西是相当困难的。

“总督阁下，”林若翰用英语提醒卜力说，“在他的心目中，《专条》是唯一的依据，我建议你最好也以《专条》来说服他……”

这个想法，正好与卜力不谋而合。

“阁下，”卜力狡黠的蓝眼睛看看谭钟麟，说，“你只注意到了《专条》当中没有撤关的内容，而忽略了它同样也没有保留中国海关的内容，所以，中国方面保留税关的一厢情愿的主张并没有法律依据！”

“啊？”谭钟麟显得很惊讶，昏花的老眼放射出一股怒气，“窦公使与李中堂谈判时信誓旦旦，一再声称保护中国税收，而今《专条》墨迹未干，贵方岂可言而无信？”

“对不起，这不是我能够回答的，因为在《专条》当中根本没有这样的条款！阁下如果有兴趣，可以去问一问李中堂：为什么在谈判中没有写进这样的条款？而我，作为香港总督，依据《专条》接管租借地，并不附带什么保留税关的条件！”卜力毫不客气地说，语气也强硬起来，“我还要提醒阁下，新租借地不管是租借还是割让，只要英国国旗在那里升起，那片地方就和香港一样成为大英帝国的领土，与此同时，大清帝国的旗帜也必须降下来。根据《专条》的规定，大鹏、深圳两湾水域都是英国领水，中国海关无权染指，也就是说，如果在这片水域发现了走私船只，中国水师不能视为发生在自己的水域而加以缉拿；如果他们一定要这样做，在缉拿走私船只时遇到对方反抗或造成人员伤亡，中国海关人员将被送往香港法庭，以谋杀罪受到惩处！”

“岂有此理！”谭钟麟雪白的胡须颤抖着说，“他们职分所在，依法缉私，何罪之有？如今，新安县与香港新租借地之边界亦尚未最后解决，贵总督此言，尚为时过早！”

“不，阁下，”卜力说，“我们之间已经有了一条边界！”

“那条边界，是双方一致同意的吗？”谭钟麟冷冷地问，他心中想起王存善往返香港时所遭受的威逼恫吓，便一腔怒火，“本部堂尚未在《香港英新租界合同》签字画押，目前还算不得数！”

陪坐在一旁的王存善听得心惊胆战：哎呀，我辛辛苦苦往返香港两次，受尽了惊吓和委屈，好不容易才确定了边界，我们也就见好就收吧，谭大人怎么能不予承认呢？如果因此惹恼了洋人，如何是好？但是，中国官场制度森严，在总督、巡抚和藩、臬两司面前，哪有他插嘴的地方？何况旁边又有骆克和林若翰两位“中国通”在座，王存善对他们早已领教，此时虽然心里发急，也只好噤若寒蝉。

“阁下！”卜力看了瑟缩不安的王存善一眼，朝谭钟麟说，“这条边界并非香港单方面宣布，而是由双方政府正式委派出的官员进行商议之后划定的，王存善委员已经代表中国在《合同》上签字，并且这份《合同》已经在香港和广东以政府公报的形式予以公布！如果阁下无视这份《合同》和这条边界的存在，那将是不明智的，中国也将会因此而受到巨大损失！”

“哼！”谭钟麟满腹怒气无处发作，从鼻腔里发出一声叹息，“中国对于香港拓界一事，已向贵国格外相让，若说损失，新安一县已失去三分之二，不可不谓巨大！而贵国而今又突然袭击，逼我撤关，无异雪上加霜！本部堂以为，《专条》上既无移关之规定，贵方节外生枝，断不可依！若贵总督定要一意孤行，那么，此前所谈，即一切作罢，《专条》亦作罢，边界亦不复存在！”

谭钟麟说到这里，稀松而多皱的面部肌肉抑制不住地颤抖，他哆哆嗦嗦地伸出手去，留着长长的指甲的五个指头扶住身旁茶几上的盖碗。

王存善一看，糟了，谭大人这是要“端茶送客”？可你要知道，这位客人不是你在广州的部下，也不是北京的同僚，难道可以轻易“送”得？此番把他“送”走了，只怕你老人家吃罪不起！

卜力并不知道两广总督要做什么，他只是感到这个老头儿发怒了。坐在卜力旁边的骆克和林若翰却都熟知中国官场的习俗：官长接见属吏或会见宾客，常以端茶表示谈话已经结束，若对方不知适可而止，喋喋不休，主人端起茶碗，侍者高呼：“送客！”那将是十分难堪的事。

“阁下，有话快说，不要等他端起茶来！”林若翰轻声提醒道。好在他说的是英语，谭钟麟和他的属员也不知就里。

“阁下，《专条》不是你我所能够否定的，”卜力立即说，“它是由英、中两国政府共同制定的，并且经过了大英女王陛下和大清皇帝陛下批准！尽管皇帝陛下现在已经不再过问国事，但他仍然是贵国的君主，而且掌握着贵国最高权力的皇太后陛下对《专条》是支持的，我提醒阁下考虑拒不执行《专条》的后果！”

谭钟麟突然一个冷战！

是的，他不敢违抗圣旨，不敢落下一个对皇太后和皇上大不敬的罪名。谭钟麟以“顽固”闻名，特别是在戊戌变法失败之后，一些人说到他在变法之际敢于“违抗圣旨”，似乎是在歌颂他“有远见、有骨气、不趋时”，把他捧成抵制变法的“英雄”，外界便以讹传讹，其实那些说法都大大地夸张了。去年那场风云激荡的“百日维新”至今闭目如在眼前，难言的痛苦噬咬着这位老臣的心。当时在短短的一百零三天的时间里，皇上颁布的诏令、谕旨将近二百道，欲“除旧更新”，“尽变祖宗之法”。实在说，谭钟麟对皇上“变法自强”的良好愿望并非不赞成，对《明定国是诏》中所说“试问今日时局如此，国势如此，若仍以不练之兵，有限之饷，士无实学，工无良师，强弱相形，贫富悬绝，岂真能制梃以挞坚甲利兵乎！”并非无同感，但是，年轻气盛的皇上毕竟太急切了，大清国积贫积弱，由来已久，改革、振兴，岂能一蹴而就？短短两三个月内，诏令如雪片般飞来，这也要改，那也要办，雷厉风行，一日千里，令人目不暇接，手足无措，八旬老翁谭钟麟的头脑无论如何也跟不上康有为、梁启超那般飞快，莫说“因循玩懈”，即使坚决遵旨、立即执行也来不及。变法刚刚进行到第七十七天，谭钟麟还没有弄明白这场变法到底是怎么回事，就已经被皇上警告“倘再借辞拖延，定必予以严惩”；而他尚未等到“严惩”，变法却在第一百零三天结束了，康有为、梁启超逃跑了，谭嗣同等人被砍头了，连皇上也因此而被软禁，失去了权柄。突然之间又天翻地覆，一切照旧。然而，谭钟麟却并不因为自己曾遭受皇上严词斥责而生怨恨之心或者幸灾乐祸，反而为皇上受康梁“蒙蔽”遭致如此下场而痛惜，为皇太后与皇上“母子”不睦而忧虑，这位经历咸丰、同治、光绪三朝，为官四十余年的元老重臣，自知无权对皇室的“家事”之争去做孰是孰非的判断，天下者，大清之天下，临朝训政的皇太后和幽居瀛台的皇上在他心目中都是至高无上的神圣，自己只有不惜肝脑涂地以谢皇恩，而在任何时候都不许违抗圣旨！

谭钟麟扶住茶碗的手松开了……

卜力的脸上漾起一丝几乎难以觉察的笑意。卜力爵士就任港督刚刚四个多月，却敢于自称“太了解中国”，这也许有些言过其实，但他对于谭钟麟这位大清老臣却真是下了一番研究功夫，以至于出手便击中了对方的要害，总督对总督，香港总督略胜两广总督一筹。

“普天之下，莫非王土，皇上御准香港拓界，为臣子者岂有不遵之理！”谭钟麟强忍着心中的愤懑，说道，“然而，本部堂惟以《专条》为准，《专条》中并无移关文字，贵总督额外所求，断难应允！”

卜力脸上的那一丝笑意不见了，想不到这个老顽固佯作退让，实则固守，《专条》就是他的最后防线，再也不肯多退一步。那么，如果继续逼他，也许只有把事情弄僵……

“阁下对《专条》的尊重和信守，我表示欢迎。至于九龙海关的去留，也许不是你我所讨论的内容，此事可不再提，我将依据《合同》规定的边界，接管新租借地。”

谭钟麟微微点了点头，心想：这样倒还算知趣！

“但是，阁下，”卜力又说道，“新租借地的接管工作，还需要得到你的帮助！”

“嗯?”谭钟麟浑浊的目光里充满了疑虑，不知他还有什么新的名堂，“请讲!”

“我的要求是，鉴于目前新租借地的混乱状况，希望阁下能够对那里的治安问题采取必要的措施，前往搭建警棚的人员应该受到保护。”卜力说。

“噢，”谭钟麟毫无表情地应了一声，但这仅仅是表示“知道了”的意思，并不意味着已经答应，沉吟片刻，说道，“当初谈判之时，贵方极言拓界之必要，似乎该地一日不归英管，便一日不得安宁；如今边界已定，深圳河以南地区，已不在本部堂管辖之内，那里治也罢，乱也罢，都与本部堂无关了!”

又是一个不软不硬的钉子，这无异于说，那里的“乱”是你们英国人自找的；你们既然连那里的治安问题都解决不了，又何必如此急急忙忙地租借我们的土地呢?

“但是，阁下，”卜力紧锁着眉头，几乎是在恳求他，“现在我还没有正式接管新租借地，阁下在移交之前，应该负有维持治安的责任嘛!”

“双方既有协约，移交只在早晚，”谭钟麟道，“贵总督定下接管日期，本部堂即可移交!”

“问题是，接管仪式的安全必须得到保证，”卜力对谭钟麟的顾左右而言他已经感到不耐烦，挥了挥手说，“否则，我们将以武力接管!”

“嗯?”谭钟麟眯起眼睛看着他，“两国并未交兵，贵总督何以言武?若以枪炮强迫百姓归附，恐民心难安，窃以为贵总督所不取也!”

“这……”卜力一时语塞，他没有料到这位貌似虚弱的老朽如此强硬，心中腾地升起怒火，愤愤地说，“这个人作为广东的最高长官，对香港是一个威胁，我们应该要求中国朝廷罢免他!”

坐在卜力身旁的英国副领事匹兹堡不安地望了他一眼，心想，幸亏谭钟麟听不懂英语，否则，还不知将对这句话做出多么强烈的反应!总督阁下也未免太急躁了，要罢免谭钟麟，那要和总理衙门交涉，哪里是这种场合所能讨论的?

“现在最迫切的不是向北京弹劾他，”骆克对卜力耳语道，“而是在这里制服他，我们需要他的合作！”

“可是他不肯合作！”卜力的小胡子颤抖着，要发怒了！

“阁下，”林若翰忙说，“千万不要发火，免得把事情弄僵了！”

“不怕！”卜力气咻咻地说，“在和中国人谈判遇到障碍时，最好的方式就是威胁恫吓，这在王存善身上已经得到了成功的尝试！除此之外，我不知道还有什么办法！”

“对这个人，威胁恫吓恐怕只能适得其反，”林若翰思索着说，“倒不如……阁下，让我来尝试说服他！”

卜力迟疑地点了点头。

“制台大人，”林若翰转过脸来，恭敬地望着谭钟麟，用汉语说，“刚才卜力总督说，若以武力接管新租借地，也非他所愿，非到万不得已方可为之。他仍然希望以和平方式解决争端，以安抚民心。对此，制台大人早已有丰富经验，可供借鉴。据闻，大人当年以陕西布政使署理巡抚事时，就曾遇到当地汉、回民族发生矛盾，汉民凭借人多势众，禁止回民出城，以致穷饿者无以生计。大人秉公执法，抚弱抑强，严令汉民不得与回民为仇，遇有诉讼，告诫属吏不得有所偏袒，此举甚得回民拥戴，立誓奉公守法，民族矛盾遂得以化解。此事如果由其他庸吏处置，势必束手无策，以致酿成事端，不可收拾，而大人却举重若轻，化干戈为玉帛，实为执政者之楷模……”

林若翰侃侃而谈，说起在中国官场道听途说而来的一桩逸闻，而在此特定的场合下将旧事重提，却具有非常的意义，在座的中国官员听得频频点头，谭钟麟脸色也不知不觉和缓多了。

“噢，此事已过去将近三十年矣，若不是足下提起，老夫倒忘却了！”谭钟麟捋着稀疏的白须，不无感慨地说道，“其实，爱民如子，正是为官者之本分，又何足挂齿！”

话虽如此说，他心里却升起一股自豪，做官的人有哪一个不愿意听别人谈起自己的政绩？何况这番话还是出自一位外国人之口，可见他谭钟麟的官声之佳，已经誉满海内外了呢！

“制台大人一贯爱民如子，有口皆碑，”林若翰把握住火候，不失时机地接着说，“香港与广东山水毗连，常闻大人治粤有方，港方人士极为钦佩！现在香港展拓界址，新安地方划归香港，彼此睦邻友好关系，当更进一步！可惜，新租借地某些民众，对中、英两国友好之深远意义，尚缺乏充分理解，且怀有种种疑虑，或书写揭帖，或散布谣言，或阻挠官方搭设警棚，与贵国政府以及制台大人对英国之友好政策，颇不和谐。中、英两国既已签订《展拓香港界址专条》，而且王存善委员又已代表制台大人与英方签订《香港英新租界合同》，港府正式接管该地区之期，已近在眼前，敝意以为，对于民众之不良情绪，制台大人实有疏导、安抚之必要。如若不然，英方不得已而用兵，流血冲突，在所难免。英军舰船枪炮之精良，为世界之冠，民众以长矛土枪，何以抗之？无异于以卵击石，徒增悲剧耳！大人何忍见昔日治下之民，一朝横尸枕藉、流血漂杵？”

这一番话，林若翰说得十分动情，那双灰蓝色的眼睛湿润了。仿佛他不是在为卜力做说客，倒是在为新安的民众请命，为两广总督献策。骆克在一旁暗暗称奇，这位洋夫子把中国式的游说术运用得如此出神入化，倒是一绝！骆克轻轻耳语，把这一套言辞翻译给卜力听，卜力布满阴霾的脸上顿时浮现出一缕会心的微笑。谭钟麟身旁的那些属僚听了，一个个惴惴不安，把闪闪烁烁的目光投向他们的总督。

“这等悲惨情景，本部堂自不忍见，”谭钟麟敛容道，“不过，若发生此等情形，责任在于贵方，既然和平租借土地，断无用兵之理！”

“大人，”林若翰接着说，“卜力总督何尝不愿避免流血冲突？有道是‘树欲静而风不止’，一旦民众武装挑衅，又可奈何？事关国家之主权、大英之尊严，既有两国租约，香港绝不肯弃土失权，若敝国政府下令用兵，卜力总督亦不可不遵，以任何手段保卫疆土，均在所不惜，万一流血事件酿成，民众生灵涂炭，贵国朝廷亦难免追究制台大人处置不当之责，其时悔之晚矣！而今为大人计，不如未雨绸缪，防患于未然，派员维持租借地治安，谕令百姓安分守己，勿得造谣滋事，以大人之威望，必定令行禁止，民心得以安定，接管得以顺利进行，两国之和平友好关系得以巩固，此一举而数得，何乐不为？望大人三思！”

谭钟麟默然无语。他视力不佳，也看不清这位高鼻蓝眼的“鬼子大人”的面目，只听着这洋洋洒洒的一大套，仿佛是自己身边的谋士，在促膝交谈，将利弊分析得有条有理，其中最使他动心的有两句话：一是说他“爱民如子”，这是他极为珍惜的官声政誉，如果在英国接管租借地的行动中对百姓动了武，造成流血事件，虽然屠刀操在洋人手里，他毕竟也于心不忍，百姓对他更难免非议；二是提醒他可能会因此受到朝廷责难：堂堂的封疆大吏难道连小民都管不了吗？总理衙门和洋人已经谈妥了的事，你连移交的本事都没有？把事情办得这么糟糕！……果真如此，谭钟麟三朝元老的面子就算栽透了！唉，他想，也许我活得太久了，官做得太长了，已经到了耄耋之年，早该自知进退，致仕回籍养老算了，何苦贪恋这个吃力不讨好的位置？李鸿章出卖了国土，倒要我来双手奉送给红毛洋鬼，遭受这种折磨！对洋人软了，心里觉得对不起百姓；硬了，洋人不答应，又怕得罪朝廷；如果说我谭钟麟本来还有那么一点点风骨，如今也已经消磨殆尽了！

两广总督心里翻肠绞肚，自悲自叹。骆克向卜力耳语着，把林牧师的这一番言辞译给他听，卜力脸上泛起了笑容：这位“汉学家”果然不简单，他以对中国官场的洞察和雄辩之才，已经深深地打动了两广总督，使得谭钟麟失去了还手之力！

谭钟麟说话了，他终于依照对方的思路答道：“那么，本部堂可电告新安知县卢焕，令其约束百姓，勿使滋事。”

林若翰松了一口气，把这个答复译述给卜力。

“不，我必须从总督阁下这里得到切实的保证！”卜力却对此并不满足，耸动小胡子说，“至于新安县令，我恐怕不能对他抱什么指望，去年骆克先生对新租借地的调查以及最近的勘界之中，新安县令都未能给予令人满意的配合，使我们的工作遇到了很多麻烦。我希望由总督阁下亲自发布必要的命令，而且在下个星期二之前给我明确的答复，否则我将于星期三在新租借地升起英国国旗，接管该地区！”

“嗯？”谭钟麟不大习惯洋人的这种时间概念，掐着指头算了一下，今天是星期日……下个星期三，哎呀，正好赶上清明节！便觉得有些为难，对卜力说，“是日恰逢清明，乃祭祖扫墓之日，不妥！似宜稍缓时日……”

卜力听了林若翰的转译，心里恼火：中国人真是啰唆，你们扫你们的墓，和我有什么关系？

“阁下，”林若翰低声提醒他说，“中国人祭祖扫墓是一件大事，他既然提出来，还是以表示尊重为好……”

“好吧，”卜力耐着性子说，“我将时间推迟到星期四，请阁下一定在星期三之前通知我，并且请你命令新安知县亲自到新租借地去警告民众，不许滋事！”

谭钟麟已无可推托，只好答道：“一言为定，本部堂说到做到！”

“很好，”卜力的目的已经达到，铁青的脸色才现出一些红润，“谢谢阁下的合作！我还有一些好消息要奉告阁下：香港政府决定将一些法令付诸实施，以杜绝港、粤边境的鸦片走私，我并且已经发布一项命令，禁止向中国走私武器，这对于阁下管辖区的和平安定都会有所裨益。”

“如此最好！”谭钟麟拱拱手道。实在说，他就任两广总督四年来，对于粤民的尚武之风实在有些怕了，如果香港能够杜绝武器走私之途，对广东的治安倒也是一个莫大的帮助。

持续两个半小时的会谈终于宣告结束，卜力在前来广州途中的疑问已经得出了结论：现任两广总督既不像林则徐，也不像叶名琛，谭钟麟就是谭钟麟。

现在，两位总督都舒了一口气。所不同的是，一个是不虚此行的满足，一个是无可奈何的叹息。

天已过午，倚阑还不见易君恕回来，神不守舍，惶惶不安。她知道易君恕是多么渴望见到邓伯雄，这两个男人到了一起，就会有无穷无尽的话题，而他们所谈论的内容在香港又是违禁的，万一出现什么意外……

“小姐快去吃午饭吧，”阿惠在旁边催促她，“既然邓少爷约易先生在兼味楼见面，一定是在那里吃了饭再回来，小姐就不要再等了吧？”

“我现在不饿……”倚阑心烦意乱地说，“阿惠，你到兼味楼去看看，请易先生不要在外面耽搁得太久，早些回来。”

“是，小姐。”阿惠答应着，正要下楼去，阿宽神色慌张地跑上楼来。

“小姐，”阿宽低声说，“迟……迟孟桓来了！”

“迟孟桓？”倚阑一愣，听到迟孟桓这个名字，心头就一阵厌恶，“他又来做什么？我不见他！”

“他……他不是一个人来的，”阿宽结结巴巴地说，“陪着一位高级警官，还有两个‘红头阿三’……”

“啊，警察？！”倚阑吃了一惊，她实在想不出，迟孟桓和警察一起来到翰园意味着什么？“我去看看！阿惠，你等一等再走……”

倚阑对着镜子拢了拢头发，然后出了房间，走下楼去。她迈出去的每一步都很慢，以争取一些时间考虑对策，但直到迈下楼梯的最后一级，仍然心中无数。

客厅里，迟孟桓满面春风地在等着她，旁边站着威风凛凛的梅轩利，还有两名肤色黝黑的印度籍警察。

“下午好，林小姐！”迟孟桓主动上前招呼道。他这次前来，已今非昔比，再没有去年秋冬那副殷勤相了，满腹充腾着报复的仇恨。但是，他却并不想让梅轩利看出自己和翰园还曾有过什么瓜葛，所以，仍然极力装出若无其事的样子，向倚阑伸出了手，似乎还要重温一次吻手礼的旧梦。

“迟先生，”倚阑却并没有伸出手，冷冰冰地说，“自从我们那次不愉快的谈话之后，我认为你已经没有理由再到我家来了！”

“林小姐……”迟孟桓有些尴尬地讪笑着，“理由总是有的，我今天并不是来进行私人拜访，而是陪这位长官执行公务。好，我来介绍一下，这位是香港政府警察司梅轩利阁下，林小姐恐怕还不认识吧？”

“噢……”倚阑吃了一惊。她的确是第一次见到梅轩利，但几乎香港的每一个市民却都知道梅轩利的大名，因为他是满街耀武扬威的英警、印警、华警的最高长官。倚阑看着一身警服、面孔严峻的梅轩利，心里在纳闷儿：这个人突然到此，而且由迟孟桓陪同，要做什么呢？

“你好，林小姐！”不苟言笑的梅轩利向她点点头，“认识你很高兴，我曾经在总督的办公室里见过你的父亲。”

“你好，阁下！”倚阑心慌意乱地答道，“我也听 dad 说起过这件事。可是，今天我 dad 并不在家，他和卜力总督、骆克辅政司一起到广州去了。阁下不知道吗？”

“我知道。”梅轩利说，“可是我今天并不是来拜会林牧师，而是要见另外一个人。”

“谁？”倚阑一愣。

“你的家庭教师，”梅轩利说，“易君恕。”

“啊，易先生！”倚阑的心里“咚”的一声，刹那间，她已经明白了迟孟桓陪着梅轩利到此意味着什么，一颗心慌慌地狂跳不已！但是，躲避已是不可能了，她只有强制着自己的慌乱，对付这两个居心叵测的不速之客，“请问，阁下找易先生……有什么事？”

“他被指控犯有妨害公共治安罪！”梅轩利说。

他的这句话一出口，客厅里像爆炸了一颗炸弹，阿宽和阿惠都大惊失色！倚阑狂跳的心脏却渐渐平静了下来，她早就感到，易先生是在一条布满地雷的道路上行走，说不定在什么时候，就会突然爆发一声巨响，而现在就已经到了这个时刻。使倚阑感到万幸的是，易先生今天竟然奇迹般地避开了地雷，而让她第一个听了这声巨响，并且能够亲身去为易先生抵挡，尽管一个十八岁少女的身躯太柔弱了……

“这不可能！”倚阑断然说，“易先生是一位谨言慎行的读书人，他怎么可能去妨害公共治安？阁下，这恐怕是弄错了！”

“没有错！”迟孟桓不等梅轩利开口，抢先说，“易君恕在我们的友好邻邦中国就犯上作乱，被朝廷通缉，逃到香港又阴谋反对我们大英帝国……”

“迟先生！”倚阑打断了他的话，“请问，你是哪国人？”

“这……这还用问？”迟孟桓最不愿意触及这个问题，却恰恰在这一点上被刺痛了，回答得便有些不那么理直气壮，“香港是女王陛下的领土，当……当然我们都算是英国人……”

“‘算’是英国人？”倚阑鄙夷地瞥了他一眼，“迟先生这么说，似乎还早了一点儿吧？据我所知，迟氏虽然靠帮助英国攻打‘友好邻邦’中国起家，却直到现在也还没有被批准加入英国国籍，真是太委屈你们了！”

“你还说我？”迟孟桓的脸腾地红了，“你这个英国人本身就是假的！”

“是的，我不是英国人，我的父母都是中国人，”倚阑说，感到自己周身的血液都在涌动，“在我不幸的童年，作为林牧师的养女，加入了英国国籍，对此我已经没有记忆，也不是出自我的选择，但对于你来说，恐怕是非常羡慕的吧？”

迟孟桓的脸憋得发紫，伸手指着她：“你……”

“迟先生，把手放下！”倚阑冷冷地说，“我有必要提醒你：在你未经邀请而进入我的私人住宅时，应该保持起码的礼貌，否则，我可以请你出去！”

“什么？”迟孟桓气急败坏地嚷道，“水鬼升城隍，你少跟我摆这个架子！别忘了，你的亲爹是被……”

“迟孟桓！”倚阑的心脏猛地一阵刺痛，厉声打断了他，对梅轩利说，“警察司阁下！这个人在假借你的力量进行挟私报复，我请你把他赶出去！”

“迟先生！”梅轩利威严地瞪了迟孟桓一眼，“我对你们之间的恩怨不感兴趣，我要找的是嫌疑人犯！”

“是……”迟孟桓悻悻地咽下胸中的怒火，从身上取出那张《抗英保土歌》揭帖，举到倚阑的面前，声音沙哑地问，“林小姐，这件东西，你……认识吗？”

倚阑一眼看见那俊秀挺拔的字迹，眼睛立即像被火焰灼伤，尽管易先生从未向她提起曾在何时何地书写过这首《抗英保土歌》，但易先生的笔体，她太熟悉了，根本不可能是他人的仿造！

倚阑极力抑制住自己慌慌的心跳，并不理睬迟孟桓，转过脸，朝着梅轩利说，“阁下，我还是第一次见到这张纸，不明白你们拿给我看是什么意思?”

“你在撒谎!”梅轩利阴沉着脸说，“难道你不觉得这一笔好字很眼熟吗？它的作者就是你的老师易君恕!”

“我刚刚学习汉文，对书法没有研究，所以在我看来，中国人写的字都差不多!”倚阑说，进而反问梅轩利，“阁下有什么证据可以证明这是易先生写的吗?”

“当然有证据!”迟孟桓又忍不住抢着说，“举人身份，北方口音，二十七八岁，面目很清秀……这不是他，又是谁?”

“啊，”倚阑听了这句话，悬在喉咙口的心倒稍稍放了下来，原来他们所谓的“告发”只是猜测，《抗英保土歌》上又没有署名，怕什么?她现在平静了，冷笑了笑，说，“中国有四万万人，举人身份，北方口音，二十七八岁，面目很清秀的人不知有多少！又怎么能够证明是易先生？警察司阁下，我不能接受这种推论!”

“我并不需要你接受，林小姐，”梅轩利不耐烦地说，“我只要见到易君恕本人，就会把事情弄清楚，请你把他叫出来!”

“对不起，”倚阑说，“易先生不在。”

“不在？他到哪里去了?”

“不知道。”

“这怎么可能?”梅轩利摇摇头，“他是你的家庭老师，而你却不知道他在什么地方，这种话，即使在昨天的愚人节说出来也不会有人相信!”

“我真的不知道，阁下，”倚阑若无其事地说，“今天是星期日，而且是复活节，整个香港都在放假，易先生没有课，完全可以根据自己的意愿到任何地方去，我无权过问!”

迟孟桓暗暗叫苦！昨天晚上如果他及时报告梅轩利，该有多好！可惜，三姨太的一句话误了他的大事，今天一觉醒来已是日上三竿，等到他急急忙忙地赶到警察司，报告了全部情况，梅轩利又因为总督不在而有所顾虑。迟孟桓赌咒发誓，以自己的身家性命来保证他所提供的证据万无一失，才好不容易说服了梅轩利，同意先行拘捕易君恕，然后再报告总督。哪里想到，等他们一起来到了这里，易君恕却已经不翼而飞了！难道易君恕会事先发觉被捕的征兆？或者有什么人向他走漏了消息？不，不可能，除了提供消息的老莫本人之外，知道这件事的就只有三姨太了，她怎么可能去通风报信？何况迟孟桓一直和她在一起！那么，造成失误的原因就只能归咎于迟孟桓自己和“阿三”昨晚的缠绵了，否则，难道还敢于埋怨警察司阁下吗？

“你很会辩解，林小姐，”梅轩利却并不相信易君恕真的不在，因为在警察拘捕某个嫌疑人犯时，“他不在”这句话是听得最多的，但是结果往往恰恰相反。所以，他冷冷地对倚阑说，“为了验证你所说的情况是否准确，我要亲自看一看！”

梅轩利说着，毫不客气地带着迟孟桓和那两名“红头阿三”向楼梯走去。

“要搜查吗？”倚阑连忙上前拦住他说，“不，阁下，你不能这样做！公民私人住宅受法律保护，不受侵犯！”

“长官……”阿宽也伸开两手去阻挡那两名“红头阿三”，“这是林牧师的家，你们不能这样！”

“警察司在执行公务时，有权搜查任何地方！”梅轩利冷笑道，“要搜查证吗？我有的是，随时可以开出一万张！”

他们根本不可能听从劝阻，冲破倚阑和阿宽组成的脆弱防线，拥上楼梯。

“小姐，这可怎么办？”阿惠慌着往楼上跑，“牧师不许别人动他的房间……”

“你这丫头，真不懂事！”倚阑一把拦着她，狠狠地瞪了她一眼，低声说，“做你该做的事去，快去啊！”

阿惠霎时明白了小姐的用意，急忙退下楼梯，在混乱当中迅速地闪开了……

一群人拥上了二楼，梅轩利命令一名“红头阿三”把守在楼梯口，防止人犯逃窜，自己带着迟孟桓和另一名印警，“咔咔咔”迈着大步，走到一个房间门口。

“把门打开！”梅轩利命令道。

“这是我dad的房间。”倚阑说，“也要搜查吗？”

“当然，”梅轩利答道，“我要搜查这座住宅所有的房间，请把钥匙交出来！”

“不，不！”阿宽死死地护住挂在腰间的那一串钥匙，“牧师交代过，没有他的允许，谁也不能开他的房门！”

“我是唯一的例外！”梅轩利威严地说，“谁知道里面住着什么人？我不能相信你的话，交出钥匙！不然，我就命令部下把门打碎，要知道，这是极其容易的！”

跟上楼来的那名“红头阿三”凶猛地上前抓住阿宽的手：“给我！”

“宽叔，把钥匙给他们，”倚阑无可奈何地说，“让他们搜查，反正我们也没有撒谎！”

阿宽迫不得已解下了腰间的钥匙，“红头阿三”接过来，把那一串稀里哗啦的钥匙试了又试，终于打开了林若翰的房门。

这是一个非常洁净的房间，雪白的窗帘，雪白的床单，朴素无华，老牧师除了生活必需的简单用具之外，没有任何奢侈品。迎门的墙上镶着一副十字架，是用黑红色的紫檀木制作的，朴素而庄严，并不像现时的人们那样竞相以金银珠宝去装饰圣物，反而使它失去了应有的神圣感。十字架下面是林若翰的书桌，一尘不染的桌面摆着精装本的《新旧约全书》，经过千万遍的翻读，已经很旧了。桌面除了几张白纸、墨水和一支鹅管笔，再没有其他东西，林若翰的皮包在他赴广州时带走了。

梅轩利很为失望。他伸手拉拉书桌的抽屉，没有拉开，抽屉是锁着的。

“把抽屉打开！”他命令道。

“我们没有抽屉的钥匙。”倚阑说。

“真的没有吗？”梅轩利问。

“长官，真的没有，”阿宽说，“牧师抽屉的钥匙他自己随身携带，没有备用的……”

梅轩利便不再问，朝“红头阿三”挥了挥手，粗壮的印警举起枪托，只一下，就把锁砸掉了。梅轩利“哗”地拉开抽屉，里面整整齐齐地摆放着一叠稿纸，吸引了梅轩利的注意。他拿起来仔细察看，是中英谈判自始至终的记录，包括最后签订的《合同》的抄件。

“嗯，这是政府的机密！”梅轩利立即警觉起来，“为什么放在他的家里？”

“请你去问总督，”倚阑冷冷地说，“是总督命令我 dad 参加这项工作的！”

“把这些统统拿走！”梅轩利命令道。

“红头阿三”应声上前，把这些记录都收了起来。

“你们要对这一行为负责！”倚阑愤然说，“我 dad 会向法院控告你们！”

“随便吧，小姐！”梅轩利根本不为所动，率领着迟孟桓和“红头阿三”走了出去，来到另一个房间门前。

“这是我的房间。”倚阑说。

“我说过，搜查所有的房间，没有例外！”梅轩利说，“把它打开！”

房门被打开了，迟孟桓第一个冲进去，贪婪地浏览着隐藏在描花屏风后面的少女天地，那老式镂花的铜床上散发着青春气息的白色暗花床罩，那令人眼花缭乱的摆满化妆品的梳妆台，那记录着倚阑的成长岁月的大大小小的照片，那小巧而又充实的书桌，摆着她最近所读的书和练习汉字的仿纸。迟孟桓和“红头阿三”疯狂地翻弄着，洁净的房间顿时变得一片狼藉……

倚阑的眼泪“唰”地涌出来，她生平第一次遭遇这样的情景，一个少女的闺房被如此野蛮地践踏！

“阁下请看，”迟孟桓如获至宝地拿着几张写着毛笔字的纸，递给梅轩利，“这不像初学汉字的林小姐手笔，肯定是易君恕写的，和那张揭帖上的字体完全吻合！”

“嗯，好极了！”梅轩利高兴地叫起来。如果说，他对于这次由于立功心切、未经请示总督而采取的贸然行动原来多少有些担心，那么，现在连这一点担心也已经不存在了，从字迹上看，易君恕就是《抗英保土歌》的书写者，这已经毫无疑义！他以胜利者的目光扫射着倚阑，“林小姐，你现在没有什么话可说了吧?”

“中国人写字都是临摹那么几本颜、柳、欧字帖，他们的字体有无数的人在写，这能算什么证据?”倚阑答道。易先生教给她的那些知识，竟然用在这里了，也实在令人悲哀。

“你不要试图再蒙骗我，”梅轩利笑道，“我也是学过毛笔字的，我知道，一万个人临摹《兰亭序》可以写出一万种面貌！何况笔迹学对于全世界的警察来说都是一个通用的法宝，我们的老前辈福尔摩斯就已经运用得驾轻就熟了！告诉我，易君恕在哪里?”

“我不知道!”

“他的房间在哪里?”

“就在我的隔壁。既然钥匙在你们手里，那就随便吧，易先生那里不会为你提供什么证据!”

“继续搜查!”梅轩利指挥着迟孟桓和“红头阿三”拿走了倚阑房间里所有被认为可以作为证据的东西，然后一起转移到了易君恕的房间门外。

倚阑看着这些张牙舞爪的警察，心里在流血！十五年前，英国警察开枪打死了她的父亲，如今，英国警察闯进了她的家，来搜捕她最亲近的人！与十五年前不同的是，此刻虽有宽叔紧紧地陪伴着她，但宽叔却并没有力量帮助她摆脱厄运；而十五年来竭尽全力保护她的 dad，又不在身边！倚阑只有默默地祷告基督：主啊，我遵从 dad 的教导所信奉的主！如果你真的存在，如果你真的热爱普天之下善良、无辜的人，就请你保佑我的易先生，让他千万别回来，别回来！不要管我，走得越远越好……

“红头阿三”抖搂着钥匙，打开了易君恕的房门，迟孟桓迫不及待地要冲进去，却突然又警觉地闪在一旁：“当心，他可能有武器!”

梅轩利“嗖”地拔出腰间的手枪，一脚踢开了房门，厉声叫道：

“不许动，我是警察！”

房门“呀”的一声弹向墙壁，西照的阳光从窗口射进来，把房间照得通明，里面没有任何动静，也不见人影。

“真可惜，让他逃跑了！”迟孟桓看看空无人迹的房间，感到非常遗憾，如若不然，他将在卜力总督面前立下怎样的一个大功啊！“阁下，”他急切地对梅轩利说，“我们不要在这里耽误时间了，应该赶快去追捕逃犯！”

梅轩利踏进房门的腿又退了回来，向迟孟桓和“红头阿三”命令道：“继续搜索楼下的所有房间，包括佣人房、厨房、地下室也不要放过！”

“是！”迟孟桓和“红头阿三”应了一声，立即向楼下跑去。

“嗯？”梅轩利犹豫了一下，还是走进了易君恕的房间。

这里，一个寄人篱下的天涯孤旅的单人房间，除了一床被褥，柜子里几件换洗的衣服，书桌上堆得满满的图书和文房四宝之外，别无长物。

梅轩利饶有兴致地走向书桌，他想知道这个“举人身份，北方口音，二十七八岁，面目很清秀”的中国人读些什么书，写些什么文章，不仅仅是为了搜索更多的证据，更是为了满足他的好奇心。因为他实在不可理解：这个正在被大清国朝廷通缉的人，却又狂热地鼓吹“保我河山保我权”；如果说他热爱自己的国家，而那个国家的朝廷早已宣布了他“谋反”的罪名；如果说他是中国的叛徒，他却又在为保卫中国的每一寸领土呐喊呼号；他到底算个什么人？是什么理想和信念促使他这样做呢？他从中又能得到什么好处？金钱、荣誉、官职、爵位，这一切都不可能得到，那么，他到底是为了什么呢？简直是莫名其妙！

书桌上的铜墨盒敞开着，上面支着一支毛笔，旁边铺着一张八行信笺。窗外的一阵风吹来，把那张纸吹落在地上。倚阑突然心中一动，飞快地奔过去，要把它抢在手里！可是，已经晚了，梅轩利的目光已经盯住这张纸，大皮靴“咔”的一声，踏在了上面。他弯腰把这张纸捡起来，见上面只有半行字，依旧是那秀俊挺拔的字体，曾经下过一番功夫学习汉文的梅轩利自然轻易地就读出了：

今晨卜力、骆克与林一起赴穗……

听到梅轩利读出这十一个字，倚阑的心里遭受了致命的一击！糟了，这是易先生今天上午刚刚写的，由于走得匆忙而忘记在书桌上了，啊，谁能料到它会落到梅轩利的手里？现在想要再抢回来、销毁它，已经根本不可能了！

梅轩利看着这半行字，心中着实地吃了一惊：这是今天香港的头号绝密新闻，连本地的报馆都不可能知晓，而易君恕却已经写在纸上了！这是一封信？还是一篇新闻的标题？他是要投寄到哪里去？为什么刚刚写了这么一句话就中止了？他拿起桌上的毛笔看了看，笔锋上的残墨还是濡湿的——显然，房间的主人是在书写过程中临时离开了房间，他并没有走远！

这一新的发现使梅轩利兴奋异常，可以预见，易君恕已经落入了他的掌心，插翅难飞了！三个月前，他就已经向总督报告了大清国逃犯易君恕潜藏在香港的消息，而遗憾的是总督并没有接受他的建议，而听从了骆克的主张，不但没有触动易君恕这个危险分子，反而起用了包庇逃犯的林若翰，这使梅轩利极其不满，也伤害了举报者迟孟桓对大英帝国的一片忠心；现在，一切都已经真相大白，与林若翰有着私人友谊的骆克错了，他梅轩利是正确的！将来辅政司的位子由谁来坐更合适？由总督去评判吧，让事实去证明吧！也许，他梅轩利的飞黄腾达还要超过骆克，直逼总督之位，正如迟孟桓和那位西班牙星相家不约而同做出的预言那样……

梅轩利大踏步迈下楼梯，迟孟桓和那两名“红头阿三”正在把从各个角落搜出的查抄物品集中在客厅里。见到梅轩利走下楼来，迟孟桓连忙走上去说：“报告阁下，所有的房间都搜查过了，没有找到犯罪嫌疑人！”

“知道了！”梅轩利向他挥挥手，走到客厅的“德律风”前，用力地摇动摇把，对着话筒说："接警察司！"随即，线路接通了，他威严地发布命令道："我是梅轩利！我现在命令：立即通知所有的警署，严密搜索一个名叫'易君恕'的华人逃犯！"

楼梯上，和阿宽互相搀扶着的倚阑心碎了！她不知道，阿惠有没有弄明白她的意思？易先生现在怎么样了呢？

威灵顿街兼味楼居于闹市之中，门前高挂着"兼味楼中西酒菜海鲜炒卖包办筵席"的招牌，所经营的项目几乎无所不包，其实只不过是一家中低档的酒楼，顾客点菜可高可低，丰俭由人，名贵的龙虾、石斑吃得到，一般家常炒粉、炒面、炒饭也有得卖，所以招牌上写有"海鲜炒卖"四字；而居住环境拥挤的人家，遇有红白喜事，屋里只能摆得下两三桌酒席，若是请大酒楼去办这样寒伧的堂会，必然被婉言谢绝，兼做"炒卖"生意的兼味楼则来者不拒，愿意送货上门，"包办筵席"指的就是这层意思。邓伯雄选在这里和易君恕见面，目的自然完全不在吃喝，而是因为这种一般市民常来的酒楼，很少有官方人士光顾，秘密约会不显山不露水；再则，从这里往东距林若翰在花园道的半山别墅不远，往北横穿过皇后大道、德辅道和干诺道就是海边，是一个易于隐蔽而又便于撤退的中间地带。

楼上，标着"寒梅"二字的雅座单间里，传出卖艺女咿咿呀呀的浅吟低唱和食客吆五喝六的喧嚷，而隔壁的"幽兰"单间却只有两个神色严峻的男人在低声交谈，面前摆着几碟寻常菜肴和一瓮米酒。

"最近，厦村运来了一尊佛山造六千斤大炮，就是当年林大人打鬼子的那种，虽然样式老了一些，但试了试，还可以用，"邓伯雄说，"另外还有几批枪支，很快也可以到手！深圳、东莞的民间社团可以过来一两千人支援我们，我看，足以对付香港的英军！"

"仗恐怕是非打不可了，"易君恕说，"在这种时候，多一个人就多一份力量，我真不忍心再留在这里……"

"不，君恕兄，"邓伯雄说，"你几次送来的情报都非常重要！我们另外还通过在辅政司署做佣工的李四姑弄来一些情报，但她那边风险太大了，不如你这条渠道通畅！至少你目前不必离开香港，要想办法把卜力这次和谭钟麟见面的结果弄到手，以便我们见机行事……”

“嗯，”易君恕沉吟道，“等他们回来看看情况，如果……”

他的这句话还没有说完，突然，虚掩着的门被推开了，龙仔慌慌张张地闯了进来，后面跟着一个十六七岁的大姐仔！

“阿惠？”易君恕骤然一惊，“你……怎么到这里来了？”

“先……先生，”阿惠已经跑得上气不接下气，“梅轩利……到家里来抓你了！”

“啊?!”易君恕的心脏倏地悬起在半空，“他……有什么证据吗？”

“有……”阿惠大口大口地喘息着说，“迟孟桓拿来一张什么歌，说是你写的……”

“明白了！”邓伯雄倏地站起来，一把抓住易君恕手腕，“此地不可停留，跟我走！”

“不，我不能这样走，”易君恕急切地说，“倚阑小姐怎么办？我不能害了她，要走，也要把她接出来一起走！”

“先生，先生啊！”阿惠几乎要哭出来，“那个家你再也不能回去了，赶快走，走得越远越好，千万不要回来！家里你不要管，有牧师在，他们不会把小姐怎么样的，我求求你，快走吧！”

易君恕愣在了那里。走？真的就这样走了吗？上午离开倚阑的时候，她是那么依恋，自己还答应了她，一定回来，很快就回来，难道就这样自食其言，不告而辞吗？一个堂堂男子汉怎么能做这种事？何况，此一去不知什么时候还能再和她见面？也许……也许这已是今生今世的最后永诀！不，倚阑，倚阑，我们怎么能这样分别？

“君恕兄，为了抗英大事，你必须珍惜自己，不要儿女情长了，快走！”邓伯雄横眉竖目，几乎是在命令他。

易君恕浑身一震，眼望着阿惠说：“阿惠，请你转告小姐，我对不起她……”

“快，要不就来不及了！”邓伯雄拉住他往外就走，匆忙中从身上掏出一把银元，“啪”地放在饭桌上，“阿惠，你留在这里，替我付账！”

半个小时之后，当维多利亚港沿岸布满了荷枪实弹的警察，逐一检查在码头上待渡的乘客时，一艘载着大量药品和双重逃犯的轻便木船已经冲出汲水门，驶进零丁洋，涨满的风帆疾驶而去……

当夜十点整，英舰“荣誉号”返抵添马舰海军码头。

两列荷枪实弹的海军和警察在迎候总督的归来，警察司梅轩利和迟孟桓站在他们的前面。

军舰靠岸停稳了，水兵们铺好了跳板，没等总督一行走出船舱，梅轩利和迟孟桓已经大步跨过跳板，登上舰艇。

首长舱口，昂然步出了胜利而归的卜力、骆克和林若翰，他们一边走着，一边在亲切交谈，卜力满面笑容地对林若翰说：“林牧师，关于对你的太平绅士头衔的任命，我已经决定在……”

林若翰的心脏在激动地狂跳，总督的这个决定，他已经等了许久了！

卜力的那句话还没有说完，便被快步迎上来的梅轩利和迟孟桓打断了……

“报告总督阁下、辅政司阁下！”梅轩利“唰”的一个敬礼，迟孟桓也跟在他的后面响亮地喊着。

“啊，晚上好，梅上尉！”卜力微笑着向梅轩利招招手，虽然没有提到迟孟桓，眼神的余光倒也慷慨地向他瞥了一瞥，这就足以让迟孟桓激动不已了，因为他毕竟是第一次踏上本港最高首脑乘坐的军舰。

跟在卜力和骆克后面的林若翰一眼看见迟孟桓，不禁倒吸了一口凉气：奇怪，他怎么突然获得了这样的殊荣？

“阁下，”梅轩利刻不容缓地报告说：“我今天已经查明，书写《抗英保土歌》的罪犯就是藏匿在香港数月之久的中国通缉犯易君恕！”

这个消息如同一颗炸弹从天而降，使得凯旋的三位“英雄”极其震惊！

“上帝啊！”林若翰的头脑“轰”的一声，颓然昏倒在甲板上，不省人事！

卜力的脸色变得铁青，鄙夷地往倒在地上的林若翰瞥了一眼，这位太平绅士的候选人，家里倒窝藏了一名抗英分子，幸亏还没有对他做出正式任命！

“骆克先生，”他冷冷地说，“这就是你所信任的朋友！”

“阁下，对不起，我为自己的失职感到痛心！”骆克一脸沮丧，惶然地问梅轩利，“上尉，犯罪嫌疑人抓到了吗？”

“哦，没有，”梅轩利只好如实说，“不过，我已经下令封锁香港岛，料想他无法逃脱！”

“谢谢你，”骆克言不由衷地说，八字眉下的那双眯缝眼翻了翻，“不过，如果他已经逃出了香港岛呢？总督阁下，我建议同时在九龙和新租借地全面搜捕！”

辅政司和警察司都在顽强地表现自己，渴望在总督心目中的天平上增加自己的重量。

卜力轻轻地摇了摇头，抬起右手，慢慢地捋着小胡子，在它的梢部绕出一个蝎子尾巴似的尖角，这标志着总督已经有了自己的主意。

“在新租借地不知道有多少抗英分子，要用多少警察去搜捕？”总督的声音很低沉，却比所有的人说的话都有分量。他的小胡子已经完美地翘起，便放下右手，突然指着梅轩利说，“目前，最为迫切的是接管新租借地！把搜捕逃犯的事交给部下去做，你立即给我到大埔去，以最快的速度把警棚建好！”

“是，阁下！”梅轩利“咔”地双足并拢，庄严地举起右手。

维多利亚港上空，夜色正浓。

第十五章　天若有情

零丁洋上的轻舟扯满风帆，飞速北上深圳湾，从尖鼻嘴转舵掉头，前面便是屏山河入海口。小船乘着晚潮驶进内河，远远地已经望见聚星楼的塔影和卧虹般的拱桥。

“落帆！”舵工大声吆喝着。龙仔解开缆索，降下船帆，卧倒桅杆，撑起竹篙，轻轻一点，小船穿过拱桥，沿屏山河迤逦向南，经上璋围、杨侯古庙、邓氏宗祠，直达觐廷书室门前。龙仔把手指含在嘴里，一声呼哨，岸上便有几名精壮汉子朝埠头跑来，待船停稳，搭上跳板，忙着登船，帮着龙仔搬运药品。

邓伯雄扶着易君恕，踏着跳板，登上岸来。

“这是什么地方？”易君恕抬头看着前面，夜幕下只见远方山影黝黝，近处屋舍俨然，却并不认得，好像从没有来过这里。

“我们已经到了屏山，”邓伯雄朗声说，“这里和锦田一样，也是邓氏聚居之地，方圆十里的土地都姓邓，梅轩利的手插不进来，兄长尽管放心！”

觐廷书室门前的灯笼上，醒目地书写着一个斗大的“邓”字。

大门“呀”的一声敞开了，一位面目清癯、蓄着花白胡须的长者迎了出来，他便是在此教子侄读书的那位邓老夫子。

“噢，是伯雄回来了？”

“老夫子，我还请来了一位贵客，”邓伯雄说，“这位就是……”

“不必说，让我猜一猜，”老夫子拦住他，眯起双眼，就着门前的灯笼端详着客人，自语道，“二十七八岁，面目很清秀……”老夫子眼睛骤然一亮，“莫非是易先生？”

易君恕不禁一愣：“老夫子怎么会认得我呢？”

老夫子肃然一揖：“邓某仰慕先生已是许久了！先生请！”

“不敢当，”易君恕连忙还礼，“老夫子请！”

老夫子带领邓伯雄和易君恕进了大门，穿过庭院，来到“崇德堂”旁边的客厅。房梁上吊着一盏酒樽形的紫铜三嘴油灯，弯弯的灯嘴跳动着三朵火焰。灯下，几案、座椅一尘不染。

三人分宾主落座，便有侍者奉上茶来。

“老夫子，我们今天好险！”邓伯雄喝了一口茶，放下茶碗，说，“梅轩利拿着那份木版揭帖去搜捕易先生，君恕兄险些落入了他的魔掌！”

“噢？”老夫子一惊，“那份揭帖的底细，极少有人知道，莫非有内奸私通外鬼？”

“若是查出内奸，我要亲手结果了他！”邓伯雄愤然说，一拳擂在八仙桌上，震得茶碗跳了老高。

“看来，以后倒要格外留心才是！”老夫子说着，站起身来，“好在易先生安然无恙，也是不幸中之万幸。我去吩咐下人备些酒饭，以表庆贺！”

“不必了！”易君恕摇摇手，“我已经两番险做刀下之鬼，逃来逃去，恍若游魂，还有什么值得庆贺！”

“兄长说哪里话！”邓伯雄说，“你大难不死，这是苍天有眼哪！”

“唉！”易君恕喟然长叹，“天若有情，又何必给人间降下这许多苦难啊！”

此刻，侥幸脱险的易君恕，一颗心却牵挂着远在维多利亚港对岸的翰园，突如其来，祸从天降，柔弱的倚阑小姐怎能受得了这惨重的打击？她现在怎么样了？

林若翰睁开眼睛，发现自己躺在翰园的卧室里，床前围着倚阑、阿宽和阿惠，他们眼里含着泪水，焦急地望着他。见他醒来了，不约而同地“啊”了一声，仿佛已经等了很久很久。

“Dad……”倚阑猛地扑在父亲的床头，号啕大哭！就在几个小时之前，当巨大的灾难突然降临了翰园，她是多么希望父亲能在身边！十五年来，父亲像鸟儿护雏一样保护着女儿，用自己的身躯为她遮风蔽雨，排忧解难，在这险恶的人间，如果没有父亲，没有翰园，也早就没有了她倚阑！可是，当女儿遭遇了十五年来最大的劫难，父亲却恰恰不在翰园，千钧重量突然压在她那柔弱的肩膀上，面对着穷凶极恶的警察，她在心里焦急地呼唤着：Dad，您快回来啊……深夜，父亲回来了，却是躺在担架上回来的，他那高大的身躯倒下了，翰园的顶梁柱坍塌了！

“倚阑，”林若翰呼唤着女儿，声音哑哑的，伸出虚弱无力的手，抚着女儿抽动着的肩背，一时想不起自己是在什么时候、因为什么而病倒了，“我这是怎么了？出了什么事？”

“Dad，”倚阑抬起泪眼，望着父亲，“家里出了……”

“小姐，不要多说了，”阿宽轻声提醒她，“医生不是交代了嘛，让牧师好好休息，避免精神刺激……”

这句话本身就是一个巨大的刺激！

“告诉我，快告诉我……”林若翰抖抖索索地抓住女儿的手，“家里到底出了什么事？”

“出了大事！”倚阑泪如泉涌，向父亲哭诉，“易先生他……他……”

林若翰心脏猛然一阵悸动，他想起来了：就在他怀着胜利的喜悦乘坐“荣誉号”从广州回到香港，即将踏上添马舰海军码头的时候，前来迎接总督的梅轩利带来了那个晴天霹雳般的消息，他当时就失去了知觉……

“易先生……”这个亲切的称呼在此刻听来却像炸弹爆裂，令人惊心动魄！林若翰那双疲惫的眼睛突然充满了惊恐，“易君恕……在……在哪里？”他急切地张望着周围，在他所亲近的人们当中并不见那个熟悉的身影，“他是不是……被警察司抓走了？”

“没有，Dad，真是万幸啊！”倚阑紧紧抓着父亲的手说，“易先生当时正好不在家，梅轩利和迟孟桓没有抓到他，就到处搜查，连 dad 的文件都抄走了……”

“啊?!”林若翰大吃一惊，倏地抬起头来，看着窗前的写字台，那上面除了摆着一些药瓶，已经什么都没有了，“我的文件，文件……”

阿宽默默地拉开了被打掉了锁的抽屉，里面已经空空如也。

“噢，上帝啊!”林若翰痛苦地一声呻吟，抬起的头又颓然倒在枕头上，“那些文件，是我几个月来辛辛苦苦工作的见证，你们不知道那些事情是多么艰难，舌战王存善，勘定边界，一直到今天漂洋过海去游说谭钟麟，每一步简直都像打仗一样！我为大英帝国立下了汗马功劳，总督已经……船到了码头，总督还亲口对我说……唉，完了，我所有的心血都白费了！连文件都抄走了，什么都可以不认账了，统统一笔勾销了，突然之间一切都不存在了!”

骤然而来的失落感猛击着他那颗老迈衰弱的心脏，这一击远远超过去年痛失出任中国皇帝顾问之机，香港是他的立足之地，总督在他心目中“仅次于上帝”，失宠于总督，他连最后的机会也没有了！

“Dad，您本来就不该去做那些事，失去了有什么要紧啊？只要您还活着，平安地回到自己的家，就比什么都重要!”倚阑哭着说，“可是易先生呢？现在到处都在搜捕他，也不知道他脱险没有？如果落到了梅轩利手里怎么办啊？会判他死罪的!”

“他呀，”林若翰的心中本来就像一池沸水，丢进一颗石子又激起层层波澜……“他去年在北京就已经犯了死罪，如果不是我在紧急关头救了他，他早已成了刀下之鬼！那时候，他性命难保，分文不名，是我带着他闯过了一道道关卡，千里迢迢护送到香港；是我把他收留在自己家里，负担他的衣食住行，把他待若上宾……这一切，在英国，在中国，在香港，都很难再有第二个人能够做得到，而我都做到了，我对他的感情已经超过了亲兄弟和最好的朋友，几乎把他当成了自己的儿子!”林若翰一一历数他为易君恕所做的奉献，不禁为自己的善行而深深激动，苍白的脸涨红了，多皱的眼睑充盈着泪水，“这一切，我都认为是自己应该做的，主教导我们要救助苦难的人，给饥饿的人以食物，给寒冷的人以衣服，给濒临死亡的人以生命的希望，用自己的热血和爱心去温暖他人！这些我都做到了，一个基督信徒所该做的一切，都做到了，可是却不能温暖一副铁石心肠！我太天真了，太善良了，无论如何也不会想到，他竟然会背叛我，竟然是一个忘恩负义的人！”

“Dad，您怎么能这样说呢?”父亲的话深深刺痛了倚阑，在她的心目中，易先生占据着最重要的位置，是一个完美无缺的人，任何非议她都不能容忍，何况易先生现在已经离开了翰园，再一次踏上流亡之途，生死未卜，父亲再这样指责他，未免太残忍了！“Dad，他不是这样的人，”倚阑擦着脸上的泪水，说，“他没有背叛您，没有忘恩负义，他曾经无数次对我说起您给予他的真诚帮助，对您满怀感激之情，在他漂泊异乡、与世隔绝、心情极度痛苦的时候，仍然克制着内心深处的焦虑和烦恼，尊重您的安排，为我讲授汉语……”

“这也是他唯一可做的事了，”林若翰鬈曲的大胡子抖了抖，眼角眉梢泛起一丝怜悯，“我和中国的许多读书人打过交道，我了解他们，他们可以忍受生活的清贫，却不能忍受精神的苦闷，在政治上失意的时候，不是流连于山水，便是寄情于诗酒，杜鹃啼血般地吟咏，独怆然而涕下，借以抒发胸中的郁闷，打发无尽的闲愁！我知道，易君恕正是这样一个人，我维护他的自尊和虚荣，不让他有寄人篱下之感；为了排遣他的寂寞和烦恼，我客客气气地请他教你汉语，那仅仅是为了帮助你吗？同时也是为了他啊，一个读书人如果长年累月无事可做，他会发疯的！我至今也不知道，他是不是理解我的这一番良苦用心？我的书房里有上千册图书，我曾经花费了几十年的心血研究汉学，难道自己不可以教女儿学习基础的汉语吗？如果他连这一点事也不肯做，也就太愧对我了，要知道，我为他付出了一切！”老牧师脸上的那一丝怜悯不见了，而代之以委屈和愤懑，胸腔急促地起伏，“可是，这一切换来的又是什么呢?”

啊？倚阑惊讶地抬起泪眼，望着朝夕相伴十五年的老父亲。在她的记忆之中，父亲既没有经过商，也没有放过贷，更没有向任何人索取过任何利益，总是在不断地关怀别人，救助别人，对他来说，最大的乐趣就是施舍、奉献，可是，今天却第一次听到父亲向别人“算账”了，这种话像是一位牧师说的吗？

“Dad，您想从他那里换来什么？您对我说过：要善待他人，不求回报；如果您给了别人好处，还指望如数收回，甚至想从他那里得到更大的好处，那就和放贷没有区别，还算什么善行，有什么值得称道啊？”

“呃，我的孩子……”林若翰被女儿问住了。这些话，都是爸爸千遍万遍告诉她的，从小把基督的爱心灌输给她的灵魂，要她做一个善良、宽容、无私、无怨的人；而现在，女儿长大了，反过来用这些话来教导爸爸，质问爸爸，他该怎么回答呢？“我这一生，为别人奉献得太多了，为中国的无数灾民，为香港成千上万的教友，耗尽了心血，付出了几十年的生命；而在他们当中，最使我动心的是易君恕！他的仪表、他的气质、他的学识，在我看来都是极为难得的，他应该成为基督的最优秀的儿子，我是在为基督而牧养他，照拂他，而从未想过从他那里得到任何回报，甚至连他是否愿意受洗入教都没有丝毫的勉强，耐心地等待基督的种子在他心中成熟。唉，现在我终于等到了结果！英国人救了他的命，不求他报答，他也不必报答，但总不该以怨报德，住在英国人的家里却在反对英国政府！中国人不是最讲‘信义’二字吗？他的信义何在？”

“英国人，中国人……”倚阑喃喃地像是在自语，内心深处却汹涌着巨大的波澜。如果今天的事发生在四个月之前，她也会像父亲那样，甚至比父亲更激烈地谴责易君恕的背信弃义，然而现在不同了，四个月的时间她好像重新经历了一次生命，生父的惨死和情侣的逃亡在英国警察的紧急大搜捕之中重合了，一颗屈辱的心脏在她的胸膛里悸动，当年曾令她为之自豪的英格兰民族如今已经蒙上了仇恨的血污，她不再是往日的倚阑了！“Dad，不是易先生背信弃义，而是这个世界上根本没有信义！我从小就听您讲过不知多少遍：仁慈的上帝是人类之父，他爱天下所有的人，他燃起和平、正义的爱火，要消灭人类的一切仇视、嫉妒、侵略、残暴之心，把国际间的一切纷争化为真诚的合作，让万国之民都成为兄弟。可是，这一切都在哪里啊？我们只能看到，远在欧洲的英国、法国、德国、俄国都开着炮舰来到亚洲，像撕裂牛羊一样瓜分虚弱的中国，香港、九龙和新租借地本来都是中国的，却一步步都变成了英国的领土，这难道是上帝能够允许的吗？Dad 帮助港督去舌战王存善，游说谭钟麟，迫使他们不要和英国对抗，乖乖地把土地献出来，这难道也是‘爱’吗？也是把他们当作‘兄弟’吗？”

“啊？”林若翰愣了，他突然觉得女儿变得十分陌生，十五年前在泰晤士河边无忧无虑地嬉戏天鹅的那个小姑娘哪里去了？四个月前在维多利亚港高傲地接待易君恕的那个少女哪里去了？林若翰倾注心血着力塑造的英格兰名门闺秀像泡沫一样消失了，眼前的倚阑分明成了另一个人，除了性别和年龄的差异，简直是易君恕第二！“倚阑，你……这一套理论是从哪里听来的？是易君恕，只能是他！我请他教你学习汉语，没想到他却给你讲这些东西……”

“Dad，这有什么错吗？”倚阑并不否认，坦然地说，“易先生只不过说了一些真话！作为一个中国人，看到自己的国土沦丧，人民遭难，您说他该怎么办？难道他应该像迟孟桓父子那样，帮助英国人去攻打自己的祖国？Dad，您不是一向鄙视迟氏父子吗？”

迟孟桓！林若翰听到这个名字，心里就像被扎了一刀！是的，多年来，他一直看不起迟天任那个靠发国难财起家的政治投机商，为迟天任荣登太平绅士的宝座而愤愤不平，为港府重用这样的势利小人而感叹唏嘘；正缘于此，他断然拒绝了迟孟桓的无耻纠缠，两家结下了仇恨，这仇恨生了根，发了芽，现在终于结出了毒果。迟孟桓向他射出了复仇的箭，和梅轩利一起来抄他的家的是迟孟桓，跟着梅轩利向卜力总督邀功请赏的也是迟孟桓，这一切都不是偶然的！林若翰一个冷战，猛然想起在三个月之前他在总督办公室里第一次正面遭遇梅轩利时的情景，当时他出于礼貌，邀请这位警察司闲暇之时光临寒舍，梅轩利皮笑肉不笑地说过一句好似玩笑的话：“如果我在哪一天突然造访府上，但愿不至于吓你一跳！”现在想想，那句话真是意味深长，也许那时候梅轩利就已经在注意易君恕，危险和预谋早已悬在林若翰的头顶？那么，向梅轩利提供关于易君恕的信息的人又是谁呢？说不定就是迟孟桓，因为去年秋冬正是他频繁地前来纠缠的时候。林若翰好不容易从一团乱麻似的蛛丝马迹理出一些来龙去脉，却使他更为沮丧！

“迟孟桓品格低下，固然不值一提，而他报复我的手段却相当高超！”林若翰哀叹道，“英国牧师的家里竟然藏着一名抗英分子，这教我还有何话说？这是犯法的！”

倚阑心里在“咚咚”地跳：Dad 哪里知道，家里的“抗英分子”不止一个易先生，还有她倚阑和宽叔、阿惠呢……

“据梅轩利说，易君恕写了一份煽动暴乱的传单，叫什么《抗英保土歌》，”林若翰说，忧郁的目光望着倚阑，“那么，他是在什么时候写的呢？我怎么一点也不知道？你见过他在家里写这些东西吗？”

“没有，dad。那张纸在迟孟桓的手里，上面并没有易先生的署名，”倚阑说，尽管她当时一眼就看出那是易君恕的笔迹，但是这句话绝不能说，对 dad 也不能吐露半字，既然查无实据，就绝对不能承认，“也许那是迟孟桓伪造的，有意栽赃陷害易先生！”

“嗯？那个恶棍是什么事情都做得出来的，他哪里是报复易君恕，是在报复我！可是，只凭一张没有署名的传单怎么能定一个人的罪名？易君恕一直待在我家里，外面的传单和他有什么关系？又有谁能够证明？”林若翰心里一动，事情似乎在突然之间出现了转机，他伸手支撑着床铺，挣扎着坐起来。

“Dad，您要做什么？”倚阑赶紧扶住他。

“我要去见警察司，”林若翰迫不及待地把腿伸下床去，“我要向梅轩利做出解释，那张传单和我的客人易君恕没有关系！”

“啊，谢谢您，dad，您这样就救了易先生了！”倚阑激动得两手发抖，热泪模糊了她的眼睛，“Dad，您的病刚好，自己去是不行的，我陪您去！宽叔，宽叔，”倚阑急切地叫着阿宽，“快去给 dad 备轿啊！”

“好，我这就去！”阿宽说道，弯着腰往门外跑去。

“哦，不，阿宽，等一等……”正要下床的林若翰却又愣住了，脸上泛起疑云，“不能这么做！我对易君恕的行动并不完全了解，他在北京就曾经激烈地反对香港拓界，来到香港又和锦田的邓伯雄有过来往，而且还到那里去住过半个月之久，邓伯雄是上了港府秘密名单的抗英分子，谁知道他们都做了些什么？也许，那份传单就是在那里写的？”

“不，dad！”倚阑的心慌了，她最担心的就是把易先生和邓伯雄联系起来，而dad的思路却恰恰想到了这里，事情就不妙了，“Dad，这种没有根据的事，您可不要随便猜测啊，易先生到锦田去，只是吃吃饭，过过元宵节，不会有别的事情的！”

“你怎么知道？凭什么做出这种担保？”林若翰疑惑地看着女儿，倚阑今天为易君恕辩解得太多，已经使做父亲的很难再相信她了，“我去广州的时候，他为什么恰恰外出？到什么地方去了？现在又在什么地方？”

他提出了一连串的问号，并且认为在女儿这里可以找到答案。

“我……我不知道……”倚阑说，心怦怦地狂跳起来，她担心dad追问她更多的问题，那就更麻烦了！

“不，你知道！”林若翰威严地说，同时向旁边的阿宽和阿惠扫了一眼，“你们都知道！在这个家，他不可能瞒着所有的人，就突然地飞走了，消失了，无影无踪了！”

“我们都在忙家务事，没有注意易先生出门，不知道他到哪里去了，”阿惠睁大了眼睛说，“他连午饭都没有回来吃，我……我还替他着急呢！”

“牧师，我们真的不知道，”阿宽也说，“我向您起誓……”

“算了！”林若翰烦躁地摆摆手，“你们中国人动不动就起誓，斩鸡头，焚黄表，信誓旦旦，谁知道是真的假的？我看得出来，你们在保护他，不愿意告诉我他的去向！但是，我也可以猜得出来，离开我这里，他只有去投奔邓伯雄！”

倚阑的心脏“扑通”一声，她没有想到，自己和宽叔、阿惠刻意保守的秘密，竟然被dad猜中了！

“我去！”林若翰光着脚下了床，气喘吁吁地说，“我要去见警察司！不，去见总督和辅政司！告诉他们，我是冤枉的，他们只要找到易君恕，就一切都清楚了！”

“牧师！牧师……”阿宽和阿惠手忙脚乱地扶住他。

“Dad！您是要去告发易先生？”倚阑猛地扑倒在地上，抱住父亲的双腿，“不，您不能去！他是个好人，是个无辜的人，已经被警察追得走投无路，您还忍心再追上去刺他一刀吗？Dad，您是上帝的信徒，基督的使者，你声称自己爱天下的人，发誓要救助所有不幸的人脱离苦难！您曾经把易先生从死神手里夺了回来，难道现在要亲手把他送上断头台吗？上帝不能饶恕您！”

女儿的热泪滴在林若翰的双脚上，他猛地一个战栗！

“上帝，上帝啊……”林若翰痛苦地一声呻吟，颓然跌坐在床上！

翰园的上空，一片漆黑，没有月亮，也没有星星。

镂花铁门外，两名荷枪实弹的英警像幽灵似的在山道上徘徊。

天将拂晓，梅轩利便遵照总督的指示，匆匆赶往大埔，随行的有迟孟桓和四名印度锡克族警察，经过九龙寨城，又向大清国的驻军“借”了五名兵勇。于是，这支不大的队伍便呈现了肤色驳杂、服饰不一的独特景观：碧眼黄发的梅轩利头戴尖顶帽盔，身穿上尉警服，腰挎指挥刀；面孔黝黑的印警裹着猩红包头，身穿绿色警服；黄脸低鼻的迟孟桓西装革履，中国士兵头戴伞形帽，身穿大清号衣。为什么队伍中没有一个英警？这是梅轩利的有意安排，他已经在屏山领教了华人对“英夷”的反感，所以，在正式接管新租借地之前，暂且先由“红头阿三”出面而尽量不向那里派出英警，以避免冲突。从九龙寨城“借”来的这五名清兵准备用来接替原来留守泮涌警棚的两名“红头阿三”，万一当地乡民闹事，就让他们来弹压，“以华制华”。

下午三点钟，梅轩利一行到达泮涌。运头角山上的警棚仍然没有完工，木架上稀稀落落地覆盖着一些草席和葵叶，大部分还露着天空。两名“红头阿三”怀抱步枪，瑟缩着靠在柴草堆上，好似被航船抛在孤岛上的鲁滨孙，猛然看到警察司阁下带着队伍来了，如同盼到了救星，腾地弹跳起来，向他立正敬礼。

“稍息！”梅轩利不耐烦地挥了挥手，向他们喝问道，“我上次从这里回去，又是三天过去了，为什么仍然毫无进展?”

“报告上尉!”“红头阿三”可怜巴巴地说，“这里的老百姓简直不可理喻，新雇来的苦力又被他们赶跑了，没有办法！上尉，我们实在没有办法!”

“哼!”梅轩利不禁心头火起，“你们两人继续守在这里，我去找聋耳陈!”

梅轩利和迟孟桓带着印警和清兵下了山，直奔聋耳陈家。

聋耳陈见了梅轩利，慌得磕头如捣蒜：“长官，请你饶了我吧！我把钱退给你，搭警棚的事我不管了，那两位黑脸总爷的饭我也不送了，这笔生意我不做了……”

“什么生意不生意?”迟孟桓一把抓住聋耳陈的领子，把他像一只小鸡子似的拎了起来，朝着他的耳朵吼道，“政府把建警署这件大事托付给你，是对你的信任，你这个人怎么毫无信用? 拖拖拉拉，办事不力，贻误军机，严惩不贷!”

“迟……迟先生，”聋耳陈哆哆嗦嗦地说，“不是我不办，实在是有难处！你们在山上盖屋，乡邻们不答应，他们说，谁敢帮鬼佬做事……”

“混账!”迟孟桓怒吼道，“什么‘鬼佬’?”

“这……这是他们说的，谁要帮……帮鬼佬做事，当心被‘猪笼浸水’!”聋耳陈眼泪汪汪，“我可不敢，再不敢了，一家老小的性命要紧哪！求求你们，不要再难为我了……”

聋耳陈的老婆、儿女也在旁边跪满了一地，哀哀地求情：“长官，饶命吧……”

“嗯……”梅轩利想起在屏山所遭遇的那种群情汹汹的情形，相信聋耳陈说的也是实情，便安慰他说，“你不要怕，政府要做的事情，绝不会因为一些刁民的反对而罢休，他们也不敢对你无礼。你去请几位年长的乡绅到这里来，我向他们做一些解释!”

迟孟桓把这番话又朝着聋耳陈的耳朵吼了一遍，聋耳陈为难地说：“他们哪肯听我的? 在大埔这一带，势力最大的是邓家和文家，老百姓都跟着他们走。听说，那些人今天又在文武庙集会，请长官到那里去和他们商量吧！”

“文武庙在哪里？”迟孟桓问道。

“在大埔墟，富善街。”聋耳陈说。

“你给我们带路！”梅轩利命令道。

“我……”聋耳陈惶然道，“长官，我怕……”

“嗯？”梅轩利手握着腰间的指挥刀，威严地逼视着聋耳陈。

聋耳陈无可奈何地叹了口气，垂着头，带着他们走出家门。

泮涌村里的乡民，从农家小院的篱笆、土墙里面惊惶地窥视着这么一支光怪陆离、华洋混杂的队伍，押着聋耳陈朝大埔墟走去，也不知道发生了什么事情。有些大胆的便远远地跟上来，想看个究竟。正是日落时分，大埔墟的集市还没有散尽，梅轩利的队伍进入街肆，熙熙攘攘的人群中像是爆炸了一颗炸弹，“轰”地向两旁散开，躲闪不及的人们踢翻了货摊，萝卜、青菜、荸荠、龙眼撒了满地，年轻的阿嫂、大姐仔惊叫着：“鬼佬来了！”谁家的细路仔吓得“哇哇”大哭，好似大白天撞见了鬼……

“啧啧，乡下人没见过世面，有什么可怕的？”迟孟桓望着这乱哄哄的场面，感到十分遗憾，要是乡民们敲锣打鼓、燃放鞭炮来欢迎警察司阁下，该有多好啊！他歉意地向梅轩利苦笑了笑，“这种穷乡僻壤划归香港，倒是他们的福气哩！这些愚民啊，真是没办法！”

富善街文武庙大殿里，幔帐低垂，香烟缭绕，文昌帝君和关圣帝君两座塑像威风凛凛，与港岛文武庙大同小异。香案前一张宽大的方台，摆着茶壶茶碗，十几位乡绅围桌而坐，正在此集会，为首的是泰亨乡代表文湛全，正在激愤地讲话。

“大埔东濒吐露港，南接九龙，为水陆交通要冲，港英在运头角山搭建警棚，意图十分明显，侵占新安，必从大埔开始。”文湛全说，“乡亲们赶走搭建警棚的苦力，义愤与勇气固然可贵，但不是根本办法，港英还会雇工搭建警棚，甚至可能会增派警察、军队来弹压，我们必须做好充分准备，以牙还牙，迎头痛击，彻底拔掉这颗钉子，打掉港英的锐气！……”

话音未落，忽听门外人声喧嚷，一些乡民慌慌张张涌进庙来：“文先生，鬼佬来了！”

会场上气氛骤然紧张起来。

“大家不必惊慌，”文湛全说，“兵来将挡，水来土掩，听我号令，相机行事！”

梅轩利的一行人马已经来到了文武庙前。

“长官，”聋耳陈瑟瑟缩缩地说，“你们请便，我不奉陪了……”

梅轩利“哼”了一声，率领部下大踏步走进庙门。他命令四名印警和四名清兵守在院子里，自己和迟孟桓带着一名清兵进了大殿里的会场。

文湛全向乡绅们使个眼色，大家各安其位，纹丝不动，冷冷地看着不速之客。

迟孟桓见无人理睬，很觉尴尬，便清清嗓子，主动上前搭讪，拱拱手说：“打扰了！诸位在这里开会，是商讨什么要事啊？”

“在座的都是文武庙司理，自然是商讨文武二帝的祭祀之事，”文湛全板着面孔，垂着眼睑，手里端着茶碗，慢条斯理地说，“请问来客何人？到此何事？”

“敝姓迟，从香港来，无事不登三宝殿！”迟孟桓说，回身指着旁边的梅轩利，“今天奉陪香港政府梅警察司阁下，到这里视察警署的建造情况，借此机会，也和各位乡绅耆老见个面……”

梅轩利强作出一丝笑容，向乡绅们点点头。他本来以为，有了迟孟桓的这番介绍，乡绅们即使不大情愿，总也会给他一点面子，起身让座，请他饮茶，却不料仍然毫无反应，心里便十分不快，傲然说：“政府在运头角山建造警棚，遭到乡民的干扰和破坏，你们都是各村的代表人物，要对此负责！”

此言一出，会场内外“哄”地纷乱起来，乡民们嚷道：

“运头角山上不可以建屋的！”

“山上建屋有碍风水！”

“……”

“又是风水！”梅轩利皱着眉头说，前几天在屏山遇到的情况又在这里重演，便腾地升起一股怒火，“‘风水’‘风水’，纯属无稽之谈！香港从半山区到太平山顶，建了多少房子？也没有影响什么‘风水’嘛！现在，政府决定在运头角山建造警署，任何人无权干涉！”

“这位长官，”座中一位老者起身说道，“听你这样说话，我倒是觉得稀奇！运头角山的那片林地，本是我家的私产，你们连招呼也没有打一声，便在山上大兴土木，反客为主，强占民田，天下哪有这种不讲道理的事情？”

“嗯？”梅轩利一愣，倒被问住了。他选定运头角山建造警署，事先只觉得那里居高临下，地理环境甚好，却从未想到那是有主的土地，现在地产主出来质问，当然尴尬。但他绝不肯向一个老百姓认错，便强词夺理，问道，“你有什么证据，可以证明那是你的私产？”

“当然有证据，”老者说，“我有大清国的地契！”

“你把地契拿给我看！”梅轩利命令着，“政府可以出钱，把那块地买过来！”

“这是哪里话？”老者却说，“那是我家太公置下的产业，世代相传，造福子孙，从没打算出卖！如果从我手里失去，家门必遭不幸，还要被邻里耻笑，我可不做聋耳陈那种人，为了眼前利益出卖祖业！任凭你出多少钱，那块地我也不卖！”

“什么？”梅轩利沉下脸来，“我看你是故意捉弄本警察司！”

“岂有此理！”老者毫不畏惧，坦然道，“地权在我，难道你还能强买不成？”

“老人家，这就是你的不是了，”迟孟桓上前说，“有道是‘普天之下，莫非王土’，现在这里已经是大英帝国的领土，你们都是女王陛下的子民，政府要征用土地，谁敢说半个‘不’字？何况警察司阁下许你从公给价，已经是好大的面子，不要不识抬举哟！”

“你这个人……”老者不屑地瞥了他一眼，“虽然披了一张人皮，怎么满口鬼话?”

“你……”迟孟桓腾地红了脸，指着老者嚷道，“你……你敢骂人?”

“我骂了你，又能怎样?”老者冷笑道，“你这不知廉耻的东西，为虎作伥，引狼入室，居然帮鬼佬强占国土，欺压国人，可知道此地的规矩吗?”

这时，大殿内外的乡民们喊了起来：

“里通外国，猪笼浸水!”

“把他抓起来!”

“……”

迟孟桓慌了，连忙朝梅轩利身旁躲过去，一边还回过头嚷着：“你……你们敢?”

突然，“啪”的一声，文湛全将手里的茶碗摔在地上，大殿内外齐声喊道：“打!”刹那间香炉、烛台、签筒、鼓槌飞了过来，迟孟桓把头一低，烛台从他的额头掠过，顿时划出一道血痕，身上已经挨了几拳!

“阁下，快走!”迟孟桓一手捂着额头，一手拉着梅轩利，从人群里往外冲。可是，庙里庙外都是乡民，已把他们团团围住，哪里冲得出去?

梅轩利急得出了一身冷汗，伸手握住腰间的指挥刀柄，刚要拔出来，被迟孟桓一把按住：“阁下，不可莽撞，让他……他们上!”

他所说的“他们”，是指梅轩利带来的那些武装的随从。

“上刺刀，给我冲!”梅轩利向惊慌失措的印警和清兵命令道。

“嚓，嚓，嚓!”“红头阿三”和清兵手中的长枪竖起了刺刀，明晃晃朝着人群挥舞，赤手空拳的乡民难以抵挡，往后一闪，闪出了一道缝隙，梅轩利和迟孟桓急忙抓住这个机会，飞速冲出庙门!

不料四周的乡民又从外面拥来，手持木棒、扫帚，雨点般朝他们打来，那扫帚本是清扫街道用的，湿漉漉蘸了坑渠里的水，落在梅轩利和迟孟桓头上、身上，一时泥污不堪，也顾不得了。四名“红头阿三”和五名清兵，手持刺刀，且战且退，掩护着他们往大埔墟外逃去。

跑到林村河边，正要跨过观音桥，突然一阵排枪响起，子弹呼啸着从头顶飞过！他们急忙卧倒，匍匐前进数十步，“扑通扑通”跳进林村河中，急急如丧家之犬，惶惶如漏网之鱼，逃命而去……

梅轩利一行浑身湿漉漉地撤退到运头角山，和原来看守警棚的两名“红头阿三”会合，这时，天色已经暗了下来。

“阁……阁下，”迟孟桓冷得牙齿打战，“刁民们还会追过来的，我们赶快走吧！”

梅轩利没有说话，拖着一身湿衣服，登上高处的一块岩石，向远处察看。此时，四野一片沉寂，并不见有乡民追赶。回头看看至今尚未完成的警棚，一座四面透风的木架，零零散散地搭着一些草席和葵叶，显然还不具备供他们宿营的条件。

“如果我们撤退，警棚很可能要遭到破坏，”梅轩利沉吟道，他从岩石上走下来，扶着警棚的木架，“看来，今晚必须住在这里了。”

“啊？”迟孟桓心里一沉，“这种地方怎么住得？没有床铺，没有被褥，连一身干衣服也没得换，到现在还饿着肚子……”说到这里，心里懊悔不迭：自己这是何苦？现在如果是在家里，已是酒足饭饱，洗一个舒舒服服的热水澡，躺在柔软的席梦思床上，和这山野之中的恓恓惶惶简直天壤之别！唉，为了讨得一个英国国籍，竟然要吃这等苦，受这等罪，还要担惊受怕，弄得不好甚至会丢了性命，值得吗？

“哈，在这种时候，你还想吃饭、睡觉？太天真了！”梅轩利苦笑道。其实，他自己也已经饥肠辘辘，疲惫不堪，想到在港岛半山警察司官邸里，妻子夏莲娜和女儿正等着他回家吃晚饭，心里便一阵凄凉。但是，他身为这次行动的最高长官，这种心情在部下面前绝不能流露！“我们必须在这里坚守到天亮，保护这座警棚，至于其他的东西，连想也不要想了。”他对迟孟桓说，“我看得出来，你是一个不知道什么叫艰苦的人，而我们，作为警察和军人，在任何时候想到的只有使命，它比自己的生命还要重要！我不知道你能不能经得起这个考验？它将衡量你对大英帝国的忠诚！”

“是，阁下！”迟孟桓强打起精神说，“我明白阁下的意思，‘吃得苦中苦，方为人上人’，我迟孟桓决心跟随阁下，为大英帝国打下这片江山，就是刀山火海，也在所不辞！”说到这里，浑身又是一个冷战，牙齿抖得“咯咯”响，“阁下，如果那些刁民们夜里来偷袭，怎么办？”

“嗯……”梅轩利抬头望着四周黑黝黝的群山，说，“这里有警察驻守，他们恐怕不敢偷袭，如果万一出现意外……”

“怎么办？”迟孟桓下意识地摸了摸插在皮带上的那支“勃朗宁”手枪，心慌慌地乱跳。

“万不得已就自卫嘛，”梅轩利有些不耐烦了，“你身上不是也有枪吗？会打枪吗？”

“会……会一点儿，”迟孟桓说，“我休假的时候，喜欢到野外打野兔、野鸟……”

“嘁！”梅轩利冷笑道，“打猎和打仗是两回事！算了，算了，如果遇到意外，让那几名中国士兵去对付，我们尽量不要开枪！”

旁边，那些“红头阿三”和清兵又冷又饿，瑟缩一团。搭了半截的警棚旁边堆着一些苫屋顶用的葵叶，他们就抱了一些，放在空地上，点起火来取暖。温暖的火舌跳动着，梅轩利猛然回过头来！

“Bastard！”梅轩利噌地站起来，愤愤地骂道，“你们疯了？火光会暴露目标，把他们引到这里来！赶快熄灭！”

“是！”“红头阿三”和清兵们惊慌失措地跳到火堆里，七八双脚乱踩一气。

“哎呀！”迟孟桓突然低低地叫了一声，“不好，有情况！”

“嗯？”梅轩利问，“什么情况？”

“阁下，你看，你看！”迟孟桓指着山下说，声音都发抖了。

大家扭头向山下看去，附近的村庄和山峦之间出现了火光，好像突然从地下冒出了无数灯笼火把，在黑暗中游动。远处传来尖厉的口哨声和“呜呜”的螺号声，此起彼伏，遥相呼应，在夜深人静之时，听来震人心魄。

“糟糕，”梅轩利说，“他们很可能发现我们了！”

“阁下，”迟孟桓瑟瑟发抖，他本是含着银匙出生，自幼养尊处优，从未经历过这种场面，腿早就吓得软了，“我……我们怎么办?”

那几名“红头阿三”和清兵怀抱着长枪，也慌了神，在旁边嘁嘁嚓嚓。

“看来他们的人数很多，如果要来攻打我们，恐怕很难抵挡……”裹着猩红头巾的印警咕咕哝哝地说，夜幕中看不清他们那黝黑的脸，只见雪白的牙齿在抖动。

“长官，我们撤吧?”清兵们胆子更小，这些人都是从未打过仗的主儿，出来吃粮当兵，不过是穿一身号衣，摆摆样子，挣几个军饷，真正到了拿性命搏杀的时候，便人心思退，巴不得赶快撤回九龙寨城去，免得在此担惊受怕……

“不，如果我们撤退，警棚就可能保不住了!”梅轩利的眉毛拧成一团，回过头来，命令那几名清兵，“Chinese! 你们赶快朝天空打枪，造成一种威慑力量，阻止他们向这里靠近!”

“长官，千万打不得!”清兵们心惊胆战，“枪一响，他们更得往这边冲了!”

“嗯……”梅轩利一时迟疑不决。他感到，这些中国士兵的见解无疑是正确的，因为不知道四周埋伏着多少乡民，拥有什么武器，如果想以十几个人、七八条枪主动出击，显然是愚蠢的；但是，如果乡民们攻上山来怎么办? 在这里被动防守恐怕也难以守得住……

梅轩利正在举棋不定，忽听得耳旁一声呼啸，猛然抬头，只见一束火光从头顶飞过! 他倏地跳起来，刹那间，周围万箭齐发，箭镞上火光闪闪，像无数流星似的朝运头角山飞来，火箭落在草席和葵叶上，“轰”的一声，警棚顿时燃起熊熊大火!

这时，四周的田野和山峦上，枪声、锣声、号角声大作，杀声震天!

运头角山上，“红头阿三”和清兵们一片惊呼，这支小小的队伍乱作一团!

“上尉，我们撤退吧!”

“长官，撤吧，快撤吧!”

"红头阿三"和清兵们围着梅轩利请求道。

熊熊的火光在梅轩利的脸上闪烁，那双骄横的眼睛此刻充满了沮丧。建造大埔警署是卜力总督的命令，由骆克辅政司提议，梅轩利亲自选定了运头角山署址，他本人作为接管新租借地的开路先锋，踌躇满志地要在此立下汗马功劳，为日后的加官晋爵铺平道路，何曾想到竟然如此出师不利，败在一群农夫的手里？回去见了总督，又将怎么交代？

烈火熊熊，燃烧的警棚毕毕剥剥，忽地坍塌下来，周围的草地和灌木丛林顿时成了一片火海，梅轩利的心碎了！

"阁下，阁下……"迟孟桓骇得魂不附体，哆哆嗦嗦地抓住梅轩利的胳膊，"我们不能在这里等死啊，你快下命令吧！"

"撤！"梅轩利终于下了决心，挥挥手说，"从山后向东南方向撤退，那里有一条路可以通往沙田！"

"红头阿三"和清兵们巴不得这一声令下，争先恐后地狼狈鼠窜。迟孟桓和梅轩利也紧随着他们，往山下跑去。荒山无路，天又黑得伸手不见五指，脚下尽是灌木、乱石、荆棘、野藤，不时听见这边"刺啦"一声，不知是谁的衣服被剐破，那边"扑通"一声，又不知是谁摔了跟头，现在性命要紧，这些磕磕碰碰也根本顾不得了。

翻过了山坡，他们沿着运头角后山，摸索着往东南方向退去。不料又听得"呜呜"的螺号吹响，山野里冒出无数灯笼火把，随着一片杀声往这边拥过来。迟孟桓心胆俱裂，紧紧地抓住身旁的梅轩利，心想：这一次恐怕是逃不脱了！我迟氏三代单传，至今三房太太都没有立下子嗣，哪里料到性命断送在这里？如果落到这帮刁民的手里，只怕是要死无葬身之地了！

"就地隐蔽！不许开枪，不许发出声音！"梅轩利低声命令道，他现在已经弄不清楚身边到底还有几个随从，任何抵抗都是不可能的了，只求上帝保佑，能够逃过乡民们的搜索就是万幸。

迟孟桓和梅轩利一前一后匍匐着钻进一片树丛，纵横交错的榕树根像一张巨大的蛛网，上面又爬满了蔓生植物，肥厚的叶片层层覆盖，形成了一道天然屏障。他们趴在地下，连大气也不敢出，眼睛从树根和枝叶的缝隙中窥测着外面的动静。螺号声、脚步声越来越近，一队乡民打着灯笼火把，手持大刀长矛，大声呼喊着，搜索上山。迟孟桓屏住呼吸，大睁着眼睛，心脏跳到了喉咙口！突然，他听到耳旁传来“噗噗”的声音，吃了一惊，借着火把的光亮回头一看，原来紧挨在他身边的是一名“红头阿三”，黝黑的脸憋得发紫，正在大口大口地喘气，头顶上那猩红的包头红得耀眼。糟糕！迟孟桓心想，你这混蛋万一暴露了目标，连累了我们，你自己也回不了恒河老家了！千钧一发之际，迟孟桓猛地伸过手去，一把抓住“红头阿三”的脑袋，死命地按在地上……

就在距他们近在咫尺的地方，成群结队的乡民们呼啸而过，那穿着草鞋的大脚板踏得山路“咚咚”响……

凌晨二时，迟孟桓徒步赶到了港岛上亚厘毕道总督府。这个死里逃生的人满脸泥污和血痕，身上的西服已经不辨颜色，破烂不堪，如果不是他手里拿着警察司梅轩利写给卜力总督的亲笔信，门卫肯定会把他当成疯子。

总督穿着睡衣，在二楼私宅的客厅里接待了这位不寻常的信使。当他看完那张沾满泥污的信纸，心脏陡地缩紧了，小胡子抖动着，一双淡蓝色的眼睛在冒火。简直不可思议！他愤愤地想，我们已经征服了李鸿章，征服了谭钟麟，难道还不能征服这些农夫吗？这是大英帝国的耻辱！

他快步走到“德律风”前，急切地摇着摇把，拿起话筒：“给我接驻军司令官邸，要加士居少将！”

“对不起，”话筒里传来接线生的声音，“现在少将恐怕已经睡了……”

“我是总督！我是总司令！”卜力威严地喝道，“我还在工作，他没有资格睡觉！”

“是，阁下！”接线生悚然答道，电波也似乎随着颤抖了一下。

迟孟桓在旁边听得心惊肉跳。他当然知道，加士居少将是驻港英军的顶尖人物，住在红棉道司令官邸“旗杆屋”，威风凛凛，戒备森严，寻常百姓望而生畏，而在总督眼里却如同小菜一碟，颐指气使，简直像呼叫一名家奴，好生了得！想到自己不过白丁一个，能够出入总督府实在是莫大的荣幸！想到这里，那两条打战的腿绷得更紧了。

“德律风”的线路马上接通了，话筒里传来驻港英军司令加士居睡意蒙眬的声音：“哈啰……”

“我是卜力！”

“啊，总督阁下！”对方立即清醒了，声音振作起来。

“我现在是以总司令的身份对你说话！”卜力命令道，“少将先生，请你马上和骆克辅政司一起，带领一百名皇家威尔士枪手，乘坐鱼雷快艇出发去大埔！”

“是，阁下，”话筒里，加士居答道，立即又问，“请问，阁下派我们去做什么？”

“去平息那里的骚乱！”卜力斩钉截铁地说，想了一下，又补充道，“你们在经过九龙寨城的时候，把这件事情通报中国驻军，要求他们立即电告两广总督，请谭钟麟派兵来弹压！”

“是，阁下！”加士居响亮地答道，“德律风”挂断了。

卜力嘘了一口气，放下话筒，转过身来，发现迟孟桓还等在旁边。

“梅上尉现在在哪里？”他问。

“在沙田，阁下，”迟孟桓双脚立正，肃然答道，“他身边还有几名锡克警察和中国士兵，大家都……都累垮了，已经二十四小时没有吃东西了……”

“噢，你们辛苦了！”卜力说，心里升起一股怜惜之意。他看着面前这个一身泥污的人，觉得应该多少表示一下抚慰，便说，“你先吃点东西，然后回去休息！”

总督指了指沙发旁边的茶几，那里有一只盘子，放着几片面包和香肠。

“啊，谢谢阁下！”迟孟桓受宠若惊，他已经饿极了，在破成碎片的衣服上擦了擦手，就拿起面包和香肠，狼吞虎咽地吃起来。能在总督的家里用餐，这破天荒的殊荣，香港二十五万人当中，能有几个享受得到呢？他激动地想……

突然，耳旁传来“呜”的一声，把迟孟桓吓了一跳！抬头一看，一条拖着链子的狼狗从总督的卧室里蹿了出来，“啊……”他惊呆了！

“盖瑞！”卜力喝道，伸手拉住了那条链子，被唤作“盖瑞”的狼狗仍然虎视眈眈地盯着迟孟桓，吐着红舌头，嘴里发出“呜呜”的叫声。

“总督的这条狗……”迟孟桓的心脏狂跳不止，脸上却还得做出笑容，讨好地说，“它……它真可爱！”

“对不起，我弄错了，”卜力歉意地笑笑说，“给你吃的是盖瑞的夜餐……”

“哦……”迟孟桓的脸腾地红了，嘴里嚼着的东西，吐也不是，咽也不是。但他突然想到，维护自己的面子事小，而得罪了总督事大，于是赶忙说，“没关系，我觉得这……这味道很好，谢谢阁下！”

凌晨二时三十五分，两艘满载英国皇家威尔士枪手的鱼雷快艇从添马舰海军码头起航，向九龙湾飞速驶去……

与此同时，总督府的电报房里灯火通明，三名头戴耳机的电报员同时在紧张地工作，向北京、伦敦和广州传送着电波，嘀嘀嘀，嘀嘀嘀嘀……

阴云笼罩着天空，直到午后，太阳还没有出来。

两广总督谭钟麟午睡醒来，卧室墙壁上的自鸣钟正敲响三点。

“哦，晚了！”他自语着，连忙翻身下床。总督是很守时的，通常在这个钟点，不管忙与不忙，他已经坐在签押房处理公务了，“官人不自由”，这是没有办法的，食皇家俸禄就要为皇家出力，今天也不知怎的，竟睡过了时间。他这样想着，双腿已经伸进了官靴。颤颤巍巍站起身来，戴上便帽，穿上皮袍。二月已经到了下旬，明天就是清明，羊城的气候还不见转暖，天一直是阴沉沉的，总督衙门的深宅大院更显得清冷。广州既没有湖南的火盆，也没有北京的热炕，他这把年逾八旬的老骨头实在难以忍耐，皮袍便一直从去年冬天穿到现在。

总督匆匆出了内宅，走进签押房。

广东候补道王存善已经在那里等着他。按照常规，王存善是广东巡抚的属员，和总督还隔着门槛，不至于来往得这么密切，只是因为他接受了香港拓界这项棘手的委差，就像染上了瘟病，从正月里纠缠到现在，也不得脱身。而在谭钟麟眼里，王存善因为去了两次香港，办了一件大事，和港督卜力、辅政司骆克都打过交道，俨然成了香港问题专家，遇到这方面的事务，自然都交给他去办。

“大人，”王存善手里拿着一份电报，躬身站在总督的面前，说，“总理衙门急电，请大人过目……”

“急电，急电，洋鬼子发明了电报这个玩意儿，也给我们造了孽！以往一道圣旨少说也要快马跑上十天半月，如今屁大点事儿都要拍电报，一天到晚像阎罗王催命，搅得人不得安生！”谭钟麟不等王存善说完，就是一大篇牢骚，来来往往的公文使他不胜其烦，并没有逐一披阅的兴趣，朝王存善摆摆手说，“我这老眼昏花，也看不清那些蝇头细字，你把大概意思讲给我听就是了嘛！”

“是，大人！”王存善眼睛盯着电报，说，“英国署理驻华公使艾伦赛到总理衙门面见李中堂，就昨晚新安暴民焚毁大埔警棚、袭击香港警察司一事提出强烈抗议，指责总理衙门对两国已达成之香港拓界协议阳奉阴违，两广总督……”

说到这里，他迟疑地停下了，抬起头来，惶惶然望着制台大人。

“怎么？还点到了本部堂！”谭钟麟翻了翻眼皮，问，“说我什么？”

“说……”王存善只好硬着头皮说，“两广总督约束乡民不力，有意纵容……”

“混账！”谭钟麟勃然大怒，猛地一拍身旁的几案，“我何曾纵容？英夷强租我土地，逆天理，违民意，百姓不愿做亡国奴，自发抗英，正是人心所向！这个李合肥，连青红皂白也分辨不出吗？反来指责我，真是岂有此理！”

“大人，这不是中堂的意思，”王存善忙说，“前面所引，都是英使艾伦赛的言语。”

“嗯，英夷犬羊之辈，胡言乱语，本在意料之中，”谭钟麟怒气稍稍平息一些，又问，“那么，李合肥的意思呢？”

“中堂以为……”王存善看了一眼手里的电报，继续说，“中堂以为当今国事维艰，无力与列强抗衡，须小心翼翼，避免国际争端，新安地方既已租与英夷，则应信守《专条》，望两广总督约束百姓，勿使滋事，宜增派兵力，进驻新安地方，弹压一切与英夷对抗之行动，确保租借地平安交接……”

“啧啧，”谭钟麟不以为然地摇摇头，“李合肥此人，一向骨头最软，专以热脸贴洋人冷臀，岂不知只是一厢情愿而已！你要信守《专条》，洋人肯信守吗？九龙税关之事，本来窦纳乐早已承诺，而签约之后又出尔反尔，毫无信义可言，又如之奈何？”

“大人，这九龙税关之事，”王存善道，“中堂的电报上，倒是也提到了……”

“那你为何不早说？”谭钟麟斥责道，“吞吞吐吐，非要我问一句，才肯说一句！”

“大人，这些话是写在后面的，刚才还没有说到……”王存善嘴里这样解释，心里却在嘀咕：不是我吞吞吐吐，而是你不容我把话说完，说一句你便拦腰打断，评点得比正文还要多，这又不是校书，又何苦来？在你手下做事，简直像受气的媳妇，左也不是，右也不是，张口牙根错……

“那就不必啰唆，”谭钟麟又催促道，“快讲嘛，税关之事，到底如何说法？”

“是，”王存善忍着满腹的牢骚，赶紧看着下面的电文，说道，“英使艾伦赛表示，若我方确保制止新租借地华人抗英行动，英方可考虑暂缓撤除长洲、汲水门、佛头洲三处税关，作为交换条件……”

“唉！”谭钟麟大失所望，叹息道，“缓撤也是撤，迟早总是要撤，这分明是英夷缓兵之计！王道，你替我拟一封回电，告诉李合肥：前天港督卜力到此，曾向我保证，移关事可不再提，我才答应了他，三日之内派兵维持秩序。如今英夷再次自食其言，税关之事又有反复，我这兵也不派了！请合肥以此作为交换条件，去与英夷交涉！”

“这……”惯于唯唯诺诺的王存善这一次却没有说“是”，迟疑道，“卑职以为，英夷一向骄横跋扈，和我方交往，从来不肯退让，现在迫于形势，能够允诺缓撤税关，已经不容易了，我方似宜适可而止；何况大人已经答应港督，派兵维持租借地秩序，如果不予兑现，反而授人以柄，港督若是以此为借口，再来纠缠，如何是好？”

谭钟麟默默不语，肉皮稀松的脸上，纵横交错的皱纹拧成了一张蛛网。王存善所说，本不是什么高见，无非是劝他隐忍退让，弥缝求安，这已是李鸿章唱了千百遍的陈词滥调。但王存善说到港督卜力，却使谭钟麟听得心里一沉。他毕竟是当面和卜力打过交道的，一见之下，就觉得那人眉目之间杀气腾腾，是个阴鸷狡诈之徒，十分不好对付，如果让他抓住什么把柄，岂不要把广州闹个天翻地覆？

正沉吟间，签押房的门帘挑起，一名戈什哈匆匆走了进来。

“大人，”戈什哈呈上手里的一个宽大的信封，“这是英国领事馆刚刚送来的……”

“说曹操，曹操到，洋鬼子又有麻烦找上门来了！”谭钟麟看了一眼王存善，让他接过那个信封，又问戈什哈，“送信的人呢？”

“已经回去了，”戈什哈说，“他说大人若有回信，请派人送去。”

“知道了。”谭钟麟挥挥手，戈什哈躬身退去了。

王存善已经打开了那个信封。

“大人，英国总领事满思礼发来的照会……”

“念！”

“大英国大君主特派驻广州总领事满，致大清国两广总督谭阁下，”王存善手持那份以汉文书写的照会，念道，“为照会事：近日于新租借地境内，多处发现与大英国敌对之揭帖，言语恶毒，殊难容忍。其中《抗英保土歌》一篇，据查系贵国政府通缉之逃犯易君恕所作，该犯去岁由北京流窜到此，至今逍遥法外，又书写抗英揭帖，煽动莠民造反作乱，抵制新租借地和平移交，蓄意破坏大英国与大清国之友好邦交，实属罪大恶极。本领事严正要求贵总督阁下，以两国关系为重，严明法纪，从速捉拿该犯以及一切书写、散发抗英揭帖之人，予以惩处，并严令禁止租借地华人之一切敌对行动。此照。西历一千八百九十九年四月四日，大清光绪二十五年二月二十四日。”

这份照会，显然是满思礼应卜力的要求而发出的。其中做了两处手脚：一是仅称易君恕为“逃犯”而不称“康党”，以防谭钟麟追究去年康有为避难香港之事；二是只字不提易君恕曾在香港潜藏数月之久而港方竟未能捕获，以免被人嘲笑港府无能。但这些良苦用心，似嫌多余，对于谭钟麟来说，无须追究细枝末节，仅凭“易君恕”三字，就足以使他目瞪口呆！

犹如当头一棒打来，两广总督那苍白的脸顿时涨得青紫，太阳穴霍霍地狂跳，昏花的双眼闪射着火星！

“王道，我记得这个易君恕……”谭钟麟愣愣地回忆着，“他不是去年悬赏捉拿的康、梁乱党吗？”

“大人，正是！这个人追随康有为、梁启超、谭嗣同，阴谋发动兵变，杀害荣中堂，禁锢皇太后，罪恶滔天哪！”王存善说起去年的那段往事，不禁毛骨悚然，好像危险就在眼前，“皇太后谕令全国各地，悬赏捉拿……”

“怎么至今还没有捉拿归案？”

“中国幅员万里，几个蟊贼若要藏身，自然容易得很，何况还有海外可逃！我们广东去年也是发了告示的，因为明知康、梁已经潜逃日本，悬赏捉拿只当是例行公事，哪里想到这个易君恕竟然流窜到此？现在又和英国人作对，罪证落到人家手里，又添了一个把柄！”

“唉！”谭钟麟叹息道，“去年康、梁蛊惑皇上，变法作乱，已经害得我好苦，谁知至今未能摆脱厄运，再次深受其害！”

“大人，此害不除，贻患无穷！”王存善神色忧郁地说，“卑职以为，应责成有司衙门，从速捉拿易君恕归案，而且，新安地方的治安也须切实保证，不然难以向英夷交代……”

“嗯，外患内忧，一齐夹攻于我，只有如此了！”谭钟麟的右手沉重地打在几案上，“来人哪！”

门帘一挑，戈什哈应声走了进来：“大人……”

“速去请广东巡抚、广东提刑按察使到本衙西花厅议事！”谭钟麟命令道。

“是，大人！”戈什哈躬身答道，却并没有立即走开，又说，“大人，大鹏协右营守备方儒求见，现在州县官厅等候。”

“噢，九龙派人来了，来得正好，”谭钟麟说，“传他到客厅问话！”

“是，大人！”戈什哈退了出去。

“王道，”谭钟麟对王存善吩咐道，“现在，你替我起草两份布告，等巡抚和按察使到了，好与他们商议。”

“是，”王存善连忙走到案边，展纸提笔，准备记录，“大人请讲！”

“为悬赏购匪事，”谭钟麟半闭着眼睛，缓缓说道，“查康、梁余党易犯君恕，谋反作乱，大逆不道，去岁至今，潜逃未获。今乘香港拓界之机，该犯书写揭帖，造谣滋事，煽动骚乱，干扰国事，欲陷官府于被动，授外国以口实，挑起国际纠纷，居心险恶，国法不容。为此示谕阖属军民人等知悉，尔等凡能拿获该犯归案，一经讯明定夺，即付花红银两一千元。各宜懔遵勿违，特示。光绪二十五年二月二十四日。”

王存善摇动笔杆，行书带草，龙飞凤舞，唰唰唰唰，把总督的口授一一记下，抬起头问：“大人，这第二份呢？”

“太子少保两广总督谭，暨广东巡抚鹿，晓谕百姓，”谭钟麟继续口授，这份告示用的是他和广东巡抚鹿传霖两个人的名义，鹿传霖虽然即将离开广东这个是非之地，调往江苏署理两江总督，但毕竟还没走，在广东当一天和尚还得撞一天钟，“鉴于新安深圳河以南地方已奉诏租让，按照总理衙门之地图划定边界，与外国官员达成协议如下：一、对子民仁爱；二、不强购土地及房舍；三、租借地内之坟墓永不迁移；四、本地之风俗习惯仍照居民之意愿维持不变。上开各项，租借地各村各墟与华境内之村墟并无不同……”

“大人，”王存善记录到此，不免心怀疑虑，停下笔来，说，“布告中写上这些内容，不像晓谕百姓，倒像照会英方，若让他们看到，只怕又要来找麻烦……”

“不妨事，你只管记下！”谭钟麟却说，“以上四项，系由两国政府共同商定，当然应该让百姓知悉。而且这样一来，才便于安抚百姓，不给乱民以可乘之机！”

王存善想想也是，便不再争辩。

“是以发此通告，俾尔等周知。”谭钟麟胸有成竹，继续说，“凡中国境内各村墟发生之事，俱与租借地之居民无涉，任何人不得借词惑众。租借地内各村墟之居民应顺从当局，安分守法。若敢违抗皇上诏令，制造冲突，挑起事端，驻扎该处之军士定将予以捉拿治罪，决不姑宽！尔其懔遵，特此通告。光绪二十五年二月二十四日。”

“大人高见，深谙恩威并施之妙！”王存善记录完毕，嘘了口气，不由得赞叹道，“有了这告示，百姓必不再寻衅闹事，我们对港英方面，也好交代了！”

“为官之道，犹如放牧牛羊，既要饲以水草，又不可放下手中的鞭子！”谭钟麟对自己积四十余年经验而娴熟的政治手腕也颇为得意，从太师椅上站了起来，舒展一下因为久坐而有些酸麻的腿脚，想起还有两件紧要公事，不可耽搁，便蹒跚地朝门外走去。

在广东巡抚和按察使到来之前，他要先去客厅接见从九龙赶来的大鹏协右营守备方儒，详细询问那边的情况，并且面授机宜……

香港总督的办公室里，墙壁上的自鸣钟敲响了下午四点。

卜力手持放大镜站在地图前，目光盯着大埔墟旁边那个用红笔画的圆圈，圆圈里标着的文字是“Pan Chung 泮涌”。

“阁下，”秘书推开了房门，“骆克辅政司到！”

“噢？”卜力正在焦急地等待着骆克的消息，“请他进来！”

骆克风尘仆仆地跨进办公室，摘下帽子向总督鞠了一躬，毛发稀少的头顶渗出一层汗珠。

“你回来了？”卜力迫不及待地问，“快告诉我，情况怎么样？”

“是，阁下！”骆克喘了口气，连坐也来不及坐，便急着报告说，

“遵照阁下的命令，我和加士居少将在早晨三点半钟到达九龙，中国驻军从睡梦中被我们叫醒，大鹏协副将答应立即派右营守备方儒去广州请示两广总督，切实安排新租借地驻军弹压事宜。然后我们从九龙出发去大埔，上午九点到达吐露港，就近抛锚，大约步行了四英里，进入大埔墟……”

“有没有遇到抵抗？”卜力急切地问，“你们有一百名皇家威尔士枪手，我想已经够用了……”

“没有人抵抗，”骆克抬手擦了一把脸上的汗，说，“显然，我们大部队的到达把他们吓坏了，大埔墟的居民已经逃散，整个村镇空空荡荡。我们只找到一些行动不便的老年人，把他们集中在文武庙里，由士兵看押起来。我对他们说，英国政府即将接管新租借地，香港有足够的兵力对付反抗政府的骚乱，暴动者将受到严厉的惩处！随后，我们前往泮涌……”

“泮涌！”卜力喃喃地重复了一遍这个地名，回头瞥了一眼地图上的那个圆圈，小小的村庄使他心惊肉跳、寝食不安，“这是我们选定升旗的地方，也是暴徒们首先闹事的地方！梅轩利建造的警棚，你看到了吗？”

“看到了，”骆克叹了口气，说，“警棚已经被烧毁，只留下一片废墟，我们到达的时候，还在冒着缕缕青烟！”

“重建！”卜力愤然道，“如果我们连一座木屋都守不住，将来怎么统治这片新租借地？”

“是的，阁下，”骆克说，“我已经命令士兵们，不惜一切代价，以最快的速度，重建警棚，保证接管仪式如期举行！”

“还要逮捕那些制造骚乱的暴徒！”卜力展开右手的五指，像鹰爪似的伸向地图上的那个圆圈，“泮涌是骚乱的祸根，要把闹事的首恶分子一网打尽！”

“我们已经搜索了整个村子，”骆克耸耸肩说，“可是发现几乎家家门前上锁，村民们差不多都逃光了。我们找到了聋耳陈，就是帮助梅上尉建造警棚的那个人，他因为拥护政府，受到村民们的威胁，躲在家里再也不敢出门了。在运头角山附近还有一个农妇没有逃走，我们问她昨天晚上暴徒们烧毁警棚的情形，她声称什么也不知道。她说，她是个佃农，没有自己的土地，女儿在香港帮佣，儿子刚刚十四岁，还没有成年，家里没有人去做那种打打杀杀的事，看来这也可能是实情……”

“算了，你从一个农妇嘴里能得到什么？这些婆婆妈妈的琐事无须向我汇报了！”卜力已经听得不耐烦，拦腰打断了骆克过于烦琐而又无实质内容的叙述。他转过身去，倒背着双手，思索着向房间深处踱去，到了办公桌前，双脚站住了，伸手扶着他那雕花座椅高高的靠背，阴沉的脸上现出一丝笑容，恢复了总督的自信，“看来情况并不算太糟糕，比我想象的还要好一些……”

“嗯？”骆克听得纳闷儿，新租借地的情况明明是一团糟，不知道“好”在哪里？总督的思维经常是跳跃式地忽来忽去，不要说一般人，即使精明如骆克也往往难以揣测，于是迟疑地问，“阁下的意思是……”

“恐惧！”卜力又蹦出一个没头没尾、莫名其妙的单词，抬起右手，捋着自己翘翘的小胡子，把玩片刻，才解释似的接着说，“一个民族统治另一个民族，要他们心悦诚服是很难做到的，最重要的是让他们知道恐惧。昨天在泮涌发生的事，从梅轩利信中所形容的看来，简直是不得了，天要塌下来了！可是，一夜之间，这一切却已经烟消云散，暴徒们逃跑了，一百名皇家威尔士枪手就把他们吓破了胆，再也没有人敢于出来反抗。这说明我昨晚决策的正确，大英皇家军队的威慑力量是无敌的，那些素质低劣的农夫根本不是对手！”

“是的，”骆克附和道，虽然他还在担心那些逃走的农夫卷土重来，对卜力的这种乐观情绪并不敢苟同，却不愿意和他争论，免得败了总督的兴头，最稳妥的办法是向他唱赞歌，“阁下的决策非常正确，非常及时，在关键时刻挽救了危局！”

“我在巴哈马、纽芬兰和牙买加担任总督的时候，都曾遇到过小规模的反抗，镇压是对付他们行之有效的办法！”卜力再一次炫耀他的光荣历史，瘦削的脸上漾起得意的笑容，“其实，这种农民式的好勇斗狠，在英国的爱尔兰也屡见不鲜，他们往往凭借一时冲动，突然发作，却难以持久，来得急，去得快，不足为虑！曾经喧嚣一时的爱尔兰自治运动，怎么样了呢？还不是被我们打下去了嘛！”

骆克心里一动。卜力所说的这个“我们”，在他听来并不感到亲切。骆克作为英国的少数民族苏格兰人，对于英格兰残酷镇压另一个少数民族爱尔兰的那段不堪回首的历史，他的记忆中只有“血腥”二字。他深知，把互相敌对的民族融合为一体是永远不可能的，苏格兰人、爱尔兰人和威尔士人要想摆脱被歧视的地位，只有忘掉他们的群体，效忠于大英女王，谋求个人的出人头地，就像他骆克和警察司梅轩利那样，而胸前佩戴着“C. M. G.”勋章的骆克爵士比爱尔兰人梅轩利还略胜一筹。要想保住自己的地位和荣誉，并且再进一步争取飞黄腾达，只有像英格兰人那样，以殖民者压倒一切的气概去征服那些贫弱的民族。现在，中国的新安县正是用武之地，总督已经许诺骆克：在新租借地正式接管之后，将由他出任专员，成为那片土地的主宰。

己亥清明在风声鹤唳之中来临，春寒料峭，细雨霏霏。大帽山麓，深圳河岸，世代祖居在此的人们千百年来第一次疏忽了扫墓祭祖这等大事，已经到了插秧季节，水田里也不见繁忙的人影，仿佛突然乾坤颠倒，皇历错乱，雨雾中只听见四声杜鹃的凄厉呼唤，如诉如泣……

霪雨浓云孕育着一场惊天撼地的风暴……

4 月 5 日，英国殖民地大臣约瑟夫·张伯伦拍电报给港督卜力，命令他在决定接管新租借地日期之后，立即报告伦敦。

4 月 6 日，卜力复电报告张伯伦，已决定在 4 月 17 日接管新租借地，并请求废除 1896 年地区法案第二十一条，以便英军随时可以“合法”地开入新租借地。

4 月 7 日，卜力在香港《辕门特报》发表公告，同时通过驻广州领事馆通报两广总督谭钟麟，他将宣布接管新租借地的当日为公众假期，届时将有香港各界名流前往大埔参加升旗仪式。

4 月 8 日，英国国会批准香港总督关于接管新租借地的报告，并宣布废除 1896 年地区法案第二十一条，英国武装接管新界不再具有“法律”障碍。

4月10日，屏山、厦村、锦田、八乡、十八乡、新田、泰亨、大埔、上水、粉岭、青山、屯门……各乡村代表在元朗东平社学集会，成立抗英指挥部“太平公局”，共同签署《约法三章》，歃血为誓：“大忠大义，祭告天地，海枯石烂，心志不移！”各乡村约定：出入相友，守望相助，遇有紧急情况，以铜锣、海螺声为号，一方有难，八方支援，共抗英夷，保卫家园。

4月11日，屏山觐廷书室。

楼上客房里，两广总督新近发布的两份告示摆在易君恕面前的书案上。书案旁，围坐着邓菁士、邓伯雄和太平公局的几位首领。

易君恕默默地看完了告示，想起去年逃出京城，今年又逃回大陆，总是在死亡线上苦作挣扎，心境无限悲凉，抬起头来，喃喃地说了一句：“一千块大洋，这就是我头颅的价格？”

“这种官样文章，兄长何必理睬它？”邓伯雄昂然道，“官府不要你，新安的百姓要你！有十万同胞与你同在，我保你安然无恙！”

“你来保我，谁来保你？”易君恕苦笑一笑，“谭钟麟下令严惩抗英人士，你我的处境已相差无多！”

这时，房门被轻轻敲响，邓伯雄问道：“谁？”

“我。”老夫子推门进来，手里拿着一只铜头玉嘴的竹管旱烟袋，递过来说，“刚刚收到的情报，从九龙送来的！”

易君恕望着那根烟袋，心里纳罕，不知这情报是何用意？

邓伯雄接过烟袋，看了一看，捏住玉嘴，用力拔下，竹管中便露出牙签般粗细的一个纸卷。他急忙抽出纸卷，展开了，匆匆看去，不禁“啊”了一声！

“嗯？”邓菁士伸手接过那小小的纸条，念道，“大鹏协右营守备方儒，明晨率九龙水师船在青山湾登陆，吾人宜及早回避。”

人们骤然吃了一惊！

“方儒必是受谭钟麟派遣，前来弹压抗英乡民！”邓伯雄说，“我们如果回避，反而助长了他的气焰……”

“谭钟麟不敢抵抗番鬼，倒来屠杀自己同胞，实属可恨！”文湛全怒而拍案，“既然如此，我们与官府势不两立！”

“官逼民反，我们反了！”邓仪石愤然道，“先杀官军，再战鬼佬！”

“我们有大炮、抬枪、长枪、短枪，足以对付官军水师，”邓植亭也摩拳擦掌，“今夜集合队伍，埋伏在青山湾，等方儒上岸，杀他个片甲不留！”

一时群情激昂，而邓菁士却神色肃然，以手拈须，沉默不语。

“大哥！”邓伯雄望望邓菁士，“你怎么……”

“菁士兄，”文湛全道，“各乡武装，公推由你来统领，现在情势紧急，你要当机立断，好早做准备！”

“且慢……”邓菁士举目望着易君恕。

“嗯，”邓伯雄明白了他的意思，说，“事关重大，还应听听君恕兄的意思……”

大家把目光一齐投向易君恕。的确，他对于这件大事还一言未发。

“易先生！”

“易先生……”

一双双眼睛焦急地期待着他。

“承蒙诸位垂问，易某不揣冒昧，愿一陈管见，”易君恕沉吟片刻，说道，“两广总督派兵弹压百姓，系为港英所指使，意在‘以华制华’，借刀杀人，令中国人自相残杀，以坐收渔翁之利，此计甚为恶毒！以我之见，绝不可上当，对方儒所率水师宜和而不宜战。”

“君恕兄！”邓伯雄大出所料，疑惑不解，“谭钟麟悬赏买你的人头，此仇不共戴天！如今官军送上门来，正是报仇的绝好时机，你怎么反而出此下策？”

“伯雄啊！”易君恕被他勾起了满腔悲愤，热血冲上头顶，额角青筋暴起，一双剑眉紧锁，目眦欲裂！“国家奸臣当道，颠倒黑白，卖国有功，爱国有罪，我被官府追捕，半年以来，漂泊万里，有家难归，九死一生，若论一己之仇，何尝不欲拔剑而起，杀尽不平！……”他的嘴唇在颤抖，紧握的拳头在战栗，却又强忍着胸中怒火，长叹一声，说，“可是，如今英夷重兵压境，大敌当前，中国人应当一致对外，抗侮御敌，而不可骨肉相残，使亲者痛而仇者快！而且，我们外抗英军，内战官军，势必腹背受敌，陷入两面夹攻之中，此乃兵家大忌，万不可为！”

“嗯，”邓菁士听得频频点头，“先生所见，极有道理……”

“可就怕行不通啊！我们要与官兵一致对外，他们哪里肯听？”邓伯雄忧心忡忡地望着易君恕，沉吟道，“兄长有所不知，自从九龙被港英霸占，英军经常越界骚扰新安，侮辱妇女，抢劫财物，为害已久！谭钟麟督粤已经四年，也未曾见他放过一枪一弹，如今鬼佬要他出兵，便立即派兵六百，进驻九龙，专为弹压百姓！明天方儒率铁甲船汹汹而来，我们不打，更待何时？”

“这倒也是，”邓菁士沉吟道，“如果我们避而不打，一则百姓难免遭受官军骚扰，二则更助长了英军气焰；若要与方儒讲和，不经一番交战，他又哪里肯和？”

“打不得！”易君恕断然说，“家父生前效命于北洋水师，据我所知，大清海军虽不如英、日列强船坚炮利，也具相当实力，我们不可以卵击石。新安百姓，节衣缩食，购买枪支弹药，来之不易，此番消耗殆尽，来日何以抗击英军？况且，一经交战，乡邻子弟也难免伤亡，诸位又于心何忍？”

“那么，先生有何退兵之策？”邓菁士问道。

“只可智取，不可力敌。”易君恕说，“请选派各乡父老代表，不带一兵一卒、一枪一弹，明日一早前往青山湾迎接水师战舰，恳切陈词，晓以民族大义，奉劝方儒回师。”

“唉！兄长总是以善心待人，”邓伯雄叹息道，“而大清官兵一向对外畏敌如虎，对内以欺压百姓为能事，早已把民族大义丢到九霄云外去了，有道是‘秀才遇着兵，有理讲不清’，靠几句空话，又怎能把他劝得回去？要让他们知道百姓不可欺，只有迎头痛击，教训他们一番！”

“我看未必，”易君恕肃然道，“孙子曰：‘善用兵者，屈人之兵而非战也。’‘不战而屈人之兵，善之善者也。’不才愿当此任，凭一番舌战而退方儒之师，诸位信得过我吗?”

“不行，不行，这更加使不得!”邓伯雄摇摇头说，“官府正要捉拿兄长，我们怎能让你去送死啊?”

“伯雄说得是，”邓菁士道，“此事成败难以预料，先生不可冒险!”

“我已是待斩之身，蒙新安父老再造之恩，无以为报，如今父老有难，我愿为民请命，不避一死!”易君恕站起身来，昂然说道，“如若方儒不听劝谏，执意与民为敌，当先杀我，我为新安父老而死，也死得其所！到那时，兄再兴问罪之师，讨伐方儒不义之贼，也为时未晚!”

“易先生!”邓菁士肃然立起，握住易君恕的两手，“先生大智大勇，令人感佩！但赤手空拳，出入于刀剑之间，若有不测，新安十万乡民，于心何安?”

“是啊!”邓伯雄也倏地站起身来，说，“如果君恕兄执意前往，以我之见，当调集人马，全副武装，随同兄长去会见方儒，相机行事，先礼后兵，可和则和，不和则战!”

“好!”邓菁士重重地点了点头，“如此，可保万无一失!”

邓仪石、邓植亭和各位首领也极表赞成。

“那么，明日之事就照此办理!”邓菁士当即做了决定，“事不宜迟，请各位速速返回，通告各乡各村，分头准备，今夜三更，在元朗太平公局集合!”

邓菁士交代完毕，各位首领雷厉风行，匆匆散去。邓伯雄送他们出了门，回头望着易君恕，轻轻叫了声：“君恕兄……”

“伯雄，”易君恕说，“有话请讲!”

“此事关系到兄长生命安危，我当随侍兄长左右，不敢稍有懈怠!”邓伯雄说，“明日见了方儒，除了一番舌战，我想……似还应将一封请愿书当面递交，请他转呈两广总督为好，毕竟谭钟麟是朝廷一品大员，他说话更有分量!”

“嗯，”易君恕点点头，“伯雄想得比我周到，如此最好。”

“那么，”邓伯雄恳切地望着他，“还要借兄长之才，写就此书，如何?”

“好，愚兄责无旁贷！”

“拜托了！我先回锦田一趟，把此事禀报太公，今夜二更，再来接兄长！”

邓伯雄和他紧紧握手，然后匆匆离去，时间已经十分紧迫，他要调集武装，做好充分准备。

人们都走了，客房里只留下易君恕，还有觐廷书室的邓老夫子。

老夫子默默地取过文房四宝，拈起水注，在砚台上点了几滴清水，手持墨锭，一边缓缓地研磨，一边望着易君恕说：“易先生这一篇文章，抵得上十万兵马啊！”

易君恕抬头望望窗外，灰蒙蒙的天空，已是红日西斜，二更天之前，这封请愿书必须完稿，他提起笔来，觉得有千钧重量。自己有生以来，二十八个春秋都被书生空议论消磨而去，如今始做有用的文章，这篇不战而屈人之兵的言辞该如何下笔？

沉沉夜幕笼罩着新安大地，西南天际刚刚现出一弯细如银钩的新月。乡间土路上，一队浩浩荡荡的人马，踏着朦胧月色，默默地行进。这些农家子弟，穿着驳杂不一的家织土布衣裳，身背着自带的炒米饼，由十几岁的细路仔到四五十岁的阿伯、阿叔，三人一组，十人一队，各村编制成列，汇成一股洪流。青壮汉子组成长枪队、短枪队、小刀队，集中使用从各方购来的步枪、驳壳枪和特制的双刃匕首，其余人员则腰挎大刀，肩扛长矛。另有数十名壮丁，用木架抬着七支抬枪，三十名弹药队员在后跟随，这是乡民们视若珍宝的重型武器。

易君恕和邓菁士、邓伯雄、邓仪石、邓植亭、邓芳卿、文湛全、文礼堂、廖云谷、彭少垣、侯翰阶等太平公局的首领走在队伍的前头，簇拥着中间一顶轿子，年逾九旬的邓氏族长九公，皓首银须，长袍马褂，颤巍巍坐在轿中，由儿孙们抬着亲赴青山湾。此去前景如何，谁也不能预料。也许乡民义感方儒，收兵回师；也许冰炭不容，一触即发，酿成一场血战！

队伍默默地行进，只听得轿杆声咿呀，脚步声沙沙……

青山湾，新安大陆部分的西南边陲，一片天然避风良港，青山、九径山左右双峰夹峙，屯门雄踞其间，自古为海上交通要道，人文荟萃胜境，兵家必争之地。据故老相传，早在南北朝时期，有“杯渡禅师”以木杯渡河而来，在此修炼，因此青山又名“杯渡山”；此山绝顶，石壁之上，有“高山第一”四个大字，落款“退之”，系唐代文豪韩愈手迹，由北宋熙宁进士、锦田邓氏四世祖邓符协勾摹刊刻于此，平添千古佳话。明正德年间，葡萄牙武装舰船从大西洋远道而来，在此占据海岛，设营立寨，杀人越货，无恶不作；嘉靖元年，广东海道副使汪鋐亲督师船，联合乡丁、团练与敌激战，生擒葡萄牙官兵四十二人，斩首三十五级，大获全胜，是为中国军民抗击西方殖民主义武装侵略之始，大海做证，青山为凭。

岁月悠悠，往事千年，青山湾阅尽人间荣辱兴亡、苦难沧桑……

黎明时分，茫茫海面上，一艘铁甲战舰披着晨曦疾驶而来，主桅上高悬大清国黄龙旗，船头左右舷都标着醒目的两个大字“广丙”。当年朝廷通过担任大清总税务司的英人赫德，以八十万两白银之价，从英国购得“广甲”“广乙”“广丙”三艘战舰，其中“广丙号”驻防大鹏协，巡防东涌至九龙寨城一带。此番战舰西行，系奉两广总督谭钟麟之命，前往弹压新安“乱民”。

“广丙号”前甲板上，巍然伫立着大鹏协右营守备方儒，他头戴缨盔，身披铠甲，腰挎战刀，威风凛凛。按大清军制，绿营兵在省设标，标下设协，协下设营，营下设汛，营一级由参将、游击、都司、守备分别统领。方儒位在都司之下、千总之上，只不过是一名中下级军官；但九龙寨城地处边陲军事要塞，分领营兵的守备也就非同小可，对于草芥小民的威慑力更是可想而知。

巍巍青山扑面而来，战舰降低航速，鸣响汽笛，徐徐驶进海湾，准备靠岸，在此登陆。

“大人，请看!”侍立在方儒身旁的传令兵突然指着前方，说道，“海岸上是些什么人?”

“嗯?”方儒不以为意，从传令兵手中接过单筒望远镜，举目望去，只见青山湾边，密密麻麻排开一彪人马，数百上千也不止，却都是农夫装束，手持快枪、长矛，严整肃立。队伍的旁边，还有一些当地村民，多系老弱妇孺，年迈老人拄着拐杖，年轻妇女携男抱女，也纷纷从附近的村庄围拢来，慌慌地注视着突然开来的铁甲战舰，山村渔港都为之轰动了。而岸边的武装乡民，则任凭周围人声嘈杂，排着整整齐齐的队伍，面向战舰肃立，纹丝不动。

方儒不禁吃了一惊。他早就听说新安民风强悍，一向好勇尚武，如今又乘中英交涉租借地之机，要聚众闹事，一见之下，果知此言不虚。而民间武装竟然集合上千人马，且拥有快枪装备，却又出乎他的意料！不过，转而又想，农夫毕竟是农夫，惯于日出而作，日入而息，土里刨食，未曾受过严格训练，在正规水师面前，不过是一群乌合之众，无须动武，只凭赫赫军威也足以把他们吓退，算得了什么?

“传我的命令，”方儒放下望远镜，说道，“低速前进，准备靠岸，枪炮手各就各位!”

“是!”传令兵喊道，“低速前进，准备靠岸，枪炮手各就各位!”

顿时，“广丙号”上脚步声、军械声响成一片，炮手、装填手奔赴炮位，枪手子弹上膛、刺刀挺锋，齐集甲板。

战舰逼近海岸，岸边密集的人群已经近在眼前，看得十分清晰。乡民们列队井然，前面肃立着七八名青壮男子，当是民团首领；而他们中间却是一位耄耋老者，胸前银须飘飘，手拄龙头拐杖，颤巍巍站立着，还须旁人搀扶。方儒大惑不解：这些人究竟要做什么?若要与官军对抗，竟由如此虚弱的老人来做先锋，这又是怎样的打法?

“向他们喊话!”方儒命令道。

“是!”传令兵把手掌罩在嘴边，朝岸上高声喊道，“喂，你们是什么人?”

“我们是新安百姓，在此迎候方大人!”岸上的人群前面，易君恕高声答道。

“嗯?”方儒听得心里恼火，哼，明明手持枪械，聚众闹事，却还打出这等旗号！“命令他们，散开！”

“是！”传令兵又喊道，“方大人执行军务到此，无须迎候，你们速速散开！”

“我们受乡邻委托，有话当面禀告方大人。”易君恕说。

“胡闹！”方儒愤然，不待传令兵传话，直接朝岸上喊道，“你们从速散开，不得阻挠军务，否则，严惩不贷！”

“大人不见百姓，我们不散！就在此立等，三日也等，五日也等！”易君恕昂然道，“大人要开枪，就请开枪，要开炮，就请开炮，我们决不还手！”

方儒的眉头顿时拧成一团！

“大人，”传令兵在一旁为难了，“这些都是不怕死的刁民，硬是赶不走，如何是好？”

“命令他们放下武器，我们上岸！”方儒断然说，“我堂堂水师，难道还怕这些百姓不成？”

“是！”传令兵朝岸上喊道，“你们放下武器，听大人问话！”

岸上，人群一阵骚动，邓伯雄迟疑地望着邓菁士，说：“大哥，我们不能放下武器！万一方儒有诈，突然向我们开枪，怎么办？”

“易先生，”邓菁士也有些犹豫，“你意如何？”

“不，我必先示信于人，人才可信我！”易君恕斩钉截铁地说，“不然，将前功尽弃，酿成大祸！”

“好，就依先生！”邓菁士毅然把手一挥，命令身后的队伍，“大家不必惊慌，一律把枪放下！”

只听一片“哗啦”的响声，乡民们把手中的长枪、短枪、大刀、长矛纷纷放在地上，只有小刀队携带的匕首，不易察觉，留在青绉纱腰带之中，以防突然之变。

战舰已经靠岸，放下舷梯，方儒率领数十名水兵，跳下海滩，登上岸来。水兵们排成方队，簇拥着方儒，端着明晃晃的刺刀，迈开大步，向前逼来……

乡民们的队伍仍然肃立不动，秩序井然，一张张种田人朴实的面孔，睁大了眼睛，屏息静气地注视着海潮般压过来的赫赫水师。

围观的老弱妇孺纷乱起来，突然“哇”地响起一个稚弱的哭声：“阿爸！阿爸！”

易君恕回头看时，原来是一个两三岁的细路女，挣脱了阿妈的怀抱，蹒跚地向队伍跑去，扑向一个青年汉子，拉着他的衣襟，哭叫着：“阿爸，回家吧，快回家……”那青年汉子肃立在队伍中一动不动，黧黑的面庞上却流下了两行泪水！

这女孩的哭叫声，把大家的心都扯紧了！

“细路妹，不要担心你的阿爸，”易君恕回过头来，朝那孩子说，自己的声音也哽咽了，“大清的官军不杀大清的百姓，不要怕！”

步步逼近的水兵方阵前头，方儒听到这句话，心中一动，脚步停住了。

乡民的队伍前面，易君恕向方儒拱手一揖：“新安县父老兄弟在此恭迎大人驾临……”

“罢了！”方儒手按佩刀，阴沉着脸说，“既然声称‘恭迎’，为何执枪持械？分明是聚众闹事，谋反作乱！”

“大人容禀，”易君恕从容答道，“我们昨夜到此，所持枪械，仅为防贼防盗，并非反对官府。新安十万乡邻，公推乡绅耆老邓九公向大人奉书请愿，恭请明鉴！”

邓菁士、邓伯雄一左一右，搀扶着颤巍巍的九公走上前去，九公手捧一副锦面折册，深深一揖，将折册举过头顶。

“奉书请愿？”方儒望了一眼那位耄耋老者和他举在手里的折册，冷冷地说：“本守备是武职官员，军务在身，不理民词！”

“请问，大人所奉是何项军务？”易君恕问道。

“嘁！”方儒不屑地嗤之以鼻，心想，看此人面相倒像个乡儒，却这般不知趣，军机大事，难道也是你这等小民该问的吗？但转念一想，日前两广总督已张贴告示，晓谕百姓，此事却也无甚秘密，便说，“新安县境深圳河以南地界，已由朝廷签约，租与英国，双方交接在即，此地已属英界。尔等要奉公守法，若有制造冲突、挑起事端者，将严惩不贷，决不姑宽！本守备到此，即为执行此项军务！”

“噢，原来如此！”易君恕点了点头，又问，“小民孤陋寡闻，不知大人是哪国之兵？”

“谅你也是明知故问！”方儒不悦地瞪了他一眼，转身指着停泊在青山湾的战舰，说，“我九龙水师，当然是大清之兵，广丙舰上高悬大清国黄龙旗，你难道视而不见吗？”

“小民实在是有眼不识荆山之玉，请大人见谅！”易君恕微微一笑，“既然大人是大清之兵，却为何替英国效劳，弹压本国之民？”

“这……”方儒一愣，不禁语塞。

“方大人！”易君恕上前一步，双目炯炯逼视着他，“我大清水师，乃是神州水上长城，系国家之命脉，黎民之安危，四万万百姓，节衣缩食，纳赋完粮，购买铁甲战舰，装备快枪重炮，所为者，抵御外侮，守卫疆土！当年甲午之战，我北洋水师同仇敌忾，血战倭寇，邓世昌邓大人在弹尽舰残之时，率致远舰全体官兵，矢志撞沉日舰‘吉野’，与敌同归于尽，壮烈殉国，虽功败垂成，犹光耀千古，那才是热血男儿，那才堪称大清水师！而今英夷强占我国土，奴役我国民，我等翘首以待王师，驱逐强虏，解民倒悬！大人虽有铁甲战舰、精兵良械，不能保我疆界，抵抗英夷，反而掉转船头，弹压无辜百姓，残杀同胞骨肉，此乃国军之耻也，虽我等草芥愚民，亦窃以为不取！”

“啊？……”方儒顿时脸涨得紫红，惊愕地望着这个面似文弱书生却豪气横溢的年轻人，“你……你是什么人？”

“回禀大人，”易君恕敛容颔首道，“我们都是新安县草民，躬耕于乡间，年年向九龙水师奉献军粮。”

“你……你这是有意羞辱本守备！”方儒好像觉得自己的喉咙被什么噎住了，好容易才挤出了这句话。

“小民不敢，”易君恕说，“小民只是哀叹，今日之中国，只有抗敌之民，而无抗敌之兵！”

“‘只有抗敌之民，而无抗敌之兵’？”方儒愣愣地看着面前的乡民队伍，“就凭你们这些农夫，手中几杆破旧枪支，加以大刀长矛，能够抵挡得了英国人的洋枪洋炮吗?”

“小民自知武器装备不如洋人，然而不忍弃祖宗之地，不愿受异邦之辱，唯有奋起抗争，”易君恕昂然道，“即便新安百里之地，使之战而陷，十万之民，使之战而亡，也与国土共生死，誓不降敌!”

“唉!”方儒不禁一声叹息，“民不畏死，奈何以死惧之！可是，朝廷已将新安县境租让与英国，你们虽誓死抗争，又有何益?”

“生为大清之人，死为大清之鬼，”易君恕道，“虽死无怨!”

“大人，”双手高举着请愿书的九公声音颤抖地喊道，喉咙里夹杂着“嘶嘶”的喘息声，“民不忍去国，国何忍弃民啊?”

老人说着，热泪纵横，顺着那布满皱纹和老年斑的脸颊流下来，沾湿了胸前的一部银须，突然，他那虚弱的双腿一软，踉跄跌扑在地!

“九公!”

“太公!”

邓菁士和邓伯雄惊呼着，扶住老人，和他一起跪了下去!

霎时间，他们身后上千名乡民纷纷跪倒在地，一片声地哭喊:

“生为大清人，死为大清鬼!”

“我们是中国人，不愿意归英国!”

…………

方儒望着这黑压压的一片，听着凄厉的哭喊声，心颤抖了!

“老人家!”他躬下身来，伸出抖抖索索的两手，扶住九公，“我方儒当的是大清的兵，领的是皇家的饷，吃的是百姓的粮，面对新安父老，深感惭愧！可是，无奈军令如山哪，我……”

“方大人!”易君恕在九公身旁跪下，炯炯的目光望着方儒，“新安百姓别无所求，只望大人以民族大义为重，勿伤同胞，率舰回师！如若不然……”

“不然……”方儒猛地一震，“你们将要怎样?”

“若大人与百姓为敌，我们……”易君恕昂首挺胸，逼视着方儒，“今日便在这青山湾决一死战!”

“啊!”方儒突然一个战栗，他相信，如果他果真迈出了那一步，这些百姓就敢于和他拼命!

“中国人不打中国人啊!”九公眼含热泪，抖动着雪白的胡须，望着方儒说，“请大人回师!”

邓菁士、邓伯雄和全体乡民齐声喊道：“中国人不打中国人，请大人回师!”

这震天撼地的喊声，使方儒惊心动魄，难以自持，他颤抖的两手接过九公高举的请愿书，仰天长叹：“唉！兵行不义，师出无名，宁可丢官，也不忍害民!”

两眼热泪涌出来，方儒骤然转身，手一挥，“掉转船头，回去!”

第十六章　谁家天下

“广丙号”掉转船头，驶出青山湾，没有往东返回九龙湾，而是向西穿过零丁洋，转入珠江口，径直开赴广州。

船抵白鹅潭，方儒不带一兵一卒，只身上岸入城，赤裸臂膊，背缚荆杖，怀揣新安乡民的请愿书，长跪于辕门，求见两广总督。

当值的巡捕飞报总督，谭钟麟骤然一惊，命传唤方儒进来。

“大人!”方儒踉跄奔到他面前，“扑通”跪倒，“卑职没有尽到弹压之责，有违军令，任凭发落！今受新安十万乡民所托，将请愿书呈上，请大人垂察!”

说着，双手将请愿书高高举过头顶。

谭钟麟接过那副折子，沉甸甸仿佛有千斤重量。王存善给他递上放大镜，谭钟麟接过来，把视力微弱的一双老眼凑到请愿书前，极其吃力地审阅一遍，半晌没有言语，脸上那蛛网似的皱纹拧成一团，双手颤抖了。

“大人……”王存善从他手里接过请愿书，粗粗浏览，不禁心惊肉跳，说道，“总理衙门奉诏下令派兵弹压，英国领事天天来函来电催促，大人千万不要对那些莠民动了恻隐之心！不然，闹出乱子来，怎么交代？您说过，对待百姓，切不可放下手中的鞭子……”

“民不忍去国，国何忍弃民？我们总不能用鞭子驱赶着百姓去归附洋人吧？”谭钟麟深深叹息，无可奈何地挥挥手，“罢了，愿归哪一边，由他们自己选择吧！方儒，本部堂恕你无罪，你率领战舰，速速回营！九龙寨城不在《专条》所载的拓界范围之内，那里还是我们的，要好生驻守，大清国的一寸土都不可再丢失了！”

“是，谢大人不杀之恩！”方儒拜了两拜，站起身来，“大人保重，卑职告辞了！”

“等一等……”谭钟麟却言犹未尽，还有话要说。他起身离座，颤巍巍向前走了两步，伸手抚住方儒的肩膀，两手在颤抖。那双被层层皱纹包裹着的昏花老眼紧盯着方儒，滚出两串浑浊的泪珠，叫了声：“方儒啊……”声音哽咽了。

“大人，大人哪！”方儒的热泪夺眶而出，“大人，我知道您心里比卑职还要苦，身为大清国的封疆大吏，您舍不得那些百姓啊！”

“事已至此，又可奈何！”谭钟麟叹息道，“方儒，你……记住我的话：大清水师，没有朝廷诏令，不得与英夷开战；而百姓要抗英，你们宜劝而不阻、制而不打，无论在任何情形之下，都不准对乡民使用武力，切记，切记！如果你们伤害一名百姓，本部堂唯你是问！”

“大人，卑职记下了！”方儒泣不成声，“卑职替新安十万乡民，谢谢大人的恩典！”

青山湾方儒回师，使太平公局免除了后顾之忧，士气大振，各乡各村加紧筹集给养，训练壮丁，准备与英军决战。屏山村后的校岭山练兵场上，终日刀光剑影，杀声震天。

4 月 13 日夜，太平公局的几位首领手提火水风灯，陆续来到屏山觐廷书室。

楼上客房里，紫铜三嘴油灯下，长案上铺开一张手绘的地图，四周围坐着易君恕和邓菁士、邓伯雄、邓植亭、邓仪石、邓芳卿，以及泰亨文湛全、上水廖云谷、粉岭彭少垣、丙岗侯翰阶，共商抗英大计。

“君恕兄果然神策妙算，不费一枪一弹，便挫败了方儒，”邓伯雄兴奋地说，“这是一个旗开得胜的好兆头！”

易君恕肃然道：“这不是什么神策妙算！新安百姓义感天地，而方儒天良未泯，此策才可生效；如果以此对付英军，则全然无用，那就要靠真刀真枪的厮杀了！”

觐廷书室大门外，朦胧的月光下，一个黑影从屏山河方向朝这边匆匆走来，到了门前，抬手去拍门钹。

“什么人?”书室更楼上的更练“哗啦”一拉枪栓，厉声喝道。

“哦，别开枪……”那黑影悚然一个愣怔，急忙说，“是我，自……自己人……”

书室的大门“呀”的一声打开了，邓老夫子站在门里，借着门旁灯笼的光亮端详着那个人：“噢，是莫先生?”

“是啊，老夫子，打扰了!”老莫不待他邀请，便迈步走进了书室大门，眼睛不停地向四处张望。

“莫先生深夜到此……”老夫子望着他那左顾右盼的样子，迟疑地问道，“有什么事吗?”

“这几日我未见到菁士先生，想找他叙谈叙谈，”老莫说，“听说他到觐廷书室来了，是不是有什么重要的聚会啊?怎么没有通知我一声?”

说着，那双滴溜溜的眼睛瞄着楼上客房亮着灯光的窗户。

“呃……”老夫子不觉心里一动，暗想，这位莫先生未接到通知却如此急切地来参加聚会，到底是什么意思呢?既然他已经知道邓菁士在这里，让不让他上楼?心中思索片刻，便有了主意，说，“莫先生，那不是什么公事的聚会，菁士的父亲诞献公辞世二十六年的忌日快要到了，他在和几位族人商议，届时要到屯门的墓地隆重祭奠，这是我们邓家的事，先生恐怕不便参加吧?”

“那是，那是!”老莫嘴里答道，神色却半信半疑。

“那么，莫先生暂且请回，有事明天再找菁士谈，好不好?”老夫子几乎是在下逐客令了，只是语气上还尽量保持客气，“反正你们都住在厦村，到家里找他更方便。”

“哎，我找他谈的可是关乎抗英的大事，”老莫压低了声音，故作神秘地说，“要不，我就在这里等等他?”

老夫子暗暗叫苦，不好再赶他，只好说：“也好，就请莫先生到我房里坐一坐!”

老莫跟着他走进了教书先生的居室。这里满墙字画，满架图书，八仙桌上一盏三嘴油灯，摆着文房四宝和几册线装书，《幼学琼林》《唐诗析义》之类，都是课徒的教材。旁边还有一瓮陈酒，一碟花生米，显然这位老夫子在吟哦之余，还有杜康之好。

两人在八仙桌旁的太师椅上分宾主坐了，老夫子拿出芸香烟请他吸，自己则端起水烟袋，用纸媒子点着了，一边“呼噜噜”地吸着，一边在琢磨着这位不速之客。

老莫像是随便闲谈似的说道：“老夫子，昨天乡亲们在青山湾把大清国的军舰挡了回去，真是了不起啊！”

“那是乡亲们的骨肉之情打动了方大人！”老夫子感叹道，“毕竟都是中国人啊，谁愿意帮助鬼佬屠杀自己的同胞呢？”

“当然，当然，”老莫言不由衷地附和着，翻翻眼睛，又说，“可是，能够用嘴皮子说得他‘放下屠刀，立地成佛’，倒也不容易，看来我们这乡野之中也确有能人啊！我听说，出头露面的是一位年轻人，面不改色，口若悬河，舌战方儒，讲的还是一口官话，而我们厦村的人却都不认识他……”说到这里，他的两颗眼珠紧盯着老夫子，“那个人，他——从哪里来的？是谁啊？”

老夫子心里一动，不知老莫打听此人，是何用意？

“新安县方圆百里，人口十万，我哪里认得全？”他“呼噜噜”吸着水烟袋，慢吞吞地说道，“我年纪大了，昨天没去青山湾，不知道舌战方儒的是哪乡哪村的后生。既然与官府交涉，当然是要讲官话，倒也不足为怪！”

“你没看见官府的告示吗？两广总督在悬赏一千大洋捉拿一名逃犯，”老莫压低声音说，“听说那个人二十七八岁，北方口音，面目清秀，还是个举人……”

“怎么？”老夫子暗暗吃了一惊，试探地问道，“莫先生是要寻找此人下落，挣这一千大洋的赏格吗？”

“哦……哪里，哪里？”老莫忙说，“钱财乃身外之物，我莫某又不缺柴烧，怎能为了蝇头小利去做落井下石的勾当？只是担心那个人万一流落到我们这里，连累了乡亲们！你知道吗？不光两广总督在悬赏捉拿他，香港政府也在通缉他，将来无论被哪一边抓到，都是死罪，谁要是收留了他，‘连坐’是免不了的！”

“噢，这件事，若不是莫先生相告，我倒还闻所未闻，”老夫子敷衍道，说着，站起身来，打开那一瓮陈年佳酿，取过两只淡青色瓷盏，用木勺盛满了，“反正此人也不曾来到屏山，我这村野愚夫，既不想挣那一千大洋的昧心钱，也不愿管他人闲事，余暇除了饮他三杯两盏，别无所求，来，来，来，莫先生请！”

老莫本来就是想在此赖着不走，探听楼上的消息，自然不会推辞，端起酒盏，说：“唔该，唔该，叨扰了！”

楼上的房里，太平公局的首领们正议论得热烈。

“这几天，英军正在抢修泮涌警棚，无疑是要首先占领大埔，”泰亨文湛全说，“升旗的那天将是我们发起进攻的好机会！”

“只怕到那时，就有些晚了，”易君恕说，“英国国旗一旦升起，这里就属于英界，对我们极其不利！依我看，要抢在前面，打他个措手不及！”

“兄长的见解极是！”邓伯雄道，“我们要趁英夷重兵未到，立足未稳，摧毁鬼佬的升旗预谋！”

“好！”文湛全点头称是，“上一次我们火烧警棚，追捕梅轩利，由于临时行动，兵力不足，让鬼佬逃脱了，这次一定要把他们全歼！”

“英夷武器装备精良，我们只有集中兵力，以多胜少，”邓菁士道。他已经好多天没有工夫剃须了，原来的八字短须长成了一部络腮胡子，儒雅之风尽扫，俨然一员武将。他俯身指着案上的地图，“粉岭、上水的武装，南下到北大刀屻集结；元朗、新田、屏山、厦村、锦田的武装，东进到南大刀屻集结；八乡、十八乡和大埔、沙田的武装，就近到林村谷和泮涌后山集结，迅速完成对运头角山的包围！”

大家都表示赞同。

易君恕又说：“两军一旦交战，英夷必定从香港增兵救援，还要有所防备！”

“深圳、沙头角、东莞、惠州的民团可以支援我们一两千人，”邓伯雄说，“行动计划确定之后，立即派人通知他们！”

大家各抒己见，详细研究作战方案，会议开到凌晨才散。

邓老夫子的书房里，老莫已经烂醉如泥。

太平公局的首领们点起火水风灯，易君恕送他们走下楼来。

老夫子迎上去，向邓菁士轻轻耳语。邓菁士听了，沉吟道：“此人离家多年，偶尔回来探亲，与我们交往不多，今年正月以来倒是频繁往返于新安、香港之间，不知在忙些什么？他虽然捐献了五百港币，但对他的来历我们尚不大清楚，也不可轻信。防人之心不可无啊！”

便叫了一名更练，扶了歪歪斜斜的老莫，把他送回家去。

邓菁士回头望望易君恕，神情严峻地对各位首领说：“易先生不顾个人安危，为我们奔走，我们要对得起朋友，严守机密，确保先生的安全！”

“我们歃血为盟，不是有《约法三章》吗？”邓伯雄说，浓眉倒竖，双目炯炯，“哪个胆敢出卖君恕兄，以内奸论处，猪笼浸水！”

“那是当然！”文湛全慨然道，“我们要各自约束子弟，严防内奸通敌，一旦查获，格杀勿论！”

彭少垣也说：“哪怕骨肉至亲也定杀不饶！”

侯翰阶又建议道：“严惩内奸，自不必说，还要防患于未然，加强保卫，除了夜间由更练值更，白天也要派短枪队在觐廷书室附近巡逻！”

“请大家放心，”邓芳卿道，“易先生住在本村，我们责无旁贷，屏山人与易先生同在！”

“多谢诸位厚爱！”易君恕深为感动，向大家拱手道，“不过，易某个人安危事小，十万百姓共抗英夷成败事大，有关军事行动的机密，还要格外注意防守！”

次日，老莫一觉醒来，窗外已是日上三竿。打了一个嗝，肚肠里一股酒气从鼻腔里喷出来，臭烘烘令人难忍，想起昨夜之事，不禁十分懊恼。他本不是贪杯之人，当时不过是为了借酒攀谈，才和邓老夫子杯来盏往，谁知那瓮陈酒有如此后劲，直灌得他不省人事。自己一向精明过人，连迟家少爷都称他“扭计祖宗”，不料却败在一个乡村寒儒手里，连大事都耽误了。

他叫了老婆过来，问道：“昨天夜里，我是怎么回来的？”

“你当时醉得像一头死猪，叫也叫不醒！在香港什么酒没饮过，回到乡下这样丢人现眼！”老婆埋怨道，“多亏屏山的一个后生把你背了回来，菁士先生一直送到家，还嘱咐我好好照顾你！”

“噢……”老莫心里这才稍觉安稳，既然邓菁士这么待他，看来昨夜在老夫子面前倒也没有露出什么破绽。

他下了床，懒洋洋洗漱完毕，正要吃点东西，听得街上人声喧哗，便走出门去，看看外面出了什么事。

街上正在过队伍。平日里忙着练武的壮丁们，现在肩上扛着枪，身上背着干粮袋，从厦村邓氏宗祠那边过来，排着队往东走去。老莫吃了一惊，心想，昨天邓菁士他们在屏山觐廷书室楼上商量的恐怕就是这件事，而根本不是祭奠先人，他被邓老夫子给蒙了！

老莫心里七上八下，脸上却还要做出若无其事的样子，朝正在行进的队伍凑过去。看见里面的熟人，忙递上一支芸香烟，说：“辛苦了，吸支烟再走嘛！”

“唔该，唔该！”那人接过烟，向他道谢。

“今天又去练武啊？”老莫问。

“不是练武，要去打鬼佬了！”

“噢！到哪里去打？”

“不知道，”那人说着，匆匆跟着队伍往前赶去，“总之听指挥就是了！”

老莫闪在一边，默默地望着这支队伍，脚步“踏踏”好像踩在他的心上。

队伍走远了。他尾随着跟上去，要看看这支队伍开往哪里。

厦村与屏山毗邻，相隔不过二里地，穿一片农田，跨过屏山河上的小桥，就到了。他看到厦村的队伍在这里并没有停留，和屏山的人马会合起来，从坑头村北面的那条路往东，又朝元朗墟方向走去了。

老莫绕过村子，沿着山道爬上校岭山。“品”字格局的屏山，校岭山是左面的那个“口”字，山腰里一条两三丈宽的环山跑道，是屏山人的校场，平日里壮丁们天天在此习枪练箭，而今天却空无一人，养兵千日，用兵一时，他们都走了。到哪里去了呢？

翻过校岭山，老莫攀上“品”字的中间那个“口”字，屏山的主峰。“山不在高，有仙则名。”当年那个呦呦鹿鸣的传说似乎给屏山邓氏带来了无限风水，七百年来他们一直把这里视为祖山圣地。前不久，梅轩利警察司选定在此建造警署，屏山人死活不依，把他赶跑了。老莫不相信屏山人能够顶到底。大英帝国是何等强盛，坚船利炮指到哪里打到哪里，全世界每个角落都有英国的殖民地，难道还拿不下一座小小的屏山吗？且待三天之后，米字旗在新租借地升起，再看这里是谁家天下？卜力总督已经许诺迟府少爷：“你对大英帝国的忠诚必将得到报偿。”迟孟桓也已经许诺老莫：“事成之后，那块地皮就归你了！”想想看，前景是多么诱人，总督赏给少爷一块肉，少爷吃剩的骨头也有这么大的油水呢！少爷向往的是势，老莫追求的是钱，十五英亩的地皮，在寸土寸金的香港可是一笔了不得的财富，炒上它几炒，老莫眼看就是盘满钵满的富翁，当了半辈子的奴才一朝成了主人，那是什么味道！老莫心里的兴奋压倒了爬山的疲劳，他的成功已经可以看得见了，只剩下最后三天！只要再辛苦三天，就一切都到手了，哪怕出生入死也是值得的！

站在山头，放眼东望，远处的那支队伍已经穿过了元朗墟，继续向东行进。再看东南方向，十八乡那边也有一支队伍，沿着掌牛山麓往东走，渐渐地消失在远方。“扭计祖宗”默默地思索着，似乎可以断定那浩浩荡荡的人马的去向了。事不宜迟，他必须赶快把这最新的动向报告少爷……

群山之间的土路上行进着一队队人马，各路武装从四面八方拥来，按照太平公局的部署，陆续进入阵地。大埔一带，从大刀屻、锦山、泮涌后山，一直到大帽山北麓的林村谷和观音山，都驻扎了各乡团练、壮丁，深圳、沙头角、东莞、惠州的民间社团派来的两千人也相继赶到，山上各色旌旗迎风招展，旗帜上以斗大的字各写着家族的姓氏：邓、文、廖、彭、侯；还有一些村庄，人数虽不及五大家族众多，也派了壮丁，协同作战，打出各自的姓氏：黎、曾、谢、杜、张、王、李、赵、刘、林、胡、温、陈、罗、邬、梁、郑、简……不计其数，俨然一支浩浩荡荡的“百姓军”。邓菁士和邓伯雄来到泮涌后山前沿阵地，指挥乡民们开挖堑壕，埋插鹿砦。乡民们集资购买的十二门大炮也由人拉肩扛，运上山坡，炮口对准运头角山。数百名弓箭手弯弓待发，一支支羽箭上都裹了棉絮，浸了火水，一点即燃。这里距英国人选定的升旗地点不到两华里，邓伯雄手持望远镜，清晰地看到有几名“红头阿三”和九龙寨城的大清兵勇守卫在那里，指挥着苦力赶修警棚，并且在警棚前竖立旗杆，准备在三天后升起米字旗。

怒火在邓伯雄胸中燃烧，牙齿咬得“咯咯”响。

他一声令下：“放！”

刹那间，弓弦“嘣，嘣”作响，万箭齐发，拖着长长的火苗朝警棚飞去，像流星雨骤然降落在那重新修建起来的木屋上，顿时草席、葵叶腾起火舌，熊熊燃烧，运头角山又成为一片火海！正在搭建警署的苦力魂飞魄散，丢了手里的家什，四散逃命而去，只恨爹娘少生了两条腿！“红头阿三”和清兵惊得懵头转向，大呼小叫，只见周围的山上旌旗飘飘，人头攒动，又听得鼓角齐鸣，杀声震天，“噼噼啪啪”的鞭炮声持续不断，好似无数挺机关枪一起扫射。“红头阿三”明知不是对手，慌忙中胡乱放了几枪，便和清兵一起掉头飞奔下山，朝元洲仔方向跑去！

后山上的抗英乡民只是高声呐喊，猛敲锣鼓，燃放鞭炮，却并不追赶，有意放走几只小虾，好钓得大鱼来。

港岛上亚厘毕道总督府办公室里，明亮的枝形吊灯下聚集着香港军、政、警最重要的几位长官：现任驻港英军司令 Gascoigne（汉文译名加士居），辅政司骆克和警察司梅轩利，正在聆听总督的指示。

卜力站在那幅巨大的地图前，连日来的劳累使他消瘦了许多，眼泡松松地垂下来，眼角又增添了几道纹路，前额的发际也似乎向头顶有所推进，年届五十九岁的总督已经显出几分老态。然而他的精神状态依然非常好，那双眼睛虽然眼白布满了血丝，淡蓝色的眸子仍不失光彩，鹰钩鼻下的两撇小胡子也还是弯弯地翘着，那是他顽强的大不列颠性格的象征。

“我们将在三天之后升起新租借地的第一面英国国旗，标志着那片土地正式归附于女王陛下的版图。为了这一天，窦纳乐公使从去年 4 月开始和中国总理衙门谈判，骆克先生从去年 8 月开始深入租借地进行调查，我在去年 11 月上任之前就已经介入此事，索尔兹伯里首相和张伯伦大臣从头至尾给予了极大关注并且不断地发出重要指示，直到现在，我们大家付出了整整一年的艰苦努力，终于胜利在望了。”总督的语调充满成功的自豪，转身看着地图，右手的食指指向大埔墟旁边的那个红色的圆圈，“国旗将在这里升起，这是我们早就选定的地方，虽然在建造第一座警署的过程中遇到一些挫折和困难，但我们决不会向那些反抗分子妥协，我已经做出的决定决不改变！为了确保 4 月 17 日升旗仪式的顺利进行，我们必须采取相应的措施——我这里指的是军事措施。我们占领新租借地的第一个目标是大埔，第二个目标是元朗，牢牢控制住濒临海岸的东西两端，我们就掌握了整个新租借地。从战略上考虑，吐露港为主攻阵地。从九龙东部，经红磡至九龙寨城，再向西贡进发，直到吐露港，沿线调动海军并且部署陆军兵力，是为攻击大埔的东战线；从九龙西部，由旺角经大角嘴海边至荔枝角、九华径，翻过山坡，穿过山谷，通往大鹏湾的沙田海峡，经沙田的大围、火炭、狗肚，至吐露港海岸，部署陆军作战以及后援供应线，是为攻击大埔的西战线。”

随着手指在地图上移动，总督胸有成竹地做出了军事部署。如果说，半年前刚刚上任之时，他对这片陌生的土地还几乎一无所知，还觉得地图上那些中国式的古怪地名非常拗口，那么，半年之后则已经如数家珍。其实，总督本不必如此详细地为部队规定进军路线，他只是驻港英军的挂名总司令，这些事情完全可以交给英军司令加士居少将去做。但卜力不容许别人忽视他的总司令头衔和海军中将军衔，他要充分显示自己不仅是香港的最高行政长官而且是最高军事统帅的权威和自豪，这一点，无论对于加士居，还是对于骆克和梅轩利，都是必要的。“在完全控制大埔之后，”他接着说，“我们将以此为基地，向西推进，占领元朗、厦村、屏山一带……”

“根据我们掌握的情报，那一带恰恰是抵抗分子的老巢，”骆克插话道，“他们的‘太平公局’设在元朗墟，首领人物邓菁士家在厦村，邓伯雄家在锦田，而屏山的觐廷书室则是他们经常秘密集会的据点。我本来打算把元朗作为第一个占领目标，然后自西向东推进，但是考虑到那里的敌对势力比较顽固，而且舰艇在深圳湾登陆也不如吐露港方便，所以只好颠倒过来了。”

骆克作为最早插手新租借地事务的港府官员，他远比总督更多地接触到那里的实际情况，也更多地看到接管的困难，所以一开口总难免涉及不利之处，并且在无意之中透露出这样的信息：总督的部署实际上出自他的谋划。

这番话说了还不如不说。

“我是权衡了全局之后，才做出了这样的决定，”总督的小胡子抖了抖，凌厉的目光扫了他一眼，“而不是畏惧敌对势力的顽固，在占领了大埔之后，我们将迅速地征服元朗、厦村、屏山和锦田，抓获几名农民首领是轻而易举的！”

“是，阁下，”骆克赶紧附和，“这一点，我确信不疑！”

“阁下，我渴望早日占领屏山！”梅轩利雄心勃勃地说，“那里的觐廷书室是一幢非常完美的古典建筑，可以作为我们的作战指挥部。它后面不远的山冈是建造警署的理想位置，到那时，我将立即着手实现这个夙愿，击碎中国人关于‘风水’的神话！”

加士居少将一身戎装，抬起戴着雪白的手套的右手扶了扶金丝夹鼻眼镜，平静地听着他们的发言，并不去插嘴。在他眼里，骆克根本不懂军事，梅轩利手下的那些警察也只能摆摆样子，香港政府的真正支柱是他这个英军司令，今天总督专门讲军事，就是对此最明确的诠释，他也就不需要再多说什么了。

“报告阁下，”秘书匆匆走了进来，“迟孟桓先生求见！”

“迟孟桓？”卜力听到这个名字，猛然想起他那天晚上狼吞虎咽地分享盖瑞的晚餐的下贱样子，心里泛起一阵厌恶，瞥了一眼梅轩利说，“迟孟桓不是你的‘助手’吗？他似乎到这里来得太频繁了，我没有那么多时间接见一个中国商人！”

“呃……”梅轩利一愣，迟孟桓一向都是有事先向他报告，这次怎么跨过了警察司直接求见总督？看来，自己对此人的投机钻营还没有足够的认识，心里也感到不悦，“阁下，我不知道他有什么事要求见你……”

“他说，他有重要情报要报告总督！”秘书说。

“嗯？”卜力立即改变了主意，“让他进来！”

“是！”秘书转身去叫迟孟桓。

其实，迟孟桓就等在门外，总督刚才那番不耐烦的话都听得清清楚楚，尤其是时至今日仍然称他为“中国商人”，真是令人寒心透了。但是，人在矮檐下，怎敢不低头？听到总督的呼唤，他还是赶紧跨进门，心慌意乱地抬头看去，见几位要员都在这里，更不知如何是好，便深深地鞠了一躬：“报告总督阁下、司令阁下、辅政司阁下、警察司阁下！”一连串的“阁下”都祷告一遍，生怕哪炷香没烧到，得罪了任何一位都不是闹着玩的。特别是他直接投靠的警察司梅轩利，按官衔不得不排在最后一位，更使他惴惴不安，“阁下，”他小心翼翼地望着梅轩利说，“我先到了警察司，找不到阁下，因为事情紧急，所以就只好……”

“哦，这没有关系，”梅轩利做出大度的姿态，原谅了他的僭越，急切地问道，“你得到了什么情报？”

“我的‘眼线’从厦村赶来报告说，他亲眼看见各乡的农民武装都朝东边开去了，”迟孟桓赶紧说，“我估计，他们的目标很可能是大埔……”

“估计？可能？”卜力不屑地看了他一眼，“我需要知道的是事实，而不是你的猜想！”

“是，阁下，”迟孟桓的额头上冒出一层冷汗，心里像有一根鼓槌在猛擂乱敲，“我猜想……啊，不，我敢断定他们是要袭击大埔的警署，上一次我和警察司已经领教过了……”

他的话还没说完，门外一阵沉重而凌乱的脚步声和“呼哧呼哧”的喘息声，一名“红头阿三”踉踉跄跄地奔进来，红头巾泥污不堪，身上的绿色警服剐了许多裂口，已经被汗水湿透了，那副样子就像迟孟桓上次死里逃生赶回来报信的窘境重现……

“报……报告！”“红头阿三”嘶哑着嗓子，一边喘息，一边喊道，“警棚又被烧毁了！他们把我们包围了，四周的山上挤满了人，他们有……六八步枪、七九步枪，还有中国式的‘火箭’！”

“哼！”卜力总督发怒了，“半个月之内警棚两次被烧毁，梅上尉，你的部下简直都是废物！”

梅轩利的脸顿时变得青紫，迟孟桓却像赌赢了似的两眼放光：“总督阁下！看来，我的情报没错，他们确实到大埔去了！”

“这些话已经不用你说了，”卜力懒得再理睬他，转脸朝旁边的英军司令说，“加士居少将，现在该派部队去了！”

“是，阁下！”加士居立即向总督办公桌前走去，猛摇了几下摇把，拿起“德律风”的话筒，“我是威廉·加士居！接司令部，叫伯杰上尉听我的命令！……”

“给广州领事馆发电报，”卜力对秘书说，“请满思礼总领事转告两广总督：他没有履行诺言，给警棚以必要的保护，令人非常遗憾！我本来希望，自我接管那天起，能够和新租借地的居民建立一种友好的、诚挚的、和睦的关系，可是，我的仁慈却没有得到应有的回报，而被粗暴地践踏！为此，中国政府要付出代价，海关必须从我们的领土上撤走！而且，在4月17日升旗的那一天，两广总督必须派兵来维持现场的秩序！”

秘书迅速地记下了电文，然后把记录稿递到他面前。

卜力看了一遍，签上自己的名字：“立即发报！”

“是！”秘书拿过电文，快步走出了办公室。

“梅上尉，请你不要忘了自己的职责，”卜力命令梅轩利，“你立即率领警察部队，乘坐汽艇赶赴现场，无论如何也要把旗杆竖立起来，把警棚重新修好，总不能让我在一片废墟上举行接管仪式！”

“是，阁下，”梅轩利肃然一个立正，“请阁下放心，我誓死完成任务！”他转过身，对迟孟桓说，“走，我们现在就出发！”

“啊?!”迟孟桓好似听到押赴刑场的判决！他没有想到，自己主动奉献了那么多情报，至今什么也没有得到，却还要再次跟着梅轩利赴汤蹈火！一想到上次运头角山的火海，两条腿就酥软了，瑟瑟地发抖，但是，警察司在总督面前向他下了命令，他敢不去吗?

迟孟桓几乎像拖着假肢走出了总督的办公室。

“等一等！”加士居放下“德律风”话筒，向着门外叫道。

“噢……”迟孟桓惶然回过头来，“阁下还有什么吩咐?”

“梅上尉，”加士居连理都没有理他，脸朝着梅轩利说，“我已经命令伯杰上尉率领香港团队的一个连，从陆路赶往大埔，并且要求他们在明天下午一点钟之前到达，和你们会合！”

“谢谢司令阁下，”梅轩利激动地向他敬了一个礼，“这是对我最大的支援！”

汽艇在吐露港靠岸，梅轩利率领二十二名印度锡克族警察在元洲仔登陆。迟孟桓头戴钢盔，手持“勃朗宁”，战战兢兢地跟在后面，好似一步步在走向鬼门关。

出乎意料的是，从元洲仔到泮涌将近一英里的乡间小路非常安静，路旁的农田蓄满了水，还没有插秧，像一片破碎的镜子，倒映着远处的山岭，却不见人迹。梅轩利甚至怀疑昨晚的情报有误，这里的气氛并没有那么紧张。

在泮涌后山，隐蔽着数千名抗英武装。他们旗不举，鼓不擂，号不鸣，屏息静气地等待着敌人进入包围圈。

邓伯雄沿着堑壕，来到阵地前沿，举起望远镜，监视着那支由“红头阿三”组成的队伍，他们正在从东南方向登上运头角山。

“警察！”邓伯雄说，把望远镜递给文湛全。

文湛全接过望远镜，盯着前方，愤然说：“带头的是梅轩利，他又来了！”

“梅轩利……”邓伯雄听到这个名字就两眼冒火，“他来得好啊！”

“好什么？”他的耳畔响起一个稚气未脱的声音，“我听阿姐说，梅轩利那个家伙最坏最坏！”

邓伯雄猛然回头，看见身旁说话的是个十三四岁的细路仔，手里握着一把菜刀。

“你是哪个村的？”

“泮涌的，我家就在山下面！”

“看样子，你还没成丁啊，怎么也来打仗？”

“我要杀鬼佬！他们来了，我们就没地种，没饭吃了，我阿姐说……”

“你阿姐是谁？”邓伯雄心里一动。

“我阿姐……”那孩子话还没说完，忽然眼睛一亮，喊道，“啊，鬼佬上山了！”说着，举着菜刀，一跃而起，跳出堑壕！

“卧倒！”邓伯雄一把把他拉下来，抬头看看前面，梅轩利带着警察队伍已经登上了运头角山，便大喊一声，“打！”

喊声一落，枪声大作，步枪、驳壳枪、火铳万弹齐发，射向包围圈中的运头角山，无数面三角旗帜像是突然从地底冒了出来，号角呜呜，铜鼓铿锵，鞭炮噼啪，山岳摇撼，声威震天！

山梁高处，邓菁士挥动手中的小旗：“开炮！”

霎时，分布在周围的十二门大炮轰然鸣响，仇恨的炮弹飞射出去，运头角山顿时腾起一团团爆炸的火光和滚滚浓烟……

“红头阿三”们被这突然的袭击惊呆了，本能地掉转头去，要往山下逃跑，梅轩利举起手枪，“砰！砰！”对空连发两枪，厉声喊道：“不许后退，往前冲！占据有利地形，坚守阵地！”

“红头阿三”们无路可退，端着枪，“哒哒哒哒……”扫射着向前冲去。这些黑脸汉子的家乡在百年前沦为英国的殖民地，现在他们自己又成为殖民者的工具，奉命来征服另一个民族。面前是不甘做奴隶的人们拼死的抵抗，背后是不可违抗的主子严厉的驱赶，无论前进还是后退都与死亡为伴，求生的欲望使他们疯狂了，“哇哇”地大叫着，枪口喷射着火舌，那是他们唯一的生路！

飞蝗般的子弹从耳旁呼啸而过，迟孟桓心胆俱裂。迟府的这位“二世祖”只继承了乃父的野心，却没有同时继承那份在枪林弹雨中提着脑袋发洋财的胆量，平日里扛着双筒猎枪到山林里打鸟、打兔子毕竟是闲玩，和打仗是两回事，此刻两腿瑟瑟发抖，一步也迈不动了。他一把抓住从身旁跑过的一个“红头阿三”，哆哆嗦嗦地喊着：“求求你，保……保护我！”

“Fool！”那个“红头阿三”猛地甩开他，一边往前面扫射，一边朝他吼道，“你手里也有枪，自己保护自己！”

噢，枪？跌倒在地的迟孟桓这才想到自己手里的那只铁玩意儿才是他的护身符，连忙扣动扳机，漫无目标地打了几枪，匍匐着向前爬去……

梅轩利率领他的队伍冲到了警棚前面，那座木屋早已是一堆坍塌的废墟，草席和葵叶都烧光了，横七竖八的柱、梁、檩条大半成了焦炭。

“隐蔽！”梅轩利大喊一声，飞步跑向那堆废墟，“红头阿三”和迟孟桓也随后躲进焦炭和灰烬之中，在这空旷的山间平地，这是他们唯一能够找到的掩体。

子弹从废墟中喷射出来，空中飞散着草木灰的烟尘……

泮涌后山的阵地上，邓伯雄纵身跃出堑壕，振臂一呼：“冲上去！杀尽‘红头阿三’，活捉梅轩利！”

像是大海怒涛腾空而起，数千名武装乡民冲出堑壕，旌旗挥动，鼓角齐鸣，操着步枪、火铳、大刀、长矛，在十二门大炮的掩护下，排山倒海般朝运头角山压过来。队伍中，一面镶着红边的三角旗冲到了前头，旗上写着“太溪奉宪团练”，中心部位一个斗大的“文”字。旗帜下，一群年轻的后生簇拥着文湛全向前冲锋，正是这些人在十几天前连夜搜山追捕梅轩利，却让他侥幸逃脱，这次绝不会再放过他，一定要瓮中捉鳖！

警棚废墟之中的困兽犹斗，但是，梅轩利已经知道自己生还无望了，不是拼到最后饮弹身亡，就是被乡民们活捉，而一旦落到那些人手里，他们会把他砍成肉泥！雄心勃勃的警察司绝望了，这位爱尔兰人的后裔没有死在英格兰人的血腥镇压之中，却要死在为英格兰而战的远东战场，也许这是命中注定的？西班牙星相家和迟孟桓胡说八道的预言都见鬼去吧，现在连命都保不住了，还做什么晋升总督之梦？完了！噢，永别了，亲爱的夏莲娜，还有可爱的女儿……

梅轩利的手枪停止了射击。他担心打光了子弹，将失去结束自己生命的权利。那双大而无神的眼睛看了看冒着青烟的枪口，然后把枪举起来，对准了自己的太阳穴……

"哒哒哒哒……"他的耳畔突然响起了马克沁机关枪的扫射声，尽管听起来还有一两百码的距离，但十分清晰。那不是抵抗分子的枪声，他敢肯定！啊，是伯杰上尉到了，他几乎兴奋得要跳起来，刹那间取消了自杀的念头！

马克沁机关枪的扫射声越来越近，终于，梅轩利看到剽悍的香港团队冲上了运头角山，伯杰上尉一边用手枪向前射击，一边高叫着："梅上尉！梅上尉……"

"亲爱的，我在这里！"绝处逢生的警察司和他的部下从一堆焦炭的掩体下钻出来，梅轩利和迟孟桓也都像"红头阿三"那样一脸黝黑了。

一百二十五人的香港团队携带重机枪赶来，使梅轩利的战斗力大增，马克沁机关枪排成扇面队形，向南面、西面和北面疯狂扫射，那汹涌而来的潮水在密集的弹雨下后退了，乡民们被迫退回了两千英尺之外的堑壕……

双方进入远距离对射的僵持状态。伯杰上尉很快就发现，那些农民的武器低劣，射程有限，而且枪法不准，子弹不是射得太高，白白地消耗在那早已烧焦的废墟木架上，就是射得太低，中途便撞在山石上，火星四射，却不具杀伤力。如果不是畏惧那十二门大炮的威慑，香港团队现在就可以发动反攻了。

"大炮！我们需要大炮！"伯杰向梅轩利喊道，"赶快派人去吐露港，坐汽艇回去求援！"

毕竟是正规军的上尉，实战经验比警察司丰富，而且头脑冷静，在关键时刻做出了关键决策。梅轩利立即指定两名“红头阿三”承担求援的任务，黑脸汉子兴奋地喊着：“感谢上帝！”急急遁去，在这个时候，奉命奔回香港简直就是上天堂！

紧张地对射在继续，两千英尺之间的山地上空，子弹来往穿梭，交织成密集的火力网，虽然对双方都不会造成严重伤亡，却任何一方都不敢停止，因为一旦失去火力的掩护，阵地随即就会被对方夺去。

“我没有想到，他们虽然枪法不准，却具有这样持久不懈的耐力！”伯杰上尉伏在一棵被炸倒的树干旁边，喃喃地说，“简直不可思议！”

“这就是中国人的固执！”梅轩利说，“如果把子弹打光了，他们还会拿着大刀、长矛和我们拼命的！”

“嗯。”伯杰皱紧了眉头，从衣袋里掏出怀表，默默地注视着那跳动的秒针。

太阳坠下山坡，天色渐渐地黯淡了。

居高临下的山梁上，已经发红的炮口还在发射着炮弹。装填手脱光了上衣，脊背上的热汗和着泥土，冒着腾腾水汽。堑壕里，邓菁士放下手里的望远镜，两只血红的眼睛在冒火，粗黑的发辫盘在头顶，脖子上围着一条黑布围巾，已经被汗水浸透。

邓伯雄沿着堑壕，向他匆匆走过来。

“大哥，我们的弹药来之不易，不能这样陪着他们消耗！我看，应该趁天黑之前再发动一次进攻，把运头角山夺过来！”

邓菁士没有说话，拉起脖子上的围巾，抹了一把脸，举起望远镜，凝望着敌人的阵地。

“嗯？”他的络腮胡子抖了抖，说，“鬼佬的机关枪，打得怎么不像刚才那么激烈了？可能他们的子弹快打光了！”

“进攻吧，”邓伯雄迫不及待，“现在正是时候！”

“好吧！”邓菁士终于下了决心，“炮火掩护，我们上！”

他举起驳壳枪，和邓伯雄一起跳出了堑壕：“乡亲们！冲上去，夺下运头角山！”

滚滚怒涛又一次汹涌澎湃，朝着运头角山压过来……

突然，吐露港方向响起隆隆的炮声，满载大英帝国皇家海军的战舰“荣誉号”和“快捷号”相继赶到了。香港团队增派的两个连和“亚洲辎重连”“香港新加坡兵营”也从陆路向泮涌开来，在重炮猛轰的掩护下，如狼似虎的英军漫山遍野，朝着乡民们扑去！汹涌的潮水像是骤然撞上了堤坝，激起冲天的浪花……

密集的弹雨中，血肉之躯一个一个地倒下……

邓菁士两眼瞪得血红，额头的青筋暴起，恨不能一步跃进英军阵地，与鬼佬拼命！但是，眼看着乡亲们血流成河，他知道，继续硬拼下去，后果将不堪设想！

“吹退兵号，快撤！”他果断地发出命令！

“呜呜”的螺号吹响了，乡民们搀扶起受伤的同伴，背上死难者的尸体，滚滚浪潮迅速地回流……

邓伯雄回头望着飞奔而来的英军，已经越过了乡民们挖的堑壕。他举起驳壳枪，猛烈射击，掩护乡亲们撤退。突然，他在队伍中看见了那个手拿菜刀的细路仔，正朝着和撤退相反的方向跑过去。他要做什么？也许，他刚才失落了什么东西，要去找回来？不，这种时候丢了什么也不值得寻找了，看他那咬牙切齿的神气，是要和鬼佬去拼命！这孩子，跟着大人们苦战了一天，其实他那把菜刀到现在也没有派上用场，他一定很不解气，没有杀掉一个鬼子怎么能撤退呢？看，他朝鬼子的队伍冲上去了……

“细佬，回来！”邓伯雄厉声喝道，他不知道那是谁家的孩子，也不知道他的名字，危急之中却喊出了一个最亲切的称呼“细佬”，把他看作自己的亲兄弟，“细佬，赶快撤退！”

那孩子一愣，认出了他，张了张嘴，似乎想说什么，而正在这时，一颗炮弹落在他的身旁，一声山崩地裂的爆炸，冲天的火光中飞散着撕裂的肢体，还有他那把没有派上用场的菜刀……

天完全黑了。

运头角山一片死寂，一片漆黑。

已经是阴历三月初六了，天上本应该有一弯明亮的月牙，可是，却没有。还应该有满天闪烁的星斗，可是，也没有。

只听见吐露港的浪涛在呜咽。夜深了，大海涨潮了。

黑暗中亮起两束探照灯光柱，缓缓地转动着，横扫着黑沉沉的夜空。

从元洲仔通往泮涌的土路上，一串马灯的光亮在游动，伴随着"踏踏"的脚步声，越来越响，越来越近。

加士居少将和辅政司骆克登上了运头角山。驻守在这里的伯杰上尉和梅轩利上尉向他们迎上来，"咔"的一个立正，庄严地敬礼。在他们身后，整齐地排列着那些在今天的战斗中立下了赫赫战功的士兵。

少将抬起那戴着雪白的手套的右手，向他们还礼。

"年轻人，你们打得不错！"少将声调徐缓地说，"伤亡的情况怎么样？"

"报告阁下，"伯杰上尉说，"我方有一些官兵负伤，但阵亡的人数很少……"

"那么，敌方呢？"

"他们伤亡惨重！尸体都被抢运走了，难以统计确切的数字……"

"哈，"少将冷笑道，"叛乱分子们不过是一些被误导的动物，他们的武器低劣，又没有经过正规的军事训练，根本就不值得浪费我们士兵的枪弹！"

"阁下，这是我们缴获的叛乱分子的旗帜！"伯杰上尉把一面卷着的旗帜双手递给少将。

少将接过来，把它展开，在马灯的照射下端详着这面镶着红边、写着汉字的旗帜，上面布满了弹洞。

"这些字是什么意思？"少将问。

"太溪奉宪团练，文，"骆克读出那些字，向他解释说，"这是大埔附近泰亨文氏家族的旗帜，'奉宪团练'是中国官方批准成立的民间武装。中国没有警察，乡村靠团练维持地方治安。"

"啊，好极了，这是一个对我们极其有利的证据！"少将的脸上漾起兴奋的笑容，抬手扶了扶金丝夹鼻眼镜，望着黑黝黝的群山，宣布说，“总督已经决定，提前一天接管新租借地，明天就在这里举行升旗仪式！”

4 月 16 日，星期日。殖民地大臣张伯伦从伦敦打来电报，批准了卜力总督的决定：“请你今天前往大埔升起大不列颠国旗，同时应大声宣布 1898 年 6 月 9 日的《专条》和 1898 年 10 月 20 日女王陛下的手谕。你到达之后，请及时向我报告情况。”

本来，接管新租借地的日期定在星期一，4 月 17 日。这一天恰恰是李鸿章与伊藤博文签订中日《马关条约》四周年，在把台湾割让给日本四年之后的同一天，大清帝国的又一片领土正式被英国接管，真是一个绝妙的巧合。总督早已宣布将 4 月 17 日作为公众假日，大埔的突发事件使接管仪式提前了一天，但仍然赶在公众假日，这为港岛上的英籍居民提供了极大的方便。他们早就神往着这片新的领土，港岛太小了，拥挤的都市生活使他们感到紧张而乏味，乡间的绿水青山似乎更富于闲情逸致，有益于身心健康。花园道缆车总站今天格外热闹，大腹便便的巨商富贾、珠光宝气的贵妇名媛纷纷走下缆车，他们的私家轿已经等在那里。半山的山径上，轿子、马车和人力车络绎不绝，云咸街轿站的生意也特别兴隆，雇主全都是“鬼佬”“鬼婆”，喜气洋洋地前去大埔参加升旗盛典，这不仅是一次愉快的远足，更是大英国民放纵他们的“爱国热情”的一个机会。

在他们的行列中，唯独少了一个人：花园道松林径二十九号“翰园”的主人林若翰。

阿宽佝偻着腰，打开了“翰园”的镂花铁门，衣冠楚楚的林若翰正要走出门去，却被巡逻的英警拦住了。

“对不起，牧师，请你回去，没有警察司的许可，你不能离开这座别墅！”

“我已经被你们软禁了两个星期！”林若翰愠怒地望着警察，“难道我连人身自由都没有了吗?”

“在警察司解除禁令之前，你可以这样理解，牧师，”警察的态度保持着克制，而言辞却不容置辩，“我们在执行命令，希望得到你的配合!”

“可是今天……”林若翰激动地挥着手，“你知道今天是什么日子?我怎么能待在家里?”

“当然，我理解你的心情，牧师。”警察说，“今天，大英帝国的国旗将在新租借地升起，那是一个激动人心的时刻!”警察不无嘲讽地朝他耸耸肩，“但是很遗憾，你不在被邀请的人士之列!”

“我……”林若翰的心脏“咚”的一声，脸涨红了，“我并不是要去参加升旗仪式，而是要去教堂！今天是星期日，教堂里要举行主日崇拜……”

“当然，今天的主日崇拜比以往更重要!”警察板着脸说，“现在，政府的要员和军队的高官都集合在教堂，他们将在向上帝祈祷之后，前往大埔，不过，今天的主日崇拜另有人主持，你是不能参加的!”

“啊！……”林若翰的嘴唇颤抖着，沮丧地愣在镂花铁门前，心中涌起一腔悲愤。新安县那片租借地，从以直线为边界的《专条》到以深圳河为边界的《合同》，经历了多少周折？可以说，他林若翰为此所花费的心血、所做出的贡献，仅次于卜力总督和骆克辅政司。但是，到了正式接管的这一天，他却被排除在外，连在升旗现场做一名普通看客的资格都没有了。其实，以林若翰目前的处境，这一点无须别人把话挑明，他也自己知趣，并没有奢望前去大埔亲历那“激动人心的时刻”，今天装束整齐地出门，真的是要到圣约翰大教堂去，他要在教友们的面前维持自尊，要向上帝诉说自己的不幸，借此填补心灵的空虚，却不料连这个愿望也不能实现，官方甚至不允许他和那些接管大员一起祈祷，老牧师实在难以忍受了！

“牧师，”阿宽走上去，搀扶着他，“回去吧……”

“不，不……”他喃喃地自语着，甩开阿宽的搀扶，气昂昂走回小楼的客厅，踉跄着奔向挂在墙壁上的“德律风”，颤抖的手摇着摇把，拿起话筒："接线生，请给我接总督办公室！"

线路接通了。

"我是林若翰牧师，要和总督通话……"

"对不起，总督不在，他到教堂去了。"话筒里传来总督秘书的声音，"借此机会，我奉命通知你：今后请不要再打扰总督！鉴于你藏匿、包庇抗英分子的行为和泄露政府机密的嫌疑，你将被追究法律责任！"

又是一盆冷水当头泼下来，林若翰的心凉到了底。对方把线路挂断了，他茫然地举着话筒，听着那"嗡嗡"的声音，头脑里一片空白，不敢相信这就是总督府对他的最后答复！卜力总督从去年11月25日来港赴任，到现在不过四个多月的时间，年届六十的林若翰也只有在这时才焕发了人生的青春，他像坠入爱河的小伙子那样狂热地迷恋上了政治，并且有幸博得了新任总督的青睐，短短数月之间便登上了大半生可望而不可即的"仕途"阶梯，名誉、地位在向他招手，而正当他即将攀上成功的峰巅，却一个跟头栽到了底，太平绅士的桂冠成了泡影，总督府的大门从此对他关闭，不仅如此，政府还要对他"追究法律责任"，等待他的将是公堂受审和铁窗之中的煎熬……

阿宽接过他手里的话筒，替他挂上。

"牧师，你要想开些，"阿宽轻声说，"人生在世，一帆风顺的太少了，哪个人不经过七灾八难？人哪，有享不了的福，没有受不了的罪，事到临头，不受也得受！就拿我阿宽来说，这一辈子……"

"好了，不要再絮叨了！"林若翰烦躁地看了他一眼，心里说：人跟人不同，你阿宽能跟我比吗？你们这些生活在社会底层的华人，能找到一份卖苦力的工作，挣两个小钱糊口，就觉得上了天堂；我要做的大事业，是你连想也不敢想的，你根本不能体会我成功的愉悦，当然也无法理解我失败的痛苦！我如果落到了你这个份儿上，还活在世上做什么呢？

阿宽看他那阴沉的脸色，就住了口，伸出手去要扶着他上楼，林若翰摆摆手，自己踏上了楼梯。

他经过女儿的房间门前，停住了脚步，叫了声："倚阑！"

倚阑房间的门敞开着，她坐在屏风前的藤椅上，手里拿着一份当日的《德臣西报》，正在急切地查找来自新租借地的消息。突然听到父亲那异样的叫声，两手一抖，报纸滑落下来，掉在了地上。她站起身来，向父亲迎过去。

“Dad……”倚阑扶住父亲的胳膊，发现他在颤抖，“Dad，您……”

“太悲惨了，太悲惨了……”林若翰喃喃地说。

“Dad 也看了报纸了吧？”倚阑说，“昨天大埔打起仗来了……”

“让他们打吧，随他们的便吧，我管不了那些事了！噢，我是感叹自己的命运太悲惨了……”林若翰心烦意乱地摇摇头，苍白的脸上没有一点血色，纵横交错的皱褶松松地下垂，额头上渗出一层冷汗，他感到自己一点力气也没有了，如果不是女儿扶着他，也许就要瘫倒在地。

倚阑慌慌地搀着父亲走进自己的房间，扶着他坐在书桌前的高背椅上。林若翰紧紧抓住女儿的手，如果不是那双温暖的小手，他觉得自己的血液都要冰冻了。

“Dad，你又犯病了？”倚阑焦急地望着父亲，抽出手来，替他擦着额头上的冷汗，“我让宽叔去请医生吧？”

“不，不用了，医生治不了我的病，哀莫大于心死，我的这颗心已经死了！”林若翰抖抖索索地伸开双臂，把女儿抱在怀里，“倚阑，倚阑啊，如果不是这个世界上还有你，我现在就可以死了……”

“Dad，您不要这么悲观啊，”倚阑搂住父亲的脖子，眼泪簌簌地坠落下来，滴在父亲那稀疏的白发上，“这么多年，您什么风浪都闯过来了，从来也没有向命运低过头，现在是我们最困难的时候，我和 dad 一起往前闯，不管遭受多大的打击，也得活下去！”

“这一关，我恐怕闯不过去了！我已经被总督抛弃，被香港抛弃，成了多余的人，在香港的两千多名英国人当中，我是最不受政府信任的人，失去了人身自由，还要被追究法律责任……”

“追究法律责任?!”倚阑猛地一个战栗，“这是谁说的?”

“总督的秘书，我刚刚给他们打了‘德律风’……”

“啊……”倚阑觉得自己的心脏陡然下沉，落进了万丈深渊！易先生被追捕，父亲也将受审，这双重的打击让她怎么承受啊？

林若翰恐惧地抬起头，失神的蓝眼睛黯淡无光，他好像已经看到了那一天，自己站在法庭的被告席上，惶惶然聆听着头戴假发的大法官的宣判，而陪审员席上却昂然坐着太平绅士迟天任！大法官手起槌落，宣布了对他的刑罚，他被全副武装的警察押解着，关进了维多利亚监狱……

“噢，上帝啊，没有想到我六十岁以后的岁月将在铁窗中度过，倚阑，我怕，我怕……”

“Dad……”倚阑的心脏慌慌地悸动着，满是泪水的脸贴在父亲的脸上，“dad，别怕，如果真到了那一天，家里还有你的女儿，还有宽叔和阿惠，我们会到那里去看您的……我们会支撑着这个家，等着 dad 回来……”泪水哽噎了倚阑的喉咙，父女两人紧紧地抱在一起，柔肠寸断地呜咽。

“如果……如果我还能回来……”

“Dad 一定会回来，回到我们的家来……”

“不，这个家，这个伤透了我的心的翰园，我们不要了！”林若翰睁着失神的眼睛，从女儿的肩头望着前方，喃喃地说，“我们走吧，躲开卜力总督的这块领地，回英国去，回自己的家乡去，艾冯河畔的斯特拉特福，那才是我们的家！倚阑，你看，你看哪，我们的家乡多美啊……”

倚阑回过头去，泪眼望着挂在床边墙上的那幅发黄的照片，照片上的她，当时还只有三岁，一个小小的、小小的女孩，被父亲抱在怀里，他们身后那座苫着草顶的古老的房子，就是驰名世界的大文豪莎士比亚的故居，那是英格兰的骄傲，也是父亲的骄傲，他以自己有这么一位伟大的同乡而深感自豪。父亲的家离那里不远，从照片上可以看到远处有一座尖顶的教堂，父亲多次说过，在教堂的后面，就是林氏家族庞大的庄园……

“啊，就在那里，走过去不远就到了……”林若翰深情地望着照片上的故乡，像是在对女儿诉说，又像是喃喃自语，“好大的一片枞树林环绕着我们的林氏庄园，清清的艾冯河从旁边流过，耳畔传来牧童的短笛声……在那宁静的田园，没有政治的纷争，没有官场的倾轧，没有功名利禄的诱惑，没有魔鬼设下的防不胜防的陷阱，只要回到家，我就一切都解脱了！也许，我们的庄园早已经破败了，可那毕竟是我们的家呀！回去吧，回去，二十一岁就离开家的John又回来了，我难忘的英格兰，还认识你的儿子吗？”

潸潸泪水顺着他那苍老多皱的面颊缓缓地流下来，天涯游子到了六十岁，遭受了人生旅途上最大的挫折，才想到要回到他的出生地，也许太迟了一些！

倚阑默默地注视着那发黄的照片，那上面虽然记录着自己的影像，却唤不起任何回忆，也并不觉得亲切，过去的亲切和自豪都是父亲灌输给她的，而一旦拨开了那笼罩了十五年的迷雾，遥远的艾冯河畔的斯特拉特福和她还有什么关系呢？

“不，dad，我不愿意跟您到那个地方去，”倚阑的思绪脱口而出，“我要留在香港……”

“啊，我的孩子，”林若翰怜爱地看着女儿，抖动着苍老的手，抚摩着她那稚嫩的脸庞，“香港是你的出生地，你已经习惯了这个地方。几十年来，我也非常喜欢香港，可是，到了这个年纪，又遭受了这样的境遇，我却突然觉得自己错了，一辈子都错了，为什么要到这里来呢？这块海外飞地，是政治家厮杀的战场，是商人冒险的乐园，而不是我该来的地方！小小的一块弹丸之地，气候又是这么炎热，我们的同胞少而又少，在二十五万人当中只占百分之一，就像生活在外国的侨民，大英格兰在这里成了少数民族，唉，香港有什么可爱呢？”

林若翰几乎在香港度过了他的一生，到头来却又觉得香港一无是处，这巨大的反复当然自有他的苦衷。然而，他也不想一想，自己所说的这一切，喝香港的水长大的女儿能接受吗？倚阑紧紧偎依着父亲，听着他的娓娓絮语，一片温馨的天伦之情，而两颗心却在疏远，他们之间的距离越来越大了……

“Dad，我爱香港，”倚阑轻声说，“尽管这里有苦难，有悲伤，但毕竟是生我养我的地方！”此刻，她的眼前浮现出西营盘那风雨飘摇的木屋寮棚，德辅道上潮水般涌流的暴动人群，中环码头麻石堤岸上紫黑的血迹，这一切，都被泪水蒙住了！但是，这些话她只能永远咽在心里，绝对不能告诉dad，这位身心被极度摧残的老人，不能再遭受打击了……“我从小就看惯了太平山的云雾，听惯了零丁洋的涛声，”她只能这样说，小心翼翼地避开父亲刻意保守的那个秘密，“还有我们的翰园，这是我的家，我在这里生活了十五年了！”

“倚阑，是十八年，”林若翰纠正她说，“孩子，你已经十八岁了！怎么忘了自己的年龄？”

“哦……”倚阑慌了，抬起手来，掩着自己的嘴唇，那嘴唇在颤抖，已经说出去的话，没有办法收回来了，“dad，我……我……说了什么？”

“倚阑！”林若翰那两道淡黄色的眉毛陡然皱紧了，苍老的面庞上纵横交错的纹路乱成一团麻，胸膛里那颗衰弱的心脏猛地被提到了半空，他心中最隐秘的地方被刺了一刀！十五年前，正是在十五年前，那个年仅三岁还没有正式名字的“细女”被他抱进了这个家，从此才有了林氏家族的继承人“倚阑”。可是，那已经是遥远的过去了，倚阑自己不会记得，她现在是怎么了？是偶然的口误，还是已经知道了那个秘密？“孩子，你……你慌什么？”

“没……没有啊，”倚阑擦着眼泪说，那只手、那嘴唇都抖个不止，“dad，我……没有慌，也没说什么……”

两颗浑浊的老泪从林若翰深陷的眼窝滚下来，他的猜测被证实了！

“倚阑，告诉我，”他悚然望着女儿，“告诉我，十五年前的事情，你……听到了什么？”

“Dad，别问了……”倚阑呆立在父亲面前，“我都知道了！”

“你……你怎会知道？”当最不愿意正视的事实已经无可回避，林若翰仍然大吃一惊，“谁告诉你的？是阿宽吗？”他恼怒地捶胸顿足，“他竟然没有信守诺言，背叛了我！”

“不，不是宽叔……”

“是谁？”

“是迟孟桓。”

“迟孟桓?！迟孟桓这个恶魔，他把我的一切都毁了！”林若翰惨叫一声，踉踉跄跄就要跌倒！

“Dad！”倚阑急忙扶住了他，“dad……”

“倚阑，倚阑……”林若翰一把抱住了倚阑，满脸的皱纹在抖动，恐惧地张大了那双灰蓝色的眼睛，乞求似的望着她，“我虽然不是你的生身之父，但你仍然是我的女儿！是上帝把你从死神手里夺了回来，交给了我，那时候你是多么瘦小，多么虚弱，像一只濒临死亡的小狗、小猫、小鸟，我一勺一勺地给你喂牛奶，一天一天地把你养大，到现在，我们相依为命已经十五年了，这和亲生骨肉有什么区别？就是一只小狗、小猫、小鸟，也会深深地依恋我，何况是人！倚阑，十五年来 dad 对你的爱，你总不会忘了吧？”

“Dad，您永远是我的 dad！”倚阑扑在父亲的怀里，泪如泉涌，“您给了我第二次生命，如果没有您，我还不知道要遭受多少苦难，也许早就不在人间了！”

“噢，我的好女儿！”林若翰紧紧地抱着女儿，好像唯恐被什么人夺走，“你永远是我的女儿，爸爸永远爱你……”

“谢谢您，dad！”倚阑伏在父亲的肩头，两手抚着他那衰弱的老迈身躯，“每个父亲都爱自己的女儿，而您是基督的使者，还要爱天下的人，拯救所有的人脱离苦难！现在，英国人正在杀中国人，几百名军人开到大埔去了，用枪用炮屠杀新安县的老百姓，不知道有多少人断送了生命，又留下了多少孤儿，您救得了他们吗？而且，还有……”倚阑抬起头来，泪眼望着父亲，她要说：还有易先生呢，他从这里走了就再没有消息，也不知道现在是死是活，您救得了他吗？

“不，我不能……”林若翰打断了女儿的话，瑟缩地颤抖着，“我只是一个凡人哪，连我自己都救不了啦……”

窗外传来浑厚悠远的钟声，圣约翰大教堂主日崇拜的时间到了。现在，从卜力总督到港府的各级军、政高官，都集中在那里，向上帝隆重祈祷，恳求宇宙的主宰保佑大英帝国的女王和她的子民，从今天起，她的领土又扩展了三百七十六平方英里，征服世界的米字旗将在那片土地升起。

阴沉沉的天空堆满了乌云，怕是要下雨了。阿惠戴上一顶雨帽，手里挎着她往常出门采买食品的篮子，往翰园的大门走去。

阿宽给她打开了铁门，在门外巡逻的英警立即端着枪走了过来，威严地喝道："上级有命令，这座院子的人一律不许出门！"

"长官，"阿宽脸上堆着笑容，低声下气地说，"我们奉公守法，不敢违抗命令，可是，这一家人总得吃饭啊，她这是去买菜，请行个方便！"

说着，把攥在手里的一个红包递了上去。

"嗯，"警察接过红包，隔着纸捏了捏，摸出里面有两枚港币，脸色便温和了一些。伸手抓过阿惠挎着的篮子，翻了翻，并没有发现什么可疑的东西，于是把头一摆，"走！"

阿惠出了大门，急急地朝山下奔去。

大埔墟近旁的吐露港，泊于岸边的战舰"荣誉号"和"快捷号"挂满彩旗，披上了节日的盛装。从元洲仔到泮涌的道路戒备森严，四百名英军排着整齐的队伍，开进运头角山的升旗现场。旗杆已经竖起，挂好了升旗用的绳索。而旗杆旁边的警署却是一片废墟，来不及重建了，只好临时用装满泥土的麻袋砌成防卫工事。

港府辅政司骆克爵士，英军司令加士居少将，英国皇家海军舰队分队司令鲍威尔准将和布朗上校、奥格尔曼中校、伯杰上尉、西蒙斯上尉、巴瑞特中尉陆续步入会场。

一个最重要的人物没有出现。此刻，在港岛上亚厘毕道总督府楼前的青青草坪上，卜力牵着他的爱犬盖瑞在缓缓地踱步。昨夜大埔的突发事件使总督担心自己的安全会受到威胁，他临时改变了主意，不去主持升旗仪式了，而留在了总督府，焦急地等待着来自大埔的消息。

升旗仪式由骆克主持，总督的缺席使他处于会场的中心位置。骆克头戴黑色筒形呢帽，身穿崭新的制服，胸前佩戴着圣迈可及圣乔治大十字三级勋章，腰间的皮带上挎着战刀，双手展开一面丝质的米字旗，向旗杆走去。这位辅政司的兼职——新租借地专员，从今天起上任了，年方四十一岁的骆克爵士的政治生涯从此又揭开了新的一页。

警察司梅轩利上尉头戴帽盔，手握战刀，率领他的“红头阿三”部队肃立在旗杆前。

重兵把守的这片焦土充盈着森森杀气，草地已经被烧光，连一朵鲜花也没有。幸亏那些赶来助兴的贵妇名媛，她们那鲜艳的曳地长裙、插着羽毛的帽子和珍珠项链、宝石钻戒为会场点缀了些许色彩。

两广总督没有派人来参加升旗仪式，新租借地的接管成了英国单方面的占领，这是一个很大的缺陷。如果没有中国人在场，接管的命令宣布给谁听呢？

迟孟桓驱赶着十几个老弱乡民上山来了。他和梅轩利跑遍了附近的村庄，青壮男女都不知去向，只有一些跑不动的白发翁妪留下来看家，被他们抓来了。由聋耳陈牵头，他们每人手里都举着一面小小的白旗，上面写着“大英国界内归顺良民”，格式一律，出自迟孟桓的手笔，他自幼喝洋墨水长大，中国字写得不怎么像样。

“快走，快走！”迟孟桓举着勃朗宁手枪，向他们厉声吆喝着。此一时，彼一时，迟孟桓的两腿已经不像昨天那样瑟瑟发抖，腰板也挺起来了。有那么多英军在场，他还怕这些老弱病残吗？

突然，山野之间传来令人毛骨悚然的哭声，一名四五十岁的农妇披头散发，踉踉跄跄向这边跑来，她哭喊着：“我的仔……我的仔啊！……”

“做什么？”迟孟桓拦住了她，“这地方不许你胡闹！”

“我要我的仔！你们还我的仔，还我的仔啊！”

被驱赶上山的乡民们回过头去，充满同情地看着她，却敢怒而不敢言。

“阿惠妈，你这是做什么？”聋耳陈走上前去，说，“今天官府要办大事，哭哭啼啼是不好的，喏，我这面旗子给你拿着……”

“我要我的仔！”那农妇挥舞着手臂，把他的旗子打落，继续朝山上跑去。

“站住！”迟孟桓吼道，“要不然，我就开枪了！”

“你开枪吧！我的仔被你们打死了，我还活着做什么？”那农妇转过脸来，两只血红的眼睛盯着迟孟桓，突然，像疯了似的向他扑上来，一把抓住他腕子，“我和你们拼了！”

“砰！”迟孟桓手中的枪响了，那农妇的哭喊声戛然而止，她单薄的身体晃了两晃，倒了下去，鲜血从胸膛里喷涌出来……

会场骚动了，神经脆弱的贵妇名媛们尖着嗓子发出惊叫：“啊——”风度优雅的绅士们不安地议论：“在喜庆的日子出现这种情况真令人扫兴！”

“怎么搞的？”骆克皱紧了眉头，朝梅轩利说，“快去看看！如果发生骚乱，要及时制止！”

“是！”梅轩利朝身旁的印警一挥手，“红头阿三”们跟着他朝山下跑去……

几分钟后，梅轩利、迟孟桓和“红头阿三”们驱赶着那些老弱妇孺来到了惶惶不安的会场。

“没有什么事，”梅轩利向大家挥着手，“是一个疯子，已经被——”他笑了笑，选择了一个避免刺激性的说法，“被送进天堂了！”

骆克的脸上也绽开了笑容，现在他可以放心地主持升旗仪式了。

“咚！咚！……”吐露港上，“荣誉号”和“快捷号”鸣响了礼炮。骆克双手展开那面米字旗，向旗杆走去。

骆克的双手激动地颤抖着，把大不列颠的国旗系在绳索上，然后轻轻拉动，米字旗在礼炮声中徐徐升起。

数百名官兵和富商名流、绅士淑女一齐向米字旗行注目礼。遗憾的是仓促之中没有从香港带来军乐队，他们只好不用伴奏，唱起了英国国歌《神佑女王》：

上帝保佑女王，
祝她万寿无疆，神佑女王。
常胜利，沐荣光；

孚民望，心欢畅；
治国家，王运长；
神佑女王！

扬神威，张天网，
保王室，歼敌人，一鼓涤荡。
破阴谋，灭奸党，
把乱萌一扫光。
让我们齐仰望，
神佑女王！

愿上帝恩泽长，
选精品，倾宝囊，万岁女王！
愿她保护法律，
使民心齐归向。
一致衷心歌唱，
神佑女王！

这是一首古老的歌。早在1739年11月20日，英国海军上将威尔能率领舰队攻占了西班牙在南美的殖民地波托贝罗，1740年的庆祝宴会上便第一次响起了由英国音乐家亨利·卡累谱写的这首《神佑国王》，1825年它被正式定为国歌。1837年，维多利亚女王即位，国歌的歌词除了把“国王”换成“女王”，其余没有任何改动。伴随着大英帝国称霸天下、殖民全球的历史，它已经传唱了一百五十九年，字字句句膨胀着扩张的欲望，仍然鼓舞着王国的臣子“扬神威，张天网，保王室，歼敌人，一鼓涤荡。破阴谋，灭奸党，把乱萌一扫光”。今天，1899年4月16日，当这首歌在远东新租借地再次响起之时，曾经为攫取这片土地而奋力拼搏的斗士们不禁热泪盈眶！

“女士们、先生们！”骆克爵士手持一沓文件，高声说，“现在，我谨代表圣马可暨圣乔治最高大十字勋章获得者、香港殖民地及其属地总督兼总司令、海军中将亨利·亚瑟·卜力爵士阁下，宣读英国枢密院1898年于巴尔莫勒尔宫发布的《枢密院令》！

鉴于英国女王陛下与中国皇帝陛下1898年6月9日所订《专条》规定展拓毗连香港殖民地的英国界址，并据该《专条》所述方式租与女王陛下；

并鉴于为便利租期内治理女王陛下按该《专条》所获土地，需要有所规定；

兹遵照女王陛下命令，并据女王陛下枢密院建议，命令于下：

一、兹特宣布，上述《专条》所述的界内领土，租期内应视同并实际上成为女王陛下香港殖民地的重要组成部分，与原来即为该殖民地的一部分无异。

二、香港总督有权经该殖民地立法局建议和同意制定法律，以维持该地作为该殖民地之一部分的和平、秩序和有效施政。

三、自港督宣布的指定日期起，所有在香港生效的法律与法例，同时适用于上述地方，直到女王陛下或港督经立法局建议予以修订或废除为止。

四、无论本枢密院令包含何等内容，九龙城内现驻扎之中国官员，仍可在城内行使管辖权，惟不得与保卫香港之武备有所妨碍。

兹授权女王陛下主要国务大臣之一约瑟夫·张伯伦阁下据此发出有关的必要指示。

当骆克宣读到第四条时，犹豫了一下。他看到，站在身旁的加士居少将也把眉头皱紧了。很显然，去年10月发布的这道《枢密院令》，部分条款已经不合时宜，驻扎在九龙寨城的中国官员和军队绝不能允许继续保留，一定要把他们赶走，这已成为索尔兹伯里首相、张伯伦大臣、卜力总督和香港军政首脑的共识，而且很快就要变成行动！那么，为什么还要在这里宣布对中国有利的条款呢？这也是没有办法的事，废除这个第四条要由枢密院发布新的命令，而在此之前，骆克无权篡改，也只有照本宣科了。不过，读到这里时，他有意把声音压得很低，以求最大限度缩小负面影响。

“女士们、先生们！”现在，骆克又重新提高了音量，“根据卜力总督的命令，我宣布：自1899年4月16日下午二时五十分起，新租借地居民已归英国管辖；此后，新租借地日出时要升英国国旗，日落时降旗，不得有误！”

这番话无疑是说给那些举着白旗的“大英国界内归顺良民”们听的。可是，那些人却低垂着头，神情悲戚愁苦，没有一点“让我们齐仰望，神佑女王”的意思。唯有聋耳陈肃然惶然地抬起头来望着骆克这位赫赫长官，好像“洗耳恭听”的架势，而他却又虚长了一双耳朵，什么也没听见。

升旗仪式匆匆收场，运头角山复归于一片死寂。

空中，浓重的阴云如铅似墨，层层堆积，越来越厚，天仿佛低得擦到了旗杆，乌云中滚动着沉闷的雷声。

第十七章　血染国门

山野里，丛林中，披着硝烟的乡民们草草掩埋了死难者的尸体，搀扶着负伤的同伴，含泪撤回自己的村庄，每颗心都像压顶的乌云那样沉重。

乡亲们慌慌地迎上来，白发苍苍的阿公、阿婆寻找着儿子，年轻的阿嫂寻找着丈夫，细女、细路仔寻找着父亲，一双双期待的眼睛在人群中巡睃，却不敢开口问，怕听到那个骇人的消息。而噩耗还是一个又一个地传来，凄厉的哭声在村头回荡。

夜幕下，从锦田通往屏山的土路上，龙仔手提着一盏火水风灯，陪着阿惠急急地奔走。

觐廷书室的客房里，三嘴灯下围坐着太平公局的首领们，一张张脸上笼罩着阴云。

“首战失利，断送了乡亲们几十条性命，每个冤魂身后都撇下了妻儿老小！”邓菁士沉痛地说，那双布满血丝的眼睛滚出两串泪水，“我们指挥作战的人，有愧啊！”

“打仗就免不了伤亡，我们每个人都准备战死！”邓伯雄咬牙切齿道，“鬼佬欠下的血债，要让他们加倍偿还！”

“雄叔说得对！”邓仪石道，“胜败乃兵家常事，气可鼓而不可泄，我们今夜做好准备，明日再战，怎知不能打败鬼佬？”

“和强敌作战，不可全凭一腔激愤，”邓菁士沉吟道，“我们的人数虽然数倍于英军，但武器装备不如人，兵员素质不如人，实战经验不如人，战略战术不如人……”

“大哥尽长洋人志气，灭自己威风！”邓伯雄吼道，“照你说来，我们既然样样不如人，这仗也就不必再打了！干脆举起白旗去投降，做鬼佬的顺民，岂不更便当？”

“伯雄，你少发这种无谓的牢骚！”邓植亭拍案道，“大哥受十万乡亲委托，率众抗敌，恨不能一鼓作气，杀尽番鬼！可是我们对敌情估计不足，初次交战便伤亡惨重，现在应该以此为鉴，商讨对策，以利再战，‘知己知彼，百战不殆’，大哥的意思你不明白吗？”

“我明白，我都明白，可又能如何？”邓伯雄紧锁着浓眉说，“敌人有战舰、炮艇，我们没有；敌人有几十、几百挺机关枪，我们没有；我们只有那几门老式炮，步枪也都是几十年前的老爷枪，靠钟表匠修理了勉强使用，就连这样的枪，还做不到人手一支，多数人还得靠火铳、大刀、长矛、三叉戟，除此之外，我们还有什么？唯有这一腔血了！”说到激愤处，他目眦欲裂，脖项的青筋暴起，一把扯开领口，坚实的胸膛在霍霍地跳动，“大清国有二十万‘八旗兵’、六十万‘绿营兵’，可都不来打鬼子，只有靠我们这些百姓自己去拼命！”

“拼了！”文湛全愤然道，“我们文氏的旗帜被英夷夺去，定要雪洗此辱，夺下运头角山，击落米字旗！”

“打！坚决要打！”

“把鬼佬赶出新安县，赶出国门！”

邓芳卿和彭少垣、侯翰阶也纷纷说道。会场上群情激昂，沉重气氛为之一扫。

“打，当然是要打！”邓菁士思索着说，“但要看如何打法。现在英军集中在大埔，固守运头角山，他们富于阵地战经验，阵法严整，枪械优良，吐露港又有炮舰掩护，我们正面强攻，正是以己之所短，攻敌之长，是为兵家所忌……”

“菁士兄言之有理，”易君恕静听多时，才说，“我们不仅要和英夷斗勇，更要斗智，出其不意，攻其不备……”

“嗯？”邓伯雄回头望着他，“兄长此话怎讲？”

“我不懂军事，只是纸上谈兵，”易君恕说，“古人三十六计之中有‘调虎离山’之计：‘待天以困之，用人以诱之，往蹇来反。’现在英军主力驻守吐露港和大埔，我若强攻，难以取胜，应该设法把他们调离，乘运头角山兵力空虚，再发起进攻……”

“兄长的想法倒是不错，”邓伯雄道，“但英军又不听我们的号令，如何调法？”

“英夷要占领新安县境，必然首先着意于东西两端，”易君恕接着说，“如今，东端的吐露港既已落入英夷之手，那么，西端的深圳湾或青山湾则成为下一个攻击目标。我们不妨先走一步，派人前往西部海岸一带，广树旗帜，摆出决战之势，迷惑敌人……”

“嗯，”邓菁士深深地点了点头，指着案上的地图，接下去说，“敌人必然出兵西犯，这时，大埔兵力薄弱，我们正好乘虚而入，‘声东击西’，一举拿下运头角山！”

“好！”邓伯雄拍案称道，“速速派人前往青山、沙江，山上插满旗帜，村庄贴满标语，大造声势，诱敌前来；我军集合人马，连夜开往大埔，明天和敌人决战！”

这时，客房的门被推开了，邓老夫子带进两个人来，是龙仔和阿惠。

“阿惠?!”易君恕骤然一惊，“你怎么来了?”

“易先生！”阿惠踉跄扑到他跟前，号啕大哭，泪如雨下，“我的兄弟、阿妈都被他们打死了！我兄弟才十四岁，他还没成丁啊……”

“啊……”邓伯雄猛然想起那个手拿菜刀的孩子，他正是泮涌的，还说他阿姐……那孩子，那个稚气未脱的孩子，转眼之间就在英军的炮弹下血肉横飞！邓伯雄的眼泪夺眶而出，他伸手扶住阿惠，“阿惠，我们替你报仇，明天就打回泮涌去！”

犹如大火之上又浇了油，太平公局的首领们情绪激昂，摩拳擦掌，连今夜都难以忍耐了。邓菁士目光炯炯，命令道：“大家按照刚才的部署，回去连夜做好准备，各村留下一些人马自卫，抽调精锐主力，开往大埔！出发吧！”

“菁士兄，等一等，”易君恕上前拦住了邓菁士，“大家都领了军令，请不要把我忘了！我虽不才，也愿随你们前往大埔，即便是摇旗呐喊、运送弹药，总算尽一份绵薄之力！”

“易先生！”邓菁士神色严峻地说，“这次不比舌战方儒，上阵杀敌是要出生入死啊！”

“不行，不行！”邓伯雄一把抓住易君恕，“兵荒马乱，我们对兄长照顾不周，已是深感不安了，怎么还能让你上阵杀敌？那枪炮可是不长眼睛的，万一出了闪失，我们新安人真是要愧杀了！君恕兄，这话再不要提！”

“如果没有你们冒死相救，哪有我今日？新安人对我有再造之恩，十万父老危在旦夕，我怎么能袖手旁观？”易君恕慨然道，“你们都不怕死，难道唯独我怕死不成？”

“易先生既然执意参战，”邓菁士沉吟道，“我倒有一件大事要拜托先生……”

“菁士兄请讲！”易君恕说。

“我们声东击西，也不可孤注一掷，顾此失彼。”邓菁士道，“还要防备敌人西犯，因此西路的自卫，也非同小可。先生可与芳叔、植亭一起留守屏山、厦村，随时与我互通情报；如果敌人来犯，立即召集人马，予以抗击。此事关系重大，先生幸勿推辞！”

“嗯？”易君恕默然。请战的结果竟是让他留守，仍然原地不动！这是邓菁士委他以重任呢，还是为了保护他而有意因人设事？一两天之内英军会不会西犯屏山，这里有没有仗可打？谁也难以预料……

“好，这倒是有备无患之策！”邓芳卿表示赞成。

“我们一定守住厦村、屏山，”邓植亭也说，“等着你们的好消息！”

易君恕见他们两人都已替他答应，叹了口气，说：“既然如此，我也就只好从命！”

计议已定，事不宜迟，各位首领提了火水风灯，匆匆离去，准备连夜行动。

邓植亭、邓芳卿送他们下楼，客房里只剩下易君恕和阿惠两个人。

“阿惠，倚阑小姐她……好吗？”易君恕轻声问道。自从他仓皇逃出港岛，还是第一次见到来自翰园的人，迫不及待地要知道他所魂牵梦萦的那个人，她现在怎么样了？一颗心怦怦地狂跳，还不知道阿惠带来的消息是吉是凶！

“易先生！”阿惠一开口，又忍不住哭出声来，“小姐她就是不放心您呀……”

次日，阴沉的天空落下绵绵细雨，虽已是农历三月上旬，凉风吹来，也寒意袭人。英军接管后的大埔墟一片死寂，店铺全部关门，居民转移一空，附近的村落、田野不见人迹。运头角山上，那一面孤零零的米字旗在细雨寒风中抖动。

下午一时许，泮涌后山突然旌旗招展，鼓角齐鸣，数千抗英武装乡民携带重炮，向英军阵地发动猛攻！

加士居少将早有准备。昨夜，侦察兵送来情报：青山、沙江出现大量旗帜、标语，少将立即识破了这一声东击西的计谋，留下“汉伯”“孔雀”两艘战舰在吐露港待命，大埔精锐主力按兵不动，等待抗英乡民前来偷袭。一方是志在必得，一方是有备无患，双方交火之后，加士居派伯杰上尉率领香港团队两个连迎战，西蒙斯上尉率领的香港新加坡兵营以炮火掩护，战舰“汉伯号”和“孔雀号”也以重炮猛轰抗英武装的阵地，战斗十分激烈！抗英乡民奋勇作战，竟然以低劣的武器击伤了英军高级军官布朗上校！但是，毕竟英军拥有强大的火力优势，香港团队在炮火掩护下发起冲锋，抗英乡民渐渐难以抵挡，不得不再度退却，沿林村谷西撤……

运头角山的米字旗下，加士居少将从望远镜里望着那潮水般溃退的农民队伍，微微地笑了。

“大英皇家军队是不可战胜的，他们早就应该明白，难道非要我一次又一次地教训他们吗？”少将喃喃自语。他放下望远镜，高声叫道，“奥格尔曼中校！”

“到！”奥格尔曼应声来到他面前，立正敬礼。

“现在，军队由你指挥，”少将说，“命令伯杰上尉率领香港团队乘胜追击，西蒙斯上尉率领新加坡兵营、巴瑞特中尉率领预备部队配合作战，把敌人往西赶！”

“是，阁下！”奥格尔曼答道。

“我呢？”少将那双眼睛在金丝夹鼻眼镜后面闪烁着狡黠的光彩，“我还要给那些叛乱分子一个大大的惊奇……”

加士居少将交代完毕，立即登上汽艇，从吐露港神秘地消失了。

港岛上亚厘毕道总督府，卜力坐在办公室里的那幅地图前，正在凝神阅读一封电报译稿，据情报人员报告说，这是他们所截获的两广总督谭钟麟发给九龙水师的密令……

一阵急促的脚步声，卜力猛然抬起头来，加士居少将和梅轩利警察司已经来到了他的面前。

“阁下！”他们向他举手敬礼。

“嗯，回来得很快嘛！”卜力说，“从你们的表情看来，一定是打了胜仗！”

“是的，阁下，”加士居自信地笑笑，“一切按照阁下的部署进行，预计在一两天之内可以取得完全的胜利！”

“很好。”卜力点点头，对此深表满意。

“阁下，我还给你带来了一件战利品，”加士居说着，从衣袋里取出一团千疮百孔的丝织品，双手抖开来，把那面绣着“太溪奉宪团练，文”字样的战旗展现在总督的面前，“阁下请看，我们拿到了中国官方军队直接参与抗英的铁证！”

“噢，谢谢你！”卜力兴奋地站了起来，“这将使我们有足够的理由占领深圳，赶走九龙的税关和驻军！为此，我们应该干一杯！”他转过脸去，朝着办公室门外喊道，“威士忌！”

“报告阁下！”秘书走了进来，手里并没有端着威士忌，却拿着两张红色的卡片，“两广总督派代表求见，这是他们的名片。”

“什么？两广总督？”卜力很觉意外，从秘书手里接过那两张卡片。

这种中国式的名片，正式的名称叫“名刺”，比西洋名片要大得多，在红纸上书写着投“刺”者的官职和姓名。卜力莫名其妙地拿在手里看了看，便递给懂汉文的梅轩利，“来的是什么人？”

梅轩利接过“名刺”，先看第一张，读出上面的文字：“‘广东候补道王存善’……”

“王存善？”卜力脸上泛起鄙夷的笑容，“这个人已经完成了他的历史使命，对我们毫无用处了。另一个人呢？”

梅轩利把下面的那张“名刺”拿上来：“‘大鹏协右营守备方儒’。”

“噢，驻扎在九龙寨城的低级军官，将在被我们赶走的人员之列！”卜力满脸的不屑，“他们到香港来做什么？”

“阁下，”梅轩利说，“两广总督对于新租借地发生的骚乱，态度非常暧昧，他派代表来，显然是希望我们对那些抵抗分子手下留情……”

“不，他的态度不是暧昧，而是鼓励暴民的骚乱，抵制我们的接管，我已经搜集到了越来越多的证据，两广总督将为此付出惨重的代价！”卜力怒气冲冲，两撇小胡子微微地颤动，“现在，英国国旗已经在新租借地升起，我们在自己的领土上镇压反政府的叛乱，中国方面根本无权干涉，还派什么代表？谭钟麟要见我，他应该亲自来，就像我到广州去见他一样，这是起码的外交礼仪！两名低级官员不配我接见，把他们赶走！”

“是，阁下！”秘书应声道，转身走了出去。

“不，等一等，”卜力又叫住了他，“这件事由梅上尉去处理，让那两个人把我的话转告谭钟麟，特别是，我这里还有一封他的密电……”

十几分钟之后，梅轩利便打发走了那两位不速之客。

总督办公室里，下一步的军事部署在地图上展开，卜力手中的红铅笔在林村谷画了一个长长的箭头，直指西方……

夜幕降临了林村谷。

这是一条东北—西南走向的峡谷，左为大帽山的余脉，由锦山迤逦连接大庵山、观音山，右为大刀屶，两侧群峰夹峙，山高坡陡，丛林茂密，古木参天，港九几近绝迹的莞香树，在这里尚有野生。郁郁葱葱的山林之中，垂下一道道曲曲折折的瀑布，汇入林村河，由大埔东泻吐露港。大自然的鬼斧神工造就了林村谷的奇绝险峻，由北端的坑下莆，到南端的观音径，一条狭窄的通道连接着大埔平原和八乡平原。英军由大埔西进，此地为必经之途，别无他路。

伯杰上尉奉奥格尔曼中校之命，率领香港团队二百五十人追击抗英乡民，进入狭谷，巴瑞特中尉率领预备部队随后赶来，两部会合。而同时奉命前来支援的西蒙斯上尉，刚过坑下莆，便在放马莆迷了路，率领由三名英国军官和一百二十名印度士兵组成的枪队，拖着两门炮，南辕北辙地往粉岭方向开去……

伯杰等不到西蒙斯，率众继续向西进发。林村谷的谷底只有一华里宽，被山里人垦为稻田，刚刚插上秧苗，稻田之间是一条弯弯曲曲的羊肠小道，头顶细雨纷纷，脚下一片泥泞，队伍行进得十分艰难。

突然之间，两侧山上枪声大作，弹如雨下，好似从天而降！千百人同时发出惊天动地的怒吼："杀！……"

"啊?!"伯杰大惊，"我们中了埋伏！"

正在泥泞中跋涉的英军猝不及防，在突然而至的枪林弹雨中倒下了一片，"哇哇"乱叫，伯杰率领的先头部队本能地向西突围，而林村谷西口被密集的火力死死地封锁，已经根本无法前进！

"撤退！赶快向东撤退！"伯杰举起手枪，对空连发三枪，下了紧急命令。二百多人的香港团队立即缩回，向东溃退，却被巴瑞特率领的后续部队堵住，他们的后方也已经被仇恨的火网封锁，英军进退两难，拥挤成一团，自相践踏，中弹者纷纷跌入泥泞之中，一时阵营大乱！

几分钟前还自以为胜利在握的伯杰惊呆了，他万万没有料到从大埔败退的抗英乡民还有如此猛烈的后劲，在撤退之中将计就计，利用林村谷的特殊地形，埋下伏兵，等待英军到此，出奇制胜，欲置英军于死地！作为职业军人的伯杰不得不佩服这些中国农夫的军事眼光：他们选择了一个极好的伏击阵地，居高临下，两面夹攻，密集的枪弹朝着狭窄的谷底倾泻；而英军完全暴露在他们的伏击圈之内，毫无回旋余地！这些抵抗者毕竟是本地土生土长的农夫，这是他们的家园，他们对这里的地形地貌了如指掌，敢于以农夫的智慧和军事家较量。啊，太大意了，不但伯杰上尉和奥格尔曼中校没有想到，连精明的加士居少将居然也会有这样的失误！

“伯杰上尉，伯杰上尉！”巴瑞特中尉从乱成一团的队伍中挤过来，惊慌失措地呼叫着他的上司，“东面火力太猛，我们无法撤退，怎么办？”

“开炮！”伯杰声嘶力竭地吼道，“西蒙斯在哪里？你为什么还不开炮？我请求你，看在上帝的分上……”

“报告上尉，”巴瑞特喊道，“西蒙斯上尉还没有赶到，现在我们手里根本没有炮！”

“啊？”伯杰狠狠地骂道，“西蒙斯这个魔鬼，他把炮拉到哪里去了？没有炮火掩护，我们将死在这里！”

两侧的山上，抗英乡民士气大振，“杀”声震天，山鸣谷应！邓伯雄手持驳壳枪，厉声喊道：“狭路相逢，勇者胜！弟兄们，报仇雪恨的时机到了，杀啊！瓮中捉鳖，杀尽鬼佬，一个也不要让他跑掉！”

滚在泥沼和血泊之中的英军被两面夹击，全军覆没的厄运迫在眉睫！

“上尉……”巴瑞特踉跄奔过来，抖抖索索地抓住伯杰，“上尉，我们投降吧，这样可……可以减少一些伤亡……”

“Bastard！女王陛下的军人，怎么能向这些农夫投降？”伯杰猛地甩开巴瑞特的手，瞪着血红的两眼，朝他的部下高声喊道，“听我的命令！迅速离开谷底，分散隐蔽，潜伏上山！夺下制高点就是胜利，上帝保佑我们！”

伯杰毕竟是一名极富作战经验的军官，千钧一发之际，他当机立断，为英军指出了一条死里求生之路。一声令下，陷于绝境中的英军迅速撤离田间小路，奔向谷侧山地，一面射击，一面朝山坡上爬去，利用树木、山石为掩体，人自为战。山间茂密的丛林既掩护了抗英乡民，也掩护了英军，双方都湮没在烟雨草莽之中，展开了一场你死我活的恶战，激烈的对射交织成密集的火网！

深夜，屏山觐廷书室楼上的客房里，三嘴油灯下，易君恕和邓植亭、邓芳卿围在书案旁，谛听着远处传来的密集的枪声，一声声像是打在自己的心上。

“天哪，”阿惠靠墙坐在一只小凳子上，失神地喃喃自语，“打了这么多枪，不知道又死了多少人呢……”

“唉！”邓植亭焦躁地拍案而起，“芳叔，现在正是该上战场的时候，我在这里待不下去了！”

“植亭，”邓芳卿说，“这是菁士下的军令，要我们在家留守嘛……”

“留守，留守！大哥他们在和鬼佬拼命，我们还留守什么？”邓植亭吼道，“芳叔，你留下好了，拜托你好好照顾易先生，我带队伍走了！”

“植亭兄！”易君恕倏地站起来，“请不必以我为虑，我和你一起走！”

“这可不行！”邓芳卿忙说，“菁士临走时，特地交代：先生是我们的贵客……”

“芳叔，这种时候还有什么主客之分！”易君恕慨然道，“一旦主力在前方失利，英国人就要打到我们家门口了！”

“可是，”邓芳卿仍然犹豫不决，“万一英国人从西边打过来呢？”

“你没听见东边的枪声不断吗？”邓植亭喊道，“哪里响枪，我们就往哪里上！你没有胆量，就不要去，也不要拦我！”

“哪个没有胆量？”邓芳卿被激得心头火起！他虽然长植亭一辈，却又是同龄人，自幼便一起读书、玩耍，叔侄犹如兄弟，植亭讥他胆小，他如何能忍？一拍膝盖，倏地站起来，“要走，我们一起走！”

远处密集的枪声催促着他们做出了紧急决定，觐廷书室的铜钟敲响了，邓植亭同时派出人去，到厦村集合队伍，立即出发。

“呜呜”的螺号声震动了厦村，枕戈待旦的壮丁走出家门，手执长枪、短枪、大刀、长矛，洪流般朝邓氏宗祠“友恭堂”涌去，围村间的土路上一片紧急的脚步声、枪械声和人们彼此的招呼声。

老莫从乱哄哄的街上回到自己的家门，他老婆披着一件洋布衫，连纽扣都来不及扣，慌慌张张地一把抓住他的手：“外边出了什么事？”

“要打仗了！”老莫兴冲冲地说，“你听，枪声越来越近，英国人快打过来了！”

“啊？！”老婆吓得猛地一哆嗦，“打仗是什么好事情？看你开心得这个样子！”

“咳，你呀，总是妇人之见！”老莫进了客堂，在八仙桌旁坐下来，点上一支烟，胸有成竹地说，“自古乱世出英雄，不管哪朝哪代，开国皇帝都是穷光蛋，靠的是乱中夺权，从血泊中杀出一片江山！你等着，等到英国人扫平了新租借地，我莫某人就是他们的‘开国元勋’，好处就不光是迟府少爷给我的那十五英亩地了，凭着我为英国人立下的汗马功劳，还不得赏个一官半职？你呢，以后你就不要再待在这里做乡巴佬了，跟我搬到香港住大楼去！坐着四抬轿子逛街，‘这位阔太太是谁？’‘咦，你还不知道？这是莫先生的夫人哪！’”

“喔哟哟，你这梦倒是做得美！”老婆撇撇嘴说，“要是英国人打到厦村来，那枪弹可不长眼睛，认得什么‘莫先生’‘莫夫人’？一颗枪弹落在脑壳上就要了命！我们家里还有两个女儿，要是被拉去‘慰劳’英国兵，那可怎么好？”

“哎呀，你这黄脸婆倒比我有心计，说得是呀！”老莫也含糊了，倒吸了一口冷气，“千万不要大水冲了龙王庙，自家人不认自家人，我羊肉还没吃到，先惹上一身臊，赔上老婆和两个女儿……”

“这话说得好难听！英国人还没到，你倒先准备把我们赔出去？”老婆气得两眼冒火，一巴掌打落了他叼在嘴上的烟卷，“我的‘扭计祖宗’，你快想想办法吧！”

“是啊，是啊，”老莫答应着，皱紧了眉头，“我得想想办法……”

觐廷书室门前，人声鼎沸，屏山、厦村的抗英武装壮步橐橐朝这里开来。乡亲们扶老携幼、挈男抱女，惶惶不安地跟着来到书室前，送亲人出征，一双双眼睛含着热泪，人群中发出低低的啜泣声。

“本族各位父老叔伯兄弟姐妹！”邓植亭手持一支左轮手枪，站在门前的花岗石阶上，高声说，“大家都听见了东边的枪声，那是我们的亲人在和鬼佬血战！现在他们胜负不明，生死未卜，我们不能坐视不顾，男丁都跟我去打鬼子！留下的老人、妇女，看好我们的家，带好我们的仔、女……”说着，他自己的喉咙也不禁一阵哽咽，抬起手臂抹了一把眼泪，沙哑着声音说，“男丁就应该保卫父母妻子，保卫家园！等我们打败了鬼子，回来和大家一起吃盆菜、祭太公！”

队伍就要出发了。

阿惠流着泪，送易君恕走出觐廷书室。易君恕的长衫上束了一条丝带，肩上挎一支驳壳枪，一介书生倒也平添了些许英武之气。

“易先生，您可千万保重啊！要是有个好歹，小姐她……”泪水噎住了喉咙，阿惠说不下去了。

易君恕默默无语，他能说什么呢？对于家破人亡的阿惠，任何安慰都已经无济于事；对于远隔在维多利亚港对岸的倚阑，他也无法做出任何许诺。他是个男子汉，现在应该挺身而出了，和年逾半百的邓菁士一样，和阿惠那未成年的兄弟一样，再无别的选择，至于能不能回来，谁也不能预料！

“阿惠，你也保重……”他只说了这么一句。

屏山河边一阵吵嚷声，两名后生手持红缨枪，推搡着一个满身泥污的人往这边走来。觐廷书室门前的人群“轰”地骚动起来。

“喂，出了什么事？”邓植亭大声问。

“我们抓住了一个奸细！”那后生一手持红缨枪，一手抖着一面泥污的白旗，说，“这家伙三更半夜偷偷地爬过我们的岗哨，携带着这面白旗，要往屯门那边跑！”

“我冤枉！我不是奸细！”满身泥污的老莫跌跌撞撞地喊道，“植亭贤弟，你是知道的，我为保卫家乡捐献了五百港币！”

“噢，原来是莫先生。”邓植亭听出了他的声音，问道，“半夜三更的，你往屯门跑，要去做什么?”

“我……”老莫期期艾艾，“我是个生意人，当然是去做生意了，去屯门搭船……”

押解他的后生把抓在手里的白旗扔在地下：“这白旗怎么讲?”

老莫猛地一抖，说：“我……我是怕碰到英军，好有个防备……”

“英国佬正在攻打我们的家乡，杀我们的人!”邓植亭喝道，“你往那边跑，天知道做的是什么‘生意’!”

“这个人，我好像在香港见过……”阿惠对易君恕轻声说。

“噢?”易君恕引起了警觉，“你仔细看一看……”

阿惠走上前去，借着书室门前灯笼的光亮，辨认着那张沾满了污泥的脸，不禁吃了一惊，叫道：“哎呀，他是迟孟桓的管家！专给东家出坏主意，绰号叫‘扭计祖宗’!”

“啊?”老莫一愣，慌慌张张地说，“我……我不认识你，不要血……血口喷人啊!”

“少啰唆!”邓植亭大喝一声，“搜!”

老莫听到这个“搜”字，顿时慌作一团，两手死死地捂住胸口：“别……别误会，我没做违法的生意，身上也……没带什么……”

这种最愚蠢的欲盖弥彰竟然发生在号称“扭计祖宗”的老莫身上，实在令人难以置信，本能地掩饰恰恰表明了他胸口藏着见不得人的东西。那两名后生不由分说，一个反剪住老莫的手，一个扯开他的长衫大襟，随即摸到藏在夹层里的一样东西，“嚓”地撕开，一个信封掉了下来。

老莫疯了似的挣扎着要扑过去，但他的两手被死死地抓住，那信封已经被飞快地捡了起来。

“亭哥，你看，”那后生把信封递给邓植亭，“不知他要给什么人送信噢?”

“‘大英皇家军队长官启’……”邓植亭读出信封上的字，怒火中烧，厉声喝道，“姓莫的，这就是你做的‘生意’!”

老莫面如土色，浑身瑟瑟发抖，两腿一软，顿时软瘫在地!

乡民们激愤地议论纷纷：

“真是想不到，平时人模人样的莫先生，倒是个汉奸！”

“唉，早该想到啊！他多年在香港做事，轻易不回家，英国佬要占新安，他倒突然回来了，不是搞鬼才怪哩！”

“知人知面不知心，他带头捐钱，倒像个好人哩，谁知道……”

“诸位静一静，听听他的信里都写些什么！”邓老夫子对大家说。

邓植亭展开信纸，读道：“大英皇家军队长官阁下：敝人系香港奉公守法之良民，供职于迟氏万利商行。兹因拓界之事，乡下莠民作乱，于政府之接管颇多阻碍。敝人忠于大英皇室，愿为国事分忧，特返乡搜集莠民抗英活动之情报，曾先后呈报首恶分子名单以及彼等多次聚会之商谈内容，另有中国悬赏捉拿之逃犯易君恕，系书写揭帖《抗英保土歌》之人，亦由敝人侦得线索，报告于港府，警察司梅轩利阁下以及万利商行总经理迟孟桓先生均可做证。今闻枪炮之声，知大军将至，敝人喜不自胜。又恐军士不识敝人，产生误会，特禀报详情如上，请求保护敝人及家小生命财产之安全。”

这封信宣读完毕，极度的震惊倒使人们愣住了。尽管抗英首领早就提出严防奸细，却不料世交乡邻之中会真的出现这样出卖同胞的内奸，而老莫自己开的“功劳簿”更令人吃惊，他一个人竟然做出了这么多的罪恶！

“莫先生，”易君恕上前一步，冷峻的眼睛注视着老莫，“我以前只知道迟孟桓是英夷走狗，今天又认识了你这条走狗的走狗！”

软瘫在地的老莫惶恐地翻翻眼，望着这个陌生的人，二十七八岁，北方口音，面目很清秀……

“啊，你……你……”

“我就是你‘侦得线索，报告于港府’的那个易君恕，”易君恕说，抬手指着自己的前额，“这颗头颅如果被你割下来，无论拿到广州，还是香港，都可以卖个好价钱，可惜，这笔买卖你恐怕做不成了！”

“啊……”老莫一声呻吟，绝望地闭上了眼睛。

“枪毙他！”

“拿刀宰了他！”

“把他剁成肉泥！”

……

人群发出愤怒的吼声，把老莫包围起来，石头、砖块像雨点似的向他砸过来，壮丁们举着步枪、火铳、大刀、长矛朝前拥去，争着要亲手结果这卖国贼的性命！

“这样的恶人不杀，天地不容！”邓植亭举起了手中的左轮手枪，瞄准老莫的头颅，在将要扣响扳机的一刹那，却又垂下了手，“不，省下这颗子弹去打鬼子，我给你一个更合适的死法！姓莫的，还记得吗？我们十万乡民约法三章：‘做内奸，通外鬼，猪笼浸水。’当初的那份草稿还是请你写的，现在正好用在你身上！”

“饶命！饶命啊……”老莫突然疯狂地嚷叫起来，“各位父老乡亲，可不要把事情做绝啊！英国人马上就要来了，你们网开一面，饶我性命，我保你们平安无事……”

“拉出去，”邓植亭怒喝道，“猪笼浸水！”

愤怒的人群一起涌了上来，用粗壮的麻绳将老莫捆住手脚，塞进猪笼，坠上重石，向河边拖去，老莫在猪笼之中，杀猪般地号叫！人们叫喊着，咒骂着，奔跑着，把他拖到了屏山河边……

“饶命啊！”猪笼里，老莫发了疯地在号叫，“我求你们了，下辈子再也不敢做汉奸了！……”

“你这辈子罪有应得，没有下辈子了！”邓植亭怒喝道，“扔！”

人们发一声喊，那号叫着的猪笼便被抛上了半空，“哗！”跌入屏山河中，随即被激流冲卷着滚向入海口，喂鱼虾去了……

惩治汉奸，大快人心，把乡民们抗英的怒火烧得更旺，邓植亭把手一挥：“集合队伍，出发！”

林村谷激烈的枪战已经持续了一个多小时，抗英乡民居高临下，拼尽全力封锁山谷，密集的枪弹呈三十度角倾泻下来，组成一片飞鸟难逃的火网，山麓的丛林被削去了一截，枝叶和着硝烟纷飞！谷底的稻田里横倒竖卧着英军的尸体，而正是这些尸体掩护了他们的大部队，化整为零，凭借树丛和石块作掩体，步步为营，潜伏前进。

山腰里，伯杰靠在一棵树干的背后，侧耳谛听着激烈的枪声，微微地笑了。他发现，中国人在黑暗中一直不停地向山麓开火，自以为已把英军聚歼在谷底，根本不相信他们能够登上这险峻的山坡。突然，空中一道闪电，把山麓照得如同白昼，伯杰抬头看去，中国人凭坚据守的山梁就在跟前，已经不足二百码！他兴奋地大叫一声："冲啊！冲上去，夺取制高点！"

刹那间，化整为零的英军看清了目标，步枪、冲锋枪一齐喷出了火舌，喊叫着冲了上去！这些远离本土的殖民军，人地生疏，两眼一抹黑，一个小时之前几乎陷入了全军覆没的绝境，侥幸随着伯杰逃离了九死一生的谷底，他们知道，后退只有死路一条，只有攻上山顶，才有可能转败为胜，现在分明已经胜利在望，人人杀红了眼，向山头发动猛攻！

同一刹那间，在山顶指挥战斗的邓菁士和邓伯雄发现了自己的失误！

"伯雄！"邓菁士叫道，"他们偷偷地上山来了！"

"打！"邓伯雄怒喝道，"给我狠狠地打，绝不能让他们攻上山头！"

闪电熄灭了，山头阵地却成了一片火海，即将攻占制高点的英军突然败退下来，伯杰眼看他自己苦心经营的策略就要功亏一篑！"不许后退，违令者枪毙！"他高喊着，举起手枪，"啪啪啪"一梭子子弹打过去，后退的英军应声躺倒了好几个！败退的颓势立即被止住了，英军疯了似的向山头扑过去，凭借先进的武器，发动猛烈的攻势，一条条火舌喷向山顶，抗英乡民渐渐抵挡不住，一个又一个中弹伤亡……

空中又是一道闪电，照亮了激烈厮杀的山头阵地，邓伯雄猛然发现，自己的身旁已经尸横遍野，还活着的、正在射击的乡亲们一个个都成了血人！

"鬼佬们！有你无我，有我无你！"他大喝一声，从山石背后一跃而起，"杀啊！"

一颗子弹“嗖”地向他飞来，击中他的左臂，邓伯雄一个踉跄，跌倒在山石上！

“伯雄！”邓菁士向他猛扑过来，扯下脖子上的围巾，给他裹住伤口。

闪电稍纵即逝，头顶响起滚滚沉雷，和密集的枪弹声交织在一起。

邓伯雄扶着邓菁士，牙关一咬，又挺立起来！

“大哥，快打呀！”他喊道，“鬼子已经上来了！”

“伯雄！”邓菁士一把拉住他，“我们的人伤亡太重，要保存实力，不能再打了！”

“什么？”邓伯雄怒吼道，“我宁愿死在这里，也不撤！”

“我不能让大家一起送死！”邓菁士命令道，“撤，快撤！”

呜咽的螺号吹响了，刹那间兵败如山倒，抗英乡民像一股血色瀑布，从山顶倾泻下来……英军乘机攻上山头，占领了制高点……

凌晨，加士居少将率英舰“荣誉号”在深圳湾登陆。果然不出他的所料，深圳湾沿岸的沙江一带虽然遍插旌旗、贴满标语，却并无重兵把守，仅仅是为了迷惑英军而制造的假象而已。少将微微一笑，他为自己的精明而感到自豪，昨天成功地组织了大埔之战，一举打退抗英武装的偷袭，现在又以迅雷不及掩耳之势出现在他们的后方，他们精心策划的“调虎离山、声东击西”之计完全失算，反被加士居巧妙地利用！

加士居率领英军长驱直入，向元朗平原推进，轻取厦村、屏山，并立即派兵前往青山、大榄，封锁从青山湾到深圳湾的西部海岸，切断抗英武装的后路。

天色微明，梅轩利和迟孟桓带着十余名“红头阿三”，陪同加士居少将和摩利士上校来到屏山。

少将悠然地浏览着晨曦中的山光水色、宝塔古祠，微笑着点了点头。

“我不懂中国人所说的风水，但也能够感觉到这片依山傍海的村庄的迷人之处，”他抬起手来，扶了扶金丝夹鼻眼镜，向旁边侧过脸去，

“看来，梅上尉的眼力不错，你选择了一个好地方！”

“谢谢阁下的称赞，”梅轩利得意地笑道，抬手指着村后的山冈，“阁下请看，警署将建在那座山上，我们马上就可以动工了！”

手无寸铁的老弱妇孺被端着刺刀的“红头阿三”驱赶到觐廷书室门前的空地上。他们看到，半个多月前从这里狼狈逃窜的梅轩利和迟孟桓又神气活现地回来了，一双双眼睛闪射着无声的怒火。

加士居在军队和警察的簇拥下走到人群的前面，登上书室门口的台阶，向乡民们训话，由迟孟桓译成汉语，高声宣布：“大英皇家军队自即日起接管屏山，尔等居民须遵守一切法令，敢有抵制者，必遭到严惩！今将觐廷书室辟为英军指挥部，其中一切闲杂人等，限令立即撤离，不得有误！”

迟孟桓站在加士居旁边，一句一句地鹦鹉学舌，指手画脚，趾高气扬，俨然成了英军的代表。训话完毕，正要陪同少将和警察司进入觐廷书室，突然，他的目光落在人群中一张熟悉的面孔上。

“阁下，”他立即对梅轩利说，“你看，林若翰家的小丫头……”

“噢？”梅轩利一愣，下了台阶，迈着“咔咔”的皮靴，朝人群中走去，一步步逼近了站在乡亲们中间的阿惠。

“没错，就是你！”梅轩利那双阴鸷的眼睛盯着阿惠，“你……怎么到这里来了？”

“我……”阿惠的心脏怦怦地跳，半个月之前梅轩利搜查“翰园”的情景又重现了。不，这一次，她身边没有宽叔，没有小姐，梅轩利直截了当地冲着她来了，她该怎么办？

乡亲们焦虑地望着阿惠。他们之中的多数人并不认得阿惠，但是，这个大姐仔穿着和他们一样的衣裳，操着同样的方言，无疑是他们的乡亲，不禁替她捏着一把汗。

“我在问你，”梅轩利逼视着她，“到这里做什么来了？”

“给我的阿妈和细佬出殡，”阿惠抹了抹脸上的泪水，从牙齿缝里挤出了这句充满仇恨的话，一想到惨死的阿妈和小弟弟，她什么也不怕了，“阿妈和细佬都死在你们手里！”

“噢，你还是抗英分子的家属！”梅轩利心里一动，突然厉声喝道，“易君恕就是被你们放走的！他现在在哪里？”

乡亲们的心悬在了胸口上。他们亲眼看着易先生从这里走了，还不到一个时辰，哪想到鬼佬就来了，要抓易先生！大姐仔，你的嘴可要严，千万不能说出去噢……

“我不知道！”阿惠昂起头，对梅轩利说。她想起那次梅轩利到翰园搜捕易先生，小姐就是这么回答的，对，随你怎么追问，阿惠只有这句话！

“你不知道？”梅轩利当然不会相信，转过脸去，把手一挥，“逮捕她！”

加士居身边的十几名印警应声忽地扑了过来！阿惠慌了，香港人都知道“红头阿三”心毒手狠，谁要是被他们抓住，不由分说就是剪辫子、抽“九尾鞭”，那个罪比死还难受！抓到阿嫂、大姐仔，他们还会兽性大发……啊，不，绝不能落到他们手里！匆忙之中，阿惠不顾一切地撒腿便跑，心里只有一个念头：快逃，逃出去，宁死也不能……

阿惠太糊涂了！她的身后是十几名警察、几百名英军，人人荷枪实弹，一个单薄、柔弱的大姐仔怎么能逃得出去呢？刚刚跑了十几步，梅轩利便从容地举起手枪，“啪”的一声，阿惠一个踉跄，倒在了地上，再也没有起来……

乡亲们震动了，人群中一片感叹唏嘘，夹杂着低低的饮泣，在军警的枪口威逼之下，人们连哭都不敢放声了。

“你们看见没有？胆敢反抗港府，就是这样的下场！”迟孟桓耀武扬威地登上台阶，“你们这个地方，是抗英分子的据点，无论他们藏在哪里，都要逮捕归案，藏匿不报者，视为同罪，一律严惩不贷！”

回答他的是悲怆的沉默，人们只能用无声的抗议表达他们的愤怒。

觐廷书室那两扇厚重的黑色木门打开了，加士居的皮靴率先踏了进去，身后跟着摩利士、梅轩利和迟孟桓，石板地上响起一串“咔咔”的脚步声。

经过门厅，加士居望着陈列在两侧的“祖孙、父子、兄弟、叔侄文武登科”功名牌，问：“这是什么?”

“这上面记载着他们家族往日的地位和荣誉。”梅轩利说。

“嗯。”加士居点点头，向前走去。

书室的正厅“崇德堂”，帷幔低垂，明灯高悬，香烟缭绕。

“这是什么?”

“这里供奉着他们家族历代祖先，他们深深地以此为荣耀。”

加士居站在门口，朝着这神秘的厅堂注目良久，然后，一言不发地走向旁边的厢房。

“这是他们教育子弟读书的课堂，阁下。”梅轩利说。他想起第一次来到这里时，那位老夫子正在给学生讲解一首杜甫的诗，傲慢地对不速之客下了逐客令。而今，桌椅俱在，人去楼空，宾主已经颠倒了位置，警察司成了这里的主人，这戏剧性的变化真是耐人寻味!

迟孟桓抢先跨进这间课堂。上次他被拒之门外，现在则以占领者的身份登堂入室，可以出一口恶气了。突然，他的头顶被什么撞了一下，脱口嚷了声“Ouch!”抬起头来，不禁大惊失色，房梁上吊着一具尸体!

“啊?!”加士居和摩利士、梅轩利也被这意外的遭遇惊呆了。

高挂在房梁上的是邓老夫子。他仍然穿着那件灰布长衫，戴着那顶瓜皮小帽，脑后垂着灰白的辫子，一根麻绳勒在脖子上，结束了自己的生命。

他的身后，粉墙上书写着一首诗，湿淋淋墨迹未干：

洋蟹横行粤海滨，家亡国破泪沾巾。
此身宁做神州鬼，不愿生为异域民。

加士居神色肃然地注视着这几行他所不认识的汉字。

“这是什么意思?”他问。

“他的遗书，表示宁死也不肯和我们合作!”梅轩利说，“一个非常顽固的人……”

“看来，要从心理上征服一个民族，太难了！”加士居紧皱着眉头，那张苍白的脸冷冰冰、阴森森，深陷的眼睛在夹鼻镜片后面闪着幽幽的蓝光，“但是，我们必须从军事上、政治上迅速地压倒他们！”

“他……他还污辱英军，”迟孟桓身旁那具尸体使他心惊肉跳，插嘴道，“他说……说英军是横行霸道的螃蟹！”

“螃蟹？”加士居冷笑一声，“螃蟹有什么不好？身披铁甲，手持钢钳，是一个不可战胜的形象！”他扬起双手，像是螃蟹高举着一对螯足，“对，正是这样，我们要用铁甲和钢钳征服他们！”

邓植亭、邓芳卿和易君恕率领部队急速东进，没有赶到林村谷，便遇上了从观音山南麓败退的邓菁士部。

“怎么回事？你们来做什么？”邓菁士大吃一惊。

“来助你们一臂之力啊！”邓植亭喊道，“大哥，仗打得怎么样？”

“君恕兄！”邓伯雄激动地上前抓住易君恕的双手，“你……你怎么……”

“伯雄，”易君恕望着伤痕累累的邓伯雄，急切地问，“我们听见林村谷方向枪声激烈，不知你们胜负如何？”

“唉！”邓伯雄摇摇头，发出一声痛彻肺腑的叹息。

“鬼佬火力太猛，我们没能取胜，辜负了乡亲们的厚望！”邓菁士愤然道，突然，又威严地盯着邓植亭，问道，“没有我的命令，你们为什么擅自撤离屏山？”

“大哥，”邓植亭说，“你们在前方拼命，兄弟不能见死不救啊！”

“菁士，不要责怪植亭，”邓芳卿忙说，“这事，是我和他一起做主的！”

“糊涂！”邓菁士怒喝道，“两个拳头怎么能同时打出去？万一身后射来暗箭……”

话音未落，哨兵气喘吁吁地飞跑而至……

“菁士阿叔！刚才得到……确切消息，鬼佬从深圳湾打过来了，厦……厦村……”

“怎么样?”邓菁士一把抓住哨兵，“快说！怎么样了?”

“厦村和屏山……都被鬼佬占了!”

队伍里顿时一片惊呼，那些来自厦村和屏山的壮丁焦躁不安，人群里传出号啕哭声。

“啊!”邓菁士大叫一声，抡起拳头朝邓植亭打去，“你违抗军令，擅离职守，把厦村、屏山白白地送给了英军，我……我枪毙了你!”

邓植亭猝不及防，一个趔趄，仰面跌倒。邓菁士举起手中的驳壳枪，对准了自己的亲兄弟!

“菁士兄，住手!”易君恕一个箭步扑了过去，抓住了邓菁士的手腕，邓伯雄和邓芳卿、邓仪石、文湛全等人和壮丁们也急忙围上去，拦住了他。

“大哥!”邓伯雄血红的眼睛中含着热泪，“鬼佬杀了我们多少人!现在，他们正在强占我们的家园，凌辱我们的父老姐妹，你……你手里的枪是打鬼子的，怎么能杀自己的亲兄弟?”

怒火在邓菁士的双眼中燃烧，浓须连鬓、沾满血迹的脸庞痛苦地扭动，持枪的手臂颤抖着垂下来了。

“大哥不杀我，活着就要杀鬼子!”邓植亭像一头暴怒的雄狮，大吼一声，跳将起来，“不怕死的都跟我走，打回家去，杀鬼子!”

“走!”邓伯雄也举起了手枪，高呼道，“从鬼佬手里夺回厦村、屏山!”

队伍像潮水似的“呼啦”往西涌动，那些厦村、屏山籍的乡民哭着、喊着，朝着家乡奔去，家里的父母妻小也不知怎么样了……

邓菁士茫然地望着西泻的潮水，一时不知如何是好。

“菁士兄!”易君恕急切地说，“厦村、屏山失守，我已经后悔莫及，现在不能一错再错！像这样凭一时激愤，回去拼命，恐怕难以取胜……”

“菁士兄!”文湛全也说，“我们已经损失惨重，如果再打败仗，将不可收拾!”

邓菁士猛然一个激灵，朝着乱哄哄的队伍厉声喝道：“回来!”

人群被震住了，西泻的潮水又往回涌流……

“大哥，”邓伯雄怒吼道，“你是怎么回事？被鬼子吓倒了吗？”

“我……”邓菁士眼睛望着西方，牙齿咬得“咯咯”响，“我恨不得一步跨到家门，把强盗们杀光！可是，伯雄啊，”他用厚实的手掌拍着邓伯雄的肩膀，“连日来，我们两战大埔，再战林村谷，却屡战屡败……”

“不，是屡败屡战！”邓伯雄昂然说，“只要还有一口气，就和鬼佬血战到底！”

“血战到底，人马死尽，谁来收复失地？”邓菁士说，“敌人装备优良，火力凶猛，我们只凭强拼硬打，难以取胜，下一仗该如何打法，要慎重决策……”

“你说如何打？”邓伯雄急得两眼冒火。

“依我看，”邓菁士思索着说，“西路敌人乘虚而入，还没有遇到抵抗，风头正劲；而东路敌人从大埔到林村谷，已经和我们经过昼夜激战，洋鬼子纵是钢筋铁骨，也会疲劳不堪……”

“嗯？言之有理！”邓伯雄怦然心动，朝易君恕转过脸来，“君恕兄，你意如何？”

“孙子曰：‘善用兵者，避其锐气，击其惰归，此治气者也。’”易君恕说，“我们与其进攻西路劲健之敌，不如避其锋芒，回师反攻东路疲劳之敌！伤敌十指不如断敌一指，我们已经补充了兵员，合力歼敌，哪怕获一小胜，也可挫败英夷气焰，鼓舞我方士气！”

“好！”邓菁士说，“这一仗关系重大，行动之前，还要缜密谋划。命令大家就地休息待命，请公局首领和各乡、各村代表前来议事！”

队伍在一片木棉树林里临时驻扎下来，连日血战使这些一向吃苦耐劳的农夫也疲惫不堪，坐下之后连起来的力气都没有了。身上背的干粮已经所剩无几，又饥又渴的人们趴在山涧边捧饮着泉水。身上没有负伤的几乎一个没有，轻伤员在给重伤员清洗伤口，重新包扎，清清涧水被鲜血染红了。

挺拔的木棉树枝丫上缀满了红花，静静地开放。

蜿蜒的山道上，远远地出现一队人影，从北坡爬上来。哨兵警觉地赶来报告，邓伯雄举起望远镜，啊，原来是锦田的父老子弟，肩挑箩筐、身背米袋上山来了，走在前面的不是龙仔吗？邓伯雄的眼眶湿润了……

乡亲们来到木棉树林里，忙着寻找自己的亲人，连不相识的也拉着手，亲切得不得了，看见他们遍体鳞伤、满脸烟迹血痕，都心疼得哭了。他们拿出连夜赶制的炒米饼、竹筒饼、煎锅贴片和肉脯、咸菜，甚至还不辞辛劳地用瓦罐送来了余温未退的汤水，让亲人们暖一暖肚肠。

“易先生，我们这里兵荒马乱，让您也跟着受苦了！”龙仔一边把带来的食物递给易君恕，一边说，“等打跑了鬼子，回家再请你吃九大簋啦！”

易君恕凝望着这个孩子，嘴唇张了张，却什么也没有说出来。他欠乡亲们的情太多了，该怎么报答呢？

“少爷，看您身上的这些伤……”龙仔心疼地望着邓伯雄说，“少奶奶答应我了，让我跟着您打鬼子，也好照顾您！”

“胡闹，”邓伯雄瞪了他一眼，“你怎么能留下？”

“少爷，”龙仔忽闪着一双大眼睛说，“我怎么不能？去年我就成丁了！”

“唉，”邓伯雄望着龙仔，不禁叹了口气。这孩子虽也是邓氏子孙，却并不是吉庆围的人，他父母双亡，无依无靠，被邓伯雄收作仆僮，转眼七八年过去，也已经成“丁”了。虽然个子不矮，可看起来还像个孩子，嘴唇上刚长出细细的茸毛，一脸的稚气。邓伯雄猛然又想起阿惠的兄弟，心里一阵刺痛，他怎么忍心让龙仔也跟着出生入死！“龙仔，听话，你还是回去吧，在吉庆围站岗、巡更也很重要，家里又离不开你，拜托你好好照顾心瑜和阿猛，让我放心！”

“嗯……”龙仔含着眼泪点了点头，“少爷，您可一定要保重啊，也让少奶奶放心……”

距抗英乡民临时营地仅数华里之遥的上村，驻扎着伯杰上尉的香港团队和巴瑞特中尉的预备部队，他们昨天晚上从林村谷赶过来，在此宿营。

中午时分，辅政司骆克和指挥官奥格尔曼中校率领后续部队来到上村。

昨晚激战的枪声使骆克一夜没有安眠。此时他睡眼惺忪，和奥格尔曼一起，在伯杰和巴瑞特的陪同下走进部队驻地石头围的临时指挥部。这是一座乡绅的庭院，昨天晚上被英军占领，房主全家被赶走，所有的房间和走廊都住满了士兵，没有足够的床铺，他们在地上铺了厚厚的干草。士兵们躺在干草上，一些人睡着了，还有的在打纸牌，一名士兵正伏在膝盖上写什么东西。

士兵们发现长官进来了，马上像弹簧似的跳起来，向他们立正、敬礼。

“稍息!”奥格尔曼挥了挥手。

“年轻人，你们在这儿生活得怎么样?”骆克停下来，问他们。

“报告阁下，”一名士兵回答说，“睡在干草上很舒服!”

“很舒服?”骆克笑了，“你不怕艰苦，很好。刚才，你在写什么?”

“报告阁下，我在给妈妈写信。”士兵说着，把手里的那张纸向他递过来。

“噢?”骆克接过来，“这是你的私人信件，我怎么可以看?”

“当然可以看，”士兵坦然地说，“这里面没有秘密。”

骆克垂下眼睑，注视着那张纸。这不是一封通常意义的信，而是一幅铅笔画。绘画技巧当然很拙劣，但看得出，士兵画得很认真。上面画着一名英国士兵，显然代表他自己，手持毛瑟枪，在向拖着长辫子的中国人射击。画的下方写着一行英文：“1899 年 4 月 17 日晚，林村谷之战纪念。”

“你把这幅画寄给妈妈……”骆克皱了皱眉头，心里泛起了一阵不安：这种屠杀的场面，似乎不宜宣扬，特别是寄给一位身为母亲的女性，也许将造成不利于皇家军队的影响……骆克沉思着，侧过脸看着这名年轻的士兵，“你妈妈看到之后，会怎么想呢?”

“她当然会为我感到骄傲!”士兵那双淡蓝色的眼睛在熠熠闪光,“爸爸年轻的时候在印度殖民地干得很漂亮,赢得了女王授予的‘C. S. I.’勋章,妈妈希望我也能早日给家族带来荣誉!”

“嗯……”骆克心中的那一丝疑虑打消了。当大英帝国全民族都在为称霸世界的荣誉而欢欣鼓舞之际,他的担心是多余的。

他没再说什么,把那幅画还给了士兵,和军官们一起走出营房。

“伯杰中尉,你们昨晚打得很好!”奥格尔曼中校赞赏地对他的部下说,“特别是在西蒙斯不幸迷了路,他的大炮不能为你掩护的情况下,你们能够粉碎两千多名中国人的围攻,可以说是一件军事杰作!”

“谢谢,能够得到阁下的首肯,我深感荣幸!”伯杰激动地说,“其实我们打得也非常艰苦!中国人的阵地选得很好,要是他们枪打得准,我们本来是会倒霉的!”

“是啊,”骆克深以为然,“我们的对手虽然只是一些农夫,但他们却具有军队的纪律性和攻击力,如果他们拥有先进的武器,我军恐怕就更加为难了!即使如此,他们使用原始武器顽强开火的那股劲头,也显示出他们浑身是胆!”

“所以我认为,”伯杰说,“和中国人打交道最好的方式就是不停地进攻他们,袭击他们,使他们没有还手之力,不可能再组织一次成功的反击!”

“事实证明,你的策略是行之有效的!”奥格尔曼说,又问,“部队在这里休整,有什么困难吗?”

“当然有了,”伯杰耸耸肩,说,“这里的居民对我们非常仇视,以至于雇用苦力、购买东西都成为不可能的事,只有采取以武力强迫的办法。食品短缺,我们宰杀了农民的耕牛,用水牛肉做的牛排也还是很好吃的,等一会儿将请阁下品尝品尝!”

一个小时以后,他们正坐在强占的民房客厅里享用午餐,一名侦察兵疾步走了进来。

“报告阁下,三英里之外发现敌情,中国人正在向我们靠近!”

“嗯?”骆克一愣,停止了咀嚼,“他们又打过来了!”

“他们有多少人?”奥格尔曼问。

“估计有两千人以上。”侦察兵回答。

“嗯，有那么多人?看来，不仅是昨晚战败的残部，他们又补充了新的兵力。”奥格尔曼思索着说，“伯杰中尉!”

“有!”伯杰在餐桌旁站起来，“咔”的一个立正。

“你现在就去做准备。”奥格尔曼命令道，“让昨晚参加战斗的士兵休息待命，今天由增援部队出战，他们已经养精蓄锐，战则必胜!不过，在战术上，还是要动一动脑筋，一名优秀的指挥官，不仅要打得顽强，还要打得巧妙!”

“是，阁下!”伯杰答道。午餐还没有吃完，他便和巴瑞特一起匆匆走了。

下午三点钟，战斗打响了。

从石头围驻地的窗口，骆克和奥格尔曼手持望远镜，注视着战场。

村外空旷的原野上，浩浩荡荡的中国农民武装正汹涌而来。他们排成三列，队形非常整齐，显然不是出于盲目的冲动而是经过严密策划之后采取的行动。他们挥动旗帜，大声叫喊着，越过被犁过的大片土地，朝着石头围冲过来。子弹在空中呼啸，打烂了村外树木的枝干，绿叶纷飞，而英军驻地石头围却没有任何回应。也许，中国人自以为这次的反攻已经胜券在握了!

就在那片空旷的原野前方，是一条东西走向的小河，现在雨季刚刚开头，河床里几乎干涸见底。伯杰上尉、巴瑞特中尉率领着部队，正埋伏在那里。

抗英乡民的队伍呼啸着，奔跑着，射击着，越来越近，显然，他们是要跨过那条干涸的河床，包抄石头围，实施“瓮中捉鳖”之术。但是，他们做梦也不会想到，那条干涸的河床竟然会成为不可逾越的天堑!

他们已经逼近了河床，只剩下差不多五百码了，子弹打在河堤上，激起滚滚尘烟。可是，河床里仍然不见动静。

“上校，为什么还不打？”骆克的心脏怦怦地狂跳，“我担心伯杰上尉会错过狙击的最佳时机……”

“不要着急，阁下，”奥格尔曼微笑着说，“等到距离三百码左右，才能保证在射程之内，而且，可以让阁下清楚地欣赏到射击的效果！”

乡民们杀声震天，直扑河床而来，在望远镜里可以清晰地看到那一张张激愤的面孔，沾着泥污，染着血迹，焦渴的嘴唇爆裂，眼睛里闪射着火焰。看来，他们把全部“赌注”都押在这次反攻上了！

只剩下三百码了！

“啪！”河床里一声清脆的枪响，伯杰一跃而起：“打！”

顿时，干涸的河床像是突然洪水泛滥，英军涌上河岸，一起猛烈扫射，密集的子弹交织成一张火网，连飞鸟也难以穿过！

奔跑着的农民队伍显然大吃一惊，跑在前面的一排像砍刀之下的甘蔗林突然倒下了一片，后面的人根本不可能再往前冲，骤然如潮水倒流……

“追！”奥格尔曼兴奋地叫了一声，放下望远镜，转身往指挥部外面走去，指挥官现在要上前线了。

空旷的八乡平原上，潮水般溃退着世世代代与土地为伴的农民。当他们拿起武器保卫脚下的土地时，面对的却是以攻城略地为职业的大英帝国皇家军队，战争这个深不可测的陷阱使他们一旦陷入便不可自拔。命运好像处处与他们作对，大埔两战、林村谷伏击都归于失败，厦村、屏山失守，此次邓菁士调集了几乎全部的精锐兵力，再加上从深圳、沙头角、东莞、惠州前来支援的友军，共两千六百余人，志在聚歼驻扎在石头围的“疲劳之敌”，却不料又中了埋伏，而且迎战的是从大埔乘胜东进的勇猛之师，再一次失算！

英军穷追不舍。香港团队、预备部队、亚洲辎重连、警察部队……各军种、兵种分进合击，以强大的火力，共同对付那些连“老爷枪”尚不能做到人手一支，许多人还以火铳、大刀、长矛、三叉戟为武器的农民。他们那长满硬茧的手使惯了犁、耙、镰、锄，按照大英和大清两国朝廷共同替他们安排好了的命运，本应该老老实实地去种田，养活黄毛碧眼的洋主子。香港总督早已命令他们“照旧各安其业，守分营生，慎勿造言生事、煽动人心”。并且警告说，“作奸犯科者，定必按律惩治，决不姑宽”。可是他们偏偏不听，胼手胝足的农夫却有着极度的自尊，大宋皇姑的后裔、大宋丞相的子孙决不肯低下高贵的头，纵使朝廷已经签约、两国已经划界，他们却仍然固执地要守住先人留下的祖业，祖国东南边陲的最后一寸土，那么，遭到大英皇家军队的严厉“惩罚”就是不可避免的了！

疯狂的追杀，仓皇的奔逃……

逃向哪里？八乡平原南靠大帽山，东临大刀屻，西接锦田平原，北至鸡公岭，如今东面的大埔、西面的厦村和屏山、南面的上村都已被英军占领，所剩只有北边一条路了。“上鸡公岭！”邓菁士在急速的撤退中作出了唯一可行的决策。鸡公岭在“新租借地”的西北部，方圆十余里，主峰桂角山、侧峰鸡公山均高达千余尺。八百年前，锦田邓氏四世祖符协公在桂角山创办“力瀛书院”，讲学其下，嘉庆《东莞县志》有载，至今基址尚存，是名副其实的邓氏祖家山。此山地形复杂，森林茂密，未尝不可作为立足之地，安营扎寨，进可东攻大埔，西征屏山，南伐上村，收复失地；退而过河便是深圳，再与番鬼周旋，今天的撤退不可言败，华夷逐鹿，尚不知鹿死谁手！

抗英乡民且战且退，将至七星岗，突然又从粉岭方向杀来一支英军！那是昨夜迷路误入粉岭的西蒙斯部，如今赶来支援主力，正赶在紧要关头，骤然冲进乡民的队伍，败退的潮水“哗”地向两边散开，一路往西涌流，一路向北倾泻……

从石头围到鸡公岭，不过六七华里的路程，而处在生死存亡之际的乡民们好似跑了一年！血肉相连的邓氏祖家山收留了这些死里逃生的子孙和乡邻，往日砍柴时穿过的树林，赶路时爬过的坡岭，危难中成了他们唯一可以藏身的家园。

邓菁士清点队伍人数，已经损失过半！啊，那些没有赶上山来的弟兄们呢？他们都战死了，从石头围到鸡公岭这条路，被他们的鲜血染红了！他看看身边的几位首领，邓植亭、邓仪石、邓芳卿、文湛全、廖云谷、彭少垣、侯翰阶……都还在，可是，伯雄呢？易先生呢？难道……他们也已经倒在了那条血路上？

“伯雄！……”

“易先生！……”

悲怆撕裂了肺腑，峰峦之上，丛林之间，回荡着邓菁士凄厉的呼唤。

浓重的乌云从四方涌来，已经湮没了鸡公岭峰顶，那如铅似墨的天，好像要塌下来了。

鸡公岭下黑压压一片，英军紧紧追踪而至。

“大哥，”身负重伤的邓植亭喊道，“鬼佬跟上来了！”

“不怕！”邓菁士猛地昂起头，把垂落在胸前的辫子甩开，“鸡公岭不是林村谷，鬼子休想再上山！告诉弟兄们，节省子弹，不许开枪，等鬼子靠近了再打！”

“好，”邓植亭说，“这是鬼子在上村的战法，我们以其人之道还治其人之身，为伯雄和易先生报仇！为死难的弟兄们报仇！”

“为弟兄们报仇！……”一张张血污的脸发出山鸣谷应的怒吼。

布满弹洞的旗帜高高举起，发热的枪膛上满子弹，滚木、礌石推上了山崖，大刀、长矛蘸着涧水在山石上磨砺，听那声声都是：杀！杀！杀……

山下的队伍步步逼近，已经不足半里之遥。

邓菁士举起了望远镜。

“大哥，打吧！”邓植亭的心脏快要跳出胸口，等待着报仇的时刻。

他们的身旁、身后，一支支枪都已经端起，对准了英军冲上来的那个山口。不需要多久了，也许再等一两秒钟，只需邓菁士一声令下：“打！”仇恨的子弹和滚木礌石便将一齐倾泻向那里，英军插翅难逃，纵使不能一举歼灭，也将予以重创！

邓菁士抬起右手，在他将要用力挥下之际，耳畔却传来一阵熟悉的声音……

“这是什么声音?”他的手停在半空，双眼紧盯着望远镜中的英军。

望远镜中，随着队伍的越来越近，一幅出乎意料的画面清晰地展现在他的眼前。走在英军队伍最前头的竟然是一些本地乡民，有被抓来的挑夫，也有携男抱女的老人、妇女，他们被英军用刺刀驱赶着，向山上挥着手，哀哀地呼喊道：“自家人呀，不要开枪！……”

邓菁士的手臂颤抖了！

“是自家人呀，不要开枪！……”那喊声更响了，像是许多人齐声在喊，完全相同的词句，一遍一遍地重复，显然是英军威逼他们这样喊的，可是他们毕竟真的是自家人啊！

“唉！”邓植亭大吼一声，胸膛似乎爆裂了，“大哥，这怎么办?”

壁垒森严的阵地上，数百双眼睛盯着邓菁士，焦急地等待他的回答：怎么办?怎么办?

“我们不能朝自己人开枪，绝不能……”邓菁士干裂的嘴唇颤抖着，艰难地吐出这几个字，像是轻声自语，而对于他身旁的数百条生命却是一道残酷的命令，不准开枪，无异于自杀！

几乎就在他发出这一命令的同时，山下的枪声大作，马克沁机关枪的近距离扫射立即封锁了山头，“咚！咚！”大炮轰响了，炮弹在密集的人群中爆炸，冲天的火光挟裹着粉碎的肢体……

广州，两广总督衙门。

王存善和方儒匆匆奔进客厅：“卑职参见制台大人！”

谭钟麟从他们急切的脚步和语声已感到不祥之兆：“快讲，此去香港，情形如何?”

“大人，”王存善一脸的屈辱和沮丧，“香港总督嫌我们二人官职卑微，不肯接见……”

“什么?”谭钟麟勃然大怒，“我忍辱含垢，派员与他协商，他竟然拒而不见?红毛番鬼，如此狂妄！”

“他传下话来说，大人应当亲自去拜谒他，言辞之中，对大人极为不敬，颇多污蔑……”王存善惶然望着两广总督，不敢再说下去了。

“讲!”谭钟麟怒喝道,“卜力都说些什么?”

“他……他说:两广总督言而无信,没有承担起应当承担的责任!连日来,百姓伤亡惨重,甚至连我都不能对这么多人丧失生命无动于衷,两广总督却视而不见……”

“胡说!”谭钟麟拍案道,“两国签约之时曾有协议在先,英夷对新租之地,须施行仁政,善待百姓,而今墨迹未干,英夷便出尔反尔,暴政屠民,倒是何人言而无信?百姓丧生于英军枪炮之下,他反而指责于我,天下竟然有这等无耻之人!我要上书朝廷,请总理衙门与英夷交涉!”

“租借地升起了米字旗,便已属英界了,交涉还有何用啊?”王存善叹息道,“以卑职之见,这书也不必上了,大人还是保重自己吧!香港总督已经电请英国公使馆向总理衙门弹劾大人,说大人纵容莠民作乱,而且下令军队参与抗英……”

“这里有一份电报抄本,”方儒从身上取出电稿,“港督说,这是大人给九龙水师的电令,被他们截获……”

“啊?!”谭钟麟大吃一惊,离座而起,“拿给我看!”

方儒走上前去,双手把电稿呈上。谭钟麟接过来,拿起身边的放大镜,眯起那双被层层皱纹包裹的昏花老眼,贴近了,吃力地辨认,那纸上的字迹却仍然是恍恍惚惚的一团……

“唉,看不清……”他无可奈何地把电稿又递给方儒,“你念给我听吧!”

“‘谕令九龙水师各舰艇:如有英舰三艘以上,未经允许进入港口,不问其是否深入,坚决向其开炮。’”

“啊?!”谭钟麟猛地一震,放大镜从手中滑落,砰然坠地,碎片四散迸射……

“大人,九龙水师没有接到这份电令啊!”方儒疑惑地说。

“本部堂又何曾发过这样的电令?这是英夷嫌我老而不死,碍他们的手脚,有意加害于我!”谭钟麟愤然道,脸上蛛网似的皱纹在扭动,稀疏的白须在颤抖,“其实,这倒是抬举我了,如果我真的下令大清兵舰向英夷开炮，中国岂不又出了一个林则徐吗？那也不枉为七尺男儿来世上一遭！唉，可叹，可叹啊，我谭钟麟纵有此心，却无此胆，纵有此兵，却无此权，又可奈何？又可奈何！”

年逾八旬的两广总督仰天悲鸣，怆然涕下，方儒和王存善也不禁痛哭失声！

“大人！大人……”

“告诉我，现在新安百姓的情形如何？”

“我们一路都听见枪炮声不断，”方儒说，“百姓还在和英军血战……”

“啊，还在血战？以农夫对英夷正规部队，以抬枪火铳对洋枪洋炮，那是必败无疑啊，而我却爱莫能助！”谭钟麟一阵钻心的刺痛，突然头晕目眩，“方儒、王道，你们……在哪里？”

“大人，我们就在您跟前哪，”方儒慌慌地说，“您怎么……”

“我看不见你们……”谭钟麟双腿颤颤巍巍，向前伸着两手，“什么也看不见了……”

“啊？”王存善惊呼道，“大人的眼疾又犯了！”

“大人！”方儒连忙上前扶住他，“您可要保重啊！”

“保重？我这老病残躯不值得保重了，两广总督尚不如一介草民，苍天留我何用啊？”谭钟麟木然地望着前方，那双枯竭的眼睛里已经没有泪水，浑浑然失去光彩，面前一片黑暗……

乌云笼罩着新安大地。从八乡平原和元朗平原相对开来的英军，浩浩荡荡地汇集在它们的中心地带：锦田平原，这是一片尚未占领的地方。

早在去年8月，辅政司骆克对新租借地进行调查时，就曾在锦田吉庆围受到令他难堪的冷遇，近来的多方情报也清楚地表明锦田是策动抗英骚乱的“祸源”之一，骆克早就想以适当的方式重访锦田了，今天自然是一个最佳时机，因为他在望远镜里看到，从上村溃退的抗英乡民并没有全部撤往鸡公岭，其中的一小部分在到达七星岗之前就被英军冲散，由那里转而往西，奔向了锦田。

现在，辅政司兼新租借地专员骆克发出了命令：占领锦田，逮捕抗英分子，摧毁骚乱之源！

锦田邓氏的五围六村之外，密密麻麻布满了英军。从八乡开来的奥格尔曼部，从屏山开来的摩利士部，东西夹攻，把吉庆围包围得风雨不透。

滔滔锦田河畔，矗立着这座古老的围村。高达一丈八尺的青砖围墙筑成坚固的方城，四角炮楼高耸，炮楼和围墙的外侧，一列枪孔森然。围村背靠鸡公岭，面对蚝壳山，坐东朝西，周遭只有一个西门出入，花岗石门框中间装着特制的连环铁门。门外的护城河宽一丈八尺，水深一丈二尺，河面铺有吊桥，水底插满锋利的铁刺。吊桥高高升起，盗贼休想涉水攀墙。邓伯雄曾说：先祖筑成此围，目的在于防御海盗，不承想，如今果真来了西洋海盗！这番话是在今年元宵前夕他对初访吉庆围的易君恕说的，现在清明已过，谷雨未到，元宵之后尚不足两月，便已经应验了。

兵临城下，吉庆围内剑拔弩张。老弱妇孺聚集在围尾的神厅，十六岁以上的男丁都准备作战。连环铁门由六名手持七九步枪的壮丁严密防守，围墙的每一个枪孔都伸出了枪管。四角的炮楼各有两门土炮，共八门，其中九尺六长的六门，四尺八长的两门。土炮其实不是“炮”，就是古老的抬枪，以传统的火药发射弹砂，每一门土炮需要六名壮丁操作。炮楼底层排列着弹药桶，贮满扎制成捻的火药。

踏着一级级楼梯，一个魁梧的身影登上了围墙内侧的垣道。他一身短打，衫裤千疮百孔，腰束皮带，手执短枪，左臂上裹着一条黑巾，粗壮的发辫缠在脖子上。他的脸庞已经不辨肤色，烟尘、泥土、汗水和血浆混合在一起，在脸上垂下一道道流痕，浓眉之下的一双大眼闪射着复仇之火。他是邓伯雄。

随在他身后，易君恕也登上了垣道。连续一昼夜的奔波、鏖战，易先生的文士风采已不复见，头顶的青缎便帽不翼而飞了，一条长辫垂在脑后，两鬓飘散着几丝乱发，清癯的面颊染上了硝烟，剑眉下那双深邃的眼睛如今也充盈着肃杀之气。银灰色的长衫溅着血迹，下摆撩起，掖在腰间的丝带上。肩上挎着那支驳壳枪。

一个时辰之前，他们还在反攻石头围的队伍之中。大埔、林村谷的接连败北和厦村、屏山的相继失守使易君恕痛心疾首，他渴望石头围一役能够获胜，哪怕付出惨重的代价，也要挫败英军嚣张的气焰，给矢志抗英的新安义民以些许安慰。其实他心里十分清楚，在英国人已经正式接管新租借地、升起了米字旗并且重兵压境的情形之下，凭借两千余名农民武装要想驱逐敌寇、收复失地已经根本不可能了；何况，即使民众能够“收复”失地，软弱的朝廷也不敢“接收”，到头来还会落入英夷之手！在这弱国无外交的年代，“香港拓界”之议从谈判之始就已经预定了它的结局，如果说易君恕当初还曾天真地抱有幻想，也早已被残酷的现实击得粉碎，如今连封疆大吏两广总督谭钟麟都已经无能为力，易君恕身为中、英双方同时通缉的逃犯，自己的性命尚且旦夕不保，于国家大事更是徒唤奈何！但是，当他第一次踏上新安的这片土地，第一次走进这座经历数百年风雨的吉庆围，第一次把自己融入这些以历史为血脉、以土地为生命的乡亲之中，元宵节饮“丁酒”使他强烈地感到自己也是其中一“丁”，不由自主地变成了一名新安的百姓，已经踏进去的脚就再也不可能拔出来，只有与他们共存亡了。青山湾舌战方儒、义撼水师，给了乡亲们何等巨大的鼓舞，而他知道，略施小计仅此一次而已，卜力、骆克、加士居、梅轩利不是方儒，也不是谭钟麟，与番邦殖民者没有道理可讲，义薄云天也感动不了虎豹豺狼，只有以智相斗，以死相搏。然而，“书到用时方恨少”，大敌当前他才感到金榜题名的顺天府举子原来是个无用之人，运筹帷幄无制敌之策，驰骋战场无决胜之力，眼睁睁看着乡亲们的血流成了河，他的心碎了！兵败石头围，身后强敌追杀，耳旁弹如飞蝗，他自知必死无疑，而千钧一发之际，同生死共命运的新安人再一次救了他的性命……

就在那时，英夷阵中一支异军突起，冲入溃退的抗英乡民之中，邓伯雄回身挽枪，准备最后的拼命了！但是，他一眼看到，体质文弱的易君恕突然踉跄跌倒，再迟一刹那，他即使不死于番鬼弹下，也会被数百双皮靴踏成肉泥！没有一秒钟的迟疑，邓伯雄放弃了与英夷以死相拼的念头，一把拉起易君恕，“走！”走？往哪里走？追兵接踵而至，鸡公岭还有数里之遥，易先生恐怕是难以支持了！绝望之际，邓伯雄眼睛向着生他养他的锦田方向望了一眼，不禁怦然心动：走，回家去，家里有九旬太公、爱妻心瑜和幼子阿猛，有百余口阖族父老兄弟姐妹，他不能丢下他们；吉庆围有固若金汤的城池，有坚不可摧的连环铁门，有八门土炮和数十支步枪，有众志成城的护围壮丁，未尝不可凭坚据守，再与鬼佬决一胜负！胜敌的渴望使他平添了勇气和力量，战胜了死亡和失败，率领身旁仅有的十余名弟兄，护卫着易君恕，回家来了……

刚刚进了围村，来不及洗去一身征尘，来不及向九旬太公叩问安好，来不及吃一碗爱妻心瑜炒的米粉，来不及抱一抱幼子阿猛，番鬼佬的队伍已经向吉庆围开来，他和易先生又上了战场。

围墙内侧的垣道上，邓伯雄和易君恕匆匆向前走去。凭借宇墙的掩护，每一个枪孔都布好了枪手，枪管伸出洞口，手指握住扳机，子弹一触即发。

“准备好了吗？”他问一名枪手。

“雄哥，准备好了！”枪手响亮地回答。

“准备好了吗？”他走过去，问另一名枪手。

“雄叔，准备好了！”

……

沿着垣道，他们登上西南角炮楼。两门土炮的炮筒各自伸向墙上的炮孔，每炮分工负责上火药、上铁砂、插引线、观察敌情、移动炮位、点火发炮的六名炮手各就各位。

“准备好了吗？”他问炮手。

炮手们齐声回答：“准备好了！”对他的称呼各不相同，同辈的叫他“雄哥”，晚辈的叫他“雄叔”，长辈的叫他“阿雄”，只有一名炮手例外，叫他“少爷”，那是他的仆僮龙仔。

“龙仔，”易君恕问他，“你在这里，管什么？”

“易先生，我管点火开炮。”龙仔自豪地回答。

“真是不得了，小小的年纪就上阵杀敌！”易君恕感叹道，“国门临难日，稚子早成丁！”

围墙之外，传来一片鼓噪之声。

“雄哥，”一名炮手叫道，“你听，鬼子在朝我们喊话呢！”

“嗯？”邓伯雄眉毛一扬，走近了炮孔。

果然，护城河外面黑压压的英军阵营中有人在喊话，说的既不是英语，也不是洋人讲汉语的那种怪调，而是本地人说官话：“吉庆围的乡亲们！你们不要害怕，大英皇家军队仁爱宽容，不伤百姓，到此只是要抓捕造反作乱的莠民！请你们把大门打开，交出莠民，其余归顺良民一概无事！”

“这不是鬼子，而是二鬼子！”邓伯雄冷笑道。

易君恕听得那声音似曾相识。他从炮孔向外看去，喊话的人一身西装革履，头上也没有辫子，剪得短短的“洋头”，梳得油光水亮。这个人，即使走到天边，他也不会认错！

“迟孟桓！”他愤然喊道，胸中一股热血骤然涌上头顶。

“打！”邓伯雄抬起手臂，一声怒吼！

话音未落，龙仔已经点燃了火嘴引线，引线“嗞嗞”地冒着火星，飞速燃进炮膛，“轰！”一股白烟裹着火舌从炮口喷射而出，黑压压的英军队伍顿时倒下一片！“轰！”“轰！”四座炮楼的八门土炮一齐发射，“啪！”“啪！”四面围墙上的枪孔一齐开火，英军阵营大乱！

“打得好！”邓伯雄终于出了胸中一口恶气，挥动着手臂，怒吼着，“狠狠地打！不停地打！让鬼子、二鬼子认识认识邓氏子孙！”

硝烟滚滚，炮声隆隆，吉庆围四周的枪孔、炮孔喷射着烈火，三十丈见方的围村成为一座坚不可摧的堡垒！炮膛打热了，烧红了，炮手们拿来浸湿的棉被覆盖上，坚持开炮；火嘴被砂粒堵塞了，炮手们仔细地用针剔净火嘴，继续填药；每一发炮弹都挟裹着不共戴天的仇恨，药捻的分量增加二成，杀伤力扩大百分之二十……

“我们的弹药，能够坚持多久？”隆隆的炮声中，邓伯雄大声问。

“有的是，”龙仔说，“打他三天也打不完！”

“三天？”邓伯雄的浓眉锁紧了，“不行！要准备打他三个月，和鬼子决一死战！龙仔，我来点炮，你赶快去告诉大家，准备弹药！”

“是，少爷！”龙仔抹了一把汗，匆匆跑下炮楼。

围尾神厅里，长明灯下，供奉着邓氏历代祖先的牌位，香案上青烟缭绕。案前挤满了老弱妇孺，怀着深深的恐惧、殷殷的期望，注视着那缕缕青烟。文心瑜抱着幼子阿猛，把脸贴在孩子的脸上，忧伤的眼睛含着泪水，喃喃地说：“阿猛，阿猛，你太小了，还帮不上你阿爸……”

皓首银须的老族长九公长跪在香案前，闭着双眼，像是一座塑像，默默无言，纹丝不动。老人家年逾九旬，耳不聋，眼不花，外面的天下大乱，心里清清楚楚。他这一辈子，经历了嘉庆、道光、咸丰、同治、光绪五朝皇帝，亲眼看着大清国从泱泱天朝大国一步步垮下来，沦为狄夷列强刀俎间的鱼肉。道光爷翻手为云、覆手为雨，自己派林大人到广东来禁烟、打鬼子，自己又亲手把林大人革职查办，把香港岛拱手让给了鬼子；咸丰爷省了一道手续，鬼子打来他就跑，鬼子要什么给什么，九龙又归了英国人；到了西太后掌天下，大清国的土地从北到南，今天割一块，明天租一块，说不定哪天就被洋人瓜分个干干净净。所以，庆亲王啊、李中堂啊、谭制台啊，统统都不必指望，既然已经签字画押、裂土为界，新安县的这块地方必是洋人的无疑了。这就好比一个家族，领家的族长要是一代不如一代，这个家败起来可就真快，就像一首曲子唱的：“眼看他起朱楼，眼看他宴宾客，眼看他楼塌了……”大清国的这座大楼，风雨飘摇，还能支撑几时呢？九公嫌自己活得太久了，亲眼看见了这番破败；他嫌自己太老了，九十多岁的人，再活九十九年是没有指望了，新安这地方再回到中国手里，那一天他是看不到了！如今，他的儿孙舞刀弄枪地抗英，老人家一则以喜，一则以惧：喜的是，邓氏儿郎没有辱没祖上的荣耀，想当年元兵南犯，七世祖元亮公起兵勤王，搭救大宋落难公主，那是万古流芳的忠臣哩！今世又是国难当头，儿孙们威武不屈，岂不正是继承了祖上遗风？将来族谱之上，必定重重地落上一笔。惧的是，香港“拓界”事已至此，爱新觉罗氏都没奈何，邓氏能够只手回天吗？更何况现在举兵事败，仅以小小的一个围村，要抗拒英夷，只怕是难了，待围破之日，阖族儿孙无可逃避屠城之难，呜呼，老夫于心何忍！我邓氏自汉黻公由内地迁粤，九百余年，传世二十多代，难道就灭于英夷之手吗？

两行清泪从老人紧闭的双眼潸然流出，没有哭泣，没有叹息，他只有默默地，默默地念诵着历代祖先的尊讳，仿佛一条由血脉汇成的长河在心中流淌，列祖列宗，先考先妣，不灭英灵，悠悠在天，护佑你们的儿孙吧……

"太公，太公！"龙仔匆匆跑进神厅，气喘吁吁地喊道，"炮药不够用，少爷说，请各位阿公、阿婆、阿嫲、阿婶帮忙想想办法！"

"哦，"文心瑜好似从梦中醒来，赶紧抱着阿猛立起身来，"我去把烧饭的铁镬拿来，打碎了做炮药！"

她这样一说，旁边的老弱妇孺都动起来，铁镬谁家没有呢？

"去吧，孩子们！"九公轻轻地发了话，仍然闭目长跪，纹丝不动，继续他的思念和祈祷，一条由血脉汇成的长河在他的心中涌流……

炮楼下的弹药房忙碌起来，各房各屋都送来了铜铁家什，铁镬、铜煲、铜盘、锡壶、犁头、犁嘴……都拿了来，文心瑜还捧来了新年时给阿猛储压岁钱的瓦罐，"啪"地打碎，倒出一堆"光绪通宝"铜钱。专责捣药的壮丁毫不怜惜地抡起锄头，把这些吃饭家什、耕田农具、孩童私房统统打碎，然后装进石臼，用铁杵"叮叮当当"舂起来……

硝烟滚滚，炮声隆隆，散射的碎铁烂铜在英军的阵营中遍地开花，英军的机关枪、毛瑟枪、来复枪也在不停地扫射，却根本不可能穿透那厚厚的围墙，大英皇家军队的精锐之师在中国土炮面前失去了威力，不得不后退了。

天越来越暗了。英军撤到了射程之外，吉庆围的炮火也暂告停息，锦田一片沉寂，天昏地黑，星月无光，浓重的阴云中滚动着雷声。

加士居少将从屏山指挥部赶来了，他对于部下的软弱无能极为不满。

在蚝壳山下，少将召集了紧急军事会议。参加的有辅政司骆克、摩利士上校、奥格尔曼中校、西蒙斯上尉、梅轩利上尉、伯杰中尉、巴瑞特中尉等等政、军、警官员，迟孟桓虽然是平头百姓一个，但作为梅轩利的助手，出于“以华制华”的特殊需要，荣幸地得以列席。

“大英帝国的皇家军队可以征服全世界，却在一座乡村土围前面退却了，这简直不可思议，这消息如果传到伦敦，将被国防部当作一个笑柄！”少将说，马灯的光亮从地上反射着他那张苍白的脸，鼻梁和眉弓上的大片阴影令人感到恐怖，“为什么不开炮？”

“少将阁下，这是骆克辅政司的命令……”奥格尔曼嗫嚅道，语气中已经流露出对骆克的不满。

“骆克先生！”少将发怒了，尽管骆克在港府处于仅次于总督的地位，但作为一名文官，直接向军队发令，这也是总司令所不能容忍的，“敌人在开炮，我们的士兵在流血，在牺牲！我不明白，你为什么要下达这样的命令？”

“请你听我解释，少将阁下，”骆克在总司令面前极力克制自己的情绪，显得彬彬有礼，这位以“汉学家”自诩的洋儒生颇有一些“人不知而不愠，不亦君子乎”的涵养，“我作为新租借地的专员，所考虑的不仅是接管这片土地，还有如何统治这里的人民，在今后的岁月里，我们将和他们共处九十九年，应该设法建立一种良好的关系……”

“这是不可能的，征服者和被征服者永远不可能成为朋友！”少将冷笑道，“九十九年之后，我们在哪里？天堂或者地狱，总之不可能仍然活在这片土地上。作为军人，我需要刻不容缓地完成自己的使命，完成对整个新租借地的占领，为此可以采取任何手段！”

“可是，阁下，”骆克说，“这里毕竟只是一座围村，而不是敌人的兵营；我们要逮捕的是抗英分子，而不是所有的平民，如果向老百姓开炮，我们不能不顾虑可能招致国际舆论的谴责，因此，我希望能够寻找一种更体面的方法进入吉庆围……”

“维护大英帝国的尊严是最大的体面！”少将高声说，“我提醒你，这里已经是英国的领土，我们不是入侵别的国家，而是在自己的领土上平息武装叛乱！叛乱分子有多少就杀多少，国际舆论无权谴责！我认为无须再争论了，行动吧！”

骆克张了张嘴，却欲言又止，放弃了自己的主张。

蹲坐在梅轩利身旁的迟孟桓跃跃欲试地望着加士居，试探地说："总司令阁下，我想向你提一个小小的建议……"

"嗯？你？"加士居轻蔑地扫了他一眼，觉得很好笑，在他的眼里，所有的华人都和苦力不相上下，这里也有你插嘴的地方吗？

"迟，"梅轩利惴惴不安地碰了碰迟孟桓的手臂，轻声提醒他，"这是在开军事会议……"

"阁下！"迟孟桓竟不听劝阻，强烈的表现欲促使他壮起胆子，说，"请阁下注意，他们土炮灵敏度是很差的，而且装在炮楼的枪孔上，只能左右移动着平射，无法调高调低，俯射是根本不可能的，所以，我们只要能跨过护城河，就非常好办了……"

"迟，这完全是废话！"梅轩利打断他的话，"你明明看见，那道护城河很宽，上面没有桥，而且被他们的炮火封锁……"

迟孟桓诡秘地笑笑："不要紧，我有一个办法……"

短暂的间歇之后，英军发起了冲锋。与刚才不同的是，这次的冲锋集中火力猛攻吉庆围西面的正门，其余南、北、东三面都无声无息。炮楼上，邓伯雄立即发现了这一变化，命令东北、东南两座炮楼停止射击，以节省弹药，西南、西北两座炮楼猛烈开炮，正面围墙上的所有枪孔一齐发射，全力防守连环铁门，阻止敌人破门而入。邓伯雄亲自在炮楼指挥开炮，易君恕手持驳壳枪，登上正面围墙，从枪孔向敌人射击。密集的火力封锁了护城河，而英军竟然像发了疯，在机关枪的掩护下猛冲上来！

"打！狠狠地打！"邓伯雄怒吼着，炮楼和围墙上的壮丁也齐声呐喊，不停地射击，极力阻止英军向护城河靠拢。可是，邓伯雄万万也不曾料到，正在他们竭尽全力抵御正面进攻的敌人之际，英军的工兵却已经悄悄地逼近了围村的后面，用临时捆扎的竹梯搭在护城河上，铺上从邻近乡村抢来的门板，一丈六尺宽的护成河面顿时化作通途，爆破队携带炸药包，迅速过河……

突然之间，“轰隆隆……”三声巨响，吉庆围的东北角腾起滚滚浓烟，围墙一阵剧烈的抖动，东北面墙根下裂开了一个数尺宽的洞口！随之，印警和英军蜂拥而入，固若金汤的吉庆围终于无须开炮而攻破，不用破门而进入，果然是非常的“体面”，实现了骆克先生的设想！

“啊?!”邓伯雄猛然意识到中了敌人之计，但是，高踞于炮楼上的土炮无法掉转炮口，立时失去了威力，现在只有靠枪战和肉搏了！

英军和“红头阿三”冲进围墙，“哒哒哒哒……”猛烈地扫射着，往神厅方向前进……

“杀！”邓伯雄大叫一声，从炮楼的窗口纵身跳下来，落在围内的屋顶上，一边持枪射击，一边沿着屋顶向围尾跑去。壮丁们纷纷跑下炮楼和围墙，抄起步枪、火铳、大刀、长矛，呐喊着冲向敌人……

神厅里的老弱妇孺乱作一团，妇女和儿童发出凄厉的哭喊。跪在香案前的九公颤巍巍站起来：“孩子们……”

话还没有说完，一梭子弹扫射过来，神厅内外的人们顿时倒下一片，九公的胸膛猛地一个震动，缓缓地倒了下去。他的眼睛没有闭上，定定地看着闯进家门的强盗。他在吉庆围活了九十多年，看到的竟是这样一个结果……

“太公！太公啊……”文心瑜怀抱着阿猛冲出神厅，朝着屋顶厉声哭喊，“伯雄……”

“心瑜，别管我，快跑！”邓伯雄喊道，“女人和孩子都躲开！”他的一梭子弹打过去，“啪！啪！啪！啪！……”那些屠杀老弱妇孺的鬼子应声倒地，文心瑜和妇女们哭叫着，携男抱女四散奔逃……

英军和印警又涌过来了，从神厅门前冲向围门和三街十巷，一路疯狂地扫射，壮丁们从四面八方迎上来，和鬼佬展开了激烈的巷战。

易君恕把身体贴近巷口的一面墙，端着驳壳枪向敌人扫射。顺天府举人熟读经史子集，对枪械却十分生疏，当命运逼迫他拿起枪来，像学童临帖那样笨拙，一笔一画从头开始，根本谈不上枪法。一梭子弹二十发，他只有不停地连发，朝密集的敌人打去，只要能击毙一个鬼佬，也就不辜负这支枪了。他知道，今天就是自己的死期。他早已是被判了死刑的人，侥幸活到今日，吉庆围是他最后的归宿。现在此围已破，连抢救他死里逃生的人都必死无疑，他当然也绝无生还之望，一切都要结束了。日夜思念的故乡北京，报国寺前的那个小院，回不去了；老母、弱妻、幼女，见不到了！爱与恨扭结在一起的港岛，半山别墅“翰园”，也回不去了，和他刻骨铭心地相爱的倚阑小姐，再也无缘相聚，上次一别便是永诀！今生今世，所余唯有一死，男儿死在疆场，死不足惜！现在他心中所求的只是在死之前能够多杀几个鬼子，不然就枉活一世，愧对了生死与共的新安十万父老！杀，杀，杀，杀鬼子！子弹从枪口喷射，看到鬼子一个个应声倒地，他感到一股从来没有体验过的快意，“壮志饥餐胡虏肉，笑谈渴饮匈奴血”，岳武穆豪情勃发的酣畅淋漓，他今天才真正读懂了，可惜太晚了些……

英军杀过来了，十几支枪一齐扫射着，扑向巷口！

“易先生！”他的身旁不知是谁喊了一声，回头一看，啊，龙仔！龙仔端着一支上了刺刀的步枪，朝他这里跑过来，“先生，您不能跟他们硬拼啊！快……快跟我走！”

英军冲进了巷子，龙仔和易君恕且战且退，退往小巷深处，前面就是邓伯雄的那个小院，也许，凭借院墙还可以抵挡一阵……

英军扫射着向他们冲过来……

“杀！”空中突然一声怒吼，邓伯雄从屋顶纵身跳下来，双脚把一名英军踏翻在地，夺过那支枪，“哒哒哒哒……”仇恨的火焰喷射过去，英军被这个从天而降的人惊呆了，呼啦倒下一片！

和小巷垂直交叉的路口，斜刺里冲过来迟孟桓和一群“红头阿三”。英军今天攻破吉庆围，迟府大少爷立了大功，眼看最后的胜利就要到手，荣誉、地位的强大诱惑使他连枪林弹雨也无所畏惧了，迟天任的继承人显出了一脉相传的家风！

邓伯雄猝不及防，“哒哒哒哒……”一串子弹射进了他的胸膛，魁伟的身躯晃了两晃，倒了下去！

“啊，少爷！少爷！”龙仔痛哭失声！

“伯雄！”易君恕一声惨叫，仿佛自己的五脏六腑都和邓伯雄同时粉碎了！手中的驳壳枪喷射着怒火，这已是最后的时刻！杀，杀鬼子，为伯雄报仇！

迟孟桓听见小巷深处的叫声，发现了正在抵抗的这两个人，举起了枪……

“易先生，当心！”龙仔大喊一声，朝易君恕猛扑过来，就在易君恕踉跄后退的一刹那，迟孟桓的枪响了，子弹射中了龙仔的胸膛，一股热血喷射出来！啊，龙仔，龙仔啊……

“什么？易先生？”迟孟桓一愣，噢，原来在对面抵抗的人正是他久久追索而不可得的易君恕，不禁惊喜地大叫起来，“抓住他！他是港府通缉的逃犯！”

仇人相见，分外眼红，易君恕举枪向迟孟桓射击，可是，他手中的驳壳枪却骤然哑了！连续不断的射击已经打光了仅有的子弹，现在面对着不共戴天的仇人迟孟桓，哪怕再有一颗子弹呢，也要和他最后一搏，但是没有了！苍天真是不长眼，难道有意要成全这个背叛祖国、出卖同胞以换取荣耀的“二鬼子”吗？

易君恕愤然摔掉那支已经无用的驳壳枪，长叹一声，绝望了！

“易君恕，投降吧！”迟孟桓兴奋地大叫，“不要开枪，抓活的！”

不！易君恕心想，活着落到他的手里，还不如死！猛然转过身，哦，身后的这座小院就是伯雄的家，这个家现在已经难以藏身了，但是，家里只要还有一把菜刀，就可以结束自己的生命，士可杀，不可辱……千钧一发之际，他已经来不及思索，“咚”地撞开了那一人高的木制门闸，冲了进去！

一阵尖厉的婴儿啼哭声从屋里传来，他心中一动，想起家里还有心瑜和阿猛！他们……他们怎么样了？一把推开了房门，眼前的景象使他惊呆了：三嘴油灯下，未满周岁的阿猛哭喊着趴在阿妈的身上，文心瑜一动不动地躺在地上，血肉模糊的颈项上横陈着一把寒光闪闪的宝剑——那是她的陪嫁，文氏家族的传家之宝！

“心瑜！心瑜！”易君恕失声痛哭，俯下身去，呼唤着挚友的妻子。文心瑜默然无应，她已经死了，在家破夫亡之际，她不甘苟活受辱，拔剑自刎了！她的颈项上横陈着文氏祖传的宝剑，身后的墙壁上肃然垂挂着先祖浩气长存的遗言：修复尽还今宇宙，感伤犹忆旧江山……

紧急的脚步声、喧嚷声传进这座小院，迟孟桓手持“勃朗宁”突然出现在面前！

“易先生！”迟孟桓冷笑着，手中乌黑的枪口对着他，一步一步地紧逼过来，“真是幸会，你恐怕没有料到，我们两人之间会是这个结局！”

易君恕怒视着他，伸手抓起那把血淋淋的宝剑。

“放下！”迟孟桓命令式地向他喊道，“我不杀你，像你这样一名被两国通缉的要犯，用一颗子弹打死了，未免可惜！放下武器，跟我走！”

易君恕缓缓地站起来，锋利的目光逼视着迟孟桓。

“把剑放下！不然，我就开枪了！”迟孟桓厉声喝道，向他逼过来，枪口已经对准了他的胸膛。

突然之间，易君恕拼尽全身的力气，挺起剑锋，朝着迟孟桓猛刺过去！迟孟桓大张着嘴，连喊都没有喊出声来，就仰面倒在了血泊里！

“现在，我可以死了！”易君恕长长地舒了一口气，奋力抽出剑刃，横在自己的颈项上。

他的身旁，阿猛在凄厉地哭喊：“阿妈！阿爸……”

易君恕那平静如水的眼睛陡然涌起涟漪，两串热泪夺眶而出，“当啷！”手里的宝剑落在了地上！

他俯下身去，抱起了阿猛……

阿猛，阿猛啊，你的阿爸、阿妈都已经惨死，家里只剩下我和你，如果我能带着你……啊，不可能了，这座围子，我们已经出不去了……

“咔咔”的皮靴声在耳旁震响，十几名“红头阿三”冲了进来，唰地呈扇面形散开，枪口一齐对着他。

房门正中，梅轩利“咔咔”地走进来。

“易先生，我刚才听迟先生说你在这里，马上赶来和你会面，”他看了一眼地上迟孟桓的尸体，轻轻叹了口气，抬起头来，“可惜迟了一步，我们之间缺了一位介绍人，因为我和你还是第一次见面！”

“警察司先生，我们之间已经不需要介绍了。”易君恕冷冷地说，

“新安县的三尺童子都知道，香港有一个杀人如麻的爱尔兰人：梅轩利。”

“噢，我为此深感荣幸！”梅轩利笑了笑，“现在，敝人邀请你到本警察司署做客，请吧！”

“不必了，”易君恕岿然不动，“我宁愿死在这里！”

“如果你拒绝我的邀请，”梅轩利被激怒了，“我立即命令他们把你和这孩子一起打死！”

阿猛吓得大哭，“不！不啊……”

“阿猛，你才这么小，怎么能死啊？如果有哪位阿叔、阿婶收留你，你要活下去……”易君恕亲亲阿猛那稚嫩的脸庞，把他轻轻地放下来，平静地望着梅轩利，“留下这孩子，我跟你们走！”

“阿……阿叔……”阿猛扑倒在地上，伸着小手，朝他哭喊着。

“阿猛，别哭！你要活下去！”回头再看一眼烈士的遗孤，易君恕毅然转过身去，“警察司先生，走吧！”

激战的枪声停了，硝烟弥漫的吉庆围，大街小巷尸体横陈，血迹斑斑，断垣残壁之间传出妇女和孩子凄厉的哭声。

踏着地上的血迹，易君恕一步步走向吉庆围的大门。

大门洞开，镶在花岗石框中的两扇连环铁门已经被拆卸下来，几名英军抬着铁门，踏着吊桥，跨过护城河，和那些收缴的兵器一起装车运走。

浩浩荡荡的英军和印警正在集合列队，准备凯旋。大功告成的加士居少将和骆克辅政司一齐朝队伍走去。

“骆克先生，”少将有些奇怪地望着辅政司，“你要这铁门做什么？”

“你知道，我有收藏古董的癖好，”骆克微微一笑，“这副铁门具有很高的艺术价值，值得珍藏。在泰康围还有同样的一副，也要带走的！”

“嗯，收藏家！”少将点了点头，“有人说我们大英帝国是‘岛和半岛的收藏家’，如果把这副铁门看成古老的中国的大门，它将是我们在本世纪最重要的收藏！”

“说得好，少将，”骆克微笑着说，“这简直是诗的语言。”

迈着沉重的步伐，易君恕走出这残破的大门。他的身后，梅轩利和“红头阿三”紧紧跟上来。

易君恕停住了脚步，缓缓抬起头颅，昂首黑沉沉的苍天。

乌云中忽地一道闪电，刹那间照亮了血染的吉庆围，随之炸响了一声霹雳，苍天爆裂了一道巨大的缺口，滂沱大雨倾泻下来……

闪电熄灭了，天地之间一片漆黑，唯有沉雷滚滚，大雨滂沱……

第十八章　世纪婴啼

严冬降临了千年古都，紫禁城连翩宫苑的琉璃瓦顶铺上雪毯，太液池的滔滔碧水化作坚冰。在勤政殿之南，与仁曜门一水之隔，便是瀛台，古槐衰柳掩映的涵元殿里，幽居着二十九岁的当今天子光绪皇帝。仁曜门和瀛台之间本来有一座木桥，自去年八月初六风云突变，那桥便被拆除，四面环水的瀛台从此与世隔绝。每天黎明时分，对岸放过一条小船，由皇太后的亲信太监押送皇帝进宫，依旧朝冠衮服，坐在皇太后身旁，接受臣子们的朝拜，所不同的是群臣再也听不到他的声音，一切奏章的批复、国事的决断，包括以皇帝名义颁发的诏令，都由皇太后大权独揽，一手包办。早朝之后，他又像囚犯归号一样被押回南海孤岛，由太监严密看管，“欲飞无羽翼，欲渡无舟楫”，不可越雷池一步，至今已经一年有余。他和他的国家、他的臣民完全隔绝，对外界的情形茫然无所知晓，连他所宠爱的珍妃也近在咫尺而不能谋面。他听见太监们私下里议论：自去年政变之日，珍妃便被施以刑杖，撤去簪珥，囚禁于钟粹宫北三所，窗户加了木栅，门从外面反锁，饭食由门槛的缝隙送进，那情形比皇上又凄惨得多了。

朔风卷着雪粉，扑打着涵元殿残破的窗纸，衣着单薄的皇帝瑟瑟发抖。简陋的居室仅有一床、一案、一椅，别无长物。案上摆着一架被拆散的西洋自鸣钟，细密的大小齿轮和发条七零八落。这是皇上自己拆的，为了排遣穷愁寂愤，他把这钟拆了装，装了拆，反反复复已不知多少次了，青春岁月便也从指间流逝。但是，他纵然练就一手纯熟的修理钟表技艺，也不能令时针倒转，年轻的皇帝蹈厉发愤、号令天下、矢志变革的时代永不复返了。

此刻，他丢下那些拆卸了千百遍的齿轮，正在浏览一本从太监们那里拿来的闲书《三国演义》。随手翻到一处，书中正说到汉献帝授车骑将军董承"衣带诏"，意欲谋杀"挟天子以令诸侯"的曹操，由于做事不密，被曹操发觉，董承等人尽遭杀戮……看到这里，他便想起自己去年在危急之中赐杨锐"与林旭、谭嗣同、刘光第及诸同志"以密诏，要他们"妥速筹商"，而转瞬之间翻云覆雨，六君子血溅菜市口。千年历史竟然如此相似。可是，当年的汉献帝虽为傀儡，至少还保持着天子之尊，未曾失去人身自由，曹操尚且要三跪九叩，口口称"臣"；而今天掌握着大清国权柄的是至高无上的皇太后，自己在她面前只是一个唯唯诺诺的"儿臣"，一名万劫不复的囚犯！旧事新愁涌上心头，这书便看不下去了，愤然丢在一边，喟然叹道："朕连汉献帝都不如了！"

涵元殿的棉帘子一挑，太监总管李连英笑眯眯地走了进来，手里托着一件酱色江绸面染狐肷袍。

"奴才给皇上请安！"李连英右手往地下一戳，膝盖还没沾地，就算"跪安"了，抖着手里的东西说，"万岁爷！天儿凉了，老佛爷怕皇上冻着，赶紧打发奴才给您送来这件皮袍子！老佛爷说了，这袍子上的纽子都是纯金的，请皇上爱惜着点儿，千万别丢了……"

光绪皇帝表情木然，毫无反应。

"皇上，"李连英怕他没听明白，凑上前去，捏着那大襟上光灿灿的纽子，特地再提醒一遍，"您瞅瞅，这纽子，个个都是金豆子！老佛爷说了……"

"知道了！"光绪皇帝冷冷地打断了他的话，"你回去奏禀皇太后：朕感谢皇额娘的恩典，有了这件皮袍子，就可以对付着过冬了。至于纯金的纽子，倒没有多大用处，朕不打算吞金自尽！"

"皇上，您误会了，"李连英一脸的尴尬，"老佛爷只是心疼皇上，可没有别的意思……"

"朕也没有别的意思。如今皇额娘健在，朕要是自寻短见，岂不成了个不孝的儿子嘛！你就这么说，回去吧！"

“嗻……”

李连英悻悻地走了。

光绪皇帝站起身来，默默地走到窗前，从那残破的窗纸缝隙中凝望着外面银色的世界。

北风吹送过来一阵欢快的笑声，金鳌玉蝀桥旁，一群太监、宫女牵引着一架冰床，在光洁如镜的湖面上飞跑。乘坐冰床在太液池兜风遣兴，乃是帝王家的一件三冬乐事。御用冰床外罩黄缎轿围，内壁敷以毛毡，置貂皮暖座，紫铜熏炉，温暖而舒适。人在其中稳坐，冰床在琉璃般的湖面上平滑疾行，如浮鹅飞鸢，从南海到北海，从紫光阁到五龙亭，漫游于银装素裹的人间仙境，妙不可言。当年乾隆皇帝曾有诗记其趣曰：

破腊风光日日新，曲池凝玉净无尘。
不知待渡霜花冷，暖坐冰床过玉津。

眼前这架御用冰床的主子自然是当今圣母皇太后。今年十月初十，皇太后在颐和园办完了六十五岁大寿，便回宫过冬。“训政”之余，无非写两幅“龙”“虎”大字，画几笔竹子、兰草，听两段西皮、二黄，掷几圈骰子，都是玩腻了的老一套，已没有什么趣味，奴才们为了讨主子的喜欢，便推挽着冰床过海子，逗老佛爷一乐。

可是，此刻皇太后阴沉的脸上却没有一丝笑容，她紧锁眉头，微闭双眼，在想着自己的心事。回顾戊戌、己亥这两年来所走过的路程，绝不像脚下的冰面那样平滑如镜，而是波谲云诡，浪骇涛惊，若非皇太后这样的政坛老手把舵，船也许早就翻了。康、梁逆党作乱虽已平息，天下仍不得安宁，香港拓界又惹出事端，广东新安县的一些小民擅自与洋人开战，今年春夏之交闹得沸沸扬扬。其实又何必！朝廷已然诏令将那片海角余地租借给洋人，好比是嫁出去的女儿泼出去的水，临上轿在怀里揣把剪子，洞房花烛夜还要跟人家拼命，能成得了什么气候？自然免不了受皮肉之苦，到头来还是乖乖地依了人家，“娘家”也不敢给你们做主。果不其然，小民们惹恼了洋人，洋人出兵打过界河，占了深圳和沙头角，赶走了九龙寨城的驻军和税关，还要大清国赔款十五万大洋，那是杀中国人花费的军火钱，羊毛出在羊身上，还得大清国掏腰包，天底下竟然有这样的道理！这事儿从夏天闹到立冬，多亏了庆亲王和李鸿章紧赶慢赶地周旋，才算央告着洋人从深圳和沙头角退了兵，而洋人索要赔款和占据九龙寨城之事还未了结。这次小民闹事，洋人把气撒到了两广总督谭钟麟身上，向总理衙门交涉说，谭钟麟“远远不能使人满意”，要求将其免职，以“消除摩擦”。按说，谭钟麟本非“后党”中坚，但毕竟是三朝元老，为官四十余年，颇有政声，尤为难能可贵的是在去年的百日维新之中，敢于对皇上的变法诏令“因循玩懈”，也就是对“后党”的莫大支持。如今若要遽加贬斥，皇太后倒有些下不了手。但洋人威逼甚急，似乎谭钟麟一日不去，粤、港之间便一日不宁。皇太后无奈，只好以谭钟麟眼疾复发为由，让他自请告老还乡，回籍就医，给他一个体面地下台，也为港英那边挖掉了眼中之钉、肉中之刺，免得耿耿于怀，再生波折。谭钟麟空出的位置由谁来坐？皇太后把身边的老臣扒拉来扒拉去，最后选中了大清国第一外交家李鸿章。中、英关于香港拓界的交涉，本自李鸿章始，复至李鸿章终，正应了那句老话：解铃还须系铃人。

这件事有了眉目，皇太后还有更大的心事：戊戌逆党流亡海外，贼心未死，康有为在加拿大发起“保皇会”，梁启超在夏威夷组织“维新会”，要把去年唱砸了的“围园锢后”那出戏重打锣鼓另开张，凭借洋人的势力卷土重来，诛杀皇太后，扶持光绪皇帝上台执政。这一切，祸根都在皇上身上。去年政变之时，皇太后本来要废掉他，只是担心此举会引起列强干涉，才退而采取“训政”之策，留下了这个傀儡皇帝，现在看来，后患无穷。经过这两年的折腾，皇太后感到自己精力已大不如从前，确实是老了，虽然臣子们天天祝她“万寿无疆”，她自己心里清楚，生老病死是任何人也无法抗拒的，她可以凭借手中的强权扼杀新政、囚禁皇帝，却不能以年逾花甲的老迈之躯和春秋正盛的皇上在生命的驿道上赛跑，一旦自己撒手归天，康、梁逆党与皇上里应外合，东山再起，该如何是好？皇上的存在，是对皇太后的最大威胁。因此，她命令太医每日编造为皇上诊病的脉案药方，并且把皇上“患病”的消息传示各衙门，密电各省督、抚，通报外国驻京使馆，造成皇帝因病重而不堪治国重任的假象，待水到渠成，便可废黜光绪，另立新君。谁知舆论一出，朝野哗然，举国震惊。有个候选知府经元善在上海联合海外侨民，呼吁“保护圣躬”，远在南洋新加坡、吉隆坡的华侨绅商也纷纷打来电报，向皇帝请安。皇太后密传手谕，就“废立”之事征询地方重臣意见，湖广总督张之洞默不作答，显然是不赞成，两江总督刘坤一则明确表示反对：“君臣之义已定，中外之口难防。”期期以为不可。列强驻华公使唯恐中国政局的变动影响他们各自的在华利益，对皇上的“病情”密切关注，想方设法探听消息，还要求在明年的正月初一为即将“三十而立”的皇帝拜寿，表达了明显的“干涉”意向。皇太后怕的就是得罪洋人，偏偏山东、直隶又闹起了义和团，他们设坛聚众，较拳斗勇，画符念咒，刀枪不入，专与洋教作对，烧教堂，杀神甫，引起洋人的强烈抗议，各公使向总理衙门施加压力，皇太后不得不应洋人要求，把山东巡抚毓贤调离，派袁世凯接任，率领他在天津小站创立的“新建陆军”前去禁剿“拳匪”，这场乱子能否平息下去，还不得而知……

皇太后思前想后，满腹心事，愁肠百结，哪里还有“暖坐冰床过玉津”的乐趣？瞻望前途，不寒而栗，倒是“如临深渊，如履薄冰”了。

“我怎么听着……这冰‘嘎巴嘎巴’地直叫唤？”她声音打颤地说，心里慌慌的，也不知是自己的耳朵幻听，还是冰真的要裂，“咱们回去吧！”

李连英从瀛台那边沿着冰走过来，还没追到金鳌玉蝀桥，发现老佛爷已经上岸了。

东堂子胡同，高悬着“中外禔福”大匾的总理各国事务衙门前面，雪地上停着一顶绿呢大轿，还有一辆西洋马车。

衙门大堂里，李鸿章正在接待一位贵客：刚刚从伦敦返回北京任上的英国驻华公使窦纳乐。他从 3 月下旬归国休假，到 12 月中旬返任，包括旅途在内度过了长达八个多月的假期，略略胖了一些，面色滋润，神采奕奕，四十七岁的外交官倒比原来还显得年轻了。相比之下，李鸿章愈加老态龙钟，这两年宦海沉浮的大起大落，香港拓界的频繁交涉，把这位年已七十有七的老臣折腾得疲惫不堪，松软多皱的面皮青黯无血色，老人斑从两颊延伸到颜面，下垂的泪囊更显臃肿，稀疏的白须如脱毛的秃笔，门牙新近又掉了一颗，说话“嘶嘶”地漏风，扶着拐杖的手无端地颤抖不止，好似时时惊魂不定。如若人生果然有一个天定的寿数，那么，戊戌、己亥这两年的心力交瘁将促使李鸿章的大限之期提前到来，则是毫无疑问的了。

“窦公使这一去，日子着实不短了，今日重逢，恍若隔世！”李鸿章感叹道，想起去年就在这间大堂里的唇枪舌剑，别是一番滋味在心头。“这半年多来，窦公使不在其位，不谋其政，尽享天伦之乐、山水之趣，真令人艳羡不已，可惜我没有阁下这样的福气！”

“谢谢！”窦纳乐听了通事的转译，微微一笑，“不过我虽然远在大不列颠，仍然关注着远东的局势，在中国的三年生活，已经使我对这片土地产生了感情，渴望着早日回到自己的工作岗位，今天再次见到阁下，感到十分愉快！我并且还要对阁下荣任两广总督表示衷心的祝贺！”

“噢，多谢了，”李鸿章苦笑笑，心说，我三十年前就身居相位，湖广总督、直隶总督都做过了，哪里稀罕这个两广总督？还不是因为东南边陲闹得一塌糊涂，朝中无人，皇太后便只好杀鸡用牛刀，让我去收拾残局，这把年纪还要勉为其难，奔波操劳，又有什么值得祝贺！心里这么想，嘴里便止不住发出了牢骚，“唉，去年我与窦公使议定《专条》，事情本已办得停停当当，却不曾料到今年又生出这许多波折！”

此言一出，窦纳乐脸上的笑容顿时消失了，话不投机半句多，“故友重逢”的气氛骤然冷了下去。

“新租借地发生的不愉快的确令人痛心，但是造成冲突的责任完全在于贵方！”窦纳乐说，那语气立即恢复了去年谈判时的强硬，“英国军队因此遭受了人员伤亡，并且耗费了大笔军费开支，如果贵国政府采取有力措施，这些本来都是可以避免的！”

“唉!”李鸿章叹了口气，“武装抵抗完全是莠民所为，敝国官军绝无一兵一卒介入，从未干涉贵国军队征剿当地作乱的莠民；港督派兵占领深圳、沙头角，驱逐九龙寨城驻军和税关，本衙门也极力忍让，未予抵抗；凡此种种，天下有目共睹，还请窦公使明察。”说到这里，他抬起稀松的眼泡，看了一眼窦纳乐，又接着说，“好在这些事情都已经过去，贵国已从深圳、沙头角撤军，化干戈为玉帛；贵国不喜欢谭钟麟，朝廷已将他解职，两国之间种种误会嫌隙，应尽行消除才是!”这一番解释，哀哀切切，低三下四，李鸿章尽管心里委屈，却又不得不如此，因为下面他还有话要说，“如今中、英和好如初，唯有两件未了之事，愿与窦公使商议……”

“什么事?”窦纳乐问，“阁下请讲!”

“这第一件嘛，乃是贵国索取十五万元赔款之事。”李鸿章一提起“赔款”二字，脸上就一阵发热，“公使知道，敝国为最后付清给日本的赔款，去年刚刚向汇丰银行、德华银行借款一千六百万镑，需四十五年才可将本利还清，目下国库空虚，要拿出十五万元，实在无此财力!不过，敝国在新租借地之内的税关撤出之后，房屋、财产以及横澜岛的灯塔等等，还留在原处，如果贵国执意索取赔款，则敝国理应要求拆毁上述建筑，运回一切物料及其他财产，抑或将此项财产评估作价，由港府偿还银钱，此二种办法，由贵国择其一。”

“阁下真是个精明无比的人！英国要中国赔款，你要香港偿还财产，是想以此为筹码，两相抵消吧?”窦纳乐的蓝眼珠看着李鸿章，一句话便直指李鸿章肺腑。

李鸿章颔首道:“公使以为如何?”

窦纳乐诡秘地一笑，却未置可否。公使心里明白，向中国索要赔款，是绰号“莽汉乔”的殖民地大臣张伯伦和港督卜力的主张，并不是首相索尔兹伯里的意思，首相甚至连越界占领深圳和沙头角也不赞成，“莽汉乔”张伯伦和卜力不听号令，擅自做主，悍然出兵两千，分三路包围深圳，强行占领，将中国驻军的枪械弹药、军需款项抢掠一空，升起米字旗，由加士居宣布深圳已属英国领土，实施英国法律，中国对该地不再拥有管辖权，同时占领沙头角，驻兵二百，声称还要修筑炮台，在此驻守。至于占领以后如何管理？以何处为“界”？驻港英军是否有足够兵力长期占领？这种违约占领将会在国际上产生何等影响？事先并未经过周密思考，全然心中无数。当地人民一片反对之声，国际舆论哗然，英军骑虎难下，陷于去留两难的被动局面。索尔兹伯里对此极为恼火，担心此举会给外界造成英国“正在亲手肢解中国”的印象，为强大的竞争对手俄罗斯提供挑拨中英关系的可乘之机，而且他也明明知道两广总督和粤省官员“均不曾以任何方式挑动或参与骚乱”，英国既已因拓界获得了巨大的收益，又占领了在中国主权范围内的九龙寨城，因此，首相出于外交考虑，主张将深圳归还中国，也不打算再“迫使中国付款”了。至于中国遗留在新租借地的税关，窦纳乐明知已经被卜力接收，一些房屋改作了警署，其余财产也充作他用，李鸿章再去拆卸是不可能的了，让卜力作价偿还更是想也别想，那么，李鸿章出的这个两相抵消、不了了之的办法也许是唯一可行的善后措施。但他不想过早地让李鸿章吃这颗定心丸，便避而不答，又问道：“那么，第二件呢？”

“这第二件……”李鸿章不是傻瓜，察言观色已经摸到了窦纳乐的底牌，心中窃喜“赔款”这一关可望顺利通过，便也不再追问，跳过去说下面的事情，“港督派兵占领九龙寨城，将敝国驻扎城内的官弁、兵丁一并逐出，军械、号衣悉行褫夺，在城上竖起贵国国旗，将该城视为贵国辖地，至今已半年有余，尚未归还。请公使奏明贵国朝廷，早日解决为盼！”

“不，阁下，这是不可能的！”这一次，窦纳乐回答得毫不含糊，开口就顶了回去。他心里很清楚，在九龙寨城的问题上，索尔兹伯里首相和张伯伦大臣、卜力总督的立场是完全一致的，占领九龙寨城就是首相下的命令，首相至今仍然坚持占领，坚决不容许撤退，窦纳乐岂能向李鸿章松口？“九龙寨城就在香港的大门口，中国驻军对本殖民地是一个巨大的威胁！”

“敝国在九龙寨城驻军多年，与香港一衣带水，彼此相安无事，‘威胁’无从谈起，”李鸿章道，“何况，去年我与公使签订的《专条》之中，早已载明：‘所有现在九龙寨城内驻扎之中国官员，仍可在城内各司其事’，九龙寨城的主权属于敝国，于理至明，而港督将该城视为贵国辖地，与《专条》殊不相符，自应依约归还才是！”

“阁下对《专条》倒背如流，为什么单单省略了下面的那句话？‘惟不得与保卫香港之武备有所妨碍’！”窦纳乐极有兴致地重提自己去年的这一得意之作，当时留下的伏笔，如今显出了无穷的威力，“新租借地所发生的骚乱，九龙寨城的中国驻军就是他们的后盾，当中国驻军威胁到香港的安全时，他们自身的存在就成为多余的了。所以我认为，香港总督对九龙寨城所采取的必要的自卫是非常正确的，完全符合《专条》的有关规定！”

李鸿章瞠目结舌！一年前在这间大堂里的讨价还价的情景历历在目，自己当时为了大清国的体面，不惜一切地力保九龙寨城，而在具体条款上却失之粗疏。此前不久与德国签订的《胶澳租界条约》中曾载明“惟自主之权，仍全归中国”，“该地中派驻兵营，筹办兵法，仍归中国”；与俄国签订的《旅大租地条约》中也曾载明“断不侵中国大皇帝主此地之权”，地虽租借与外夷，主权仍在，中国官衙、驻军都得以保全，为什么恰恰在香港拓界《专条》中疏忽了呢？而窦纳乐正是窥透了中方力保九龙寨城的急切心理，表面上予以应允，却在文字上做了手脚，塞进“惟不得与保卫香港之武备有所妨碍”一语，成为今日英国强占九龙寨城的借口，李鸿章悔之晚矣！

承认自己的失败是痛苦的。李鸿章师出名门，文出桐城，笔法唐宋，二十四岁中进士，点庶吉士，入翰林院，名重一时；后来入幕曾国藩门下，刀笔之辣、谋划之精，多少年来为人称道。而今却被一个洋鬼子的文字游戏击败，实在屈辱难忍！

“贵国去年颁布的枢密院令，也是承认中国在九龙寨城中的管辖权的嘛，若有法不依，窃为泱泱大国所不取！”他终于找到了对策，以子之矛，攻子之盾，看你们英国佬怎么自己打自己的嘴巴？

“噢，这只是一个法律程序问题，”窦纳乐并不以为意，十分轻松地回答说，“卜力总督已经提请国会修正其中个别条款，由内阁重新颁布一个枢密院令就是了。你在去广州赴任途经香港的时候，还可以和卜力总督探讨探讨这个问题，我相信他会给你一个漂亮的答复！”

李鸿章沉默了。既然文字游戏可以解决一切，他还和卜力“探讨”什么呢？

“阁下什么时候离京赴任？”窦纳乐问他。

“腊月初七。”李鸿章懒懒地说。此去广州并不是什么美差，偌大的年纪坐海船长途旅行，他也有些望而生畏。

“那么，两广总督上任将是下个世纪的事了。”窦纳乐说。

“什么？”李鸿章吃了一惊，脸色“唰”地变了。这位洋务派首领当然知道，按西洋的纪年法，以一百年为一世纪，“下个世纪”岂不就是“百年之后”“下辈子”？七老八十的人最怕说到死，窦纳乐这个玩笑开得太大了！何况今天的会谈如此话不投机，谁还有心思跟你开玩笑？便板着脸说，“窦公使，君子无戏言！”

“阁下，我没有开玩笑！”窦纳乐耸耸肩，“1899 年只剩下最后几天，下个星期就是二十世纪了！”

威斯敏斯特宫的鎏金尖顶钟楼傲然耸立在泰晤士河畔，度过十九世纪的最后一个夜晚。午夜，当浑厚悠扬的“大本钟”声轰然敲响，等候在伦敦市中心特拉法加广场的成千上万的男男女女顿时沸腾起来，拥抱接吻，一派狂欢，迎接 1900 年的到来。

世界进入了二十世纪，大清国的皇历上刚刚到腊月初一，还要在沉重的己亥年滞留一个月，才能岁交庚子，天知道这个鼠年又将是什么命运在前面等着呢？

紫禁城里，老太后处心积虑，与满洲亲贵紧锣密鼓地策划着以“建大阿哥”的方式实现“废立”之谋，连当年康熙皇帝“永不建储”，“臣下有请者立斩”的遗诏，雍正皇帝确立的秘密立储的家法，也全然不顾了，必欲废光绪而心始安；与此同时，齐鲁燕赵大地，义和团、红灯照迅速蔓延，呈燎原之势，四处散发揭帖：“吾皇即日复大柄，义和团民是忠臣。只因四十余年内，中国洋人到处行。三月之中都杀尽，中原不许有洋人。余者逐回外国去，免被割据逞奇能……”东海、黄海海面上，列强的兵舰升火待发，剑拔弩张，跃跃欲试北上“干涉”……

1900年1月7日，光绪二十五年十二月初七，新任两广总督李鸿章择吉启程，离京赴任。先由马家铺乘火车前往他曾经盘踞长达二十五年之久的直隶省府天津，然后乘船南下，穿过当年北洋水师全军覆没的黄海海域，远赴广州。一路之上又时闻风声鹤唳，心境可以想见。

1月17日，李鸿章途经维多利亚港，稍事停留。香港总督卜力率辅政司骆克、英军司令加士居和警察司梅轩利前往码头迎接，仪仗队肃立两旁向他致敬，英舰礼炮轰鸣，香港各界名流、各报记者和华洋市民争睹“东方俾斯麦”“铁血宰相”“中国第一外交家”的风采。当李鸿章手扶拐杖颤颤巍巍地踏上港岛，不禁被这隆重的礼遇深深地感动了。他虽然曾是走遍天下、见过大世面的人，但毕竟今非昔比：自甲午战败，在国人眼里，他是“卖国奸臣”；在国际舞台上，他是“常败将军”；如今在天下汹汹之岁，以风烛残年之躯，出任两广总督，这也许已是他人生的最后一站，却又为什么会受到香港总督如此热烈的欢迎呢？他感到纳闷儿，甚至有些受宠若惊。

卜力在总督府一楼大客厅和李鸿章举行会谈，这是相互闻名已久的两位总督第一次晤面，由辅政司骆克作陪，兼做他们之间的翻译。

接管新租借地的大局已定，卜力作为亲手完成大英帝国远东殖民“三部曲”、统治着空前壮大的香港的现任总督，以极佳的心境跨入了他的花甲之岁，也正是鸦片战争六十周年。总督近来明显地发福了，温暖湿润的亚热带海洋性气候滋养了他的身心，瘦削的两腮已经圆浑起来，宽阔的额头一扫晦气，凌厉的蓝眼睛熠熠生辉，鹰钩鼻下的小胡子修剪得齐整光亮，两端弯弯地上翘，神采飞扬。

“衷心地欢迎阁下光临香港！”卜力亲切地微笑着，对李鸿章说。而他心里想着的却是自己去年说过的那句话：“两广总督要见我，应当亲自来。”现在，两广总督终于登门来拜望他了，只不过换了一个人。他已经成功地拔去了谭钟麟那颗讨厌的钉子，新任两广总督比谭钟麟官阶更高，是足以和索尔兹伯里首相平起平坐的“宰相”级人物，而现任职务却是和他一样的“总督”，何况又曾是将新租借地奉送英国的经办人，这使香港总督感到胜利的快意。“窦纳乐公使已经给我打来电报，把他和阁下在北京会谈的情形详细告诉了我，”卜力继续说，“现在，我荣幸地请阁下过目一份重要文件……”

骆克在翻译这句话的同时，便取出了那份早已准备好的文件，递给了李鸿章。

李鸿章猜不出这是一份什么文件。一边接在手里，一边从身上的“活计”中取出眼镜盒，戴上老花镜，披览这份已译成汉文的文件，方知是1899年12月27日英国内阁于温莎宫颁布的枢密院令，也许这是英国在十九世纪的最后一项法令，抢在阳历年的年根儿底下抛了出来，生怕拖到“下个世纪”。

李鸿章细细看去，开头部分引述的是上一道枢密院令的主要内容，然后笔锋一转，“但书”道：

……鉴于已发现中国官员在九龙城内行使管辖权妨碍保卫香港之武备，上述枢密院令第四条应予废除，九龙城内之中国官员应停止在城内行使管辖权，该九龙城在上述《专条》之租期内应该实际上成为女王陛下香港殖民地的重要组成部分。

故此，女王陛下乐于接受其枢密院之谏议，兹命令如下：

一、1898年10月20日女王陛下枢密院令第四条作废，据此作出的任何合法之举，均不得加以损害。

二、兹宣布，在《专条》所提的租期内，九龙城为女王陛下香港殖民地之重要组成部分，实际与原来即为该殖民地之一部分无异。

三、上述1898年10月20日枢密院令之条款同样适用于九龙城，一如该枢密院令曾宣布该城为女王陛下香港殖民地之重要组成部分一般。

…………

李鸿章看毕，心里全然明白：英国内阁匆匆忙忙颁布这道枢密院令，就是要否认《专条》规定的中国对九龙寨城的管辖权，使英军的强占“合法”化，为此不惜毁约，不惜朝令夕改，自打嘴巴，将代表女王宣布的成命“作废”。窦纳乐所说的“这只是一个法律程序问题”，卜力总督“会给你一个漂亮的答复”，果然都应验了，李鸿章还没有到达广州接掌两广总督的官印，倒先接到了英国女王的“圣旨”！

“总督阁下，这份文件将是我们友好相处的基础，嗯？”卜力期待地望着他，希望得到他一个肯定的答复。

李鸿章捧着这份棘手的“见面礼”，一时不知该如何回答才好。由香港拓界而引起的激烈冲突刚刚结束，九龙寨城被英军强占已是既成事实，大清国根本无力去收复那小小的一片弹丸之地，即使他当面向卜力表示激烈地反对这蛮不讲理的枢密院令，也已经无济于事，自己今天作为贵宾受到隆重接待，更不必自讨没趣。但是，要让他称颂这道枢密院令如何英明伟大，英国女王如何皇恩浩荡，那种有辱国体的话又怎能违心地说出口？九龙寨城虽小，毕竟也关乎主权呢！

“贵国朝廷此令……”李鸿章想了想说，“我到广州接印之后，将代为转呈皇太后和皇上。”

卜力微微一笑，心说，这个表态真是圆滑之极，仅仅愿做一名“信使”，把文件上缴紫禁城完事，自己的看法却不露一字。不过，李鸿章再圆滑，也已经露出破绽，不表示反对就等于默认，这位新任总督比谭钟麟温和得多了，卜力的第一个试探已经得到了答案。

“好的，”卜力放心了，接着又继续下一步试探，“根据中国政府向各国使馆通报的情况，你们的皇帝现在似乎病得很重，已经根本不能办理政务，而国际观察家普遍认为，这不过是皇太后迫使皇帝退位的一个手段，请问总督阁下对此有何见解？”

“哦，阁下，”李鸿章吃了一惊，没有料到卜力初次见面便触及中国的最高机密，这位洋总督未免有些太冒失了！唉，当今的大清国早已失去“天朝上国”的威风，随便哪个黄毛蓝眼的洋人都敢于指手画脚，说三道四，毫无顾忌，简直已是“墙倒众人推，破鼓乱人捶”。而卜力对于大清政局的动荡不安所表示的关心，虽然不无幸灾乐祸的成分，但显然也已经流露出对皇太后的不敬和对皇上的同情。在戊戌政变发生一年多之后，被软禁的皇上仍然对外界具有很大的影响，“慈恩训政”的皇太后则被看作篡国夺权的罪魁，这正是目前紫禁城里酝酿着的“废立”之谋所面临的巨大阻力。对此，李鸿章应该表明怎样的一个态度呢？“臣不议君，敝人无可奉告。”他只谨慎地这样答道。

卜力的试探再次获得成功。以李鸿章本人的处境而论，他是根深蒂固的“后党”，在去年的百日维新之中被皇帝赶下了台，皇太后发动政变之后又得以复出，按照正常的逻辑推论，他本应该激烈地抨击失势的皇帝，坚决支持执政的皇太后。可是，他却没有这样做，对于紫禁城里的权力之争，竟然保持沉默！这至少可以说明，他并没有把自己的全副赌注都押在“后党”一边，在未来的夺权斗争之中，皇太后能否顺利地完成“废立”阴谋，牢固而长久地掌握政权，皇帝会不会借助于某种契机——比如外国的干涉和康、梁在海外发起的“保皇运动”以及国内的义和团闹事——而重操皇权，李鸿章尚未做出明确的判断，因而为自己留有相当的余地。这才是一个成熟的政治家，永远把自己的私利摆在政治之上，政治只不过是他攫取更大的私利、保证自己立于不败之地的工具而已……

“阁下对目前在华北各省涌现的所谓‘义和团’持何等看法？”卜力突然问道，跳跃的思维把话题扯得很远，似乎与刚才的谈论毫无关系。

“拳匪聚众作乱，无端仇杀外邦人士，与朝廷的外交政策相悖，当然应坚决剿灭！”李鸿章毫不迟疑地答道，“朝廷已派袁世凯率兵剿匪，相信不出数月，即可平定，阁下不必忧虑！”

“可是我并不这样乐观，”卜力摇了摇头，说，“义和团人数众多，而且发展迅速，现在几乎已经遍布华北各地，中国朝廷的军队未必有能力把他们彻底消灭。而且，由于义和团打着‘扶清灭洋’的旗号，他们的暴行在一定程度上得到了中国朝廷的默认和纵容，这和新租借地的骚乱颇有相似之处……”

李鸿章听得出来，卜力在这里插了一笔，不点名地发泄对谭钟麟的愤恨，并且也捎带着指责总理衙门。李鸿章心中不悦，但又怕引起麻烦，便默不作声地垂下眼睑，任他说去。

好在卜力也只是顺便提及，用意并不在此，又接下去说："中国朝廷中主张排外的极端守旧势力，有可能利用这种民间武装来对付外国人，由此引发战争的危险并非不存在！对此，受到威胁的国家绝对不能容忍，必将派兵保护各自在华使馆和侨民的安全，未来的几个月，局势很可能迅速恶化，阁下想到了吗？"

"嗯……"李鸿章沉吟道。他当然清楚，目前朝中诸臣对义和团的态度并不一致，一派主张"剿"，一派主张"抚"，而均非万全之策。"剿"可能会激起内战，"抚"则必然遭到列强反对，造成国际争端，未来的时局尚难逆料，卜力的预见并非危言耸听，有可能不幸而言中。今日的李鸿章早已没有当年率领淮军征讨太平军和捻军时的气概，今日的大清国更没有实力和胆量与任何一国轻动刀兵，更何况如若战事一开，列强必将群起而攻之，果真到了那一步，真是不堪设想！李鸿章正是在这种惴惴不安的心境之中启程南下，现在听了卜力的这番议论，更觉沉重。"如今国事艰难，为臣子者，莫不忧心如焚。鸿章老矣，以一己之力而解天下之危，实在是做不到了，只求在两广任上勉力为之，不负天恩、无愧我心而已！"

"哈哈，阁下又似乎过于悲观了！"卜力笑道，"以我看来，你在这个时候被任命为两广总督，是一件非常幸运的事！"

"嗯？"李鸿章一愣，"此话怎讲？"

"现在北方一片混乱，而且会越来越乱，而你恰恰离开了那个是非之地，到南方来了，无论京城里出现什么情况，你都不必承担责任，难道这还不够幸运吗？"卜力说。

李鸿章心想，这洋鬼子说得也是。但他却不能附和，只好苦笑笑说："鸿章到南方来，不也是为国尽责嘛！"

卜力捋捋小胡子，端详着李鸿章，听得出这句话其实言不由衷，便也笑了笑，说："就目前情形而言，自然是如此，但是，等到中国北方乱得不可收拾、朝廷无法号令天下的时候，阁下还怎么‘为国尽责’呢?”

李鸿章收敛了那一丝苦笑，心里暗自思忖：他这番话，是什么意思?

“到了那个时候，阁下恐怕首先考虑的将是如何保持两广的稳定，”卜力继续说，“东西两广，处于中国最南端，濒临南海，地理位置得天独厚。广州是中国最早开放的商埠，近代化文明程度远远胜于内地，又与香港、澳门毗邻，对外贸易四通八达，这些，都是其他各省望尘莫及的；以幅员而论，这两个省的面积抵得上欧洲的一个国家了！以阁下的雄才大略，治理整个中国都绰绰有余，何况这两个省份？在这里，你将是大有作为的!”

啊！李鸿章大吃一惊，衰弱的心脏慌慌地狂跳，他万万没有想到，卜力今天隆重欢迎他，竟然是出于这样一个目的：煽动他脱离大清朝廷，谋求两广独立!

李鸿章愣住了。突如其来的触发，使他想起一件往事。咸丰初年，他的老师曾国藩奉旨在湖南办团练，征讨太平天国，由此而崛起一支声威赫赫、由曾氏一手掌握的湘军，湖南青年学子王闿运曾密劝曾国藩乘机拥兵自立，被曾国藩断然拒绝。对于老师此举，李鸿章一直深为敬佩。四十多年过去了，现在看来，老师当年的抉择是忠义之举呢，还是为愚忠所误，痛失了黄袍加身、南面称孤的良机？再想想自己这几十年来创海军、办洋务，经历无数艰难委屈，到头来还落得谤言丛集，这辈子活得值不值得？如今眼看大清气数已尽，天下大乱、中原逐鹿势不可免，如果说王闿运当年的进言尚为时过早，那么，如果放在今天呢？……

“阁下数十年来致力于洋务运动，由于多方掣肘，宏伟的抱负难以充分施展，国际上一些有识之士都深感惋惜!”卜力不失时机地又点了一笔，撩拨着李鸿章胸中隐隐萌动的权欲，“如果阁下能够放开手脚去做自己要做的事，情形就完全不同了，你可以大刀阔斧地改革中国遗留的弊端，实行西方的文明制度，以海外贸易促进经济的迅速发展，把这片土地建成全亚洲最富庶的地方，超过你的劲敌日本！想想看，那是一个多么美好的前景！”卜力炯炯的目光注视着他，“我可以向阁下保证，大英帝国和本殖民地将会给你以全力支持！”

听到这最后一句话，李鸿章打了一个寒噤，猛然意识到自己正面临着一个可怕的陷阱！英国人一向把他视为“亲俄派”而百般倾轧刁难，如今却陡然转舵，极力拉拢，谁知包藏着何等祸心？自己已是这把年纪，若受英夷的煽动而起事，成则必受制于英夷，败则一生的名节俱毁！身为经历道光、咸丰、同治、光绪四朝的老臣，难道在死之前还要背上一个“叛国”的罪名吗？

“哦，”李鸿章清醒了，断然说，“鸿章深受皇恩，虽肝脑涂地亦不足报万一，如今国家有难，当恪尽己责，为朝廷分忧，若两广有所发展，也是皇上的福分，我愿足矣，除此之外，别无他求！”

卜力眯起眼睛，凝视着他，听骆克译完这段话，微微地笑了。骆克的翻译很传神，卜力听得出来，这只不过是大清国官场的套话，并不具有个性色彩。至于李鸿章内心深处的真实思想，他虽然不得而知，但从刚才那由惊愕而沉思的神态，也已经多少表露出，他对卜力的建议并非无动于衷，只不过出于种种顾虑，不便明言而已。这是卜力今天的最大收获，掌握了李鸿章的心态，将来还会有机会实施这一计划的，也不必操之过急。

“阁下真是一个以国家利益为重的人，”卜力耸耸眉毛，不无揶揄地说，“你对中国皇室所表现的‘忠诚’，令我非常钦佩！”

“这是做臣子的本分！”李鸿章唯恐在外夷面前露出“反迹”，又特别表白道，“我离京之前，蒙皇太后召见，并降下懿旨：康、梁二逆逃亡海外，刊布流言，诽谤朝廷，罪大恶极，着沿海督、抚，严密缉拿！喏，这便是乱臣贼子的下场！”

“噢，”卜力心中暗想，康、梁反对皇太后，却又极力“保皇”，也难说就是“乱臣贼子”，你李鸿章既然有意独立自治，则比他们走得更远了。一个对朝廷怀有二心的人，又要缉拿“乱臣贼子”，借此邀功请赏，实在是荒唐！于是对李鸿章说，“康、梁都远在天边，你到哪里去缉拿？现在我这里倒是有一名‘康党’，已经逮捕在押。”

“什么人？”李鸿章一愣。

“这是个小人物，不像康、梁那样著名，”卜力说，“他叫易君恕。”

“易君恕？！”李鸿章听到这个名字，心中打翻了五味瓶！他和易君恕平生只见过一面，而那一面却留下了至深的印象，并且惹下了意想不到的事端。他想起去年在总理衙门之外的那次相遇，唉，如果我当时对那个拦轿进言的年轻人不予理睬，不就什么事都没有了吗？偏偏自己动了恻隐之心，看他生得眉清目秀，便招来问话，得知了他的身世，又怜惜故人之后，好心好意地想赏给他个差事，却招来那一番唇枪舌剑，至今想起来仍如骨鲠在喉！实在说，自己当时根本没有把那个乳臭未干的娃娃当作对手，可又怎能料到不知天高地厚的易君恕竟然上书皇上，弹劾朝廷的一品大员！而即便在皇上诏令“李鸿章毋庸在总理衙门行走”之后，我也并不认为是倒在一个布衣举人易君恕的手里，相信他不过被康、梁所利用罢了。唉，世人皆知，我李鸿章一向对部下宽厚为怀，北洋水师和淮军的旧部，多少人得了我的照顾？以致招来“结党营私”的谤言，自己的宽容终于害了自己，小小的泥鳅掀翻了大船，那个易君恕不就是一例吗？如果不是皇太后力挽狂澜，以迅雷不及掩耳之势一举摧垮“百日维新”，如果不是易君恕自己留下了伙同谭嗣同谋反作乱的把柄，倒是难以想象今日我们两人各自处于什么位置！易君恕仓皇出逃、亡命天涯，如今在香港落网，这一切都是他咎由自取！苍天有眼哪，在冥冥之中操纵着人间的一切，我李鸿章远走四千里出任两广总督，香港总督盛情相邀上岸会晤，原来这里还有一名钦犯在等着我发落，也许这都是命运的安排？小子，这一次，就别怪我不客气了！

“总督阁下，易君恕虽是个小人物，却是阴谋杀害皇太后的要犯，一年多来，朝廷一直在悬赏缉拿他！阁下协助敝国将他逮捕归案，实在不胜感激之至！”李鸿章说，由于情绪激动，连声音都发抖了，“我明日到达广州接印之后，立即办理此案，按照两国之间递解罪犯的协定，将该犯押解回国，依法惩处！”

“噢，原来阁下对这个人很熟悉？”卜力倒觉得有些意外，“可是很抱歉，我并不打算把他引渡到贵国去。”

“为什么？”李鸿章却又大出意外，“这在两国之间是有先例可循的，当年洪、杨匪徒潜逃香港，罗便臣总督便准予引渡回国……”

“可是，易君恕与以往的情况不同，”卜力说，“我们逮捕他，并不是因为他参与了1898年贵国的那场变法运动，而是因为他在香港公然书写、散发反对英国政府的传单，而且参与了新租借地的非法组织‘太平公局’和对抗政府的武装骚乱，杀害了英军士兵以及警察司的助手迟孟桓先生。因此，他被指控犯有诽谤政府罪、非法结社罪、非法集会罪、暴动罪和谋杀罪，我们完全有权依照英国法律在本港审理此案。”

“噢！”李鸿章虽然深为不能引渡这名罪犯归案而遗憾，但听到这一大串罪名，也已经感到莫大的欣慰：易君恕毕竟在劫难逃，那么，借港督之手将他置于死地岂不更便当？自己已经七十有七，做他的祖父都够资格了，若把故人之子押解进京，送上断头台，也难免再招来闲话，算了，就让他魂断香港，死无葬身之地吧！

“阁下放心好了，大英帝国决不宽恕她的敌人，”卜力抬起手，捋了捋他的小胡子，“本港最高法院已经将此案审理完毕，证据确凿，上述罪名成立，数罪并罚，判处易君恕死刑！”

听到“死刑”二字，李鸿章默默地点了点头，郁闷于心的那一段恩恩怨怨到此可以了结，“易君恕”这个名字也就从他心中永远抹去了。如果说还有什么遗憾，那就是他失去了一次晋爵的机会，本来，皇太后已经答应了他，只要捕获康、梁逆党之中任何一名，便立即晋封他为公爵。

与总督府相距半英里的花园道松林径翰园，一片死气沉沉。门前巡逻的英警早已撤走了，而那副镂花铁门仍然紧闭着，几只斑鸠“咕咕”地鸣叫着，旁若无人地在门前啄食。往日，林牧师被教友们视为上帝的使者，通往翰园的小径有如天堂之路，他们怀着敬仰的心情前来拜谒，达官贵族、巨商富贾也不乏其人。而今，那番景象已不复再现，自从翰园出了事，林若翰涉嫌包庇反政府的华人罪犯、泄露国家机密，理所当然地被他的那些同胞冷落了，半山欧人居住区的邻居们不再和他来往，连上个月刚刚过去的圣诞节也没有人前来“布佳音”了。

镂花铁门内的院子里，肩背佝偻的阿宽望着阴沉的天空发愣。脚下的草坪疯长得没过脚踝，杂草丛生，参差不齐，狗尾草高举着一根根毛茸茸的花穗，像是一片无人管理的墓园，他也无心修剪了。

进入知天命之年的阿宽已经显得十分衰老，黧黑的面庞消瘦得皮包骨，那双失神的眼睛反而显得更大了，红红的，浸着一汪泪水。屈指算来，阿宽进入这座翰园也已经是第十六个年头了，倚阑小姐也已经十九岁。十六年来，阿宽含泪吞血，忍辱负重，为了亡友的遗孤，像牛马一样地苟活着，凭借英国牧师林若翰的荫庇，把她养育成人。一天一天，一年一年，他看着小姐长大了，皇仁书院的英文教育和半山区欧人社会的熏陶却把她变成了与华人格格不入的“鬼女”，那条生她养她的血脉被割断了，抛弃了。那时候，阿宽为亡友的含冤而死、为自己的徒劳无益感到悲哀，他失望了，像被掏空了肺腑。前年秋天，来自大清国都城的易先生突然出现在他的面前。易先生那么清秀英俊、文质彬彬，又那么谦逊和蔼，一口的京腔，满腹的学问，使阿宽由衷地感到亲切可敬。易先生来到这个家，翰园的气息和以前大不相同了，林牧师不再一个人钻在书堆里做“汉学家”，连倚阑小姐也成了易先生的学生，书房里传出了琅琅的诵诗声。渐渐地，阿宽发现倚阑小姐变了，是易先生使这个“鬼女”从迷梦中醒来，回到了五千年的中华根基。阿宽看得出来，倚阑小姐已经离不开易先生了，如果天遂人愿，她将跟随易先生一辈子。阿宽也知道，易先生在京城的家里有妻室，要实现倚阑小姐的美好愿望，很难迈过林牧师的这道关口。但阿宽觉得这有什么呢？我们中国人，按中国的规矩办事，娶两个太太的有的是，何况易先生在京城里犯了事，他那个家怕是回不去了，和倚阑小姐终成眷属不是顺理成章吗？阿宽相信这只是早晚的事，到头来，林牧师不让步也得让步，不承认也得承认。可是，阿宽没有等来这个结果，易先生在香港又犯了事，自从梅轩利搜查的那天，易先生从这里走了就再没回来。他到底也没有逃出梅轩利的手心，又从锦田被抓了回来，关在大牢里，折磨了半年多，判了死罪！唉，为什么像易先生这样的好人却不得好报？为什么倚阑小姐的命这么苦？十六年前，英国人杀了她的亲爹，如今又要把她的心上人送上断头台！英国人在中国的土地上杀了多少中国人？为什么老天爷不让他们偿命？老天爷，你是非不明、善恶不分、黑白不辨，你瞎了眼了！

最让阿宽动心的是，易先生被投进了大牢，倚阑小姐已经在怀着他的娃娃！

阿宽早就看出来了，可是他不敢问小姐，也不敢对牧师说，眼看着小姐茶不思，饭不想，脸上一天天消瘦，身材却一天天失去了往日的苗条，这可怎么办啊？阿宽真是急死了，他怕牧师看出来，提心吊胆地过了好几个月，失了势的牧师天天唉声叹气，愁眉不展，并没有发现女儿有什么异常。可是那天，那打素医院的医生来给牧师看病，朝小姐看了一眼，说了句不该说的话："祝贺你，林牧师，翰园的第三代人就要诞生了！"

牧师当时就惊呆了！医生走了之后，他对小姐大发雷霆："这是林氏家族的耻辱，是对基督教义的亵渎！易君恕已经害得我落到现在的地步，难道还不够吗？你们还不肯放过我，把我最后的一点脸面也剥个精光，让我怎么面对社会？堕掉它！这个孽胎必须堕掉，绝不能生下来，玷污了翰园！"

"不，dad，"小姐吓得发抖，她跪在牧师的面前，苦苦地哀求，"原谅我吧，dad，我不能，我不能……"

"堕掉它，跟我走！"牧师怒吼着，"我们已经不能在香港立足，只有走，回到英国去！"

"Dad，不！我不走！"小姐哭着说，"我要在这里等着他……"

"他回不来了，永远也不可能再回来了！走，跟我走！"

"不……"

"非走不可，把这个孽胎堕掉！"

"不，dad，我不啊……"

小姐扑倒在地上，哭成了一个泪人，浑身都在发抖！

阿宽的心碎了……

“牧师！”阿宽“扑通”给他跪下了，“牧师，你不能这样！小姐什么时候受过这样的委屈啊？你一向慈悲为怀，怎么也狠得下心肠？小姐的命就够苦的了，人间的不幸全让她摊上了，你难道还要把她逼死吗？这孩子是我亲手把她带大的，为了她，我在翰园当了十六年的牛马！十六年啊，你对她的好处，我阿宽也抵上了，你要是嫌她给翰园丢了脸，就让她跟我走！你不要她，我要，她本来就不是你们林家的人，你放了她吧！牧师，咱们的缘分尽了，该分手了！”

老牧师什么时候见过阿宽这么跟他说话？没有过，从来没有过，在他眼里，这个弯腰驼背、面色黧黑的阿宽是个生就的奴才，永远点头哈腰、低声下气，主人的需要是他的一切，他完全为主人活着，没家没业，没有财产，没有权力，没有地位，甚至也没有思想情感，是一架任凭主人操纵的机器，可是今天，阿宽竟然挺起了胸膛，敢于对主人说这种话了，“缘分尽了，该分手了！”

“宽叔！……”倚阑扑倒在阿宽的怀里，这一老一小抱头痛哭，“咱们走，咱们该走了！”

老牧师愣了，这不是十六年前的情景吗？十六年过去了，牧师老了，倚阑长大了，十六年的梦做到了头，“她本来就不是你们林家的人，你放了她吧！”

“你们……离开翰园到哪里去？”牧师的脸色煞白，嘴唇哆嗦着，声音哑哑的，“没有房子，没有工作，阿宽，你什么也没有……”

“牧师，这香港虽小，天地也大着呢！”阿宽说，“只要我阿宽还有一口气，就什么都不怕，无论到哪里再去当牛做马，我也要养活她！”

“可是，她……她现在这个样子……”牧师喃喃地说，像是在问阿宽，又像是在问自己，“你怎么向社会交代？”

“交代？我跟谁交代？这个世界上，伤天害理的事有多少？屈死的好人有多少？谁又跟我交代过？”阿宽说着，说着，两眼的泪珠就吧嗒吧嗒往下掉，眼前就好似看见了倒在中环码头上的阿炜兄弟，看见了关在维多利亚监狱里的易先生，“易先生是好人哪！他留下的骨血，是我们中国人的后代，谁也别想毁了，谁也别想！”他搀着倚阑站起来，“小姐，走吧，咱们走了……”

他搀着倚阑往外走，一步一步，走得那么艰难。

牧师愣愣地站在那里，那张脸像是木雕泥塑，连眼皮也不会眨了。他一定做梦也想不到会有这一天，倚阑和阿宽会从翰园走出去，这个家就这样拆了，散了……

阿宽听到了身后传来牧师急促的喘息声，倚阑也听到了，她站住了脚步，向牧师回过头去：“Dad，您保重自己……”话还没说完，就被哭声打断了……

“倚阑，倚阑……”牧师突然喊出声来，那声音还像过去那么亲切，只是比过去更苍老了，更沙哑了。

阿宽和倚阑都站住了，回头望着牧师，毕竟相依为命十六年，从今天起就分手了，哪有那么容易！

“你们走了，翰园空了，只剩下我一个人，我没有了女儿，也就没有了家，什么都没有了……”老牧师愣愣地说，他那双蓝眼睛茫然地朝前望着，大胡子颤抖着，两只手像干树枝在摇晃，看他那副样子，就像五脏六腑都被掏空了！“不！不！我不能没有倚阑，不能失去女儿！”他突然放声大哭，伸开了两手，跌跌撞撞地跑过来，一把抱住了倚阑，“我的孩子，我的女儿，爸爸需要你，爸爸不能没有你！”

唉，十六年来，人和人的恩恩怨怨，经历了几番回合？这个世界上，最狠最毒的是人心，最苦最惨的是人心，最热最软的也是人心，一颗血肉的心，十六年撕裂了又愈合，愈合了又撕裂，早已经千疮百孔了！

……

阿宽思前想后，翻肠搅肚，心如刀割，泪如泉涌。在那疯长的草地上，一站就是半天，像傻子似的，也不知道自己该做点什么。他还能做什么呢？倚阑小姐一天天要临产了，易先生的死期也一天天临近了，老牧师的声威如今是一落千丈，自身难保，救不了易先生了，何况一名华人奴仆阿宽呢！阿宽什么也没有，只有这条苦熬了五十年的低贱的命和流不完的眼泪，如果不是丢不下倚阑小姐和小姐腹中的娃娃，他早就一闭眼跳进滔滔大海，这个人间还有什么可留恋啊？可是，倚阑小姐扯着他的心，易先生的骨血扯着他的心，他不能死，还得陪着这两代苦孩子熬下去，直到不定哪一天他“扑通”倒下去再也起不来，到另一个世界去见阿炜兄弟，他也就问心无愧了……

小楼的客厅里，林若翰刚刚打完了“德律风”，话说了很多很多，已经口干舌燥。对方把线路挂断了，他只好叹息着，挂上了话筒。他朝院子里站在荒草丛中的阿宽看了一眼，又是一声叹息，转过身来，蹒跚地走向楼梯。

翰园接连不断的巨大变故使老牧师遭受了有生以来最沉重的打击。他那脆弱的心脏好几次濒临衰竭，恍恍惚惚地到另一个世界转了好几遭，却都又奇迹般地活过来了。据阿宽说，那是因为那打素医院的医生抢救得及时，他们整日整夜地守在牧师的病床前，用高明的医术把他起死回生。对此，林若翰当然感激不尽，但他更坚信，挽救他的生命的是上帝，医生只不过是上帝的手。现在还不到上帝召唤他归去的时候，无论天堂还是地狱里都没有他的位置，上帝把他送回了人间。经历过几次死亡，老牧师的心境反而越来越平淡了，想想自己过去的急功近利，仿佛已是前世的事。唇枪舌剑的定界谈判，和勘测人员一起丈量土地，那是牧师该做的事情吗？为了一个太平绅士的虚衔，自己竟然那么狂热地去苦苦追求，噩梦醒来却是一场空。今年元旦，总督新任命了一批太平绅士，自然是不会有他林若翰了。当他看到报纸上公布的太平绅士名单，心里倒也坦然。不属于自己的东西，无须去追求，没有渴望，也就没有失望。自己什么都不是，还是一名牧师，还是上帝的仆人，对于一个基督徒来说，这就足够了，难道不比那些如过眼烟云的官职和权位更质朴、更永恒吗？当年威震世界的法国皇帝拿破仑，最终一败涂地，只身被放逐到南大西洋圣赫勒拿岛上，他在临死之前说过一段至为真诚的话：“我曾经率领过百万雄师，可现在连一兵一卒都没有了；我曾横扫三大洲，建立雄霸天下的大帝国，可如今连立足之地都没有了！我远比不上拿撒勒的木匠之子耶稣基督，他没有一兵一卒，也没有占领过分寸土地，可是，他的国家却建立在人心里，他已经赢得了千千万万的心灵，使他们心甘情愿为他牺牲，为他服务，并且把他的福音传遍天下……”

老牧师看破了一切浮华虚幻，重新回到原来的位子上，一心一意地侍奉自己的主，以耶稣基督为榜样，去解救多灾多难的人类。

而这个世界上，不幸的人太多了，现在迫切需要他来解救的，是他的女儿倚阑和那个还没有出世的小生命，还有一言难尽的易君恕。

林若翰在花甲之年突遭横祸，自易君恕始。如果没有1898年夏天的北京之行，如果没有在谭嗣同的莽苍苍斋与这个锋芒毕露的年轻人的邂逅，如果没有在马家铺火车站的再度重逢，也就没有了后来的一切。可是，已经走过的历史又怎么能够重写呢？毕竟一切都已经发生了，易君恕避难香港，却又卷进了抗英暴动，这一次无可逃遁了，他害了自己，也害了林若翰和倚阑。易君恕是林若翰平生最赏识的年轻人，最亲密的忘年之交，却又是毁了他的全家，几乎置他于死地的祸根！他曾经在盛怒之下诅咒易君恕的忘恩负义，不可遏止地要向港府告发易君恕逃亡的线索，但终于又没有迈出那一步，被倚阑阻止了。其实阻止他的不是倚阑，而是基督的声音。主说：“你们若借给人，指望从他收回，有什么可酬谢的呢？就是罪人也借给罪人，要如数收回。你们倒要爱仇敌，也要善待他们，并要借给人不指望偿还，你们的赏赐就必大了，你们也必做至高者的儿子，因为他恩待那忘恩的和作恶的。你们要慈悲，像你们的父一样。你们不要论断人，就不被人论断；你们不要定人的罪，就不被定罪；你们要饶恕人，就必蒙饶恕……”

基督宽阔的胸怀使林若翰感到惭愧。以往他所给予易君恕的一切救助，都是基督徒的本分，难道指望对方偿还吗？何况身处危难之中的易君恕不但无力偿还，而且仍然需要他的救助。“要爱仇敌”，“恩待那忘恩的和作恶的”，纵使易君恕辜负了他，他也不能放弃自己的使命。更有甚者，那个“忘恩和作恶”的“仇敌”，正是女儿倚阑的所爱，她的腹中正孕育着易君恕的骨血，将爱与恨、亲与仇糅作一团，血缘难断，情缘难离！为了女儿，为了那个尚未出世的小生命，老牧师抛却前嫌，又在为易君恕奔波，要把他从死神的手中再一次夺回来……

他步履艰难地上了楼，朝女儿的房间走去。

倚阑已经临近分娩，往日的娉婷少女如今步履蹒跚，沉重的负担使她连呼吸都感到困难。正是需要有人照拂的时候，她的身边却再也看不到阿惠，那个克勤克俭、任劳任怨的女佣再也不会回到翰园了。

此刻，倚阑仰卧在床上，隆起的腹部随着急促的呼吸而起伏。她的双手捧着一个还没有打开的中式信封，两眼凄楚地凝视着。听见脚步声，她像是从梦中惊醒，迫不及待地望着走进房间的林若翰："怎么样？dad，有希望吗？"

"唉！"林若翰未曾说话先是一声叹息，"我给参加陪审团的几位朋友打了'德律风'，他们都很冷淡。这也难怪，易君恕本人拒绝聘请律师，在法庭上也拒绝答辩，从头到尾一言不发，他根本不承认自己有罪，不接受英国法庭的审判！"

"这是我预料到的……"倚阑声音颤抖地说。

"可是他这样做又有什么用呢？审判他的就是英国法庭！"林若翰摇头叹息，"他的一言不发倒使得审判没有遇到任何阻力，陪审团一致认为证据确凿，罪名成立，同意判处死刑。高等法院的判决已经是终审判决，没有改判的可能了！"

"那么……"倚阑抬起手背，抹着脸上的眼泪，"再没有别的办法了吗？"

"除非当事人不服判决，向英国枢密院司法委员会上诉……"

"噢？"倚阑的泪眼骤然闪烁着一线希望，"Dad，那就赶快让他上诉啊！你在伦敦也有许多朋友，请他们想方设法和枢密院斡旋，我们不惜一切代价！"

"易君恕仇视英国政府，他是不会提出上诉的！"林若翰说，"而且，即使上诉，也毫无疑问会被驳回。接管新租借地依据的就是枢密院的法令，枢密院又怎么会同情一个抵制这项法令的中国人？不可能，完全不可能！"

“哦，哦……”倚阑泪如泉涌，颤抖的两手掩面而泣，那个信封从她起伏的腹部飘落下来。

“嗯？”林若翰看见那个信封，弯腰捡了起来，“这封信是……”

“他的信，从北京寄来的，”倚阑抽噎着说，“去年春天就收到了……”

“什么？”林若翰一愣，“你为什么把它扣下了，没有交给他本人？”

“我……”倚阑痛苦地垂下睫毛，“dad，您就别问了……”

“唉，你呀，”林若翰喟然叹息，“现在想交给他，已经没有这个机会了！”

“Dad，您想想办法！”倚阑眼泪汪汪地望着父亲，“我求您再想想办法，不能见死不救啊！”

“孩子，没有办法，dad 的能力太小了，而这件事又太大了！现在，全世界只有一个人可以让易先生免除一死……”

“你说的是上帝？”倚阑哭着说，“这种空话有什么用啊？”

“不，我说的不是上帝，在香港，还有一个仅次于上帝的人……”

“谁？”倚阑支撑着从床上坐起来，愣愣地盯着他，仿佛出现了天大的奇迹，“快告诉我，这个人是谁？”

“卜力总督。按照法律，总督有权赦免死刑……”

“卜力总督？”听到这个名字，倚阑失望了，痛苦地摇摇头，“总督怎么会赦免反对香港政府的人呢？不，这是不可能的！”

“是啊，”林若翰也哀叹道，“我知道这不可能！租借地的抵抗运动使总督非常恼火，是他亲自下令派兵，以武力接管租借地，逮捕抵抗分子，又怎么肯赦免他呢？唉，我曾经为总督拼命地工作，立下了汗马功劳，在他心里都不算数了，现在连求他办一件事也做不到了，政治就是这么无情！可是，除了总督，再没有第二个人拥有赦免死刑的权力了！”

“Dad，”倚阑突然想起一个人来，“骆克先生是您的老朋友，您能不能请他去说服总督呢？他是仅次于总督的高官，由他来出面，分量就重得多了！”

“我也想到了骆克先生，”林若翰说，“已经给他家里打了‘德律风’……”

“噢?”倚阑陡地升起了希望，急切地问，“他怎么讲？肯帮我们的忙吗?”

“还不知道。他本人不在，接‘德律风’的是艾迪丝·骆克夫人，我请她转告骆克先生……”

“哎呀，这么大的事情怎么能由别人转告呢?”倚阑急了，“说不定会把事情弄糟的!”

“我也是没有办法，”林若翰说，“她问我有什么事，我不能撒谎，现在正有求于人，谁也不敢得罪！你知道吗？骆克夫人的父亲就是黄金商经纪人阿尔弗雷德·汉科克先生，他们家族在香港很有名望，也说不定能帮我们施加一些影响……”

“如果那样，就太好了”倚阑急切地说，仿佛成功的机遇正在前面等着她，一分钟也不愿意拖延了，“dad，您应该去登门拜访骆克先生和夫人，当面恳切地表达我们的请求……”

“是的，我是要去的，好久没有见到骆克先生了，我心里有很多话要对他说……”林若翰想起定界谈判前后和骆克先生的亲密相处，想起自己的突然遭贬，心中又升起无限委屈，眼眶不觉湿润了，“骆克先生是个很念旧的人，欧阳辉教过他两年汉语，他的办公室里直到现在还挂着欧阳老师的遗像。我和骆克先生也是老朋友了，请他念往日的友谊，务必帮我们一把！为了表示感谢，我准备把自己多年的收藏全部赠送给他，他作为收藏家，当然知道这礼物的分量!”

“哦，谢谢您，dad!”倚阑激动地抚着父亲的手，她感到，父亲为了救易先生，一切都已经在所不惜了。

“不，孩子，”林若翰说，“我的那些藏品将来都是属于你的，如果现在能为你发挥作用，不是更好吗？为了你，爸爸什么都舍得，我们是在救一条人命啊，世界上还有什么能比生命更宝贵呢?”

“Dad，”倚阑热泪盈眶，激动地扑在父亲的肩头，“您救的不是一条人命，而是三条人命啊……”

房间外面传来楼梯的响动，阿宽慌慌张张地跑上来。

“牧师，牧师，”阿宽气喘吁吁地低声喊着，“骆……骆克先生来了！”

“什么？”林若翰简直不敢相信自己的耳朵，“我刚刚要去拜访骆克先生，他竟然先到我们这里来了？”

“是啊，”阿宽说，“他在楼下客厅等着你呢……”

“噢，上帝！”父女两人同时激动地叫道，奇迹真的出现了，救世主驾临了！

楼下客厅里，辅政司骆克真的来了。

他还没有落座，在见到翰园的主人之前，他正站在地毯上，出于收藏家的本能，端详着壁炉上方那幅古老的油画，画面上，悲戚的圣母马利亚怀抱着爱子，卸下十字架的耶稣已经死去，肢体上的钉孔鲜血淋漓。

“像是格拉瓦乔的风格，”他喃喃地自语道，“可惜没有作者的签名，不够完美……”

骆克先生追求完美，作为收藏家是如此，为人处世也是如此。他出身于苏格兰富商骆克哈特家族，但财富毕竟并不等于一切，在“骆克哈特”前面再加上母亲高贵的姓氏“斯图尔特”，有钱又有势，这才“完美”。作为大英帝国香港殖民地年轻有为的官员，高踞于华人之上的地位仍然不能使他满足，他刻苦地学习汉文，潜心研究中国儒学，如醉如痴地搜罗东方古董、字画，把自己造就为一名中西合璧的洋“儒”，这才“完美”。在接管新租借地的过程中，他既要征服那些“低等种族”的人们，又力图和他们建立一种“良好的关系”，主动找农民攀谈，饶有兴致地观看孩子们斗蛐蛐儿，甚至在经过农田时还没忘了提醒下属不要惊扰了牲畜，以塑造自己“平易近人”“勤政爱民”的形象，这才“完美”。他和加士居、梅轩利率领英军、印警攻入吉庆围，逮捕了易君恕，而在把这个不共戴天的敌人打入死囚牢中之后，他却又屈尊来到翰园亲自处理善后工作，同样也是为了使自己的形象更加“完美”。

林若翰踉跄奔下楼梯，他的身后，阿宽搀扶着倚阑，也在步履艰难地走下来。他们对于突然光临的贵客感激不尽，急切地呼唤着："骆克先生！骆克先生……"

"哦，你们好，林小姐、林牧师！"骆克的目光从油画上转移过来，看着这一对情绪处于极度紧张、极度亢奋状态的父女，亲切地微笑着说，"艾迪丝告诉我：林牧师来过'德律风'，我想，我应该亲自来一次……"

"谢谢你，骆克先生！"林若翰激动地上前握住他的手，"你真是一个善良的人，在这种时候，别人都躲着我……"

"骆克先生，"倚阑早已迫不及待，不等父亲说完那些客套，便急切地直奔主题，"恳请你帮帮我们，无论如何也要……"她的眼泪止不住地涌流出来，话说了一半就说不下去了。

"不必说了，林小姐，情况我都知道……"骆克收敛了脸上那一丝笑容，此时，两道八字眉微微皱了起来，那双细眯的眼睛充满了忧伤和同情，他只看了一眼倚阑那隆起的腹部，便洞悉了"帮帮我们"这四个字深切的含义，无须再做任何解释了。

"那么，你一定肯帮忙了……"倚阑的感激之情无以言表，泪眼仰望着面前的救世主，急切地期待他做出具体的许诺。

"阁下，你请坐！"阿宽恭恭敬敬地端来了咖啡，并且请贵客就座。

"噢，谢谢，"骆克在壁炉前的长沙发上坐下来，声调缓缓地说，"林牧师是我所尊重的老前辈，在学术上曾经给予我许多指导，十年前我和艾迪丝在圣约翰大教堂举行婚礼，也是由林牧师主持的，我们至今不能忘怀，是他缔造了这一美满婚姻和家庭……"辅政司说起往日的友谊，字字句句充满深情，印证了林若翰对他的评价，"骆克先生是很念旧的"！

林若翰紧挨在他的旁边，激动地聆听着辅政司阁下亲切的话语，曾在圣约翰大教堂举行婚礼的男男女女不知有多少对，时至今日，还有谁记着他林若翰呢？只有艾迪丝和骆克先生！

"所以，我把林牧师的事看作自己的事，只要我能够做到的，一定不遗余力！"骆克说，严峻的目光望着林若翰，"早在前年秋天，当我提议请你参加接管新租借地的工作，并且作为太平绅士候选人的时候，就已经有人要求总督把你的客人驱逐出境，并且对你进行拘捕审查……”

“噢，上帝啊……”林若翰和倚阑都大吃一惊，他们做梦也不会想到，灾难从那时就已经悬在头顶，而骆克先生早就在默默地为他们承担风险！好人哪……

“当时我竭力说服总督：易君恕没有违反香港的法律，不可以驱逐，林牧师是香港的宝贵人才，应该重用！总督接受了我的建议，但从那以后，我却一直在为你暗暗地担心……”

“骆克先生，”林若翰听到这些过时的秘闻，仍然止不住地后怕，心脏慌慌地悸动，“你当时为什么不把这个情况告诉我？好让我思想上也有个准备……”

“不可以！”骆克神色严峻地说，“在当时那是政府的绝密，即便现在，我也不能向你公开告密者的姓名！”

林若翰和倚阑同时在心里说，你不说我们也知道了，正是那个魔鬼、灾星，毁了我们的一切！

“可是，后来发生的情况使我很被动，”骆克接着说，“易君恕在翰园居住长达四个多月，一直在秘密从事反政府活动，而你掌握着大量机密，为他窃取情报提供了极大的方便……”

倚阑的心里“扑通”一声，“窃取”情报正是她亲手做的……

“不，没有这样的事！”林若翰抖抖索索地喊道，“骆克先生，我从来没有向他提供过任何情报，上帝可以做证！”

“我可以相信你，但很难让别人信服，因为你们之间的关系是那么亲密！”骆克说，“我们在接管新租借地之后，从查获的文件来看，更证实了这个推论！总督大发雷霆，警察司坚决要求惩办你，我不能不承认，他是对的，因为他手里有证据！但是我想到，如果把你拘捕、审讯、判刑，你就一切都完了！”

“我现在也已经完了，骆克先生！”林若翰沮丧地说。

“不，如果到了那一步，就和现在完全不同了，你可能被监禁、服苦役，或者被流放，一个六十岁的人，恐怕很难熬过那一关，活着回来了！即使能够回来，也不能再继续做牧师，一生就算完了！”

“是啊……”林若翰的心脏缩紧了，“这个威胁时时盘桓在我的头顶，不知道什么时候会突然接到传票，末日就来临了……”

“牧师，我也一直在为此担心，你是由我推荐到政府工作的，我对你负有责任！”骆克说，那双细眯的眼睛睁大了，灰蓝色的瞳仁闪着冷光，令人不寒而栗，“到了这个地步，我也是孤注一掷了，冒着极大的风险，向总督提交了一份报告，我说：林牧师是一位英籍公民，而且是本港知名人士，如果牵连进抗英暴动的案子，将会给居住在香港的英国公民造成极其不利的影响，他们会怀疑我们接管新租借地的正义行动，和政府离心离德，也会引起国际上的种种猜测，连英国人都反对香港拓界，毫无疑问将有损大英帝国的形象……”

林若翰的心脏提到了喉咙口，难为骆克先生为他想出这样的辩护理由，谁知道总督能不能听得进去啊？

“总督被我说服了，在我的报告上批了一句话：‘免予起诉。’林牧师，我今天造访府上，就是要告诉你这个好消息：你解脱了，再也不用提心吊胆了！”

“上帝啊！”滚滚热泪夺眶而出，林若翰激动得颤抖了，“骆克先生，我该怎样感谢你呀！”

“不必感谢，因为我们是朋友，”骆克轻轻地舒了一口气，“为了朋友，我已经尽了自己最大的努力，好在总算有了一个好的结果，为此我也感到欣慰！”

“骆克先生，谢谢你救了我 dad 的命！”倚阑眼含着热泪说，“我们还要恳求你救救易先生，请你替我们请求总督，赦免了易先生的死刑！哪怕是终身监禁，哪怕是流放南洋，无论如何也请留下他这条命！他不能死，他不能死啊！”

“林小姐，你太让我为难了！”骆克脸上那谦逊诚挚的神情不见了，变得严肃而冷峻。他早在来翰园之前就已经从艾迪丝口中知道了林氏父女的要求，所以才把帮助林若翰解除危难的事讲在前头，“为了朋友，我已经尽了自己最大的努力”这句话，难道倚阑听不懂吗？竟然还要提出更高的要求，太过分了！

“骆克先生，我知道这件事很难很难，”倚阑步履蹒跚地向前走了两步，站在骆克的跟前，两手放在胸前，像祈祷上帝那样虔诚地望着骆克，“可是除了你，再没有人能够做到了，你是最接近总督的政府要员，总督尊重你的意见，只要你肯向总督开口，他会答应的！骆克先生，我们全家人都求你了，dad 要重重地酬谢你，他所有的收藏都归你了，我们什么都舍得，只要留下易先生的一条命！”

“唉！”骆克再次瞥了一眼倚阑那隆起的腹部，深深地一声叹息，“林小姐，对于你的不幸遭遇，我深表同情。但是，你低估了我的品格，难道我帮助朋友是为了酬谢吗？同时，你又过高地估计了我的能力，你所要求的这件事，我做不到！不但我，就连卜力总督也做不到！他虽然拥有赦免死刑的权力，但他手中的权力是女王陛下授予的，法律不允许，他自己的良心也不允许把这个权力滥用，易君恕因为参与反对英国政府的武装暴乱而被判处死刑，总督怎么可能赦免英国的敌人？而我又怎么可能向总督提出这样的请求？如果我真的这样做，总督会把我也看成反英分子，香港的英籍人士、英国本土的公民会激烈反对我，弹劾我，逼迫我引咎辞职！而且，即使只着眼于易君恕数罪并罚当中的‘谋杀罪’这一项，受害人迟孟桓的父亲迟天任——现任太平绅士，而且是审理易君恕案件的陪审员之一，他能容忍儿子白白地死掉而让罪犯逍遥法外吗？”

倚阑闪烁在眼睛中的希望火花爆裂了，熄灭了，她那浮肿的双腿在摇晃，连站着的力气都没了，阿宽赶紧扶住她：“小姐，小姐……”

靠着宽叔的支撑，她摇晃着挪到父亲身边，像一摊泥，倒在沙发上，喉咙里挤出一声艰难的呻吟：“哦……易……易先生……”

林若翰偎依在女儿身边，他那高大的骨架也瑟瑟缩缩，在矮胖的骆克面前倒显得瘦小了，渴盼一见的辅政司已经把话说完，他带给林若翰的好消息并没有解除这个家庭磐石压顶的巨大忧患，救不了易先生，也就救不了倚阑。心力交瘁的女儿已经活得十分艰难，等到易先生临刑的时候，她能过得了这一关吗？上帝啊，如果倚阑再有不测，也就不必留下一个孤独的林若翰了！

骆克站了起来，他已经解决了自己面临的难题，回绝了林氏父女，又把话讲得入情入理，让他们无话可说，现在，该告辞了。

“骆克先生……”林若翰也随着他站起来，丧魂失魄地望着这位“爱莫能助”的朋友，喃喃地说，“这么说，我们连再见易先生一面的机会都没有了？”

“是的，牧师，”骆克无可奈何地摊开两手，“易君恕是一个特殊的罪犯，在押期间不允许亲友探视，死刑也将秘密执行。这一切都是由他犯罪的性质所决定的，谁也没有办法打破制度！不过……”就要告辞的骆克突然心里一动，觉得如果就这样走了，似乎还缺点儿什么？是的，缺点儿人情味儿，他应该补上，才使得自己的形象更为“完美”，人照样杀，可是杀了你们的人，还得让你们感恩不尽！于是，他那圆圆的脸上又漾起了一丝温情，“不过，从人道主义考虑，倒是还可以争取最后一个机会，让你们见上一面……”

“什么机会？”绝望中的林若翰又燃起一星希望的火花，“骆克先生，请讲！”

瘫倒在沙发上的倚阑已经没有力气站起来，只是那双眼睛在闪动着睫毛，她倾注了全副的力量，在听……

骆克却没有直接回答，迟疑地问道：“易君恕这个人……他是基督徒吗？”

林若翰心里一动，出于职业的敏感，这突如其来的问话，答案是什么，他已经明白了。

“是，是！”林若翰毫不犹豫地答道，老牧师为自己的撒谎而声音颤抖了，“他是基督徒，是我亲自为他施洗入教的！”

“噢，愿上帝怜悯他！”骆克的口吻缓和得多了，政治上的仇敌似乎凭借信仰的一丝联系，也就多多少少增添了温情，“既然他是我们的主内兄弟，虽然犯了不赦之罪，但我们不应该剥夺他信仰宗教的权利，在执行死刑之前，他的家属或者亲友可以聘请牧师，到监狱去为他做临终祈祷……”

"哦，谢谢你!"林若翰不禁由衷地感动，他听得出来，"家属或亲友""聘请牧师"这样的说法已经暗示给他，林牧师和女儿倚阑都可以包括在这个范围之内，利用这个最后的机会去见易君恕一面了，多么难得啊，如果没有骆克先生，纵使林若翰可以去为易君恕做临终祈祷，又有谁肯帮助名不正言不顺的倚阑呢?

而倚阑却睁着惊恐的两眼，瑟瑟发抖，难以自持，"死刑""临终"这样的字眼在骆克嘴里说出来是那么轻松平常，而在她听来却像霹雳当头！这意味着她刻骨铭心地爱恋的易先生的生命已经到了尽头，谁也救不了他了！倚阑是多么渴望快些见到他，而这难得的一面却又是今生今世的永诀，躁动于母腹的那个小生命也已经命里注定，永远也见不到自己的父亲了!

"林牧师，我很想帮你们这个忙，不过……"骆克临走的时候又说，"不过我现在还不能做出这个决定，要和司法部门商量商量，到临刑的那一天，我打'德律风'通知你!"

骆克先生走了，留下了一番好意，一片温情，也留下了一个悬念。

翰园像死一般的沉寂，一切都停止了，只有焦急的等待。不知道哪一天可以和易先生见面，总之是一天天临近了，而到了那一天，便是他的死期，等待着重逢，也是等待着永诀。

林若翰和倚阑、阿宽都等在客厅里，注视着墙上的"德律风"。翰园现在被全社会冷落了，轻易没有人打来"德律风"，只要铃声一响，那就是骆克先生打来的了。

一天一天，一分一分，一秒一秒，三颗心随着自鸣钟的钟摆跳动，等待着"德律风"的铃声，而那铃声一响，也就敲响了易先生的丧钟。

"丁零零……"铃声终于响了，从来也没有像今天这么响，这么惊心动魄，这么震耳欲聋!

林若翰和阿宽同时慌慌地站起来，伸着两手，愣愣地看着那架鸣叫不止的机器，却谁也拔不动腿，谁也不敢听那个骇人的通知："易君恕今天临刑"!

瘫倒在沙发上的倚阑连站都站不起来了，腿在抖，手在抖，心脏在抖，嘴唇在抖："快……快……"

"阿宽，你快接'德律风'……"林若翰终于喊出来了！

"牧师，我……我怕……"阿宽抖得一步也迈不动了！

"唉！"老牧师叹息着，使出全身的力气，跌跌撞撞地扑到墙边，冰冷的手抓起话筒："骆克先生！我是林……"

"小姐！小姐！……"他的身后，阿宽突然惊叫起来！

林若翰惶然回过头来，啊，上帝啊，倚阑已经从沙发上滚落到地上，在痛苦地挣扎，肥大的长裙湿漉漉的，一摊淡黄色的液体在她的身下涌流！那是什么？是养育胎儿的羊水吗？

"阿宽！快……"林若翰手里拿着话筒，跟骆克先生的话还没说完，却发了疯似的大喊，"快去备轿，送医院，抢救倚阑要紧啊！"

易君恕临刑的日子到了。由于当事人放弃了上诉的权利，执行死刑距宣判仅仅三天。

这是一个阴冷的日子，乌云密布，寒风阵阵，港岛正处于最冷的季节。林若翰身穿圣袍，手捧《圣经》，迈着踉跄的步伐，踏着瑟瑟落叶，来到了集中央警署、裁判司和维多利亚监狱于一身的奥卑利街。这条夹在坚道和荷里活道之间的小街短而倾斜，绰号却叫作"长命斜"。这个绰号是关押在维多利亚监狱里的囚犯和前来探监的亲属起的，久而久之，几乎取代了它正式的名字。"长命"是"短命"的反语，寄托着濒临死亡的人们对生命的渴望。

林若翰极力抑制住心中的慌乱，神态肃然地走进了以女王的名字命名的维多利亚监狱。

执行官和两名狱卒陪着他，穿过长长的走廊。这里阴暗而潮湿，一股腐臭气息扑面而来，两旁的铁栅里像沙丁鱼似的挤满了华人囚犯，他们蓬头垢面，衣衫褴褛，遍体鳞伤，呻吟着，哀号着，令人毛骨悚然。林若翰在讲道时曾经千遍万遍地向教徒们描述地狱的可怕，而地狱到底是什么样子，谁也没有过亲身经历，他猜想，也许就是眼前的这个样子吧？啊，这些罪人！

走廊到了尽头，再拐进一条黑黝黝的通道，林若翰随着执行官和狱卒，在一间单人囚室前面停下了。

这是专门关押要犯的小号，三面墙壁，一面铁栅，旁边没有毗邻的囚室。关在这里的囚犯，除了提审和吃饭的时间之外，见不到任何人，在这里孤独地等待死刑。墙壁和地面污秽不堪，没有床铺，更没有被褥，只在墙角里堆着一些肮脏的干草，那是囚犯栖身的地方。幽暗的光线下，林若翰看到，干草堆上蜷曲着一个人，他穿着一件千疮百孔、不辨颜色的长衫，肩背上纵横交错着一道道血迹，那是“九尾鞭”的鞭痕；泥污的双脚上没有鞋子，戴着沉重的铁镣，脚踝被磨破了，血肉模糊处露出森森白骨；他的头发、胡须蓬乱，脸色青黯，闭着眼睛躺在草堆上，一动也不动，像是一具死尸。林若翰很难相信，这就是他要见的那个人。

“八百九十九号！”狱卒厉声喊道。

那人微微抬起头，睁开了眼睛。当他的目光透过铁栅投向站在狱卒旁边的林若翰，突然一个悸动：“翰翁……”

“易先生！你是易先生？”林若翰的声音颤抖了。

“是我……”那人扶着墙壁，极力支撑着虚弱的身体，摇摇晃晃地站起身来，定定地看着他，“翰翁，翰翁！想不到我们还能见面……”

“易先生……”泪水模糊了林若翰的双眼，他简直不敢相信，面前这个披头散发、留着长长的胡须的人，竟然就是当初清秀英俊的易君恕！他踉跄奔上前去，伸手抓住那冰冷的铁栅，“易先生，我看望你来了！”

“翰翁！”易君恕呼唤着他，向铁栅走过来，脚下的铁镣“哗啦”作响。他扑到铁栅旁，抖抖索索地伸出手来，抚住林若翰的手，“翰翁，倚阑小姐好吗？她怎么没有来？”

这是他见面的第一声问候，离别的日日夜夜，他魂牵梦萦的是倚阑，望眼欲穿的是倚阑，现在盼到了翰翁，却不见倚阑，为什么？为什么啊？

“她……”林若翰苍老的脸上，纵横交错的皱纹在痉挛，泪水顺着那些深深浅浅的沟壑，汇成一条条抖动的小溪，“倚阑她……她不能来了……”

“为什么？她怎么了？”

“阿宽刚刚把她送去医院，她就要分娩了……”

“什么？”易君恕愣了，“分娩?!”

“是的，”林若翰点点头，一声长长的叹息，“你们瞒着我，但瞒不过上帝，现在，孩子就要出世了！”

“啊！”易君恕的心脏颤抖了，干裂的嘴唇悸动着，“翰翁，我……对不起您，对不起倚阑小姐！”

“不必说了，一切都不必说了！人性是很脆弱的，连人类的始祖亚当和夏娃都难以抵御诱惑，犯下了罪恶！”

“翰翁，谢谢您的宽容，您要责怪就责怪我吧，不要责怪倚阑……”

“事情已经发生了，我谁也不想责怪！我不能拒绝上帝赐给我的小生命，十六年前一个，十六年后又一个……”林若翰喃喃地说，十六年的岁月在他心中倒流，流到了头，又周而复始。

“小生命……可惜我已经无缘看上一眼了！”易君恕的热泪再难以遏止，他还有多少话语要对倚阑诉说？而倚阑却又不在眼前，他只有拜托翰翁了，“小生命来了，我却该走了！请您善待他们，告诉倚阑和孩子：虽然我不在了，别忘了北京还有一个家……”

“我记住了！”林若翰一听到“北京”二字就引起无限的伤感，但他理解，就像他永远怀念艾冯河畔的斯特拉特福，易君恕无论到了什么时候都不会忘记故乡北京。哦，他突然想起了还有一件重要的事，把手哆哆嗦嗦地伸进圣袍的衣襟，取出那个特地带来的信封，向易君恕递了过去，“你的信，北京来的信……”

“信？我的家信？”易君恕突然一阵惊喜，刹那间，他好像忘记了自己是个行将就戮的死囚，“家书抵万金”，他盼了一年零三个月的家信终于盼到了！

林若翰忐忑不安地看着易君恕接过信去，担心他察看信封上的邮戳，会发现日期上的差错，这封信早在去年春天就收到了，却被倚阑压下了这么久，唉，爱得太深了，女孩子的嫉妒之心使她做了这么一件蠢事……

林若翰多虑了。易君恕根本没有注意什么邮戳，便急切地撕开信封，像焦渴的远行人遇到了泉水，贪婪地吞咽着，什么也不顾了！

这封信是菜市口鹤年堂的老掌柜写来的。前年秋天，易君恕初到香港时寄出的家信就是请老掌柜转交的，为的是避开官府的耳目，没想到回信也是老掌柜代笔。

老掌柜开药铺是行家，于文笔却不大精通，因此这封信写得十分简略，文白夹杂，仅仅勉强表意而已……

君恕先生大鉴：

惠书收阅，知先生平安脱险，我心甚慰。关于来信所问府上之情形，把笔临纸，不忍相告，又恐愧对先生，无奈泣涕奉闻如下：八月初九，官军到府上捕人，惊动四邻，我亦到场。官军捕先生不着，欲拘令堂、令夫人入狱以抵罪。府上昔日义仆名栓子者，怜老夫人病弱、少夫人刚刚分娩，乃自愿为主人抵罪，被官府拘捕而去。令堂因受此惊吓，一病不起，于中秋之夕不幸病故。令夫人产后受风，加之心情悲痛，于十一月初四不幸病故。惟初生数月之令爱，无人照管，归于先生岳家收养，侍女杏枝亦随往。可怜栓子替主而死，冬至前一日于菜市口行刑，我目不忍睹，大哭一场，为其收尸埋葬。呜呼，易府世代忠良，不期遭此横祸，街坊四邻人人感叹。先生但有落脚之处，幸勿归来，免遭意外。来日方长，后会有期。

鹤年堂主人顿首

光绪二十四年冬月

悲怆撕裂了易君恕的胸膛，那双眼睛里流出的已经不是泪水，而是鲜血！去年春夜那个血淋淋的梦，终于有了答案，老母、弱妻、义仆栓子，他们都已经忍悲含恨离开了这个世界，报国寺前的那个小院荒颓了，多灾多难的易府毁灭了，侥幸留下的小小孤女却又是最不幸的，她出生以来还没有见过父亲，以后也就永远见不到了！

执行官早已等得不耐烦，他托起手里的怀表，看了一眼，说："提犯人！"

"是！"两名狱卒应声走上前去，"哐啷！"打开了铁栅上的监门。

"等一等，"易君恕知道，现在已经轮到他赴死了。"翰翁，请告诉我，哪边是北方？"

"你的背后就是北方，"林若翰说，"你……要做什么？"

易君恕没有回答。他默默地转过身，朝着北方跪了下去，深深地一叩首，二叩首，三叩首，涕泪纵横，喃喃说道："母亲大人、安如贤妻、栓子兄弟，我对不起你们，是我害了你们！现在，我也要随你们去了！"

他缓缓站起身来，拖着沉重的铁镣，步出这囚禁了他九个月的牢房，却不是获得自由，而是走向死亡。林若翰踉跄地奔过去，扶住他那沾满血污的臂膀，一时万感交集！

"易先生，前年秋天，我和你一起乘船来香港的时候，哪里想到会有今天啊？唉，我到底也没有救得了你！"老牧师泪如雨下，泣不成声，"今天，我来为你做临终祈祷，给你送行来了……"

"翰翁的这一番盛情，我心领了，祈祷就不必了！"易君恕抚着老人的肩背，平静地说，"北京人有句老话：'生有处，死有地。'我因为反对香港拓界而遭难，如今死在香港，死得其所，虽死无怨！"

林若翰一个战栗，松开了手，惶然地望着易君恕。老牧师曾经为无数的人做过临终祈祷，那些人无论是穷还是富，是善还是恶，在生命的最后时刻，都对人世充满了依恋，"鸟之将死，其声也哀；人之将死，其言也善。"一切仇恨、争斗都化为乌有，他们给自己的灵魂以解脱，把希望寄托于来世。林若翰还是第一次见到像易君恕这样对死亡无所畏惧的人，这是个怎样的人啊？林若翰自以为是他的忘年之交，却至今并不懂得他那颗心……

易君恕拖着沉重的铁镣，缓缓向前走去。执行官和狱卒在前面带路，他的身后，跟着步履蹒跚的老牧师。

穿过幽暗的通道，行刑室到了。花岗岩筑成的四壁布满了苍黑的苔藓，犹如一座岁月悠久的古堡。正中的方台上，支着方框形的绞刑架，这便是死亡之门。当死刑犯站在绞刑架下，他脚下踏着的是一块由机关牵动的木板，凌空架在黑沉沉的地槽上，头顶的天窗泻下一束光亮，照射着这阴森森的屠场。不知设计者是否有意在昭示死者：脚踏地狱，头顶天堂，你的归宿只在二者之间。

狱卒为易君恕卸下了脚镣。他们坚信，犯人到了这里，已经插翅难飞，只有死路一条了。

易君恕抬起头来，凝望着那环形的绞索。

在此之前，他不知道自己将是这样的死法。他本以为，他会像谭嗣同那样，在光天化日之下，大庭广众之中，被押赴刑场，砍下头颅。如果是那样，他还可以再看一眼祖国的天，脚踏着祖国的地，向身旁千千万万的同胞做最后的告别。可惜，他连这一个最后的愿望也难以实现了！

他轻轻地一声叹息，举步登上了绞刑架下的方台，脚踏在那块凌空横架的木板上，伸出手去，抓住绞索。他的眼前，浮现出一个个熟悉的面孔：谭嗣同、邓伯雄、文心瑜、龙仔、阿惠；他那病残的老母和柔弱的妻子安如，还有憨厚的栓子。他们都先他而去了！现在，易君恕也该去了，不要让他们等得太久！

刹那间，他又突然清晰地看见了难分难舍的倚阑……

“易先生！”林若翰声音颤抖地叫了一声。

“翰翁……”易君恕最后再望望这位白发苍苍的老人，“翰翁，我去了！拜托您，一定善待倚阑，还有那将出世的孩子……”

此刻，在那打素医院妇产科的产房里，剧烈的产前阵痛正折磨得倚阑死去活来。她全身大汗淋漓，在产床上翻滚着，一声声惨叫着：“易先生！易先生……”

医生和护士从雪白的口罩上方大睁着疑惑的蓝眼睛：她呼叫的那个人是谁？为什么迟迟地不来啊？

维多利亚监狱行刑室里，林若翰老泪纵横：“易先生，我答应你！如果上帝给我寿命，我会像对待倚阑一样，抚养你的孩子长大成人……”

“谢谢了，翰翁！”易君恕深深向他一揖，然后，无牵无挂地抓住绞索，套上自己的颈项。

“哦，等一等，”林若翰叫道，“你还没做临终忏悔……”

“忏悔？”易君恕双手拉着绞索，说，“您让我向谁忏悔？”

“向上帝忏悔！求他洗净你的一切污秽，赦免你的一切罪孽，把你的灵魂送上天堂！”

“不，我根本无罪！为国捐躯是我平生所愿，今日如愿以偿，我已经无愧无悔！向上帝忏悔？如果天上真有一位上帝，他能够容忍人间的残暴、罪恶、欺诈、掠夺吗？如果普天下的人都是上帝的儿女，他能够偏爱白种的儿女、虐待黄种和黑种的儿女吗？我亲身经历了你们英国人强占中国新安县的全过程，亲眼看到英国军队和警察用战舰、大炮、快枪、刺刀屠杀了无数的中国人，亲耳听见他们在冲锋的时候高喊着：‘上帝保佑我们！’翰翁，我不明白，上帝为什么要保佑他们？为什么不去惩罚他们在中国所犯下的累累罪恶？为什么还要让失去了国土、失去了同胞、受尽了酷刑，最后又被屠夫送上绞刑架的人忏悔？翰翁，您能回答我吗？”

林若翰惊呆了，他不能……他也不敢向上帝发问！

“您不能回答，我也就决不忏悔！”易君恕望望头顶朦胧的天光，脚下黑沉沉的地槽，断然说，“刽子手，行刑吧！”

执行官把手一挥：“执行！”

狱卒走上前去，熟练地操纵机关，倏地抽去了横在地槽上的木板，易君恕双脚腾空，脖子上的绞索收紧了！

“啊……”林若翰如雷殛顶，五脏六腑仿佛骤然都被撕裂，他踉跄地向前奔去，伸着颤抖的双手，对天发问，“上帝！你为什么不能救救他？为什么？上帝啊，你在哪里！”

一股鲜血从他的口腔喷涌而出，那老迈的身躯颓然倒了下去……

那打素医院的产房里，传出了嘹亮的婴儿啼哭声。鲜血染红的产床上，滚动着一个粉嫩的小生命，一个黑头发、黑眼睛的华夏男儿。

后记　看试手，补天裂

义冢无碑，掩埋着一段血写的历史

当我又一次来到锦田，正是春末夏初的清明时节，漫山遍野开满了黄白的花。那是一种高大的乔木，墨绿色的叶子类似椿树，枝端缀着繁盛的花穗，花朵细小如米兰，黄白相间，密密麻麻，锦田平原和周围的山上长满了这种树，白茫茫一望无际。我问当地人："这是什么树?"回答是："唔知呀。"问了许多人，都说不知道，他们大约是司空见惯了，并不去追究树木的名称，而在我这个远方来客的眼中和心中，那黄白的花却具有极强烈的象征意味，尤其是在这清明时节。

我从吉庆围往北，沿着锦田五围六村之间的小路前行两公里许，出了水尾村，进入逢吉乡，便到了鸡公山下。这里是锦田平原的北端，山下一片开阔地，竹林、农舍、菜田，一株古老的榕树，盘根错节，丝丝缕缕的气根从茂密的枝干间垂向大地。穿过浓密的树荫，我寻访的目的地到了。

这是一座硕大的坟墓，占地数十平方米，墓身呈平缓的坡形，以水泥覆顶，正面砌以屏风式石壁，本也是粤地常见的墓葬形式。而不寻常之处在于，这座坟墓并没有记载墓主姓名和事迹的碑刻，正中的墓门部位，上方镌一"万"字图案，下嵌一长方形石碑，刻有"义冢"二字；旁有一联："早达三摩地，高超六欲天"；两翼横题"西方极乐"四字。这些带有佛教意味的文字，极易使人产生错觉，以为坟墓中埋葬的是什么高僧或者笃信如来的善男信女。其实不然，这座坟墓和佛教没有任何关系，“错觉”是修墓人故意制造的，以隐蔽事实真相，因为，在这一抔黄土下面，掩埋着一段血写的历史……

十九世纪末叶，中国在甲午战争中一败涂地、列强瓜分中国之势已成，大英帝国趁机谋求香港“拓界”，经过长达两个月的谈判，胁迫清廷于1898年6月9日签订了《展拓香港界址专条》，强行租借广东新安县三分之二的土地，租期九十九年。这是继1842年8月29日签订的《南京条约》、1860年10月24日签订的《北京条约》之后，中英之间关于香港的第三个不平等条约，英国侵吞中国领土香港的“三部曲”终于宣告完成，于香港岛和九龙半岛“界限街”之北又增加了一块“New Territories”——“新租借地”，简称“新界”，土地面积由此扩展了十一倍，水域扩展了四五十倍。

英国殖民主义者的海盗行径和清廷的软弱无能，激起了新安县人民的强烈义愤，邓、文、廖、彭、侯五大家族联合十万乡民发起抗英保土的武装斗争，并且得到了深圳、东莞、惠州等地民间社团的支持，在1899年4月港英接管“新界”前后，他们与英国军队、警察展开了殊死搏斗，先后两战大埔，再战林村谷、上村石头围，最后据守锦田吉庆围，与强敌血战到底。围破之时，英军大肆“屠城”，无数抗英志士为守尽最后一寸国土献出了热血与生命，谱写了一曲中华民族不甘受辱、宁死不屈的慷慨悲歌。中国人民历来富于抵御外侮的光荣传统，但是，与戚继光抗倭、郑成功收复台湾、三元里抗英斗争、中法战争、中日甲午战争有所不同的是，“新界”人民的抗英斗争是在两国已经正式签订拓界《专条》和《合同》之后进行的，他们已经失去了祖国，成为大清国的“遗民”，不但得不到清廷和官军的支持，反而还受到官方告示的威胁和官军弹压的危险，他们的行动在中、英两方面都是“非法”的，而且，以胼手胝足的农夫，落后、原始的武器，去对付拥有先进武器装备、训练有素的大英皇家军队和警察，其结局必败无疑。然而他们知其不可为而为之，宁做华夏之鬼，不做英夷之民，其英勇悲壮可谓前无古人！他们捐躯之日，“新界”已经飘扬着米字旗，笼罩在殖民主义血腥恐怖之中，港英当局大肆搜捕抗英领袖，没收他们的财产，查抄抗英指挥部，盘查、传唤、逼供、处罚村民，强迫他们递交“归顺”请愿书，幸存的抗英志士和他们的家属不得不逃亡内地，有家难归。死难者的遗体则由乡亲们埋葬在鸡公山下，血肉之躯和着那血染的黄土，堆成一座硕大的土坟，直到三十五年后，才执骨修建了这座“义冢”，那时已是二十世纪三十年代了。为了避免港英当局的追查和迫害，这座“义冢”没有竖立墓碑，而实际上，墓中到底埋葬着多少位抗英烈士，也已经难以确切统计了，他们不屈的英灵默默地长眠地下，隐姓埋名，等待着国土回归、日月重光的那一天，从他们捐躯之日算起，将要等待九十八年，才到租约期满，那一天是1997年6月30日。

我从北京远道而来，拜谒鸡公山下这座无名烈士的义冢，凭吊这些为国捐躯的英灵。义冢无碑，英灵无言，我向他们三鞠躬，默默地，默默地……

我一次一次从港岛穿越海底隧道，登上九龙半岛，翻越大帽山，从吐露港到大埔墟，从林村谷到石头围，从锦田到屏山、厦村，沿着他们当年走过的路，辨认他们战斗的足迹，查询他们的姓名。时过境迁，物是人非，九十多年的时间在历史老人眼中只不过昨日之事，而在人间却显得十分遥远了，那一场血肉之躯的激烈搏斗，那一群宁死不屈的中国人，长眠在地下，被埋没得太久了，要清晰地认识他们，已经十分困难了。

在吉庆围西门前方不远，路旁有一座“友邻堂”，经常关闭着大门，不知底细的人很难想象它是做什么用的。此堂原名“英雄祠”，供奉着黑白两色木牌，代表当年英军屠围时死难的邓姓与外姓抗英烈士。“英雄祠”后来修缮一新，却改了名字叫“友邻堂”，其中的衷曲自然也无须解释，在港英统治之下的香港，纪念抗英烈士只能用这种“地下”或“半地下”的方式。我试图从牌位上找到我心中默念着的名字，但是没有找到，牺牲的人太多了，而留下姓名的又太少了！

我从锦田来到元朗旧墟，寻找当年抗英总指挥部“太平公局”的遗址，它早已不存在了，我只根据有关线索，找到了位于公局后门的那棵大榕树，据当地人说，它也已经不是原物，当年的老榕树被台风摧毁，现在的这棵是在原址补种的。如今老干龙钟，枝叶葱茏，树冠直径数丈，也颇具规模，睹物思史，聊作纪念吧！

与当年抗英斗争有关的文物，保存最为完好的当属锦田的“清乐邓公祠”、厦村的邓氏宗祠“友恭堂”、屏山的邓氏宗祠，因为这些建筑都是宗族祭祀场所而得以保存下来，并且不断修葺，至今仍呈现完整的面貌。觐廷书室当年曾是太平公局首领们进行抗英斗争的参谋部，屏山失陷后，又成为英军的指挥部，也许正是由于这个原因，它被港英“手下留情”而未被摧毁。1993 年，包括觐廷书室在内的“屏山文物径”正式开放，古塔聚星楼、上璋围、侯王庙、五桂堂、邓氏宗祠、愈乔二公祠、若虚书室、洪圣宫、述卿书室等修葺一新的古典建筑迤逦一公里，移步换景，令中外游客大开眼界。末代港督彭定康从港岛中环总督府远道驱车赶来，亲自主持了开幕仪式并剪彩，为这一民间活动增添了政治色彩，似乎要给人造成一个强烈的印象：港英政府是如何珍视香港的文物古迹，如何尊重华人传统文化，如何热心公益，与民同乐，然而，表面的热热闹闹却难以掩盖残酷的事实。

就在这条文物径的尽头，六百年古塔聚星楼的近旁，有一座硬山式老屋，已经十分破旧了，粉墙斑斑驳驳，门前堆满垃圾杂物，长着齐腰深的荒草，与修葺一新的聚星楼极不协调。它显然不在供人参观的“文物径”之内。出于寻访历史的好奇，我走近了这座已经废弃的三开间老屋，端详着檐下残存的木雕、壁画和花岗岩雕成的门框，门楣上浮雕着“达德公所”四个楷书大字，不知是什么意思。这房子比我脚下的地面要低很多，像是“入土半截”，显然是出于某种原因，房前的地面垫高了，老屋不能随之拔高，仍然屈居于原来的地基，便如同陷进了深坑。我探头往门内看去，不觉又吃了一惊，原来这老屋不但“入土半截”，而且还存着半截水，黑黝黝微波不起，那是一潭死水，仿佛是一座水牢，令人毛骨悚然。

紧靠“达德公所”的右侧，相连又是一座同样风格的老屋，但山墙比它低了尺许，并且幅宽也小得多，仅仅一开间。门框也是以花岗岩雕成，门楣上浮雕着三个大字“英勇祠”。与“达德公所”一样，它里面也积了半截死水。

这两座老屋使我大惑不解：此“所”是个什么机构？此“祠”又是祭祀何人？又为什么废弃破败如此呢？

屏山七十三岁的邓圣时老人以徐缓低沉的声调，回答了我的疑问，揭开了那尘封的历史……

屏山文物径近旁，当年曾经有一条屏山河。发源于洪水山，自南向北，蜿蜒曲折，流经三围六村，汇入深圳湾，聚星楼前便是入海口，港阔水深，载重木船可以驶进桥头围的拱桥，建筑祠堂、书室的石柱、石梁都是从水路运来。“门环碧水观龙跃，地枕屏山听鹿鸣”，青山古围、小桥流水、渔歌帆影，绘就一派旖旎幽雅的田园风光。屏山河不仅是天然的泄洪河道，两岸村民的生活废水经过池塘的沉淀，澄清后也流入河道。池塘夏季养鱼，冬季塘涸，又可取泥肥田。按照现代环保理论，屏山先民们这一“制天而用之”的良性循环系统倒是十分科学，立村八百年来，即使盛夏豪雨，山洪暴发，也调节自如，从未发生水浸灾害。

屏山由于地理环境优越，水陆交通便利，成为附近一带乡村的中心，从深水埗沿西部海岸到后海湾，再加上腹地八乡一带，共三十九个自然村落组成一个“约”，名为“达德约”，办公地点设在屏山，称为“达德公所”，也就是我所见到的这座老屋。就在1899年港英武装接管“新界”之时，达德约三十九村的乡民联合起来，募集款项，购买枪支弹药，组织青壮男丁，抗击侵略者，遭到港英军队和警察的残酷镇压，许多抗英志士流血牺牲。国恨家仇埋藏在心底，屏山人集资修葺“达德公所”，为抗英义士刻石立碑，一一记下烈士、烈妇的英名；又在近旁建“英勇祠”，配享祭祀，让子子孙孙永远不要忘记那血写的历史。

“达德公所”和“英勇祠”刺痛了港英政府的神经。二十世纪八十年代初，港府将毗邻屏山的天水围辟为新市镇，乘此机会，借口“市政建设需要”，下令填平了屏山河，周围的农田也垫高五六米，建起一片高楼。从此，屏山三围六村的天然排水系统遭到彻底破坏，山洪、雨水和生活废水无以排放，地势低凹的“达德公所”和“英勇祠”惨遭水淹，虽用一台水泵终年抽水，也无济于事，屋内污水深达数尺，一面后墙已被腐蚀损毁，整个建筑也岌岌可危！

百年岁月在我眼前重现。怀着沉重的心情注视那一潭死水的深处，抗英义士纪念碑依稀可见，上方一块横匾镌刻着四个金色大字“忠义留芳”。那些为国捐躯的英魂竟被浸泡在污水之中，激愤的热泪模糊了我的双眼！在文物荟萃的屏山，历尽劫难百年不倒的老屋“达德公所”和“英勇祠”，“忠义留芳”的抗英义士纪念碑，无疑是最具历史意义的文物，却不但被港英排除在“文物径”之外，而且处心积虑，必欲将之淹垮、摧毁而后快，以销毁屠杀中国人民的罪证。然而，血写的历史，水冲得掉吗？

这块纪念碑是1939年重修“达德公所”时刊立的，上面记载着的烈士、烈妇姓名，屏山乡八十一人，横洲乡三十三人，沙江乡十八人，长莆乡一人，下岸乡三人，鞍岗乡一人，上村乡四人，元岗乡四人，台山乡五人，鳌磡乡六人，山下乡五人，管乙乡五人，怀德乡三人，锦田乡一人，西路亹家三人，共一百七十三人，姓氏包括邓、林、陶、苏、李、蔡、黄、梁、杨、洪、薛、郑、冯、庄、陈、曾、关、何、胡、莫、彭、简、黎、骆、张、程、房、许共二十八姓，以邓姓最多。其中有些烈士姓氏不详，仅录下“阿英”“阿珠”这样的乳名，有些烈妇连个正式名字也没有，如“邓门梁氏”“苏门黄氏”等等，这是当时对已婚妇女的习惯称呼，而“兴娇林姑”“连喜蔡姑”“群妹黄姑”则是一些年轻姑娘的名字，死难时尚未出嫁，还保留着娘家的姓氏。每一个名字代表着一个鲜活的生命，当武装到牙齿的侵略者强占他们的家园之时，这些农夫、农妇、农女拿起火铳、大刀、长矛甚至菜刀，与称霸世界的英国殖民军血战，直至生命的最后一息。

乡民们的抵抗运动终归于失败，英军占领了屏山，随即在乡民们视为“风水宝地”的屏山岭修建了两座建筑：警署和理民府，居高临下，虎视眈眈，威慑着被“征服”的百姓。那警署的红色瓦顶令乡民们触目惊心，强盗横行，豺狼入室，屏山的“风水”被破坏殆尽！邓圣时老人和我一起站在他所居住的四层楼阳台上，注视着那如巨石压顶的警署，对我说：“这块巨石，已经在屏山人心上压了将近百年。要说是风水，它就是风水；要说是心理，它就是心理；要说是政治，它就是政治；而说到用途，它是和我们为敌的，用来镇压我们的。这是我们屏山立村八百年来最大的耻辱！”老人把话说尽了，显然他并不十分笃信“风水”，而对当年那场流血斗争进行了深层的剖析：心理、政治、军事，说到底，是一个国家侵略另一个主权国家，一个民族压迫另一个酷爱和平的民族，强权政治、海盗手段，完全违背国际公理、人类道义，它又怎么能真正把中国人“征服”呢？屏山岭下，“英勇祠”中，那“忠义留芳”纪念碑上一个个血写的姓名便是最好的证明！

当我从邓圣时老人手中接过纪念碑碑文的复制件，如获至宝，急切地拜读那被岁月湮没的姓名。我以为，这就是从大埔之战到吉庆围之战全部死难烈士的名单，就是鸡公山下的“义冢”所掩埋的血肉之躯的名单。但是我错了，碑上只有一百七十三个名字，而在“新界”保卫战中牺牲的烈士、烈妇的数目则数十、数百倍于此也不止，“英勇祠”中祭祀的死难者只是其中极小的一部分，他们之中绝大多数连姓名也没有留下来，青山处处埋忠骨，与这片浸透鲜血的热土共存了。

若干历史事实的考订与思辨

本书所写的事件，自1898年4月中英关于香港拓界的谈判始，至1900年1月李鸿章出任两广总督终，但涉及的历史远不止此，实际上，有关晚清史、香港史和“新界”家族史的许多问题都无可回避。其中有些问题已有定论，有些则扑朔迷离，我在采访、考察中得以逐步弄清，还有一些则已被岁月所湮没，目前尚难以做出确切的判断。

关于邓氏迁居锦田的年代

邓氏是“新界”五大家族之一，1899年抗英斗争的主力，因此，对邓氏家族史不可不详察。邓氏原籍江西吉水县白沙村，宋代迁居到此，这是没有问题的，但对于迁居锦田的年代和始祖，却历来有两种说法。

一为“汉黻迁居锦田”说：北宋初，江西吉水白沙村人邓汉黻，官至承务郎，宦游广东，乐粤俗之淳，于太祖开宝六年（公元973年）卜居于东莞岑田，即今之锦田，是为江西邓氏迁居锦田始祖。邓圣时先生提供的《锦田邓氏族谱》《屏山邓氏族谱》均主此说，并有《田赋记》《邓氏族谱图记》《符公碑文记》《南屏邓公墓铭》等历史文献以资佐证。

一为"符协迁居锦田"说：邓符，字符协，号瀛斋，于北宋神宗熙宁二年（公元1069年）登进士，授阳春县令、权南雄倅，后宦游至宝安，因觉风土之优美，乃奉三代考妣，迁葬于此，并于圭角山下，创办力瀛斋，建书楼，读书讲学，为邓氏迁居锦田始祖。清嘉庆年间王崇熙撰《新安县志》主此说，且在香港流传甚广，出版物中多所引用。

两说相比，前后相差九十六年。我采用"汉黻迁居锦田"说，理由是：邓氏老族谱由邓氏十三世祖、明宁国府正堂邓彦通续写，成书年代在十四世纪末，远远早于清嘉庆年间编纂的《新安县志》，且有其他旁证甚多，如：1565年，邓世隆撰邓氏族谱序称："汉黻公膺承务郎，宦游入广东……遂筑室建基于邑之岑田……此公为一世初祖也。"1566年，邓垂范撰《符公碑文记》称："汉黻先……开宝中兴始徙东莞岑田里。"1708年，《邓都庆堂五大房同派宗祠重修碑记》称："始祖汉黻公仕宋为承务郎，于开宝六年宦游至粤，卜居于莞之九都圭角山下。"由此足见，邓氏族谱本身流传有序，为粤派邓氏五大房所公认，其权威性当无可怀疑，而《县志》编纂者王崇熙系外姓人言邓家事，且无旁证，不足为凭。结论：邓汉黻为江西邓氏迁居锦田始祖；而邓符协为邓汉黻四世孙，虽有创办力瀛斋之盛举，但非迁居锦田始祖。

关于宋王台遗迹

香港的地面文物之中，宋王台是我最感兴趣的古迹之一。其原因在于它的悲剧色彩：南宋末年少帝孤臣流亡到此，矢志抗元，守尽最后一寸宋土，壮烈殉国，这实在是中华民族五千年历史中极为可歌可泣的一幕，而它的发生地在数百年后又不幸被异邦割占，历史的前后观照更增添了苍凉悲壮之感。现在的宋王台公园在九龙启德机场西侧的世运道与马头涌道之间，是一个小而又小的袖珍公园，园中仅一方石，刻“宋王台”三字。此石虽系原物，却非原貌，也不在原处。宋王台本来靠近九龙湾，在九龙寨城以南约数百米，有一座小山，山顶一块未经雕琢的浑然巨石，正面榜书“宋王台”三字，右首题款为“清嘉庆丁卯重修”，当为嘉庆十二年，公元1807年。自南宋沦亡，经元、明、清三朝，数百年间，宋王台遗迹一直得以保存，当地人民引以为自豪，即使在英占九龙之后，港英政府对于这处古迹也不敢造次，将宋王台所在的小山命名为圣山（Sacred Hill）。1915年，香港大学赖际熙教授呼吁港府保护宋王台古迹，由绅商李瑞琴出资赞助，在巨石周围构筑石垣，重竖牌坊，镌联曰：“一声望帝啼荒殿，百战河山见落晖。”而到了第二次世界大战的日占香港时期，日寇为扩展启德机场，借口宋王台妨碍飞机起落，将巨石炸裂为三，抛落山脚。日寇投降之后，港英政府继续扩建机场，把圣山也铲平了，昔日的宋王台遗址便成为启德机场的一部分。后应九龙街坊会的请求，港府派工人把日寇毁坏的残石切割整理，另迁新址，即今天的宋王台公园，于1960年开幕。所幸的是，残石中间部分“宋王台”三字及右首题款完好无缺，历六百年沧桑的“宋王台”刻石遂得以重见天日，传之久远。

宋王台公园有一座石碑，上刻《九龙宋皇台遗址碑记》，其辞曰：

> 宋皇台遗址在九龙湾西岸，原有小阜名“圣山”者。巨石巍峨，矗立其上，西面横列元刻“宋王台”榜书，旁缀“清嘉庆丁卯重修”七字。一九一五年，香港大学教授赖际熙吁请政府划地数亩，永作斯台遗址，港绅李瑞琴赞襄其事，捐建石垣缭焉。迨日军陷港，扩筑飞机场，爆石裂而为三，中一石摩崖诸字完整如故。香港光复后，有司本保存古迹之旨，在机场之西南距原址可三百尺，辟地建公园，削其石为长方形，移实园内，藉作标识，亦从众意也。考台址明、清属广州府新安县，宋时则属广州郡东莞县，称“官富场”。端宗正位福州，以元兵追迫，遂入海，由是而泉州而潮州而惠州之甲子门，以景炎二年春入广州。治二月，舟次于梅蔚，四月进驻场地，尝建行宫于此，世称“宋皇台”。或谓端宗每每憩息于石下洞中，故名，非所知矣。其年六月，移跸古塔。

九月如浅湾，即今之荃湾也。十一月元兵来袭，乃复乘舟迁秀山。计驻于九龙者，凡十阅月焉。有宋一代，边患迭兴，西夏而外，抗辽、抗金、抗元，无宁岁。洎夫末叶，颠沛蒙尘，暂止于海澨一隅，图匡复兴。后此厓山，君臣所践履者，同为九州南尽之一寸宋土，供后人凭吊而已。石刻宜称“皇”，其作“王”，实沿元修宋史之谬，于本纪附二王，致误今名。是园曰“宋皇台公园”，园前大道曰“宋皇台道”，皆作“皇”，正名也。方端宗之流离播粤也，宗室随而南者甚众，后乃散居各地，赵氏谱牒，彰彰可稽。抑又闻之圣山之西南有二王殿村，以端宗偕弟卫王昺同次其地得名。其北有金夫人墓，相传为杨太后女，晋国公主，先溺于水，至是铸金身以葬者。西北之侯王庙，则东莞陈伯陶碑文疑为杨太后弟杨亮节道死葬此，土人立庙以祀昭忠也。至白鹤山之游仙岩畔，有交椅石，据故老传闻，端宗尝设行朝以此为御座云。是皆有关斯台史迹，因并及之，以备考证。

一九五七年岁次丁酉冬月，新会简又文撰文，台山赵超书丹。而选材监刻，力助建碑，复刊行专集，以长留纪念者，则香港赵族宗亲总会也。

一九五九年香港政府立石

这篇《碑记》中所说有关宋王台故实，大体上是不错的。宋末二王驻跸官富场，在宋人撰《填海录》《二王本末》、明人撰《厓山集》等史籍中都有记载，清康熙《新安县志》称：官富山“在佛堂门内，急（汲）水门之东。宋景炎中，帝舟尝幸于此，殿址犹存”。清嘉庆《新安县志》也称：“官富驻跸，宋行朝录记载，丁丑年四月，帝舟次于此，即其地营官殿，基址柱石犹存，今土人将其址改北帝庙。宋王台在官富之东，有磐石方平数丈，昔帝昺驻跸于此。台侧巨石，旧有‘宋王台’三字。”按清《一统志》：“官富山在新安县东南七十里，又东十里有马鞍山，脉皆出自大帽。”“官富巡检司在新安县东南八十里古官富场，明洪武三年置。宋史：景炎二年，帝舟次于官富场，即此。”官富巡检司的驻地大体在今之九龙寨城一带，所辖范围大体相当今之香港地区，所以，宋末二王曾驻跸九龙，与香港地区的这一段因缘应是可信的。

但《碑记》中尚有可商榷之处。择其要者，略述其二。

第一，《碑记》中说到“九月如浅湾”，随即注明“即今之荃湾也”，而前面一句“其年六月，移跸古塔”，则语焉不详，“古塔”者，何也？查《厓山集》所载“古塔”，《填海录》则作“古墐”，据饶宗颐先生考证，“古塔”实为“古墐”之误，而昔日之“古墐村”即今之“马头围”，如是，则为宋王台遗址又添一佐证。

第二，《碑记》中称“石刻宜称‘皇’，其作‘王’，实沿元修宋史之谬”，因而改称“宋皇台”，为其“正名”。我意以为，此举大可不必。按：元至元十三年（南宋德祐二年）正月元军占领宋都临安，益王赵昰和信王赵昺南逃，二人的身份是“王”而不是“皇”。当年五月初一，益王赵昰在福州即帝位，改元景炎，改封信王赵昺为广王，后又改封为卫王，景炎二年四月驻跸官富场，赵昰为“皇”，而赵昺仍为“王”，他继任帝位是景炎三年四月赵昰病逝硇州之后的事，所以在驻跸官富场时，人们仍沿用过去的习惯，并称二人为“二王”，“二王殿村”亦即由此而来，若称“二皇”则无论如何也说不通了。因此，我以为，“宋王台”之名并无不妥，无须强改古称而“正名”。顺便说一句，嘉庆《新安县志》中“昔帝昺驻跸于此”一语也是错误的，正确的说法应该是：昔帝昰偕卫王昺驻跸于此。

帝昰与卫王昺后来为元军所迫，由官富场一路转战，流落于硇州，帝昰病逝，卫王昺即位，改元祥兴，后又转战于厓山，祥兴二年二月初六，败于元将张弘范，陆秀夫负少帝昺蹈海殉国，南宋的悲壮历史至此结束。

但这里又生出一桩公案：帝昰病逝的“硇州”在哪里？对此，史家又有两说，各持己见。

一为“硇州即大屿山”说。此说的主要依据是，吴莱《南海人物古迹记》称：“大奚山在东莞南大海中，一曰硇州，有三十六屿。”陈仲微《二王本末》称：“大军至次仙澳，与战得利，寻望南去，止硇州。硇州，广之东莞县，与州沿相对，但隔一水。”1926年兴建石壁水塘村，在东涌、大澳一带曾发掘出三大批宋代的铜钱和青瓷，其中有

“淳祐”（1241—1253 年）年号的铜钱，距帝昰入粤仅二十多年。因此，一些学者认为，香港大屿山即古之硇州，帝昰病逝在此，许地山、罗香林、叶灵凤等诸位先生以及日本学者伊东忠太均主此说。如此说成立，则宋末二王与香港的关系就不仅是驻跸官富场，而更加密切了。

一为“硇州在化州”说。饶宗颐先生力主此说，曾有专著《九龙与宋季史料》，其中列有多项佐证，竭力批驳“硇州即大屿山”说，认为“硇州”在雷州半岛旁边，属化州，即今之硇州。主要依据是，《填海录》称：“……欲往占城不果，遂驻硇州，隶化州。”《厓山集》称：“帝舟次于化之硇州。”邓光荐《文丞相传》称：“化州之硇州。”周密《癸辛杂识》注称：“硇州在化州。”

此二说各有所据，互不相让，迄今尚未有定论，且留待识者做进一步考察。又，古籍称二王行踪尚有“丁丑正月，帝舟次于广之梅蔚”一语，一些学者试图证明“梅蔚”即今大屿山之“梅窝”，亦尚未得确证。但无论硇州是不是大屿山，梅蔚是不是梅窝，宋末二王曾驻跸九龙、转战香港一带则是毫无疑问的。

抗英志士邓菁士等人生平考

在 1899 年“新界”人民武装抗英斗争中，涌现了一批领袖人物，他们本是当地乡绅，在族人和乡邻当中素有威望。当时担任港府辅政司的骆克曾开列一份《有关乡绅及长老之保密名单》（见《关于展拓香港界址的函件及其他文书》第五十三页，原载 1899 年 4 月 24 日殖民地秘书处密件第三号），其中的一些人即为抗英领袖，邓菁士也在名单之内，列在“元朗洞”之“厦村”，英文名写作“Tang Ts’ing – sz”，汉文名写作“邓青士”，这是在港英官方文件中第一次出现邓菁士的名字，后来的一些有关香港拓界的函件中也曾几次出现。由于港英官方文件的“先入为主”，目前我们见到的出版物多数沿用“邓青士”字样，也有的写作“邓清士”。

邓菁士的事迹流传甚为简略，在我所能找到的有关香港拓界的史料性著作和普及读物中均未查到他的生卒年月，不止一本书把他的居住地也弄错了，把他当作吉庆围的人，说吉庆围出了个邓清士，他振臂一呼："乡亲们……"如何如何。这是历史造成的缺憾，因为在"新界"乡民武装抗英失败之后，港英政府进行了疯狂的报复，在长达将近一个世纪的时间内，"新界"人民处于港英统治之下，那段悲壮的历史被埋没、被歪曲，以至于大量史料散失，如今要弄清历史的本来面目，自然是困难重重。

我在采访中得到邓氏后人的帮助，据厦村籍邓兆棠医生提供的材料，邓菁士为厦村新围人氏，系邓氏二十四世祖，《厦村新围邓氏族谱》有如下记载：

> 国学公名芝槐，字弼才，号菁士，乳名乳槐，乃郡庠诞献公长子也。补国学生。娶仇氏，生一子，曰锡龄。公生于道光二十八年戊申九月二十三日，终于光绪二十五年六月二十四日印时，享寿五十二岁。

由是可知，"邓青士""邓清士"的写法都是不准确的，应为"邓菁士"，而且"菁士"既非名，也非字，而是他的号。

邓菁士卒于光绪二十五年六月二十四日，换算为公历应是1899年7月31日。根据第十二任港督卜力的报告，在港英当局的武装镇压之下，"新界"人民的抗英斗争至1899年4月26日已全部平息，此后"新界"地区归于港英管辖之下，港英并且于5月16日将九龙寨城、深圳和沙头角同时强行占领。那么，邓菁士在7月31日由于何因死于何地？邓氏族谱中并没有记载。就我所看到的材料，邓菁士在领导抗英斗争失败之后的下落，有两种说法。

一为"逃亡"说。刘存宽编著的《香港历史问题资料选评——租借新界》一书中说："上村之战后……抗英武装事实上已无力组织一场战斗，一部分人被迫撤退到深圳河以北，抵抗运动领袖邓青士、邓仪石等逃奔广州、南头，另一部分人则藏匿在本地。"余绳武、刘存宽主编的《十九世纪的香港》一书也用此说，据该二书注解，此说源于安德葛著《香港史》。

此说在港英的英文档案中也可以找到依据。1899 年 4 月 19 日骆克报告说："下午一点三十分，我们前往厦村……我要他们将叛乱的首领交出来，他们说，那些人都逃跑了，其中一人去了南头，另一人去了广东。"厦村是邓菁士、邓仪石、邓植亭的家乡，此处所指何人，是显而易见的。骆克在 1899 年 4 月 24 日给卜力报告中也曾说道："在厦村，邓菁士和邓植亭这些人看来在诱使当地的老人和村民参加他们的抵抗运动中起了很大作用……我把这些名字列了一个名单，但几乎所有提到的人都已逃离。"

一为"绞杀"说。"新界"黄建五先生在《新界租借漫谈》一文中说："港英追捕领袖人物，结果，邓青士执行绞刑，邓仪石逃亡西乡……"

以上两说虽不一致，但也并不矛盾，因为"逃亡"并不是结果，在逃亡之中为港英逮捕、最后被绞杀仍是可能的，所以两说可以并存，而邓菁士的卒期为 1899 年 7 月 31 日则是可以肯定的，《厦村新围邓氏族谱》应是确证。

抗英领袖之一邓植亭，是邓菁士三弟，《厦村新围邓氏族谱》载：

> 郡庠名芝培，字甄才，号植亭，乳名茂槐，乃郡庠诞献公三子也。补郡文庠。生于咸丰元年辛亥年十一月初六日。娶黄氏，生三子，长燮廷，次咱添，三燮堂。续娶陈氏，生一子，曰沂添。

关于这两位抗英志士的后代，据《厦村新围邓氏族谱》所载，邓菁士之独生子邓锡龄，字永周，号梦余，生于同治戊辰年九月二十四日，享寿五十二岁。娶李氏，无子，以邓德燊承嗣，邓德燊系邓祖添之子、邓芝林之孙，邓芝林字敏才，号毓生，乳名秀槐，系邓菁士之二弟。

邓植亭之长子燮廷，未娶早卒。次子咱添，娶廖氏，生一子，曰德成。三子燮堂，娶朱氏，无子；续娶吴氏，妾钟氏，生子德刚、德毅、德强，德强早卒。四子沂添，娶关氏，生子德康早卒，次子德岳。

据邓兆棠医生、邓圣时先生介绍，抗英领袖邓仪石（又名惠麟）系厦村西山村人，为邓氏二十五世祖；邓芳卿系屏山人，为邓氏二十三世祖，1853 年生。

另据黄建五先生撰文介绍，抗英志士伍其昌，别号星墀，原籍南边围，生于咸丰九年乙未（1859 年），1881 年中秀才，1892 年补增广生。生平胆识过人，办事勇敢，在乡间排难解纷，任劳任怨。在 1899 年抗英斗争中，挺身而出，捍卫乡间。当时有一通敌泄密者被乡民处死，抗英斗争失败后，死者家属向英军"诉冤"，指证抗英领袖人物，伍星墀不肯"畏罪潜逃"，从容被捕，港英欲处以极刑，后因各乡绅耆极力环保，判为终身监禁。后因英国王子爱德华访港而"大赦"出狱，已度过十三年铁窗生涯，时年五十三岁矣。村民们燃放爆竹，夹道欢迎，整个月里盛宴款待，誉为民族英雄。伍星墀出狱后改号醒迟，在西边围筑"作新书室"，设馆授徒，赋诗明志，与当地名流唱和，轰动一时。黄建五先生曾辑录其遗诗三首：

其　一

今吾犹是故吾身，底事吾庐号作新。
黄种魂醒初认夏，绿杨甲坼甫回春；
汤铭康诰追前度，美雨欧风渐隔邻；
愿与众生除旧染，冰壶一片见天真。

其　二

近来时局喜推陈，我亦随人曰作新。
三面开通空夙障，一堂活泼有余春；
梅花曲绕窗为壁，蓬荜阴连眷比邻；
昔叹归与今已慰，愿从吾党证前因。

其　三

天涯零落复何之，倦鸟飞还得一枝。

屋小尽堪容我席，檐低终不寄人篱；
幼安有阁仍居魏，尼父乘桴不陋夷；
最好黄花开放后，陶然醉读归来辞。

烈士暮年，劫后余生，做淡泊之人，出苍凉之语，“今吾犹是故吾身”“黄种魂醒初认夏”“愿从吾党证前因”等句，隐隐可见壮心不已，无愧无悔。伍氏事迹因时间跨度较大，没有在小说中以真人真事采用，但因资料珍贵，也录以留存，供后人追念。

又据刘崇先生《港英在新界秋后算账》一文中所载，骆克在搜捕抗英人士时向卜力呈报的黑名单中提到的姓名有：吴基祥、邓清持、邓清宏、邓亚清、吴丰祥、麦鸿文、陈天宝、李天良、文大龙、李培基、林源发、陈容。因为这些姓名均系据英文音译，汉字书写不一定准确，我怀疑其中的“吴基祥”可能就是伍其昌，“邓清持”则疑为邓菁士，录此备考。

以邓菁士为代表的一批抗英志士，在异邦入侵、国难当头之际所表现出的高昂的爱国主义精神和大无畏的英雄气概，值得我们永远景仰、永远纪念，他们是中华民族的民族英雄。

不以成败论英雄

邓菁士等人领导的抗英武装力量，直接参战人数达两千六百人之众，他们所使用的武器，包括从民间购置的大炮、原各围村防盗自卫的抬枪、从各种渠道购买的长枪、短枪（其中有些是太平天国缴获的“洋枪队”武器，太平天国失败后，这些武器失落民间）、大刀、长矛、三叉戟、匕首，与港英的正规军队和警察部队相比，武器装备低劣，人员军事素质不足，然而他们不畏强暴，敢于以弱战强，先后组织了1899年4月15日的首战大埔、4月17日的再战大埔和伏击林村谷、4月18日的反攻石头围等多次战斗，虽均未能获胜，但屡败屡战，宁死不屈，可歌可泣，而且在军事上、心理上都给英军造成了重大打击。港府辅政司兼“新界”专员骆克曾在1899年4月19日的报告中说：“要是他们有近代化的武器，我军恐怕就更加为难了。即使如此，他们用原始武器开火的那股劲头，也显出他们浑身是胆。”驻港英军司令加士居少将在1899年5月5日的报告中说：“如果叛乱不被及时制止，很可能蔓延成一种可怕的规模。目前我们发现，他们的行动都是经过周密的部署，哪怕是一次小小的胜利，都会使情况日益复杂。”英军奥格尔曼中校在1899年5月6日的报告中也说：“我相信敌军的数量一定非常可观，而且把所有的赌注都押在这上面了，他们希望以占绝对优势的人数来压倒我们，但中国人对近代化武器的威力并没有任何概念。”从英方当时的许多函件和报告都可看出，抗英武装力量的人数众多，斗志昂扬，领导者也具有相当的军事指挥才能，武器低劣是他们的致命弱点。在两国已经签订《专条》，清廷软弱无能、处处退让的情况下，民间抵抗运动最后失败的命运是不可避免的。

在以往的一些史料性著作中，曾有过乡民大败英军的记述。如丁又著《香港初期史话》（1958年北京三联书店出版）称：“4月18日，群众两千五百人在上涌与英军激战，把英军打败”；“5月，英军大举反攻，炮轰锦田围，夺去铁门作为战利品。”李宏著《香港大事记》（1988年人民日报出版社出版）也称：“4月18日，新界人民两千五百多人在上涌与英兵激战，挫败英军。”

刘存宽在《香港历史问题资料选评——租借新界》（1995年香港三联书店出版）一书中曾指出上述说法不确之处有三：其一，4月18日激战的发生地在上村石头围而非“上涌”；其二，当日战事的胜负恰恰相反，两千六百名抵抗者向上村石头围的英军发起反攻，遭到英军伏击，抵抗者受到重大损失，此后已无力进行战斗；其三，英军夺走吉庆围铁门，发生在4月18日上村之战的当日，而非5月。

我在当地采访时曾经得到关于“石头围乡民大战殖民军”的一些素材，据说：太平公局将主力集中在鸡公山，前面及左右两翼分布战斗部队，完成对石头围英军的包围态势，另派数支突击小组，引诱敌人迷失方向，并分段截击敌人的补给线。4月18日，大埔大约七十多个村落的武装分别抵达石头围外围阵地，深圳、东莞、惠州的团练由太平公局派人引导，一部分上鸡公山与主力会合，一部分散入各围村，包围已被困在丛林中的近五百名殖民军。豪雨中殖民军几次突围，都未能冲出密集的火力网，粮食陷入恐慌，运输用的军马被宰杀，连中毒生病的军犬也宰来吃。抗英武装以“八爪鱼战术”，于4月19日凌晨全面出击，先从观音山对面的各条战线展开攻击，“引蛇出洞”，分散敌人兵力，然后由主力捣其巢穴。在满天火光、杀声震地的原野上，殖民军指挥官六神无主，手忙脚乱，武装乡民前仆后继，杀入丛林中，殖民军死伤一百多人（一说二百多人），武装乡民牺牲三百多人，4月19日午后，石头围之战结束。

这一说法当然令人振奋，我在小说中也极愿意描写一场抗英乡民大败英军的战斗，但反复研究其他有关文献，总觉得上述说法缺乏足够的依据。英军奥格尔曼中校在1899年5月6日发出的报告中曾详细描述了上村之战：“在下午约两点三十分的时候，我得到报告说中国人正在向这方靠近。观察局势之后，我看到了不少中国人向我们逼近，意图可能是想袭击我们。我马上命令伯杰上尉去做准备，我不知道哪些没有参加昨天战斗的应派出去，哪些疲劳的士兵应该休整。大概下午三点，伯杰布置他的士兵各就各位，然后我们在那里等待敌人的到来。敌人排成三列，队形非常整齐，他们越过干涸的被犁过的田地，挥动着旗帜，大声地叫喊着向我们冲过来，很显然这是中国人一项计划好的行动。他们开始从远处射击，零点三五英寸口径的枪弹在我们身旁落下，我们听到了一些来复枪射击的声音，但是好像数量不多。当他们行进到五百码之内，伯杰开始向他们开火，以便保证射程，而且能看清楚射击的效果如何。然后伯杰开始前进，看见他们马上掉头狂奔，也忘了开枪。我们继续追击，一直向他们开火，直到他们跑出我们的射程之外。”

在同一天晚上十点，骆克的报告说：“自从我上封报告（引者注：指同日下午三点的报告）发出后不久，中国人就袭击了我们的军队。我方无伤亡，中国人的伤亡情况还不清楚。整个战斗期间我都在场。战斗结束之后，我们去锦田，拆下了两个村庄（引者注：指吉庆围和泰康围）的大门。然后我们回到上村，今晚将在此过夜。明天我们将去元朗和屏山。”

奥格尔曼是上村之战的指挥者，骆克是目击者，他们对这场战斗的记述应该是基本可靠的。如果说这场战斗是抗英乡民大获全胜，英军死伤一二百人，而且战斗到次日午后才结束，那么又怎么解释英军在上村之战的当天去锦田拆下了吉庆、泰康两围的铁门然后又回上村过夜呢？我反复考虑，似无这个可能。所以，民间传说的素材虽然激动人心，也只好割爱，没有采用，而按照比较可信的依据，写了抗英乡民反攻石头围，中了英军的埋伏而失利。

刘存宽在《香港历史问题资料选评——租借新界》一书中评述上村之战说：“新界人民的武装抗英，谱写了一页中华民族反对外来侵略的壮烈史诗。新界地域、人口有限，在抗英作战中犹能动员数千之众，两战于大埔，再战于林村、上村，在敌强我弱的形势下，虽屡经失败，付出重大牺牲，仍然万众一心，英勇顽强，百折不挠，战斗到最后关头，可歌可泣。”“此外，抗英队伍作为农民武装，所表现出的高度组织性也是惊人的。”“然而，这次武装抗英是在极为不利的条件下进行的。首先，在抗英发动之前，《展拓香港界址专条》已经签订，租借新界已是既成事实，英国的接管势在必行。当时清政府正因列强纷纷宰割中国而疲于奔命，无力也不敢支持新界人民的抗英义举。这种状况使新界人民失去抗英的后盾和大后方，孤立无援，直接导致了斗争的失败。”“其次，新界抗英队伍的主体是当地的团练，敌方是英国的正规军，抗英者在作战经验、作战训练和组织的严密程度上显然远逊于英方。武器装备上的悬殊劣势也是抗英作战失败的一个不可忽视的重要原因。”

这一番分析和评述是实事求是的。

“新界”人民抗英斗争的失败是由历史条件所决定的，然而这场斗争的爱国主义性质却不因失败而改变，抗英志士虽败犹荣，虽死犹荣！

关于吉庆围保卫战

根据前引的骆克报告，可知英军进攻吉庆围、拆走铁门的行动发生在4月18日上村之战的同一天，而不是其他时间。

以往有些书中说到英军攻占吉庆围，往往采用“炮轰”的说法，这也是不确的。据刘崇先生向我提供的材料，可知英军攻破吉庆围是在密集的火力掩护下，强迫民工架起浮梯，由工兵运载强力炸药，在围之东北角墙身挖孔填入，将围墙爆破出洞口，而后爆破队和冲锋队攻入。据刘崇先生介绍，吉庆围村民当时曾进行英勇抵抗，与英军展开激烈的巷战，在殖民军优势火力下，横街直巷，洒满鲜血，尸体纵横交错。吉庆围当时只有三十多户人家，男丁被屠杀者达六七十人，有些系全家被杀。殖民军入室奸淫掳掠，无所不为，频频传出妇女凄厉的叫声，被强奸的妇女多数披发跣足，用布带自尽在竹梯上。

时隔二十六年，到了公元1925年，“省港大罢工”爆发，香港经济陷入停顿，这是继1921年香港海军船坞工人和电车工人罢工、1922年海员罢工、1924年手车夫和轿夫罢工之后一次规模空前浩大的总罢工，香港各界人民抗英斗争的星星之火渐成燎原之势，“新界”各区乡民代表一百零二人也于1924年8月24日在大埔文武庙集会，反对港英实施农地建屋补价政策，成立“租界维持民产委员会”，不久改名“租界农工商业研究总会”，后又改名“新界乡议局”。在此背景之下，港英当局为解决“新界”施政存在的民族仇恨、宗法组织、田土观念三大问题，采取淡化民族仇恨的策略，乃有“发还吉庆围铁门”之举。

事情的起因是锦田邓氏后人邓伯裘代表全族乡人向港英政府提出，铁门是先人遗物，一旦失存，不但体面攸关，而且愧对祖宗，要求查回失物。当时在任的第十六任港督司徒拔（又译史塔士）应邓族要求，报告英国政府，将铁门追回。

1925年5月26日，吉庆围乡民举行盛典，庆祝铁门回归，邓氏宗亲及地方名流到场祝贺，港督司徒拔亲自主持了这一典礼。当日吉庆围大门悬挂贺联一副：“南国仰屏藩，恩留郇黍；北门重锁钥，誉羡寇莱。”上款是“伯裘、炜堂、祯祥列位宗叔台，吉庆围重光纪庆”；下款是“屏山房宗侄英生、日腾、斗星同鞠躬”。据黄建五先生介绍，这副贺联是由他的父亲黄子律老先生为屏山乡绅邓英生代作的。

吉庆围铁门回归后在门右嵌石碑一块，碑文如下：

溯我邓族符协祖自宋崇宁间由江石宦游到粤，卜居斯乡之南北两围后，因子孙繁衍，于明成化时分居吉庆、泰康两围，四周均深沟高垒，复加连环铁门，想前人立意，欲筑固吾围，以防御萑苻耳。追前清光绪二十五年己亥，即西历一千八百九十九年，清政府将深圳河之南隅租与英国，斯时清政府未将明令先行颁布，故当英军到时，各乡无知者受人煽惑，起而抗拒，我围人民恐受骚扰，坚闭铁门以避之。而英军疑有莠民藏匿其间，遂将铁门攻破，入围时，方知皆是良民妇女，故无薄待情事，姑将两铁门缴去。现二十六传孙伯裘，代表本围人众，禀呈香港政府，蒙转达英京，将铁门发还，照旧安设，以保治安，所有费用，由政府支销，史督宪亲临行奠基礼，足见英政府深仁大德，亦为表扬吾民族对于英政府之诚心悦服耳。特铭之于碑，以志不忘云耳。

民国十四年乙丑闰四月初五日 立
一九二五年五月二十六日

这块石碑，据说在日占时期，乡民恐遭贻累，用水泥淹没，今已不存，上述碑文系后人抄录，各种“版本”有个别文字出入，但大同小异。通览此文，对邓族历史记载有误，而对乡民抗英斗争和吉庆围铁门被英军掠去的史实的记述则完全颠倒黑白。如前所说，邓氏五大房公认的迁粤始族为邓汉黻，而非四世祖邓符协，此碑文沿用嘉庆《新安县志》之说，与邓氏族谱抵触，不足为凭。至于1899年英军肆虐吉庆围，夺门屠城，前已叙述，绝非碑文所说“英军疑有莠民藏匿其间，遂将铁门攻破，入围时，方知皆是良民妇女，故无薄待情事，姑将两铁门缴去”。所谓“故无薄待情事”实在是极其拙劣的“此地无银三百两”伎俩，欲盖而弥彰，试问：既然“入围时方知皆是良民妇女”，为何还要“姑将两铁门缴去”？把强盗、屠夫行径说成“英政府深仁大德”，把世代不解的深仇大恨说成“吾民族对英政府之诚心悦服”，其无耻肉麻，令人不能容忍！据知情人说，此碑文是经过港英理民府和华民政务司捉刀篡改过的，所以呈现这种面目也就不奇怪了。如今吉庆围铁门犹存，而那块石碑却不见了，也说明碑文违背事实，不得人心，难以留存。

英军在1899年掠去吉庆围、泰康围铁门各一副，1925年“发还”时各余一扇，安装在吉庆围，勉强凑成一副，至今我们观察实物仍可看出两扇门稍有区别。

吉庆围铁门被英军掳去后做何用处？以往一些材料中都说是被英军“运回爱尔兰祖家”，而据刘存宽《香港历史问题资料选评——租借新界》一书所说，则是：“这两扇铁门最后由骆克亲手献给他的顶头上司卜力，作为他以辅政司兼任新界专员的见面礼。卜力得了两扇铁门，乐不可支，他卸任后，将其运回英国，用来装饰他在艾尔勒（Eire）的私邸。”由此可见铁门在英国的下落应为艾尔勒（Eire），而非爱尔兰（Ireland），可能是因为译音接近而讹传。

甲午战争、戊戌变法和晚清几位风云人物

中日甲午战争和戊戌变法在本书中着笔不多，但都是晚清重大政治事件，而且和香港拓界有着内在的联系，正是由于清廷在甲午战争中的失败，进一步促成了列强瓜分中国之势，英国趁机将蓄谋已久的“香港拓界”付诸实施；也正是由于甲午之败，激发了光绪皇帝变法图存的决心。限于篇幅，本文不可能对甲午战争和戊戌变法做深入细致的分析，要而言之，甲午战争是发生在中国封建社会末期的一场反侵略战争，它的失败是加速中国殖民地半殖民化的重要原因，戊戌变法则是中国在辛亥革命之前最重要的一次政治改革运动。

近百年来，关于戊戌变法的著述和研究文章数不胜数，随着一些史料的不断发现和时代的变革，一些新观点也不断涌现，可谓百家争鸣。但无论戊戌变法存在多少历史的局限性，也无论光绪皇帝和康有为、梁启超、谭嗣同等人存在多少认识上的偏颇、不足甚至错误和性格上的弱点、缺点，他们毕竟是那个时代走在最前端的人，尤其是谭嗣同，他所提出的“冲决网罗”“视君亡犹易臧获”等等观点，都是前无古人的；在变法失败之际，他从容赴死、以血醒民的英雄气概也是令人景仰的。毛泽东在《论人民民主专政》一文中说：“自从1840年鸦片战争失败那时起，先进的中国人，经过千辛万苦，向西方国家寻找真理。洪秀全、康有为、严复和孙中山，代表了在中国共产党出世以前向西方寻找真理的一派人物。”“要救国，只有维新，要维新，只有学外国。”我们不能苛求古人超越历史的局限，达到那个时代不可能达到的认识水平，做出那个时代所不可能做出的事情，以历史唯物主义来认知历史，应是我们的根本态度。

在戊戌变法中有几个细节，历来为论者所关注，而且与本书有关，需要加以探讨。

翁同龢被罢黜的原因

光绪皇帝明令变法的《明定国是诏》是由协办大学士、户部尚书、帝师翁同龢起草的，于 1898 年 6 月 11 日（光绪二十四年四月二十三日）颁布，而在变法第五天即 6 月 15 日（四月二十七日），翁同龢突然被开缺回籍，同时任命荣禄署理直隶总督并统辖北洋三军，宣布以后凡任命二品以上大员须诣太后前谢恩，并决定秋天“天津阅操”事。梁启超在《戊戌政变记》中说：“一切新政之行，皆在二十八日之后，而二十七日翁同龢见逐。荣禄督师，西后见大臣，篡废之谋已伏。”显然，他是把翁同龢被罢黜和荣禄被重用等事件连在一起的，认定这都是慈禧与荣禄一伙策划的废立阴谋的组成部分。据梁启超描述，罢黜翁同龢是慈禧太后“忽将一朱谕诏书强令皇上宣布”，“皇上见此诏，战栗变色，无可如何。翁同龢一去，皇上之股肱顿失矣”。康有为在《自编年谱》中也说：“奉旨著于二十八日预备召见，二十七日诣颐和园，宿户部公所。即日懿旨逐翁常熟……并令天津阅兵。盖训政之变，已伏于是。于是知常熟之逐，甚为灰冷。”康、梁是戊戌变法的当事人，历来关于戊戌变法的著述，论及翁氏罢相，多采康、梁之说。

近年有论者试图证明罢黜翁同龢的诏令并非慈禧太后强加于光绪皇帝，而是出自皇帝己意，理由是：翁同龢虽然曾向光绪皇帝举荐康有为，但事后当皇帝向他索要康氏著作时，翁却说：“臣与康有为素不来往”，“此人居心叵测”。翁既为皇帝起草《明定国是诏》，又当着皇帝和太后的面说过“西法不可不讲，但圣贤义理尤不可忘”；翁在讨论接待来访的德国亲王的礼仪问题上与皇帝意见不合；御史王鹏运、安徽藩司于荫霖、御史高夔、御史李盛铎等人上书弹劾翁。因此而认为上述事例与罢黜翁同龢的诏书中所说“近来办事多未允协，且于征询事件，任意可否，渐露狂悖情状，难胜枢机之任”都相符合，遂得出结论：是光绪皇帝而非慈禧太后罢黜了翁同龢。此说初看似觉很新鲜，但推敲起来，仍嫌证据不足。翁同龢与光绪皇帝有二十年师生之谊，情同父子，变法伊始，翁同龢刚刚为皇帝起草了《明定国是诏》，皇帝显然对他是信任的，何以在数日之内翻云覆雨？而且选择在翁同龢六十九岁寿辰之日将他罢黜，于情于理都难以说得通。如果翁确实是因为妒忌康有为而遭贬，而且诏令确实出于光绪皇帝己意，康、梁不可能毫无觉察，也不可能对翁同龢罢相持同情态度如前所引。

我以为，在没有确证足以表明罢黜翁同龢并非出自太后懿旨之前，不宜轻易否定，所以在书中没有采用新说。

光绪皇帝“密诏”的真伪

康有为流亡海外，极力宣扬他所受皇帝之“衣带诏”，据梁启超《戊戌政变记》载，“二十八日之召见杨锐，初二之召见林旭，初五日之召见袁世凯，皇上皆赐有朱笔密谕。二十八日之谕系赐杨锐及康有为、谭嗣同、林旭、刘光第等五人，初二日之谕系专赐康有为，初五日之谕系专赐袁世凯云。”七月二十八日诏书内容为：

> 朕惟时局艰难，非变法不能救中国，非去守旧衰谬大臣而用通达英勇之士不能变法。而皇太后不以为然，朕屡次劝谏，太后更怒。今朕位几不保，汝康有为、杨锐、林旭、谭嗣同、刘光第等，可速密筹设法相救，朕十分焦灼，不胜企望之至。特谕。

而与康有为同为“维新党人”的王照在流亡日本时就曾指出：“今康刊露布之密诏，非皇上之真密诏，乃康氏所伪作也。”王照的说法有没有道理？且看：到了宣统元年（公元1909年），当年与谭嗣同一起在菜市口就义的戊戌六君子之一杨锐的儿子杨庆昶出来说话了，他把光绪皇帝赐给其父的密诏呈送都察院，请求昭雪沉冤，事虽未成，那份密诏却因此大白于天下，按杨锐之子所献密诏内容如下：

> 近来朕仰窥太后圣意，不愿将法尽变，并不欲将此辈老谬昏庸大臣罢黜，而登用英勇通达之人，令其议政，以为恐失人心。虽经朕屡降旨整饬，而并且有随时几谏之事，但圣意坚定，终恐无济于事。即如十九日之朱谕（引者注：指罢免怀塔布、许应骙等礼部六堂官的上谕），皇太后已以为过重，故不得不徐图之，此近来实在为难之情形也。朕亦岂不知中国积弱不振，至于阽危，皆由此辈所误，但必欲朕一旦痛切降旨，将旧法尽变，而尽黜此辈昏庸之人，则朕之权力，实有未足。果使如此，则朕位且不能保，何况其他？今朕问汝：可有何良策，俾旧法可以渐变，将老谬昏庸之大臣尽行罢黜，而登用英勇通达之人，令其议政。使中国转危为安，化弱为强，而又不致有拂圣意。尔其与林旭、谭嗣同、刘光第及诸同志等妥速筹商，密缮封奏，由军机大臣代递，候朕熟思审处，再行办理。朕实不胜紧急翘盼之至。特谕。

两相比较，我们就会发现，以上两诏实为一诏的不同“版本”，杨锐之子所保存的密诏，是由光绪皇帝颁给杨锐的，所以受诏者为“尔其与林旭、谭嗣同、刘光第及诸同志等”，而没有特别点出康有为，且在语气上更符合光绪皇帝在当时形势下的心态，此诏的意图在于谋求一个既可“将旧法渐变”，“而又不致有拂圣意”的万全之策，尽管这个想法不切实际，却是光绪皇帝的真实念头。而在康有为公布的“密诏”中，光绪皇帝既要变法又不敢得罪皇太后的犹豫心态不见了，被简化为“今朕位几不保”，“速密筹设法相救”，并在受诏人名单之首位突出地加上了“汝康有为”，显然与杨锐受诏的情形不符。由此，我们可以相信，杨锐之子所献密诏是真实可信的，而康有为在流亡海外之后，出于“伐后保皇”的政治需要，对密诏做了篡改。

关于光绪密诏的真伪问题，在此不可能详尽讨论，我要向读者汇报的是：在本书中提到光绪密诏之处，我采用了杨锐之子所献“版本”，而未用康有为篡改过的“版本”，以期更符合事实。

关于“锢后杀禄”之谋的真实性

军机四章京和康、梁在接到光绪皇帝的密诏之后，有没有实施联合袁世凯以杀荣禄、包围颐和园的兵谏之谋？梁启超在《戊戌政变记》一书中是坚决否认的：“当时北京之人，咸疑皇上三密诏中皆与诸臣商废幽西后之事，而政变之时，贼臣即藉此以为谋围颐和园之伪诏以诬皇上也。后康有为将前两谕（引者注：指光绪皇帝赐杨锐密诏及催康有为离京赴沪办报之诏，康有为对后者亦有作伪之嫌，兹不赘述）宣布，不过托诸臣保护及命康出外求救之语。”

梁启超否认此事，自然也是出于政治斗争的需要。然而，关于谭嗣同法华寺夜访袁世凯、联袁锢后杀禄的说法却不胫而走，不仅“当时北京之人”，近百年来所有关注戊戌变法史的人几乎都相信确有其事，并且不断被史料所证实，其中最有力的证据是在本世纪八十年代发现的毕永年日记《诡谋直记》。毕永年系湖南人，谭嗣同的同乡、旧友，他在戊戌变法的后期来到北京，参与了康、梁、谭的兵变之谋，直到慈禧太后发动政变的当日晨才逃离北京。毕永年日记的发现，证实了康、梁、谭确曾实施“围园锢后杀禄”之谋，虽未能如愿，但历史的这一笔却是不能抹掉的。我在小说的人物对话中提到了谭嗣同夜访袁世凯的情节，即本于此，而未从梁启超之说。

还有一个与此相关的问题：戊戌政变和袁世凯的告密有着怎样的联系？为什么谭嗣同在政变第五天才被捕？以往有一个影响很大的说法：袁世凯自北京回天津后向荣禄告密，荣禄急速进京到颐和园面见太后，遂发生政变。近年张建伟在《世纪晚钟——紫禁城里的最后改革》一书的《袁世凯的问题》一节中对此事进行了分析探讨，从政变发生前后事件的时间顺序，可以看出：慈禧太后在9月19日即政变前二日已经自颐和园还宫；光绪皇帝在9月20日上午9时后接见袁世凯，袁于当日下午回到天津；9月21日凌晨政变发生，下旨捉拿康有为；9月22日慈禧太后电寄荣禄，在津、沪等处严查康有为；9月24日，下旨捉拿谭嗣同等康党；9 月 25 日即政变第五日，命荣禄来京，谭嗣同被捕。结论是：慈禧太后在发动政变时尚未接到由荣禄转达的袁世凯告密情报，所以才会在政变后仍向天津发报命荣禄捉拿康有为，而荣禄到政变第五日才奉诏进京，谭于同日被捕，这才是袁世凯告密的直接结果。在目前尚没有关于戊戌政变内情的第一手材料的情况下，上述分析和结论应该是最接近事实的。

李鸿章与翁同龢

李鸿章是晚清政坛最有影响也是争议最大的人物之一，纵观其一生，事件浩繁，波澜起伏，历来众说纷纭。在本书中，李鸿章仅在晚年出场，因此不可能对他的一生进行充分展现和评价。小说中所涉及的与李鸿章有关的重大事件，一为香港拓界，一为甲午之战，而在这两大事件中，他都负有出卖国土的历史罪责，无论如何是逃不脱的。1982 年 9 月 24 日，邓小平在会见应邀访华的英国首相撒切尔夫人时指出：“主权问题是不能谈判的，1997 年中国要收回整个香港，这是谈判的前提。从 1842 年英国占领香港至今，已经整整一百四十年。中华人民共和国成立已经三十三年，到 1997 年就是四十八年。我们不是晚清政府，不是李鸿章，如果到时还不收回，就无法向中国人民和世界人民交代。”这番话划清了中华人民共和国政府与晚清朝廷、与李鸿章的根本界限，香港被软弱无能的清廷出卖、被英国强占一个半世纪的惨痛历史，终于在 1997 年画上了句号，而当年亲手签订三个不平等条约、将神圣国土拱手让人的耆英、伊里布、奕䜣、李鸿章、许应骙以及他们背后的主子道光皇帝、咸丰皇帝、慈禧太后的历史罪责则永远也不能解脱。

李鸿章在香港拓界中的责任，本书中展现得比较充分，而关于他和甲午战争的关系，则有必要再说几句。李鸿章是甲午战争中方总指挥，失败后又是签订《马关条约》的中方代表，所以，只要一提起甲午战争，就必然要涉及李鸿章。百余年来，已有无数专著、史论、笔记从不同的角度谈论、评价那场战争以及失败的原因，其中有些观点，是为李鸿章开脱责任的，试举例并分析如下：

一、有论者认为，光绪皇帝受翁同龢、文廷式等一些文人鼓动，贸然对日宣战，造成不可收拾的局面。胡思敬在《国闻备乘》中说："甲午之战由翁同龢一人主之。……通州张謇、瑞安黄绍箕、萍乡文廷式等皆文士，梯缘出其门下，日夜磨砺以须，思以功名自见，及东事发，咸言起兵。是时，鸿章为北洋大臣，陆海兵权尽在其手，自以海军弱，器械单，不敢开边。孝钦以勋旧倚之，謇等权恃同龢之力，不能敌。于是廷式等结志锐，密通宫闱，使珍妃言于上。妃日夜怂恿，上为所动，兵祸遂开。"刘声木在《苌楚斋四笔》中说："日本本无侵占朝鲜与中国寻衅之意，均是翁同龢及一批清流所激成。"

此类论调，把甲午战争说成是几个文人为了"功名自见"，"密通宫闱"，光绪皇帝受珍妃"日夜怂恿"而造成的，不仅把一场反侵略战争庸俗化了，而且为日本帝国主义开脱罪责，实在不值一驳。事实是，日本自明治维新之后，迅速成为东方的经济和军事强国，急于向外扩张，对中国的侵略蓄谋已久，早在1874年就曾以武力侵占我台湾南部的琅桥岛，1879年又吞并琉球为"冲绳县"，至九十年代已做好了吞并朝鲜并以此为跳板向中国发动大规模战争的准备。在中日战争爆发之前，日本外相就曾对以保护使馆和商民为由赴朝返任的日本驻朝公使大鸟圭介训令："不惜一切代价，挑起中日冲突。"足以说明日本政府的战争野心。此时，由于列强之间错综复杂的关系，美国对日本的扩张积极扶植，英国为牵制俄国对中国的扩张，保护自己的在华利益，对日本侵略中国东北也采取鼓励态度，俄国则因为在欧洲与德国、奥匈帝国的争夺牵制了力量，无暇东顾，也希望中日之间早日形成和局，以免得日本在华攫取太多的利益。国际环境对日本发动侵华战争有利，而那场战争又不可避免，以光绪皇帝为首的"主战派"坚持捍卫国家主权，奋起抵御外来侵略，这一行动是正义的，无可指责的。而实际上，当朝鲜最初向中国求援时，倒是李鸿章首先听信了袁世凯的鼓动和日本驻朝鲜使馆一名译员不负责任的许诺"我政府必无他意"，未经请示光绪皇帝便以直隶总督兼北洋大臣的身份于1894年6月3日派济远、扬威二舰赴仁川、汉城护商，并派叶志超、聂士成率淮练旅一千五百名进驻朝鲜，如果说“冒险主义”，那么这顶帽子扣在李鸿章头上倒是更合适些。但当战争打响之后，李鸿章却又寄希望于英俄“调处”，消极抵抗，畏敌如虎，贻误战机。光绪皇帝在8月1日正式对日宣战，仗已是非打不可了，一位刚刚“亲政”不久的年轻皇帝在面对外国入侵时，不畏强暴，力排“主和派”的悲观投降论点，坚决抗战，尤其是敢于“请停颐和园工程以充军费”，实属难能可贵。直到《马关条约》草签之后，光绪皇帝仍然主张废约再战，他虽然最后在日本帝国主义和国内以慈禧太后为首的“主和派”的威逼之下不得已批准了和约，但内心极其痛苦，哀叹“割台则天下人心皆去，朕何以为天下主！”签署朱批时“绕殿急步约时许，乃顿足流泪，奋笔书之”。试想，如果当时没有像磐石般压在他头顶的慈禧太后，甲午战争会是这个结局吗？

二、有论者认为，中国海军武器装备远逊于日方，而当时担任户部尚书的翁同龢又因与李鸿章有隙，挟私报复，在经费上卡李鸿章的脖子，使战争失利。李鸿章在1894年8月29日的奏章中说：“查北洋海军可用者，只镇远、定远铁甲船二艘，为倭船所不及，然质重行缓，吃水过深，不能入海汊内港。次则济远、经远、来远三船，有水线甲穹甲，而行使不速。致远、靖远二船，前定造时号称一点钟十八海里，愈旧愈缓。海上交战，能否趋避，应以船行之迅速为准，速率快者，胜则易于追逐，败则易于引避，若迟速悬殊，则利钝立判。西洋各大国讲求船政，以铁甲为主，必以极快船只为辅，胥是道也。详考各国刊行海军册籍内载，日本新旧快船推为可用者，共二十一艘，中有九艘自光绪十五年后分年购造，最快者每点钟行二十三海里，次亦二十海里上下。我船订购在先，当时西人船机之学，尚未精造至此，仅每点钟行十五至十八海里，已为极速，今则至二十余海里矣。近年部议停购船械，自光绪十四年后，我军未购一船。丁汝昌及各将领屡求添购新式快船，臣仰体时艰款绌，未敢奏咨禀请，臣当躬任其咎。倭人心计谲深，乘我力难添购之际，逐年增置。臣前于预算战备折内奏称，海上交锋，恐非胜算，即因快船不敌而言。倘与驰逐大洋，胜负实未可知。”胡思敬在《国闻备乘》中说：“同龢见鸿章，即询北洋兵舰。鸿章怒目相视，半晌无一语。徐掉头曰：‘师傅总理度支，平时请款辄驳诘，临事而问兵舰，兵舰果可恃乎？’同龢曰：‘计臣以撙节为尽职，事诚急，何不复请？’鸿章曰：‘政府疑我跋扈，台谏参我贪婪，我再哓哓不已，今日尚有李鸿章乎？’同龢语塞，归乃不敢言战。后卒派鸿章东渡，以二百兆议和。自是党祸渐兴，康、梁乘之，而戊戌之难作矣。”王炳耀在《中日甲午战辑》中则明确地说翁同龢“以军费掣肘北洋，以致对日作战失败”。

李鸿章是北洋水师的创始人，他对于兵舰是内行的，所说的中国兵舰与日本兵舰在新旧、航速、吃水深度等方面的差异应该是可信的。但是，同一个李鸿章，在此前不久对于北洋水师的实力却另有一番描述。据朱德裳《三十年闻见录》中《李鸿章一贯主和》一文载：“光绪十七年，鸿章奉命偕张曜校阅海军。复奏详述经营海军之成绩，谓：‘综核海军战备，尚能日异月新。目前限于饷力，未能扩充。但就渤海门户而论，已有深固不摇之势。臣等忝膺疆寄，共佐海军。臣鸿章职任北洋，尤责无旁贷。经此次校阅之后，惟当益加申敬，以期日进精强。’”这是公元1891年即甲午战争前三年，李鸿章自己所描述的北洋水师，“已有深固不摇之势”，“尚能日异月新”这些话，是吹牛、浮夸，还是事实？为什么只字不提“号称一点钟十八海里，愈旧愈缓”？到了1894年春，“复由鸿章偕安定为第二次校阅，复奏又盛称技艺纯熟，行阵整齐，及台坞等工，一律坚固。两次校阅，威仪甚盛。奏入均获褒奖。在鸿章之意，以战虽尚无把握，以守固深为可恃”。同样，在这次临战之前的校阅中，李鸿章仍然只字未提“号称一点钟十八海里，愈旧愈缓”之类，只讲成绩，搞得“威仪甚胜”，并且和前次一样，“均获褒奖”。所以，“光绪帝则以海军成绩既大有可观，当日人之衅，何至不能一战，而徒留为陈设品？乃允翁同龢之请而宣战，实信赖鸿章所经营而日进精强之军备耳。”如果说北洋水师的船只、设备果真陈旧、落后到了不堪一击的地步，以致成了战败的主要原因，那么，李鸿章为了“获奖”而大搞“浮夸风”当难辞其咎。

造成战争胜负的原因是多方面的，武器、装备是重要因素之一，但不是全部因素。李鸿章在主观上畏敌主和，在作战部署上贻误战机、指挥失误，加之用人不当，长期以来军纪废弛等等因素都不可排斥在外。就当时的实力而论，北洋水师尽管在船只的装备和技术水平上可能不如日本，但如果指挥这场战争的主帅坚决抗战，则未必不能取胜。就在李鸿章赴日签订割地赔款的《马关条约》的第二年即公元1896年，日本人大久平治郎在东京出版了《光绪帝》一书，其中分析中日甲午战争的形势说：“日清开衅之初，帝一意主战，观其请停颐和园工程以充军费，意亦可见矣。诚使支那君臣一心，上下协力，目的专注于战，则我国之能胜与否，诚未可知也。”中国的“主和派”甚至连这位日本人都不如了。

关于“近年部议停购船械”，池仲佑撰《海军大事记》载：光绪十七年“四月，户部奏酌拟筹饷办法一折，议以南北购置外洋枪炮船只机器暂停两年，即将所省价银解部充饷。海军右翼总兵刘步蟾屡向提督丁汝昌力陈，我国海军战斗力远逊日本，添船换炮刻不容稍缓，丁汝昌据以上陈。秋间，李鸿章奏称：‘北洋畿辅，环带大洋，近年创海军，防务尤重。北洋现有新旧大小船只共二十五艘，奏定海军章程声明，俟库款稍充，仍当积购多只，方能成队，而限于饷力，大愿未偿。本年五月奉上谕，方蒙激励之恩，忽有汰除之令，惧非所以慎重海防，作兴士气之至意也。’等语。然以饷力极绌，仍尊旨照议暂停。”

这件事，连同“自光绪十四年后，我军未购一船”，都是构成户部尚书翁同龢“以军费掣肘北洋，以致对日作战失败”之罪名的重要材料。让我们再看看“自光绪十四年后，我军未购一船”是怎么一回事。

光绪十三年（公元1887年），黄河在郑州决口，翁同龢奉旨筹款堵口，与藩祖荫联名陈奏《请速堵郑工缺口及设法补救疏》，其中所提六条建议的第二条说：“购买外洋枪炮船只机器等项及炮台各工拟令暂行停止也。查各省购买外洋枪炮、各项船只，以及修筑洋式炮台各工，每次用款需数十万两，均须由部筹拨，竟有不候部拨已将本省别项挪用，遂致应解京协各饷，每多虚悬，迨经饬催，辄以入不敷出，转请部中改拨他省。窃计十余年来，购买军械存积甚多，铁甲快船，新式炮台，业经次第兴办，且外省设有机器制造局，福建设有船厂，岁需经费以百万计，尽可取资各处，不必购自外洋。迩来筹办海防固属紧要，而河工钜款，待用尤殷，自应移缓就急，以资周转。拟请饬下外省督、抚，所有购买外洋枪炮船只及未经奏准修筑之炮台等工，均请暂行停止，俟河工事竣，再行办理。”

从以上奏疏中可以得知，户部请求暂停购买外洋枪炮船只及未经准奏修筑之炮台等工，事出有因，那便是急于筹款堵郑州黄河缺口，“移缓就急，以资周转”，并不是只对北洋水师而言，而是包括各省，上述各项都是“暂停”，并说明“俟河工事竣，再行办理”。这时距甲午战争爆发还有七年，如果说翁同龢为抢救水患灾害而采取的这项临时措施是为了给七年后的甲午战争“掣肘”，恐有失公允吧？再联系到以下事实：中日朝鲜问题交涉发生后，清廷向英、德订购快船数艘，向阿根廷订购快艇十三艘，费银四百余万两，加以军费三百九十多万两，两项共八百万两，实际上都是由户部负担的。此外，为支付军费和其他各项开支，户部通过总税务司赫德向英国银行贷银一千万两，由当时的浙闽总督谭钟麟出面向德华银行借款五十万镑，由轮船招商局出面向上海腊飞银行包借一百万镑。1894 年 7 月，李鸿章为添购快船电奏请款，户部立即拨款二百万两，连同募勇各案共二百五十万两，嗣后又提四百万两。当时国库空虚，海防吃紧，还有皇太后万寿庆典那个无底洞在逼着要钱，翁同龢斗胆以户部名义上折请求停止颐和园万寿庆典活动以充军费，这些，难道都是翁“以军费掣肘北洋，以致对日作战失败”吗？

甲午战争时期，中方的舰只陈旧、军火不足都是事实，据当时担任北洋海军顾问的英国人泰乐尔的自传记述，战时北洋水师最大的铁甲舰定远、镇远二船，定远舰的十寸炮弹只有一枚，镇远舰只有二枚，以致巨炮在战争中不能发挥作用。作为总理国家财政的户部尚书翁同龢，当然负有责任，但“仰体时艰款绌，未敢奏咨禀请”的李鸿章，唯恐“政府疑我跋扈，台谏参我贪婪”的李鸿章难道没有责任吗？而最应当承担责任的则是置国家危亡于不顾，耗费巨资建造颐和园及举办万寿大典的慈禧太后，这一浩大工程到底花了大清国多少钱，到现在也没有一个确切的数字。不过，倒是另有两个数字值得一提：一是在甲午激战之中，李鸿章向太后寿典送礼银十万两，并长芦盐商十万两；二是在甲午战争结束之后，李鸿章赴日议和之前，向代理其职务的王文韶列册交代，尚有“淮军银钱所存银八百余万两”！这笔钱是哪里来的？王文韶说：“此系文忠带兵数十年截旷扣建而积存者”。攒着克扣军饷而得的八百万两白银，还要在军费不足的问题上大做文章，以开脱战败之责，这便是李鸿章之所作所为。

翁同龢“以军费掣肘北洋”，向李鸿章“挟私报复”之说，很重要的一个支柱是关于翁、李私仇的一个传说。徐一士在《凌霄一士随笔》中说：“曾见某笔记中的记载，李鸿章居曾幕时，尝为曾国藩草一奏疏劾安徽巡抚翁同书，最得曾国藩之激赏。其时，曾国藩因翁同书对练首苗沛霖的处置失当，以致激成大变，他本人又在定远失守之时弃城逃走，有愧封疆大吏的守土之责，极为愤慨，竟欲具疏奏劾而难于措词。盖翁同书乃大学士翁心存之子，翁心存在皇帝面前的‘圣眷’甚隆，门生弟子布满朝列，究竟如何措词，方能使皇帝破除情面，依法严惩，而朝中大臣又无法利用皇帝与翁心存之间的关系，来为翁同书说项，实在很费踌躇。他最初使某一幕僚拟稿，觉得很不惬意，不愿采用，而自己动手起草，怎么说也不能妥当周匝。乃由李鸿章代拟一稿，不但文意极为周密，其中更有一段极为警策的文字，说‘臣职分所在，例应纠参，不敢因翁同书门第鼎盛，瞻顾迁就’。这段话的立场如此方刚严正，不但使皇帝无法徇情曲比，也促使朝臣之视翁者为之钳口夺气。所以，曾国藩看了之后，大为激赏。待其稿入奏，而翁同书亦旋即奉旨革职拿问，充军新疆矣。”

这段故事余下的话就是：因为李鸿章代曾国藩拟疏弹劾翁同龢之兄，翁、李两家便结下了不解之仇，因此，翁同龢“以军费掣肘北洋”，向李鸿章“挟私报复”。

曾国藩上疏弹劾翁同书，确有其事，发生在镇压太平天国运动的后期，1862年（同治元年）初，但那份弹章是不是李鸿章起草的？上述“故事”的真实性关系到翁、李矛盾，也关系到翁同龢的人品，应该弄清楚才是。

《翁同龢传》（中华书局1994年出版）的作者谢俊美曾就此做过专

门的考证，该书中说：“参折究竟是否出自李鸿章之手，《曾文正公全集》中并未提及，《李文忠公全集》中也未谈起。不过，《翁文恭公日记》中倒是提及过有关此折的作者，但不是李鸿章而是出自一个姓徐的幕僚之手。1870 年 8 月 19 日（同治九年七月二十二日）的日记中写道：‘得徐毅甫诗集，读之，必传之作。毅甫名子苓，乙未举人，合肥人，能古文。集中有指斥寿春（谢俊美按：当为寿州之误）旧事……弹章疑出其手，集中有裂帛贻湘乡之作也。’翁同龢关心自己兄长被参一事完全出于情理，其日记所载当然不谬。徐一士先生文中述及翁同书的结局也与事实不符。翁同书后来改留甘肃军营效力，并未充军新疆。因此，说翁同龢因乃兄同书被参一事对李鸿章公报私仇，纯属子虚，根本不存在。”

在上述翁同龢日记中，翁并没有肯定徐毅甫就是曾国藩弹章的起草者，仅“疑出其手”，但至少排除了李鸿章代拟弹章并翁、李由此结仇的可能性。我们还可以看出，翁同龢即使在怀疑徐毅甫曾是弹章起草者的情况下，对于徐的诗集仍然做出了“必传之作”的高度评价，而且是写在私人日记之中，由此，翁的人品可见一斑，他是一个心胸狭窄、挟私报复的小人吗？

此事真相大白，翁、李之间的矛盾若再纯粹以个人恩怨来解释，恐怕就难以支撑了。翁、李长期不和是事实，翁同龢本人也难免封建官僚习气，但就大的方面而论，翁同龢坚决主张抵抗外来侵略，积极支持戊戌变法，光绪皇帝对日宣战诏书和宣布变法的《明定国是诏》都是由他起草的，这些都应该予以肯定；而李鸿章则在甲午战争中丧师辱国，并且亲手签订了割地赔款的《马关条约》，戊戌变法期间又亲手签订了租让“新界”的《展拓香港界址专条》（岂止这两份，他的一生签订了大量的卖国条约，是一位割地赔款的专家），两人的是非功过，应该有一个基本的界限。

面对历史，我手中的笔很沉重

请读者原谅我花费了太多的笔墨来谈论历史，尽管我极力想把话说得简练，这篇《后记》还是显得太长了。没有兴趣读这些史料的读者完全可以跳过去不看，而这些事我却不能不做，这些话不能不说，因为对于历史小说来说，历史的真实就是它的生命，在动手写作小说之前，作者不能不花费许多功夫去弄清历史上的许多事件和人物，以期尽量准确地把握那个时代，反映那个时代。

我在以往的创作中对历史题材有着浓厚的兴趣，但晚清史却恰恰是我最不喜欢的，因为那是一段充满民族屈辱的历史，封建末期王朝的腐败没落、软弱无能，列强的虚伪狡诈、凶狠残暴，把中华民族推入灾难的深渊，令人目不忍睹。然而，当代中国就是从那灾难的深渊之中走出来的，从1898年大清国租让新安县，沦为港英“新界”，到1949年中华人民共和国成立，不过半个世纪的时间，历史就已经天翻地覆，中国政府宣布废除帝国主义强加于中国人民的一切不平等条约，愿与遵守平等、互利及互相尊重领土主权等项原则的任何外国政府建立外交关系，毛泽东主席庄严宣告：“中国人民从此站起来了！”1982年，英国首相撒切尔夫人应邀访华，与中国政府商谈解决香港问题，令人不禁想起英国在1842年、1860年、1898年以强权政治和坚船利炮胁迫清政府先后签订《南京条约》《北京条约》《展拓香港界址专条》这三个关于香港的不平等条约的情景，历史和现实形成了强烈的反差。1984年，中英两国政府发表《关于香港问题的联合声明》，中国政府定于1997年7月1日对香港（包括香港岛、九龙和“新界”）恢复行使主权，英国政府于同一时间将香港交还中国，百年国耻，一朝雪洗 ，这一伟大事件给予中华儿女何等的振奋，又使当今世界何等的震惊！

正是“待从头收拾旧山河”的激情，使我萌生了以小说形式再现香港历史的念头，但我也深知这一题材的艰巨，在没有做好充分准备之前，是不可能动手的。待1987年秋天完成《穆斯林的葬礼》之后，我便把读书的注意力集中到晚清史和香港史方面，经过陆陆续续几年的准备，1994年，我终于踏上了南下香港之路，从此开始了历时三年的往返京港两地的采访和调查研究。在这期间，我尽自己的所能，考察了香港、九龙和“新界”有关历史，阅读有关书籍、文献、资料数千万字，采访各界人士数百人次，并且实地踏勘一些历史事件的发生地，探寻尚存的历史遗迹和文物。在调查研究的过程中，将要诞生的小说的轮廓渐渐清晰起来。一个半世纪的香港史在五千年的中国历史中只不过是短短的一瞬，而对于有限的人生来说却太长了，一百五十年间已经更迭了好几代人的生命，如果要想以某个人物贯穿始终，是根本不可能的，那么，就只好截取历史的片断。经过反复考虑，我决定以十九世纪末的“香港拓界”为小说的中心事件，今天所谓的“香港”包括香港岛、九龙半岛和“新界”，这一概念就是在那时形成的，那是英国强占、蚕食我国领土香港地区“三部曲”的最后一部，是英国殖民主义的一个总结，也是中国最终完全丧失在香港地区的主权的一个总结。香港拓界自1898年4月中英谈判起，到1899年4月港英以武力接管“新界”止，前后整整一年的时间，其间事件紧凑，人物贯穿，再以1900年1月李鸿章就任两广总督作为尾声，比较适于构成一部长篇小说的基本框架。站在两个世纪的交接点上，向后可以涵盖整个香港史，向前则可以瞻望二十世纪香港的前景。这些在事后说来都是顺理成章的，但在构思之初却伤透脑筋、费尽心思。我至今记得，在决定了小说框架的那天晚上，我仿佛找到了一把打开历史之门的钥匙，兴奋不已，懊悔自己为什么早没有想到。实际上，如果没有长期积累和苦苦探索，也就没有“偶然得之”，这是许多作家都亲身体会到的。

有了“框架”，以后的工作相对集中了，但仍然十分繁复。书中的中心事件和许多细节，都是曾经发生过的，多数人物也都是实有其人的历史人物，而故事发生的时间比我出生之时还要早将近半个世纪，这就注定了我不可能亲身经历、亲自体验，唯有让岁月“倒流”，让自己“退回”到那个时代去，在史料和史迹中感知我所要表现的历史。对于香港那片土地，我不能说很“陌生”，但也不敢说很“熟悉”，即使长期生活在香港的人，要把上个世纪的人和事都说得明明白白，也非易事，毕竟“人生易老天难老”，百年之间，香港的变化太大了，站在中环的摩天楼群之中，哪里还能看到当年香港的影子？港督府在修建之初，依山面海、居高临下，曾是全岛最为显赫的建筑，如今则成了高楼之间的“侏儒”；今天的德辅道、干诺道，当年则曾经是大海。如果站在“骆克道”上拦住行人，一一询问，相信绝大多数人不知“骆克”为何许人也。为了在书中“恢复”特定时期的香港旧貌，我小心翼翼地进行考证，一条街道、一座建筑、一件器物、一个名称，都不敢有些许马虎。对于那些实有其人的历史人物，想方设法寻找有关他们的资料，只言片语也不肯放过，广泛搜集，仔细查证，力求详细、准确。即使在书中虚构的人物，也必须把他或她放在特定的历史环境之中，稍有疏忽就可能出错。传世元散曲有一首《高祖还乡》，写的是汉朝开国皇帝刘邦在平定英布之乱后“威加海内兮归故乡”的往事，通篇模拟他家乡一位农夫的口吻，对当年无赖、今日皇帝刘邦的威仪，冷眼旁观，热讽冷刺，写得俏皮泼辣，活灵活现，但末尾一句：“改了名，换了姓，叫什么汉高祖!”出了问题，“高祖”是刘邦死后的谥号，在他生前是绝对不可能使用的，只因这一句话，把通篇的历史感破坏殆尽。此类纰漏在当代的历史题材文艺作品中也常有发现，恕不举例，因为我的用意并非吹毛以求他人之疵，而是提醒自己尽可能地不犯或少犯这样的错误。这当然很难。在浩如烟海的史料之中，常常有张冠李戴、互相矛盾、是非颠倒、语焉不详等种种现象，需要反复地分析比较、去伪存真、纠谬勘误、拾遗补缺，而由于香港长期处在港英统治下，有关抗英斗争的史料则大量湮没，需要深入民间走访寻觅，一点一滴地去积累，其难度可想而知。我非常感谢内地和香港两地的许多同胞在这项工作中给予了我大力支持，协助我克服了许多困难，获得大量创作素材，特别是埋没在民间的关于抗英斗争的史实和人物资料，那是在图书馆、档案馆都找不到的，因而更加珍贵，为本书提供了可靠的基础。我没有在这里将曾经帮助过我的同胞们、朋友们的名字列出，一一鸣谢，因为那将是一个长长的名单，其中有些为我带路的好心人，帮我查找资料的图书馆管理员，甚至没有留下姓名，也难以开列齐全，但我从心底里感谢所有的同胞和朋友，如果没有他们的帮助，本书的问世将是不可能的。

《补天裂》是一部历史小说，史料的搜集、辨识、论证不是工作的结束，而只是它的开始，历史小说要真实地反映历史，却又不能仅止罗列史料，它必须以人物和事件去打动读者，以期达到读者和作者对历史的共识。艺术虚构是小说的基本手段，没有虚构就没有小说，而在历史小说中，虚构又绝不能超出历史所允许的范围，这便是创作者最难解决的难题。在本书中，凡重大事件、重要情节，凡采用真实姓名的人物的重要言行，我都力求做到有所依据，因为我写的是历史，要对历史负责，要对读者负责，不能愧对历史，失信于读者，写出每一个字都觉得手中的笔很沉重。同时，我们又必须清醒地认识到，史料毕竟不能等同于历史，任何史料都只是历史遗留的部分痕迹，而不是全部。即使距离我们年代很近的、生前受到社会普遍关注并且运用多种手段有意识地积累与之相关的文字、图像、实物资料的历史人物，也不可能把他一生所有的信息都毫无遗漏地保存下来，再“完整”的史料也是不完整的，研究者对历史的求索是无穷无尽的，也是永远不能满足的。因此，无论史学著作还是历史题材的文艺作品，要百分之百地“还原”历史是根本不可能的，作者只能尽可能准确地接近历史、认识历史、把握历史，历史永远是今人眼中、心中的历史，真正意义上的“还原”历史，不但做不到，也失去了历史的意义，有谁愿意回到秦始皇时代去做一辈子“黔首”？有谁愿意回到十九世纪的香港去当一回苦力？死去的历史的价值在于对活着的人有用，所以历史才活在一代又一代的人的心里。

《补天裂》的书名出自中华民族一个古老的神话传说，《淮南子·览冥训》：“往古之时，四极废，九州裂，天不兼覆，地不周载，火爁炎而不灭，水浩洋而不息。猛兽食颛民，鸷鸟攫老弱。于是女娲炼五色石以补苍天，断鳌足以立四极，杀黑龙以济冀州，积芦灰以止淫水。苍天补，四极正；淫水涸，冀州平；狡虫死，颛民生，背方州，抱圆天。”在我国多灾多难的悠久历史中，“女娲补天”的故事早已超出了远古祖先战胜自然灾害这一神话的意义，成为挽救民族危难、维护国土统一的象征，南宋著名爱国词人辛弃疾有一首《贺新郎》词曰：

> 老大哪堪说。似而今，元龙臭味，孟公瓜葛。我病君来高歌饮，惊散楼头飞雪。笑富贵、千钧如发。硬语盘空谁来听？记当年、只有西窗月。重进酒，换鸣瑟。　　事无两样人心别。问渠侬：神州毕竟，几番

离合？汗血盐车无人顾，千里空收骏骨。正目断、关河路绝。我最怜君中宵舞，道“男儿到死心如铁”。看试手，补天裂！

全词慷慨悲壮，抒发了爱国志士坚决抗敌、至死不渝的高尚精神境界。篇中用典颇多，这里不及细论，末句“看试手，补天裂”便是活用了女娲炼石补天的典故。对于一个国家来说，还有什么能比国土分裂、主权丧失、人民遭难更为不幸呢？在我国封建社会的末期，列强横行，金瓯破碎，骨肉分离，正是处于“四极废，九州裂，天不兼覆，地不周载”的深重灾难之中，无数志士“炼五色石以补苍天”，前仆后继，献出了心智、热血与生命。新中国的诞生和香港的回归，使“苍天补，四极正”的宏伟理想一步步实现了。

《补天裂》是在香港回归倒计时的秒针跳动声中写成的。出版社和广播电台都频频催稿，急得不行，但我这个人没有“下笔千言，倚马可待”的本事，只有按自己的老办法，慢慢来，字斟句酌，让人家等得火烧火燎，我也快不起来，唯一可行的是省去睡眠的时间。当最后一章脱稿之时，在连续四十八个小时的工作之后，窗外是一个清新的黎明。那一刻，我长长地舒了一口气，庆幸自己居然没有被累垮，数年来的辛苦总算没有白费，对于关心、支持、帮助我完成这一工程的同胞们、朋友们，对于关注我的创作的读者们，对于长眠在地下期待国土重光的抗英先烈们，也总算有个交代了。

谨将此书献给我的祖国和历尽劫难终于回归祖国怀抱的神圣领土香港；

谨将此书献给一个半世纪以来在香港问题上为捍卫国家主权和领土完整而奋斗的一切志士仁人；

谨将此书献给在香港这片血染的土地上为抵御外来侵略、反抗殖民主义统治而英勇牺牲的烈士们，他们永垂不朽！

作　者

1997 年，香港回归祖国庆典前夕，于北京

图书在版编目 (CIP) 数据

霍达文集. 卷二，长篇小说卷. 补天裂 / 霍达著.
—北京：北京十月文艺出版社，2017. 12
ISBN 978-7-5302-1712-2

Ⅰ.①霍… Ⅱ.①霍… Ⅲ.①中国文学—当代文学—作品综合集 ②长篇小说—中国—当代 Ⅳ. ①I 217. 2

中国版本图书馆 CIP 数据核字 (2017) 第 200789 号

补天裂
BU TIAN LIE
霍 达 著

出　　版　北京出版集团公司
　　　　　北京十月文艺出版社
地　　址　北京北三环中路 6 号
邮　　编　100120
网　　址　www.bph.com.cn
发　　行　新经典发行有限公司
　　　　　电话 (010) 68423599
经　　销　新华书店
印　　刷　北京金秋豪印刷有限责任公司
版　　次　2017 年 12 月第 1 版
　　　　　2017 年 12 月第 1 次印刷
开　　本　880 毫米 ×1230 毫米 1/32
印　　张　23.125
字　　数　660 千字
书　　号　ISBN 978-7-5302-1712-2
定　　价　59.80 元
质量监督电话　010-58572393
如有印装质量问题，由本社负责调换。